HEYNE<

ULF TORRECK

FEST DER FINSTERNIS

Historischer Thriller

WILHELM HEYNE VERLAG
MÜNCHEN

Der Verlag weist ausdrücklich darauf hin, dass im Text
enthaltene externe Links vom Verlag nur bis zum Zeitpunkt
der Buchveröffentlichung eingesehen werden konnten.
Auf spätere Veränderungen hat der Verlag keinerlei Einfluss.
Eine Haftung des Verlags ist daher ausgeschlossen.

Dieses Buch ist auch als E-Book erhältlich.

Verlagsgruppe Random House FSC® N001967

Vollständige deutsche Erstausgabe 03/2017
Copyright © 2016 by Ulf Torreck
Copyright © 2016 der deutschsprachigen Ausgabe
by Wilhelm Heyne Verlag, München,
in der Verlagsgruppe Random House GmbH,
Neumarkter Str. 28, 81673 München
Dieses Werk wurde vermittelt durch die
Michael Meller Agency GmbH, München
Redaktion: Heiko Arntz
Printed in Germany
Umschlaggestaltung: Nele Schütz Design, München,
unter Verwendung von © shutterstock/Marcin Krzyzak
Satz: KompetenzCenter, Mönchengladbach
Druck und Bindung: CPI books GmbH, Leck
ISBN: 978-3-453-67713-5

www.heyne.de

Nichts, wovon auf den folgenden Seiten die Rede sein wird, ist wahr. Mit Ausnahme derjenigen Gedanken, Ereignisse und Dinge, die ich frei erfunden habe

»Er hat die Finsternis der Latrinen ertragen, weil in der Scheiße nach Mitternacht sich manchmal die Sterne spiegelten.«
Durs Grünbein

»Die verfallenen Altäre sind von Dämonen bewohnt.«
Ernst Jünger

»Der Mensch ist ein schönes, böses Tier.«
Donatien-Alphonse-François, Marquis de Sade

ERSTES BUCH
Die Mühlen Gottes

1
DANSE MACABRE

Im August 1805 herrschte die Pest bereits den dritten Monat über Brest. Leise wie ein Dieb in der Nacht war sie aus einer der Gossen aufgestiegen und hatte die Stadt und ihre Bewohner innerhalb weniger Tage in ihren Bann geschlagen. Seither lagen die Straßen und Plätze tagein, tagaus verlassen da. In Rinnsteinen und auf Trottoirs häufte sich der Unrat. Ein Festmahl für Ratten, Krähen, Raben und Möwen. Ein dumpf drückender Gestank machte den Menschen das Atmen schwer. Selbst der Himmel schien niedriger über den Dächern zu hängen, seit die Seuche ihre Herrschaft über die Stadt angetreten hatte. Brest schien dem Willen und der Macht seiner Bewohner entzogen und vollständig dem Tod ausgeliefert. Jenem wahren Herrn der Welt, in dessen Schuld jeder von uns vom ersten bis zum letzten Atemzug steht. Seit Mitternacht fiel kalter Nieselregen, der mit dem steifen Wind vom Meer her in die Stadt wehte und wenigstens einen Teil des Leichengestanks vertrieb.

In einem Bürgerhaus beim Marktplatz trafen sich an diesem Morgen Louis Marais, der Polizeichef und amtierende Präfekt von Brest, und der Marinearzt Docteur Couton. Seit dem Ausbruch der Seuche war Marais jeden Morgen um dieselbe Zeit von seinem Büro in der Präfektur zum Haus des Marinearztes gegangen, um die Anzahl der Toten zu erfahren und sich mit ihm über die Lage in der Stadt zu beraten.

Marais war ein großer, schlanker Mann mit einem kantigen Gesicht und dünnen Lippen. Seine schmale, leicht gebogene Nase vermittelte den Eindruck von Selbstsicherheit und Strenge. Obwohl er hier in Brest ein mächtiger Mann war, bevorzugte er einfache, schlichte Kleider. Er war kein besonders umgänglicher Mann. Falls er seit seiner überstürzten Versetzung hierher nach Brest in der Stadt so etwas wie einen Vertrauten gewonnen hatte, dann war das der Doktor Couton. Leutselig, mollig und stets geradeheraus dem Leben zugewandt, bot der Marinearzt schon äußerlich ein auffallendes Gegenbild zu dem sehnigen Marais.

Obwohl Coutons Opferzahlen heute Morgen zum dritten Mal in Folge erfreulich niedrig ausfielen und Marais eigentlich Grund zur Freude hätte haben sollen, blieb seine Mine angespannt.

Couton, der Marais' Miene zu deuten wusste, trat zu dem mächtigen alten Bauernschrank, holte zwei Gläser heraus, füllte sie mit einem guten Schluck Rum und reichte eines davon an Marais.

»Sie müssen endlich etwas gegen den Spuk des Abbé Maurice unternehmen!«, forderte er den Präfekten auf.

Nachdem die Kirchen und Kapellen mit dem Ausbruch der Seuche über Wochen hin verwaist gewesen waren, hatte Abbé Maurice, der Priester der Fischerkirche von Saint-Petrus, begonnen, seine Runden durch die verlassenen Straßen der Stadt zu machen. Eine Handglocke schwingend, rief er die Menschen in ihren verrammelten Häusern zu Gebet und Buße auf. Seine einsamen Aufrufe zeigten schon bald Wirkung. Bereits am zweiten Tag schloss sich ihm ein erstes verlorenes Häuflein Gläubiger an.

Dies hatte Coutons Missfallen erregt. Denn in Zeiten der Seuche stellten Menschenansammlungen eine Gefahr dar. Und obwohl der Doktor immer wieder darauf hinwies, ignorierte Marais die Warnung. Immerhin hatte der Abbé sich seit Ausbruch der Pest aufopfernd um seine Schäfchen gekümmert. Unermüdlich war er dem Doktor und dessen Gehilfen zur Hand gegangen. Und solange das Häuflein, das dem Abbé durch die Gassen folgte, nicht allzu sehr anwuchs, war Marais der Ansicht, dass man ihn gewähren lassen solle. Couton schalt ihn daraufhin einen sentimentalen Narren.

Waren dem Abbé zunächst vor allem Leute aus den Fischerkaten und Seemannshäusern am Hafen gefolgt, so gewann er nach und nach auch Anhänger unter den Bewohnern der besseren Viertel. Aber immer noch hatte sich Marais gescheut, dem Treiben ein Ende zu bereiten.

Eines Abends war Couton zornig in Marais' Büro gestürmt, um ihm klarzumachen, dass es nun wahrlich genug sei. Der letzten Prozession des Abbé waren fast fünfzig Menschen gefolgt. »Wenn darunter auch nur einer gewesen ist, der die Seuche noch nicht hatte – bei dieser verdammten Prozession hat er sie sich ganz gewiss an den Hals geholt«, rief er. »Und es wird schlimmer werden, Marais! Gestern soll der verrückte Narr verkündet haben, dass man nun endlich den Satan aus der Stadt zu treiben hätte. Wenn es irgendetwas gibt, woran man in diesen Zeiten in Brest glauben will, dann ist es Satan. Es ist nur noch eine Frage von Tagen, vielleicht nur von Stunden, bis Sie den Aufruhr am Hals haben, den wir beide so sehr fürchten!«

Marais hatte es bisher vermieden, sich mit eigenen Augen ein Bild von den Umzügen des Abbé zu machen. An jenem Nachmittag ging er endlich zur Rue de Siam, um sich die Prozession anzusehen.

Gekleidet in seine schwarze Soutane, mit der Rechten die Glocke schwingend und in der Linken ein einfaches Holzkreuz himmelwärts reckend, führte der Priester an diesem Tag um die hundert Männer, Frauen und Kinder zum Hafen und den Fluss hinunter, bis zu seiner Fischerkirche Saint-Petrus.

Wenn diese Leute so sehr um Gottes Hilfe flehten, dachte Marais dabei, wie konnte er ihnen dabei im Weg stehen? Zumal die Lage in der Stadt tatsächlich gespannt war und es womöglich nur einer einzigen Fehlentscheidung bedurfte, um die Volksseele vollends zum Kochen zu bringen. Dieser eine Fehler, fürchtete Marais, könnte in dem Verbot der Prozessionen bestehen, das Couton verlangte.

Trotz Coutons Drängen war der Zug der Gläubigen daher weiterhin unbehelligt geblieben. Marais' einziges Zugeständnis bestand darin, dass er überall in der Stadt Plakate anschlagen ließ, die vor den Gefahren von Ansammlungen in den Zeiten der Pest warnten.

Die Seuche hatte auch von dem so leutseligen und fröhlichen Doktor ihren Tribut gefordert. Er war blasser geworden, wirkte übernächtigt und fahrig.

»Wenn der Rückgang der Toten ruchbar wird, schreibt man es nicht Ihrer Umsicht oder meinen Bemühungen zu«, erklärte er, »sondern diesem verrückten Priester und dessen Gebeten.« Und, so erläuterte Marais, dass man, bevor die Seuche endgültig auslief, stets einen solchen Rückgang der Opferzahlen beobachtete, der die Menschen dazu verleitete, ihre Vorsicht fahren zu lassen, was wiederum dazu führte, dass alles noch viel schlimmer wurde als zuvor.

Marais hatte strikte Order erteilt, kein Wort über die Gesamtzahl der Toten verlauten zu lassen, dennoch hatte sich die Nachricht vom ersten Abflauen der Seuche wie ein Lauffeuer in der Stadt verbreitet und führte eben jene Situation herbei, vor der Couton so eindringlich gewarnt hatte.

Eine große Gruppe von Anhängern des Abbés hatte sich zu allem Überfluss seit gut einer Woche zusammen mit dem Priester im Inneren der Kirche von Saint-Petrus eingeschlossen, um dort solange gemeinsam zu beten, bis Gott endgültig den Fluch der Pest von der Stadt nahm. Sogar noch größer als die Gruppe in der Kirche war jene Menschenmenge, die sich vor dem Kirchenportal versammelte, um wiederum den Menschen im Innern mit ihren Gebeten beizustehen. Es hatte vier Tage gedauert, bis die letzten Stimmen in der Kirche verstummten.

An diesem regnerischen Morgen nun war endgültig klar, dass in der Kirche nur noch Leichen zu finden sein konnten.

»Sie müssen dem Spuk ein Ende bereiten, Marais. Die Toten können nicht länger in der Kirche bleiben!«, forderte Couton und stellt mit einem lauten Knall sein leeres Glas ab.

Auch Marais leerte sein Glas und nickte ihm zu.

»Machen Sie sich bereit, Doktor! Ich habe für neun Uhr einen Zug Soldaten zur Kirche beordert. Ich erwarte Sie dort«, sagte er, nahm seinen Dreispitz und verließ das Haus des Arztes.

Pünktlich um neun Uhr befahl Marais einem Zug Marinesoldaten, eine starke Ankerkette am Kirchenportal von Saint-Petrus zu befestigen, anschließend spannte man drei Pferde davor und riss so das Portal aus den Angeln.

Couton hatte zuvor darauf bestanden, dass jeder der Soldaten Handschuhe trug und sich ein in Essig getränktes Tuch vors Gesicht band. Eine Vorkehrung, deren Notwendigkeit sich als Segen erwies. Im Innern von Saint-Petrus herrschte ein infernalischer Gestank.

Dem Trupp Soldaten bot sich ein grauenhafter Anblick. Wie groteske Puppen, ausgezehrt und steif, lagen die Toten auf dem

Boden der Kirche. Viele von ihnen waren am Ende zusammengekrochen. In geisterhaft bleichen Haufen hatten sie sich ineinander verschlungen. Ihre Gesichter waren bizarre lederne Masken, Augen und Münder standen offen. Hitze und Gestank hatte Schwärme von Fliegen, Ratten und Maden angelockt, die in leeren Augenhöhlen, Mündern und Ohren wimmelten. Ein Karneval des Todes, gefeiert von Maden, Kakerlaken, Ratten, Spinnen und Fliegen.

Der Kirchenboden war von einem schlüpfrig schimmernden Belag überzogen – gebildet aus Fäkalien und geronnenem Blut. Ratten tummelten sich darauf, die auch schon von den reglosen Leibern gekostet hatten, und auf den klebrigen Bodenplatten waren Abertausende Fliegen verendet. Das prächtig leuchtende Grün ihrer vertrockneten Leiber wirkte auf Couton und die Marinesoldaten wie Hohn. So einige unter den Soldaten schauten ängstlich zur Statue des Heilands hinauf und bekreuzigten sich.

Die Blicke des Doktors blieben lange auf zwei Frauen haften, die ihre Kleinkinder im Arm hielten, als hätten sie bis zum Schluss gehofft, sie allein durch jene Geste vor dem unausweichlichen Ende bewahren zu können.

Und Marais?

Er war zwar als Erster – noch vor seinen Männern und dem Doktor – ins Kircheninnere eingedrungen, hielt seinen Blick jedoch all die Zeit niedergeschlagen und hatte seither noch kein Wort von sich gegeben.

Es war eine furchtbare Arbeit, die ineinander verkrallten Leichname voneinander zu lösen und draußen auf die herbeigerufenen Karren zu verladen. Obwohl Soldaten während ungeliebter Tätigkeiten gewöhnlich dazu neigten, ihre Handgriffe mit Flüchen und derben Witzen zu begleiten, fiel an jenem Tag in Saint-Petrus außer einigen gemurmelten Stoßgebeten kaum ein Wort.

Während die Marinesoldaten die ersten Toten aus der Kirche schleppten, befahl Marais den Männern plötzlich mit kratziger Stimme, ihre Arbeit zu unterbrechen. Ohne weitere Erklärung stieg er zur Empore hinauf und sah von dort aus eine Zeitlang schweigend auf den mit Leichnamen bedeckten Kirchenboden hinab, bis er den Männern schließlich durch ein knappes Handzeichen befahl, weiterzumachen.

Auch nach fünf Jahren, die er hier in Brest hauptsächlich mit Verwaltungsangelegenheiten verbrachte, hatte Marais nichts von dem geschulten Auge und kühl kalkulierenden Verstand des begabten Polizisten verloren, der er einst in Paris gewesen war. Und etwas an Lage und Anordnung der Leichen war ihm ins Auge gefallen.

Weshalb waren die Leichname in drei deutlich voneinander getrennten Gruppen angeordnet, fragte er sich. Sicher, es entsprach menschlichem Verhalten, sich in der höchsten Not aneinander zu drängen, um in der Berührung mit dem Nachbarn Schutz und Trost zu suchen. Doch weshalb hatten sich hier *drei* Gruppen gebildet – nicht eine einzige, oder womöglich ja auch zwei? Sondern drei? Von denen eine im Übrigen deutlich kleiner war als die beiden anderen.

Erst nachdem er sich von der Empore aus einen Überblick über den gesamten Kirchenraum verschafft hatte, gelangte Marais zu einer Erklärung.

Kurz vor dem Ende mussten einige der im Kircheninneren gefangenen Menschen versucht haben, zu fliehen. Aber sie waren von den anderen mit allen Mitteln daran gehindert worden, das verrammelte Kirchenportal aufzubrechen, um nach draußen zu gelangen. Dies musste die größte Gruppe, jene nächst dem Kirchenportal, gewesen sein. Eine zweite, nur etwas kleinere Gruppe, die sich kaum zehn Schritte von ihnen entfernt befand, war die ihrer Gegner. Und die zehn oder zwölf Gestalten, welche sich in einem Halbkreis um den Abbé Maurice zum Sterben niedergelegt hatten, bildeten die der Anführer.

Steif und mit vorgerecktem Kinn verharrte Marais auf der Empore. Seine Augen wirkten stumpf und seine Finger hatten sich um die glatte Brüstung gekrallt.

Der Anblick des stocksteif hinter der Brüstung stehenden Marais erzeugte in Couton maßlosen Zorn. Der Doktor war mit seinen Sanitätern und Freiwilligen seit dem Ausbruch der Seuche Tag für Tag unterwegs gewesen, um den Kranken Linderung zu verschaffen. Er war angespannt, erschöpft und übernächtigt. Für ihn hatte Marais die Schweinerei hier in Saint-Petrus im Grunde ebenso zu verantworten wie der wahnsinnige Abbé Maurice.

Je länger Couton zu Marais hinaufsah, umso größer wurde sein Zorn. Zumal Couton sicher war, dass Marais' scheinbar so überhebliche Gelassenheit zwangsläufig auch die Moral der Männer beschädigen musste. Denn die fieberten geradezu nach einer kleinen Geste des Anstands und Mitgefühls vonseiten ihres Präfekten. Doch Marais hatte sich dort oben in Mantel und Hut wie ein böser dunkler Engel hinter der Empore aufgebaut.

Couton ließ alles stehen und liegen, und stürmte durch die Kirchenbänke hindurch zur Empore, um Marais zur Rede zu stellen. Der Zorn des Doktors verrauchte jedoch, sobald Marais ihm auf der Empore still das Gesicht zuwandte und für einen Augenblick sein in Essig getränktes Tuch herabstreifte.

Marais' Wangen glänzten feucht. Nicht vor Schweiß, sondern von Tränen, die ihm ungehindert aus den Augen rannen.

Die Finger des Präfekten hatten sich dabei so fest um den Handlauf der Brüstung gekrallt, dass sie vor Anspannung beinah so unnatürlich weiß und dünn wirkten, wie die all jener Toten da unten am Kirchenboden.

Plötzlich peinlich berührt, wandte sich Couton wortlos wieder ab und lief zur Treppe zurück.

Weder der Doktor noch die Marinesoldaten konnten ahnen, dass Marais dort oben Zwiesprache mit seinem Gott hielt, während ihm Tränen des Zorns über die Wangen liefen. Tränen des Zorns über seine eigene Feigheit und Tränen des Zorns über den Abbé Maurice, der jeden Anstand und jedes Mitgefühl verriet, als er seine Gefährten daran hinderte, dieser irdischen Hölle zu entkommen.

Es dauerte bis zum Abend Saint-Petrus von den Leichnamen zu räumen. Zum Ende waren die Männer erschöpft wie nie. Zur körperlichen Erschöpfung gesellte sich die geistige. Marais ließ ihnen Sonderrationen an Wein und Rum austeilen. Zugleich wies er auf den letzten Karren, auf dem sich inzwischen auch der Leichnam des Abbé Maurice befand. »Dass mir keiner auf die Idee kommt, ihn etwa gesondert zu bestatten! Er kommt ins Massengrab zu allen anderen!«, befahl er. Den Marinesoldaten war anzusehen, wie unangenehm ihnen der Befehl war, einen Priester in einem Massengrab zu verscharren.

Zurück in seinem schmucklosen Büro in der Präfektur, ging Marais das Briefeschreiben schwerer als sonst von der Hand. Obwohl er Nacht für Nacht in einem Brief an seine Frau Nadine die Ereignisse in der Stadt zusammenfasste, hatte er selbst seit über einem Monat nichts mehr von seiner Familie gehört. Nadine lebte mit ihrem Sohn Paul in einem Örtchen außerhalb der Stadt. Marais hielt sie dort für sicher vor der Seuche. Seine Briefe an sie bewahrte er verschnürt mit einem roten Band in einer Schublade seines Schreibtischs auf. Und genauso würde Nadine es mit ihren Briefen an ihn halten, so hatten sie es abgesprochen, als Marais sie vor dem Quarantänebefehl zuletzt gesehen hatte. Er hätte es nicht für opportun gehalten, darauf zu bestehen, dass man mit der täglichen Lebensmittellieferung, auch die Briefe seiner Frau in die Stadt brachte. Die Pest wütete zwar auch außerhalb der Stadtmauern, hatte dort aber nicht so fest Tritt fassen können wie innerhalb Brests.

Sechs Tage nach den Ereignissen in Saint-Petrus empfing Couton Marais besonders gut gelaunt zu ihrer morgendlichen Besprechung. Gewöhnlich bat er ihn dazu in sein Wohnzimmer, in dem es stets angenehm nach frischem Tee duftete, der inzwischen eine Seltenheit in Frankreich geworden war. »Letzte Nacht gab es nur einen Toten, Louis. Ein Fischer mit Lungenentzündung. Ich denke, es ist für dieses Mal überstanden.«

Sie einigten sich darauf, dass man – nur um wirklich sicher zu gehen – noch zwei weitere Tage warten sollte, bevor Marais die Quarantäne über Brest endlich aufheben ließ.

Auf diese Nachricht hin strömten die Menschen aus ihren Häusern und nahmen die Plätze, Gassen und Straßen ihrer Stadt so rasch und reibungslos wieder in ihren Besitz, dass es Marais beinah wie ein Wunder vorkam. Die Fröhlichkeit der Leute dort unten auf dem Platz kam ihm schäbig vor. Ihm war, als trampelten sie auf den Gebeinen der Toten herum. Andererseits entsprach aber genau dies nun einmal dem Lauf der Welt.

Marais zog den Packen Briefe hervor und schob ihn in eine Kuriertasche. Er rief nach seinem Burschen Sergeant Strass und befahl ihm, zwei gute Pferde aufzusatteln.

Der Titel Bursche war irreführend, denn Sergeant Strass war

ein Mann, der die Blüte seiner Jahre längst hinter sich hatte. Er war kräftig und untersetzt, das Haar grau und unordentlich, und er war seinem Herrn seit Jahr und Tag treu ergeben.

Strass schob zwei geladene Pistolen in die Satteltaschen. Außerdem hatte er zwei blanke Säbel dabei. Schon zu gewöhnlichen Zeiten trieb sich allerhand Gelichter auf den Straßen Frankreichs herum. Jetzt jedoch mochte nur Gott allein wissen, wie viele Strauchdiebe, Totschläger und Verzweifelte sich während der Quarantäne um die Stadt angesammelt haben mochten.

Marais hatte seine Familie von Anfang an nicht in Brest haben wollen, das ihm mit seinen Sträflingen im Marinegefängnis, den Soldaten, betrunkenen Seeleuten, Händlern und rauen Fischern nicht als der rechte Ort für eine Frau und ein kleines Kind erschienen war. So hatte er keine Zeit verloren, gleich nach seiner Versetzung jenes Haus in der kleinen Ortschaft etwas außerhalb der Stadt zu erwerben, wo sein Sohn in Frieden zwischen Weiden, Feldern, Sand und Meer aufwachsen würde.

Doch bereits nach wenigen Minuten Reitzeit hörten Marais und Strass von einem Bauern, dass vor einiger Zeit in der Gegend um Marais' Haus ein begrenztes Aufflackern der Seuche zu verzeichnen gewesen war. Ihr Ritt durch flache windgepeitschte Wiesen und Felder zog sich für Marais scheinbar endlos hin. Obwohl er in Wahrheit kaum mehr als eine Stunde dauerte.

Als Marais sein Haus verlassen und dessen Türen verrammelt vorfand, ritten sie zum Pfarrhaus des kleinen Sprengels direkt an der Küste, zu dem das Haus zählte. Dort erfuhren sie von dem alten Gemeindepriester, was geschehen war.

»Ihre Frau und Ihr Sohn, Monsieur le Préfet, waren die letzten Toten. Wir glaubten es schon überstanden zu haben. Es waren ja auch nur fünf, die sich die Pest aus unserem Dorf geholt hat. Doch als es begann, bestand Madame Marais darauf, dass man Sie nicht benachrichtigt. Es gebe in Brest Wichtigeres, worum Sie sich zu sorgen hätten, sagte sie.«

Strass empfand Marais' äußerliche Ruhe angesichts der Schreckensnachricht des Gemeindepriesters beinah als unerträglich. Der Pfarrer begleitete Marais auf den Friedhof, der etwas abseits von der aus grauem Stein errichteten Kirche auf der Kuppe eines Hügels lag. Windflüchter und ein paar halb verwitterte Engelsstatuen bildeten seinen einzigen Schmuck. Viele Gräber waren uralt und ihre Steine schon vor Jahrzehnten so tief in die Erde eingesunken, dass sie unter dem harten Gras kaum noch auszumachen waren.

Marais schickte den Priester mit einer herrischen Geste zurück und blieb mit gesenktem Haupt und dem Hut in der Hand lange bei dem Fleckchen Erde stehen, das als letzte Ruhestätte seiner kleinen Familie diente.

Strass konnte nur erahnen, was in dem Präfekten vorgehen mochte. Haderte er mit seinem Gott? Das wäre nur zu verständlich gewesen. Strass sah, wie Marais den Hut wieder aufsetzte, und als er das Friedhofstor erreichte, hätte ein zufälliger Beobachter in seiner Haltung keine Spur mehr von der Last seines Schmerzes bemerkt.

»Wohin, Monsieur?«, fragte Strass.

»Zum Haus.«

Marais trieb sein Pferd unbarmherzig an. Strass folgte ihm in einigem Abstand.

Das zweistöckige Haus war ein massives Gebäude, errichtet aus demselben grauen Stein wie die Kirche, die umliegenden Höfe und der Dorfladen. Es lag am Rande des Ortes und verfügte über gute Glasfenster, eine feste Tür aus dickem Buchenholz und war umgeben von einem sorgsam gepflegten Garten, der sicherlich der ganze Stolz von Madame Marais gewesen war.

Marais sprang von seinem Pferd und band es an einen Ring in der niedrigen Steinmauer, die den Vorgarten vom Rest des Grundstücks trennte. Er befahl Strass zu warten, presste sich sein Taschentuch vor Nase und Mund und betrat das Haus.

Strass hörte, dass Marais drinnen die Treppe hinaufging, und sah dann, wie er nach und nach alle Fenster im Haus schloss und sogar die Fensterläden verriegelte, als bereitete er das Haus auf einen bevorstehenden Sturm vor.

»Dein Feuerzeug!«, forderte Marais Strass auf, nachdem er wieder zu ihm getreten war. Der Sergeant kramte in seinen Taschen und brachte Stahl und Stein zum Vorschein.

Marais öffnete die Kuriertasche, nahm die Briefe an Nadine und ging mit dem Bündel und Strass' Feuerzeug wieder ins Haus. Als Marais wenige Minuten später wieder aus dem Haus trat, quoll bereits Rauch unter dessen Tür hervor.

Als einige Dorfbewohner aufgeschreckt von dem Geruch des Feuers mit Wassereimern zu Hilfe eilen wollten, befahl Strass ihnen barsch zu verschwinden.

Zwei Stunden oder länger stand Marais in seinem dunkelblauen Mantel mit dem schwarzen Dreispitz auf dem Kopf und dem hellen Tuch vorm Gesicht regungslos zwischen dem brennenden Haus und der Scheune. Ein paarmal war es Strass, als hätte er ihn irgendetwas rufen hören. Doch das Feuer prasselte so laut, dass er sich auch geirrt haben konnte.

Strass verstand nur zu gut, was seinen Herrn antrieb. Er war der Sohn eines wandernden Scherenschleifers und aufgewachsen unter Hausierern, Gauklern, Bettlern und Taschendieben, wie sie die Märkte der Kleinstädte unsicher machten. Ganz gewöhnliche Leute mochten ihre Häuser nach dem Tod ihrer Liebsten ausräuchern, tünchen und umgestalten. Das fahrende Volk jedoch nahm auf dieselbe Weise Abschied von seinen Toten, wie Marais dies tat: Indem die Menschen deren Wagen mit all ihrer Habe darin verbrannten und so die Seelen ihrer Toten freisetzten.

In Brest erzählte man sich, Marais stamme aus einer Beamtenfamilie in der Auvergne. Doch Strass begriff: Marais musste wie er selbst unter fahrendem Volk auf der Straße aufgewachsen sein. Vielleicht war er gar ein *gitan*, ein Zigeuner. Doch da er Marais stets für dessen unbestechlichen Gerechtigkeitssinn geschätzt hatte, sandte er für ihn ein stilles Gebet zum Himmel. Es war das Gebet eines alten Soldaten: »Herr, mein Gott, vergib ihm seine Schuld. Du musst. Denn Du hast ihn so geschaffen, wie er ist.«

Auf dem Marktplatz und in den Straßen der Hafenstadt herrschte ein fröhliches Treiben, als die beiden Männer vor der Präfektur von ihren Pferden absaßen. Man feierte ausgelassen die neu gewonnene Freiheit mit Wein, Musik und Tanz. Gegen elf Uhr nachts sollte sogar ein Feuerwerk das Volksfest krönen. Die Stimmnung hatte etwas von einem unverhofften Karneval.

Marais nahm von dem Trubel jedoch kaum etwas wahr. Er war in seinem Büro und ordnete seine Akten. Sein Nachfolger würde seine Angelegenheiten in einem vorbildlichen Zustand vorfinden. Marais' Entschluss stand fest: Er würde sich, sobald alle Akten geordnet waren, eine Kugel in den Kopf jagen.

Nie hätte er gedacht, dass er einmal an Gottes Güte und unermesslichen Gnade zweifeln würde. Wenn man bedachte, wo einst seine Wiege gestanden hatte und wie weit er es schließlich gebracht hatte, so war nachvollziehbar, dass er sich all die Jahre für einen von Gott Begünstigten gehalten hatte. Nicht einmal seine erzwungene Versetzung aus Paris hierher nach Brest hatte etwas an seiner Überzeugung, ein Glückskind zu sein, ändern können. Obwohl die ersten Monate hart gewesen waren, war es ihm gelungen, sich gut in dem neuen Leben einzurichten. Er hatte Nadine an seiner Seite gehabt, die ihm stets eine Stütze gewesen war.

Nun war all dies zunichtegemacht worden.

Er war selbst schuld gewesen. Er hätte auf Couton hören sollen und niemals zulassen dürfen, dass dieser wahnsinnige Priester sich mit seiner Gefolgschaft in Saint-Petrus verbarrikadierte. Ein wenig mehr Entschlusskraft und Schneid, und er hätte das Schlimmste verhindern können.

Doch er hatte nichts unternommen.

Und zu all dem kam der Tod seiner Familie. Während er an ihrem Grab stand, dem Priester zuhörte, der ihn mit seinen seltsam ausgelaugten Worten zu trösten versuchte, raste Marais gegen seinen Gott, der diese Katastrophe zugelassen hatte. Denn lag nicht alle Macht bei Gott? Und war er daher für seine Versäumnisse nicht ebenso zu verdammen, wie Marais für die seinen? Womöglich ja sogar mehr noch als der schwache Mensch Louis Marais? Doch während er später sein Haus brennen sah, begriff er, dass er nicht Gott allein verantwortlich für sein Unglück machen durfte. Nein, sein Entschluss stand fest.

Das Furchtbarste an seinem Vorhaben, sich selbst ein Ende zu setzen, war, dass er damit auch jedes Versprechen auf ein Wiedersehen mit seiner Frau und seinem Sohn verspielte, die er in diesem Augenblick sicher und glücklich in Gottes Paradies wusste. Denn Suizid war eine Todsünde und würde Marais in die Hölle verdammen.

Doch was war ein Leben allein und mit dem Wissen, dass er diese Leute in Saint-Petrus ihrem Tod ausgeliefert hatte, obwohl es in seiner Macht gestanden hätte, sie davor zu bewahren? Verdammt zum ewigen Fegefeuer war er durch seine Versäumnisse als Präfekt ohnehin. Diese Welt war ihm seit Nadines und Pauls Tod Hölle genug. Besser jetzt und hier durch eigene Hand ein rasches Ende machen, als in dieser leeren und furchtbaren Welt weiter zu existieren, bis er eines Tages auf natürlichem Wege in Gottes Hölle gelangte.

In einem polierten Ebenholzkasten auf dem Aktenschrank lagen zwei gut geölte Duellpistolen, die er von seinem Vorgänger in der Präfektur übernommen hatte. Marais hob den Kasten herunter, legte ihn vor sich auf den Tisch und öffnete ihn. Zusammen mit den beiden Waffen lagen auch Putzstock, Pulverbeutel, Zündblättchen und eine Handvoll Bleikugeln in dem Kasten. Er prüfte nacheinander beide Pistolen auf ihre Funktionstüchtigkeit und entschied sich für jene, die ihm um einen Hauch besser ausbalanciert erschien. Dann roch er misstrauisch an dem Schießpulver und zerrieb ein wenig davon zwischen Daumen und Zeigefinger. Es war staubtrocken und gut angemischt. Zuletzt suchte er die Kugel aus. Er griff nach dem Militärdolch, der ihm als Brieföffner diente, und schnitt zwei tiefe Kerben in das weiche Blei der Kugel ein.

Für Marais war es eine Frage von Anstand und Würde, gerade in diesem letzten Akt auf Erden nicht zu versagen. Er war ein Mann, der mit Schusswaffen umzugehen wusste. Eine gekerbte Kugel würde beim Eindringen in seinen Schädel in Splitter zerspringen, die ihm sein Hirn zu Brei zermahlen würden.

Marais lud die Waffe, legte sie dann wieder auf den Schreibtisch, trat ans Fenster und sah einen Moment dem ausgelassenen Treiben auf dem Marktplatz zu. Er wunderte sich über das offensichtliche Zutrauen in die Welt und in die Zukunft, das die Leute dort unten so kurz nach der Katastrophe beflügelte. In seinem eigenen Herzen fand er dafür keinen Platz mehr.

Er ging wieder zum Schreibtisch, ergriff die Waffe, trat zwei Schritte in die Mitte des Raumes, setzte den Lauf der Pistole an den Kopf und schloss die Augen.

Was war das schon? Die Krümmung seines Fingers, dann – Dunkelheit. Ein einziger kurzer Moment.

Er versuchte es.

Nichts.

Er war unfähig, seinen Finger zu krümmen.

Verblüfft über sich selbst setzte er die Waffe ab, betrachtete sie verlegen und setzte sie erneut an den Kopf.

Doch wieder wollte es ihm nicht gelingen.

Erschöpft ließ Marais sich auf den Stuhl sinken. Er war schweißgebadet. Ganz offensichtlich war er außerstande, einen Schlussstrich zu ziehen. Zu dem Versagen als Präfekt und Beschützer seiner Familie kam nun noch die Erkenntnis, ein Feigling zu sein.

Draußen, am Nachthimmel, explodierten die ersten bunten Sterne des Feuerwerks.

Marais erhob sich und holte eine Flasche Cognac aus dem Aktenschrank, stellte ein Glas dazu, das er zuvor mit seinem Hemdzipfel vom Staub befreite, und schenkte sich einen kräftigen Schluck ein.

Wie vielen Menschen war es wohl ähnlich ergangen, fragte er sich. Selbstmord war eine Angelegenheit, die sich im Verborgenen abspielte. Die Welt erfuhr vom Ergebnis. Doch niemals hörte man etwas darüber, wie oft dieser oder jener sich die Schlinge wieder vom Hals streifte, wie oft er die Waffe wieder absetzte oder wie viele verzweifelte Schwimmzüge einer noch vollführte, bevor er sich schließlich widerstandslos den Fluten überließ.

Marais trank den Cognac in zwei gierigen Schlucken und füllte das Glas erneut. Eine tiefe Ruhe durchströmte ihn. Ein drittes Glas Cognac – ebenso hastig hinuntergeschüttet wie die beiden zuvor.

Draußen explodierten immer noch bunte Bälle und strahlende Sterne, die dann wirbelnd aus dem klaren Nachthimmel wieder zur Erde herabstürzten.

Jetzt galt es.

Er dachte darüber nach, es hier am Schreibtisch zu tun. Doch würde das die Dossiers und Aktenstücke, die er darauf geordnet hatte, mit seinem Blut besudeln. Was ihm als unzulässig und würdelos erschien. Also griff er nach der Duellpistole, löste sich vom Schreibtisch und trat wieder in die Mitte des Raumes.

Er setzte den Lauf an den Kopf, atmete tief durch und schloss die Augen.

Doch wieder gelang es ihm nicht, seinen Finger dazu zu bringen, den Abzug durchzuziehen. Für eine Schrecksekunde wähnte er sich in einer Hölle, die zynischerweise der Welt glich, die er gerade so verzweifelt zu verlassen versuchte.

Aber er war am Leben und erneut gescheitert.

Wie sehr er sich doch nach der Dunkelheit sehnte. Wie sehr er sich vor sich selbst ekelte.

Verzweifelt sank er auf den Stuhl.

Marais hätte nicht zu sagen vermocht, wie lange er so dagesessen hatte. Es musste bereits Mitternacht gewesen sein, als es plötzlich an der Tür klopfte und Strass hereintrat.

»Ein Bote aus Paris, Monsieur. Er sagt, er müsse seine Antwort gleich haben.«

Strass legte die Depesche, die der Bote gebracht hatte, auf Marais' Schreibtisch, wandte sich um und verließ das Zimmer. Marais sah ihm nach. Dann wandte er sich der Depesche zu. Bei dem Siegel darauf handelte es sich um das des Polizeiministers. Außerdem war *Dringend* darauf vermerkt und zweimal unterstrichen worden.

Fast fünfzehn Jahre lang war Marais Polizeiagent in Paris gewesen. In dieser Zeit hatte er seine größten Erfolge gefeiert und es zum wohl berühmtesten Polizisten in Frankreich gebracht. Trotzdem hatte Monsieur le Ministre Joseph Fouché ihn vor fünf Jahren, zwei Monaten und zwölf Tagen mithilfe einer raffinierten Intrige seines Postens enthoben und hierher nach Brest verbannt.

Mit einer einzigen Ausnahme hatte Marais keinen Mann je so tief verachtet wie den Polizeiminister Fouché. Marais hatte seinen Beruf immer als eine Art Spiel begriffen. Wenn man so wollte, war der Beruf des Polizisten eine Variante der Jagd. Aber zur Jagd – wie zum Spiel – gehörte es, dass man sich nach einer Niederlage als guter Verlierer gab. Fouché jedoch war dazu nicht fähig gewesen. Für ihn bedeutete jede Niederlage eine persönliche Demütigung, die es auszuwetzen galt – und zwar um jeden Preis.

Marais wog die Depesche in der Hand. Ich könnte sie verbrennen und den Boten ohne Antwort zurückschicken, dachte er.

Letztlich siegte sein Pflichtbewusstsein. Dies war ein amtliches Dokument, und es war an ihn persönlich gerichtet. Er war schließlich immer noch Beamter.

Marais erbrach das Siegel.

Monsieur,
dringende Ermittlungen erfordern Ihre unverzügliche Rückkehr. Ernennung zum Commissaire du Police Judiciaire hiermit erfolgt. Einsatzort: Sicherheitsbüro Paris, Rue Sainte-Anne.
Joseph Fouché, Paris

Ungläubig begriff Marais, dass Fouché ihm seinen alten Posten anbot. Natürlich bedeutete der Posten eines Commissaire, gemessen an seiner Stellung hier in Brest, einen gewissen Abstieg. Aber es bedeutete auch, dass die Dinge in Paris schlimm stehen mussten, wenn der alte Fuchs über seinen Schatten sprang und sich ausgerechnet an Louis Marais wandte.

Marais hatte ein Talent dafür, Morde aufzuklären. Das wusste Fouché besser als jeder andere im Ministerium. Daher lag die Vermutung nahe, dass es ein Mord war, der den Minister dazu bewog, nach ihm zu rufen.

Was nun, fragte sich Marais, sollte er wirklich nach Paris zurückkehren?

Noch vor wenigen Augenblicken wollte er seinem Leben ein Ende setzen, doch er hatte es nicht vermocht. Und jetzt rief dieses verhasste Leben nach ihm, als wäre nichts geschehen. Marais fragte sich mit bitterer Ironie, wer ihn hier in Gestalt dieser Depesche in Versuchung führte – Gott, der Herr, oder jener alte kahlköpfige Betrüger, den man gemeinhin Satan nannte?

Letztlich, sagte er sich, war es gleich. Was hatte er schon zu verlieren? Nichts.

Er erhob sich, trat zur Tür.

»Strass! Ein Pferd! Meinen Mantel! Einen Koffer für die Papiere!«, rief er.

Die Tür öffnete sich, und Strass steckte seinen Kopf durch den Spalt.

»Monsieur le Préfet?«

Marais war bereits aufgestanden und trug unter dem Arm den Ebenholzkasten mit den beiden Pistolen.

»Worauf wartest du? Hast du mich nicht verstanden? Beweg dich!«

Strass' eilige Schritte verklangen im Flur.

Als an diesem Morgen die Sonne aufging, stattete Marais Couton einen kurzen Abschiedsbesuch ab. Bevor er das Haus des Doktors verließ, legte er den Ebenholzkasten mit den beiden Duellpistolen auf dessen Schreibtisch ab. »Bewahren Sie das für mich auf, Couton. Womöglich werde ich eines Tages danach schicken lassen.«

2
DER GEHEIME GARTEN

Der Mann hielt einen stumpfen Spiegel in der Hand und trug ein Damenkorsett über einem weißen Nachthemd. Er stand auf einer zwei Meter hohen Bühne. Die Frau neben ihm hatte einen angemalten Bart und ihr wirres graues Haar unter einen verrosteten Gardistenhelm gestopft. Ihr faltiger Hals ragte aus einem schimmernden Brustharnisch, und ihre schwarzen Männerhosen waren in der Taille so weit, dass sie mit einem Strick gehalten werden mussten. Zwischen beiden schlug ein mongoloider Zwerg ohne erkennbaren Rhythmus auf eine Trommel ein, die so groß war, dass er fast vollständig hinter ihr verschwand.

Anlass dieser Versammlung war eine Theaterprobe im Hauptsaal des Asyls von Charenton. Regisseur, Dramaturg, Intendant und Kostümbildner des Stückes war ein Adeliger namens Donatien Alphonse François, Marquis de Sade, und das Stück, welches man probte, Molières *Don Juan*.

Seit einigen Jahren galten de Sades Theateraufführungen in Charenton unter den Reichen und Schönen von Paris als der letzte Schrei.

De Sade war dreiundsechzig Jahre alt und hatte selbst seine zweitbesten Jahre längst hinter sich. Er war von mittlerer Statur. Das Gesicht mit der großen, leicht gebogenen Nase war fleischig, die Lippen elegant geschwungen, jedoch recht schmal.

Eindrucksvoll waren seine blauen Augen. De Sade galt in seiner Jugend als schöner Mann. Inzwischen war er dick geworden, Rheuma und Gicht plagten ihn, und er zog beim Gehen sein rechtes Bein etwas nach.

Er hatte vor der Bühne in einem abgewetzten Sessel Platz genommen und genoss sichtlich den skurrilen Anblick, der sich ihm bot. Sein ausgeblichener Brokatrock mit den Seidenaufschlägen war nach einer längst vergangenen Mode geschneidert, seine Stiefel zerkratzt und die Sohlen löchrig, die Perücke auf seinem Kopf voller Löcher, und der Edelstein in dem vermeintlich kostbaren Ring an seiner rechten Hand war in Wahrheit nur ein Stück farbiges Glas.

Monsieur le Marquis war Abkömmling eines Geschlechts, das seit Jahrhunderten zum Hochadel Frankreichs zählte, und doch hatte er mehr als die Hälfte seines Lebens in Festungen, Gefängnissen oder Irrenanstalten verbracht. In einem Dokument der kaiserlichen Staatskanzlei begründete man seine Einweisung nach Charenton damit, dass er – wie seine obszönen Romane unmissverständlich zeigten – an »ausschweifender Demenz« leide, die seine Unterbringung in einer Irrenanstalt nicht nur rechtfertige, sondern dringend erfordere. Allerdings flüsterte man auch, dass der wahre Grund für seine Einweisung eine Schmähschrift gegen Kaiser Napoléon Bonaparte darstellte. Dass de Sade die Urheberschaft daran stets empört von sich wies, zählte nicht.

Neben de Sade nahm in einem zweiten Sessel gerade ein verwachsener Buckliger Platz. Er war nicht größer als ein Knabe, nannte sich Abbé Coulmier, war der Direktor des Asyls von Charenton und unterstützte de Sades Theaterinszenierungen bedingungslos, da er sie für eine geeignete Form der Therapie hielt.

Der Abbé blickte de Sade in einer Mischung aus Amüsement und Neugier an. »Ich bin ja einer Meinung mit Ihnen, mein Freund: Einen stummen, glatzköpfigen Debilen hat vor Ihnen bestimmt noch keiner als Don Juan besetzt. Obwohl man sich natürlich fragt, wie Sie einen Stummen dazu bewegen wollen, seinen Text zu sprechen. Eine Pantomime ist das Stück ja nun nicht.«

»Sprechen soll er ja auch gar nicht, Coulmier. Seinen Part wird der junge Lataque hinter der Bühne deklamieren.«

Der junge Lataque verfügte über einen geradezu göttlichen Körper war aber völlig in sich selbst versunken und besaß die Fähigkeit, ganze Bücher auswendig zu lernen, die er dann mit ausdrucksloser Stimme und ohne den geringsten Fehler wiederzugeben pflegte.

De Sade zauberte einen appetitlichen Apfel aus seiner Rocktasche und hielt ihn Coulmier vors Gesicht. »Mein Theater ist wie dieser Apfel. Man soll es schmecken und riechen, berühren und fühlen können. Und vor ihm erschrecken...«

De Sade brach den Apfel entzwei. Dessen Inneres war faulig braun und wimmelte von weißlichen Würmern.

Coulmier nahm die beiden Apfelhälften in die Hand und betrachtete die Maden. »Ich verstehe. Alle Schönheit ist grausam«, sagte er, warf den Apfel angewidert zu Boden und zertrat ihn unter seinem Stiefelabsatz.

»Genau, Coulmier. Sie als buckliger Zwerg sollten diese Erkenntnis ganz besonders zu schätzen wissen«, sagte de Sade.

Nicht alle Insassen von Charenton waren tatsächlich krank. Einigen bot das Asyl einfach eine bequeme Flucht vor der Realität. In anderen Fällen hatte man unliebsame Familienmitglieder mit stillschweigendem Einverständnis der Behörden hierher abgeschoben. Oft genug geschah das, um sich deren Vermögen unter den Nagel zu reißen. Eine weitere Kategorie bildeten Insassen wie de Sade, die aufgrund von mehr oder weniger undurchsichtigen Intrigen hier gelandet waren. Die meisten dieser Leute hatten sich nach und nach mit ihrer Situation abgefunden und versuchten das Beste aus ihrer Lage zu machen. Eine weitere Gruppe der ständigen Bewohner des Asyls bildeten die Angehörigen von Insassen, die sich – aus Zuneigung oder Pflichtgefühl – entschlossen hatten, ihr Leben zusammen mit ihren Lieben hinter Mauern zu fristen. So war auch de Sades Geliebte, Madame Constance Quesnet, vor zwei Jahren zu ihm hierher nach Charenton gezogen.

Coulmier warf dem Marquis einen melancholischen Blick zu. Er war fasziniert von de Sades Phantasie, seiner Willenskraft und Energie. Und er beneidete ihn heimlich um dessen Erinnerungen an Ausschweifungen und Laster, zu denen es ihm selbst sein Leben lang an Mut, Vermögen und gutem Aussehen gefehlt hatte.

Auf der Bühne begann der Zwerg erneut wild zu trommeln. De Sade hatte ihn schon mehrfach ermahnt, nicht so einen Lärm zu veranstalten, aber vergebens.

Unvermittelt brachen die Trommelschläge ab. Der debile Stumme warf seinen Handspiegel zu Boden, und den dünnen Lippen der Frau im Harnisch entrang sich ein erstauntes Quieken. Doktor Royer-Collard – Anstaltsarzt und erbitterter Gegner der Theateraufführungen in Charenton – hatte den Saal betreten. Er klatschte mehrmals in die Hände. »Manou, Lorraine, Stanislaw – Zeit fürs Bad!«

Er wandte sich um, zum Zeichen, dass er keine Widerworte duldete.

»Idiot!«, zischte Coulmier, während er der Dame im Harnisch, dem Zwerg und dem stummen Glatzkopf mit einer Geste zu verstehen gab, dass die Probe für heute beendet sei.

Während die Schauspieler von der Bühne stiegen, zückte de Sade ein Schnupftabaksdöschen und zog geräuschvoll schniefend eine Portion des gelblichen Pulvers von seinem Handballen in die Nasenlöcher, woraufhin er sich mit dem Rockärmel Rotz und Tabakreste vom Gesicht wischte. Gewöhnlich hätte Royer-Collard es nicht gewagt eine Probe zu unterbrechen, solange der Abbé sich im Saal aufhielt. Der Doktor war bereits bei der Tür, als er sich noch einmal zu Coulmier und de Sade umwandte.

»Ach übrigens, Bürger de Sade, da warten zwei Polizisten in Ihren Räumen. Sie haben eine Order vom Präfekten dabei.«

De Sade stieß einen Fluch aus. Sicher waren die Polizisten gekommen, um in seinen Kammern nach verbotenen Schriften und pornographischen Büchern zu suchen, wie sie das in regelmäßigen Abständen zu tun pflegten.

Als sich der Marquis steif erhob, fühlte er sich alt und müde. Er nickte Coulmier zum Abschied zu und machte sich auf, um zu sehen, ob er die Polizeiagenten bei ihrer Arbeit wenigstens ein bisschen behindern konnte. Zu jedem anderen Zeitpunkt hätte Constance das für ihn übernommen, doch befand die sich auf Besuch bei Verwandten auf dem Land.

Zu de Sades Verwunderung waren die beiden Polizisten an diesem Nachmittag nicht gekommen, um seine Habseligkeiten zu durchwühlen, sondern forderten ihn zu einem Ausflug nach Paris auf.

Die Kutsche wartete bereits im Hof.

Dass de Sade im Inneren der Kutsche von Jean-Marie Beaume, dem Polizeipräfekten von Paris, erwartet wurde, bedeutete allerdings mehr als nur eine Überraschung für den alternden

Marquis. Das, so meinte er, konnte eigentlich nur in einer Bosheit enden – und zwar auf seine Kosten.

De Sade und Beaume tauschten ein paar nichtssagende Höflichkeiten aus, die kaum darüber hinwegtäuschen konnten, wie tief die gegenseitige Abneigung zwischen dem Polizeipräfekten und dem alten Libertin war. Zumal Beaume sich nicht dazu hinreißen ließ, de Sade Auskunft über Zweck und Ziel ihrer unerwarteten Ausfahrt zu geben. Beaume bestand sogar darauf, die Vorhänge zuzuziehen. »Immer noch jene alte Geschichte, de Sade?«, lächelte er. »Dabei sollte man doch meinen, das alles sei inzwischen lang genug her.«

De Sade wandte sich demonstrativ dem verhängten Kutschfenster zu.

»Nicht mir sollten Sie Vorwürfe machen, sondern Jean-Jacques Henri, oder meinetwegen auch Marais«, versuchte Beaume halbherzig, erneut eine Konversation in Gang zu bringen.

De Sade schwieg weiterhin. Trotzdem hatte Beaume ganz richtig vermutet, wenn er die üble Laune seines Passagiers auf »jene alte Geschichte« bezog. Damals hatten der frühere Polizeipräfekt von Paris Jean-Jacques Henri, Beaume und ein gewisser Louis Marais de Sade das Blaue vom Himmel versprochen, wenn er ihnen bei der Aufklärung einer spektakulären Mordserie half. De Sade war überzeugt, dass die beiden Polizisten ihm seinerzeit den entscheidenden Hinweis zur Lösung des Rätsels verdankten. Marais wurde durch die Verhaftung des Mörders und Kannibalen Lasalle in ganz Frankreich berühmt. Jean-Jacques Henri wurde zum Helden und Beaume befördert. Nur de Sade bekam nichts. Keines der Versprechen die Marais und der Polizeipräfekt ihm gegenüber gemacht hatten, wurde eingehalten.

Nun saß de Sade so viele Jahre später also erneut Jean-Marie Beaume gegenüber. Der Präfekt hatte sich kaum verändert. Immer noch hatte er etwas von einem jungenhaften Draufgänger an sich, das ihm jetzt umso besser zu stehen schien.

De Sade fragte sich, ob man ihn womöglich nur deswegen aus Charenton holte, um ihn irgendwo in einer dunklen Gasse einem Meuchelmörder auszuliefern. Womöglich reichte es dem Kaiser und dessen Polizeiminister ja nicht mehr, ihn einzusperren. Jean-Marie Beaume wäre auch nicht der erste Polizist, der sich für einen Mord einspannen ließe. Ihn dafür anzuheuern, stellte sogar einen besonders schlauen Schachzug dar. Wer wäre schließlich besser geeignet, einen Mord zu vertuschen, als der Polizeipräfekt von Paris?

Hoffentlich, dachte de Sade, würde es wenigstens schnell gehen. Beaume erschien ihm nicht wie ein Mann, der seine Freude daran hätte, bei einem Meuchelmord besonders grausam vorzugehen. Nein, er zählte zu der Sorte, die es schnell und schlagkräftig mochten. Ein einziger Augenblick grellen Schmerzes und alles war vorüber. Falls es so kam, fragte er sich, wäre das dann wirklich so furchtbar? Immerhin ginge er so mit einem Knalleffekt von der großen Bühne der Welt ab.

Die Kutsche hielt.

»Man erwartet Sie, Monsieur«, sagte Beaume und öffnete de Sade lächelnd den Schlag.

De Sade blickte den Präfekten fragend an, dann zog er seinen Bauch ein und stieg aus der Kutsche. Er fand sich im dunklen Hof eines Pariser Stadtpalais wieder, das sich in jedem der älteren Viertel der Stadt befinden konnte. Es war drei Stockwerke hoch und seine Fassade schmucklos schlicht. Eine Reihe alter Bäume säumte die Auffahrt. Kein Licht drang aus Türen oder Fernstern des Palais.

De Sade blickte sich nach Beaume um, der ihn mit einer Geste beschied, zur Tür zu gehen. »Klopfet an, so wird Euch aufgetan, wie es in der Schrift heißt«, lächelte der Polizeipräfekt.

Ein verlassenes Stadtpalais war ein guter Ort für einen Meuchelmord. Es konnte Tage dauern, bevor man hier seine Leiche fand. Doch de Sade wusste auch, was er seinem Stand und seinem Ruf schuldig war. Zweimal war er im Siebenjährigen Krieg als Offizier für Tapferkeit vor dem Feind ausgezeichnet worden. Er war ein Marquis von Frankreich, seine Ahnenlinie reichte weiter zurück als die der meisten Könige. Ein Mann wie er trat dem Tod nicht mit gesenktem Haupt entgegen. So ging – nein stolzierte – Monsieur le Marquis scheinbar gleichmütig der Eingangstür entgegen, ohne sich große Hoffnungen zu machen, dahinter auf irgendetwas anderes als den Tod zu treffen.

Sowie er die schwere Tür erreichte, wurde diese auch schon wie von Zauberhand geöffnet. In dem schmalen Spalt erschien eine runzlige Hand, die eine Lampe mit einer dünnen Kerze darin in die Höhe hielt.

»Arthur?«, rief de Sade erstaunt aus. Alles hätte er hier zu sehen erwartet, jedoch nicht dieses runzlige Gesicht mit der breiten Narbe auf der rechten Wange. Eine Narbe, die de Sade selbst dort hinterlassen hatte. Wie lange war das her? Fünfunddreißig Jahre? Eher wohl vierzig.

De Sades Herz raste. Wenn Arthur ihn erwartete, fragte er sich, war dann etwa auch sein Herr, der Comte Solignac d'Orsey, nicht weit?

De Sade verwarf den Gedanken. Der Comte musste längst tot sein. Er war bereits in den besten Mannesjahren gewesen, als de Sade ihn vor fast vierzig Jahren kennenlernte, und müsste daher heute beinahe hundert sein. Und kein Mann, der solch ausschweifenden Vergnügungen frönte wie es der Comte getan hatte, erreichte je ein solches Alter.

»Mitleid ist ein Schimpfwort für mich«, hatte der Comte damals gesagt, an jenem glorreichen Wintermorgen, als der blutjunge Marquis de Sade, besiegelt durch einen langen Kuss, dessen Schüler, Geliebter, Komplize und Kumpan wurde. Und was für ein gelehriger, eifriger und schöner Schüler Monsieur le Marquis doch gewesen war! Umso furchtbarer für ihn die Sommernacht, in der de Sades Zuneigung und Bewunderung in Verachtung und Hass umschlug, weil sein Herr und Meister, Lehrer und Geliebter, ihn ohne ein Wort der Erklärung zugunsten eines neuen, jüngeren Geliebten fallen ließ.

Der Comte war nicht der erste Libertin gewesen, mit dem de Sade in Kontakt gekommen war. Sein Onkel, Jacques-François de Sade, galt als der berühmteste Libertin und Freidenker seiner Zeit und hatte keine Gelegenheit versäumt, seinem jungen Neffen seine ganz eigenen Lebensansichten zu vermitteln. De Sade, enttäuscht von seiner kühlen Mutter und dem exzentrischen Vater, hatte die Zuneigung des Onkels dankbar erwidert. De Sades Onkel mochte zwar die in ihm vorhandenen Anlagen zum Provokateur und Libertin erkannt und geweckt haben, doch nachdem er jene Keime zu zarten Sprösslingen herangezogen hatte, brachte der Comte sie schließlich erst wirklich zum Erblühen.

Während de Sade später Jahrzehnte in Gefängnissen, Festungen und Irrenanstalten verbrachte, hatte der Comte in aller Stille einen Kreis ergebener Gefolgsleute um sich versammelt, die ihm bedingungslos folgten und seine Ansichten darüber, was ein wahrer Libertin sei, niemals in Zweifel zogen. Als die ersten Romane und Novellen des jungen de Sade erschienen, war es dieser geheime Zirkel, der seine Schriften und Ideen erbitterter verdammte als selbst der prüdeste Zensor. Für den Kreis des Comte hatten Libertins eine verschworene Elite zu bleiben, die jegliche Vorlieben und Leidenschaften ihres Zirkels eifersüchtig hütete und sich tunlichst der Öffentlichkeit fernhielt. Aber de Sade hatte dieses Gesetz gebrochen. Und obwohl de Sade sicher war, dass der Comte Solignac d'Orsey selbst längst tot und begraben sein musste, war er sich zugleich klar darüber, dass dessen verschworener Kreis nach wie vor sehr lebendig war.

Während de Sade noch in diese Gedanken vertieft war, glitt ein verächtliches Lächeln über seine Lippen.

Ja, dachte er, hier und jetzt von der Hand seinesgleichen ermordet zu werden, bildete den passenden Schlussakkord für sein Leben.

Diese Narren hofften, ihn endgültig zu besiegen, freute er sich, dabei würden sie mit ihrem Meuchelmord nichts weiter erreichen, als seinem Namen und seinen Werken zu neuem Glanz zu verhelfen

Denn nichts ging über einen rätselhaften Tod, um das Werk eines Schriftstellers und Philosophen wahrhaft unsterblich zu machen.

»Kommen Sie, Monsieur!«, bat Arthur mit brüchiger Stimme und wies mit der Hand in die Halle des Palais.

De Sade trat ein.

Arthur hob seine Lampe.

Ihr Licht fiel auf Wände und Decke der prächtigen Halle des Palais. Monsieur le Marquis stockte der Atem, als er dort auf das wunderbarste Kunstwerk blickte, das er je zu Gesicht bekommen hatte.

Denn Wände und Decken der Halle waren mit Fresken bemalt und von Stuckfiguren gesäumt, die sich gegenseitig wundervoll ergänzten. Was sie darstellten, war die Hölle. Doch es war eine überaus denkwürdige Hölle, in der die armen Sünder statt von Dämonen gepeinigt zu werden, in einer Art riesigen Amphitheater zusammenkamen, auf dessen Bänken man nach Herzenslust miteinander diskutierte, trank, weinte, lachte oder in den merkwürdigsten Stellungen kopulierte. Jede der Figuren dort wurde als selbstbewusstes Individuum gezeigt, das stolz und trotzig, ja zuweilen gar fröhlich seine Verdammnis durchlebte.

Im Zentrum des Deckenfreskos war Luzifer persönlich zu sehen. Dieser Luzifer war ein ganz gewöhnlicher Jedermann, und wie er so auf seinem schlichten Thron saß, hätte er ein Pariser Kleinbürger sein können, der an irgendeinem Lokaltisch darüber nachsann, ob er besser Kaffee oder Schokolade ordern solle.

»Sie haben nur wenig Zeit!«

De Sade zwang den alten Dienstboten, ihm in die Augen zu sehen. »Wofür Arthur?«, fragte er.

»Als ob Sie das nicht besser als jeder andere wüssten, Monsieur. Beeilen Sie sich! Es geht zu Ende mit ihm!«, antwortete Arthur.

Während er hinter ihm die Treppe hinaufstieg, erfasste den Marquis wieder dieselbe längst vergessen geglaubte Erregung, die ihn auch damals schon jedes Mal ergriff, sobald er im Begriff gestanden hatte, dem Comte gegenüberzutreten. Man sagte zwar, Hass nutze sich mit der Zeit ab wie ein zu oft gebrauchtes Werkzeug. De Sades Hass und Verachtung auf Solignac d'Orsey hatte sich in all den Jahren jedoch nicht abgenutzt.

Im Gegenteil.

Zwei hohe Flügeltüren gingen von der Galerie am Ende der Freitreppe ab, doch nur hinter einer davon – der linken – schimmerte etwas Licht auf die Galerie. De Sade glaubte das böse Fauchen großer Katzen hören zu können.

»Er ist da drin. Gehen Sie … rasch …«, drängte Arthur, öffnete die Tür einen Spalt und winkte de Sade ungeduldig, endlich einzutreten.

Nach der Düsternis der Halle blendete de Sade das Licht in dem weitläufigen Saal. Für einen Moment kehrte seine Furcht zurück. War dieses grelle Licht das Letzte, was er sah, bevor irgendein stechender Schmerz ihn traf und er für immer in Dunkelheit fiel?

De Sade kniff unwillkürlich die Augen zusammen.

Hinter ihm fiel die Tür ins Schloss.

Irgendetwas berührte zärtlich de Sades Wange. Ein seltsames Streicheln, flatterhaft unbeständig und so sanft – nahezu unfühlbar. Das konnte nicht der Tod sein. De Sade schlug blinzelnd die Augen auf.

Er sah einen Schmetterling, erdfarben mit gelben, roten und blauen Flecken. Sein Flug wirkte so schwerelos, als tanzte er in der Luft. Er flog so nah und ungerührt um de Sades Gesicht, als hätte er keinen Grund, Menschen zu fürchten.

De Sade verabscheute Schmetterlinge. Panisch wedelte er mit den Händen, um ihn zu vertreiben.

Der Saal musste das gesamte mittlere Stockwerk des Palais einnehmen. Beleuchtet wurde er durch eigenwillig geformte Kandelaber, die statt Kerzen gläserne Kolben trugen, in denen sich eine fluoreszierende Flüssigkeit befand – eine Vorrichtung, von der de Sade in den Schriften längst vergessener Alchimisten gelesen hatte. Der Boden war aus Steinfliesen und bedeckt von einer dicken Schicht schwarzen feuchten Humus, aus dem fremdartige Farne, Palmen, Büsche und Blüten wuchsen.

Andere Pflanzen waren dagegen in große Kübel gepflanzt. Zwischen ihren Wedeln, Ästen und Blättern flatterten und summten weitere Insekten umher. Manche so winzig wie Eintagsfliegen, andere so groß und bunt wie der Schmetterling, den de Sade eben ängstlich vertrieben hatte. Auch fanden sich überall zwischen Blättern und Ästen kunstvoll gesponnene Netze großer, glänzender Spinnen. Zwischen den Pflanzen und Kübeln blitzten zudem kunstvolle Volieren hervor, in denen sich exotische Vögel tummelten. Obwohl die meisten der Volieren verschlossen waren, flatterten doch einige ihrer Bewohner frei im Saal umher.

In der gegenüberliegenden Ecke saßen zwei große, getigerte Katzen. Fauchend und zähnefletschend waren sie damit beschäftigt, einen bunten Vogel in Fetzen zu reißen. Einzig ihr Fauchen und Kratzen war dabei zu hören. Denn obwohl der Saal voller Vögel war, schien keiner von ihnen irgendeinen Laut von sich zu geben. Zwischen all den Pflanzen schlängelten sich Pfade tiefer ins Innere des Saales hinein. De Sade schreckte zwar unwillkürlich davor zurück, ihnen zu folgen. Andererseits war es völlig sinnlos, noch länger schweigend hier herumzustehen. So folgte er zögernd dem breiteren der Pfade weiter in den großen, unübersichtlichen Saal hinein.

Obwohl seine Beklemmung mit jedem Schritt weiter wuchs, war er auch fasziniert von dem, was er da sah. So überwältigend und verstörend war es. Denn von Zeit zu Zeit stieß er bei seiner Wanderung auf lebensgroße Puppen und Automaten, die zwischen den Pflanzen, den Volieren und Kandelabern aufgestellt waren und ihm noch seltener und exotischer vorkamen als tropische Schmetterlinge im kalten Herbst von Paris. Da gab es Gliederpuppen aus Metall und Gips, aber auch solche aus Porzellan und festem Stoff und andere, die wie Marionetten an Fäden von der hohen Decke hingen.

Vor allem die übergroßen Marionetten vermittelten den Eindruck von grotesken Monstrositäten, deren starre Gesichter und geisterhafte Gliedmaßen nur darauf zu warten schienen, von einer verborgenen Faust zu künstlichem Leben erweckt zu werden. Beängstigender sogar noch als die Marionetten fand de Sade indes eine Reihe feingliedriger Automaten, deren meisterliche Gestaltung aus feinstem Porzellan, dünnem Goldblech, glattem Leder und kostbarster Seide täuschend echt die Illusion von Lebendigkeit erweckte.

Erst nach einiger Zeit wurde ihm bewusst, dass sich unter all den Marionetten, Puppen und Automaten keine einzige befand, die einer Frau nachgebildet war.

Dieser Saal war ein einziger Traum. Seine bloße Existenz bildete ein Veto gegen die Macht der Wirklichkeit eines Zeitalters, für das die unermesslichen Möglichkeiten menschlicher Träume sich allzu oft einzig in der Zweckmäßigkeit von Feldgeschützen erschöpften. De Sade selbst hatte einst von einem Ort wie diesem geträumt. Aber nichts hier war echt, sondern fügte sich in ein striktes Korsett aus Regeln, Mustern und unbarmherziger menschlicher Logik. Der Comte hatte sich in seinem Zaubersaal zu einem allmächtigen Gott aufgespielt. Doch es gab nun einmal keine Götter. Hinter den Kulissen dieses Ortes musste eine Heerschar von Gärtnern, Handwerkern und Bediensteten damit beschäftigt sein, dafür zu sorgen, dass die exotisch gespenstische Fassade gewahrt blieb.

De Sade entdeckte den Comte. Er saß in einem Stuhl aus schwarzem Metall und dunkelrotem Holz, an dessen Seiten zwei riesige Räder angebracht waren. Die Anordnung ihrer Drahtspeichen hatte etwas von Spinnennetzen.

De Sades ehemals stolzer und schöner Geliebter war zu einer winzigen Kreatur geschrumpft, deren Atem so leicht ging, dass er kaum noch wahrzunehmen war, und dessen geisterhaft lange und knotige Finger regungslos auf den Armlehnen seines Stuhls lagen.

Aus dicken königsblauen Decken ragte ein dürrer brauner Hals hervor. Den Kopf bedeckte ein Turban aus leuchtend rotem Tuch. Das Gesicht des Comte war völlig haarlos. Selbst Augenbrauen und Wimpern waren ihm ausgefallen, und jenes träge Öffnen und Schließen der hauchdünnen Augenlider hatte etwas von der Wachsamkeit eines lauernden Reptils.

Die grauen, blutleeren Augen des Comte blickten de Sade geradeheraus an. Dies war der Blick eines Monsters vom Gipfel seiner Macht hinab auf eine Welt, von der es wusste, dass sie ihm zu Füßen lag. De Sade begriff, dass an diesem Ort, der die bedeutendste Sammlung mechanischer Wunderwerke in Paris beherbergte, keine einzige Uhr zu finden war. Aber auch keiner der Vögel hier hatte gesungen. De Sade erschien dies nur folgerichtig: Vögel, die sangen, flogen irgendwann davon. Und das Ticken von Uhren erinnerte an den unaufhaltsamen Fluss der Zeit. Doch weder die Freiheit noch die Zeit hätten in diese künstliche Welt des Comte gepasst. Beide musste er als Bedrohungen seiner Stellung als allumfassender Herrscher in diesem Labyrinth aus gefährlicher Schönheit ansehen.

Wie schäbig er doch war, erkannte de Sade plötzlich, ein Heuchler und Ignorant bis zum Schluss. Sie sprachen nicht miteinander. Für Worte war das Vergnügen des Comte, de Sade wiederzusehen, offensichtlich zu groß, und saß de Sades Hass auf ihn zu tief.

Die Versuchung, sich zu rächen, und das uralte Scheusal jetzt und hier umzubringen, wurde in de Sade plötzlich übermächtig. Den Comte nur um ein paar Stunden – ja nur um eine einzige Minute früher – vom Angesicht der Welt zu wischen, als es das Alter, das unaufhaltsam an ihm fraß, sowieso getan hätte, hätte selbst nach all den Jahren seinen Triumph über ihn bedeutet. Es brauchte auch gar nicht viel dazu. Alles was er zu tun hätte, wäre, einen Zipfel der Decke so lange auf Mund und Nase des Comte zu pressen, bis dieser erstickte. Ein Kinderspiel.

Dennoch ließ de Sade den Greis im Rollstuhl unbehelligt.

Paradoxerweise war sein Hass auf ihn zu tief verwurzelt und zu leidenschaftlich, als dass er in einem schlichten Mord hätte enden können.

Zumal sich der Alte womöglich gar nichts sehnlicher wünschte, als von seinem ehemaligen Schüler und Geliebten umgebracht zu werden. Und dem alten Scheusal mit diesem Mord auch noch einen *Gefallen* zu tun, war nun wirklich das Letzte, was de Sade sich wünschen konnte.

Die Blicke der beiden trafen sich.

Kein Zweifel, dass der Alte genau wusste, welche Gedanken gerade in de Sades Hirn umgingen.

Etwas veränderte sich in seinem Gesicht. Vielleicht war es ein überhebliches Lächeln, das da um die federstrichdünnen Lippen des Uralten spielte.

Der Comte bedeutete de Sade mit mühsamen Gesten seiner Spinnenhände, seinen Rollstuhl umzudrehen und etwas näher auf ein Kruzifix zuzuschieben, das hinter ihm an der Wand hing. Es war kein gewöhnliches Kruzifix. Und selbstverständlich hatte sich der Alte auch nicht in den letzten Stunden seines Lebens plötzlich Gott zugewandt.

Leid, Schmerz und tiefste Qual, die aus der Christusfigur sprachen, wirkten so unerhört delikat und lebendig, wie de Sade es noch nirgendwo zuvor gesehen hatte.

Was den Comte zu diesem Heiland zog, war der Ausdruck tiefsten Leidens, den er verströmte. Diese Christusfigur diente dem Comte zu demselben Zweck, dem die obszönen Kupferstiche kopulierender Paare und aufreizender Brüste den jungen Männern dienten, wenn sie sich heimlich des Nachts unter ihren Decken selbst befriedigten. Der Comte mochte ein furchtbarer Heuchler sein, aber er war immerhin ein Heuchler, dessen innerster Kern niemals von Zweifeln oder Mitleid angefochten worden war.

Ein letztes Mal sahen sich die beiden Männer in die Augen und erkannten darin jeder für sich, was sie sich einst gegenseitig gewesen waren.

De Sade wandte sich ab und machte sich auf den Weg zurück.

Als er irgendwann auf die beiden getigerten Katzen stieß, schimmerten Blut und bunte Vogelfedern in ihrem Fell. Sie fauchten ihn böse und verzogen an.

Wie schön sie doch waren, dachte er.

Erst als ihn bei der hohen Tür zur Galerie erneut einige Schmetterlinge umschwirrten, beschleunigte er seine Schritte und scheuchte sie schließlich von neuer Panik und Angst erfüllt kopflos davon.

Der klebrig süße Blütenduft war bei der Tür wieder stärker geworden. Ihm drehte sich darüber der Magen um, er stolperte auf die Galerie hinaus und schlug die hohe, zweiflügelige Tür heftig hinter sich zu.

Das Geräusch der zufallenden Tür wurde, vielfach verstärkt, als Echo von Wänden und Deckengewölbe zurückgeworfen.

Schwer atmend verharrte de Sade auf der Galerie. Wie ein Geist tauchte Arthur neben ihm mit seiner Lampe auf. De Sade erschrak, presste sich enger gegen die glatte Wand, seine Hand fuhr zu seinem Gürtel herab, wo früher einmal ein Degen befestigt zu sein pflegte.

»Monsieur le Comte erwartet nicht, dass Sie an seinem Begräbnis teilnehmen«, bemerkte Arthur trocken. Er leuchtete de Sade mit der Lampe ins Gesicht, sodass dem nichts anderes übrig blieb, als sich abzuwenden und seine Augen zu schließen.

»So pass doch auf, Mann!«, fuhr de Sade ihn giftig an.

Arthur senkte die Lampe und griff dann in seinen Rock, um einen versiegelten Umschlag aus schwerem Papier hervorzuziehen.

De Sade erkannte das Siegel des Comte darauf.

»Monsieur le Comte besteht darauf, Ihnen dies auszuhändigen. Dieser Umschlag enthält seine Hinterlassenschaft an Sie.«

Arthur reichte de Sade den Umschlag.

De Sade zögerte nicht, den Umschlag entgegenzunehmen. So enthusiastisch er in seinen Schriften und Briefen die Revolution und die Veränderungen, die sie mit sich brachte, begrüßt hatte, hielt er trotzdem immer noch sehr auf die klassische Etikette des Ancien Régime. Und den Umschlag zurückzuweisen, hätte eine unverzeihliche Verletzung jener Etikette dargestellt.

De Sade konnte nur raten, was sich in dem Umschlag verbarg. Doch er nahm sich fest vor, ihn zu verbrennen, sobald er in Charenton zurück war. Keine Etikette konnte ihn zwingen, das Erbe des Comte auch tatsächlich anzutreten. Denn es konnte sich dabei um gar nichts anderes handeln als etwas gefährlich Böses.

Das Asyl lag in tiefer Dunkelheit, als Beaumes Kutsche in den Hof einrollte. Die beiden Männer gaben sich zum Abschied nicht die Hand. Beaume hatte zwar wirklich jeden Trick und Kniff angewandt, um de Sade Einzelheiten über sein Zusammentreffen mit dem Comte zu entlocken, aber de Sade war seinen Fragen hartnäckig ausgewichen.

Es war kalt zwischen den dicken alten Mauern des Asyls. De Sade rieb sich die Hände und schlug den zerschlissenen Brokatrock enger um sich. Er vermisste seine Geliebte Constance.

De Sade beklagte sich zwar gerne über die Jahre seiner Gefangenschaft, war jedoch stets ein sehr privilegierter Gefangener gewesen. Selbst in der Bastille und in der Festung Vincennes hatte man ihm mehrere hundert Bücher und zeitweise sogar einen Diener zugebilligt. Seine Ehefrau hatte ihn besuchen können, wann immer es ihr beliebte, und er war dank ihr und der Landgüter in der Provence immer mit Delikatessen versorgt worden, von denen gewöhnliche Gefangene nur träumen konnten. Selbstverständlich hatte solche Vorzugsbehandlung ihren Preis. Das war damals nicht anders gewesen als jetzt hier in Charenton. Bloß brachten seine Besitztümer längst nicht mehr so viel ein wie einst. Und selbst dieses wenige wurde nicht von de Sade, sondern seinem Sohn und der Familie seiner Schwiegermutter verwaltet. Die zweite Auflage seines Romans *Die Philosophie im Boudoir* war zwar in einer Prachtausgabe gedruckt worden, doch die Zensurbehörde hatte den Großteil der Auflage konfisziert, sodass de Sade kaum etwas von den Einnahmen sah. Nicht besser war es ihm mit den Ausgaben seiner beiden Romane *Juliette* und *Justine* ergangen.

Es war bitter für ihn, hier in Charenton als ein besserer

Almosenempfänger am Gängelband der Famili
ren Frau zu hängen. Zumal seine Schwiegermutt~
de Montreuil, ihn mit einer Rachsucht verfolgte, die i~
chen suchte. Sie hatte ihm nie verziehen, dass er seinerzei~
Schwester seiner Ehefrau, die kleine Anne-Prospère verführt
hatte.

Inzwischen war de Sade in seinen Räumen angelangt. Sie waren einfach, aber zweckmäßig eingerichtet und nicht einmal unelegant. Da war der ordentliche Schreibtisch unter dem Fenster, dort standen die Regale mit seinen Büchern und die drei fein gearbeiteten Truhen mit Papieren und Kleidern. Schließlich durften auch der Esstisch und die vier dazu passenden Stühle nicht fehlen. Vor allem seine beinah zweihundert Bücher stellten einen ungewöhnlichen Luxus dar.

De Sade zündete eine Kerze an und setzte sich an seinen Schreibtisch, an dem er in letzter Zeit nichts außer Geschäftsbriefen zustande gebracht hatte. Solange Constance nicht hier war, würde sich das auch nicht ändern. Er brauchte sie in seiner Nähe, musste ihr Lachen im Ohr haben und das Strahlen in ihren Augen sehen, während er ihr des Nachts aus seinen neuesten Texten vorlas.

Er zog die Hinterlassenschaft des Comte aus seiner Rocktasche und wog den Umschlag unschlüssig in der Hand. Alles in seinem Innern sträubte sich dagegen, ihn zu öffnen. Das Beste, was er von dessen Inhalt zu erwarten hätte, wäre irgendeine höhnische Mitteilung. Das Schlimmste wohl eine Intrige, die ihn in Gefahr bringen musste. De Sade hielt den Umschlag kurz entschlossen über die Kerzenflamme. Doch kurz bevor das schwere Papier Feuer fangen konnte, zog er ihn zurück und legte den Umschlag auf dem Tisch ab.

Der Comte war ein Meister der Intrige und Manipulation.

Musste er nicht damit gerechnet haben, dass de Sade den Umschlag ungeöffnet vernichtete? Selbstverständlich hatte er das. Und er hatte daher gewiss auch Vorsorge für diesen Fall getroffen.

De Sade starrte ratlos auf den Umschlag, stand dann auf, öffnete eine Flasche Wein und setzte sich mit einem Glas und der offenen Flasche wieder an den Tisch.

Das Laudanum, das er gegen Schlaflosigkeit einnahm, war ihm ausgegangen. Er rechnete nicht damit, in dieser Nacht Schlaf zu finden. Der Besuch bei dem Comte hatte ihn stärker aufgewühlt, als er es sich eingestehen wollte. Vor allem aber hatte er bestimmte Türen zur Vergangenheit geöffnet, die de Sade lange sorgsam verschlossen gehalten hatte. Der Wein tat das Seinige dazu. So verwehte der zerschlissene Vorhang zwischen Vergangenheit, Zukunft und Gegenwart.

Plötzlich war er wieder jung, war er wieder schlank und erfüllt von dem Glauben an seine eigene Unsterblichkeit.

Er tanzte mit seiner Ehefrau Renée-Pélagie einen Tanz zu Flöten, Trommeln und Fideln. An einem Frühlingstag in Lacoste verschmolzen Lust und Schmerz zu einem Sonett, dessen Verse in unzüchtigem Stöhnen rezitiert wurden und dessen Worte, Punkte und Kommas ineinanderflossen wie tropfende Körpersäfte.

Er entsann sich der kühlen Nacht, als Renée-Pélagie zum ersten Mal den Mut gefunden hatte, eines jener Spiele zu spielen, um die er sie so lange vergeblich gebeten hatte. Wie sehr sie sich doch in den ersten Wochen ihrer Ehe verwandelt hatte – aus dem kindlichen Mauerblümchen wurde eine Frau.

Seine Frau.

Ihre Ehe hatte so vielversprechend begonnen und endete dennoch in Trauer, Verlust und Verzweiflung. Jede von Renée-

Pélagies Gesten, so devot und folgsam sie auch wirken mochten, war insgeheim aufgeladen von ihrem ungebrochenen Stolz und ihrer unerhörten Kraft. Selten hatte er nach irgendetwas so sehr verlangt wie danach, ihren Willen endgültig zu brechen. Es war ihm niemals gelungen. De Sade, der betrogene Verführer. Betrogen nicht durch einen Nebenbuhler, sondern durch Renée-Pélagies unerbittlich weiche Liebe.

Als er den Comte traf, war er zweiundzwanzig Jahre alt gewesen, und einen Winter und ein Frühjahr hindurch lebte er eine aufregende Doppelexistenz zwischen den wilden Spielen mit dem Comte und den Tagen und Nächten, die er mit seiner herausfordernd willensstarken Ehefrau verbrachte.

Noch während seiner stürmischen Beziehung zu Solignac d'Orsey war er wegen einer Orgie mit zwei Marseiller Prostituierten angeklagt und verhaftet worden. Es gelang ihm zwar, sich nach Italien abzusetzen, doch der Umstand, dass ihn auf seiner Flucht seine minderjährige Schwägerin Anne-Prospère de Montreuil begleitete, brachte ihm zusätzlich auch noch eine Anklage wegen Inzest ein. Dieser Vorwurf war selbst für ein Mitglied des Hochadels gefährlich, denn von Rechts wegen galt seine Schwägerin als de Sades direkte Blutsverwandte. Und dass die beiden auf ihrer Flucht mehr miteinander teilten als nur Kutschen, ging aus Anne-Prospères Briefen deutlich genug hervor.

Zu diesem Zeitpunkt hatte der Comte Solignac d'Orsey den jungen de Sade längst fallen gelassen. Und sobald er heimlich nach Frankreich zurückkehrte, ließ ihn seine Schwiegermutter per königlichem Haftbefehl in der Festung Vincennes festsetzen, was der Familie immerhin einen kostspieligen und peinlichen Prozess ersparte.

Während dieser Festungshaft hatte de Sade zu schreiben

begonnen. Er tat es mit einer an Besessenheit grenzenden Hingabe. Seine Texte behandelten die beiden drängendsten Fragen eines jeden Gefangenen: Freiheit und Begierde. Was er da verfasste, waren pornographische Blasphemien voller zorniger Anklagen gegen einen Gott, dessen Existenz er verneinte, und gewürzt durch beißend ungehörigen Spott auf Sitten, Anstand und Moral.

Und dennoch – ganz gleich, wie grausam er dafür auch zu büßen gehabt hatte – waren die Monate seiner wilden Flucht mit Anne-Prospère nach Italien die schönste Zeit seines Lebens.

Als Anne-Prospère schließlich von ihrer Familie gezwungen wurde, sich für immer in ein Kloster zurückzuziehen, hätte sich keine andere Libertine in ganz Frankreich an Raffinesse, Können und lasterhafter Phantasie mit ihr messen können.

Für de Sade blieb sie die vollkommene Gefährtin. »Ich beklage mein Schicksal nicht. Was, so frage ich Sie, Monsieur, hätte das Leben mir noch zu bieten? Jetzt, nachdem Sie mich in jeden Abgrund und auf jede Höhe führten, die ein menschliches Herz überhaupt nur ertragen kann?«, lauteten die letzten Worte ihres letzten Briefes an ihn.

Sie war die Beste und Gefügigste von allen gewesen – durchtrieben lächelnd, warf sie sich widerspruchslos an ein nutzloses Leben hinter Klostermauern weg und wusste dabei nur zu gut, dass genau dies die raffinierteste Art weiblicher Dominanz überhaupt darstellte. Denn von nun an würde sie statt über de Sades Körper und Säfte für immer Macht über seine Träume ausüben.

Der Konvent, der sie aufnahm, befand er sich tatsächlich bloß rein zufällig ganz in der Nähe der Besitztümer des Comte? War es ein weiterer Zufall, dass die junge Äbtissin, die ihm vorstand, eine entfernte Verwandte des Comte und in den

Raffinessen der Libertinage womöglich ebenso bewandert war wie Anne-Prospère es nach ihrer Zeit bei ihm?

De Sade fand es nie heraus. Aber er war sich der Gefahren bewusst, die damit einhergingen, dem Comte und dessen Zirkel nachzuspüren. Dass der Comte es arrangierte, dass man de Sade die perfekte Geliebte und Gefährtin entzog und in seinem Machtbereich festhielt, in dem der Comte frei war, zu schalten und zu walten, wie er wollte, war furchtbar genug. Doch damit erschöpfte sich die Vergeltung des Comte an ihm nicht. Denn nur wenige Jahre nach der Revolution von 1789 versuchte er de Sade ermorden zu lassen …

Es war, als legte sich de Sade eine zentnerschwere Last auf die Brust, als ihn seine Erinnerungen zurück nach Picpus führten. Plötzlich hatte er Mühe zu atmen, und seine Glieder wurden schwer und steif wie die eines Toten.

Der Sommer 1794.

Die Jakobiner befanden sich auf dem Höhepunkt ihrer Macht. In den Straßen von Paris tobte der Pöbel, und selbst in der Nationalversammlung schrie man ungeniert nach Blut, Blut und noch mehr Blut.

De Sade war verhaftet und nach einem kurzen Aufenthalt in der Conciergerie – dem »Wartesaal der Guillotine« – in den ehemaligen Augustinerinnenkonvent Coignard nach Picpus verlegt worden, den man kurzerhand in ein Gefängnis verwandelt hatte. Hier, abseits des Trubels und dennoch nahe genug am Pariser Geschehen, verwahrte man die Spitzen der zum Untergang verurteilten französischen Aristokratie.

Der Konvent von Picpus war kein gewöhnliches Gefängnis. Mit seinem großen Park und den luftigen Zimmern, die keiner der Gefangenen dort je Zellen zu nennen gewagt hätte, ähnelte er weit mehr einer Sommerfrische als einer Verwahranstalt. Im Frühjahr und Sommer 1794 hatte sich so in Picpus ein allerletztes Mal die Intelligenz und Eleganz des Ancien Régime versammelt, um sich mit geistreichen Bonmots, ausgefeilten Balzritualen, Cembalospiel, Schach und Theater einem raffinierten Tanz mit dem Tod hinzugeben.

Erschienen im Morgengrauen die Karren der Henker, um ihre Fracht aufzuladen, so drehte man sich in den Sälen und Gemächern einfach mit einem stummen Gebet zur Wand und verzichtete beim Frühstück darauf, sich nach den Abwesenden zu erkundigen. Waren die Schinderkarren am Morgen besonders gut gefüllt, so fielen die nächtlichen Tänze und Kartenspiele nur umso gewagter aus.

Dann beschloss der Magistrat der Stadt Paris, die Guillotine direkt vor das Tor des Konvents zu verlegen. Die trügerische Sommerfrische verwandelte sich jetzt in einen Vorhof zur Hölle. Die Schneide der Guillotine fiel derart häufig auf Hälse herab, dass die Friedhöfe der Metropole die Leichenmassen nicht mehr bewältigen konnten. Hinzu kam, dass sich zu Hunderten gute Bürger über die Belästigung durch die Hinrichtungen im Stadtzentrum beschwerten. Selbst Monate nach dem Beginn der Terrorherrschaft ging es noch hoch her, sobald die Wagen mit den Verurteilten das Schafott erreichten. Neben dem Gestank nach Blut und Exkrementen war es vor allem der Lärm des Pöbels, der sich regelmäßig um das Blutgerüst versammelte, welcher in Paris die Anwohner der umliegenden Straßen so sehr aufgebracht hatte, dass ihre Beschwerden von den Behörden nicht länger ignoriert werden konnten.

Picpus hingegen war ein verschlafener Vorort. Von den Kleinbürgern, die hier wohnten, erwartete man kaum Proteste, und so verlegte man die Guillotine eines Tages Ende Juli vor die

Tore des Konvents, innerhalb dessen Mauern man ihre zukünftige Ernte bereits versammelt hatte. Arbeiter hoben zugleich zwei große Gräben im idyllischen Klosterpark aus, in die man die Leichen der Hingerichteten zu verscharren gedachte.

Nachdem das Blutgerüst errichtet und die Maschine darauf in Gang gebracht war, füllte Leichenschicht um Leichenschicht die beiden Gräben im Park. All dies während des heißesten Sommers seit Menschengedenken. Der Gestank, der von den Gräben ausging, war unbeschreiblich. Von seinem Fenster aus konnte de Sade täglich die Henkersknechte dabei beobachten, wie sie aus den Köpfen der Hingerichteten Pyramiden errichteten.

Der ätzende Löschkalk, den man über die Toten in den Gräben streute, verkochte unter der Mittagssonne zu schlierigen Blasen, die von Zeit zu Zeit über den Leichnamen zerplatzten. Zwar hatte man bei den Gräben eiserne Schalen aufgestellt, in denen gegen den Verwesungsgestank verschiedene Kräuter verbrannt wurden. Doch alles, was man damit erreichte, war, dass die ätherischen Dämpfe den Verwesungsodem aus den Gräben noch öliger und dicker machten. Und so dauerte es nur wenige Tage, bis auch die guten Bürger von Picpus eine Beschwerde an die Nationalversammlung verfassten: »Die verwesenden Körper der Aristokraten, schon zu Lebzeiten Feinde des Volkes, töten mit ihrem Pestilenzgestank brave Bürger nun selbst noch aus dem Grab heraus«.

Doch nichts änderte sich. Das Blutgerüst blieb, wo es war. Nach wie vor rumpelte Wagen um Wagen voller kopfloser Leichen durch die Tore in den Park hinein, um sich ihrer grausigen Fracht zu entledigen.

Gegen Abend wurde die drückende Hitze in den alten Konventsgebäuden unerträglich. Dann traten die Gefangenen an ihre Fenster. Selbst die mit fettigem Verwesungsgestank angereicherte Abendbrise war erträglicher als jene drückend verbrauchte Luft zwischen den mächtigen, alten Mauern.

Rollte dann der letzte Leichenwagen des Tages zu den Gräben, gab es keinen unter den Männern und Frauen am Fenster, dem nicht bei seinem Anblick ein Schauer überlief. Das dort – der blutige Leichenwagen und die Gräben – war die Zukunft, der sie allesamt entgegensahen.

De Sade schien damals seltsam distanziert auf das tägliche Schauspiel der Leichenkarren herabzuschauen. Statt sich in Lamentos oder Gebeten zu ergehen wie so viele andere, regte er sogar die Aufführung eines Theaterstücks an. Entsetzt wies man sein Ansinnen zurück. Doch mit der Zeit fanden sich immer mehr Gefangene, die de Sades fast unmenschliche Distanziertheit insgeheim zu bewundern begannen. Andere fragten sich, ob er nicht längst mit den Henkern irgendeinen Handel eingegangen war, der ihm garantierte, verschont zu bleiben. Nachdem sein Theaterprojekt gescheitert war, zog der Marquis sich indes immer mehr zurück und nahm sogar seine Mahlzeiten nicht mehr, wie alle anderen, im großen Saal im Erdgeschoss ein, sondern allein auf seinem Zimmer im dritten Stock.

Etwa um diese Zeit tauchten die Schmetterlinge in Picpus auf.

Zunächst waren es nur wenige, ein paar Dutzend. Doch ihre Zahl steigerte sich bald zu Hunderten, schließlich Tausenden.

Keiner der gelehrten Herren unter den Gefangenen wusste sie irgendeiner bislang beschriebenen Gattung zuzuordnen. Aber volkstümlicher Mystik folgend, symbolisierten Schmetterlinge die Seelen der Toten. So verbreitete sich im Konvent das Gerücht, diese ganz besonderen Schmetterlinge verkörperten die armen Seelen all der Toten in den Gräben, und das schnelle

Anwachsen ihrer Population gehe mit der Anzahl der Ermordeten in den Gräben einher.

De Sade glaubte zwar nicht an solchen Hokuspokus. Aber auch er war in den Tagen, die dem Erscheinen der Schmetterlinge folgten, zunehmend mürrischer und zerstreuter geworden. Außer einigen heimlich hinausgeschmuggelten Briefen brachte er kaum noch irgendeinen Text zustande.

Eines Nachts erwachte er schweißgebadet und entdeckte zwischen den Schatten in seinem Zimmer die Gestalt der Madame des Moulins. Ehemals Liebling der eleganten Salons und gefeierte Schauspielerin der Comédie-Française, war sie wie de Sade eine der Ersten, die man aus der Conciergerie hierher nach Picpus verlegt hatte.

Sie trug einen dünnen Mantel, den sie abwarf, sowie sie sicher sein konnte, dass de Sade erwacht war. Darunter war sie nackt. Das Mondlicht schmeichelte ihren Formen. Ihr langes, gewelltes Haar schimmerte seidig. Aber in ihren Augen stand ein Ausdruck jenseits jeder Vernunft. »Jeder hier sagt, dass Sie einen Pakt mit dem Teufel geschlossen haben und den Tod austreiben können«, sagte sie und trat auf de Sade zu. »Verfügen Sie über mich. Lieben Sie mich, zerfleischen Sie mich, bloß treiben Sie um Himmels willen diese Schatten aus!«

De Sade jedoch griff nach seinem Gürtel und prügelte Madame damit unbarmherzig aus seiner Kammer hinaus. Er tat dies stumm und offenbar so empfindungslos wie ein Automat. Er tat es nicht, weil er Madame des Moulins verabscheut hätte oder ihn ihre flehentliche Bitte etwa anekelte. Er tat es aus Feigheit und Angst. Denn was er da wortlos und grimmig mit seinem Gürtel aus dem Schlafzimmer prügelte, war weniger Madame selbst als vielmehr seine eigene Furcht davor, von ihrem Wahn infiziert zu werden.

Man fand sie am Morgen darauf in einer der Wannen in der Waschküche. Sie hatte sich mit einer Glasscherbe die Pulsadern geöffnet und war im Badewasser verblutet.

In einem Halbkreis standen die Gefangenen um die Wanne herum, während draußen im Park die Morgensonne durch den Hochnebel brach.

Auch de Sade ging, um Madame zu sehen. Aber er brachte nicht den Mut auf, ihr ins Gesicht zu blicken. Vielleicht fürchtete er, darin einen Ausdruck von Frieden und Seligkeit zu entdecken, der für ihn nur schwer zu ertragen gewesen wäre. Und dessen Sog mit der Zeit womöglich zu verlockend wurde, um ihm noch widerstehen zu können. Dieser eine letzte Schritt in den Abgrund schien ihm zuweilen so leicht – einfach ein stiller Wechsel aus dem Licht ins Dunkle. Draußen im Park sangen die Vögel und tanzten die Schmetterlinge in der warmen, klaren Sommerluft.

De Sade hatte Abertausende Worte ans Sterben und furchtbare Todesarten verschwendet. Dennoch brauchte es erst Picpus und die von früh bis spät klappernde Guillotine, jene Löschkalkgräben und Madame des Moulins nächtlichen Irrsinn, um ihm bewusst zu machen, dass auch er, wie alle anderen hier, sterblich war.

In der darauffolgenden Nacht begann er einen Roman, der schließlich als *Juliette, oder die Vorteile des Lasters* unter den Raubdruckern noch erfolgreicher werden sollte als sein Vorgänger *Justine, oder die Missgeschicke der Tugend*.

Hatte er in *Justine* auf sarkastische Art untersucht, was einer Frau blühte, die sich in einer kalten und zynischen Welt trotzig weigerte, ihre Tugend aufzugeben, so stellte die Geschichte ihrer ungleichen Schwester *Juliette* jegliche Moral auf den Kopf und schilderte, welch unerwartete Freuden und Glück denjenigen winkte, die auf Sitte und Moral pfiffen und fröhlich der Perversion frönten. Später behauptete er einmal, es sei reiner Zufall gewesen, dass jene Juliette aussah wie Madame des Moulins. Doch er selbst wusste es besser.

Nur wenige Tage nach jener Sommernacht stiegen schließlich die allmächtigen Schlächter selbst auf das Schafott – die Jakobinerherrschaft zerbrach. Die Terrorherrschaft endete. Wie de Sade bei seiner Entlassung erfuhr, hatte seine Geliebte Constance ihn um Haaresbreite davor bewahren können, dasselbe Schicksal zu erleiden wie all jene, deren Köpfe zu Pyramiden aufgestapelt in den Gräben von Picpus endeten. Sie behauptete, dass lediglich Minuten, nachdem sie den Beamten bestochen hatte, der schließlich de Sades Freilassung veranlasste, ein Fremder in dessen Büro erschienen war, um eilig de Sades Todesurteil doch noch bestätigen zu lassen. Nur weil Constance dem Mann zufällig die doppelte Bestechungssumme garantieren konnte, war er dem Blutgerüst entgangen. De Sade empfand es als gespenstisch, dass die Furcht, die ihn seinerzeit dazu trieb, Madame des Moulins aus seinem Zimmer zu peitschen, womöglich einer Vorahnung entsprungen war. Er hatte nie bezweifelt, dass jener mysteriöse Fremde damals vom Comte Solignac d'Orsey gesandt worden war.

Mühsam löste sich de Sade aus den bösen Erinnerungen. Ein verschwommener Nachklang aus Panik und Angst durchzog ihn dabei. Dort neben dem leeren Weinglas lag der Umschlag des Comte auf dem Tisch und verlangte nach einer Entscheidung.

Man konnte dem Alter nicht viel Gutes nachsagen. Doch ein Vorteil war unbestreitbar: Alte Männer hatten weniger zu verlieren als junge. Und selbst das bisschen, was es im Alter noch zu verlieren gab, wurde einem von Tag zu Tag weniger wichtig.

Entschlossen griff er daher nach dem Umschlag, erbrach das Siegel und faltete ihn auf, obwohl ihm sehr wohl bewusst war, dass er damit dem Comte unwiderruflich in die Falle ging.

Der Umschlag enthielt zwei Bogen Papier. Auf seiner Innenseite fand sich die Darstellung eines merkwürdig geformten Kreuzes, der de Sade zunächst keine Beachtung schenkte.

Der erste Bogen stellte sich als billiger Druck des heiligen Georg heraus. Von seinem Pferd herab stach er mit einer Lanze auf einen sich am Boden windenden Drachen ein.

De Sade legte es verwundert zur Seite, um sich dem zweiten Blatt zu widmen.

Dieses enthielt eine Liste von zwölf Namen. Einige darunter waren de Sade geläufig. Es waren Männer, die wie er zum Hochadel des Ancien Régimes gehörten. Andere Namen hingegen kannte er aus den Zeitungen. Angehörige des Offiziers- und Beamtenadels, der seit Napoléons Krönung den kaiserlichen Hof beherrschte.

Verdutzt versuchte de Sade irgendeinen Sinn in diese Dokumente zu bringen. Er drehte und wendete die beiden Bögen unschlüssig hin und her.

Was für ein unsinniges Rätsel, dachte er und begann den Umschlag und das Siegel sorgfältiger zu untersuchen.

Er fand nichts Ungewöhnliches daran. Nicht einmal nachdem er das Papier über die Kerzenflamme hielt, um so eine eventuell verborgene Geheimschrift sichtbar zu machen.

Einige der Familien auf der Liste waren Hugenotten, das wusste de Sade, die Mehrzahl allerdings waren Katholiken. Hugenotten hielten nicht viel von Heiligen, Katholiken schon eher. Aber auch dieser Gedanke brachte de Sade in seinem

Bemühen, einen Zusammenhang zwischen dem Heiligenbild und der Liste herzustellen, nicht weiter.

Genauso wenig wollte es ihm gelingen, eine Beziehung zwischen den Namen auf der Liste herzustellen. Ja, es war im Grunde sogar ziemlich unwahrscheinlich, dass die dort aufgeführten Männer sich jemals kennengelernt oder sich auch nur zu irgendeiner Gelegenheit gemeinsam im selben Raum aufgehalten hatten.

Lediglich eine einzige Verbindung sah de Sade zwischen ihnen: Bis auf eine Ausnahme galten sie alle als recht vermögend.

Er stand auf, suchte eine neue Kerze hervor und zündete sie am niedergebrannten Rest der alten an. De Sade schenkte Wein nach und schnupfte eine Prise.

Was immer hinter diesem Rätsel steckte – allein und isoliert hier in Charenton würde er es nicht lösen können. Um das zu tun, musste er nach Paris. Und zwar besser heute als morgen.

Irgendwo, so fürchtete er, hatte seit heute Nacht heimlich eine Uhr zu ticken begonnen. Irgendwo schob man bereits Kulissen umeinander, wetzte Messer oder schminkte sich Masken auf. Irgendwo lauerte seit heute Nacht das Verhängnis auf ihn.

Draußen in Hof und Park hielt der Herbst Einzug.

ZWEITES BUCH
Die Macht und die Herrlichkeit

3

EIN GEBET IN EINER STADT

Ganz Nordfrankreich schien ein einziges Heerlager zu sein. Überall auf seinem Weg nach Paris traf Marais auf Kolonnen von Soldaten, die missmutig irgendeinem Krieg entgegentrotteten. Bis in die entlegensten Winkel der Welt wurden französische Grenadiere verschifft, um Schlachten zu schlagen, von denen kaum noch einer wusste, was damit für Frankreich zu gewinnen war.

Die Vorstädte von Paris grüßten Marais schon von weither mit ihrem Getöse und Gestank. Er gehörte zu Paris wie das Wasser zur Seine und die beiden mächtigen Türme zur Kathedrale von Notre-Dame. Da waren die Gerbereien, Seifensieder, Gießereien und die Markthallen, die ihre Gerüche miteinander mischten, und über allem lag eine Wolke jenes unbestimmten Dunstes von Abertausenden eng zusammengepferchter Menschen, die kaum je die Gelegenheit fanden, sich selbst oder ihre Kleider zu waschen. Dazu kamen die Hühner, Schweine, Rinder und Pferde, die man in Ställen und Hinterhöfen hielt und deren stinkender Mist achtlos auf die Gassen und Straßen der Stadt geworfen wurde. Regnete es, wie am Tag von Marais' Ankunft, so waren die Straßen der Vorstädte knöchelhoch von einem zähen Brei aus Mist und Abfällen bedeckt, in dem die Hufe der Pferde, Esel und Zugochsen herumtasteten wie in einem Sumpf.

Obwohl auch Brest nicht gerade nach Rosenwasser und Lavendel duftete, vertrieb doch die frische Brise, die so oft vom Meer in die Stadt hereinwehte, dort die übelsten Gerüche. Paris hatte statt des Meeres nur die Seine und einige wenige Abwasserkanäle, die jedoch bei Weitem nicht ausreichten, mit den Abfällen einer Großstadt fertigzuwerden, in der es von jeher üblich war, den Fluss und die Kanäle als reine Abfallgruben anzusehen. Jahr um Jahr flüchteten die Wäscherinnen weiter aus der Stadt, um dort sauberes Wasser für ihre Wäsche zu finden.

Trotz der Kriege, die ungeheure Mengen an Menschen, Material und Geld verschlangen, war halb Paris eine einzige Baustelle. Neben den unvermeidlichen Soldaten, den Händlern, Bettlern, Dienstboten und den Herrschaften in ihren Kutschen oder Sänften prägten auch noch Tausende Bauleute mit ihren schweren Wagen voller Steine, Bauholz, Sand oder hölzernen Gerüstteilen das Bild der Stadt.

Sobald Marais die tristen Vorstädte mit ihren Elendsquartieren, den Manufakturen und dem heftigsten Gestank hinter sich gelassen hatte, kehrte die alte Faszination mit unverminderter Stärke zurück. Denn dies war die Hauptstadt der Welt. Nirgendwo leuchteten des Nachts die Lichter so hell wie hier, nirgendwo fand man elegantere Flaneure und teurere Huren, nirgendwo sonst auf der Welt wurden so ausgelassene Feste gefeiert wie hier, nirgendwo sonst erklangen so viele Kapellen und Orchester, und kaum an einem anderen Ort in Europa und der Welt trafen schreiendes Elend und hochmütige Macht so krass aufeinander wie in den Gassen, Straßen und Hinterhöfen dieser Stadt.

Marais hatte einst in einem komfortablen Haus in Saint-Germain-des-Prés gewohnt, das Nadines Eltern gehörte, die es durch harte Arbeit, einen gesunden Geschäftssinn und das notwendige Quäntchen Glück zu einigem Wohlstand gebracht hatten. Jetzt kam diese Gegend für ihn nicht mehr infrage. Denn er hätte dort den Erinnerungen an Nadine nicht entgehen können. So nahm er in einem sauberen Gasthaus Quartier, das ihm von einigen Offizieren empfohlen worden war, die er auf dem Weg in die Stadt getroffen hatte. Der Wirt war ein geschwätziger, beleibter Glatzkopf, der sein Gasthaus zusammen mit Frau und Tochter führte. Marais mietete zwei Zimmer unterm Dach. Als er darum bat, zweimal pro Woche ein heißes Bad zu bekommen, verwunderte das den Wirt. So oft zu baden, erschien ihm dekadent. Kein normaler Mensch in Paris nahm zweimal pro Woche ein Bad. Einmal im Monat zu baden, galt bereits als recht übertrieben.

Nachdem der Wirt gegangen war, machte Marais sich hungrig über etwas kalten Braten und Brot her.

Nahezu genau fünf Jahre war es her, dass er hier in Paris auf dem Höhepunkt seines Erfolgs gestanden hatte. Frisch vermählt mit einer attraktiven und wohlhabenden Frau, in der Stadt als Held gerühmt und auf ebendem Posten eingesetzt, den er immer für sich ersehnt hatte, schienen seine Zukunftsaussichten glänzend – bis Joseph Fouché, der Polizeiminister an ihm ein Exempel statuierte und Marais von Glück reden konnte, dass er nicht auf einer Galeere oder in einer Festung landete, sondern lediglich als stellvertretender Präfekt nach Brest versetzt wurde.

Nur wenige hundert Schritt von dem Gasthaus entfernt, befand sich damals das Büro der Sicherheitsabteilung der Pariser Polizei, deren Chef, Erfinder und zugleich eifrigster Mitarbeiter Marais gewesen war, bis ihn Monsieur le Ministre vor drei Jahren nach Brest verbannte. Nach seinem Militärdienst war

Marais zwar durch harte und methodische Arbeit rasch innerhalb der Pariser Polizei aufgestiegen, doch es dauerte trotzdem Jahre bis er den ehemaligen Polizeipräfekten von Paris, Jean-Jacques Henri, davon überzeugen konnte, dass eine besondere Abteilung, die sich ausschließlich mit den schweren Verbrechen, mit Räuberbanden, Falschmünzerei, Totschlag und Mord befasste, eine sinnvolle Ergänzung zur Hauptstadtpolizei darstellen könnte. Nachdem Henri Marais zum Inspekteur erster Klasse beförderte, bewilligte er ihm endlich seine eigene Abteilung. Und die Erfolge, die Marais damit zu verzeichnen hatte, gaben ihm recht.

Den Polizeipräfekten mochte Marais von seiner Idee überzeugt haben, den Polizeiminister hingegen nicht. Für Joseph Fouché stellte Marais' Sicherheitsabteilung vom ersten Tag an ein Ärgernis dar. Wie Marais war der Minister ein überzeugter Einzelgänger und großer Geheimniskrämer. Und wie dem Inspekteur hatte auch dem jungen Fouché keiner an der Wiege gesungen, dass er es einmal weit bringen würde – in diesem Falle bis zum Minister von Frankreich und zu einem Herzogtitel.

Obwohl er inzwischen ein reicher Mann war, machte Fouché sich offensichtlich nichts aus seinem Geld. Obzwar kein ganz hässlicher Mann und mächtig dazu, hielt er sich dennoch von den Frauen, Bordellen und Spielclubs fern. Fouché hatte zwar Familie, aber seine Kinder sowie seine unscheinbare Ehefrau schienen ihm nicht besonders am Herzen zu liegen. Er hielt kaum Kontakt zu ihnen, und falls man ihn doch einmal in ihrer Gegenwart antraf, so schien ihm dies eigenartig unangenehm zu sein.

Marais war ein talentierter Polizist, Fouché ein genialer Administrator, Spion und Intrigant – was beide Männer neben ihrer niederen Herkunft gemeinsam hatten, war eine fatale Charakterschwäche, wie man sie häufig bei großen Talenten fand. Denn in Bezug auf ihre Arbeit waren sie beide überaus eitel. Doch eitle Männer duldeten keine anderen Männer neben sich, die womöglich klug, entschlossen und begabt genug waren, ihnen eines Tages den Rang abzulaufen.

Nur hatte Marais dies damals viel zu spät erkannt. Denn im Mai 1802 bot sich Fouché mit der unseligen Affäre Estelle Belcourt endlich die Gelegenheit, Marais loszuwerden. Kalt lächelnd brachte er den Inspekteur und dessen Sicherheitsabteilung so elegant und zielsicher zu Fall, dass man anschließend bewundernd von einem Meisterstück der Intrige sprach.

Ganz besonders angetan war man dabei von Fouchés Entscheidung, Marais nicht gänzlich in den Abgrund zu stoßen, wie er es mühelos hätte tun können, sondern ihn wie ein nützliches Maskottchen so lange in Brest in einem goldenen Käfig zu halten, bis der Tag kam, da man sich seiner Fähigkeiten womöglich erneut bedienen wollte. Offensichtlich war dieser Tag gekommen, als ausgerechnet Monsieur le Ministre Joseph Fouché Marais eine Depesche nach Brest sandte, um ihn aufzufordern, sofort nach Paris zurückzukehren.

Marais hatte sich früh zur Rue Sainte-Anne aufgemacht. Es war kaum nach sieben, als er das unscheinbare dreistöckige Haus betrat, mit dem ihn so viele Erinnerungen verbanden. Die Eingangstür war nur angelehnt, und dahinter herrschte ungewöhnliche Stille, obwohl sich selbst so früh am Morgen wenigstens drei Polizeiagenten im Haus aufhalten sollten.

Verwundert durchquerte er den Flur zur Wachstube, wo er jedoch bloß einen jungen Mann vorfand, der, in einen zerschlissenen Mantel gewickelt, auf einem der Schreibtische schlief.

Was fiel ihm ein, während seiner Dienstzeit zu schlafen? Marais weckte ihn unsanft.

Der Schläfer stellte sich verwirrt als Aristide Briand, Polizeiagent dritter Klasse vor. Er schlief auch nur deswegen in der Wachstube, weil er den Wirt seines Quartiers beim Tabakschmuggel ertappt und der ihn daraufhin hinausgeworfen hatte.

Außer dem jungen Aristide dienten derzeit im Sicherheitsbüro noch drei andere Polizeiagenten. Keiner von ihnen zählte wirklich zur Blüte seines Berufsstandes. Da waren zunächst die beiden Agenten erster Klasse Fabre und Males – korrupte Säufer und notorische Faulpelze, an die Marais sich noch gut erinnern konnte. Außerdem diente hier der alte Sergeant Dupont, der früher einmal ein ganz ordentlicher Polizist gewesen war, jetzt jedoch viel zu alt sein musste, um noch im Dienst zu taugen.

Als Marais damals aus Paris verbannt worden war, war das Sicherheitsbüro zu berühmt und angesehen gewesen, um es einfach dichtzumachen. Also hatte Fouché es weiterbestehen lassen, aber ihm offenbar die Mittel gekürzt und es mit unfähigen Beamten besetzt.

Wie Aristide in jene traurige Truppe geriet, konnte Marais sich nur damit erklären, dass der junge Mann mit all den Pickeln im Gesicht, dem dünnen Flaum am Kinn und dem spitzen Gesicht wie ein Dummkopf wirkte, den man hierher abschob, weil er für alle anderen Posten als zu naiv und weich galt.

Marais griff in seine Rocktasche, holte einen Louisdor hervor und drückte ihn dem jungen Mann in die Hand. Dann forderte er ihn auf, sich dafür zunächst anständige Kleider zu kaufen und anschließend dafür zu sorgen, dass man Federn, Tinte, Papier und Aktendeckel anlieferte und irgendwer sich außerdem darum kümmerte, dass eine Putzfrau erschien um »diesen Saustall hier« gründlich zu reinigen. »Und dass du mir die Quittungen nicht vergisst!«, fügte er streng hinzu, bevor er den Jungen zur Tür schob.

Es dauerte keine vierundzwanzig Stunden, bis Marais das Sicherheitsbüro wieder mehr oder weniger auf Kurs gebracht hatte. Er maßregelte Fabre und Males, stellte eine Putzfrau ein und straffte die Dienstpläne. Sogar der alte Sergeant Dupont zeigte sich beeindruckt von der Energie und der Effizienz des neuen alten Chefs der Sicherheitsabteilung. Und sobald sich in den folgenden Tagen die vier Polizeiagenten nach dem Dienst zu einem Roten in der Weinschwemme am Ende der Straße einfanden, gab es kaum ein anderes Thema als Marais' Rückkehr aus dem Provinzexil. Da sich in der Weinschwemme auch Polizeiagenten aus anderen Abteilungen einzufinden pflegten, gab es dort in den nächsten Tagen kaum ein anderes Gesprächsthema mehr.

Es hieß, Marais sei bestechlich gewesen. Aber er sei andererseits auch ein scharfer Hund und hätte eine ganze Menge Erfolge zu verbuchen gehabt, bevor er fast über Nacht aus Paris verschwand. Auf jeden Fall sei er ein exzellenter Messerwerfer und trüge immer zwei oder drei speziell angefertigte Wurfmesser bei sich.

Unter denjenigen, die kein gutes Haar an Marais ließen, tat sich besonders der lange Fabre hervor. Die Gegenpartei wurde angeführt von dem alten Sergeant Dupont. Fast eine ganze Woche ging das nun schon so. Immer neue Geschichten kramten die Agenten hervor, von denen Aristide kaum genug bekommen konnte.

Sergeant Dupont griff nach seinem Glas und füllte es aus der Glaskaraffe, die ihnen der Wirt gebracht hatte.

»Der Patron ist allein nach Paris zurückgekommen. Und nur der Teufel weiß, was die hohen Herren geritten hat, ihn wieder herzuholen. Ich sage euch, Männer, das werden gefährliche Zeiten.«

»Du und dein Scheißpatron, Dupont!«, mischte sich ein Polizeiagent aus dem Hauptquartier ein. »Ein Sauhund ist Marais, korrupt und hinterhältig. Hier hat keiner die arme Estelle Belcourt vergessen. Eine Schande, was Marais dem Mädchen angetan hat.«

»Was war mit ihr?«, erkundigte sich Aristide neugierig.

So erfuhr er – unterbrochen von allerlei Rufen und abfälligen Flüchen –, wie vor etwa drei Jahren ganz Paris in atemloser Spannung den Fall der jungen Bankierstochter Estelle Belcourt verfolgte, die des Mordes an ihrem Vater angeklagt und aufgrund eines höchst umstrittenen Gutachtens des Polizeiarztes Gevrol verurteilt worden war. Dass sein Gutachten im Prozess zugelassen wurde, war Marais zu verdanken gewesen, der den Richter entsprechend beeinflusst hatte. Zweitklassige Dichter hingegen hatten Estelles Unschuld besungen, und ehrgeizige Maler waren in ihre Zelle vorgedrungen, um ihr Porträt zu zeichnen. Besonders unter Studenten und Künstlern war sie bis heute nicht vergessen. Ihnen galt sie als Märtyrerin und Symbol für die kalte Verachtung der Obrigkeit gegenüber der rebellischen Jugend.

»Schön wie die Sünde war sie und unschuldig wie der junge Morgen«, beeilte sich Fabre zu versichern. »Marais hat sie trotzdem aufs Schafott geschickt, damit sein Schwiegervater ihr Vermögen einheimsen konnte. So einer ist der! Aber Fouché, der hat's Marais danach gezeigt und ihn ordentlich absserviert!«

»Unschuldig? Die?«, trumpfte der alte Dupont auf und spuckte angewidert auf den von Sägespänen bedeckten Fußboden. »Nein, die war so schuldig wie Kain, der seinen Bruder erschlug«

Dupont blickte sich zornig zu den übrigen Polizeiagenten um. »Merkt euch meine Worte: Der Patron, der ist dem Minister gewachsen. Und vielleicht war's ja auch gar nicht euer Minister, sondern ein ganz andrer, der Marais jetzt aus der Versenkung zurückgeholt hat. Zum Beispiel der Kaiser selbst. Daran schon mal gedacht, ihr Schnapsnasen?«, rief Sergeant Dupont, zog eine Laus aus seinem strähnigen Haar und betrachtete sie einen Moment, bevor er sie zwischen Daumen und Zeigefinger zerquetschte. »Vergesst eines nicht: Der Patron, der hat seinerzeit auch den Lasalle geschnappt.«

Rundum wurde es still.

Sooft Aristide sich an jenem Abend auch nach dieser mysteriösen Affäre Lasalle erkundigte – er erntete stets dasselbe einvernehmlich wissende Schweigen.

Zwei Wochen waren seit Marais' Rückkehr vergangen. Im Büro des Polizeiministers Joseph Fouché brannte an diesem Abend ungewöhnlich lange Licht. Er hatte heute bereits zum zweiten Mal eine Nachricht von Polizeipräfekt Beaume erhalten, in der dieser seiner Empörung über Marais' Rückkehr nach Paris Luft machte und dringend dessen sofortige Versetzung empfahl, da er hier in Paris angeblich völlig überflüssig sei.

Der Minister legte Beaumes Nachricht zurück auf den Schreibtisch.

Beaume war im Grunde nichts weiter als ein Raufbold und Totschläger und für die hohe Kunst der Intrige, wie Fouché sie betrieb, ungefähr so brauchbar wie ein Esel in einer Schreibstube.

Einzig bemerkenswert an all dem Klatsch und Tratsch, den

Polizeipräfekt Beaume in seinen Nachrichten aufwärmte, war höchstens, dass er eines von Marais' am besten gehüteten Geheimnissen noch nicht aufgedeckt hatte.

Fouché hatte dazu keine zwei Tage gebraucht.

Denn kurz vor seiner Abreise nach Brest hatte Marais damals eilig zwei Kammern im Dachgeschoss eines schäbigen Gasthauses angemietet. Dessen Besitzer, der Kleinkriminelle Florentin, war jedoch einer von Hunderten geheimer Zuträger, die Fouché überall in Paris hatte anwerben lassen. Was Marais entgangen war.

Florentin glaubte, dass Marais in den Dachkammern Hehlerware versteckte. Weshalb sonst hätte er deren Türen erneuern und mit starken Schlössern versehen sollen?

Sobald Fouché damals sicher sein konnte, dass Marais auf dem Weg nach Brest war, fuhr er persönlich zu Florentins Gasthaus, um die beiden Kammern öffnen zu lassen.

Statt wertvoller Hehlerware enthielten die jedoch Schminkutensilien, Perücken, falsche Bärte, einige alte Möbel und vier stabile Kisten, deren Schlösser sogar noch besser waren als die an den Türen.

Fouché begriff sofort, um was es sich hier handelte. All diese Perücken, Schminkutensilien und Bärte bildeten eines der Geheimnisse von Marais' spektakulären Ermittlungserfolgen. Sie dienten ihm dazu, sich unerkannt in der Unterwelt von Paris umzuhören.

Jene vier Kisten enthielten sein legendäres Verbrecherarchiv. Der Minister ließ sie abtransportieren und in seinem Büro öffnen. Darin waren Tausende Karteikarten, auf denen Marais akribisch Personenbeschreibungen, Verwandtschaftsverhältnisse, Arbeitsmethoden und besondere Merkmale einzelner Krimineller festgehalten hatte.

Das System, unter dem er sein Archiv ordnete, war wesentlich effektiver als das der Polizeiverwaltung. Angesichts der Vermerke und Querverweise zu bekannten Kriminellen, die er angebracht hatte, konnte Marais sich in kürzester Zeit mühelos über polizeibekannte Komplizen der Verbrecher informieren. Wobei die Auflistung zu deren Verwandtschaftsverhältnissen Marais' raffinierteste Verbesserung darstellte. Denn in Paris – und nicht nur dort – war das Verbrechen fest in der Hand einer Anzahl weit verzweigter Familienclans, die nur selten zuließen, dass sich ein Außenstehender in ihre Geschäfte einmischte. Sollte es dennoch einmal dazu kommen, dass ein Ganove von außerhalb in Paris zuschlug, so wurde das schon dadurch offensichtlich, dass sich in Marais' Archiv weder eine passende Beschreibung noch ein zugehöriger Modus Operandi fand.

Mindestens ebenso wichtig wie seine Verwandlungskünste und das penibel geführte Archiv war für Marais' Erfolge sein ausgedehntes Informantennetz, das er über die Jahre hinweg in Paris aufgebaut hatte. Doch auf das bekam der Minister keinen Zugriff. Denn dessen Mitglieder hatte der gerissene Marais nirgendwo aufgelistet. Ihre Namen bewahrte er am sichersten Ort auf, der sich denken ließ – in seinem Gedächtnis.

In den zwei Wochen, die er nun schon zurück in Paris war, hatte Marais es zweifellos in gewohnter Effizienz fertiggebracht, große Teile seines alten Informantennetzes wiederzubeleben.

Beaume war ein solcher Ignorant, dachte Monsieur le Ministre und trommelte mit den Fingern auf den Nachrichten des Präfekten herum. Fouché hatte Pläne mit Marais und würde nicht zulassen, dass ein Dummkopf wie Beaume sie durchkreuzte.

Doch nicht nur im Büro des Ministers brannte an jenem Abend noch lange Licht.

Auch Commissaire Marais saß noch lange an seinem Schreibtisch in der Rue Sainte-Anne und machte sich Gedanken. Er fragte sich zunehmend zornig und verwirrt, was den alten Fuchs Fouché bewogen haben mochte, ihn auf seinen alten Posten zurückzubeordern, wenn in ganz Paris kein Verbrechen zu verzeichnen war, dessen Aufklärung nach Marais' besonderen Fähigkeiten verlangt hätte.

Nounous, der Fisch, war ein Chiffonier, ein Müllsammler, und sein Revier war die Île de la Cité. Jenes wenige Quadratkilometer große, unübersichtliche Gewirr aus schmalen Gassen und niedrigen Häusern, zwischen denen sich über zwanzig Kirchen drängten. So viele auf derart engem Raum wie nirgendwo sonst auf der Welt.

Wie alle Chiffoniers war auch Nounous ein Meister in der Kunst, aus dem wenigen, was die Stadt als unbrauchbar aussonderte, noch etwas Geld herauszuschlagen. Knochen waren bei den Seifensiedern begehrt, Lumpen und Lederreste gingen an Papiermühlen oder Flickschuster, Asche fand bei den Gerbern Verwendung, und jegliches Fitzelchen Metall konnte man an die Gießereien verschachern.

Nounous war um die fünfzig, wendig, klein und gewitzt. Zusammen mit seinem Sohn und einem Eselkarren beackerte er besonders die Ausgänge der uralten Kanäle, die an den Quais in die Seine mündeten. Unter den Elenden der Stadt galt er als ein beneidenswerter Mann.

An diesem klaren Morgen fand Nounous am Ufer der Seine den Rumpf eines jungen Mädchens.

Auf seiner täglichen Runde hatte er die Kanalausgänge inspiziert. Er war noch nicht weit gekommen, als ein seltsam geformter Gegenstand im grau schillernden Wasser seine Aufmerksamkeit erregte. Mit einer langen Stange, an deren Ende sich ein eiserner Haken befand, zog er es zu sich ans Ufer. Doch auch, als er das Etwas an die Kaimauer herangezogen hatte und vor sich zwischen den Abfällen sah, erkannte Nounous zunächst nicht, was er da vor sich hatte. Es blieb ihm nichts weiter übrig, als auf der Kaimauer niederzuknien und sich zum Wasser herabzubeugen.

Er rief seinen Sohn herbei. Der Junge war immer schon ein wenig verträumt gewesen, und Nounous hielt ihn insgeheim für etwas zurückgeblieben. Seine Augen allerdings waren schärfer als die seinen.

»Sieht aus wie Titten«, sagte er und wies aufgeregt nach unten.

Nounous fand die Bemerkung nicht angemessen und verpasste dem Jungen eine Ohrfeige.

»Das sind trotzdem Titten. Was kann ich für deine schlechten Augen?«, erwiderte der Junge trotzig.

Er hatte recht. Was da unten im schmutzigen Seinewasser schwamm, war der kopflose Rumpf einer Frau oder eines Mädchens. Genau hätte Nounous das nicht zu unterscheiden gewagt angesichts seines Zustandes und all des Schleims und Schlamms, der sich an ihm festgesetzt hatte.

Er bedeckte die Augen seines Sohnes mit seiner dreckigen rechten Hand, drehte den Jungen dann herum und flüsterte ihm zu, er solle sich sofort auf den Weg zum Sicherheitsbüro in der Rue Sainte-Anne machen und dort nach Louis Marais verlangen.

Nounous hatte von Bernard, der Pfanne, einem Bettler gehört, dass der berühmte Inspekteur Louis Marais in die Stadt zurückgekehrt war und hoffte nur, dass es stimmte.

Nounous blickte seinen Sohn eindringlich an. »Keinen anderen, hörst du? Nur Marais persönlich.«

Sobald der Junge losgelaufen war, sprach Nounous ein Gebet für jenes bedauernswerte Geschöpf, dessen Rumpf da im Fluss trieb.

Als Marais eintraf, hatte sich bereits eine Menge Volk angesammelt, das neugierig oder entsetzt auf das herunter starrte, was der Müllsammler mit einem Haken an die Kaimauer gezogen hatte. Marais befahl Fabre und Males barsch, die Leute zu vertreiben, und trat zu Nounous, der stumm ins Wasser wies.

»Das da waren keine Ratten«, meinte der Müllsammler verdrossen.

Marais schob nachdenklich den Dreispitz in den Nacken. Trotz seiner Abscheu machte sich gleich darauf auch grimmige Freude in Marais breit. Das war der Fall, auf den er gewartet hatte. Mit dieser Erkenntnis ging jedoch eine weitere Überlegung einher. Wenn dies der Fall war, weswegen Fouché nach ihm geschickt hatte, dann musste Monsieur le Ministre längst gewusst oder zumindest geahnt haben, dass früher oder später eine solche Leiche auftauchte. Wahrscheinlich also, dass dies nicht die Erste ihrer Art war.

Bloß – wo waren dann die dazugehörigen Akten? Und weshalb war kein Wort darüber zu ihm gedrungen, wenn ihm schon die Akten zu dem Fall vorenthalten wurden? Irgendwer redete doch immer. Trotzdem hatte Marais nichts läuten gehört.

Herrgott, durchfuhr es ihn – ein neuer Fall Lassalle? Kein Wunder, dass Fouché jedes Gerücht über diese neuen Morde im Keim erstickt und Marais aus Brest zurückbeordert hatte. Der alte Fuchs hatte Angst, dass es wie damals vor Lasalles Verhaftung zu einer Panik unter den Parisern kommen würde.

Marais zog Mantel und Rock aus und krempelte die Ärmel seines Hemdes auf.

»Holen wir sie heraus, was Nounous?«, sagte er und begab sich zu der Treppe, die zum Wasser führte.

Nounous wackelte zunächst unschlüssig mit dem Kopf, aber setzte sich dann in Bewegung. Gemeinsam gelang es ihnen nach einigen erfolglosen Versuchen, den Rumpf aus dem Wasser auf den Treppenabsatz zu hieven, wobei sie ihre Kleider, Hände und Gesichter so sehr mit Schlamm und Brackwasser verdreckten, dass äußerlich kein nennenswerter Unterschied mehr zwischen dem Müllsammler und dem Commissaire zu erkennen war.

Nounous schlurfte zu seinem Karren, suchte zwischen dem Müll, den er bereits gesammelt hatte, einen löchrigen Topf hervor, hob ihn vor die kurzsichtigen Augen. Hielt man ihn beim Wasserschöpfen ein wenig schräg, würde er seinen Zweck erfüllen.

Er stieg wieder zu Marais hinunter und füllte den Topf mit Flusswasser. Dann leerte er ihn schwungvoll über dem von Schmutz und Schleim bedeckten Rumpf, wie er es wohl auch bei einem toten Fisch oder einem angeschwemmten Kleidungsstück getan hätte, um dessen Wert besser beurteilen zu können. Er wiederholte die Prozedur einige Male, während Marais ihm schweigend dabei zusah. Selbst das schmutzige Flusswasser half, den Torso zu säubern, solange es mit genug Schwung darübergekippt wurde.

Fabre und Males hatten die Schaulustigen zwar abgedrängt, doch nicht völlig vertreiben können, zumal im Laufe der Zeit immer mehr hinzugekommen waren.

Ein Mann im modischen blauen Gehrock hatte Schwierigkeiten, sich durch die Menge zu den beiden Polizeiagenten zu drängen. Er trug einen sorgsam gestutzten Bart und auffallend elegante Kleider. Der Mann im Gehrock war Docteur Paul

Mounasse, Arzt am Hospital Hôtel-Dieu und etwa um dieselbe Zeit dort angestellt worden, als man Marais nach Brest versetzt hatte. Die beiden Männer waren sich zuvor nie begegnet.

Er stieg zu Marais und Nounous herab.

»Mounasse vom Hôtel-Dieu«, stellte er sich vor. Dann streifte er seinen Gehrock ab und reichte ihn wortlos Marais, den er wegen dessen verschlammter Kleidung eher für einen Kollegen von Nounous als für einen Polizeiagenten hielt.

Mounasse kniete vor dem Rumpf nieder. Konzentriert glitten seine Blicke Zentimeter für Zentimeter über den Leichnam.

»Wo steckt euer Patron?«, rief er Fabre und Males zu, ohne dabei aufzusehen. »Bringt ihn her, ich will, dass er diese Schweinerei hier mit eigenen Augen sieht!«

Nounous versetzte Marais grinsend einen Stups.

»Commissaire Louis Marais, zu Ihrer Verfügung, Bürger Mounasse.«

Marais streckte seine Hand Mounasse hin, der jetzt endlich aufsah und sie nach einem Moment des Zögerns schüttelte.

»*Der* Louis Marais?«, erkundigte er sich skeptisch.

Marais zuckte die Achseln und nickte.

Mounasse wandte sich wieder dem Rumpf zu.

»Was ist passiert, dass sich ein Commissaire plötzlich höchstpersönlich die Hände dreckig macht? Hab ich irgendwas verpasst? Hat Präfekt Beaume euch endlich mal in den Arsch getreten? Wurde auch Zeit.«

Mounasse faltete seine Hände, ließ die Gelenke knacken, und begann dann vorsichtig Halsansatz, Schulterpartie und Unterleib des Rumpfes abzutasten. Nachdem das vollbracht war, beugte er sich noch weiter herab und betrachtete lange die Schnittstellen an Hals, Schultern und Schenkeln.

»Sie suchen nach einem Mann, der sein Handwerk versteht, Marais. Sehen Sie diese Schnitte hier?«

Mounasse wies auf den Halsansatz und die Armstümpfe.

»Zwar haben die Fische schon dran genagt, aber so exakt schneidet kein Schlachterbeil oder Küchenmesser. Dazu braucht es schon ein Skalpell und eine spezielle Knochensäge, wie sie Chirurgen oder Feldscher benutzen.«

Soweit war Marais schon selbst gekommen.

Der gewöhnliche Pariser Mord war unkompliziert. Überwiegend war er Ergebnis eines Familienstreits, der außer Kontrolle geriet, oder ging mit Diebstahl und Raub einher. Es kam auch vor, dass sich Kriminelle um Beute stritten. Dabei blieb schon mal der ein oder andere von ihnen auf der Strecke. Aber Pariser Kriminelle verwendeten Klappmesser, Dolche oder Hämmer. Seltener Säbel oder Schusswaffen. Zumal die überwiegende Anzahl der Morde in der Stadt gar nicht erst zur Kenntnis der Polizei gelangte. In den tristen Vorstädten der vier Heiligen – Saint-Michel, Saint-Victor, Saint-Marcel und Saint-Jacques – hatten Polizeiagenten nicht viel zu melden. Dort verschwand so mancher auf Nimmerwiedersehen in Misthaufen, Sickergruben und Fleischwölfen. Angesichts der allgegenwärtigen Korruption der Polizei konnte Marais es den Leuten noch nicht einmal verdenken, dass sie ihre Streitfälle lieber unter sich regelten.

»Soweit war ich auch schon, Bürger Mounasse«, sagte Marais zu dem Polizeiarzt. »Beweisen Sie mir, dass Sie Ihr Honorar nicht umsonst beziehen. Erzählen Sie mir etwas, das ich *noch nicht* weiß. Sie könnten zum Beispiel damit anfangen, mir zu sagen, wie lange sie schon im Wasser gelegen hat.«

Mounasse warf Marais einen missmutigen Blick zu, bevor er sich wieder dem Torso zuwandte. Er stupste die rechte Brust des Rumpfes an, die wie jede gewöhnliche Brust leicht nachgab. »Sehen Sie? Keine Leichenstarre. Sie muss mindestens zehn Stunden tot sein. Wahrscheinlich sogar länger, so kalt wie das Wasser ist. Aber exakt kann ich das nicht sagen, dazu war sie auf jeden Fall zu lange im Wasser.«

Nounous stieß Marais an und wies auf die Vagina der Leiche.

Marais Blicke folgte Nounous Geste.

Aus der Vagina des Torsos ragte irgendetwas heraus.

Gott, dachte Marais entsetzt, ein verfluchter Aal, der sich in sie hineingefressen hatte?

Er kniete sich hin.

Seltsam – sollte es ein Aal sein, dann war der tot, denn er bewegte sich nicht.

»Haben Sie irgendwas, Commissaire?«

Mounasse sah Marais verwundert an.

»Da – sehen Sie?«

Marais kniete sich neben den Doktor und zog das, was immer da aus der Scheide des Rumpfes hing, mit spitzen Fingern heraus.

Mounasse starrte verdutzt darauf.

»Was ist das?«

Nounous hatte sich ebenfalls neugierig neben Marais und Mounasse auf die Knie niedergelassen, um den seltsamen Fund in Augenschein zu nehmen.

An einem schwarzen Seidenhalsband mit schmalen roten Rändern hing so etwas wie ein silbernes Kreuz. Falls es denn überhaupt ein Kreuz war – dann war es das eigentümlichste Kreuz, das Marais je gesehen hatte. Er drehte es ratlos hin und her. An Mounasses verwundertem Gesicht war zu erkennen, dass auch ihm so etwas nie zuvor untergekommen war.

Nounous ärgerte sich wohl darüber, dass er das Band mit dem Kreuz nicht entdeckt hatte, bevor er Marais rufen ließ.

Silber und Seide – bei einem guten Hehler hätte das einen hübschen Gewinn gebracht.

»Ist das nicht eines von den Kreuzen, wie die Orthodoxen sie benutzen?«, fragte Marais.

»Nein, Monsieur«, entgegnete Nounous. »Die haben ein Kreuz wie wir, nur mit einem kürzeren kleinen Balken obendrauf. Die Griechen auch.«

Marais sah das merkwürdige Kreuz nachdenklich an. Mindestens ebenso sehr wie die eigenartige Form des Kreuzes beschäftigte ihn die Frage, *wie* es wohl in die Scheide des Mädchens gekommen sein konnte.

Hatte ihr Mörder es ihr hineingesteckt? Als eine Art bizarres Symbol? Ein Versuch, das Opfer über den Tod hinaus zu verhöhnen? Oder war es vielleicht ganz anders? War dieses Kreuz in ihrer Scheide womöglich Teil eines sexuellen Spiels?

Marais kannte ein Ungeheuer, das solche Spiele für sein Leben gern getrieben hatte. »Der Mensch ist ein schönes, böses Tier, Marais. Sehen Sie es endlich ein«, hatte ihm das Ungeheuer einst lächelnd zugeflüstert.

Marais fragte Mounasse nach dessen Meinung.

»Scheint kein Blut daran zu sein. Wenn der Mörder es ihr nach ihrem Tod dorthinein geschoben hätte, müsste welches dran sein. Denn dort, wo sie gestorben ist, muss es ausgesehen haben wie auf einem Schlachthof. Aber vielleicht hat sie es sich ja auch selbst reingeschoben? So oder so – muss ihr höllisch wehgetan haben«, sagte Mounasse, strich über seinen Bart und machte dabei einen ziemlich ratlosen Eindruck.

Schließlich verlangte er von Nounous noch mehr Wasser. Sobald er den gefüllten Topf erhielt, säuberte er mit dem Wasser und seinem Taschentuch Bauch und Scheidenbereich des Torsos.

Schließlich betrachtete er sein Werk einen Moment, dann sprang er auf und stieß eine Reihe von Flüchen aus, die selbst Nounous dazu brachten, erstaunt die Brauen zu heben.

Mounasse sah Marais geradeheraus in die Augen.

»Versprechen Sie mir, dass Sie diese Bestie zur Strecke bringen.«

Kein Polizist auf der Welt hätte guten Gewissens ein solches Versprechen abgeben dürfen. Im Polizeigeschäft gab es keine Garantien. Selbst bei der scheinbar einfachsten Ermittlung konnte zu viel danebengehen, und nach der Ermittlung folgte zudem immer ein Prozess, bei dem erfahrungsgemäß noch weit mehr schiefgehen konnte.

Marais hielt Mounasses Blick mühelos stand.

»Sie wissen, dass ich das nicht kann, Mounasse. Keiner könnte das.«

Mounasse war deutlich anzusehen, wie sehr er um Fassung rang.

Noch immer hatte Marais keine Ahnung, was den Doktor so aufregte.

Schließlich spukte Mounasse vor Marais Stiefelspitzen auf den Boden.

»Sie verdammter Feigling«, flüsterte er.

Marais warf einen langen Blick auf Mounasses gelblich grünen Rotz.

Dann sah er auf – und lächelte Mounasse an.

»Was ist es, Mounasse«, fragte er leise.

Mounasse schob die Daumen hinter seine breiten Hosenträger und erwiderte Marais' Blick mit einem zornigen Schnauben.

»Sie hat ein Kind geboren. Und zwar nur ganz kurze Zeit, bevor diese Bestie sie getötet hat. Vielleicht sogar am selben Tag.«

Louis Marais nickte einige Male selbstvergessen. Dann trat er zwei Schritte von Mounasse, Nounous und der Leiche weg und sah eine ganze Weile stumm zum grauen Himmel hinauf.

Als Nounous dazu ansetzte, irgendetwas zu sagen, schnitt Marais ihm mit einer unerwartet harschen Geste das Wort ab, ohne seinen Blick vom Himmel zu wenden.

»Du schneidest sie heute noch auf, Bürger Mounasse. Und du bist gefälligst nüchtern, wenn du es tust, und du gibst dir gefälligst Mühe dabei, verstanden?«, sagte Marais schließlich, immer noch ohne den Blick von dem grauen Himmel abgewandt zu haben.

»Kommen Sie gegen vier ins Hôtel-Dieu. Jeder dort weiß, wo ich zu finden bin«, antwortete Mounasse hart.

Keiner der Männer ahnte, dass Marais zum Himmel aufblickend ein Dankgebet an seinen Gott gesandt hatte. Dank dafür, dass der ihm endlich gegeben hatte, wonach Marais all die Zeit, seit er nach Paris zurückgekehrt war, so intensiv gesucht hatte: einen Mordfall. Eingeschlossen in jenes Gebet war auch ein Dank für mehr als nur diesen Mord. Nämlich dafür, dass Gott der Herr seinen Sohn Louis Marais offenbar in jener Nacht in Brest von einer Selbsttötung abhielt, weil er ihn dafür benötigte, diesen Mord zu klären und ein Stück Gerechtigkeit in jene so unbarmherzige und ungerechte Welt zu bringen, über die er herrschte.

4

EIN FEST FÜRS LEBEN

Marais fand sich Punkt vier Uhr am verabredeten Ort ein. Das Hôtel-Dieu war das größte Hospital von Paris und bestand aus zwei verschachtelten Gebäudekomplexen. Sie wirkten bedrückend mit ihren meterdicken Mauern und Zinnen. In der Halle des Haupthauses wimmelte es von hustenden Patienten und Personal. Die Kamine und Öfen drückten Qualm in die hohen alten Räume hinein. Es roch stechend nach einer Mischung aus Rauch, Schweiß, Minze und Urin. Wer es sich leisten konnte, versuchte sein Glück lieber mit einem Arztbesuch im eigenen Zuhause als in einem der Hospitäler, die den meisten Leuten als Orte des Todes galten.

Doktor Mounasses Reich bestand aus einer Flucht niedriger Säle, die im Halbdunkel lagen. Die Talgkerzen, die man hier verwendete, sonderten einen unangenehmen Geruch nach schmorendem Fett ab, der einem in Kleider, Haare und Haut kroch. Trotz der Wärme, die die Kerzen erzeugten, waren die uralten Mauern ständig feucht.

Marais erwartete, dass Mounasse in seiner Morgue denselben Saal für Sektionen benutzte wie sein Vorgänger Gevrol. Und tatsächlich schien hier unten alles noch unverändert. Dieselben Gerüche und Geräusche empfingen ihn, und dieselben nebeneinander angeordneten marmornen Sezierblöcke schimmerten weißlich im Halbdunkel. Ein wenig erinnerten sie in ihrer aufwärts geschwungenen Form an die Liegen römischer Patrizier.

Über den Boden verliefen zwei Rinnen zu einem Abfluss, dazu gedacht, Blut und Körpersäfte in eine Senkgrube abzuleiten.

Obwohl der Doktor gewöhnlich mit seinen beiden Assistenten an mehreren Obduktionen gleichzeitig zu arbeiten pflegte, war an diesem Nachmittag nur einer der Sezierblöcke belegt. Trotz des schlechten Lichtes erkannte Marais den Torso aus dem Kanal.

Plötzlich huschte eine Ratte über den Steinboden. Sie trug einen menschlichen Daumen im Maul. Bei der Abflussrinne verharrte sie und sah herausfordernd zu Marais auf. Dann verschwand sie unter einem der Arbeitstische.

Marais war fassungslos.

»Die hauseigene Müllsammlung«, sagte Mounasse hinter ihm, »effektiv und billig.«

Marais wandte sich um.

Mounasse trug eine schwarze Schürze über dem hellen Hemd und den dunklen Hosen. Die Schürze war befleckt von getrocknetem Blut. Der Doktor hatte die großen Hände hinter die Schürze geschoben und lächelte. Der Ekel seines Besuchers ließ ihn offenbar kalt.

»Was für eine verdammte Sauerei!«, zischte Marais.

Mounasse lächelte traurig. »Nicht so zimperlich, Monsieur le Commissaire. Sie müssen doch schon Schrecklicheres gesehen haben.«

»Furchtbarer als diese Würdelosigkeit? Kaum.«

»Würdelosigkeit? Wessen Würde? Die der Toten? Dafür ist Gott zuständig. Oder die Würmer. Je nachdem. Tot ist tot, mon Commissaire. Falls es Ihnen um Seelen geht – in zwanzig Jahren als Arzt habe ich noch keine einzige zu Gesicht bekommen. Und glauben Sie mir, es gab mal eine Zeit, da hätte ich eine Menge dafür gegeben, auf eine zu stoßen.«

Marais ignorierte die Blasphemie des Doktors und wies auf den Marmorblock mit dem Torso.»Irgendwelche Ergebnisse?«

Der Torso war mit einem y-förmigen Schnitt aufgetrennt und anschließend mit grobem Faden wieder vernäht worden.

Mounasse nickte.»Sie ist erdrosselt worden. Sehen Sie diese tiefen Striemen über dem Halsansatz? Eindeutig Drosselspuren. Außerdem hat unser Mörder seine Schnitte genau dort gesetzt, wo ich es an seiner Stelle auch getan hätte. Er versteht ein bisschen was von Anatomie. Zum Opfer ist zu sagen – ihre Haarfarbe war braun. Ihre physische Entwicklung lässt darauf schließen, dass sie nicht jünger als zwölf und nicht älter als sechzehn war. Mittelgroß. Eher schlank. Außerdem hatte sie ein Muttermal am Hals.«

Mounasse wies auf eine Hautverfärbung etwas unterhalb des Schnittes, mit dem man dem Mädchen den Kopf abgetrennt hatte.»Er hat versucht, es zu entfernen, aber so ganz ist es ihm nicht gelungen.«

Marais sah stumm einer grün schillernden Fliege zu, wie sie auf dem Torso landete, sich dort die Flügel putzte und schließlich wieder davonsurrte.

»Schön«, sagte er.»Da wir jetzt wissen, worin Sie sich sicher sind, lassen Sie uns darüber sprechen, worin Sie sich nicht ganz so sicher sind.«

Mounasse schob die Hände wieder hinter die schmutzige Schürze.»Woher wollen Sie wissen, dass ich mir über irgendwas bei ihr nicht sicher sein sollte?«

»Weil es immer irgendetwas gibt, bei dem sich die Doktoren nicht sicher sind. Ich führe solch ein Gespräch heute nicht zum ersten Mal. Genauso wenig wie Sie«, entgegnete Marais.

»Sie haben recht. Einiges ist mir aufgefallen, worüber ich zwar nichts in meinen Bericht schreiben würde, aber das Ihnen dennoch weiterhelfen könnte.«

Der Doktor streckte sich und spuckte zielgenau in einen der Metallnäpfe, die in regelmäßigen Abständen zwischen den Marmorblöcken standen.

»Ich bin zum Beispiel sicher, dass sie sich die längste Zeit ihres Lebens schlecht ernährt hat. Kaum Fleisch und sehr selten etwas Gehaltvolleres als Brot und dünne Hühnerbrühe. Dazu ab und an ein gekochtes Ei.«

Marais zog seine Schlüsse. »Sie glauben, sie war arm? Das passt nicht. Arme Leute vermisst keiner. Und falls doch, dann gehen arme Leute nicht zur Polizei, um nach Vermissten suchen zu lassen. Aber wozu sonst hätte er sie verstümmeln sollen, wenn nicht, um ihre Identität zu verschleiern?«

»Es wird sogar noch verzwickter, Marais. Ich habe die Reste ihrer letzten Mahlzeit analysiert. Rindfleisch. Außerdem Pilze, Wachteln, Käse und Bratkastanien.«

»Ein mehrgängiges Menü? Das ist nichts für arme Schlucker.«

»Nein. Aber Bratkastanien und Pilze sind schwer verdaulich, und Rindfleisch lässt sich anhand seiner Faserstärke recht genau bestimmen. Irrtum ausgeschlossen. Ich würde außerdem behaupten, dass sie ihre Henkersmahlzeit kaum eine halbe Stunde vor ihrem Tod eingenommen hat. Gehen wir weiterhin davon aus, dass dies ihr Abendessen war und man in Paris gewöhnlich zwischen sieben und neun zu Abend isst, dann hat ihr Mörder sie wahrscheinlich vorgestern Abend irgendwann zwischen acht und zehn umgebracht.«

Marais zog das Kreuz aus seiner Rocktasche, hielt es Mounasse vor die Nase und ließ es dort ein paarmal hin und her baumeln. »Massives Silber, Mounasse. Antik. Eine erstklassige Arbeit und wahrscheinlich nicht in Frankreich hergestellt. Wie hätte sie sich so etwas leisten können, wenn sie so arm war, wie Sie glauben?«

Mounasse ließ sich davon nicht beeindrucken. »Wir wissen doch beide, wie ein armes Mädchen in Paris zu einem silbernen Schmuckstück und einem guten Abendessen kommt. Erkundigen Sie sich am Palais Royal, auf der Rue Saint-Denis oder irgendeinem Nacktball in den Vier Heiligen nach ihr.«

Die Rue Saint-Denis war beliebter Sammelpunkt von Straßenhuren. Im Palais Royal befanden sich eine Reihe gut florierender Bordelle und Spielclubs. Und die Vier Heiligen nannte man jene vier Vororte von Paris, die den Namen eines Heiligen trugen und überwiegend von Kleinbürgern, Handwerkern oder Manufakturarbeitern und deren Familien bewohnt wurden. Gegen einen geringen Eintritt konnte man dort an Tanzveranstaltungen teilnehmen, zu denen sich Mädchen einfanden, die nichts dagegenhatten, ihre schmalen Einkünfte durch ein wenig Intimakrobatik aufzustocken.

Marais ließ das Kreuz wieder in seinem Rock verschwinden und setzte sich auf einen der Arbeitstische. »Fassen wir zusammen, Mounasse. Sie ist entweder eine Professionelle oder eine, die es nur nebenbei treibt, aber getrieben hat sie es ganz sicher, sonst wäre sie nicht zu einem Kind gekommen, richtig? Sie war die meiste Zeit ihres Lebens arm. Davon abgesehen war sie gesund und wird trotz ihres Muttermals auch nicht gerade wie eine Vogelscheuche ausgesehen haben. Ihre Schwangerschaft könnte ein Unfall gewesen sein oder nicht. Jedenfalls hat sie das Kind zur Welt gebracht. Und zwar unmittelbar vor ihrem Tod.«

»Nicht schlecht, Marais«, sagte Mounasse mit einem Anflug von Spott in der Stimme.

Marais fuhr nach einigem Nachdenken fort. »Ab hier geraten wir in unsichereres Fahrwasser. Wo hat er sie getroffen und abgefüttert? In einem Restaurant? In seinem Haus? Oder im Boudoir eines Bordells? Dass sie gemeinsam gegessen haben, liegt wohl auf der Hand. Sie wird ihr Kind nicht zu dem Rendezvous mitgenommen haben. Es könnte also durchaus sein, dass es noch am Leben ist.«

Marais versicherte sich durch einen Blick auf Mounasse, dass der bislang in etwa zu denselben Schlüssen gekommen war.

»Schön. Kommen wir zu unserem Mörder. Offenbar ein Mann, der recht gut bei Kasse ist. Aber das muss nicht viel heißen. Für ein Tête-à-Tête mit Dîner reicht es bei vielen. Sein Alter? Da käme wohl alles zwischen zwanzig und sechzig infrage. Ich habe das Gefühl, unser Mann hat ein Händchen für die Mädchen und wird daher wohl kein Greis sein. Interessanter erscheint mir da schon, dass er mit ziemlicher Sicherheit über einen Ort verfügt, den er unbehelligt in ein Schlachthaus verwandeln kann.«

Marais wies mit einem schalen Lächeln auf den Doktor. »Eigentlich könnten Sie selbst der Mörder sein, Mounasse.«

»Sie auch!«

»Ich auch«, bestätigte Marais kühl.

»Das ist nicht seine erste Arbeit dieser Art. Unser Mann hat bereits zuvor getötet.«

»Ganz bestimmt«, meinte Marais.

Eine Ratte lief in einiger Entfernung an den beiden Männern vorüber. Mit einer einzigen schnellen Bewegung zog Marais ein Messer aus seinem Mantelärmel und warf es nach ihr. Es traf die Ratte am Genick. Mit ihren rosa Pfoten strampelnd, blieb sie blutend liegen.

Marais rutschte von dem Arbeitstisch, hob sein Messer auf, wischte es an einem von Mounasses Leichentüchern ab und steckte es wieder ein.

»Sie können meine Müllsammler wirklich nicht ertragen, was Marais?«, kommentierte der Doktor.

Marais schwang sich wortlos erneut auf den Arbeitstisch und wies auf den Torso. »Wie viel Kraft braucht man, um einen Menschen derart zu zerteilen?«

Mounasse winkte ab. »Also theoretisch, könnte es auch eine Frau gewesen sein. Aber so etwas wie das da würde doch keine Frau einer anderen Frau antun, Marais. Obwohl es so viel Kraft nicht erfordert, wenn man den Bogen erst einmal raus hat. Nein, unser Ungeheuer ist ein Mann. Und so jung kann er nicht mehr sein. Junge Männer sind in aller Regel nicht geduldig und präzise. Doch unser Mörder hat sein Opfer sehr überlegt und exakt zerstückelt. Außerdem ist ein Chirurgenbesteck, wie er es offenbar verwendet hat, nicht gerade billig zu haben. Ein Arzt? Möglich. Ein Feldscher oder Schlachter? Genauso gut möglich.«

Mounasse strich um den aufgeworfenen Rand jenes mächtigen Schnittes, der dem Mädchen den Kopf abgetrennt hatte. Seine Geste wirkte traurig und zärtlich zugleich.

»Wissen Sie, Marais, ich glaube, wir haben es mit einem begabten Amateur zu tun. Die öffentlichen Sektionen, die man in der Universität abhält, werden gut besucht. Der Tod übt auf die Menschen eine eigenartige Faszination aus. Ein Amateur mit einer schnellen Auffassungsgabe und etwas Talent kann dabei erstaunlich viel aufschnappen.«

Mounasse zog seine Hand von dem Torso zurück, als fühlte

er sich ertappt. »Aber vielleicht hoffe ich ja auch nur, dass es keiner aus meiner Zunft war.«

Der Doktor schüttete sich etwas Schnupftabak auf den Handrücken und zog ihn in die Nase. Dann trat er um den Marmorblock herum und lehnte sich neben Marais an die Kante des Arbeitstisches.

Marais war der stechende Geruch, der von ihm ausging, unangenehm. Mounasse sah ihm in die Augen. »Weshalb hat man Sie gerade jetzt aus Brest zurückbeordert, Commissaire?«

»Das müssen Sie schon den Polizeiminister fragen.«

Dem Doktor reichte diese Auskunft nicht. »Sie müssen doch irgendeine Vermutung haben, Marais. Der alte Fuchs hasst Sie wie die Pest. Es muss ihn einiges an Überwindung gekostet haben, Sie wieder nach Paris zurückzuholen. Haben Sie sich nie gefragt, weshalb er das tat?«

Das hatte Marais durchaus. Nur wollte er das nicht mit dem Doktor besprechen und antwortete nicht.

»Spielen Sie nicht den Beleidigten, Marais! Was ich wissen muss, ist Folgendes: Glaubt der Minister, dass es noch mehr Morde wie diesen gibt? Hat er Sie deswegen aus Brest zurückgeholt?«

Das war keine dumme Frage. Erst recht nicht angesichts der Vermutung, dass der Mörder seine dunkle Kunst bei diesem Mädchen nicht zum ersten Mal ausgeübt hatte.

»Seit ich in Paris zurück bin, hatte ich noch keine Gelegenheit, mit dem Minister zu sprechen«, sagte Marais schließlich. »Ich bin also nicht schlauer als Sie, Mounasse.«

Mounasse nickte. Dann streute er sich eine neue Prise Schnupftabak auf den Handrücken, zog ihn ein und wischte sich Nase und Mund am Hemdsärmel ab. »Kommen Sie, Marais. Ich habe etwas, das Sie sehen sollten.«

Er ging auf das Halbdunkel am gegenüberliegenden Ende des Raumes zu. Marais zögerte einen Moment, dann folgte er ihm.

Die ganze Wand wurde von einem hohen Regal eingenommen, dessen obere Fächer voller in Alkohol eingelegter Exponate waren. In den Fächern darunter entdeckte Marais feuchtschimmelige Dossiers und einige Gerätschaften, von denen er lieber gar nicht wissen wollte, was man damit anstellte.

Mounasse zog eine lederne Mappe zwischen den schimmeligen Akten auf dem Regal hervor und reichte sie Marais.

»Das habe ich von meinem Vorgänger geerbt. Sie erinnern sich an ihn? Doktor Gevrol?«

Marais erinnerte sich gut an Gevrol. Er war eines Tages mit einer brennenden Fackel durchs Hôtel-Dieu gestürmt und hatte gedroht, das Hospital in Brand zu setzen. Man setzte ihn fest und überstellte ihn nach Bicêtre, der berüchtigten Irrenanstalt vor den Toren von Paris. Man sagte, Gevrol sei besessen davon gewesen, der Ursache des Kindbettfiebers auf die Spur zu kommen, an dem Jahr für Jahr Tausende Wöchnerinnen starben.

Marais hielt Gevrols Mappe unschlüssig in der Hand.

»Sie zögern, sie zu öffnen?«

»Sollte ich etwa?«

Aus Mounasses Miene verschwand jede Spur von Sarkasmus und Ironie. »Ja. Denn ich bin sicher, dass der Inhalt dieser Mappe Gevrol in den Irrsinn trieb.«

Marais warf dem Doktor einen langen Blick zu und trat dann näher zum Licht.

In der Mappe befanden sich etwa dreißig Blätter mit Zeichnungen und Notizen. Die Zeichnungen zeigten entstellte Mädchenkörper. Die Anmerkungen bezogen sich auf anatomische Details, niedergeschrieben offenbar während der Obduktionen der Leichname. Marais legte die Mappe auf einem der Sezierblöcke ab, holte eine zweite Talgkerze herbei und sah aufmerksam Blatt für Blatt durch. Sein Herz schlug schneller, und seine Hand zitterte beim Umblättern der Bögen. Was er da sah, war furchtbar, und er brauchte einen Moment, um das Gesehene einzuordnen.

Offenbar hatte er es mit zwölf Opfern zu tun. Zwölf jungen Frauen und Mädchen, denen man Arme, Beine, Hände, Füße oder Köpfe abgeschnitten hatte. Zwölf junge Frauen und Mädchen, die Gevrols Aufzeichnungen zufolge außerdem alle kurz vor ihrem Tod ein Kind zur Welt gebracht hatten.

Marais war froh, dass er Mounasse den Rücken zuwandte. Er wollte nicht, dass der Doktor seine Erregung bemerkte. Denn dass sein Herz schneller schlug und seine Hände zitterten, lag nicht nur an den Abscheulichkeiten, die Gevrol in seiner Mappe dokumentiert hatte, sondern an Marais' tiefer Erleichterung darüber, dass er endlich sicher sein konnte, dass Gott der Herr ihn tatsächlich in jener Nacht in Brest vor dem Selbstmord bewahrte, weil hier in Paris eine Aufgabe auf ihn wartete. »Herr, ich danke dir«, flüsterte er unhörbar.

Hinter ihm klirrte Glas. Er hörte Mounasse einen Fluch ausstoßen. Der Doktor schob mit dem Stiefel einige Scherben unter ein Regal und trat mit einer Flasche Cognac und zwei halbwegs sauberen Gläsern zu Marais.

»Hier«, sagt er, »das hilft.«

Mounasse wies auf Gevrols Mappe. »Gewöhnlicher Mord ist schon niederschmetternd genug. Aber das da ist ein Affront wider die Vernunft.«

Aus der Art, wie Mounasse seinen Cognac hinunterstürzte, schloss Marais, dass der Alkohol ihm wohl häufiger durch dunkle Stunden half. Auch Marais leerte sein Glas. Der Cognac lockerte den Knoten, der sich in seinem Magen gebildet hatte.

»Noch etwas sollten Sie wissen, Marais, bevor Sie sich auf die Jagd nach dem Mörder machen«, sagte Mounasse. »Gevrol und Beaume kannten sich. Und zwar sehr gut. Beaume hat Gevrol regelmäßig Aufträge zugeschanzt. Das ging so weit, dass die Polizeiärzte aus den übrigen Bezirken eine Eingabe beim Minister verfasst haben. Mit den Obduktionen wird man zwar nicht reich, aber sie sind trotzdem für viele in der Zunft ein gutes Zubrot. Man kann es den Kollegen daher nicht verübeln, dass sie protestierten. Wichtig ist, dass es stets Frauenleichen waren, deren Obduktionen Beaume seinem Freund Gevrol zuschanzte. Männer und kleinere Kinder interessierten ihn offensichtlich nicht.«

Ein neuer Griff zur Cognacflasche. Mounasse füllte sein Glas und trank es aus. »Als Gevrol in Bicêtre landete, fand ein heftiges Hauen und Stechen um seine Nachfolge statt. Ich hatte weder die richtigen Beziehungen noch genug Vermögen, um die entscheidenden Leute zu bestechen. Meine Aussichten waren gleich null. Für die anderen Ärzte bedeutete dieser Posten nur die Aussicht auf fettere Honorare und eine bessere Reputation. Für mich ist er mein Leben. Aber Talent entscheidet nur in Ausnahmefällen über das Schicksal eines Mannes. Stellen Sie sich also meine Überraschung vor, als ich auf diesen Posten berufen wurde. Obwohl ich nicht wusste, wie mir geschah, war ich der glücklichste Mann der Welt.«

Mounasse schnupfte eine Prise und nieste und strich sich mit dem Handrücken über Nase und Mund. »Trotzdem hat Fouché damals mein Ernennungsschreiben unterzeichnet. Und eine Menge Geld dadurch verloren. Die Bestechungsangebote für diesen Posten gingen in die Tausende. Bloß passt es nun mal nicht zu Monsieur le Ministre, auf so viel leicht verdientes Geld zu verzichten.«

Marais trommelte nachdenklich mit den Fingern auf Gevrols Mappe herum. »Schön, Mounasse, rücken Sie schon heraus damit, was hat Fouché dafür von Ihnen verlangt?«

»Nichts.«

»Nichts?«

»Wenn ich es doch sage – nichts. Aber es kommt noch besser, Marais. Als ich meinen Posten hier antrat, machte ich eine Bestandsaufnahme. Das dauerte bis tief in die Nacht. Bevor ich nach Hause ging, verschloss ich persönlich jede einzelne Tür hier unten. Am nächsten Tag fand ich die gesamte Morgue verwüstet vor. Ich machte eine Meldung in der Präfektur. Dort legte man zwar eine Akte zu dem Vorfall an, unternahm jedoch sonst nichts. Ich ließ die Sache zunächst auf sich beruhen. Aber mit Gevrols Wahnsinn hatte für mich alles hier angefangen. Also fuhr ich nach Bicêtre, um ihn auszuquetschen. Er musste wissen, was hinter meiner Ernennung und diesem Einbruch steckte. Man ließ mich nicht einmal zu ihm vor. Es hieß, er sei unfähig auch nur ein einziges vernünftiges Wort von sich zu geben.«

Mounasse trat wieder zu dem Regal, wo er unter einem alten Leintuch einen kostbaren Edelholzkasten hervorzog und zu der Mappe auf den Sektionsblock stellte. »Eines Tages lud mich Madame Gevrol zum Tee ein. Das hat sie mir dabei überlassen.«

Mounasse öffnete den Kasten. Marais Blick fiel auf filigrane Zangen, Nadeln, Pinzetten, Messer, Skalpelle und winzige, fein gezahnte Sägen, allesamt auf dunkelrotem Samt gebettet.

»Das sind Gevrols chirurgische Instrumente«, erklärte Mounasse. »Er hat sie nach eigenen Plänen anfertigen lassen. Sie

sind unersetzbar. Madame Gevrol behauptete, er hätte darauf bestanden, dass sie seinem Nachfolger übergeben werden, sollte ihm einmal irgendetwas zustoßen. Gevrol stieß etwas zu. Und Madame erfüllte seinen Wunsch.«
Mounasse strich über das polierte Holz des Kastens.
»Sehen Sie her!«
Er hob zwei der mit Samt ausgeschlagenen Einsätze aus dem Kasten heraus und stellte sie auf dem Marmor ab. Der Edelholzkasten war leer.
Marais blickte den Doktor ratlos an.
Mounasse drückte mit dem Daumen in die Mitte des Kastenbodens, der daraufhin aufsprang und ein Geheimfach freigab. Mounasse ergriff die lederne Mappe und legte sie in das Fach. Sie passte exakt hinein.
»Madame wusste nichts von dem Geheimfach. Ich bin zufällig darauf gestoßen.« Er nahm die Mappe wieder aus dem Fach. »Als ich es dann fand und einen Blick in die Mappe warf, wurde mir so einiges klar. Diese Mordserie hat Gevrol in den Irrsinn getrieben. Nicht seine Besessenheit von dem Kindbettfieber, wie immer behauptet wurde. Er wollte, dass sich sein Nachfolger der Morde annahm, Marais. Schon deswegen wäre es eine Schande, ihn zu enttäuschen.«
Marais hatte dem Doktor schweigend zugehört. Was er sagte, klang einleuchtend. Aber diese Mordserie reichte über ein Jahrzehnt zurück. Bis zu seiner Versetzung wäre Marais der richtige Mann dafür gewesen, jenes mädchenmordende Ungeheuer zur Strecke zu bringen. Doch kein Mensch hatte ihn konsultiert. Nicht einmal Gevrol hatte je etwas angedeutet, obwohl sie sich oft genug über den Weg gelaufen waren. Und sogar Marais' besonderer Förderer, der frühere Polizeipräfekt Jean-Jacques Henri, hatte kein Wort über eine

Mordserie verloren. Das ergab einfach keinen Sinn. Selbst angesichts der unter der Polizei weitverbreiteten Korruption erschien es ihm unfassbar, dass man zwölf Morde über eine so lange Zeit hatte vertuschen können. Wer sollte ein Interesse daran haben?

»Sie vermuten also, man hat bei dem Einbruch nach diesen Zeichnungen gesucht?«, fragte Marais. »Das setzt voraus, dass der Mörder von ihnen wusste. Woher? Von Beaume? Beaume ist ja bestimmt kein Heiliger – einen wahnsinnigen Mörder zu decken, passt trotzdem nicht zu ihm.«

Er wies auf Gevrols Mappe. »Andererseits müsste noch ein dritter Mann von den Morden gewusst haben. Denn irgendwer hat diese Zeichnungen angefertigt ...«

Mounasse schüttelte den Kopf. »Gevrol selbst hat die Zeichnungen angefertigt. Ich habe andere Bilder von ihm gesehen. Er hätte auch als Künstler Karriere machen können. Fouché hat mich auf Gevrols Posten gehievt, und er hat Sie plötzlich aus Brest zurückbeordert. Dafür kann es nur einen Grund geben: Er weiß von diesen Morden, und er hat beschlossen, dass jetzt endlich damit Schluss gemacht werden soll.«

»Warum gerade jetzt?«

»Ich habe keine Ahnung. Aber ...«

»Aber?«

»Ihre Theorie vom großen Scheusal in allen Ehren, doch ich glaube nicht so recht daran.«

Das erstaunte Marais. »Weshalb?

»Weder Gevrol noch seine Frau verfügten über Vermögen. Aber allein diese Instrumente repräsentieren den Wert eines Wohnhauses in einer guten Gegend von Paris. Gevrol trug teure Kleider. Er beschäftigte einen Kutscher und drei zusätzliche Sektionsassistenten, die er sämtlich aus eigener Tasche bezahlte.

Denken Sie, was Sie wollen Marais, ich glaube hinter diesen Morden steckt eine Menge Geld. So viel Geld, dass Gevrol damit die Instrumente, den Kutscher und seine Assistenten mühelos bezahlen konnte.«

Wahnsinn, dachte Marais, ließ sich indes nicht beeindrucken. Wer sagte denn, dass ihr Mann, nur weil er ein Scheusal war, unbedingt auch arm sein musste? Nein, Geld schied für Marais als Motiv völlig aus.

»Ich glaube, Sie täuschen sich, Mounasse. Arme, blutjunge Mütter, die grausam ermordet werden – da ist weit und breit kein Geld drin.«

Mounasse schüttelte missbilligend den Kopf. »Sowohl Beaume als auch Gevrol haben gewaltig von den Morden profitiert. Gevrol ist am Ende. Er wird seine letzten Tage in Bicêtre fristen. Das ist weiß Gott Strafe genug. Beaume hingegen ist Polizeipräfekt von Paris. Ich bin überzeugt, Fouché hat Sie nach Paris zurückgeholt, um Beaume zu Fall zu bringen. Wenn Sie sich dabei die Finger verbrennen, kann das Monsieur le Ministre herzlich egal sein. Nach getaner Arbeit schiebt er Sie einfach wieder in die Provinz ab.«

Der Doktor griff in seine Hosentasche und brachte ein vielmals gefaltetes Stück Papier zum Vorschein.

»Ich habe Ihnen eine Liste aller Opfer aus Gevrols Mappe zusammengestellt. Beschreibungen, Fundorte, Art der Verstümmelungen. Sie wissen schon.«

Marais steckte die Liste ein. »Sehr umsichtig.«

Mounasse nahm die Mappe an sich und legte sie in das Geheimfach des Instrumentenkastens zurück. »Die Mappe behalte ich bei mir. Wenn sie bisher keiner hier gefunden hat, wird das wohl auch in Zukunft so bleiben.«

Er schloss das Geheimfach und beförderte vorsichtig

wieder die beiden Einsätze mit den Instrumenten an ihre Plätze.
»Ach, Mounasse, was wurde eigentlich aus Gevrols Sektionsassistenten?«
Der Doktor kratzte sich böse lächelnd am Bauch.
»Spurlos verschwunden. Wahrscheinlich tot.«
Eine Weile sahen sie sich schweigend an. Endlich reichte Mounasse Marais unsicher die Hand. »Gott mit Ihnen, Marais«, flüsterte er.
»Und mit Ihnen, Mounasse«, entgegnete Marais und meinte es auch so.

Auf dem Platz vor Notre-Dame herrschte an diesem frühen Abend das übliche Gedränge. Händler, die Kerzen und gedruckte Bibelzitate feilboten, dazu all die Kutschen, Pferdewagen, Passanten und Sänftenträger. Vor allem aber wimmelte es im Bannkreis der mächtigen Kathedrale von Bettlern und versehrten Veteranen, die um die Großzügigkeit von Messebesuchern und Passanten buhlten.

Marais fühlte sich verbraucht und leer. Er sah sich nach einer freien Droschke um. Die Sänftenträger, die lauthals ihre Dienste anpriesen, ignorierte er. Sänften waren unbequem und schwerfällig.

Sein Blick fiel auf zwei junge Frauen, die sich vor dem Hauptportal der Kathedrale miteinander unterhielten. Sie waren ärmlich gekleidet und wirkten zwischen all den zielstrebig umhereilenden Menschen scheu und unsicher. Selbst die Bettler hatten etwas Flüchtiges an sich, wie sie mit ihren Glöckchen klingelnd oder ihre Verletzungen herzeigend die Passanten belagerten. Sie waren wohl fremd in der Stadt, zwei Besucherinnen aus der Provinz, die sich überfordert fühlen mussten von der ewigen Eile, die den Hauptstadtbewohnern längst in Fleisch und Blut übergegangen war.

Marais konnte den Blick nicht von ihnen abwenden. Vielleicht, dachte er, waren sie gar keine Besucherinnen, sondern Ausreißerinnen! Er glaubte plötzlich verstanden zu haben, weshalb keiner je nach den Opfern des Scheusals gesucht hatte. Sie waren keine Pariserinnen gewesen, sondern Ausreißerinnen. Deshalb hatte nie irgendwer hier in Paris nach ihnen gesucht, und deshalb tauchten ihre Namen nicht in offiziellen Dokumenten auf! Und was führte junge Frauen aus der Provinz in die Hauptstadt der Welt? Abenteuerlust? Die Suche nach einem besseren Leben? Zweifellos. Aber viele von ihnen trieb auch die Schande eines unehelichen Kindes aus ihren Kleinstädten und Dörfern irgendwo in der Auvergne, der Champagne, Bretagne oder dem Languedoc. Jedes der Mordopfer hatte kurz vor ihrem Tod ein Kind zur Welt gebracht! Zunächst mochten die Frauen ja versucht haben, ihren Fehltritt vor ihrer Umgebung zu verheimlichen, doch irgendwann wurde das unmöglich, und man warf sie auf die Straße. Und wohin gingen sie dann? Selbstverständlich in die großen Städte, wo sie hofften, in der Menge untertauchen und ein neues Leben beginnen zu können, indem sie sich neue Namen zulegten und sich als arme Witwen ausgaben.

Wenn sie in Paris ankamen, abgerissen und mittellos, hatten sie ihre Kinder entweder eben zur Welt gebracht oder waren hochschwanger. Zwei, drei Tage und Nächte allein auf den unbarmherzigen Straßen der Stadt und all ihre Hoffnungen wandelten sich zuerst in Enttäuschung und schlugen dann in Verzweiflung um. Aber was tat eine Mutter nicht alles, um ihr Kind satt und im Trockenen zu wissen?

Herrgott, dachte Marais, in dieser Situation würden sie selbst einem dreibeinigen Zwerg in eine Erdhöhle folgen, solange der ihnen nur eine Stellung, ein Bett für die Nacht oder auch bloß eine warme Mahlzeit versprach.

Der Mörder hatte leichtes Spiel mit ihnen gehabt.

Was geschah nach vollbrachter Tat? Der Leichnam der Mutter wurde zerstückelt und in der Seine, auf einem öffentlichen Müllplatz, einem Misthaufen oder in der Gosse entsorgt.

Und ihr Kind? Paris brachte ungewollte Kinder im Überfluss hervor. In der Hauptstadt der Welt wurden jeden Tag Kleinkinder ersäuft, erdrosselt, zerstückelt und an Hunde und Hausschweine verfüttert. Dieser Mörder konnte mit den Kindern seiner Opfer dasselbe angestellt haben, und der Leiche eines Kleinkinds sah man nun einmal nicht an, ob es in der Provinz gezeugt worden war oder hier in Paris.

Die Verwandten dieser unglücklichen Mädchen irgendwo auf dem Land ahnten sicher nichts von dem Tod der Mädchen und ihrer Kinder. Und es kümmerte sie wohl auch nicht, nachdem sie Schande über ihre Familie gebracht hatten.

Gleich morgen früh, nahm Marais sich vor, würde er einen Trupp Polizeiagenten zusammenstellen, um die Postkutschenstationen und großen Plätze der Stadt überwachen zu lassen und so das Ungeheuer womöglich auf frischer Tat dabei ertappen zu können, wie es unter den jungen Ausreißerinnen auf Beutezug ging.

Marais atmete tief durch und stellte sich einer Droschke in den Weg, deren Kutscher mit kundigem Blick sogleich erkannte, welche Sorte von Kunden er vor sich hatte. Er sprang herab und öffnete ihm zuvorkommend den Schlag.

»Wohin, Monsieur?«, fragte der Kutscher.

Hm, wohin, fragte sich Marais. Zur Rue Sainte-Anne, um die Überwachungstrupps anzufordern und zusammenzustellen?

Das schien kein übler Start. Im letzten Augenblick änderte er jedoch seine Meinung und befahl dem Kutscher, ihn nach Saint-Germain zu fahren. Dort lebte Gevrols Ehefrau. Marais hatte den Doktor während der unseligen Affäre Estelle Belcourt einige Male besucht.

Madame Gevrol galt als eine hervorragende Apothekerin, und tatsächlich hatte Marais damals ihr den entscheidenden Hinweis auf Art und Anwendung des Giftes zu verdanken gehabt, mit dem die blutjunge Estelle ihren Vater ermordete. Ein naives Hausweibchen war Madame ganz und gar nicht.

Im Fall des Mädchenmörders war Gevrols Gattin bislang die wichtigste Spur. Alles deutete darauf hin, dass ihr Mann den Mörder gedeckt und möglicherweise sogar von dessen Morden profitiert hatte. Jedenfalls hatte er die Mappe mit den furchtbaren Zeichnungen angelegt und dafür gesorgt, dass sie seinem Nachfolger in die Hände fiel. Weshalb? Etwa aus Reue?

Marais sah durch die schmutzigen Fenster der Droschke die Stadt an sich vorübergleiten. Er fühlte sich dabei so lebendig, leicht und voller Tatendrang und Jagdlust wie seit Jahren nicht mehr. Für einen Augenblick gestatte er sich, diese Jagd nach einem Ungeheuer in vollen Zügen zu genießen. Das Kribbeln im Bauch und jenes Gefühl, dass plötzlich sämtliche Lichter heller brannten – herrlich!

Paris, ein Fest fürs Leben. Jedenfalls solange es dauerte, dieses Leben.

Ein mürrisch dreinblickendes Dienstmädchen öffnete ihm. Marais stellte sich vor. Das Mädchen führte ihn durch eine spärlich möblierte Halle in einen hübschen Salon.

»Bitte warten Sie hier, Monsieur.«

Marais setzte sich.

Gleich darauf erschien Madame Gevrol. Sie trug ein schwarzes Kleid und wirkte ein wenig rundlicher, als Marais sie in Erinnerung hatte. In ihrem vormals so frischen, attraktiven Gesicht hatte sich eine gewisse Bitterkeit eingegraben, und ihre dunklen Augen wirkten glanzlos. Sie war offensichtlich nicht sehr erfreut, ihn zu sehen.

»Ich bin hier, um über Ihren Gatten zu reden, Madame. Doch das haben Sie sich bereits denken können, nicht wahr?«, sagte Marais kühl.

»Danke für Ihren Besuch, Monsieur. Allerdings bin ich sehr beschäftigt.«

Madame klingelte nach dem Mädchen. Es musste bei der Tür gewartet haben, so schnell wie es erschien. »Monsieur möchte gehen, Mathilde!«

Marais blieb jedoch, wo er war. »Ich werde nicht gehen, Madame. Und ich habe Angelegenheiten mit Ihnen zu erörtern, die für die Ohren von Personal nicht geeignet sind.«

Madame sah an Marais vorbei zu dem Mädchen. »Mathilde? Monsieur will gehen!«, sagte sie erneut.

Marais lehnte sich amüsiert in seinem Stuhl zurück und schlug die Beine übereinander. »Ich bin untröstlich, Ihnen Unannehmlichkeiten bereiten zu müssen, Madame. Aber zwingen Sie mich nicht, einen Trupp Polizeiagenten herbeizuordern, um ihr Haus durchsuchen zu lassen. Das wird bis morgen früh dauern, und ihr Haus wird danach einem Trümmerfeld gleichen. Sie wissen, wie lächerlich gering das Gehalt eines Polizisten ist. Ein hübsches Haus wie dieses muss eine Menge Dinge enthalten, die einen unterbezahlten Polizeiagenten in Versuchung führen. Im Grunde kann man es den Männern nicht einmal wirklich verdenken, dass sie hier und da mal etwas mitgehen lassen.«

Madame schaute giftig in Marais' Richtung. »Mit anderen Worten drohen Sie mir damit, mir eine Horde von Dieben und Schlägern auf den Hals zu hetzen?«

Marais hielt ihren Blicken so lange stand, bis Madame sich dem Mädchen zuwandte. »Mathilde – verschwinde.«

Das Mädchen knickste und ging.

Marais wartete, bis sie die Tür hinter sich schloss.

»Ich werde mich bemühen, es kurz zu machen.«

Madame glaubte ihm offensichtlich kein Wort.

»Ich weiß nicht, was Sie sich von Ihrem Besuch versprechen, Monsieur. Nachdem mein Mann krank wurde, habe ich alle seine Aufzeichnungen verbrannt. Und mein Gedächtnis ist von jeher nicht sehr gut.«

Madame schenkte sich aus einer Karaffe Likör in ein Glas und nippte daran.

»Wir kennen uns nicht wahr, Monsieur? Sie waren seinerzeit mit dem Fall Belcourt betraut. Sie baten meinen Mann um Hilfe, weil Sie von Anfang an Gift als Todesursache vermuteten.«

»Ja«, sagte Marais.

»Ich will ganz offen zu Ihnen sein, Monsieur. Ich habe meinen Mann gehasst. Ich hatte auch andere Angebote. Doch ich war jung und dumm und redete mir ein, ein Arzt, das ist schon etwas. Und was habe ich bekommen? Einen geizigen Griesgram, der mir kaum genug Haushaltsgeld zugestand, um das Mädchen zu bezahlen und jeden Tag drei Mahlzeiten auf den Tisch zu bringen. Wenn es nicht wegen der Nachbarn gewesen wäre, hätte ich ihn selbst nach Bicêtre einweisen lassen. Damals, nachdem offensichtlich geworden war, dass mein Gatte ... nun ja ... krank geworden war, wandte sich bereits einer Ihrer Kollegen an mich und fragte nach der Hinterlassenschaft meines Gatten. Ich habe ihm gesagt, dass ich nichts aufbewahrt hätte. Ich gebe zu – eine Lüge. Aber der Mann war furchtbar unverschämt. Er behauptete, mein Gatte hätte sich auf eine gefährliche Affäre eingelassen und ganz furchtbare Dinge getan. Dann drohte er ganz offen damit, meinen Besitz zu konfiszieren und mich selbst ins Gefängnis zu werfen, falls ich mich weigern sollte, ihm zu geben, was er verlangte.«

»War das, nachdem Sie Mounasse die Instrumente Ihres Mannes gegeben haben oder zuvor?«

Madame schaute Marais verwundert an. »Einige Tage danach. Aber diesem Unhold von einem Polizeiagenten hätte ich die Instrumente meines Mannes niemals ausgehändigt. Man hat mich gut erzogen, Monsieur. Ich weiß, was sich gehört. Den letzten Willen eines Menschen hat man zu ehren. Und es war Gevrols ausdrücklicher Wunsch, sollte ihm irgendetwas zustoßen, diese Instrumente seinem Nachfolger zu übergeben. Ganz gleich, wer das sein mochte.«

Madame nippte von ihrem Likör, legte dann ihre Hände in den Schoß und funkelte ihren Gast zornig an.

Marais fand, dass an diesem Punkt ihrer Unterhaltung ein wenig Rücksichtnahme angebracht sei. »Sie haben richtig gehandelt, Madame. Dieser Mann ging zu weit. Ihr Gatte war allerdings tatsächlich in eine sehr unangenehme Affäre verwickelt, deren wahre Dimension erst kürzlich deutlich geworden ist. Sie erweisen ihm einen Gefallen, wenn Sie mir sämtliche Dokumente übergeben, die Sie vielleicht noch irgendwo aufbewahrt haben. Ich versichere Ihnen, dass man Sie danach nicht wieder belästigen wird.«

Madame sah auf ihre Hände. »Dieser ungehobelte Unhold hat mich völlig aus der Fassung gebracht. Ich hatte so furchtbare Angst. Deswegen habe ich noch in derselben Nacht sämtliche Papiere meines Mannes verbrannt. Und bevor Sie fragen – nein, ich habe sie zuvor nicht durchgesehen.«

War das eine Lüge, fragte sich Marais. Nein, entschied er, sie log nicht. Und schlimmer als Madame war sowieso dieser Trottel von einem Polizeiagenten. Was für ein Affe!

»Erinnern Sie sich an den Namen des Mannes, Madame?«

Madame dachte darüber nach. »Sein Name? Ich bin nicht sicher. An seinen Vornamen entsinne ich mich: Jean-Marie. Wie mein seliger Papa.«

Marais kam ein schlimmer Verdacht. »Beaume? War es vielleicht Jean-Marie Beaume?«

Madames Gesicht verzog sich zu einer Grimasse. »Das ist der Name! Sie kennen ihn?«

Marais seufzte. »Flüchtig. Er ist der Polizeipräfekt von Paris.«

Madame gab ein Schnauben von sich.

Marais zuckte die Achseln. Sollte Beaume, wie Mounasse behauptete, wirklich in diese Mordserie verwickelt gewesen sein, dann galt es vorsichtig zu sein. Fühlte Jean-Marie sich in die Ecke gedrängt, war er zu allem fähig.

»Was mir nicht recht einleuchten will, ist, dass Ihr Gatte so plötzlich, von einem Tag auf den anderen, dem Wahnsinn verfallen sein soll. Man erwartet eher, dass dem irgendein Ereignis, irgendeine Erschütterung vorausgeht. Ist Ihnen an seinem Verhalten unmittelbar vor seinem Nervenzusammenbruch nichts Ungewöhnliches aufgefallen?«

Madame dachte darüber nach. »Nun ja – kurz vor seinem Anfall... gestand er mir mehr Wirtschaftsgeld zu. Aber ich habe lange dafür kämpfen müssen. Das geschah also keinesfalls aus heiterem Himmel. Allerdings... kam er mir auch gelöster vor. Er führte mich sogar auf einen Ball. Etwas, das ihm in mehr als zehn Jahren Ehe niemals zuvor in den Sinn gekommen war.«

»Was war das für ein Ball, Madame?«

»Er war so wunderbar, Monsieur!«, rief Madame mit leuchtenden Augen aus. »Im Palais von Talleyrand. All die Roben! Die Lichter! Die Musik!«

Talleyrand war Außenminister des Kaisers und der schärfste Gegner Fouchés. Er veranstaltete die glänzendsten Bälle und Empfänge von Paris. Unzählige Mütter würden kalt lächelnd Morde begehen, um ihren heiratsfähigen Töchtern zu einer Einladung für einen von Talleyrands Bällen zu verhelfen. Weshalb sollte er ausgerechnet einen kleinen Polizeiarzt eingeladen haben, fragte sich Marais fasziniert und erschrocken zugleich.

»Wie kam Ihr Gatte zu der Einladung?«

»Ein Geschenk, vermute ich. Von einem dankbaren Patienten. Er machte ja immer noch Hausbesuche. Leider ging die Dankbarkeit dieses Patienten nicht so weit, auch für ein neues Kleid für mich zu sorgen.«

Da schwang Bitterkeit in ihrer Stimme mit. Marais konnte es ihr nicht verübeln. Seine Frau Nadine hätte ihm die Augen ausgekratzt, wäre er je so unvorsichtig gewesen, von ihr zu verlangen, mit einem bereits getragenen Kleid auf einen Ball zu gehen. Er fragte sich, ob jener »dankbare Patient« der Mörder gewesen sein könnte? Hatte Gevrol ihn seiner Frau damals vielleicht vorgestellt?

Marais erkundigte sich danach.

Madame erklärte jedoch, der Gönner ihres Mannes sei in jener Nacht mit Sicherheit nicht anwesend gewesen. Ihr Gatte hätte sonst ja gar nicht umhin gekonnt, sie ihm vorzustellen. Gevrol, meinte sie, sei zwar ein kleinkarierter Geizkragen gewesen, aber nie wirklich ungehobelt. Jedenfalls nicht, solange er seinen Verstand noch beisammengehabt hatte.

»Ich bin verwirrt, Madame. Man versicherte mir, Ihr Gatte hätte aus eigener Tasche einen Kutscher, Pferde, Kalesche und zusätzliche Sektionsassistenten bezahlt. Sie hingegen behaupten, er hätte Ihnen ein Ballkleid verweigert?«

Madame lachte verächtlich auf. »Die Kutsche? Aber Monsieur, die wurde doch vom Hospital gestellt. Mein Gatte war immerhin einer der führenden Ärzte dort und Mitglied in unzähligen medizinischen Ausschüssen. Eine Kutsche stand ihm zu! Von den Sektionsassistenten weiß ich nichts.«

Gott, dachte Marais, sie glaubt tatsächlich daran. Wieder eine mögliche Spur versperrt. Es war niederschmetternd.

Er zog das seltsame silberne Kreuz hervor und präsentierte es Madame. »Haben Sie so etwas schon einmal gesehen? Vielleicht auf Talleyrands Ball? Oder bei den Hinterlassenschaften Ihres Gatten?

Madame warf einen leidlich interessierten Blick darauf und schüttelte den Kopf. »Nein, tut mir leid, Monsieur. Aber es ist hübsch.«

Damit war wohl vorerst alles gesagt. Marais erhob sich.

Bevor er sich von ihr verabschiedete, erkundigte er sich nach dem Zustand ihres Gatten. Statt einer Antwort schlug sie das Spitzentuch enger um die Schultern. Marais war das Antwort genug.

Draußen wartete die Kutsche.

»Wohin jetzt, Monsieur?«, erkundigte sich der Kutscher.

Marais zögerte.

»Bicêtre. Die Irrenanstalt. Der doppelte Preis, wenn du es in einer Stunde schaffst!«

Mounasse hatte zwar behauptet, dass Gevrol unansprechbar und nur noch ein atmendes Gemüse sei, doch er war nun einmal die beste Spur, die Marais bisher hatte. Und, dachte er, vielleicht hatte nur noch niemand wirklich entschlossen genug versucht, Gevrol aus seiner Starre aufzuwecken.

Die Droschke rollte durch schmale, mit Schlaglöchern übersäte Vorortstraßen. Wenn es nicht der Gestank war, der einen unmissverständlich daran gemahnte, dass man auf dem Weg aus Paris heraus war, dann war es die Finsternis. Der Gestank, der wie eine fettige Wolke über der Stadt hing, gehörte zur Stadt wie die Sonntagsmessen zu Notre-Dame und eine Erkältung zum Winter. Aber furchtbarer als der Gestank war die absolute Finsternis der Vorstädte. Kerzen waren Luxusgut für arme Leute. Was es hier im Überfluss gab, war das Elend, war jedes Jahr ein neues Kind, war der frühe Tod jener Kinder, waren der Husten, die Bitterkeit und der billige Fusel.

Gerade Marais wusste besser als andere, welche Anstrengung, welcher Mut und welches Gottvertrauen dazugehörten, aus irgendeinem dieser blinden, schmutzigen Fenster zum Nachthimmel hinaufzublicken und dort statt bloßer Finsternis auch die Sterne leuchten zu sehen.

5

DER INSEKTENSAMMLER

Der Kutscher hatte sich seinen Bonus verdient. Es war noch keine Stunde vergangen, als Marais im Kutschfenster die massige Silhouette seines Fahrtziels auftauchen sah. Das ehemalige Schloss wirkte mit seinen vergitterten Fenstern, verrußten Mauern und dem schweren Eichentor wie ein einziger in Stein gehauener Fluch. Das Asyl von Bicêtre hatte seinen schlechten Ruf ehrlich verdient. Hier war die Zwangsjacke erfunden worden, und hier hatte man die Guillotine zum ersten Mal am lebenden Objekt erprobt. Während der allgemeinen Hysterie vom September 1792, als es in den Pariser Gefängnissen zu Massakern kam, stürmte der Pöbel auch Bicêtre. Mit Knüppeln, Spießen, Äxten und Mistgabeln bewaffnet, hieb man auf alles ein, was sich bewegte. Wen immer es hierher verschlug, der machte besser seinen Frieden mit Gott.

Der süßliche Dunst nach feuchtem Stroh und ungewaschenen Kleidern, der Marais entgegenschlug, sobald er aus der Kutsche stieg, löste Brechreiz in ihm aus.

Er sprang die Treppe zum Haupteingang hinauf und schlug den massiven Klopfer gegen die Tür.

Nichts.

Marais klopfte erneut. Energischer diesmal.

In der Tür wurde eine Klappe geöffnet, durch die ihn das rundliche Gesicht eines verschlafenen Mannes anstarrte.

»Verschwinde!«, brummte der Mann und warf die Klappe wieder zu.

Marais ließ den eisernen Klopfer so lange gegen die Tür fallen, bis die Klappe erneut aufschwang.

»Ich hab dir doch ...«, rief der Mann hinter der Tür.

Marais packte die Nase des Mannes und zog das Gesicht heftig gegen die Tür.

»Marais ist mein Name. Louis Marais, Commissaire de Police. Mach auf!«

Marais ließ die Nase des Mannes los, der daraufhin von der Tür zurückstolperte und einen spitzen Schmerzensschrei ausstieß.

Doch gleich darauf verkündete das Klirren eines Schlüsselbundes, dass er die Tür aufschloss.

»Danke«, sagte Marais und verlangte von dem Mann zum diensthabenden Arzt geführt zu werden – oder am besten gleich zu Monsieur le Directeur. Doch der lag zu Hause im Bett, erklärte der Mann. Der Anstaltsarzt wohnte jedoch mit seiner Familie im Westflügel.

Marais befahl dem Pförtner, ihn zu dem Arzt zu führen.

Das schmeckte dem Pförtner offensichtlich nicht. Einem leibhaftigen Commissaire wagte er sich dennoch nicht zu widersetzen.

Auguste Delors, der Anstaltsarzt, lebte in einer kleinen Wohnung im Erdgeschoss des Asyls. Er war etwa zehn Jahre älter als Marais, trug einen fadenscheinigen Hausmantel und schien, angesichts all der leeren Flaschen in seiner Behausung, ein schwerer Säufer zu sein.

»Ich will zu Gevrol«, sagte Marais, nachdem der Pförtner sie allein gelassen hatte. Er schlug gegen die Kälte die Arme vor der Brust zusammen.

»Der wird nicht mal bemerken, dass Sie überhaupt da sind!«, antwortete Delors.

Marais wurde wütend. »Ich bin Commissaire du Police Louis Marais, du Wicht! Wenn ich Gevrol sehen will, dann sehe ich ihn!«

Delors blickte Marais verblüfft an. »Aber verstehen Sie doch, Monsieur. Es spielt für Gevrol keine Rolle, wer Sie sind. Er wird nicht auf Ihren Besuch reagieren. Was immer Sie von ihm wollen – er ist tot für die Welt, und die Welt ist tot für ihn.«

»Das interessiert mich nicht«, fuhr Marais ihn an. »Entweder du führst mich zu Gevrol, oder ich buchte dich wegen Widerstands gegen die Staatsgewalt ein.«

Delors seufzte, griff nach einem Leuchter und ging voran zur Tür.

»Ich lehne jegliche Verantwortung ab. Nur damit Sie es wissen, Monsieur«

Marais ging nicht darauf ein. Denn eine Reihe von Schaukästen, die neben der Tür an der Wand hingen, hatte seine Aufmerksamkeit erregt.

Delors zählte offensichtlich zur seltsamen Bruderschaft der Insektensammler, die sich daran ergötzten Fliegen, Motten, Käfern und Faltern feine Nadeln durch den Leib zu treiben, um sie dann in solchen Kästen zu fixieren und zur Schau zu stellen. All jene im trüben Kerzenlicht grün, braun und gelblich schimmernden Käfer hatten für Marais etwas Monströses, beinah Diabolisches an sich. Trotz seines Ekels hatte er Mühe, seine Blicke davon abzuwenden.

»Kommen Sie, Monsieur?«, fragte Delors leise.

Also folgte Marais dem Arzt und dem Pförtner einen schmalen Gang hinab zu einer wackeligen Treppe und von dort zu einem düsteren Flur, der auf eine eiserne Tür zuführte.

»Streifen Sie das über, Monsieur. Die Wahnsinnigen werfen gerne mit ihrer Scheiße nach den Besuchern. Manchmal spucken sie auch durch die Gitter.«

Der Pförtner reichte Marais eine Kapuze aus steifem Leinen, die zwei Schlitze für die Augen und ein winziges Loch für die Nase aufwies. Sie roch nach ungewaschenem Haar, kaltem Schweiß und Erbrochenem. Nur widerwillig zog Marais sie über seinen Kopf.

Sie traten durch die eiserne Tür in einen breiten Flur, an dem sich Zelle um Zelle aneinanderreihte. Zwischen den Zellen waren schwere Ösen mit Ketten in die Wand eingelassen. Die Stille erschien Marais gespenstisch. Obwohl es hier wärmer war als draußen, überlief ihn ein Frösteln.

Delors ging voran, gefolgt von Marais, der Pförtner bildete die Nachhut.

Der Flur schien endlos zu sein. Seine Ausgänge und Verzweigungen verloren sich im Dunkeln.

Zwischen zwei der Zellen sah Marais eine Frau, die auf einen massiven Stuhl aus Holz und Eisen gefesselt war. Sie trug eine schmutzige Zwangsjacke aus hartem Segeltuch. Ihr Gesicht war unter einer ledernen Maske verborgen. Ihre nahezu weißen Haare hingen wirr auf die knochigen Schultern herab. Marais machte einen großen Bogen um sie.

Einige Schritte weiter klammerte sich ein Mann an die Gitterstäbe seiner Zellentür. Sein Mund schien sich wie in einer Reihe stummer Schreie zu öffnen und wieder zu schließen.

Die kleine Gruppe schritt an vielen weiteren dieser hinter Gittern gefangenen Wesen vorüber, die weder ganz Mensch noch wirklich Tier waren. Dieser Ort, dachte Marais erschrocken, brachte offenbar seine ganz eigene Spezies an Lebewesen hervor.

Die Mauern von Bicêtre schienen Wahnsinn auszudünsten wie die Zellen ihren Hauch von alter Pisse und vergammeltem Stroh. Weiter und weiter folgten sie dem schier endlosen Flur. Marais fiel ein Nest nackter Rattensäuglinge ins Auge. Aufgeschreckt von den Schritten der Männer drängten sie sich dichter an ihre grauschwarze Mutter. Einen Moment erschienen sie ihm mit ihrer blassrosa Haut, dem Wimmern und leisem Quieken menschlicher als die Insassen und das Personal, denen er hier begegnet war.

Plötzlich erhob sich aus der Tiefe des alten Gemäuers eine Kakophonie aus Schreien, Klirren und Klappern, die selbst Delors und dem Pförtner in die Knochen zu fahren schien.

Dieser Ort erschien Marais wie ein Wartesaal zur Hölle, der womöglich sogar furchtbarer war als die Hölle selbst.

Delors bestand darauf, dass man sich Gevrols Zelle nicht näherte, ohne die Wachmänner hinzuziehen, die in einem Seitengang des Flurs in ihrer Stube hockten.

Dort saßen vier Männer in Hemdsärmeln um einen Tisch herum und spielten Karten. Ungehalten über die Störung ihrer Partie, stießen sie wüste Flüche aus.

Marais versetzte ihrem Tisch einen kräftigen Tritt, der daraufhin umfiel. Münzen und Spielkarten rollten durcheinander.

»Rien ne va plus, Messieurs!«, sagte Marais und trat dem ersten der Männer, der zornig auf ihn zustürmte, in den Bauch. »Marais, Commissaire du Police. Ich will zu Gevrol! Bewegt euch!«, knurrte er.

Jede Menge weiterer Flüche ausstoßend, schlossen sich die Wachmänner ihnen an. Folgten Delors, Marais und dem Pförtner einen weiteren Gang hinab und eine feuchte, schlüpfrige Treppe hinauf zu einem kürzeren Zellenflur.

Nach wenigen Schritten wies Delors stumm auf eine der Zellen.

»Aufschließen!«, befahl Marais, entriss dem Pförtner die Fackel und leuchtete damit in die Dunkelheit von Gevrols Zelle.

In der äußersten Ecke machte er schließlich die Gestalt des früheren Polizeiarztes aus. Abgemagert, das schmale Gesicht von einem wirren Bart und fettigem, schulterlangem Haar umrahmt, hockte er neben einem Fäkalieneimer im feuchten Stroh auf dem Steinboden und wiegte wie im Gebet den Oberkörper auf und ab. Seine Kiefer mahlten dazu unablässig

»Mein Gott!«, flüsterte Marais erschrocken.

Sobald einer der Wachmänner die Zellentür geöffnet hatte, trat Marais zu Gevrol heran und berührte ihn sacht an der Schulter.

Gevrol zuckte träge zurück und begann dann von Neuem, sich mit mahlenden Kiefern hin und her zu wiegen.

»Gevrol! Ich bin's, Louis Marais! Ich habe die Zeichnungen gefunden!«

Keine Reaktion.

Marais versetzte Gevrol einen harten Stoß gegen die Schulter. Gevrol unterbrach jedoch nicht einmal sein stummes Kiefermahlen.

»Reißen Sie sich zusammen, Gevrol! Ich weiß, dass Sie mich hören!«, brüllte Marais ihn an.

Alles, was er damit erreichte, war, dass die Insassen der Nachbarzellen einen schrillen Lärm zu machen begannen, dessen Echo den Krach in dem alten Gebäude nur noch weiter verstärkte.

Marais versetzte Gevrol eine Reihe von Ohrfeigen. Doch

selbst die provozierten ihn zu keinerlei Reaktion. Er schien nicht einmal den Schmerz der Schläge zu spüren.

Marais sah ein, dass dies zu nichts führte. Aber Gevrol war die beste Spur, die er derzeit hatte. Es musste einen Weg geben, zu ihm durchzudringen.

Im Laufe der Jahre war Marais von Verdächtigen, Verbrechern, Zeugen, Kollegen und Vorgesetzten so oft nach allen Regeln der Kunst belogen und betrogen worden – er konnte gar nicht anders, als Gevrols Schweigen für einen persönlichen Affront zu halten. Hinzu kam sein Zorn über die Zustände, die er hier vorgefunden hatte. Nicht nur, dass Bicêtre eine Hölle war. Sie wurde auch noch geschürt von faulen Spielern, einem Säufer und einer feigen Pförtnerseele

Marais rief nach Delors.

»Ja, Monsieur?«, antwortete Delors.

»Bringen Sie ihn zu den Waschräumen!«, befahl Marais, weil ihm die reißerischen Artikel in den Journalen eingefallen waren, in denen man über die Erfolge von Wechselbädern und dem Reißen mit Zangen bei der Therapie von Geisteskranken berichtet hatte.

Delors sah ihn fassungslos an. »Zu den Bädern?«

»Zu den Bädern! Machen Sie schon!«, bestätigte Marais grimmig.

Eingeschüchtert bedeutete Delors den Wachmännern, Gevrol zu ergreifen und zu den Bädern zu bringen.

Sowie sie den großen, gefliesten Saal erreichten, registrierte Marais befriedigt, dass die nötigen Vorrichtungen tatsächlich vorhanden waren – Wannen, Kessel und Abflüsse.

Das Feuer in dem hohen Kamin war herabgebrannt. Es war bitterkalt in dem weitläufigen Raum

Delors gab den Wachmännern Anweisung, Wasser aus dem Brunnen zu pumpen und in eine der vier Wannen zu füllen.

Der Pförtner und zwei der Wachmänner hatten Gevrol in die Mitte genommen und führten ihn jetzt zu der Wanne. Ihr Atem dampfte in der kalten Luft. Gevrols Bewegungen wirkten steif und unsicher, als habe er nach einem überlangen Schlaf die Kontrolle über seine Glieder verloren. Er gab ab und zu ein leises Pfeifen von sich, das gespenstisch an den Ruf von Ratten erinnerte.

Über der größten Wanne war an einem stabilen eisernen Gestell ein hölzerner Stuhl befestigt, der mithilfe einer Kurbel und eines Zahnradwerkes um die eigene Achse gedreht werden konnte, sodass er in die Wanne eintauchte.

Man schnallte Gevrol auf den Stuhl. Der Doktor ließ es teilnahmslos geschehen.

Marais gab dem Wachmann ein Zeichen. Der löste eine Sperre, und der Stuhl sank ins Wasser.

Der Wachmann sah zu Marais, wartete auf dessen Zeichen.

Marais nickte nach einer Weile.

Der Stuhl hob sich wieder.

Gevrol schüttelte kaum merklich den Kopf, Wasser lief ihm dabei aus dem Mund, ansonsten zeigte er keinerlei Regung.

»Der Mörder, Gevrol! Wer ist es? Weswegen hast du diese Zeichnungen angefertigt?«, brüllte Marais ihn an.

Gevrol starrte dumpf geradeaus.

»Ins Wasser mit ihm!«, befahl Marais wütend.

Diese Prozedur wiederholte sich zwei weitere Male.

So sehr Marais brüllte und drohte – Gevrol blieb stumm.

Längst waren seine Lippen blau geworden, seine zuvor fahle Haut hatte sich rötlich verfärbt, und er zitterte am ganzen Leib.

»Rede mit mir! Wer hat die Mädchen getötet? Wann und wo hast du ihn zum ersten Mal getroffen?«

Gevrols Zittern verstärkte sich. Er klapperte deutlich hörbar mit den wenigen Zähnen, die ihm verblieben waren. Ein gespenstisches Geräusch, das dem Wachmann und dem Pförtner eine Gänsehaut über Nacken und Arme jagte.

Auch nach zwei weiteren Versuchen war Marais unfähig zu begreifen, dass dies zu nichts führte.

Zornig stieß er den Wachmann beiseite und betätigte selbst den Hebel.

Wieder sank der Stuhl ins Wasser.

Hatten die beiden Wachleute darauf geachtet, ihn nach nur wenigen Augenblicken wieder aus dem eiskalten Wasser zu schwingen, so dehnte Marais die Zeitspanne, die er Gevrol untergetaucht ließ, gefährlich aus. Gevrols kalkweiße nackte Beine begannen heftig zu rudern.

Schließlich betätigte Marais den Mechanismus. Gevrol tauchte prustend und röchelnd aus dem eiskalten Wasser auf.

Marais baute sich vor ihm auf und versetzte ihm eine heftige Ohrfeige.

Gevrols Kopf flog heftig zur Seite und seine Augen weiteten sich, aber darüber hinaus – nichts.

»Rede! Ich weiß, dass du mich hörst! Rede oder ich lass dich ersaufen wie eine dreckige Ratte!«, brüllte Marais.

Erneut betätigte er den Hebel.

Gevrol tauchte ins Wasser.

Und dort blieb er.

Und blieb.

Marais rührte sich nicht.

Delors und der Pförtner tauschten besorgte Blicke.

Plötzlich sprang Delors, ohne Rücksicht auf das kalte Wasser, nur in Nachthemd und Mantel, in die Wanne. Ächzend vor Anstrengung, löste er die Riemen, mit denen Gevrol an den Stuhl gefesselt war.

Der Pförtner eilte ihm schließlich zu Hilfe. Gemeinsam zogen sie Gevrol aus der Wanne. Er war bewusstlos. Delors schlug Gevrol einige Male kräftig auf die knochige Brust. Gevrol hustete. Er spuckte Wasser und Blut. Seine Augen öffneten sich, er starrte blicklos auf Delors, den Pförtner, den kalten, gefliesten Saal.

Marais hatte dem Rettungsversuch der beiden bisher regungslos zugeschaut, jetzt fuhr er blind vor Zorn zu Delors herum. Dabei traf sein Blick auf den des Pförtners. Marais erkannte die grenzenlose Verachtung darin.

»Was sind Sie nur für ein Mensch?«, fragte Delors.

Marais trat endlich von der Wanne zurück. Was tue ich hier, fragte er sich verwirrt. Wie bin ich hierhergekommen?

Jemand hatte Tücher herbeigeholt, in die man Gevrol wickelte, um ihn abzutrocknen.

Der Pförtner trat zu Marais und legte ihm den Arm um die Schulter. »Kommen Sie, Monsieur!«, sagte er.

Marais hatte nur eine verschwommene Erinnerung an den Weg zurück zu seiner wartenden Kutsche.

Als die Kutsche geraume Zeit später die Außenbezirke von Paris erreichte, schlief die Hauptstadt der Welt noch ihren leichten Schlaf. Nur bei Les Halles, dem Großmarkt, der die Hauptstadt der Welt mit Nahrung versorgte, ratterten Bauernkarren übers Pflaster, riefen sich Träger gegenseitig Lastennummern, Gewichtsangaben und Beschimpfungen zu, sortierten Fleischer und Gemüsehändler Ware und offerierten ein paar leichte Mädchen halbherzig und träge ihre Dienste.

Während Marais sein Quartier betrat, war er betroffen und beschämt. Einem alten Säufer und einem Pförtner hatte er es zu verdanken, dass er heute Nacht in Bicêtre nicht selbst zum Mörder geworden war.

Draußen schlugen die Glocken vier. Eine letzte gute Seele war in der Kälte und Verlorenheit dieser Nacht dennoch wach geblieben, um sie zum Ruhme Gottes zum Klingen zu bringen.

Marais hatte das Gefühl, diese Glocken würden zwar für alle anderen, nur nicht mehr für ihn schlagen. Er sah Delors, den Säufer und Insektensammler, vor sich, wie er feinste Nadeln durch grünlich schillernde Käferleiber bohrte, um sie in seine Setzkästen zu pinnen, die außer ihm selbst wohl nie ein anderer Mensch je zu Gesicht bekam.

Bitterkeit und Zorn stiegen in ihm auf. Ihm war klar, dass der Gott der Gnade und Liebe auch eine rachsüchtige, sogar höhnische Seite hatte. Und er hatte das immer als notwendig und angemessen empfunden. Dennoch begriff er seinen Gott in dieser Nacht nicht. »Käfer, das sind wir für Dich. Nur Käfer, gefangen im Schaukasten Deiner Welt …«, flüsterte er seinem Herrgott zu und erschrak gleich darauf vor der Blasphemie dieser Worte.

Und irgendwo in einem der Häuser der Stadt lag vielleicht ein Ungeheuer wach, um seinen nächsten Beutezug zu planen.

6

EINE ART VON GERECHTIGKEIT

Am nächsten Morgen erschien Marais mit geröteten Augen und kränklich fahlem Gesicht in der Rue Sainte-Anne, wo er sich sogleich in sein Büro zurückzog, um dort zwei Anträge zu verfassen, die er mit einem Boten zum Ministerium sandte. Anschließend ließ er sich eine Kanne starken, gesüßten Kaffee bringen und las die Morgenzeitungen.

Bereits am Mittag hatte Marais die Antwort aus dem Ministerium. Der Minister gestand ihm die fünfzehn Mann Verstärkung zu, die Marais angefordert hatte, um an den Endstationen der Postkutschenlinien und auf den großen Plätzen nach einem Mann Ausschau zu halten, der sich an schwangere junge Ausreißerinnen heranmachte. Dies war Antrag Nummer eins gewesen. Sein zweiter Antrag wurde ihm hingegen verwehrt. Ein offizielles Verhör von Polizeipräfekt Jean-Marie Beaume ließ der alte Fuchs im Ministerium nicht zu. Marais hatte im Grunde nichts anderes erwartet. Dennoch war es bitter.

Als die Verstärkung in der Rue Sainte-Anne aufmarschierte, versammelte Marais die Männer in der Wachstube. Ermahnte sie zu besonderer Aufmerksamkeit und erläuterte ihnen, was er über die Identität des Mörders zu wissen glaubte. Dann zeigte er das silberne Kreuz herum, das er in der Scheide des Torsos vom Seine-Quai gefunden hatte. Zuletzt lobte er eine Belohnung von fünfzig Louisdor für jeden Hinweis aus, der zur Ergreifung des Mörders führte, und verlangte, dass man jeden Spitzel von Paris auf diesen Fall ansetzte.

Anschließend winkte Marais den jungen Aristide zu sich, den er ins Herz geschlossen hatte, weil er ehrlicher, wissbegieriger und intelligenter war als der Rest der Truppe, mit der Marais hier auszukommen hatte. »Du kommst mit mir!«, sagte er und führte den Jungen in sein Büro.

Auf dem aufgeräumten Schreibtisch lag ein Umschlag aus teurem Papier mit dem Vermerk *Monsieur Marais, Commissaire, persönlich.*

Marais legte Aristide väterlich den Arm um die Schulter, bedeutete ihm, beim Schreibtisch stehen zu bleiben, und verschloss sorgfältig die Tür. Er wies auf den versiegelten Umschlag.

»Das hat ein Bote vorhin abgeliefert. Es stammt von Madame Gevrol.«

»Der Frau des früheren Polizeiarztes, der jetzt in Bicêtre sitzt?«

»Sehr richtig. Ich habe sie gestern besucht. Das muss Eindruck auf sie gemacht haben. Denn angeblich ist Madame heute in aller Frühe mit Sack und Pack aus Paris abgereist. Ihre Eltern und Geschwister sind tot. Ein Landhaus hat sie nicht. Wo ist sie also hin? Ich habe jedenfalls einen Fahndungsbefehl an alle Poststationen und Präfekturen übermitteln lassen.«

Mit dem neuesten Lichttelegrafen war es ein Leichtes, innerhalb von wenigen Stunden in ganz Frankreich Marais' Depesche zu verbreiten. Ein ausgeklügeltes System von Masten durchzog das Land, von denen aus mit Spiegeln über große Entfernungen hinweg in kürzester Zeit Nachrichten übermittelt werden konnten.

Marais öffnete eine Schreibtischschublade und holte einen Kasten hervor. Er enthielt mehrere Rasiermesser, einige Lupen, Dachshaarpinsel, wie Maler sie benutzten, diverse Pinzetten, zwei Paar dünne Lederhandschuhe und einen großen Bund verschiedener Dietriche.

»Wenn du es in unserer Profession zu etwas bringen willst, schaff dir solches Werkzeug an«, sagte Marais, während er sich die dünnen Handschuhe überstreifte. Dann benutzte er eines der Rasiermesser, um damit vorsichtig Madame Gevrols Umschlag zu öffnen.

»Schau zu und lerne! Lektion Nummer eins: Kein Mann kann einem Mann je so gefährlich werden wie eine gebildete und entschlossene Frau.«

Marais reichte Aristide eine Pinzette und befahl ihm, damit den Umschlag zu halten, während er selbst mit einer zweiten Pinzette dessen Inhalt hervorzog.

Der Umschlag enthielt zwei verschiedene Papiere, die Marais auf dem Tisch ablegte.

»Frauen bevorzugen Gift«, erklärte Marais. »Mademoiselle Estelle Belcourt zum Beispiel hat ihren Vater mit Gift umgebracht, und es war Madame Gevrol, die herausfand, welches es war. Ihr Vater war Apotheker, und sie hat bis zu ihrer Hochzeit bei ihm in der Apotheke gearbeitet. Sie war talentiert. Gevrol selbst nannte sie mal den besten Apotheker von ganz Paris.«

Marais schob die beiden Papiere aus dem Umschlag vorsichtig nebeneinander auf die Schreibtischplatte. »Nicht jedes Gift muss seinen Weg über Mund, Nase oder eine Wunde nehmen, um Wirkung zu zeigen. Das Teufelszeug, welches Estelle Belcourt seinerzeit benutzte, wirkte durch bloßen Hautkontakt. Daher die Handschuhe. Mademoiselle Belcourt mischte damals ihrem Vater das Gift in dessen Rheumasalbe. Ohne meine Skepsis und Madame Gevrols Erfahrung mit Giften und Salben wäre sie davongekommen. So aber verhalf Richter Letellier ihr zu einem Rendezvous mit dem Henker.«

Marais wies mit der Pinzette auf seinen seltsamen Werkzeugkasten. »Zieh das zweite Paar Handschuhe an!«, befahl er. »Es kommt auf die Details an. Kein Detail in einem Mordfall ist je unbedeutend. Der Straßenjunge, der diesen Umschlag heute Morgen überbrachte, trug Handschuhe. Sicher, die Nächte sind bereits kalt. Aber seine Handschuhe waren neu. Außerdem erinnerte ich mich, dass Madame Gevrol eine begeisterte Leserin der Geschichten aus *1001 Nacht* war. Sie hatte eine Prachtausgabe davon in ihrem Salon. In einem der Märchen rächt sich eine Sklavin an einem treulosen Sultan, indem sie ihn dazu bringt, die Seiten eines vergifteten Buches umzublättern. Jedes Mal, wenn er vorm Umblättern seinen Zeigefinger befeuchtete, nahm er eine neue Portion Gift auf«, erklärte Marais dem sichtlich beeindruckten Aristide.

»Sie hätten den Jungen fragen können, ob diese Handschuhe von Madame stammten. Vielleicht hatte er sie ja gestohlen«, gab Aristide zu bedenken.

»Nicht übel, mein Junge. Bedauerlicherweise war der kleine Racker heute Morgen schneller als ich, sodass er mir entwischte, ohne dass ich ihn danach hätte fragen können«, erklärte Marais und wandte sich wieder den Papieren auf dem Tisch zu.

Mithilfe der Pinzette faltete er das erste – kleinere – der beiden Dokumente auseinander. Das zweite und größere Papier war ein weiteres Mal gefaltet und dessen Inhalt daher schwer zu beurteilen. Jenes erste Dokument schien jedoch ein Brief zu sein, verfasst in derselben Frauenhandschrift, mit der auch Marais' Name und Rang auf dem Umschlag vermerkt worden waren.

Marais holte einige verkorkte Laborflaschen, Gläser und Kupferkolben aus seinem Aktenschrank und baute sie auf dem Schreibtisch auf. Er schüttete vorsichtig einige der Flüssigkeiten in einem der Kupferkolben zusammen, entzündete eine Kerze und schwenkte den Kolben über der Flamme, wobei er sich mit der anderen Hand ein Taschentuch vor Nase und Mund hielt und Aristide anwies, den hellen Dämpfen, die aus dem Kolben aufstiegen, keinesfalls zu nahe zu kommen.

»Die meisten Gifte basieren auf Pflanzenextrakten. Es gibt zwar auch Metalle wie Arsen oder Quecksilber, die zu schweren Vergiftungen führen können. Aber dazu ist Madame zu schlau. So einfach würde sie es uns nicht machen.«

Marais tauchte den Dachshaarpinsel in die blassbläuliche Flüssigkeit im Kupferkolben und strich sie dann vorsichtig über Madame Gevrols Umschlag und Brief. Das immer noch gefaltete zweite Dokument rührte er nicht an. »Dieses Mittelchen, das ich gerade angerührt habe, sollte die meisten pflanzlichen Gifte sichtbar machen können.«

Er blickte gespannt auf Madames Nachricht, deren Tinte nach der Behandlung mit der Flüssigkeit an einigen Stellen leicht verlief.

»Siehst du? Was ist das wohl?«

Marais wies auf eine Stelle am Rand des Papiers, wo sich einige braune Pünktchen gebildet hatten. Er nahm eine Lupe aus seinem Werkzeugkasten und betrachtete die Flecken. Dann zog er ein Buch aus seinem Aktenschrank zurate. Schließlich schlug er es schwungvoll wieder zu und sah Aristide eigenartig ernst an.

»Was ist es, Patron? Sagen Sie schon! Wirklich Gift?«, platzte Aristide aufgeregt heraus.

Marais zögerte die Antwort unangemessen lange hinaus.

»Wein. Weißwein – um ganz genau zu sein.« Er sah Aristide einen Moment unverwandt an. Dann brach er in Lachen aus.

»Sehen wir uns an, was Madame da schreibt ...«

Monsieur,
ich wusste sehr genau, welche Affäre Sie gestern zu mir führte, selbst wenn Sie sich in Ihren Erklärungen so vage hielten.
Ich weiß von diesen ermordeten Mädchen, und ich weiß außerdem, dass diese Affäre meinen armen Gatten um den letzten Rest Licht in seiner Seele brachte.
Sie haben ganz recht vermutet, dass mein Gatte um die Identität jenes Ungeheuers wusste, nach dem Sie suchen. Ich jedoch weiß es nicht, und dies ist die Wahrheit. Vergeuden Sie nicht Ihre kostbare Zeit damit, nach mir suchen zu lassen. Sie werden mich nicht finden.
Seit Jahren rechnete ich damit, dass eines Tages jemand an meine Tür klopfen und nach dieser Affäre fragen würde. Ich hatte meine Vorkehrungen für eine Flucht also längst getroffen. Ich habe Sie bei Ihrem Besuch über die Art meiner Beziehung zu Gevrol belogen. Dieser Mann war nicht das kleinkarierte und gefühlskalte Scheusal, für das Sie ihn nach meinen Behauptungen zweifellos halten müssen.
Ja, Monsieur, ich habe Gevrol geliebt und habe nie aufgehört, ihn zu lieben. Zu lieben für das, was er war, genauso sehr wie für das, was er hätte werden können, wären nicht die Schatten über ihn herabgefallen. Jene Schatten bedrohten ihn schon sein ganzes Leben lang. Er hat mir gegenüber niemals einen Hehl daraus gemacht, dass es eines Tages mit ihm so enden würde. Doch zu seinen besten Zeiten war dieser Mann ein Genie. Und selbst noch während sein Geist sich Stufe um Stufe dem

Abgrund näherte, war er gewöhnlichen Männern um Welten überlegen.

Meine Ehe mit ihm war die beste Zeit meines Lebens. Er war zärtlich und fordernd und zuweilen hochmütig bis zum Exzess. Doch er fand immer wieder zu mir und meiner Liebe zurück. Ich, die Tochter eines kleinen Apothekers, war für dieses Genie Göttin, Sklavin, Mutter und – ja! – Hure. In all diese Rollen begab ich mich mit ebensolch bedingungsloser Hingabe wie Stolz.

Man zahlt im Leben für alles und jedes seinen Preis, das wissen sie. Auch ich hatte für meine Liebe zu zahlen.

Von Anfang an bestand mein Mann darauf, dass ich ihn – wenn es denn so weit war, dass ihn die Schatten vollständig einholten – an einen Ort wie Bicêtre zu bringen hätte. Er bestand darauf, dass ich ihn an diesem Ort besuchen würde, wenigstens ein einziges Mal.

Es brach mir das Herz, Monsieur, ihn dort zu sehen, angekettet wie ein Tier, der letzte Funke seines unvergleichlichen Verstandes vollständig erloschen.

Meine Seele zerriss, als ich seine Notizen, Gedichte, Gemälde und Zeichnungen verbrannte. Das wenige, was ich bewahrte, ist sehr intimer Natur und für Sie nicht von Belang, Monsieur.

Gevrol war ein Mann, der nicht in unser Zeitalter gehörte, in dem man zwar von allem den Preis kennt, doch von nichts mehr den Wert. Wahrscheinlich, Monsieur, war Gevrol eine jener Gestalten, die in gar kein Zeitalter gehören, da sie sich grundsätzlich außerhalb aller vergänglichen Moden und Philosophien stellen, indem sie sich herausnehmen, einfach das zu sein, was sie wirklich sind.

Was Sie neben diesen Zeilen in dem Umschlag finden, stammt von dem armen Gevrol. Ich zweifle nicht daran, dass Sie begrei-

fen werden, weshalb ich es Ihnen überließ, sobald Sie es sich erst einmal angesehen haben. Es Ihnen zu überlassen, ist auch im Sinne meines Gatten.
Ich wünsche Ihnen Glück!
Wohin ich gehe? In ein Leben, das äußerlich kärglich scheinen mag, innerlich jedoch reich und erfüllt von unvergleichlichen Erinnerungen.

Adieu Monsieur,
Eloïse Gevrol

»Was hältst du davon?«, erkundigte sich Marais, sowie er sicher sein konnte, dass auch Aristide den Brief zu Ende gelesen hatte.
»Sie scheint wirklich Angst gehabt zu haben«, sagte Aristide vorsichtig.
»Gib dir gefälligst ein bisschen Mühe!«, verlangte Marais. »Dass sie Angst hatte, ist offensichtlich. Worauf es ankommt, ist das weniger Offensichtliche.«
Aristide überlegte erneut.
»Sie hat nicht einfach nur Angst. Sie hat begründete Angst. Das ist ein Unterschied. Sie weiß, wozu der Mörder fähig ist, von dem sie schreibt. Wahrscheinlich lügt sie daher, wenn sie behauptet, sie kennt seine Identität nicht.«
»Komm schon, was ist mit dem Rest, Aristide? Was ist mit den Passagen, die sie über ihren Mann schreibt«, trieb Marais den Jungen weiter an.
Aristide war es sichtlich unangenehm, dazu eine Meinung äußern zu sollen. »Das ist nicht so mein Gebiet. Aber ich finde, es klingt aufrichtig. Sie hat ihn leidenschaftlich geliebt. Wobei die Stelle mit der Sklavin und Hure – das klingt übertrieben, finden Sie nicht? Und dass er sie gezwungen hat, ihn in Bicêtre

zu besuchen, ist widerwärtig. Gerade, weil sie ihn so verehrt, hätte er das niemals von ihr verlangen dürfen.«

»Bravo!«, rief Marais. »Aber einen ganz entscheidenden Punkt hast du noch nicht angesprochen.«

Aristide dachte nach. »Seine Papiere? Die sie angeblich verbrannt hat? Wenn sie ihn so geliebt hat, wie sie schreibt, wird sie das dann wirklich tun?«

»Ein zweites Mal: Bravo!«, sagte Marais. »Zur Belohnung darfst du dich jetzt an meinen Tisch setzen und Madames Brief kopieren!«

Aristide nahm Platz, ergriff Feder und Papier und machte sich an die Arbeit.

»Monsieur?«

»Ja?«

»Mit Verlaub, aber kann es sein, dass Madame Sie gestern bei Ihrem Besuch ganz schön hinters Licht geführt hat?«

Es dauerte eine Weile bis Marais antwortete. »Ich bin nicht stolz darauf.«

Aristide nickte und wandte sich dann wieder seiner Arbeit zu.

Als er fertig war, gab er die Kopie Marais, der sie las und anschließend in einem dicken blauen Dossier verwahrte, das Aristide nie zuvor gesehen hatte. Das Original des Briefs aber faltete er zusammen und schob es in seine Rocktasche.

Erst danach wandte er sich dem zweiten, bisher ungeöffneten Dokument aus Madames Umschlag zu.

Es handelte sich um eine von Gevrols Zeichnungen. Sie zeigte ein biblisches Motiv – die Beweinung Christi. Gevrol hatte aus den tiefen Schatten herabfallender Dämmerung eine kahle Hügelkuppe herausgearbeitet, zu deren Fuß eine mittelalterliche Stadt angedeutet war, die ebenso gut Paris wie Rom oder Jerusalem hätte sein können. Ein grobes Kreuz aus unbehauenem Holz ragte von der Hügelkuppe anklagend in den Himmel. So weit entsprach die Darstellung durchaus den Traditionen und der biblischen Überlieferung. Doch die zentralen Figuren auf Gevrols Darstellung waren eine Frau in einem schlichten Kleid, die wehklagend auf einem Stein neben dem Kreuz saß, und der Leichnam eines jungen Mädchens anstelle des Heilands, dessen Füße und Hände deutlich die typischen Wundmale der Kreuzigung aufwiesen.

Gevrol hatte den Bruch mit der Tradition noch weiter getrieben. Denn nicht nur, dass auf seiner Beweinung Christi sämtliche Figuren einschließlich des kindlichen Heilands weiblich waren, sondern er hatte sie überdies als eigenartige Zwitterwesen aus Mensch und Automat dargestellt. In Marias geöffneter Brust sah man Zahnräder, Triebfedern und Schrauben, die in ihrer ausgeklügelten Anordnung so etwas wie ein mechanisches Herz abgaben. Desgleichen zeigte der weibliche Heiland eine bizarre, von Schrauben gehaltene Klappe auf einem seiner Schenkel. Und sein rechter Arm war eine komplizierte metallene Prothese.

Trotzdem wirkte besonders Maria in ihrem Schmerz und ihrer Trauer ergreifend. Sie war ein Automat, von dem man nicht sagen konnte, was er verzweifelter zu beklagen schien – seine nicht menschliche Natur oder den Tod der kindlichen Heilandsfigur.

Um das Kreuz und die beiden Wesen im Zentrum des Bildes gruppierten sich weitere Figuren, die ebenfalls als weibliche Automaten dargestellt worden waren.

Schon oft hatten Künstler Bibelszenen karikiert. Marais waren einige solcher Werke unter die Augen gekommen. Aristide hingegen war entsetzt.

»Das ist ja widerlich. So etwas gehört ins Feuer. Eine einzige Blasphemie«, rief er entrüstet.

Marais forderte Aristide kühl auf, ihm die Bibel aus dem Schrank zu bringen. »Schlag die Grablegung bei Matthäus nach. Vielleicht auch Lukas oder Johannes. Dort muss etwas darüber zu finden sein.«

Aristide blätterte und las. Blätterte erneut und verglich die Textabschnitte. »Da gibt es verschiedene Versionen. Einmal werden bei der Grablegung nur die heilige Maria und Magdalena erwähnt. Dann werden auch die Mutter Gottes, Magdalena, Nikodemus, der Apostel Johannes und Joseph von Arimathäa genannt.«

Er legte die Bibel auf den Tisch und wies auf die betreffende Stelle. Marais nickte ihm zerstreut zu und wandte sich wieder der Zeichnung zu.

»Sie sind alle auf der Zeichnung, Aristide. Genauso, wie es in der Bibel beschrieben ist. Die Mutter Gottes, Joseph von Arimathäa, der Apostel Johannes, Nikodemus und Maria Magdalena. Und allen hat Gevrol ein Symbol ihres Standes beigefügt.«

Aristide brachte nichts als Verachtung für Gevrols Kunstwerk auf. »Das ist doch alles nur die Ausgeburt eines kranken Geistes. Sie nehmen das viel zu wichtig, Patron!«, protestierte er.

Marais schüttelte den Kopf und klopfte mit dem Zeigefinger auf den weiblichen Nikodemus. »Sie hier trägt eindeutig die Züge von Madame Gevrol!«

Aristide blies die Wangen auf und stieß verächtlich die Luft aus. »Hat er eben seine Frau zwischenrein gezeichnet. Warum nicht? Das erscheint mir bei all dem Wahnsinn noch der vernünftigste Zug an diesem Machwerk.«

Marais warf Aristide einen missbilligenden Blick zu. »Nicht

so voreilig, mein Junge! Da Nikodemus ein reales Vorbild hat, könnte das ebenso für andere Figuren gelten. Hast du vergessen, was Madame in ihrem Brief schrieb? Dass ich schon verstehen würde, weshalb sie mir ausgerechnet diese Zeichnung schickt? Sie wusste, dass Gevrol eine Rolle bei diesen Morden gespielt hat, und sie wollte mir einen Hinweis geben.«

Aristide kratzte sich verlegen am Kopf und warf seinem Patron einen pikierten Blick zu. »Also, ich sehe da trotzdem immer noch bloß Frauen. Sie glauben doch nicht etwa, dass es sich bei dem Mörder um eine Frau handelt?«

Marais warf theatralisch die Arme hoch. »Natürlich nicht, Aristide. Ich habe aber auch nicht behauptet, dass Madame uns den Mörder liefert, sondern lediglich einen Hinweis auf ihn!«

Marais lenkte Aristides Aufmerksamkeit auf eine Figur im Vordergrund der Zeichnung. Sie war vielleicht die merkwürdigste Gestalt überhaupt. In ihrer Haltung lag eine unerhörte Anspannung, und in ihrem Gesicht stand ein Ausdruck von Trotz, wenn nicht gar Widerwillen. Sie hielt eine Börse in der Hand, der sie wohl eben einige Münzen entnommen und verächtlich zu Boden geworfen hatte. Sie trug eine Rüstung, einen Dolch und ein römisches Schwert. Eine Kriegerin.

»Zähl die Münzen, Junge – ich wette, es sind dreißig.«

Aristide ergriff die Lupe von Marais Tisch und zählte die Münzen.

»Judas?«, flüsterte er verwirrt.

»Bravo!«, gratulierte ihm Marais. »Doch das wichtigste Detail ist dir trotzdem entgangen. Seine Figur ist die Einzige auf dem Bild, die kein Automat zu sein scheint!«

Den Heiland als Frau darzustellen, war für Aristide verwirrend genug. Ihn und seine Gefährten dann auch noch zu Automaten zu machen, deutete eindeutig auf Wahnsinn hin. Und dann ausgerechnet den Erzverräter Judas als einzigen wirklichen Menschen zu zeichnen, schlug dem Fass nun wirklich den Boden aus.

»Präg dir dieses Gesicht gut ein, Aristide! Ich wette, wo immer wir diese Frau finden, wird der Mörder nicht weit sein.« Damit entließ Marais den Jungen. Den Rest des Tages verbrachte er brütend allein in seinem Büro.

Neun Tage waren vergangen, seit Marais Madame Gevrols Brief erhalten hatte, und er musste sich eingestehen, dass keine seiner Maßnahmen Erfolge zeitigte. Weder die Überwachungen der Postkutschenlinien und großen Plätze von Paris durch seine Polizeiagenten noch die Bemühungen seiner neu gebildeten Informanten- und Spitzeltruppe hatten zu irgendeinem Resultat geführt.

Mit jeder Stunde, die ergebnislos verstrich, schwanden die Chancen, dem Mörder auf die Spur zu kommen. Der Druck, eine Spur dieses unheimlichen Mörders zu finden, lastete schwer auf ihm und verfolgte ihn bis in seine Träume hinein. Immer öfter bat er Gott den Herrn um Vergebung dafür, dass er sich im Stillen ein neues Opfer herbeisehnte, das neue Spuren, neue Hinweise versprach.

So saß er an diesem Morgen gegen sechs Uhr früh allein bei einer Kanne stark gesüßtem Kaffee in seinem Büro und brütete verbittert über seiner Pechsträhne.

Ein kräftiges Klopfen hallte den Korridor entlang. Marais sprang ärgerlich auf. Wer zur Hölle veranstaltete um diese Zeit einen solchen Lärm?

Marais stürmte aus dem Büro über den Korridor zur Eingangstür und trat auf die Straße.

Niemand zu sehen. Die Rue Sainte-Anne lag verlassen unter dem kalten Morgennebel. Verdutzt schaute er sich um.

Da entdeckte er ein Stück Papier, das man mit einem großen Zimmermannsnagel an die Tür geschlagen hatte. Was er für kräftiges Klopfen gehalten hatte, mussten Hammerschläge gewesen sein.

Er riss das Papier ab und faltete es auf. Unter der groben Zeichnung eines jener seltsamen Kreuze fand sich die Adresse eines Hauses in einer der schmalen Gassen, die von der Rue Saint-Denis abgingen.

Marais schob das Papier in seine Rocktasche, verschloss die Tür und lief grimmig los.

Nebel und Nieselregen weichten die klaren Konturen der Häuser zu weichen Schemen auf. Es war zwecklos, sich um diese Zeit und in dieser Gegend nach einer Kutsche oder einer Sänfte umzusehen. Die wenigen frühen Passanten, die Marais begegneten, gönnten ihm kaum einen Blick. Das war Paris, die Hauptstadt der Welt – hier hatten es sogar die Müßiggänger, Säufer und Huren eilig.

Die Gasse, auf die Marais zulief, zog sich vielfach gewunden von der breiten Rue Saint-Denis in Richtung des Palais Royal. Aufgeregt und wütend schaute Marais sich um. Das Haus fiel ihm sofort ins Auge. Sein Dach war eingefallen, und die Fenster hatte man mit Brettern vernagelt. Es war eindeutig seit Langem verlassen. Nur hatte man mit weißer Farbe ein Pestzeichen an die Tür des Hauses gemalt. Es hatte die Form einer umgekehrten Vier – und die Farbe war noch feucht.

Zwischen den Brettern vor den Fenstern glaubte Marais einen Lichtschein wahrnehmen zu können.

Einen Augenblick bereute er es, in seiner Eile keine Waffe eingesteckt zu haben. Alles, was er bei sich trug, waren seine beiden Wurfmesser, allerdings nützten die ihm nicht viel in einem Hinterhalt mit Schusswaffen. Konnte dies eine Falle des Mörders sein? War er ihm doch näher gekommen, als er glaubte?

Irgendetwas ging in jener Ruine vor. Marais war sicher, darin Schritte vernommen zu haben. Wie unter einem festen Tritt flog gleich darauf die morsche Haustür auf.

Bloß war es kein wahnsinniger Mörder, der da herausstolperte, sondern Bernard Paul, Patron der »Pudel«, jener berühmt-berüchtigten Spezialabteilung des Polizeiministers, deren Mitglieder persönlich auf Monsieur le Ministre eingeschworen worden waren und sich im Auftrag ihres Herrn und Meisters mit allerlei zwielichtigen Affären im Graubereich zwischen Justiz und Politik befassten, von denen ehrliche Polizisten wie Marais stets die Finger ließen.

Marais kannte Bernard Paul gut. Paul war kein Weichling. Dennoch war jede Farbe aus seinem kantigen Gesicht gewichen, und in seinen Augen stand ein Ausdruck von Schrecken und Angst, den Marais ausgerechnet bei dem Chef der Pudel nie für möglich gehalten hätte. Bernard Paul sank neben der zerbrochenen Tür auf die Knie und übergab sich würgend in den feuchten Straßendreck.

Marais half ihm auf die Beine. »Merde ... Bernard!«, flüsterte er und schob den Patron der Pudel gegen die Hauswand, wo er ihn für einen Augenblick mit aller Kraft aufrecht halten musste, um zu verhindern, dass er erneut würgend in sich zusammenfiel.

Bernard Paul war klein, hatte einen Schmerbauch, eine lange fleischige Nase und flinke, helle Augen.

»Was ist da drin, Bernard?«

»Die Hölle, Louis! Die Hölle!«

Marais warf einen langen Blick auf die zerbrochene Tür.
»Wie kommst du hierher? Um diese Zeit?«, fragte Paul mit belegter Stimme.

Marais zog die Nachricht hervor und reichte sie Paul, der daraufhin selbst in die Rocktasche griff und eine ähnliche Nachricht hervorzog. »Die wurde um fünf Uhr morgens mit einem Zimmermannsnagel an meine Haustür gehämmert.«

Marais nickte. »Meine fand sich eine Stunde später an der Tür vom Sicherheitsbüro.«

Paul stopfte die Nachricht wieder in seine Rocktasche.

»Warte hier auf mich«, sagte Marais und trat vorsichtig ins Innere des Hauses.

Er blieb nicht lange darin. Als er auf die Gasse zurückkehrte, wirkte er ebenso bleich und tief erschüttert wie Bernard Paul. »Was für eine beschissene Sauerei…«

Einen Augenblick versuchten die beiden Männer ihre Gedanken zu ordnen. Bernard Paul holte eine kleine Tonflasche hervor und nahm einen kräftigen Schluck daraus, bevor er sie an Marais weiterreichte. »Cognac.«

Marais trank und gab die Flasche zurück.

Sie sahen sich in die Augen.

Bernard Paul spuckte aus. »Dieses verfluchte Schwein führt uns vor wie blutige Amateure.«

Marais spürte eine eigenartig unbestimmte Angst in sich aufsteigen, die sich um sein Herz legte und ihm das Atmen schwer machte.

»Du musst den Minister wecken. Er hat ein Dokument auszustellen! Du lässt es hierherbringen, sobald es unterzeichnet ist«, sagte Marais. »Und vorläufig kein Wort über das hier zu irgendwem, einverstanden?«

Bernard Paul nickte und wies dann auf den Haufen grünlich gelber Kotze.

»Das da bleibt auch unter uns.«

Marais reichte Bernard Paul die Hand, um ihre Abmachung zu besiegeln.

DRITTES BUCH

Viele Wohnungen hat meines Vaters Haus

7

MEINES BRUDERS HÜTER

De Sade versank in den rissigen Polstern der Droschke. Sie rochen nach Pferdemist, Fusel und kaltem Schweiß. Monsieur le Marquis war empört. Als man ihn das letzte Mal aus dem Asyl von Charenton geholt hatte, geschah das in der offiziellen Kutsche des Polizeipräfekten von Paris. Heute hatte man ihm nur diesen nervösen Grünschnabel mit einer ganz gewöhnlichen Droschke geschickt. Er zeigte kaum den ersten Flaum und war mit seiner pickligen Visage nicht einmal besonders hübsch.

De Sade fragte sich, was man sich von diesem Ausflug erhoffte? Der Bursche hatte kein Wort darüber verlauten lassen, weshalb man ihn an diesem Morgen nach Paris holte.

De Sade streckte die Beine aus und musterte sein Gegenüber. Welch eifriger Widerling und noch dazu verströmte er eine geradezu penetrante Prüderie.

Ärgerlich wandte de Sade sich ab.

Wohin ging ihre Fahrt? Sie waren längst am Wald von Vincennes vorbei und in die Stadt hineingefahren. Zur Präfektur konnten sie nicht unterwegs sein. Wohin also dann?

Wenig später passierte die Droschke die Place de la Bastille und fuhr auf der Rue Saint-Antoine Richtung Louvre. Auf Höhe des Saint-Jacques-Turms bog sie in die Rue Saint-Denis ab, wo sie gleich darauf im Verkehr der belebten Straße feststeckte. Lieferwagen, Sänften, Reiter und dazwischen eine Abteilung Dragoner. Kein Wunder, dass Paris auf den Hund kam, wenn man hier bereits so früh am Morgen im Stau stecken blieb, dachte de Sade. Selbst die Huren, die in ihren grellbunten Schultertüchern und schmutzigen Röcken zwischen den Passanten auf Beutefang gingen, kamen ihm heute Morgen wie missmutige Gespenster vor.

»Es ist besser, wir laufen das letzte Stück«, meinte der Grünschnabel, klopfte gegen die Kutschwand und suchte umständlich aus seiner Rocktasche eine Handvoll Münzen hervor, um den Kutscher zu entlohnen. »Kommen Sie, Monsieur!«

Das schlug nun wirklich dem Fass den Boden aus, ärgerte sich de Sade. Erwartete man tatsächlich von ihm, dass er laufen würde? Bei diesem Regen? Eine Unverschämtheit!

Der Grünschnabel war auf der Straße fast bis zu den Knöcheln in dem Modder und Pferdedreck versunken, der das Pflaster bedeckte. De Sade warf einen besorgten Blick auf seine zerkratzten Schaftstiefel, deren Sohlen mehrere große Löcher aufwiesen.

»Verflucht«, krächzte er und mühte sich schniefend aus der Kutsche. Kaum hatte er die Stiefel in dem Straßendreck versenkt, griff ihn der Bursche am Arm und zog ihn zum Bürgersteig, der etwas weniger schmutzig war.

Weiter, immer weiter hetzte der Grünschnabel den schnaufenden de Sade bis zu einer schmalen, vielfach gewundenen Seitengasse.

Hier lagen der Pferdedreck und der zähe Schlamm zwar nicht ganz so hoch, dafür hatten sie es hier mit freilaufenden Schweinen und einem bösartigen Hahn zu tun, der nach ihren Stiefeln hackte.

De Sade war für solche Eile zu alt. Sein Herz pumpte wie ein

Blasebalg, er bekam kaum genug Luft, und seine Strümpfe waren längst durchgeweicht. Seine Füße fühlten sich an wie unförmige Eiszapfen.

Die Häuser in der Gasse waren schmal und schäbig. Der Ruß aus Zehntausenden Kaminen der Stadt und der allgegenwärtige Straßendreck hatten ihnen eine immer gleiche grauschwarze Farbe verliehen, aus der nur selten einmal eine farbige Haustür oder ein aus irgendeinem Fenster hängendes weißes Betttuch hervorstachen.

Der picklige Bursche blieb unvermittelt stehen und schob de Sade auf ein Haus links von ihnen zu.

Aber was hieß schon Haus? Ruine traf es besser. Irgendein Witzbold hatte erst kürzlich mit weißer Farbe ein Pestzeichen auf die Tür gemalt.

»Das ist es.«

De Sade verschränkte trotzig die Arme vor der Brust und funkelte den Grünschnabel böse an. »Was, bitte schön, erwartet mich da drin?«

Die beiden starrten sich unversöhnlich an.

»Er hat bereits angekündigt, dass Sie Ärger machen würden.«

De Sade rührte sich nicht. »Wer ist er?«

»Ein alter Freund.«

»Ich habe keine Freunde. Die paar, die ich mal hatte, sind längst tot. Eine der vielen Demütigungen, die das Alter so mit sich bringt.«

»Dann haben Sie eben einen vergessen.«

Der Milchbart klopfte einige Male kräftig gegen die Tür. »Gehen Sie schon – man erwartet Sie.«

De Sade zog den Wanst ein, hob den Kopf und lächelte sein Gegenüber einen Moment hochmütig an. »Sie, Monsieur, sind ein widerwärtiger pickliger Wicht!«, krähte er und betrat mit stolzgeschwellter Brust und vorgerecktem Kinn das Innere des Hauses.

In dem verfallenen Gemäuer roch es nach Rattenpisse, Schweinemist und vermoderndem Holz. Im Fußboden fehlten Dielen, und der Putz war von den alten Wänden abgebröckelt. Vor sich sah er eine Tür, unter der Licht hervorschien. Außerdem war es ziemlich warm. Zu warm für ein halb verfallenes Haus so spät im Oktober.

De Sade öffnete die Tür mit einem kräftigen Tritt. Sie löste sich aus den Angeln und fiel krachend zu Boden. Eine Staubwolke wirbelte auf.

»Monsieur le Marquis! Treten Sie näher. Und haben Sie doch die Güte, dabei etwas weniger Lärm zu machen«, rief ihm eine vertraute Stimme zu.

De Sade brauchte einen Moment, bis er den Mann erkannte. Louis Marais.

So sehr es ihn erstaunte, hier ausgerechnet auf Marais zu treffen, ignorierte de Sade ihn zunächst. Etwas anderes fesselte seine Aufmerksamkeit.

Sie befanden sich in einer typischen Pariser Wohnküche mit einem gemauerten Herd und einer ganzen Reihe Wandregalen. Eine Tür und zwei schmale Fenster gingen auf einen winzigen Hinterhof hinaus. Die Fenster waren vernagelt. Erhellt wurde der Raum durch unzählige, teilweise fast heruntergebrannte Kerzen. Die auch für die Hitze verantwortlich waren, die in der Wohnküche herrschte. Einige hatte man in eiserne Kerzenhalter gezwängt, aber die meisten von ihnen auf Scherben und Untertassen gestellt. So weit heruntergebrannt, wie sie waren, mussten sie schon vor Stunden angezündet worden sein.

Inmitten des Raums stand ein mächtiger alter Holztisch, unter dem sich eine große Blutlache gebildet hatte.

Auf dem Tisch lag die Leiche eines fülligen Mannes. Er lag auf dem Rücken, und zwischen seinen gespreizten Beinen war der Kopf platziert worden. Das Gesicht sah auf die Stelle, wo sich einst das Gemächt des Toten befand, das man jedoch abgetrennt und dem Kopf in den Mund gestopft hatte. Die Augen des Toten – falls es, wovon de Sade unwillkürlich ausging, denn überhaupt dessen Augen waren – hatte man entfernt und mit langen, schmalen Nägeln auf die Tischplatte genagelt. Soweit de Sade das beurteilen konnte, waren diese Augen einmal blau gewesen.

»Der erste Mann, der diese Sauerei heute Morgen sah, kotzte sich die Seele aus dem Leib. Sie jedoch haben nicht mal mit der Wimper gezuckt. Ich bin nicht sicher, ob man Ihnen für diese Leistung gratulieren oder Sie nur noch herzlicher verachten sollte«, sagte Marais und winkte de Sade, näher heranzutreten.

De Sade trat tatsächlich näher.

»Sie erinnern sich an ihn?«, fragte Marais.

De Sade, der dem Kopf auf dem Tisch jetzt endlich ins Gesicht sah, nickte müde. Der Kopf gehörte Jean-Marie Beaume, dem Polizeipräfekten von Paris.

Marais schälte sich aus seinem Mantel, warf ihn über den Herd und legte zuletzt noch seinen Hut darauf.

»Was soll diese bizarre Komödie, Marais? Sie glauben doch wohl nicht, ich könnte irgendetwas damit zu schaffen haben?«

»Die Katze lässt das Mausen nicht.«

»Wenn schon, dann wäre es ein Kater. Und wegen Mord, mein Lieber, bin ich niemals belangt worden.«

»Was nicht ist, kann ja noch werden. Dass Sie nie belangt

worden sind, heißt ja nicht, dass Sie nie einen Mord begangen haben. Es bedeutet bloß, dass man Sie bislang nie dabei erwischt hat.«

De Sade zog seine Schnupftabakdose aus der Rocktasche und legte sich etwas von dem scharfen Pulver auf den Handballen. »Lassen wir die Höflichkeiten, Marais! Zweifellos war es kein Unfall, der dem armen Beaume da zugestoßen ist. Der Polizeipräfekt von Paris ermordet. Und das in einer Gegend wie dieser. Und unter Umständen wie diesen. Trotzdem sind nur Sie und ich hier. Ach, und natürlich dieser picklige Grünschnabel draußen vor der Tür. Dabei fragt man sich doch: Wo ist der Arzt? Wo sind all die anderen Polizisten? Und wo ist Monsieur le Ministre? Dürfte man nicht erwarten, dass ihn der Tod seines Präfekten für eine Weile aus seinem Büro hervorgelockt hätte? Und zwar selbst an einem so kalten und regnerischen Tag wie heute.« Sade nieste und wischte sich wie gewöhnlich den Rotz am Rockärmel ab.

Marais löste sich vom Herd, zog ein Dokument aus seiner Manteltasche und reichte es de Sade. »Das ist der Befehl für Ihre Verlegung nach Saint-Michel«, erklärte Marais. »Heute Morgen, unterzeichnet und gesiegelt von Monsieur le Ministre persönlich. Die Tinte ist praktisch noch feucht«

De Sade nahm es mit spitzen Fingern entgegen. Es wirkte bedrohlich echt.

Saint-Michel war eine mittelalterliche Festung an der Atlantikküste, in der man besonders gefährliche Straftäter verwahrte. Sie war berüchtigt für die ungewöhnlich hohe Sterberate unter ihren Gefangenen. Es hieß, in ihren Kasematten lebt eine besonders große Spezies Ratten, die sich an den Gefangenen fett fraß.

De Sade war dreiundsechzig Jahre alt, von Rheuma und

Gicht geplagt und, wie er selbst nur zu gut wusste, viel zu dick.

Wie lange hätte er in der ewig feuchten Festung? Ein paar Wochen. Bis Weihnachten. Höchstens.

»Was soll das, Marais? Diesen Wisch hätten Sie mir genauso gut in Charenton präsentieren können. Deshalb mussten Sie mich nicht hierherbringen lassen.«

Marais lächelte de Sade überheblich an. »Nicht jeder Befehl muss auch ausgeführt werden, de Sade. Helfen Sie mir den Mann zu fassen, der diese Scheußlichkeit hier angerichtet hat, und ich garantiere Ihnen, dass Sie Ihre Tage friedlich in Charenton beschließen dürfen statt bei den Ratten von Saint-Michel.«

De Sade warf Marais einen verächtlichen Blick zu. »Was ist auf die Garantie eines kleinen Beamten wie Ihnen schon zu geben?«

»Ich bin Commissaire du Police, de Sade. Akzeptieren Sie mein Angebot oder lassen Sie es. Liegt ganz bei Ihnen.«

De Sade hatte in Charenton bereits Gerüchte darüber gehört, dass Marais in Paris zurück und befördert worden war. Er hatte sie nicht glauben wollen. Es war schließlich ein offenes Geheimnis, wie sehr der Minister Marais verachtete. Trotzdem war er hier. Und auf diesem Tisch zwischen ihnen lag die verstümmelte Leiche des Polizeipräfekten von Paris.

Es blieb ihm wohl nichts anderes übrig, als zähneknirschend Marais' Wort zu vertrauen. Trotzdem, dachte de Sade, war Monsieur le Commissaire ein ebenso frommer wie prüder Widerling.

»Übrigens, Marais, mein aufrichtiges Beileid zu Ihrem Verlust! Nadine soll ja eine wirklich bemerkenswerte Frau gewesen sein«, sagte de Sade.

Marais' Atem ging flacher, die Röte stieg ihm ins Gesicht. Immerhin, dachte de Sade befriedigt. »Was denn, Marais? Glaubten Sie etwa, Charenton sei völlig aus der Welt? Ich weiß seit Wochen, dass Sie in Paris zurück sind. Und was Ihrer Frau und Ihrem Jungen zugestoßen ist!«

Marais holte tief und bedächtig Atem, dann verhakten sich seine graublauen Augen in die de Sades. »Ich bin äußerst empfindlich in Bezug darauf, wem ich ungestraft gestatte, den Namen meiner Frau in den Mund zu nehmen, de Sade!«, rief Marais im besten Kasernenhofton aus.

Oha, dachte de Sade befriedigt, das hatte wohl wirklich gesessen.

Er begann Knopf für Knopf seinen zerschlissenen Brokatrock zu öffnen und band sich gegen den durchdringenden Leichengeruch ein Taschentuch vor Mund und Nase.

»Wehe Ihnen, falls Sie Ihr Wort nicht halten, Louis!«, sagte Monsieur le Marquis.

Das, dachte Marais, kam dann wohl einer Abmachung gleich.

Während der Marquis Runde um Runde um den Tisch drehte, sich dabei ab und an über den Leichnam beugte, wieder ein Stück von ihm zurücktrat, um irgendwelche Details näher in Augenschein zu nehmen, hielt Marais sich abseits.

Seit zwei Stunden suchten Polizeiagenten diskret die Nachbarschaft nach Zeugen ab. Bislang ohne Erfolg. Marais glaubte nicht, dass sich daran noch irgendetwas ändern würde. Auf Zeugen durfte er in diesem Fall nicht hoffen.

Aber er brauchte nun einmal Antworten. Und zwar rasch. Als er Beaumes Leiche sah, war ihm klar geworden, dass er am Ende seiner Weisheit war, und er erkannte, dass es schon ein anderes Ungeheuer brauchte, um jenes Monster zu fassen, mit dem er es hier zu tun hatte.

Damals im Fall Lasalle hatten de Sades zunächst absurd erscheinende Ideen ihn schließlich ebenfalls auf die entscheidende Spur gebracht. Deshalb hatte er heute Morgen Bernard Paul zu Fouché geschickt, damit der ihm mit jenem Verlegungsbefehl nach Saint-Michel ein Druckmittel in die Hand gab, das de Sades Kooperation garantierte.

Nur war Marais über de Sades Erscheinung erschrocken. Aus dessen Augen war ein Gutteil der erstaunlichen Leidenschaft verschwunden, die ihn früher an Monsieur le Marquis so zu beeindrucken pflegte. Es schien, als enthielten de Sades perverses Herz und seine eigenartig unersättliche Seele nur noch kalte Asche. War das alte Ungeheuer etwa ausgebrannt?

De Sade beendete seine Inspektion der Leiche. »Dieser Mörder ist wirklich ein seltsamer Vogel, Marais. Ich bin nicht sicher, ob er seinen Spaß daran hatte, Beaume so zuzurichten. Und man sollte doch meinen, dass es genau dies ist, worum es ihm gehen sollte, nicht wahr?«

De Sade wies auf schmale Risse und Blutergüsse, die sich über die Schienbeine und die Knie des Toten zogen. »Sehen Sie hier? Er hat Beaume hart ausgepeitscht. Vielleicht wollte er Sie ja *glauben* lassen, es hätte ihm Lust bereitet. Dann wäre das eine sehr ausgefallene Stelle dafür. Den Hintern – oh ja! Die Brust und den Rücken – sicherlich! Auch Arme und Schultern – weshalb nicht? Aber Schienbeine? Wer zur Hölle peitscht schon Schienbeine?«

»Könnten diese Striemen nicht daher rühren, dass er sich gewehrt hat?«, fragte Marais.

De Sade bezweifelte das. »Da sind ja nicht einmal Fesselspuren zu sehen. Fragen Sie einen Arzt, doch ich bin sicher, dass ihm diese Hiebe erst nach seinem Tod beigebracht worden sind. Sonst hätten sie mehr bluten müssen, und einige der Striemen wären aufgeplatzt, statt sich nur zu verfärben.«

Marais wusste aus den Polizeiakten allzu gut, wie und wann de Sade zu seinem Fachwissen über Peitschenstriemen und Blutergüsse gekommen war. Er fragte sich jedoch, wie man Beaume zur Strecke gebracht haben mochte? War er erdrosselt worden – wie die jungen Frauen? Angesichts des Zustandes, in dem sich sein Leichnam befand, war das schwer zu sagen. Mit Sicherheit jedoch hatte man Beaume hier in eine Falle gelockt. Der Präfekt dürfte seinen Mörder gekannt haben und musste ihm – bis zu einem gewissen Grad – vertraut haben.

De Sade fuhr in seinem Vortrag fort.»Dass er ihm sein Gemächt in den Mund geschoben hat, kommt mir übertrieben vor. Man hat den Eindruck, der Mörder sei eine Art übereifriger Musterschüler, der ganz besonders teuflisch erscheinen will, aber letztlich in seinem Eifer übertreibt, sodass ihm seine Inszenierung statt zu einer Tragödie lediglich zur blutigen Farce gerät. Jedenfalls bin ich sicher, dass ihm Beaumes Gemächt nichts bedeutete. Dazu ist er nämlich zu sorglos damit umgegangen. Sehen Sie sich nur mal an, wie schlampig er es abgetrennt hat!«

Marais vermied de Sades Blick. Einerseits war er froh, dass das alte Ungeheuer wohl doch noch nicht völlig ausgebrannt war, andererseits ekelte ihn jedes Wort de Sades an.

»Aber die Augen, Marais, das ist etwas ganz anderes. Ich würde behaupten, dass es gar nicht so einfach sein kann, einem Mann so sauber und glatt die Augäpfel auszuschälen, wie man das hier getan hat. Dann diese Idee, sie auf den Tisch zu nageln! Und zwar so, dass die Nägel exakt durch die Pupillen gefahren sind. Es muss ihn Zeit gekostet haben, das zu tun. Große Angst, bei seiner Sauerei erwischt zu werden, hat er offenbar nicht gehabt.«

Marais stimmte de Sade in diesem Punkt zu.

De Sade wies auf Beaumes Augen, die blind und leer vom Tisch zur Decke starrten. »Was sind Augen? Im metaphysischen Sinne die Spiegel der Seele, nicht wahr?« De Sade nieste, wobei das Taschentuch vor seinem Gesicht aufflog, was ihn lächerlich wirken ließ. »Grundsätzlich scheint der Mörder zwar kaum Freude daran gehabt zu haben, den Präfekten so zuzurichten. Doch ein Element war ihm dabei offenbar wirklich wichtig: die Augen. Der Mörder weiß um die metaphysische Symbolik von Augen, Marais. Er benutzt sie, um Ihnen eine Nachricht zukommen zu lassen.«

»Die da lautet?«

»Seht her! Ich vermag mehr, als nur zu töten, mehr, als nur irgendeinen Mord zu begehen, ich vermag es, einen Menschen auszulöschen. Der Mörder wollte Beaume nicht einfach bloß töten. Er wollte sich seiner Seele bemächtigen.«

De Sade schob das Tuch von Nase und Mund und nahm eine neue Prise Schnupftabak.

»Sammeln Sie Ihre Polizeiagenten, treiben Sie die Spitzel zusammen, schicken Sie Ihre Bluthunde auf die Straßen und bestellen Sie jeden Anatomen und Polizeiarzt in Paris zu einem Verhör ein. Da müssen noch mehr Leichen wie diese zu finden sein. So eine Schweinerei anzurichten, lernt man nicht über Nacht. Irgendwer muss etwas über frühere Morde dieses Mannes wissen.«

De Sade stand breitbeinig auf der anderen Seite des Tisches und suchte Marais' Blick. Seine blassblauen Augen funkelten ihn über das Taschentuch hinweg spöttisch an.

Das alte Ungeheuer ausgebrannt?
Mitnichten.
Marais wurde klar, dass es keinen Sinn hatte, de Sade die volle Wahrheit noch länger vorzuenthalten. »Es gab tatsächlich noch andere. Allerdings waren sie sämtlich weiblich, blutjung und hatten kurz vor ihrem Tod ein Kind zur Welt gebracht. Von den ersten zwölf Opfern wissen wir einzig durch Gevrol, den ehemaligen Polizeiarzt aus dem Hôtel-Dieu. Er hat Zeichnungen und Beschreibungen von jedem ermordeten Mädchen hinterlassen, das ins Muster passte. Man hat die Sache jedoch vertuscht. Eine offizielle Ermittlung ist niemals eingeleitet worden, und bestimmte Anhaltspunkte weisen darauf hin, dass sowohl Gevrol wie Beaume den Mörder kannten. Wegen dieser Morde hat der Polizeiminister mich nach Paris zurückgeholt.«

Es dauerte eine Weile, bis de Sade diese Information verarbeitet hatte. Seine Blicke wanderten von Beaumes auf den Tisch genagelten Augen über den verstümmelten weißlichen Leib des Präfekten, bis sie für einige Zeit auf Beaumes mächtigem Hintern hängen blieben und sich zuletzt in Marais' graue Augen verbissen. »Das beweist nur, dass meine Expertise zutrifft. Der Mörder hatte keine Freude an Beaume. Ihn hat er getötet, um Ihnen seine Überlegenheit zu beweisen.«

Marais nickte. »Darauf weist so einiges hin.«

»Wie viele weibliche Opfer gab es insgesamt, Marais?«

»Dreizehn. Das letzte habe ich vor drei Wochen aus der Seine gefischt«, flüsterte Marais.

De Sade trat an die Kante des Tisches und schlug mit der flachen Hand auf Beaumes fahlen Bauch. Das Geräusch ging Marais durch und durch.

»Herrgott, Marais! Der Polizeiarzt vom Hôtel-Dieu und der

Polizeipräfekt von Paris vertuschen eine Mordserie, und Sie haben nichts Besseres zu tun, als mich bei der erstbesten Gelegenheit in diese Jauchegrube von einem Mordfall mit hineinzuziehen? Was haben Sie sich dabei gedacht, Marais?«, rief de Sade zornig.

Marais schob die Hände in die Hosentaschen und streckte seine Brust heraus. »Was ich IHNEN damit antue, de Sade? Blasen Sie sich gefälligst nicht so auf! Alles, was mich interessiert, sind dreizehn ermordete Mädchen, dreizehn spurlos verschwundene Kinder und ein abgeschlachteter Polizeipräfekt! Wäre ich nicht der Auffassung, dass mir Ihr perverser Verstand dabei nützt, diesen Mörder von der Straße zu holen, könnten Sie meinetwegen noch heute Nacht in Saint-Michel von den Ratten gefressen werden!«

De Sade warf theatralisch die Arme hoch. »Auch Ihre Zukunft wird nicht gerade rosig ausfallen, sollten Sie dieses mörderische Scheusal nicht fassen, bevor der Minister seine Geduld mit Ihnen verliert!«

»Das ist wahr«, entgegnete Marais in einem Anflug zügelloser Aufrichtigkeit.

Zu seiner Verblüffung widersprach das alte Ungeheuer nicht, sondern tat sich schweigend eine neue Prise auf, schnupfte sie geräuschvoll und ließ sich dann kraftlos neben Marais auf dem gemauerten Herdrand nieder.

»Nun gut! Der Klügere gibt nach. Wo und wann sind diese Mädchen getötet worden, welche Art von Verstümmelungen wiesen sie auf, und wo hat man sie gefunden?«

Marais zog die Aufstellung der übrigen Morde aus der Brieftasche hervor und reichte sie dem Marquis. Als de Sade ihm die Aufstellung zurückgab, holte Marais jenes seltsame Kreuz hervor und ließ es vor de Sades Augen hin und her baumeln.

»Das hab ich in der Scheide des letzten Opfers gefunden. Massives Silber. Antik.«

De Sade betrachtete das Kreuz fasziniert. Marais erschien das nur natürlich. Zumal Monsieur le Marquis berüchtigt dafür war, seine Verachtung für Gott und Kirche dadurch zu demonstrieren, dass er seinen Gespielinnen Kruzifixe in Anus und Vagina schob.

»Also, Sie Genie?«, erkundigte sich Marais schließlich.

De Sade räusperte sich. »Hier ist meine nachjustierte Expertise. Ihr Mörder bewundert Reinheit und Klarheit. Aber er ist kein Libertin. Deswegen fielen seine Peitschenhiebe auch so stümperhaft aus. Und Sie sind prompt darauf reingefallen. Sie sahen diese Peitschenhiebe und dachten sofort an mich, den berühmtesten Libertin Frankreichs.«

Marais bestritt das nicht.

De Sades Augen leuchteten, und er wippte vor Eifer auf den Zehenspitzen, wie Redner es taten, sobald sie sich vor großem Publikum warm gesprochen hatten. »Ihr Mörder hat bei seiner Inszenierung allzeit Distanz gewahrt. Höchst bemerkenswert eigentlich, wenn man bedenkt, dass Mord doch die leidenschaftlichste Tat überhaupt darstellt. Der Mann, der dies hier anrichtete, ist definitiv ein Ästhet. Doch was ist ein Ästhet? Ein Ästhet ist vor allem ein Bewunderer. Und Bewunderung setzt Distanz voraus. In allzu großer Nähe verschwimmt Schönheit nämlich immer zu Banalität.«

Als Marais Anstalten machte, einen Einwand zu erheben, brachte de Sade ihn mit erhobenem Zeigefinger zum Schweigen.

»Ich bin noch nicht fertig. Welche Körperteile schneidet er den Mädchen ab? Die Füße? Er muss Füße lieben. Alle Ästheten vergöttern Füße. Wo trennt er sie ab? Über den Fesseln?

Darunter? Oder sind es die Brüste? Einige dieser armen Narren sind auch fasziniert von Brüsten. Hat er ihnen die Brüste abgeschnitten? Alle beide oder nur eine? Und ist es immer dieselbe oder variiert er dabei?«

Marais wirkte belustigt.

»Finden Sie das etwa amüsant, Marais?«, knurrte de Sade angriffslustig.

Marais schüttelte den Kopf. »Aber nein. Ich wundere mich nur, dass Sie diesmal so weit danebenliegen.«

»Daneben? Ich? In welcher Beziehung?«

»Es sind nicht jedes Mal dieselben Körperteile, die er ihnen abschneidet! Mal waren es die Hände, mal der ganze Arm. Ein andermal nur ein Fuß oder auch nur einige Finger. Und einige Male hat er ihnen lediglich den Kopf abgetrennt. Er scheint dabei keinerlei System zu befolgen. Was er tut, beruht offenbar auf reiner Willkür. Und vergessen Sie die Kinder nicht. Was stellt er mit ihnen an? Wo sind sie?«

De Sade wischte Marais' Einwände mit einer abfälligen Geste beiseite. »Die Kinder spielen für ihn keine Rolle. Wahrscheinlich hat er sie gar nicht angefasst. Oder falls doch, dann nur, um sie in irgendeiner Abfallgrube zu ersäufen, sobald er mit den Müttern fertig war.«

Auch mit Marais' Argument, dass es jedes Mal verschiedene Körperteile waren, die der Mörder seinen Opfern abschnitt, machte de Sade kurzen Prozess.

»Ich bleibe dabei, er ist ein Ästhet und hat eine Leidenschaft entweder für Brüste oder Füße, vielleicht auch bloß für Zehen. Doch er ist so diszipliniert und kaltblütig, dass er sich selbst im Angesicht der höchsten Lust noch so weit beherrschen kann, im Hinterkopf zu behalten, dass ihn seine spezielle Vorliebe eines Tages verraten könnte. Deswegen trennt er ihnen jedes

Mal irgendetwas anderes ab, um damit zu vertuschen, worauf es ihm eigentlich ankommt. Sie jagen da einen ganz besonders kaltblütigen Schweinehund, Marais. Intelligent ist er noch dazu. Ein Albtraum, diesen Mann in Paris finden zu wollen.« Sade nieste, bevor er fortfuhr. »Ich würde Ihnen ja raten, sämtliche Huren der Stadt zusammenzutreiben, um sie nach Männern zu fragen, die eine ganz besondere Vorliebe für Zehen und Füße haben. Aber da Sie sagen, dass er schon seit über zehn Jahren mordet, ist auch das letzlich eine Sackgasse. Dann hat er es nämlich seit über zehn Jahren gar nicht mehr nötig, zu einer Hure zu gehen. Und wer erinnert sich schon so lange zurück?« Er nieste noch einmal – heftiger. »Ihr Mörder, Marais, ist gebildet, er versteht etwas von Anatomie, Literatur, Philosophie und Kunst. Da er gebildet ist, kann er nicht ganz arm sein. Er ist außerdem kräftig und kein Feigling. Er ist sicher Junggeselle und hat kaum Erfahrung in der körperlichen Liebe. Dafür erscheint er mir nämlich zu geradlinig und – selbst wenn Sie das nicht verstehen werden – im Grunde zu phantasielos und verklemmt. Er ist womöglich gar nicht auf die Idee gekommen, sich in dieser Beziehung jemals wirklich auszuprobieren. Falls doch, dann ist dies für ihn furchtbar schief gelaufen. Er hat sicher eine Art Ritual entwickelt, dem er äußerst akkurat folgt, wenn er sich mit seinem Lieblingskörperteil vergnügt. Vielleicht nuckelt er daran, vielleicht küsst oder leckt er es. Er hat seine weiblichen Opfer ja auch erdrosselt. Die meisten Ästheten sind überaus reinlich, und erdrosseln ist eine saubere Todesart. Jedenfalls, wenn man es erst einmal halbwegs beherrscht. Falls Sie auf seinen Unterschlupf stoßen sollten, dann erkennen Sie ihn daran, dass es dort überaus reinlich zugeht. Ihr Mann wird außerdem Teile seiner Opfer dort aufbewahren.«

De Sades feistes Gesicht erstrahlte in einem Glanz, der nicht viel mit dem flackernden Kerzenlicht zu tun haben konnte, das sich in seinen Pupillen spiegelte.

Marais dachte über de Sades Schlüsse nach. Der Mörder war ein Ästhet, aber keine Künstlernatur? Er war intelligent und gebildet, aber dennoch phantasielos? Ein Junggeselle?

»Also ist er im Grunde wirklich ein Lustmörder?«, fragte er.

De Sade wiegte den Kopf und zuckte dann die Achseln. »Nicht im eigentlichen Sinne des Wortes. Er würde keines seiner Opfer je vergewaltigen. Eine Möse oder einen Schwanz kann er nicht zu schätzen wissen. Worum es diesem Mörder geht, ist, mithilfe seiner Morde eine Vision auszuleben. Da er allerdings über nicht viel Phantasie verfügt, kann es keine sehr komplexe Vision sein.«

In diesem Moment waren von der Gasse her Stimmen zu hören. Schritte näherten sich. Marais und de Sade wandten sich der Türöffnung zu.

Bernard Paul, Chef der Pudel, betrat den Raum. Bei ihm waren zwei seiner Männer und außerdem Polizeiarzt Mounasse.

»Gott! Der Polizeipräfekt!«, rief Mounasse und trat an Bernard Paul vorbei an den Tisch, um Beaumes Kopf näher in Augenschein zu nehmen.

Bernard Pauls Männer waren bei der Tür stehen geblieben. Sie wurden bleich, würgten heftig. Einer erbrach sich. Der zweite wandte sich torkelnd um.

»Bernard, schaff diese Anfänger hier heraus!«, befahl Marais zornig. Bernard Paul gab ihnen einen Wink. Selten hatte man zwei Männer einen Befehl so rasch und eifrig ausführen sehen.

»Was soll der Auftrieb hier?«, fragte Marais ungehalten.

»Anordnung vom Minister. Ich soll Beaumes Leiche ins

Hôtel-Dieus überführen. Und du wirst im Ministerium erwartet«, antwortete Bernard Paul. Er nickte abschätzig de Sade zu.

»Ist er der, für den ich ihn halte? Dann wird er ebenfalls im Ministerium erwartet.«

De Sade schaute Bernard Paul einen Augenblick hochmütig an. »Sade, Monsieur. Mein Name ist de Sade. Oder für die ganz einfachen Gemüter schlicht Monsieur le Marquis. Und Ihren Namen muss ich wohl überhört haben.«

De Sade wandte sich ab und stolzierte aus dem Raum. Mounasse sah von Beaumes Leiche auf und blickte ihm verdutzt hinterdrein.

»Man gewöhnt sich an ihn«, versicherte Marais.

Mounasse und Bernard Paul war anzusehen, wie sehr sie dies bezweifelten.

Auf dem Weg zu Fouchés Büro ließ de Sade sich endlos darüber aus, dass Marais ihn in eine Falle gelockt und unnötig seine Zukunft riskiert habe.

Marais schenkte de Sades Beschwerden kaum Beachtung. Zu sehr beschäftigte ihn die anstehende Unterredung mit dem Minister. Seit Wochen wartete er darauf, zu ihm vorgelassen zu werden. Doch für Fouché bestand die Welt aus Schattierungen von Grautönen, und Marais fürchtete, dass sein Fall womöglich genau die falsche Art von Graufärbung aufwies, um sich viel Unterstützung von ihm erhoffen zu dürfen. Selbst nach dem Mord an Beaume würde sich daran wohl nicht viel ändern.

Dennoch musste Marais endlich wissen, woran er war. Hatte der Minister ein Interesse daran, diese Mordserie wirklich aufzuklären? Oder sollte er Fouché nur als Marionette in irgendeiner dunklen Intrige dienen?

Im Ministerium angekommen, empfing man sie im Vorzimmer des Ministers und führte sie dann in einen schlicht möblierten Vorraum.

Als Fouché eintrat, nickte er Marais zur Begrüßung knapp zu und wandte sich sogleich an de Sade. »Bürger de Sade, ich erwarte von Ihnen eine Liste sämtlicher Libertins und Perversen von Paris. Jeden Namen, an den Sie sich erinnern können!« Fouché wies auf einen Schreibtisch. »Dort finden Sie alles, was Sie benötigen!«

Danach bedeutete er Marais, ihm in sein Büro zu folgen, von dem de Sade nicht mehr zu sehen bekam als einen weichen Teppich, einige hohe Bücherregale und zwei gepolsterte Sessel vor einem Kamin. Ohne eine Wort folgte Marais dem Minister.

De Sade hatte von Fouché zwar keine Freundlichkeit erwartet, aber dieser Auftritt traf ihn dann doch. Erwartete Monsieur le Ministre tatsächlich, dass er sich zu einem schäbigen Denunzianten herabwürdigen ließ? Was glaubte dieser Kerl, wer er war? Unverschämt!

Zornig stemmte de Sade die Fäuste in die Rocktaschen und tigerte rastlos im Zimmer auf und ab. Alles in ihm drängte dazu, Fouchés Befehl entweder zu ignorieren oder eine Liste zu erstellen, auf der Fouchés eigener Name ganz oben auftauchte. Die Konsequenz daraus würde selbstverständlich darin bestehen, dass er demnächst den gefräßigen Ratten in Saint-Michel Gesellschaft zu leisten hätte.

De Sade blieb stehen, starrte eine Weile zornig zu Boden. Er gab sich keinerlei Illusionen hin. Er hatte in dieser Ruine seine Expertise abgegeben und damit für Fouché seinen Zweck erfüllt. Alles, was den Minister jetzt noch interessierte, war die Frage, wie er sich seiner möglichst rasch entledigen konnte.

Was dann genau den Punkt darstellte, an dem diese verfluchten Festungsratten von Saint-Michel ins Spiel kamen. Es war wohl Zeit sich einzugestehen, dass er geliefert war. Doch Selbstmitleid war das Letzte, was er sich in dieser Situation erlauben durfte. Falls er schon auf dem besten Weg war, endgültig von der bunten Bühne der Welt abzutreten, dann war er es sich selbst schuldig, dies gefälligst mit einem Knalleffekt zu tun.

So setzte de Sade sich an den Schreibtisch und begann, aus dem Gedächtnis die Liste der zwölf Namen niederzuschreiben, die sich in der Hinterlassenschaft des Comte befunden hatte.

Er unterzeichnete schwungvoll als »Citoyen de Sade« und wedelte das Blatt einige Male hin und her, um die Tinte zu trocknen. Sollten sie sich ruhig ihre Zähne daran ausbeißen, unter den Spitzen der Gesellschaft nach Verbindungen zu Marais' ermordeten Mädchen zu suchen. Monsieur le Marquis de Sade wünschte ihnen jedenfalls viel Spaß dabei.

Zumal eine lose Verbindung zwischen der Liste des Comte und jenen ermordeten Mädchen ja tatsächlich existierte. Immerhin wies eines der Dokumente des Comte eine Zeichnung dieses seltsamen Kreuzes auf, das Marais angeblich aus der Möse des vorletzten Mordopfers geborgen hatte. Dass der Comte Solignac d'Orsey sich mit einem verkorksten Mörder gemein gemacht haben sollte, schien de Sade zwar unwahrscheinlich. Ein solcher Irrer hätte nicht dem Niveau entsprochen, das der Comte von seinem libertinösen Kreis erwartete. Andererseits hatte ausgerechnet Beaume ihm zu seinem letzten Rendezvous mit dem Comte verholfen. Konnte das nur ein Zufall sein?

De Sade lehnte sich zurück, streckte seufzend die Beine aus

und starrte auf die Liste. Irgendwer hatte all die Jahre seine Hand über den Kreis des Comte gehalten, und solange der Preis stimmte, war Beaume immer schon käuflich gewesen ...

De Sade setzte sich erschrocken in dem Sessel auf.

Mein Gott, dachte er, genau das war es!

Der Comte und sein Kreis hatten überall in den Palästen, Boudoirs, Salons und Beamtenbüros von Paris ihre Zuträger. So erfuhren sie von den Morden und von Beaumes Verbindung dazu. Hatte der Comte ihm jene mysteriöse Kreuzzeichnung vielleicht bloß deshalb vermacht, weil er damit rechnete, dass sie eher früher als später auf irgendeinem Schreibtisch der Präfektur landete?

Es war ein offenes Geheimnis, dass de Sade in Charenton akribisch überwacht wurde. Angeblich kopierte man sogar seine Einkaufs- und Wäschelisten für die Polizeiakten. Hatte der Comte also darauf gesetzt, dass man in der Präfektur eins und eins zusammenzählte und de Sade mit den Morden in Verbindung brachte?

Marais behauptete ja überdies, dass Monsieur le Ministre bereits länger über die Mordserie informiert gewesen sei. Sollte Fouché also auch über dieses Kreuz, das wohl als Symbol oder Markenzeichen des Mörders fungierte, Bescheid wissen, dann war es wirklich nur eine Frage der Zeit gewesen, bis er ihn mit dem Mörder in Verbindung brachte.

De Sade schloss die Augen und dachte konzentriert nach.

Fouché würde auf jeden Fall die Gelegenheit nutzen, um endlich kurzen Prozess mit ihm zu machen. Dass Marais im Fall Beaume ausgerechnet seinen Rat einholte, konnte der Comte zwar nicht geahnt haben, aber es hatte seine Vergeltung beschleunigt.

Genauso musste es gewesen sein. De Sade setzt sich auf und

schlug zweimal heftig auf den Schreibtisch. Er war wirklich und endgültig geliefert.

Als die Tür zu Fouchés Büro sich öffnete, fanden Marais und Monsieur le Ministre einen sonderbar entspannt lächelnden de Sade vor, der sich erhob und mit einer höflichen Verbeugung Monsieur le Ministre die geforderte Liste reichte.

Fouché nahm das Dokument entgegen und entfernte sich ein paar Schritte von Marais, um es ungestört lesen zu können. An Marais' Miene war abzulesen, dass seine Laune sich eher verschlechtert hatte. Er vermied auffällig de Sades Blick. De Sade ahnte, was das bedeutete: Man würde ihn tatsächlich nach Saint-Michel abschieben.

Der gewöhnlich so knochentrockene und kühle Minister war beim Lesen von de Sades Liste auffällig erbleicht. Er faltete das Dokument sorgfältig zusammen und steckte es nachdenklich in seine Rocktasche. Er warf Marais einen frostigen Blick zu.

»Sie eskortieren Bürger de Sade noch heute nach Saint-Michel. Ich erwarte, dass Sie in zwei Tagen in Paris zurück sind.«

Marais setzte zu einem Protest an, doch der Minister brachte ihn mit einem entschlossenen Blick zum Schweigen. »Guten Tag, Marais!«

Damit wandte er sich ab. Aber Marais ließ sich damit nicht abspeisen. »Ich stelle hiermit noch einmal den Antrag auf Einsicht in Jean-Marie Beaumes Personaldossiers. Außerdem will ich seine Wohnung durchsuchen und seine engsten Mitarbeiter zu den Ereignissen befragen, die zu seiner Ermordung führten.«

»Abgelehnt. Und jetzt sehen Sie zu, dass Sie Ihren Auftrag erfüllen. Die Sache ist von äußerster Wichtigkeit.«

Marais hätte erwartet, dass man ihm für de Sades Überführung einen der speziellen Gefangenentransporter zur Verfügung stellte, die man im Volksmund Schwarze Marie nannte. Stattdessen wies man ihm eine ganz gewöhnliche und ziemlich heruntergekommene Dienstkalesche zu, deren Kutscher noch dazu ein ziviler Ministeriumsangestellter war.

De Sade hatte keinen Sinn für solche Details und bugsierte seinen fetten Bauch ins Kutscheninnere, ohne dass man ihn dazu hätte auffordern müssen. So ramponiert die Kalesche auch war, verglichen mit einer Schwarzen Marie stellte sie immer noch ein luxuriöses Beförderungsmittel dar.

Marais nahm de Sade gegenüber Platz und zog die Vorhänge an den Fenstern vor. De Sade wirkte verdächtig entspannt, ja beinah schon heiter. Die Kutsche setzte sich ratternd in Bewegung.

»Sie wissen, was ich von Ihnen halte, de Sade. Trotzdem möchte ich mich bei Ihnen in aller Form entschuldigen und Ihnen versichern, dass ich beim Minister getan habe, was ich konnte, um dies hier zu verhindern.«

De Sade wusste das zu schätzen. »Ich habe nie daran gezweifelt, Marais. Sie sind zwar ein unerträglicher Moralapostel. Doch gerade deswegen ist auf Ihr Wort Verlass. Aber ich werde den Ratten von Saint-Michel schon die Schwänze zu stutzen wissen«, sagte de Sade, legte sich eine Prise Schnupftabak auf den Handrücken und zog sie geräuschvoll in die Nase. »Vielleicht erweisen Sie mir einen letzten Gefallen? Überbringen Sie Constance eine Nachricht von mir, sobald Sie nach Paris zurückkehren?«

Marais nickte. »Selbstverständlich.«

Die Kutsche war inzwischen vom Hof der Präfektur auf die Straße gerollt und bald in den stockenden Verkehr geraten.

Marais blickte schweigend aus dem Fenster, doch plötzlich

wandte er sich verschwörerisch lächelnd de Sade zu. »Ich kenne Sie, de Sade. Sie sind ein Scheusal, aber kein Denunziant. Sie hätten dem Alten vorhin niemals gegeben, was er wollte. Also, was stand auf dem Blatt, das ihn derart außer Fassung brachte?«

»Unter Ehrenmännern?«

»Sicher.«

»Nun gut«, sagte de Sade und schilderte Marais, auf welche Weise er zu der Namensliste gekommen war, die er Fouché fälschlicherweise als eine Aufstellung stadtbekannter Libertins untergejubelt hatte.

»Der Comte Solignac d'Orsey?«, wunderte sich Marais. »Ist das nicht dieser alte Hinterlader in dem Palais am Rand von Saint-Germain?«

Für den »Hinterlader« fing sich Marais einen bösen Blick von de Sade ein. Doch gleich darauf fand Monsieur le Marquis wieder zu seiner früheren Gelassenheit zurück. »Lassen wir Fouché ein bisschen im Nebel herumstochern. Vielleicht fällt er dabei ja ausnahmsweise mal nicht auf die Füße sondern endlich einmal auf seine Nase!«

»Sie glauben wirklich, der Comte habe Sie mithilfe dieser Liste und der Kreuzzeichnung hereingelegt, de Sade? Ich habe dieses Silberkreuz an der Sorbonne herumgezeigt. Die gelehrten Herren dort waren ratlos. Keiner hatte solch ein Kreuz je zuvor gesehen.«

De Sade ahmte das Geräusch eines Furzes nach, um seiner Verachtung für die Herren Professoren an der berühmten Pariser Universität Ausdruck zu verleihen.

»Ein verdammter Jammer, dass der Comte Solignac d'Orsey tot ist. Ich hätte ihn ganz bestimmt zum Singen gebracht«, ärgerte sich Marais.

De Sade, der sicher war, dass Marais sich an dem Comte die Zähne ausgebissen hätte, kam eine Idee. »Ich wüsste einen Mann, der Ihnen mit Sicherheit mehr über die Herkunft dieses Kreuzes sagen könnte als diese vertrottelten Idioten an der Sorbonne.«

»Tatsächlich?«

Die Kutsche näherte sich im Schritttempo der um diese Zeit vom Verkehr völlig verstopften Seine-Brücke. Immer noch blickte Marais angestrengt auf das frühabendliche Treiben hinaus.

De Sade war überzeugt, dass irgendetwas in Marais vorging. Dennoch wagte er nicht, sich danach zu erkundigen.

Schließlich berührte ihn Marais an der Schulter und sah ihn dabei mit einem feinen Lächeln an. »Sobald wir an der Einfahrt zur Rue Saint-Denis stecken bleiben, werden Sie, so schnell Sie können, hinausspringen und Richtung Rue de Varenne laufen«, flüsterte Marais.

»Weshalb sollte ich ausgerechnet heute meinen verfrühten Tod durch einen Verkehrsunfall riskieren? Gönnen Sie den Ratten von Saint-Michel etwa ihr Frischfutter nicht?«

»Die Festungsratten werden auch ohne Sie zu ihrem Abendessen kommen. Ich glaube einfach nicht, dass Monsieur le Ministre allen Ernstes erwartet, dass ich Sie nach Saint-Michel überstelle. Sonst hätte er uns nicht in dieser alten Dienstmühle und ohne zusätzliche Eskorte losgeschickt.«

Dies verblüffte das alte Ungeheuer.

»Sie aus der Welt zu schaffen, wäre ihm ein Vergnügen. Aber Ihre Liste hat dem alten Fuchs vorhin den Schreck in die Knochen fahren lassen. Ich glaube, er will uns beide zusammen auf der Straße haben, um entweder die Leute auf Ihrer Liste oder den Mörder aufzuscheuchen. Wahrscheinlich sogar beides.«

Die Kutsche war inzwischen einige Dutzend Meter weitergerumpelt. Es konnte nicht mehr weit sein bis zum Ende der Seine-Brücke, die zur Rue Saint-Denis führte.

»Aber falls Sie es trotzdem vorziehen, weiterzufahren ...« lächelte Marais.

De Sade zog eine Grimasse. Er fragte sich, ob er wirklich fähig dazu war, in seinem Alter noch einmal eine Flucht vor der Polizei zu wagen. Als Häftling hatte er immerhin dreißig Jahre Erfahrung. Was gingen ihn diese Morde überhaupt an? Nichts. Hinzu kam, dass Marais im Grunde ein widerwärtig prüdes und frommes Ekel war. Sich zusammen mit ihm auf die Flucht zu begeben, konnte einem jeden Spaß daran verderben, dem Minister und seinen Pudeln noch einmal ein Schnippchen zu schlagen.

Marais öffnete vorsichtig den Schlag und blinzelte auf die belebte Straße hinaus.

Einen Grund, Marais zu folgen, gab es immerhin. Eigentlich sogar zwei. Was immer de Sade in Saint-Michel an Vergünstigungen vielleicht aushandeln könnte, man würde ihm bestimmt nicht gestatten, seine Geliebte Constance dorthin nachzuholen. Sie hätte er unwiderruflich verloren. Sollte Marais allerdings recht behalten und Fouché fürchtete sich tatsächlich vor diesem Mörder oder dessen Komplizen, dann konnte die Lösung von Marais' Fall möglicherweise zu Fouchés Sturz führen. Und wer immer sein Nachfolger würde, wäre ihnen beiden zu Dank verpflichtet.

»Ich komme mit Ihnen. Allerdings unter der Bedingung, dass wir nicht zur Rue de Varenne fliehen, sondern zur Rue Saint-Honoré.«

»Wegen mir«, meinte Marais achselzuckend.

Wie erwartet, geriet die Kutsche wenig später in einen

Stau, verursacht von einem umgestürzten Bauernwagen voller Stroh.

Immer noch fiel leichter Nieselregen. Ihr Kutscher lieferte sich ein Fluchduell mit einem Mann, der lautstark verlangte, dass er ihm Platz machte, um mit seinem Karren zurückstoßen zu können.

»Sie zuerst!«, befahl Marais.

De Sade atmete tief ein und kletterte ächzend hinaus. Marais folgte ihm. Sie zogen die Köpfe ein, schlugen die Kragen hoch und stapften durch den zähen Straßenschlamm zwischen Sänften, Passanten und Droschken hindurch in aller Ruhe zur Rue Saint-Honoré. »Mit ein bisschen Glück bemerkt dieser Trottel von Kutscher unsere Flucht erst, wenn er an der Poststation hält, um die Pferde zu wechseln.«

Der Kutscher schien ohnehin nichts von ihrer Flucht bemerken zu wollen. Beinah als sei er von Anfang an dazu vergattert worden, keinerlei Notiz von dem zu nehmen, was seine Passagiere trieben.

Sobald sie die Rue Saint-Honoré erreichten, presste de Sade sich erschöpft gegen eine Hauswand und verschnaufte.

»Also, de Sade, Sie wollten unbedingt in die Saint-Honoré. Wohin jetzt?«

Der Marquis sah sich übertrieben misstrauisch um. Dann ergriff er Marais' Arm und zog ihn einige Schritte weiter in die Straße hinein. »Da wäre zunächst ein kleines Problem zu klären. Sie haben mich heute Morgen von diesem Pickelgesicht ja praktisch aus dem Schlaf reißen lassen. Ich habe keinen Sou dabei.«

Marais klopfte auf seine Manteltasche. »Wenn es nur das ist, Monsieur le Ministre hat meiner Abteilung ausgerechnet heute eine Budgeterhöhung zugebilligt und sie auch gleich ausgezahlt. Ich hab fünfzig Louisdor dabei.«

»Bloß fünfzig?«, maulte de Sade, obwohl die fünfzig Münzen in Marais' Börse durchaus ein kleines Vermögen darstellten. Als er dann mit straff über dem Bauch gespanntem Rock losmarschierte, wirkte er wie eine fette, brokatbunt schillernde Schildkröte.

»Sie glauben doch nicht, dass ich Ihnen einfach so nachlaufe, ohne zu wissen, wohin die Reise geht?«, beschwerte sich Marais.

De Sade blickte sich nach ihm um. »Zum Palais Royal. Beeilen Sie sich!«

»Aber dort wimmelt es um diese Zeit nur so von Menschen. Man wird uns erkennen!«

»Das Palais Royal ist um diese Zeit ein einziges großes Theater. Was Theater betrifft, bin ich hier der Experte. Das Publikum achtet auf das Licht, die Requisiten, die Schauspieler und das Stück. Keiner schert sich um die übrigen Zuschauer. Worauf es ankommt, ist, sich einfach genauso zu benehmen wie der Rest des Publikums.«

»Es gibt trotzdem unauffälligere Orte in Paris, wo wir für heute Nacht untertauchen könnten.«

»Aber keinen, an denen wir einen Gelehrten treffen, der uns etwas über dieses seltsame Kreuz sagen kann. Oder haben Sie das schon vergessen?«, gab de Sade grimmig zurück.

Der prächtige Gebäudekomplex des Palais Royal lag in unmittelbarer Nähe des Louvre im Zentrum von Paris. Schon der Name war irreführend. Denn Könige hatten im Palais Royal nie gelebt. Ursprünglich war es im Auftrag des Kardinals Richelieu errichtet worden, geriet dann allerdings in den Besitz des Herzogs von Orléans, dem Bruder des Königs, der es mit einem parkähnlichen Garten ausstattete und auf beiden Seiten mit hübschen kleinen Häusern und überdachten Arkaden versah. In einem Teil des ursprünglichen Palastes befand sich seit 1786 zwar der ständige Spielort der berühmten Comédie-Française, doch die Mehrzahl der unter den Arkaden errichteten Gebäude beherbergte Vergnügungslokale und Bordelle. Hier unter den Arkaden in den Cafés, Kneipen und Hurenhäusern hatte die Revolution ihren eigentlichen Anfang genommen. Denn es war im Palais Royal, wo sich die Verschwörer und Fanatiker, die Träumer und Maulhelden heimlich getroffen hatten, um über jene Reden, Pamphlete und Artikel zu diskutieren, die den Grundstein des Aufruhrs legten, der zum Sturm auf die Bastille führte und die Welt veränderte. Während der ersten Jahre von Napoléons Herrschaft hielten sich im Palais Royal ständig um die zweitausend Liebesdienerinnen auf.

Ganz Frankreich hatte aufgrund der ewigen Kriege des Kaisers zwar an Glanz eingebüßt, doch im Palais Royal leuchteten die Lichter immer noch heller und strahlender als irgendwo sonst im Land. Im Garten und unter den Arkaden wimmelte es nur so von übermäßig herausgeputzten Nichtstuern und Vergnügungssüchtigen, die das Palais Royal zu ihrer ganz persönlichen Bühne machten. Und nicht zuletzt gab auch die auf und ab promenierende Damenwelt in ihren Roben und maskenhaft geschminkten Gesichtern eine Komparserie ab, die an Eitelkeit, Glanz und Raffinesse weltweit ihresgleichen suchte.

De Sades Charakterisierung, dass der Ort ein einziges großes Theater sei, war also zutreffend. Marais sorgte sich dennoch, dass er erkannt werden könnte, und hielt sich entsprechend bedeckt, sobald sie die umlaufenden Arkaden betraten. Ganz anders de Sade, der mit hoch erhobenem Kopf und vorgerecktem Brokatwanst einherstolzierte, als wäre er hier zu Hause. Hin und wieder deutete er gar eine Verbeugung oder ein galantes Lächeln für eine besonders kokette Dame oder einen auffällig attraktiven jungen Herren an.

»Was tun Sie denn da, de Sade?«, zischte Marais. »Wollen Sie uns mit aller Gewalt ans Messer liefern?«

De Sade lächelte süffisant. »Haben Sie vergessen, was ich Ihnen vorhin sagte? Hierher kommt man, um sich zu vergnügen! Aber Sie machen ein Gesicht wie ein saurer Hering. Und werfen *mir* vor, Verdacht zu erregen!«

Marais sah mit einer gewissen Verlegenheit ein, dass Monsieur le Marquis nicht ganz unrecht hatte, und versuchte sich widerstrebend an einer etwas aufrechteren Haltung und einem müden Lächeln.

»Wohin jetzt?«

De Sade wies zu einem Haus etwa in der Mitte der Arkaden. Es war ein Bordell und stand traditionell der jeweiligen Herrin des Rotlichtmilieus als Residenz zu. Es nannte sich »Chat Noir«.

Während in allen anderen Bereichen der Gesellschaft Frauen immer noch als Bürger zweiter Klasse galten, hatten seit dem Mittelalter im Hurengewerbe von Paris Frauen das erste und das letzte Wort. In der Hauptstadt der Welt führten und verwalteten sie das Geschäft mit den Lüsten. Das war so, seit König Louis IX. im dreizehnten Jahrhundert Bordelle in Paris legalisierte und seine Nachfolger festlegten, dass diese Häuser ausschließlich von Frauen geführt werden durften. Nicht nur lebte das Lustgewerbe von der sexuellen und intellektuellen Anziehungskraft von Frauen, es wurde sogar von ihnen finanziert. Denn es waren oft die Vermögen der Mütter, Schwestern, Töchter und Ehefrauen, welches man in den Bordellen verprasste. Der männliche Teil der halbwegs betuchten Pariser Bevölkerung besuchte so selbstverständlich Hurenhäuser, wie man in anderen Nationen ins Theater, Cabaret oder den Gentleman's Club ging. In den Bordellen servierte man die erlesensten Speisen, führte die aufregendsten Spieltische und verfügte über besser sortierte Bibliotheken als so manche Universität. Hinzu kam, dass der gute Bürger dort auf die bedeutendsten Künstler, gerissensten Politiker und drolligsten Kriegshelden seiner Zeit treffen konnte. Kein Wunder also, dass das Geschäft mit der käuflichen Zuneigung brummte.

Das Chat Noir, zu dem de Sade Marais hinlenkte, stach schon allein durch seine in prächtigem Königsblau und Gold gehaltene Fassade aus den übrigen Häusern heraus. Vor dem Eingang achteten türkische Lakaien in roter Livree mit unbestechlichem Blick darauf, dass ausschließlich die passende Klientel ihren Fuß über die Schwelle setzte.

»Voilà! Das exklusivste Bordell von Paris«, rief de Sade aus.

»Herrgott! Geht's nicht ein bisschen weniger dramatisch?«, zischte Marais und warf einen Blick auf den Eingang des Chat Noir. Er fuhr zusammen. Dort standen zwei Richter und ein Advokat, die er erst vor wenigen Tagen in der Präfektur getroffen hatte. Die drei kannten ihn, er würde unmöglich unbemerkt an ihnen vorbeischlüpfen können.

De Sade wusste jedoch Rat. »Wenn es durch die Vordertür unmöglich ist, dann benutzen wir eben den Hintereingang!«

Marais wusste nichts von einem Hintereingang zum Chat Noir. Die besseren Bordelle verzichteten auf einen Lieferanteneingang oder eine Hintertür. Teils weil eine alte Bauvorschrift dies so verlangte, teils auch aus eigennützigen Gründen. Mit nur einem einzigen Zugang und den vergitterten Fenstern bildeten die Häuser nämlich eine einzige große Mausefalle für potenzielle Zechpreller.

De Sade grinste schadenfroh. »Pah! Und da fragt man sich

noch, weshalb die Polizei von Paris eine solche Lachnummer abgibt!«

Er marschierte energisch den Wandelgang herab zu einem unscheinbaren Lokal, über dessen Tür der wenig originelle Name »Les Arcades« gemalt war. Misstrauisch beäugte Marais die Ansammlung der Gäste in dem von Tabakrauch und Küchendünsten erfüllten Schankraum. Der Boden des Lokals war mit Sägemehl bestreut, die Theke aus grobem Holz gezimmert, Tische und Stühle wirkten abgenutzt und wackelig.

Obwohl die Gäste Monsieur le Marquis bereitwillig Platz machten, war Marais sicher, dass alles an ihm selbst – wie er sich bewegte, seine Kleider, seine Blicke – meilenweit nach Polizist roch. Zielstrebig schritt de Sade zu einer schmalen Tür am gegenüberliegenden Ende des Lokals. Marais ahnte, dass dort einige Huren ihren Geschäften nachgingen, als de Sade ihn aufforderte, bei dem winzigen Männchen, dass die Tür bewachte, zwanzig Francs zu bezahlen, tat er das missmutig. Der Zwerg verstaute die Münzen in seiner Rocktasche und öffnete den Männern mit einer Verbeugung die schmale Tür.

Dahinter hockte eine dicke Blondine in einem verwaschenen roten Kleid auf einem viel zu kleinen Stuhl, der jeden Moment unter ihrer Masse nachzugeben drohte. Sie blockierte den Zugang zu einem zerschlissenen Vorhang, hinter dem ein seltsames Raunen, Scharren und gelegentliches Gläserklirren zu vernehmen war.

Die Wände des Raumes waren mit Anzeigen beklebt. Sie zeigten Kupferstiche von nackten Frauen in allerlei freizügigen Posen und priesen in fetten Lettern die Künste von Damen an, die Namen trugen wie »Madeleine, die Trompeterin«, »Yvette, die Honigbiene«, oder »Justine, die keltischen Schlange«.

Marais' Stimmung war auf dem Tiefpunkt. Falls sich diese

mysteriöse Hintertür als Windei entpuppte, würde der fette Marquis heute Abend bestimmt nichts mehr zu lachen haben.

De Sade lächelte die Blondine charmant an und vollführte eine Verbeugung. »Einen Louisdor, wenn Sie uns zeigen, wo in diesem Stall die dritte Tür ist, Madame!«

»Die dritte Tür?«, äffte die Blondine Monsieur le Marquis nach, als wüsste sie beim besten Willen nicht, wovon er sprach.

»Sie wissen schon! Die *dritte* Tür, Madame!« Er wandte sich Marais zu. »Monsieur, Ihre Börse!«

Marais schluckte seinen Ärger herunter und warf der Blondine ein Goldstück zu. Die dicke Frau fing die Münze auf, erhob sich schniefend, watschelte zu dem Vorhang und öffnete ihn.

In dem Raum dahinter waren durch aufgespannte Betttücher kleine Kammern abgetrennt worden, vor denen Frauen unterschiedlichen Alters und verschiedener Hautfarbe eigenartig regungslos auf Stühlen saßen. Viele wiesen Pockennarben oder schorfige Stellen an Armen, Händen und Dekolletés auf. Es roch nach Puder, Parfum und Fisch. Marais fragte sich, ob das ermordete Mädchen vom Seine-Quai in einem Stall wie diesem ihr Leben gefristet haben mochte.

De Sade stiefelte wortlos hinter der fetten Frau her, bis diese an der vorletzten Kammer stehen blieb, mit einem Fußtritt die rothaarige Frau, die dort auf ihrem Stuhl hockte, aufscheuchte und dann das Betttuch beiseiteschob.

In der Kammer standen ein Tischchen und ein schmales Bett. Über das Tischchen war ein sauberes weißes Spitzentüchlein gebreitet. Dieser Versuch, in all die Schäbigkeit und Kälte wenigstens etwas an Eleganz und Schönheit zu bringen, rührte Marais.

Die dicke Blondine fuhr mit der Hand über die Wand neben

dem Tischchen und drückte kräftig auf einen der Ziegel. Er verschwand und löste ein Klicken aus, woraufhin sie sich mit all ihrer beachtlichen Körperfülle gegen die Wand stemmte. Die öffnete sich wie eine Tür.

»Voilà, Messieurs!«

Hinter der Geheimtür führten Treppenstufen in die Tiefe.

Ächzend und schnaufend zwängte sich Monsieur le Marquis durch die schmale Öffnung ins Dunkle. Die dicke Frau reichte Marais eine Kerze. »Die geht aufs Haus. Drücken Sie die Tür nur hinter sich wieder zu, sobald Sie drinnen sind.«

Warme Luft, abgestanden und gesättigt mit dem scharfen Geruch von Salpeter und feuchtem Mauerwerk, schlug Marais entgegen. Er reichte de Sade die Kerze und stemmte die Geheimtür zu.

Marais vermutete, dass dieser Gang hinter den eigentlichen Kellern der Häuser des Palais Royal angelegt worden sein musste. Sehr gerissen, fand er. Wer käme schon auf die Idee, nach einem zweiten Keller hinter dem eigentlichen Keller zu suchen?

Nach etwa dreißig, vierzig Schritten stießen sie auf eine verrottete, mit gelblich-weißen Pilzen übersäte Holztür, die de Sade mit einem rostigen Schlüssel öffnete, den er von einem Haken an der Wand nahm.

Hinter der Tür war der Gang etwas höher und breiter.

»Woher wissen wir, wann wir das Chat Noir erreicht haben, de Sade?«

»Wir können es gar nicht verfehlen. Dafür werden die Schatten schon sorgen.«

»Die Schatten?

De Sade blieb stehen, hob die Hand, um Marais zur Ruhe zu mahnen, und lauschte in die Stille hinein. Marais vernahm schwache Geräusche. Hohe spitze Stimmen. Und tiefes Knurren. Waren das Tiere? Unheimlich.

»Was ist das?«

De Sade zeigte in den Gang vor ihnen. »Dahinten liegt der Hades.«

Das seltsam tiefe Knarren oder Knurren und die Stimmen waren mit jedem Schritt, den Marais tiefer in den Tunnel hineintrat, deutlicher zu vernehmen.

Bei der nächsten Tür angelangt, legte de Sade sich etwas Schnupftabak auf und zog ihn hoch. »Wenn wir die Tür öffnen, kümmern Sie sich nicht um die Hunde, so unappetitlich sie auch sein mögen. Die Schatten, die sich dort drinnen auf Sie stürzen werden, sind noch um einiges unappetitlicher. Kommen Sie gar nicht erst auf die Idee, vor ihnen davonzulaufen. Das würde sie nur noch wütender machen. Keine hastigen Bewegungen. Keine Rufe oder Schreie. Und sehen Sie niemals zurück. Achten Sie einfach darauf, was ich tue, und machen Sie es mir nach.«

De Sade nieste. »Die Nonne wird ihren alten Augen nicht trauen, sobald wir in ihr Boudoir spazieren«, grinste er.

Marais war erstaunt. Bei jener Nonne handelte es um die frühere Besitzerin des Chat Noir. Sie war jedoch bereits seit zwei oder drei Jahren tot.

»Die Nonne ist tot, de Sade! Isabelle de la Tour führt inzwischen das Chat Noir.«

De Sade war bestürzt. Er lehnte sich müde gegen die schmutzig feuchte Wand. »Wir sind verloren, Marais! Isabelle de la Tour ist nur eine kleine, dumme Nutte. Sie wird uns niemals gestatten, mit diesem Experten zu sprechen, der uns Auskunft über das silberne Kreuz geben könnte. Alles war umsonst!«

Marais gefiel das nicht. Hatte de Sade etwa gelogen, existierte dieser Experte gar nicht? Hatte das alte Ungeheuer sich mit dem Besuch im Chat Noir in Wahrheit nichts als ein Wiedersehen mit seiner alten Freundin, der Nonne, erhofft?

»Sie sind schuld, Marais!«, maulte de Sade. »Sie hätten mir rechtzeitig sagen müssen, dass die Nonne tot ist und das Chat Noir jetzt dieser Hochstaplerin Isabelle gehört.«

»Ich?«, zischte Marais. »*Sie* waren es doch, der darauf bestand, dass wir hier sicher seien. Jeder Polizeiagent in Paris sucht zweifellos inzwischen nach uns. Wir können unmöglich zurück!«

»Nein, zurück können wir jetzt wirklich nicht mehr«, gab de Sade zu. »Dennoch weise ich jede Verantwortung von mir, sollte diese Nutte Isabelle uns Schwierigkeiten machen.«

Der dicke alte Mann straffte sich, strich an seinem dreckigen Rock die Falten glatt und riss die Tür auf.

Wie die meisten Menschen fürchtete Marais vor allem zwei Dinge: die Finsternis und das Unbekannte. Daher war er erleichtert festzustellen, dass der Raum hinter jener dritten Tür nicht gänzlich im Dunkeln lag. Denn etwa zwanzig Schritte entfernt hatte man auf einem eisernen Kandelaber einige Kerzen entzündet, die den Keller in ein unwirklich gelbes Licht tauchten. Aber die wenigen Kerzen reichten nicht aus, den gesamten Raum zu beleuchten. Der größte Teil lag im Dunkeln.

Marais vernahm ein gespenstisches Scharren.

Ein seltsamer heller Fleck schwebte in einiger Entfernung über dem Boden auf die beiden Männer zu. Es blieb nicht bei dem einen. Mehr und immer mehr dieser Flecke näherten sich ihnen.

Marais war kein Feigling. Doch diese schwebenden Flecken und jenes Scharren, das sie begleitete, jagten ihm eine lähmende Angst ein.

»Sade ... was ist das?«

»Der Hades – Schatten, Hunde und Staub«, sagte er mit klarer Stimme und trat vorsichtig einige Schritte auf den Kandelaber zu.

Marais folgte ihm mit etwas Abstand.

Je näher sie dem Licht in der Mitte des Kellers kamen, umso enger schloss sich der Kreis der geisterhaften Flecke um sie. Marais erkannte, dass es sich dabei um menschliche Wesen handelte, die auf Händen und Füßen auf sie zukrochen. Das war keine Erkenntnis, die ihn irgendwie erleichtert hätte. Denn was immer einst menschlich an diesen Schatten gewesen war, hatte sich längst verflüchtigt. Ihre Haut war voller eitriger Pusteln und von dickem Schorf überzogen. Ihre Augen waren leer und ihre Kleider bloße Fetzen, die längst die Farbe der schwarzbraunen Kellerwände angenommen hatten.

Erst nachdem er sicher war, dass es sich bei den Schattenwesen tatsächlich um Menschen handelte, wurde ihm klar, dass sich darunter kein einziger Mann befand.

De Sade und Marais erreichten den Kandelaber. Marais sah zu seinem Schrecken, dass der Boden hier von Knochen und faulenden Fleischresten übersät war. Mit jedem Schritt, den er tat, trat er auf weiß schimmernde Knochen, die knisternd unter seinen Stiefelsohlen zerbrachen.

Herrgott, dachte er erschüttert, das ist der Grund, weshalb sie so gut genährt sind – sie fressen sich gegenseitig auf. Er bekam keine Gelegenheit, noch länger darüber nachzudenken, denn de Sade machte ihn mit einer bangen Geste auf den ersten der Hunde aufmerksam. Er hatte ein kurzes, schmutzig weißes Fell, kräftige Hinterläufe und einen eckigen Kopf mit kurzen Ohren und einer platten Nase. Sein Maul voller kräftiger Reißzähne stand offen. Er knurrte tief grollend, während er sich de Sade und Marais näherte.

Da waren noch mehr dieser Hunde. Nach und nach kamen sie aus der Dunkelheit ins Kerzenlicht.

Es war offensichtlich, dass die geisterhaften Schatten ihren Kreis um die beiden Eindringlinge nur deswegen noch nicht geschlossen hatten, um den Hunden zu erlauben, sich den beiden Fremden zu nähern.

»Merde!«, flüsterte Marais.

Im nächsten Moment bewarfen die Schatten die beiden Männer mit Steinen, Knochen und fauligem Gemüse.

De Sade und Marais duckten sich und rissen die Arme vors Gesicht. Sobald die ersten Steine und fauligen Rüben geflogen waren, setzte ein irres Stakkato aus unartikulierten Schreien, Klatschen und aneinandergeschlagenem Blechgeschirr ein, das Marais im ersten Moment sogar furchtbarer vorkam als die Steine, die auf ihn niederprasselten, und das bösartige Knurren der Hunde.

»Laufen Sie!«, rief de Sade und rannte heftig schnaufend direkt auf die geifernden Hunde zu, denen er, so gut es ihm im Laufen möglich war, Fußtritte versetzte, um sie sich vom Leib zu halten.

Marais ließ alle Vorsicht fahren und rannte de Sade hinterher und auf die gegenüberliegende Seite des Kellers zu. De Sade rief ihm durch den Lärm zu: »Die Tür, Marais! Neben Ihnen! Hämmern Sie dagegen!«

Noch immer hatte das Bombardement aus Steinen und fauligen Essenresten nicht nachgelassen. Marais kroch mühsam an der Wand entlang zu der Tür, während er so gut es ging nach den Hunden trat, die nach ihm zu schnappen versuchten.

Er hatte die Tür beinah erreicht – als diese plötzlich aufflog.

Ein greller Lichtschein fiel in das Zwielicht des Kellers. Marais sah zwei Männer in langen Schürzen, die einen riesigen Blechtopf hinter sich herschleiften.

Sie hoben ihn an, schwangen ihn ein-, zweimal hin und her – und leerten ihn in den Keller hinein aus.

Marais nutzte seine Chance und stürmte auf die Tür zu. In seiner Hast übersah er, dass der Topf mit dampfenden Essensresten gefüllt gewesen war. Er rutschte aus und schlug der Länge nach in die schleimig fettigen Speisereste. Brüllend und strampelnd, rappelte er sich wieder auf und rannte an den völlig verdutzten Männern vorbei ins Licht.

Nur einen Augenblick darauf folgte ihm der heftig schnaufende de Sade.

Gerettet.

Die beiden waren in der Küche des Chat Noir gelandet. In zwei langen Reihen brodelte, brutzelte und kochte auf mehreren Herden Fleisch, Saucen, Eier und Gemüse. Der Steinfußboden war fast vollständig bedeckt von Küchenabfällen. In der Küche war es heiß wie in einem Backofen. An einer der Wände hingen blutige Stücke von Wild, Rind und Schwein an kräftigen Haken, und neben einem Hackklotz flatterten zwei eben geköpfte Hühner noch mit den Flügeln.

Marais' Mantel und Hosen waren mit fettigen Speiseresten besudelt, und auch seine Hände und das Gesicht sahen nicht viel besser aus.

Umringt von dem überraschten Küchenpersonal putzte de Sade seinen Rock leidlich ab, um gleich darauf neugierig den Deckel von einem der Töpfe zu heben und sich ein triefendes Stück Schweinefleisch in den Mund zu schieben.

Einer der Hilfsköche näherte sich ihnen mit einem Fleischerbeil, von dem noch das Blut der eben getöteten Hühner tropfte. »Du da!« Er wies mit dem Beil auf de Sade. »Lass gefälligst die Finger aus den Töpfen!«

Auch Marais hatte sich den gröbsten Schmutz von Hose und Mantel abgerieben und trat mit einem ernsten Blick auf den Koch mit dem Beil zu. »Wir wollen keinen Ärger, Leute«, sagte er freundlich.

Inzwischen war noch mehr Küchenpersonal herbeigeeilt. Eine Magd mit einer Hasenscharte wies skeptisch zu der Tür zum Keller. »Und Ihr seid wirklich *von dort* gekommen?«, fragte sie erstaunt.

De Sade griff erneut in einen der Töpfe und förderte diesmal ein in Rotwein gekochtes Hühnerbein zutage, das er gründlich abnagte. Rote Sauce tropfte von seinem Mund herab. »Mein Bediensteter und ich hatten in der Tat das Vergnügen, den Hades zu durchqueren«, verkündete er und warf den Hühnerknochen achtlos zu Boden. Er verbeugte sich. »Monsieur Adolenze Dupont aus Apt. Zu Ihren Diensten Mesdames, Messieurs«, stellte er sich vor. »Der andere ist mein Kammerdiener Louis. Falls einer von Ihnen so freundlich wäre, uns zu Madame de la Tour zu führen, würden mein Bediensteter und ich das außerordentlich zu schätzen wissen«, sagte de Sade, rülpste und hing die Nase neugierig über einen weiteren Topf. »Übrigens für das Coq au Vin ... vielleicht beim nächsten Mal mehr Thymian und etwas weniger Salz. Aber vor allem, Messieurs, Mesdames – einen besseren Wein!«

Marais war ziemlich sicher, dass de Sades Rezeptvorschläge nicht halfen, die Küchenbesatzung auf ihre Seite zu ziehen. Außerdem war er wütend, dass de Sade ihn als seinen Bediensteten vorgestellt hatte.

»Schmeißt die Kacker raus!«, rief der Koch seinen Gehilfen

zu, die sich umgehend die schmutzigen Hemdsärmel aufkrempelten.

De Sade blieb völlig ungerührt. »Das würde ich mir an eurer Stelle gut überlegen. Es könnte nämlich sein, dass Madame dann ein gutes Geschäft entgeht. Und das wollen wir doch nicht riskieren, oder?«

»Du Scheißer redest von Geschäften? Wer mit Madame Geschäfte macht, kommt durch die Vordertür!«

De Sade nickte dem Koch lächelnd zu. »Außergewöhnliche Geschäfte erfordern eben außergewöhnliche Herangehensweisen, mein Freund. Falls man uns jetzt zu Madame führen würde! Und zwar, wenn ich bitten dürfte, auf einem Weg, der uns allen das Missvergnügen erspart, uns mit den anderen Gästen dieses Etablissements irgendwie gemein machen zu müssen.«

Der Koch zählte nicht zu den Männern, denen man nachsagen durfte, die wirklich tiefen Teller erfunden zu haben. Doch de Sades Unverfrorenheit beeindruckte ihn.

Er zog eine der Mägde aus der ehrfürchtig staunenden Menge hervor und wies sie mit harschen Worten an, Monsieur Dupont aus Apt und seinen Diener gefälligst zu Madame zu führen.

»Sehr verbunden, Mesdames, Messieurs!« De Sade verneigte sich höflich und machte Marais Zeichen, ihm zu folgen.

Marais betrat das Innere des Chat Noir zum ersten Mal. Er hatte sein Informantennetz ganz bewusst auf dem Niveau der Kleinkriminellen gehalten und niemals danach gestrebt, sich mit Figuren vom Kaliber einer Madame de la Tour einzulassen. Daher hatte es für ihn keinen Grund gegeben, es je zuvor zu betreten.

Während die Küchenmagd sie durch ein schmales Treppenhaus führte, nutzte Marais die Gelegenheit, sich bei ihr nach den geisterhaften Frauen und den Hunden im Keller zu erkundigen.

Die Magd sah ihn entsetzt an, aber brachte kein Wort hervor.

De Sade antwortete an ihrer Stelle: »Wenn ihre Zeit abgelaufen ist, kann eine Hure es entweder auf der Straße mit Betteln versuchen oder hierher zum Chat Noir kommen, um sich in die Schatten einzureihen. Das war schon zu Zeiten der Nonne so.

Dort unten ist es im Winter wenigstens warm, und zu essen gibt's auch. Da überlegt sich schon die ein oder andere, ob sie's dort nicht besser hat als alleine auf der Straße. Und die Nonne glaubte, es sei außerdem eine gute Vorkehrung gegen Eindringlinge.«

Marais fröstelte bei dem Gedanken, wie verzweifelt eine Frau sein musste, wenn sie die Schatten im Hades der Straße vorzog.

Die beiden Männer folgten der Magd die Treppe hinauf, einen Korridor entlang bis zu einer Tür. »Keiner vom Küchenpersonal darf weiter als bis zu dieser Tür gehen«, flüsterte die Magd, knickste und eilte wieder davon.

»Na dann, Marais!«, sagte de Sade und griff nach der Klinke, um die Tür zu öffnen.

Stattdessen knallte die ihm gegen den Kopf, weil ein nackter, gelockter Jüngling sie aufstieß und an ihnen vorüber die schmale Treppe hinabstürzte.

»Verdammt!«, rief de Sade und rieb sich seine Stirn.

Dem Jüngling folgte eine schwarzhaarige Frau, die ihm zornig nachrief: »Ich kriege dich, François, und ich schneide dir deinen stinkenden Schwanz ab!«

Sie hielt verdutzt inne, sobald sie die Männer sah, kam aber nicht auf den Gedanken, ihren offenen Seidenmantel zu schließen, unter dem sie so nackt war wie der Jüngling.

De Sade war immer noch mit der Beule auf seiner Stirn beschäftigt und Marais vom plötzlichen Auftauchen einer so gut wie nackten Frau pikiert und beschämt.

Die Fremde starrte Marais einen Moment an, dann wandte sie sich de Sade zu. »Oh!«, rief sie und versetzte ihm eine Ohrfeige.

Es war die unpersönlichste Ohrfeige, die Marais je gesehen hatte. Und de Sade unternahm nicht einmal den Versuch, ihr auszuweichen, obwohl ihm das möglich gewesen wäre.

»Isabelle wird Ihnen Ihr Herz herausreißen und den Hunden zum Fraß vorwerfen lassen!«, sagte die Frau, stemmte ihre Hände in die Hüften und musterte de Sade.

Wie konnte es auch anders sein, dachte Marais wütend. De Sade hatte zweifellos irgendeine alte Rechnung bei Isabelle de la Tour offen. Er war immerhin dreimal verhaftet und eingesperrt worden, weil er Huren misshandelt und in mindestens einem Fall sogar fast getötet hatte.

»Denise Malton!«, lächelte de Sade und deutete eine Verbeugung an. »Welche Freude, Sie wiederzusehen! Wie lange ist das her? Sechs Jahre? Mehr? Sie sind nur noch schöner geworden!«

Dann kamen weitere nackte und halb nackte Frauen aus dem Salon, um die beiden Eindringlinge zu mustern. Neugierig traten sie heran und bildeten einen lockeren Kreis um de Sade und jene Denise Malton. »Wer ist dieser stinkende Kerl, den sie da mit sich herumschleppt, de Sade?«, erkundigte sich Denise.

De Sade schüttelte den Kopf. »Kümmern Sie sich nicht um

ihn. Wir müssen in einer dringenden Angelegenheit mit Madame de la Tour sprechen! Sorgen Sie nur dafür, dass man uns unauffällig zu ihr führt.«

Denise klatschte in die Hände und wies auf ein dralles Mädchen. »Anne, zieh dir etwas über und begleite die Herren zu Madame!«

Anne knickste und führte de Sade und Marais durch den kleinen Salon in einen weiteren Korridor und durch das verwinkelte Haus, bis Marais jegliche Orientierung verloren hatte.

In einem der Zimmer, das sie dabei durchquerten, stach ein riesiger Schwarzer einem Mädchen die Tätowierung einer Rose in einem Kreis unter die Achsel.

Marais kannte diese Praxis. Isabelle de la Tour ließ ihre Mädchen mit ihrem Symbol zeichnen, genau wie man Galeerensträflinge oder Diebe brandmarkte. Kein anderer sollte sich je anmaßen, sie ihr abspenstig zu machen, und jeder ihrer Gäste sich jederzeit bewusst sein, mit wessen Untertanin er da zwischen den Laken spielte.

Dieses Haus war das reinste Labyrinth, dachte er, als Anne sie endlich in einen eleganten Salon führte und sie dort zu warten hieß.

»Dies sind Madames Privatgemächer«, verkündete sie. »Viel Glück, Messieurs. Man wird Sie holen kommen. Ich muss zurück. Übrigens – Ihr stinkt wirklich wie ein ganzer Misthaufen.«

Das gesagt, knickste sie und verschwand.

De Sade sank in einen Sessel, und Marais lehnte sich mit dem schmutzigen Mantel gegen die hell tapezierte Wand.

»Falls Sie glauben, ich verschwende auch nur einen einzigen Sou von Fouchés Geld, um Ihre Schulden bei Isabelle de la Tour zu begleichen, dann irren Sie sich, de Sade!«

Monsieur le Marquis ahmte verächtlich das Geräusch eines Furzes nach. »Ohne mich sind Sie hier völlig verloren, Marais. Das wissen Sie ganz genau. Dieser Gelehrte, von dem ich sprach, ist der Einzige in Paris, der uns Auskunft über dieses Kreuz zu geben vermag. Und allein Isabelle de la Tour kann uns zu ihm führen.«
Marais blieb es erspart, darauf einzugehen, denn eine Zofe bat sie in Isabelle de la Tours Schlafzimmer.

Madame war etwa vierzig Jahre alt. Im Gegensatz zur überwiegenden Mehrzahl der Frauen ihres Zeitalters verfügte sie jedoch über genügend Geld und Muße, um ihren Leib gesund und straff zu erhalten und wusste um die Geheimnisse der Verhütung. So war Isabelle de la Tour in einem Alter, in dem die meisten Frauen ihrer Zeit bereits von den Härten der täglichen Mühsal und des Kindergebärens verbraucht waren, erst auf dem eigentlichen Höhepunkt ihrer Anziehungskraft angelangt.

Isabelles Haar war blond, die Augen graugrün, und ihre Nase war kräftig und gerade. Im Profil erinnerte ihr Gesicht an das antiker griechischer Frauenstatuen.

Sie hatte ihr weißes Hauskleid nur nachlässig über der Brust geschlossen und lag, den Kopf in die Hand gestützt, in einem breiten Bett, das neben zwei Kommoden und einem Schreibtisch die einzige Einrichtung des Schlafzimmers bildete. Rechts von ihr saß eine Frau auf dem Bettrand. Sie war Ende zwanzig und trug ein rotes Samthalsband und ein blaues Kleid. Links neben Madame lag ein zweites, sehr junges Mädchen. Es hatte kurze Haare und trug ebenfalls ein rotes Samtband um den Hals. Außer dem Halsband trug sie nichts.

Isabelle de la Tour griff nach einer langen Tonpfeife und

winkte der Zofe, den Raum zu verlassen. Dann wandte sie sich an ihre blau gekleidete Gefährtin und flüsterte ihr etwas ins Ohr. Die Frau erhob sich und schlüpfte ebenfalls nach draußen.

»Ihr stinkt«. Das Mädchen neben Madame verzog das Gesicht und hielt sich missbilligend die Nase zu.

»Monique«, sagte Madame, »halt den Rand.«

Das Mädchen wurde rot.

Die junge Frau im blauen Kleid kehrte zurück und reichte Madame einen Zettel, den sie kurz betrachtete und dann an Monique weiterreichte. Monique las die Notiz, legte den Kopf zurück und flüsterte gleich darauf Madame etwas ins Ohr.

Zu de Sades Erstaunen wandte sich Isabelle de la Tour zuerst an Marais. »Sie sind Louis Marais. Ich habe von Ihrer Frau gehört. Es tut mir leid.«

Marais quittierte Madames Beileid mit einem steifen Nicken.

»Ich mache mit einem Mann Geschäfte, der behauptet, Ihr Vetter zu sein. Er besteht darauf, dass Sie ein Lügner und Betrüger seien. Angeblich ist nicht einmal Ihr Name echt«, sagte Madame und sah Marais dabei in die Augen.

Marais zögerte nicht, ihren Blick zu erwidern. Diesen Vorwurf hörte er nicht zum ersten Mal.

»Der Mann lügt.«

»So«, entgegnete Madame offenbar nicht überzeugt.

»Ich bin hier, um meine Schulden zu begleichen, Madame«, beeilte sich de Sade zu versichern.

Madame lachte. »Dazu kommen wir noch. Zunächst aber will ich wissen, weswegen Sie ausgerechnet zu mir gekommen sind, wo jeder Polizist und Denunziant von Paris seit Stunden hinter Ihnen her ist.«

Marais griff in seine Manteltasche und warf das seltsame Kreuz auf Madames Bett. »Unter anderem deswegen.«

Madame winkte Monique, es aufzuheben. Monique nahm es ungefähr so enthusiastisch wie einen verfaulten Fischkopf. Madame betrachtete es ausgiebig. »Unter die Hehler gegangen, Monsieur le Commissaire?«, fragte sie. »Sie wären nicht der erste Polizeiagent, der sich bei mir damit ein Zubrot zu verdienen versucht. Nur haben die kein Problem damit, durch die Vordertür zu kommen.«

»Nichts dergleichen, Madame. Dieses Kreuz fand sich im Leib eines ermordeten Mädchens. Es war brünett, etwa sechzehn Jahre alt und hatte ein Muttermal am Hals. Ich suche seinen Mörder.«

Madame beendete ihre Betrachtung des silbernen Kreuzes und bedeutete Monique, es Marais wieder zuzuwerfen.

»Man fand dieses Kreuz *in* ihrem Leib?«

Marais wies mit dem Zeigefinger auf seinen Hosenlatz. Madame verstand.

»Es gab zwölf weitere Morde. Immer waren es junge Mädchen. Jedes Mal wurden sie verstümmelt. Alle sind erdrosselt worden.«

Madame glaubte Marais offenbar kein Wort. »Davon hätte ich gehört.«

Marais erwiderte Madames herausfordernde Blicke. »Ich hätte auch davon hören müssen, aber erfuhr dennoch nichts davon.«

»Ich bin kein Polizeiagent, Marais. Ich bin Isabelle de la Tour, die Herrin der Nacht. Wovon ich nichts erfahre, das hat in aller Regel auch nie stattgefunden«, erklärte Madame.

Sowie de Sade dazu ansetzte, etwas zu sagen, fing er sich einen langen, giftigen Blick von ihr ein.

»Fouché würde mir so ziemlich jeden Wunsch erfüllen, falls ich Euch an ihn ausliefere«, sagte Madame. »Und bei der letzten Zählung gestern Morgen waren meine Mädchen noch vollständig. Alle Huren, alle Mägde, alle Köchinnen, Botinnen und Wäscherinnen – vollzählig und gesund und munter. Sollte dieser Mörder tatsächlich existieren, ist er klug genug, sich nicht an meinem Personal zu vergreifen. Ich habe daher keinen Grund, Euch bei Eurer Mörderjagd zu unterstützen. Zumal ich mir Ärger einhandeln würde, sollte Fouché je dahinterkommen, dass Sie bei mir untergekrochen sind.« Madame schaute zu de Sade. »Und Ihr Geld, Monsieur le Marquis, würde ich mir sowieso nehmen, bevor ich Sie beide zu einem handlichen Päckchen verschnüren und an den Polizeiminister zurückschicken lasse.«

Keiner der beiden Männer erwiderte zunächst etwas darauf. Schließlich brach Marais das Schweigen. »Ich bin nicht als Bittsteller hier, sondern um Sie zu warnen. Dieser Mörder ist real, und er ist gefährlich. Dass er sich bislang nicht an Euren Mädchen vergriffen hat, heißt nicht, dass es auch weiterhin dabei bleiben muss.«

Marais trat auf Madames herrschaftliches Bett zu. Madame drehte ihre Tonpfeife zwischen ihren Fingern. Scheinbar langweilte sie sich. »Jedes Opfer dieses Mörders hat kurz vor seinem Tod ein Kind zur Welt gebracht. Was mich umtreibt, mir den Schlaf raubt und Albträume beschert, ist die Frage, was aus diesen Kindern geworden ist. Das sind dreizehn hilflose Kinder, Madame, die womöglich längst schlimmer zugerichtet als ihre Mütter unter irgendeinem Misthaufen verrotten. Falls Euch die Mütter gleichgültig sind, dann helft mir wenigstens um dieser armen Kinder willen.«

Wie dumm, meinte de Sade, ausgerechnet vor Isabelle de la

Tour die Kinderkarte auszuspielen, denn nach allem, woran er sich erinnern konnte, verachtete sie Kinder ebenso sehr wie säumige Schuldner.

»Das ist ja widerlich ...«, platzte Monique heraus. Auch der Frau im blauen Kleid war anzusehen, wie sehr Marais' Worte sie entsetzt hatten.

»Eloquente Rede Monsieur le Commissaire. Aber ich habe ebenfalls die Kinder meiner Mädchen zählen lassen. Keines hat gefehlt. Und bei allem Respekt, was gehen mich Ihre Albträume an?«

Madame reichte ihre Tonpfeife an die Frau im blauen Kleid, die ein perlenbesticktes Ledersäckchen zur Hand nahm, die Pfeife daraus auffüllte und an einer Kerzenflamme ansteckte. Sie nahm zwei Züge, stieß blauen Rauch gegen die Decke des Himmelbetts und reichte sie an Madame zurück, die einige tiefe Züge daraus nahm.

De Sade fürchtete, dass Isabelle de la Tour sie tatsächlich hinauswerfen könnte. »Wir sind ja eigentlich auch nur hier, um Abbé Guillou zu sprechen. Falls uns jemand etwas über dieses Kreuz erzählen kann, dann er.«

Madame warf de Sade einen grimmigen Blick zu und paffte einige Rauchwölkchen in Richtung Decke.

»Ich könnte vielleicht so weit gehen, Ihnen eine Unterhaltung mit dem Abbé zu gestatten. Vorausgesetzt, dass er selbst bereit dazu ist. Man will sich ja nicht nachsagen lassen, ganz und gar herzlos zu sein. Obwohl ich mich andererseits schon frage, weshalb Sie darauf bestehen, mit ihm zu reden, wenn doch Monsieur de Sade hier selbst keinen ganz schlechten Experten für die eher unkonventionelle Verwendung von Kreuzen darstellt.«

»Es sind die Form und die symbolische Bedeutung des

Kreuzes, die mich interessieren. Nicht so sehr das, was man damit womöglich alles anstellen kann«, beeilte Marais sich zu versichern.

»Bliebe allerdings immer noch Euer Problem mit Fouché. Der würde sicher eine hübsche Belohnung für Euch springen lassen, wo man Euch doch wegen Mordes an Präfekt Beaume sucht. Und ich bezweifle, dass Ihr über genug Geld verfügt, um mich für meinen Verzicht auf Fouchés Belohnung zu kompensieren...«

Marais und de Sade tauschten überraschte Blicke aus. Sie hatten nicht damit gerechnet, dass Fouché so weit gehen würde, ihnen den Mord an Beaume unterschieben zu wollen.

»Das ist Unsinn, Madame. Und Sie wissen das auch!«

Madame legte ihre freie Hand besitzergreifend auf die Brüste des jungen Mädchens neben ihr. »Natürlich, Messieurs. Aber ich führe hier kein Hospiz, sondern ein Geschäft. Weshalb sollte ich auf Fouchés Belohnung verzichten, wenn ich persönlich gar keinen Ärger mit diesem ominösen Mörder habe?«

Marais warf seine Börse auf Madames Bett. »Wo das herkommt, gibt es noch viel mehr davon«, versicherte er.

Mit einer Geste befahl Madame der Frau, die Börse an sich zu nehmen. »Ich habe gehört, dass Ihr kein armer Mann seid, Marais«, sagte sie. »Aber Eure Börse deckt ja nicht einmal de Sades Schulden bei mir.«

De Sade fluchte still in sich hinein. Marais ließ sich jedoch nicht beirren.

»Da Sie schon keines meiner übrigen Argumente überzeugen konnte, Madame, dann bedenken Sie dies. Uns Unterschlupf zu gewähren, bedeutet eine Gelegenheit, dem alten Fuchs ein Schnippchen zu schlagen – eine Chance, die so schnell nicht wieder kommen wird.«

Madame lachte. »Touché, Monsieur!«, rief sie. Dann klatschte sie einige Male laut in die Hände, woraufhin eine ihrer Zofen in der Tür erschien. »Ein Zimmer. Außerdem ein heißes Bad und saubere Kleider für die Herren!«

Marais verbeugte sich erleichtert.

»Glauben Sie nur nicht, ich gewähre Ihnen wegen Ihres gelungenen Witzes Unterschlupf, Marais, oder weil ich etwa vor Mitleid mit diesen ermordeten Mädchen und deren Kindern zergehe. Ich tue es, weil ich sicher bin, dass Fouché Sie im Grunde gar nicht finden will. Dazu hat er seine Fahndung, nach allem, was man darüber hört, nämlich zu schlampig organisieren lassen.«

Da hatte sie zweifellos ins Schwarze getroffen, dachte de Sade. Dies bestätigte Marais' Vermutung vorhin in jener Dienstkalesche, dass Fouché ihre Flucht von vornherein gewünscht habe.

»Und unsere Unterredung mit dem Abbé Guillou, Madame?«, fragte Marais.

»Man wird Sie rufen lassen, Monsieur.«

De Sade und Marais machten sich bereit, der Zofe zu folgen.

»Wo wollen Sie hin, de Sade?« rief Madame scharf. »Sie hatten hoffentlich nicht etwa ernsthaft angenommen, dass die paar Louisdor für Eure Schulden und Euer beider Logis ausreichen, oder?«

De Sade spielte den Unerschütterlichen. »Gehen Sie nur, Marais. Madame und ich werden uns schon einig.«

Madame sandte ein Rauchwölkchen zur Decke hinauf.

»Tatsächlich, de Sade?«

Sie winkte der Zofe, Marais hinauszuführen.

Marais fand in seinem Zimmer ein Dienstmädchen und eine Badewanne vor. Die Wanne hatte Rollen statt Füße und war viel zu groß für ihn allein. Das Dienstmädchen knickste und wies stumm auf einige Kleider, die sie ordentlich auf einem Stuhl abgelegt hatte.

»Heißes Wasser ist unterwegs, Monsieur.«

Sie knickste erneut und ging.

Marais fand die Aussicht auf ein heißes Bad äußerst angenehm. Voller Vorfreude streifte er den Mantel ab und öffnete Weste und Hemd. Dass Fouché im Zusammenhang mit dem Mord an Beaume nach ihm fahnden ließ, schreckte ihn nicht. Das war nur ein politischer Schachzug des Ministers, um sich den Rücken freizuhalten, sollte man ihm unangenehme Fragen über Beaumes Tod und de Sades Flucht stellen.

Zwei kräftige Frauen in dunkler Dienstmädchentracht trugen einen Bottich dampfenden Wassers herein und schütteten es in die Wanne. Sie hatten den Raum kaum verlassen, da folgten ihnen zwei weitere mit einem neuen Bottich. Als sie einen dritten Bottich brachten, trat mit ihnen ein Mädchen in einem Kapuzenmantel ein. Ihre Augen leuchteten in einem eigenwilligen Grau, ihre Haare waren dunkelbraun gelockt.

Sie dirigierte die Mägde mit wenigen sparsamen Gesten. Zuletzt prüfte sie durch einen Griff in die Wanne die Temperatur des Wassers und entließ die Mädchen.

Marais dämmerte, weshalb sie den Raum nicht mit den Dienstmädchen zusammen verließ. Er erhob sich, um ihr anzudeuten, dass er es vorzog, allein zu bleiben. Doch das Mädchen ließ dies nicht gelten. Mit einer unerhört natürlichen Geste streifte sie ihren Mantel ab. Sie trug darunter lediglich bunt bestickte orientalische Pantoffeln mit aufgebogenen Spitzen.

Marais war allein in einem Raum mit einer anmutigen jungen Frau. Sein Körper reagierte entsprechend. Seine Erregung kam ihm wie ein Verrat an Nadine vor.

»Bitte, Mademoiselle, ich danke Ihnen – aber dafür habe ich keinen Bedarf...«

Marais war sicher, dass das Mädchen ihn verstanden haben musste. Trotzdem scherte sie sich nicht um seine Worte, sondern trat an ihn heran und legte ihre Hand sacht auf seinen Hosenschlitz.

Er wich von ihr zurück, doch das Mädchen schüttelte nur lächelnd den Kopf, streckte ihre Hände nach Marais' Hemd aus und streifte es ihm über den Kopf.

Sein Widerstand erlahmte. Er sehnte sich so sehr nach diesem Bad. Er schob die kundigen Hände des Mädchens beiseite und legte selbst den Rest seiner Kleider ab, wobei er sich so von dem Mädchen abwandte, dass sie seine sich regende Männlichkeit nicht sehen konnte. Auch die zwei Narben auf seinem Bauch und seiner Brust, wulstige rote Linien, die seinen Leib in absurden Winkeln durchschnitten, hätte er lieber vor ihr verborgen.

»Wenden Sie sich ab, Mademoiselle!«, befahl er und wartete so lange ab, bis das Mädchen sich der Wand zudrehte.

Marais beeilte sich in die Wanne zu steigen. Das heiße Wasser brannte auf seiner Haut und trieb ihm den Schweiß auf die Stirn. Er lehnte sich wohlig in der Wanne zurück. Wie gut das tat!

Das Mädchen tauchte prüfend ihre Hand ins Wasser, trat aus den Pantoffeln und glitt – trotz seiner Proteste – zu ihm in die Wanne.

Gott, dachte Marais unsicher und beschämt – was jetzt? Er hob die Arme und schüttelte heftig den Kopf. »Danke, Mademoiselle. Wirklich. Danke. Aber...«

Das Mädchen ignorierte seine Worte und begann, ihm mit einem weichen Schwamm Rücken und Nacken zu waschen.

Ab und an geriet ihre Hand dabei wie aus Versehen in die Nähe seiner anatomischen Mitte.

Ich kann das nicht, dachte er. Unmöglich. Nicht einfach so – nicht hier in diesem Hurenhaus.

Die rechte Hand des Mädchens strich über Marais' Nacken, ihre Lippen näherten sich seinem Gesicht, und in ihren Augen stand ein warmer Glanz, der ihn nur noch nervöser machte.

»Du meine Güte!«

Marais und das Mädchen fuhren erschrocken herum.

In der Tür stand de Sade, hatte die Hände in die Hüften gestemmt und funkelte sie beide zornig an.

»Marais, werfen Sie diese Hure hinaus! Wie lange ist Ihre Frau tot? Haben Sie denn gar keinen Anstand?«

De Sade nahm das Handtuch, das das Mädchen über einen Stuhl gelegt hatte. Er warf es in Richtung der Wanne. Das Mädchen blickte verwirrt von einem der Männer zum anderen.

Marais funkelte de Sade böse an. »Was erlaubt erlaubt Ihr Euch de Sade? Raus hier, und zwar sofort!«

De Sade unterzog zunächst die Brüste des Mädchens und dann Marais einer peinlich genauen Musterung. Dann rief er: »Husch, husch, meine Kleine!«

Das Mädchen warf Marais einen bedauernden Blick zu, machte eine abfällige Geste in de Sades Richtung und stieg schließlich aus der Wanne.

Marais fühlte sich ertappt. Außerdem schämte er sich. Wie konnte dieser alte Narr es wagen, ihn ausgerechnet hier und jetzt an Nadine zu erinnern?

Als das Mädchen an de Sade vorbeiging, gab er ihr einen Klaps aufs Hinterteil.

Das Mädchen versetzte ihm eine Ohrfeige. Und im Gegensatz zu der, die er vorhin von Denise Malton kassiert hatte, war diese durchaus sehr persönlich gemeint. Überrumpelt strich de Sade sich mit der Hand über die gerötete Wange.

Marais konnte gar nicht anders, als über seinen Anblick in helles Lachen auszubrechen. Das Mädchen warf ihm eine Kusshand zu und verließ den Raum.

»Blöde Hure«, zischte de Sade ihr hinterher und ließ sich auf einen Stuhl fallen. »Raus aus der Wanne, Marais! Es gibt Neuigkeiten.«

Während Marais tropfend nach dem Handtuch griff, spürte er de Sades anzügliche Blicke auf sein Gemächt gerichtet.

»Lassen Sie das gefälligst«, zischte er wütend und drehte sich um. Er streifte die einfachen Kleider über, die Madame ihm hatte bringen lassen. Dann baute er sich vor de Sade auf. »Nie wieder erwähnen Sie meine Frau, Sie Ungeheuer. Verstanden?«

De Sade rülpste. »Getroffene Hunde bellen. Und so laut, wie Sie bellen, habe ich ja wohl einen Volltreffer gelandet. Sie müssen mir helfen, Marais. Sie sind sogar dazu verpflichtet. Ohne Sie wäre es nämlich niemals so weit gekommen.«

Marais verstand kein Wort und trat voller Abscheu einige Schritte zurück, als de Sade plötzlich seine Hose fallen ließ.

»Lassen Sie das, Sie verdammter Sodomit ...«, rief er erschrocken.

De Sade ließ unbeirrt nach den Hosen auch die Unterhosen fallen.

Marais erblickte de Sades Gemächt.

Was er da sah, musste eine Täuschung sein.

Nachdem de Sade sicher sein durfte, dass Marais gesehen hatte, was es auf der Vorderseite zu sehen gab, drehte er sich sehr langsam einmal um sich selbst, um seinem Gefährten nun auch seine Rückseite zu präsentieren. Wieder starrte Marais eine geraume Weile stumm darauf.

Dann begann er zu lachen.

In anderen Städten hetzte man den säumigen Schuldnern einer Bordellkönigin Schläger auf den Hals. In Paris jedoch sorgte Madame de la Tour dafür, dass eines ihrer Mädchen sie an den intimsten Körperbereichen mit einer Paste einrieb, die Gemächt und Hintern innerhalb weniger Sekunden leuchtend blau verfärbte. Und so blau würden jene Bereiche auch so lange bleiben, bis der Schuldner entweder zahlte oder Madame de la Tour ein Einsehen mit ihm hatte und ihm ein Gegenmittel verabreichte, das die Verfärbung nach und nach verblassen ließ.

De Sades Hintern und Gemächt waren leuchtend blau eingefärbt.

»Ich weiß, dass sie das Mittel von der Nonne übernommen hat. Und die Nonne hat mir mal erzählt, dass sie selbst es einst von einer alten Zigeunerin kaufte. Sie müssen mir helfen, an das Gegenmittel zu kommen, Marais!«

Marais war nicht in der Lage, de Sade zu antworten ohne dabei nicht in immer neue Lachanfälle auszubrechen. »Ich wüsste beim besten Willen nicht, was ich für Euch tun könnte, de Sade!«

»Lassen Sie diese ewigen Lügen! Ich weiß, wer Sie wirklich sind, Marais! Ihr wahrer Name lautet Armand Cottard. Ihre Familie stellt die Clanchefs der Zigeuner in der Provence. Sie sind als Junge weggelaufen und bei einem Priester untergekommen, der ihnen seinen Namen gegeben hat.«

Marais war verblüfft. Das alte Ungeheuer kam der Wahrheit ungemütlich nahe. Woher konnte er das nur erfahren haben?

Natürlich von Madame de la Tour! Oder war es eines der Mädchen gewesen? Denise Malton vielleicht?

»Das sind dumme Gerüchte, de Sade. Ich weiß über die

Zigeuner nicht mehr als Sie. Aber so viel weiß ich – bei denen sind Salben und Wundermittel Weibersache. Kein Mann würde sich mit solchem Kram abgeben. Also selbst wenn Sie recht hätten – ich bin ein Mann und wüsste daher nichts von diesem Gegenmittel.«

De Sade glaubte Marais kein Wort. Allerdings hatte er wohl auch gar nicht mit einem leichten Sieg gerechnet. »Sie Feigling!«, rief er aus.

Marais begegnete de Sades flehenden Blicken weiterhin mit einem breiten Grinsen, obwohl ihn der Schrecken über de Sades Wissen um seine Herkunft nach wie vor in den Knochen steckte. »Außerdem, was wäre ich für ein Mann, wenn ich dafür sorgen würde, dass jeder Hochstapler und Hurenbock Madames Huren nach Herzenslust um ihr Honorar betrügen dürfte?«

De Sade zog beleidigt seine Hosen wieder hoch und verschloss sie. Dann ließ er sich in einen der beiden Sessel beim Kamin fallen.

»Übrigens, der Comte und Isabelle de la Tour müssen sich gekannt haben«, sagte er und berichtete, dass ihm auf dem Weg aus Madames Boudoir ein Gemälde aufgefallen sei, das von demselben Künstler stammen musste wie die Fresken im Stadtpalais des Comte. »Ich habe mich damals schon diskret nach diesem Künstler erkundigt, Marais. Kein Mensch scheint zu wissen, wer er ist. Er signiert seine Bilder nicht, und er stellt auch nicht in den Galerien aus. Nur eine Handvoll Leute in Paris wissen, wie man mit ihm in Kontakt tritt. Der Comte wusste es. Und Madame weiß es auch. Sonst hätte sie nicht eines seiner Gemälde in ihrem Hurenhaus hängen.«

Das waren wirklich Neuigkeiten, dachte Marais. »Sie vermuten doch nicht etwa, Madame und der Comte könnten irgendwie unter einer Decke gesteckt haben?«

De Sade zuckte die Achseln. »Der Comte hat diese Liste verfasst und ihr die Zeichnung von dem Kreuz beigelegt. Dasselbe Kreuz wie das, welches Sie diesem toten Mädchen aus ihrer Pflaume gezogen haben. Außerdem habe ich Madame kein Wort geglaubt, als sie darauf bestand, nie etwas von diesen Morden gehört zu haben. Der Comte war kein Mörder, und er hätte sich auch nicht mit einem Mann abgegeben, der so wahnsinnig ist, die Augen des Polizeipräfekten von Paris auf eine Tischplatte zu nageln. Aber diese Zeichnung von dem Kreuz und Madames Lügen über die Morde können kein Zufall gewesen sein. Noch dazu, wenn der Comte und Madame offensichtlich über bestimmte gemeinsame Verbindungen verfügt haben.«

Marais konnte sich Isabelle de la Tour trotzdem nicht als Komplizin oder Beschützerin eines wahnsinnigen Mörders vorstellen.

»Warten wir ab, was Ihr Experte zu sagen hat, de Sade«, schlug Marais vor. »Wer ist dieser Abbé Guillou eigentlich?«

»Ein entlaufener Priester«, antwortete de Sade. »Hervorgetan hat er sich mit einigen Traktaten und Monographien zur Kirchengeschichte, obwohl die bei seinen Oberen nicht gut ankamen. Irgendwann kroch er hier bei den Huren unter und dient ihnen seither als Beichtvater. Angeblich steht er nie vor Sonnenuntergang auf und geht selten vor Sonnenaufgang zu Bett. Ich bin sicher, dass er irgendwo hier im Chat Noir lebt.«

Draußen riefen die Kirchenglocken zur Mitternachtsmesse. De Sade fühlte sich so müde und zerschlagen wie lange nicht mehr. »Vielleicht war es ja ganz klug, dass Sie vorhin nichts von dieser mysteriösen Liste des Comte erwähnt haben, Marais. Madame muss eine ganze Menge der Leute darauf recht gut kennen ...«

De Sade zog sich eine Prise in die Nase und nieste. Dann erhob er sich, trat an den kleinen Sekretär, zog Papier, Tinte und Feder aus einem der Fächer hervor und schrieb zwölf Namen auf den Bogen. Er reichte Marais das Dokument. »Dies sind die Namen auf der Liste des Comte. Fällt Ihnen etwas daran auf?«

Marais las. Es handelte sich durchweg um die Namen einflussreicher, vermögender oder sogar berühmter Familien. Mehr konnte er darüber nicht sagen.

»Ah, Marais! Sie sind eben auch kein Genie!«, rief de Sade gehässig und wies mit der Feder auf einen Namen am Ende der Liste.

»Delaques?«, fragte Marais.

»Haben Sie diesen Namen schon mal gehört? Also ich nicht. Alle anderen zählen zur Elite Frankreichs. Aber dieser Monsieur Delaques könnte genauso ein ordinärer Rollkutscher sein.«

Marais begriff, worauf de Sade hinauswollte. »Hm, ganz zufällig wird sein Name nicht auf die Liste gekommen sein. Ein versteckter Hinweis? Kann es sein, dass Fouché wegen ihm so seltsam reagierte?«

»Sie sind der Polizist – finden Sie es heraus!«

»Später. Lassen Sie uns erst einmal hören, was Ihr Abbé Guillou zu sagen hat.«

Marais' Blicke blieben einen Moment am Fenster hängen, obwohl da nichts weiter zu sehen war als Finsternis. Dann faltete er die Liste sorgsam zusammen und steckte sie in seine Hosentasche.

De Sade legte sich eine weitere Prise auf und schnupfte sie.

»Hören Sie, Marais! Ich muss dieses Gegenmittel einfach haben. Constance war bei Verwandten auf dem Land. Sie soll nicht glauben, ich hätte in Paris nichts Eiligeres zu tun gehabt, als mich in Isabelle de la Tours Hurenhäusern herumzutreiben.«

Marais durchschaute de Sades Appell. Constance Quesnet und das alte Ungeheuer lebten schon seit so vielen Jahren in wilder Ehe zusammen, dass es selbst de Sade schwerfallen musste, sie noch mit irgendeiner seiner Eskapaden zu enttäuschen.

»Ich bin nicht der, für den Sie mich halten, de Sade. Ich kann Ihnen nicht helfen«, bedauerte Marais.

De Sade glaubte ihm selbstverständlich nicht und verfiel in trotziges Schweigen.

Ein Klopfen an der Tür.

»Herein!«, rief Marais.

Das Mädchen von vorhin. Sie trug wieder ihren langen blauen Mantel, der im Kerzenlicht fast schwarz schimmerte und unter dessen Kapuze ihr helles Gesicht mit den ausdrucksvollen Augen hervorleuchtete. Sie trat zum Schreibtisch, wo sie fordernd die Hand nach dem Tintenfass ausstreckte.

Überrascht von ihrer Geste, schob Marais es ihr zu. Das Mädchen warf hastig einige Zeilen auf ein Stück Papier: *Der Abbé empfängt Sie. Madame hat Neuigkeiten. Sie erwartet Sie beide noch vor der Morgenmesse. Ich führe Sie zu Abbé Guillou. Sie werden dabei Augenbinden tragen. Haben Sie keine Angst!*

Nachdem beide Männer die Nachricht gelesen hatten, griff das Mädchen erneut nach der Feder: *Ich werde Sie an die Hand nehmen. Ein fester Händedruck bedeutet: Tür voraus, warten Sie. Zweimal: Eine Treppe, folgen Sie mir vorsichtig. Dreimal: Warten Sie, sagen Sie kein Wort, verhalten Sie sich still und bewegen Sie sich nicht!*

De Sade schnaubte widerwillig. Das Mädchen zog zwei breite rote Bänder aus der Mantteltasche und reichte sie den Männern.

Ihr Blick blieb dabei eine Sekunde länger als nötig auf Marais hängen. Marais beantwortete ihn mit einem Lächeln.

»Geht es wieder durch den Hades?«, fragte er.

Das Mädchen schüttelte den Kopf und wies zur Zimmerdecke hinauf.

Es war Marais zwar unangenehm, mit verbundenen Augen durch Madame de la Tours Reich geführt zu werden. Trotzdem gestaltete sich ihr Gang erstaunlich einfach. Das stumme Mädchen dirigierte sie sicher durch Korridore und über Treppen. Marais hatte zunächst versucht, sich all ihre Schritte und Wendungen einzuprägen, gab es allerdings bald wieder auf. Wozu dieses Versteckspiel? War das eine Bedingung des Abbé Guillou, der nicht riskieren wollte, dass sein Unterschlupf auffindbar war?

Das stumme Mädchen drückte zweimal nacheinander fest Marais' Hand. Er blieb stehen und bedeutete de Sade, es ihm gleichzutun.

Die beiden Männer hielten den Atem an. Als sie hörten, dass das stumme Mädchen einige Male in einem ganz bestimmten Rhythmus an eine Tür klopfte, ahnten sie, dass sie ihr Ziel erreicht hatten.

Erst nachdem sie nacheinander über eine ziemlich hohe Schwelle getreten waren, erlaubte ihnen ihre Führerin, die Augenbinden abzulegen. Es roch nach Holzfeuer, Zwiebeln und Wein, außerdem nach etwas, das Marais erst nach einiger Zeit als feuchtes Papier identifizierte. Sobald seine Augenbinde fiel, wurde offensichtlich, dass es in dieser Klause tatsächlich Papier in sämtlichen denkbaren Formen gab.

Da waren Bücher über Bücher in Regalen und auf Stapeln überall dort, wo sich auch nur der geringste Raum dafür fand.

Zu den Büchern gesellten sich Notizen auf losen Blättern und Traktate, gedruckt auf dünnen, muffig feuchten Bögen. Außerdem lagen überall Kupferstiche herum. Außer zwei Stühlen und einem von Dokumenten und Büchern überladenen Schreibtisch fanden sich in dem niedrigen Raum mit den schrägen Wänden keine weiteren Möbel. In einem Kanonenofen brannte ein Feuer, und einige wenige Kerzen verbreiteten ein trübes Licht.

8

DAS HEILIGE UND DAS PROFANE

Der Abbé Guillou trug eine braune Kutte, die um die Taille mit einem hellen Strick zusammengehalten wurde. Ein breitkrempiger Hut beschattete sein Gesicht, sodass Marais nur Mund und Kinnpartie des ehemaligen Mönchs erkennen konnte. Auf der Krempe des Huts waren kleine Kerzen befestigt, deren herabtropfendes Wachs einen dichten Überzug auf der Hutkrempe gebildet hatte. Kinn und Mund des Abbé wirkten beinah kindlich. Das stumme Mädchen reichte ihm anmutig ihre Hand. Er hauchte einen Kuss darauf.

»Sie müssen Commissaire Marais sein«, sagte Guillou und streckte Marais seine Hand entgegen.

Marais schüttelte sie und deutete eine Verbeugung an. Der Handschlag des Abbé war fest und sicher.

Guillou wandte sich de Sade zu. »Monsieur le Marquis! Sie hier zu sehen, ist ein ganz besonders unerwartetes Vergnügen.« Guillous Stimme war tief und wie geschaffen für einen Prediger. Er schüttelte auch de Sades Hand und bot seinen Gästen Platz an.

De Sade ließ sich in den einzigen freien Sessel fallen. Während Marais und das stumme Mädchen sich noch unsicher nach freien Plätzen umblickten, wies der Abbé auf einen Stapel mächtiger Folianten. »Setzen Sie sich!«, drängte er Marais. »Nur zu! Die Bücher halten das schon aus.«

Marais ließ sich zögernd auf dem Bücherstapel nieder.

»Man hat mich bereits auf Ihren Besuch vorbereitet. Ich bin im Bilde darüber, weswegen Sie mich zu konsultieren wünschen.«

De Sade sah zuerst zu dem Abbé und dann zu dem stummen Mädchen, das sich neben die Tür gestellt und die Hände züchtig gefaltet hatte. Das alte Ungeheuer schien unschlüssig, ob es angebracht war, dass sie ihrem Gespräch beiwohnte. Da der Abbé jedoch keinen Anstoß an ihrer Anwesenheit nahm, zog Marais das Silberkreuz hervor und reichte es Guillou, wobei ihm die feingliedrigen, fast femininen Hände des Abbé auffielen.

»Das ist, weswegen Sie mich zu sprechen wünschten, Marais?«, fragte Guillou, griff aber dennoch nicht nach dem Kreuz.

»Ja. Kein Mensch scheint zu wissen, was es damit auf sich hat. An der Sorbonne sagte man mir, dass es wahrscheinlich Plunder sei. Nur bezweifle ich das. Ich habe dieses Kreuz ...«, Marais zögerte, »nun ja ... aus der Scheide eines ermordeten Mädchens gezogen. Was immer die Gelehrten an der Universität davon halten mögen, zumindest für dieses Mädchen oder ihren Mörder muss es eine Bedeutung gehabt haben.«

Der Abbé betrachtete das Kreuz eine Zeit lang. Noch immer nahm er es nicht die Hand.

»Wem haben Sie dieses Kreuz sonst noch gezeigt, Monsieur le Commissaire?«

»Mounasse, dem Polizeiarzt vom Hôtel-Dieu, dem Minister Fouché, einigen meiner Polizeiagenten, und selbstverständlich hat Monsieur le Marquis es gesehen«, antwortete Marais und unterschlug dabei absichtlich, dass auch Madame Gevrol das Kreuz zu Gesicht bekommen hatte.

»Dieses Kreuz, Monsieur, ist einige hundert Jahre alt«, erklärte Guillou. »Seine Form geht auf eine verfemte Sekte von Kopten zurück, die einst in der Levante, in Nordägypten und im Heiligen Land lebten. Soweit ich weiß, existieren in ganz Europa derzeit nur elf weitere davon. Sie alle befinden sich in Frankreich. Genauer gesagt hier in Paris. Ihre Besitzer zählen zur Elite des Reiches.«

Marais und de Sade tauschten einen langen, bedeutungsvollen Blick. Monsieur le Marquis nahm eine Prise und zog sie in die Nase. »Sie behaupten, es existierten exakt zwölf dieser Kreuze, Abbé? Wie können Sie dies so genau wissen?«

Guillou griff nach einer Flasche Wein, entkorkte sie und trank daraus, ohne auf die Idee zu kommen, seinen Gästen davon anzubieten. Marais beobachtete, wie sich der Ausdruck in de Sades Augen veränderte, sobald der Abbé sich in einer eigenwillig koketten Geste die vollen roten Lippen leckte, und sodann die Flasche wieder zwischen Büchern und Papieren abstellte.

»Bevor ich Ihnen mehr zu diesen Kreuzen und ihrer Symbolik erzähle, gestatten Sie mir eine Frage. Was macht einen Mann zum Monarchen? Wirklich nur seine Zugehörigkeit zum Hochadel und die Herkunft aus einem königlichen Geschlecht?«

Marais und de Sade sahen sich fragend an. Keiner der beiden begriff, worauf Guillou hinauswollte.

»Die Loyalität der Noblen und seiner Untertanen, würde ich meinen«, schlug Marais vor.

Guillou quittierte Marais' Antwort mit einem schalen Lächeln. »Stellt sich die Frage, wie erlangt jener Monarch die Loyalität seiner Untertanen und der Noblen, Monsieur le Commissaire.«

Das war nicht zu bestreiten, aber Marais war nicht hierhergekommen, um sich auf staatsphilosophische Dispute einzulassen. »Worauf wollen Sie hinaus, Abbé?«

»Sie werden den Zusammenhang bald genug begreifen. Doch zunächst sagen Sie mir: Was, abgesehen von seiner Herkunft, macht einen sterblichen Mann zu einem Monarchen?«

De Sade warf Guillou einen gelangweilten Blick zu, nieste herzhaft und wischte sich Nase und Mund mit dem Rockärmel ab.

»Also gut, Messieurs, ich werde es Ihnen sagen«, gab Guillou sich geschlagen. »Nicht seine Herkunft, nicht sein Charakter und nicht einmal seine Zugehörigkeit zum Hochadel oder einem Geschlecht früherer Monarchen, sondern einzig und allein Gott kann einen Mann zu einem Monarchen machen. Erst wenn er vom höchsten Vertreter der Heiligen Mutter Kirche im Angesicht der Noblen des Reiches gesalbt und somit über alle anderen lebenden Männer und Frauen weit erhoben wurde, hat dieser Mann das Recht erworben, sich als Monarch zu bezeichnen und Herrschaft über ein Volk auszuüben. Nur weil er vor Gott dem Herrn gesalbt worden war, konnte ein Louis Quatorze reinen Gewissens von sich behaupten: Der Staat bin ich! Denn dieser Staat bestand ja aus viel mehr als nur seinen weltlichen Gütern. Er bestand auch in einem Pakt zwischen Louis und Gott als dem einzig wahren Herrn der Welt.«

De Sade konnte ein Gähnen kaum unterdrücken. Marais versuchte immer noch vergeblich, eine Verbindung zwischen dem silbernen Kreuz und Guillous Vortrag herzustellen. Nur das stumme Mädchen lauschte konzentriert.

»Sie wirken gelangweilt, Monsieur le Marquis«, sagte Guillou und fuhr sich erneut mit der Zungenspitze über die vollen Lippen.

»Ich warte auf die Pointe Ihres Vortrags, Abbé.«

»Gewiss«, entgegnete Guillou. Er wandte sich den Büchern auf seinem Arbeitstisch zu und zog ein dünnes, ledergebundenes Bändchen hervor. »Die Pointe, Monsieur, besteht in diesem Buch!«, verkündete er und warf es de Sade in den Schoß.

Der Marquis blickte missfällig auf dessen Titel herab. »Bei diesem Buch handelt es sich um den Scherz eines gelangweilten Gelehrten. Noch dazu ist der schon seit fast dreißig Jahren tot«, erklärte er amüsiert.

Weder Marais noch das stumme Mädchen begriffen, wovon de Sade und Guillou sprachen. Das Mädchen beugte sich herab, nahm den schmalen Band von de Sades Schoß und las dessen Titel. Obwohl der in Latein verfasst war, schien sie keinerlei Schwierigkeit damit zu haben, ihn zu übersetzen. Denn sie nickte und reichte das Büchlein an Monsieur le Commissaire weiter.

Marais' Lateinkenntnisse konnten sich zwar nicht mit denen eines de Sade messen, dennoch gelang es ihm den Titel des Bandes zu entziffern: *Belehrungen zur Anrufung und Anbetung des Großen Tieres in Form einer blasphemischen Messe, auch Magische oder Schwarze Messe genannt.*

Marais stieß einen überraschten Pfiff aus, als er den Namen des Verfassers las, denn dabei handelte es sich um de Sades Onkel, den ehemaligen Generalvikar von Narbonne.

»Sie beschuldigen de Sades Onkel, ein Satanist gewesen zu sein, Abbé?«, fragte Marais und erntete dafür einen langen, bösen Blick von Monsieur le Marquis.

»Beschuldigen? Niemand musste diesen Mann *beschuldigen,* ein Satansanhänger zu sein«, beteuerte Guillou.

De Sade war das offenbar zu viel. »Keiner hat dieses Buch je ernst genommen. Selbst die Kardinäle und der Erzbischof von Reims amüsierten sich darüber«, zischte er aufgebracht.

Guillou warf den Kopf zurück und ließ ein hohes Lachen ertönen.

»Wen wollen Sie hier eigentlich hinters Licht führen, Marquis? Sie lassen in Ihren Romanen ja sogar Papst Pius IV. eine Schwarze Messe lesen!«

De Sade warf dem Abbé einen hochmütigen Blick zu. »Welche Romane, Guillou? Ich habe bekanntlich nur Theaterstücke und Reiseberichte verfasst.«

Marais konnte sich ein Grinsen nicht verkneifen. Sogar das stumme Mädchen lachte über de Sades offensichtliche Lüge. Wie vehement Monsieur le Marquis die Urheberschaft seiner berüchtigten Bücher auch in der Öffentlichkeit bestreiten mochte, hier in dieser Kammer wusste man zu gut darüber Bescheid, wer der Verfasser der skandalösesten Romane ihres Zeitalters war.

»Dennoch sehe ich immer noch nicht, was das Buch von de Sades Onkel mit Ihrem Vortrag über Monarchie zu tun haben soll, oder mit dem Mörder«, sagte Marais.

»Genau!«, stimmte de Sade ihm zu.

Der Abbé griff nach seinem Kerzenhut und rückte ihn gerade, bevor er seine Hände wieder in die Kuttenärmel schob.

»Ist es wahr, dass all diese ermordeten Mädchen kurz vor ihrem Tod ein Kind zur Welt gebracht haben, Monsieur le Commissaire? Und darf ich davon ausgehen, dass diese Kinder nach ihrer Geburt spurlos verschwanden?«

Marais, der die Hoffnung auf eine vernünftige Auskunft des Abbé beinah schon aufgegeben hatte, horchte auf. »Das entspricht den Tatsachen.«

Guillou wies auf das dünne Buch in Marais' Hand. »Darin

wird nicht bloß detailliert die Liturgie einer Schwarzen Messe beschrieben. Es werden auch die Rezepte genannt, nach denen man jene unheiligen Hostien zu fertigen hat, mit deren Hilfe während der Schwarzen Messen der Pakt zwischen dem Großen Tier und seinen Anhängern besiegelt wird. Hauptbestandteil jener abscheulichen Hostien ist das Blut Neugeborener.«

Marais erbleichte, und das stumme Mädchen riss erschrocken die Augen auf.

De Sade schlug heftig auf die Armlehne seines Sessels, sprang auf und trat mit einem bedrohlichen Funkeln in den Augen zu dem Abbé.

»Danken Sie Ihrem verlogenen Gott dafür, dass ich Geistliche nicht für satisfaktionsfähig erachte, Guillou!« rief de Sade außer sich.

Marais blickte de Sade kalt an und befahl: »Setzen Sie sich!«

De Sade fuhr überrascht zu ihm herum. Es war ihm offenbar unbegreiflich, wie Marais auch nur eine Minute länger hier verweilen konnte. »Das kann nicht Ihr Ernst sein, Marais! Dieser Mann ist ein Aufschneider und Lügner. Ich bedaure, dass ich Sie hierhergeführt habe, Marais. Hier ist für uns nichts zu holen.«

Marais deutete stumm auf de Sades verlassenen Sessel. Die Blicke der beiden trafen sich. Kopfschüttelnd nahm Monsieur le Marquis wieder Platz.

Marais wandte sich an den Abbé. »Es braucht schon ein bisschen mehr als eine Rezeptur in einem obskuren Buch, um mich davon zu überzeugen, dass das Motiv für die dreizehn Morde darin bestand, die Kinder der Opfer zu Hostien zu verkochen«, sagte er.

»Seit Hunderten von Jahren verzeichnen die Chroniken um den Zeitpunkt der Krönung eines neuen französischen Monarchen eine ähnliche Mordserie wie diejenige, welche Sie zu mir führt, Monsieur le Commissaire. Dieses silberne Kreuz in Ihrer Tasche ist das Symbol und Erkennungszeichen der geheimen Bruderschaft, die diese Morde begeht, um aus dem Blut der Opfer unheilige Hostien herzustellen. Beginnend mit Ludwig XI., der im Jahre des Herrn 1470 zum König von Frankreich gesalbt wurde, hat sich jeder französische Monarch im Anschluss an seine Krönungsmesse in der Kathedrale von Reims in einer verborgenen Kapelle irgendwo hier in Paris unter strengster Geheimhaltung einer zweiten Krönungszeremonie unterzogen, während der er von jenen unheiligen Bluthostien des Ordens kostete und zum Wohle Frankreichs seine Seele Satan verschrieb.«

Wieder legte sich eine unbehagliche Stille über die Kammer.

Das stumme Mädchen griff unwillkürlich nach Marais' Schulter. Monsieur le Commissaire schien dies jedoch gar nicht wahrgenommen zu haben, so sehr war er mit dem beschäftigt, was Guillou eben gesagt hatte.

De Sade stöhne entrüstet auf. »Und *ich* bin derjenige, den man in eine Irrenanstalt gesperrt hat!«

Allerdings hätte nicht einmal de Sade behaupten können, dass mordende Satanisten ausgerechnet in Paris ein völlig unbekanntes Phänomen darstellten. Bereits im Jahr 1678 hatten die abscheuliche Madame Monvoisin und ihr Zirkel von Giftmischerinnen und abtrünnigen Priestern dunklen Schatten über die Hauptstadt der Welt geworfen. Dem Zirkel gehörte sogar Madame de Montespan, die Mätresse des Sonnenkönigs, an. Einige der Details, die trotz allergrößter Geheimhaltung über die Machenschaften ihres geheimen Satanistenzirkels schließlich an die Öffentlichkeit durchsickerten, waren tatsächlich furchterregend. Ganz besonders brisant war jedoch

Madame Monvoisins Aussage, sie habe unter Führung der abgefallenen Priester Davot und Mariette regelmäßig Schwarze Messen abgehalten, während derer man Hostien verzehrt habe, hergestellt aus dem Blut geopferter Kleinkinder.

»Frankreichs Könige Satanisten? Unsinn!«, rief de Sade. »Unsinn!«, wiederholte er noch einmal, als die von ihm erhoffte Reaktion unter den Übrigen ausblieb.

»Mumpitz, Monsieur le Marquis?«, gab Guillou endlich giftig zurück und strich wieder mit der Zunge über seine Lippen. »Gefährlich wäre nur, anzunehmen, dass La Voisin und ihre Truppe gieriger Dilettanten wirklich die Einzigen gewesen sind, die bei Hofe dem Großen Tier dienten!«

Guillou deutete auf Marais. »Jenes Kreuz, das Monsieur le Commissaire umherzeigte, ist das Symbol einer uralten geheimen Ordensbruderschaft von Satansjüngern. Es ist ein sehr mächtiger Orden, denn seit über vierhundert Jahren bestimmen seine Mitglieder über die Geschicke Frankreichs. Solche Kreuze werden den Spitzen dieses Ordens als Erkennungszeichen zugeteilt.«

De Sade nieste und spuckte angewidert auf den Boden. »Mein Vater und mein Onkel zählten zu den höchsten Würdenträgern im Land. Ich bin ein Marquis von Frankreich, wurde bei Hofe erzogen und war Hauptmann im Dienste des Königs. Ich hätte von diesem Orden hören müssen.«

»Und das haben Sie nicht?«, fragte Guillou.

»Nein, nie. Seltsam, nicht wahr?«, gab de Sade giftig zurück.

Guillou nickte, wobei Tropfen heißen Wachses auf Bücher, Dokumente und seine Kutte fielen.

»Offen gestanden, wundert mich das nicht, Monsieur le Marquis. Schließlich zählt Ihre Familie zum Hochadel, und der Orden setzt sich traditionell aus kleinen Noblen zusammen. Jenen Geschlechtern, die zwar das Rückgrat von Frankreichs Armee und Verwaltung bilden, aber deren Interessen niemand bei Hofe je vertreten hätte. Niemand, außer dem geheimen Orden selbstverständlich. Sein Name lautet ›Ordre du Saint Sang du Christ‹. Übrigens ein Meisterstück an blasphemischer Ironie. Die Ordensmeister und Komture dieses Satanistenordens bezeichnen sich selbst als ›Les Signets‹ – die Zeichen.«

Guillous Blick konzentrierte sich auf Marais, der gebannt den Ausführungen gelauscht hatte und ganz offensichtlich darauf brannte, noch mehr zu hören.

»Der Ordre du Saint Sang du Christ existiert seit 1122. Der erste französische Monarch, der sich in die Hand des Ordens begab, muss Ludwig XI. gewesen sein, der seinen Pakt mit dem Orden um das Jahr 1470 einging. Seither gab es mit Ausnahme von Caterina dé Médici und Ludwig XVI. keinen französischen Herrscher, der sich nach seiner Salbung in Reims nicht auch in einem geheimen Ritual, abgehalten von den abgefallenen Priestern des Ordens, des Segens des Großen Tieres versichert hätte. Und zwar bis zum heutigen Tag.«

Guillou ließ seine Worte bedeutungsschwanger im Raum stehen und nahm erneut einen Schluck Wein.

De Sade lächelte böse. »Bravo, Monsieur! Bravo! Sie sollten Schauerromane schreiben! Sie wären im Handumdrehen ein gemachter Mann.«

Er blickte selbstsicher zu Marais und dem stummen Mädchen, als wäre er überzeugt, dass die ihm spätestens jetzt darin zustimmen mussten, dass der Abbé ein Spinner war.

Marais wich seinem Blick jedoch aus.

»Marais, nun sagen Sie endlich was zu diesem blühenden Unsinn! Herrgott!«, rief de Sade betroffen.

Marais zuckte mit den Achseln und sah weiterhin zu Guillou. »Weshalb um alles in der Welt sollte einer dieser Monarchen einen Pakt mit dem Teufel eingehen? Nennen Sie mir zumindest eine plausible Begründung dafür.«
De Sade starrte Marais an, als sei der gerade verrückt geworden.

Guillou ergriff einen Packen Papiere, bedeckt von einer winzigen, akkuraten Handschrift. »Nur recht und billig, dass Sie Beweise für meine Behauptungen fordern, Monsieur.« Der Abbé leckte sich wieder über seine Lippen. »Toulouse, Anno Domini 1235, vier junge Frauen kehren von einem Ausflug in ein nahes Kloster nicht mehr nach Hause zurück. Zwei von ihnen waren zum Zeitpunkt ihres Verschwindens schwanger. Vier Wochen später findet man ihre Leichen in einem Misthaufen nahe dem Rathaus. Der Medikus Viral untersucht die Leichen und schwört, man habe den beiden Schwangeren die Bäuche aufgeschnitten, um deren Leibesfrucht habhaft zu werden. Den Frauen wurden die Kehlen durchgeschnitten. Und zwar, wie Viral schreibt, auf dieselbe Art und Weise wie die Metzger es bei Schweinen tun, um deren Blut in einem Bottich aufzufangen. Der Fall erregte größtes Aufsehen. Man sprach von Dämonen, doch es wurde niemals ein Schuldiger gefasst. Aber gewisse Andeutungen in dem Chronikeintrag, der davon berichtete, weisen darauf hin, dass dies nicht das erste Verbrechen dieser Art in Toulouse war. Angeblich hatten sich hundertfünfzig Jahre zuvor bereits drei verstümmelte Frauenleichen und die Reste zweier offenbar gebratener Kleinkinder auf einem Misthaufen gefunden. Dann, im Herbst 1302, stieß man in Marseille im Lagerhaus eines Handelsherren auf den Kopf eines Neugeborenen. Er lag in einem Bottich, war sauber vom Körper abgetrennt worden und schwamm in einer Flüssigkeit, die sich als eine Art starker Alkohol erwies. Nachdem der Bottich ausgeleert worden war, tauchten darin außerdem vier abgetrennte Hände und Füße auf. Hände und Füße von erwachsenen Frauen. Ein Aufschrei der Empörung ging durch die Stadt. Man entsandte eine Untersuchungskommission aus Paris, die jedoch zu keinem Ergebnis gelangte. Der Fall verlief im Sande. In Lyon, zwanzig Jahre früher, war es eine sechzehnjährige Braut, Anne Demaine, deren Torso in einem frisch ausgehobenen Grab auf dem Armenfriedhof gefunden wurde. Anne war acht Tage zuvor verschwunden und trug zum Zeitpunkt ihres Verschwindens ein Kind unter dem Herzen. Identifiziert wurde sie anhand eines Muttermals auf ihrem Bauch. Mit ihr verschwanden eine ihrer Zofen und zwei Mägde. Die Frauen waren etwa im selben Alter, und es gab Gerüchte, dass auch eine der Mägde zum Zeitpunkt ihres Verschwindens schwanger gewesen sein soll. In Metz«, fuhr Guillou fort, »fand man im Frühjahr 1473 bei einem Weinhändler die Köpfe und Füße zweier Jungen in einem Korb. Der arme Händler beteuerte zwar seine Unschuld, wurde aber dennoch hingerichtet, bevor irgendwer auf die Idee kam diesen Fall mit denen in Toulouse, Lyon und in Marseille in Verbindung zu bringen. Auch in Reims tauchten 1621 acht Leichen von Neugeborenen und jungen Frauen auf, die ähnlich zugerichtet waren.«

Guillou verstummte und wedelte mit den Packen Papieren in seiner Hand vor Marais und de Sades Gesichtern herum. »Ähnlich furchtbare Morde verzeichnen die Chroniken zwischen 1102 und 1778 in Lille, Nantes, Dijon, Orléans, Carcassonne, Antibes und Bordeaux. Macht man sich die Mühe, diese Vorfälle miteinander in Zusammenhang zu bringen und chronologisch zu ordnen, so ergibt sich ein schreckliches Muster.

Etwa alle zwanzig bis dreißig Jahre scheint eine Stadt in Frankreich von einer Mordserie heimgesucht worden zu sein, die jedes Mal nicht weniger als vier und nicht mehr als acht Opfer forderte, von denen es sich bei mindestens zweien um Neugeborene handelte, während die übrigen entweder die Mütter dieser Kinder waren, deren Verwandte oder mit den Familien der Opfer verbundene Dienstboten.«

Guillou legte den Packen Papiere wieder auf seinem Tisch ab.

Marais war dem Vortrag Guillous gebannt gefolgt. Das stumme Mädchen schien erschüttert zu sein. De Sade hingegen blickte gelangweilt vor sich hin.

»All diese Morde fanden in der Provinz statt«, sagte Marais. »Was ist mit der Hauptstadt? Wie viele dieser Mordserien finden sich in den Chroniken von Paris?«

Guillou nickte Marais auf seine Frage hin anerkennend zu. »Bislang keine einzige.«

Marais war überrascht. »Ausgerechnet Paris soll völlig verschont geblieben sein? Wie ist das zu erklären?«

Guillou faltete seine feminin feingliedrigen Finger über dem Bauch. »Ich habe dafür keine Erklärung. Ich weiß nur, dass ohne Ausnahme die Morde mehr oder weniger exakt mit der Krönung eines neuen Königs von Frankreich zusammenfielen. Das kann kein Zufall sein.«

Marais dachte über Guillous Behauptungen nach. Sie klangen einerseits völlig absurd, waren aber in sich nicht grundsätzlich widersprüchlich. Und immerhin boten sie eine Erklärung für jene dreizehn getöteten Mütter und deren verschwundene Kinder. Vorausgesetzt natürlich, dass dieser geheime Orden wirklich existierte und die französischen Monarchen tatsächlich einen Grund gehabt hatten, ihre Seelen zum Wohle Frankreichs dem Satan zu verschreiben. Was wiederum eine außerordentlich bizarre Vorstellung war.

»Möglich, dass bestimmte Ähnlichkeiten zwischen meiner Mordserie in Paris und jenen zu verzeichnen sind, von denen Sie berichteten«, sagte Marais. »Aber was mir partout nicht in den Kopf will, Monsieur Abbé – weshalb um alles in der Welt sollte sich ein französischer Monarch auf einen Pakt mit diesem Orden einlassen? Was hätte er damit zu gewinnen?«

Guillou schüttelte überlegen lächelnd den Kopf.

»Die Loyalität der kleinen Noblen, Monsieur le Commissaire, hat er dabei zu gewinnen. Die Rückendeckung der Chevaliers, der Vicomtes und der Niederen, über die sich die Geschichtsbücher zwar ausschweigen, die aber in Wahrheit von jeher das Rückgrat des Reiches bildeten und mit denen seit den Merowingern noch jeder Herrscher in Frankreich seinen ganz eigenen Kampf auszufechten hatte. Auch wenn natürlich nur ein geringer Teil von ihnen Mitglied im Ordre du Saint Sang du Christ war, sprach dieser dennoch bei Hofe für die Belange der kleinen Noblen und genoss unter ihnen bis zum Ende des Ancien Régime und sogar darüber hinaus hohes Ansehen. Und, Monsieur le Commissaire, falls Sie sich fragen sollten, wie ein solch unerhörter Vorgang über all die Jahrhunderte mehr oder weniger geheim bleiben konnte, so betrachten Sie es einmal von dieser Seite: Je absurder und monströser der fragliche Vorgang ist, umso unglaubwürdiger wird er allen Uneingeweihten erscheinen, nicht wahr? Ich jedenfalls bezweifle, dass irgendwer ein einziges Wort davon geglaubt hätte, wenn etwas darüber in den Journalen aufgetaucht wäre. Und zwar selbst noch nach den Skandalen um La Voisin und Madame de Montespan. Oder dann erst recht nicht.«

In die plötzliche Stille hinein ahmte de Sade das Geräusch

eines langen Furzes nach, ließ den Kopf auf die Brust sinken und einige Male ein übertriebenes Schnarchen hören. Das stumme Mädchen lächelte fröhlich darüber, doch Marais stieß de Sade pikiert an. »Lassen Sie das!«

De Sade zuckte die Achseln und tat, als wüsste er gar nicht, was Marais von ihm wollte.

Entnervt wandte sich Marais wieder Guillou zu. »Lassen Sie mich rekapitulieren, Monsieur: Seit über fünfhundert Jahren kommt es in verschiedenen Städten Frankreichs in regelmäßigen Abständen zu furchtbaren Mordserien an jungen Frauen und Neugeborenen. Soweit korrekt?«

Guillou nickte Marais salbungsvoll zu.

»Gut. Nun denn: Das Motiv für diese Morde ist, jene Bluthostien herzustellen, wie sie laut dieser Anleitung von de Sades Onkel für den Vollzug des Sakraments während einer Schwarzen Messe benötig werden. Immer noch richtig, Monsieur Abbé?«

Guillou nickte erneut.

»Diese Mordserien traten in regelmäßigen Abständen auf, die – zumindest soweit Sie sagen können – mit der Salbung eines neuen Monarchen zusammenfielen, wobei zu beachten ist, dass bislang keine dieser Mordserien hier in Paris zu verzeichnen gewesen ist. Ihrer Hypothese zufolge sind die Verantwortlichen für jene Morde in einem uralten Ritterorden namens Ordre du Saint Sang du Christ zu suchen. Ein Orden, der offenbar über die Jahrhunderte hinweg immer wieder die Interessen der kleinen Noblen gegenüber der Krone vertreten hat und dessen Komture und Ordensmeister sich selbst Les Signets nennen und als Erkennungszeichen ein silbernes Kreuz bei sich führen, wie ich es im Leib dieses ermordeten Mädchens am Seine-Quai fand. Immer noch korrekt, Monsieur Abbé?«

Marais warf Guillou einen herausfordernden Blick zu.
»Nach wie vor, mein lieber Monsieur le Commissaire. Jedenfalls soweit ich das beurteilen kann, ohne je persönlich einen Blick auf dieses tote Mädchen geworfen zu haben«, sagte Guillou und begegnete gelassen Marais' Blicken.

»Wenn es Kreuzfahrer waren, die Ihrer Meinung zufolge den Orden gründeten und später Frankreichs Monarchen in ihren Bann zogen, dann muss man annehmen, dass die Mitgliedschaft im Orden vom Vater auf den Sohn oder vom Onkel auf den Neffen weitergegeben wurde?«

Guillou wiegte den Kopf, wobei wieder Wachs von seinem Hut herabtropfte. »Hier sind wir auf Spekulationen angewiesen. Der Orden wäre nicht der einzige, der so verfährt. Nur logisch anzunehmen, dass die Mitgliedschaft darin erblich ist.«

Guillou griff in die Tasche seiner Mönchskutte und förderte zwei eng beschriebene Papiere daraus hervor. »Das habe ich für Sie vorbereitet. Eine Aufstellung aller Belege für jene fraglichen Mordserien, auf die ich während meiner Recherchen stieß. Senden Sie einige gute Männer aus, diese Angaben nachzuprüfen. Sie werden feststellen, dass alle korrekt sind.«

Guillou reichte Marais die Papiere, der sie auffaltete und einen Blick darauf warf und sie dann in seinen Mantel steckte. Er fühlte sich trotz seiner äußerlichen Gelassenheit ziemlich unbehaglich. Da war zum einen Guillous seltsames Aussehen und zum anderen dessen fragwürdiger Ruf. Darüber hinaus natürlich auch de Sades Verachtung für den Abbé. Marais konnte nachvollziehen, dass de Sade enttäuscht und verärgert über die Anschuldigungen war, die Guillou gegen seinen Onkel vorgebracht hatte. Trotzdem hatte der Abbé im Rahmen seiner merkwürdigen Erzählung bislang noch jedes einzelne Mosaiksteinchen zu erklären vermocht und an seinen Platz stellen können. So unglaubwürdig seine Geschichte auch klang, Polizisten lernten, dass das Leben voller Absurditäten war. Daher war es ja womöglich tatsächlich gerade das Monströse an Guillous Behauptungen, was ihnen eine gewisse Glaubwürdigkeit verlieh.

De Sade, der bisher trotzig schweigend Guillous Ausführung gefolgt war, blickte arrogant lächelnd Marais an und erhob sich, um Guillous Bücherklause zu verlassen.»Kommen Sie schon, Marais. Wir haben bereits zu viel von diesem Unsinn gehört!«

Marais schien jedoch gar nicht daran zu denken, ihren Besuch bei Guillou beenden zu wollen. Und erst recht nicht auf de Sades Geste hin.

»Setzen Sie sich, de Sade«, sagte er daher kalt.»Sie haben mich schließlich hierhergeführt.«

Als de Sade sich dennoch nicht rührte, legte das stumme Mädchen ihm die Hand auf die Schulter und brachte ihn nach einem langen, ruhigen Blick und einem unmerklichen Lächeln dazu, endlich wieder Platz zu nehmen.

Nachdem er wie zuvor trotzig die Arme auf der Brust verschränkt hatte, warf er Marais einen angewiderten Blick zu. Dann hob er den breiten Hintern um ein paar Zentimeter vom Sessel und ließ einen langen, nach faulem Ei stinkenden Furz ab.

Guillou, der alldem schweigend zugesehen hatte, hielt sich angeekelt die Nase zu.

»Wie viele dieser Signets gab es eigentlich, Abbé?«, erkundigte sich Marais.

»Ursprünglich sechs. Sie verstehen schon – die Zahl des

Großen Tieres, das Symbol der Apokalypse etcetera. Aber Henri IV. erweiterte ihre Zahl im Zuge seiner Reformen auf zwölf.«

»Das«, sagte Marais leise, »habe ich mir gedacht.«

Zwölf Namen enthielt de Sades Liste. Zwölf Namen von sehr wichtigen Männern bei Hofe und in der Armee. Wenigstens die Hälfte von ihnen zählte bereits unter dem Ancien Régime zu den Spitzen der Gesellschaft. Und es war diese Namensliste gewesen, die dem sonst so kaltschnäuzigen Polizeiminister die Blässe ins Gesicht getrieben hatte.

Der Abbé schien in dem Wust seiner Papiere etwas zu suchen. Endlich fand er es und wandte sich wieder Marais zu.

»Ich hatte ohnehin vorgehabt, Ihnen das hier zu geben, Monsieur le Commissaire«.

Er reichte Marais ein mit Siegeln und Bändern versehenes Dokument, das unter der Inschrift *Ordre du Saint Sang du Christ* und einer Zeichnung jenes seltsamen Kreuzes zwölf Namen verzeichnete.

»Das ist eine Aufstellung der Komture und Ordensmeister des Ordre du Saint Sang du Christ aus dem Jahr 1735. Die Schreckensherrschaft der Jakobiner löschte vier der darauf aufgeführten Geschlechter vollständig aus. Acht davon existieren noch. Und Sie werden feststellen, dass sie sich bis heute immer noch eines gewissen Einflusses bei Hofe erfreuen.«

Sogar dem beleidigten Monsieur le Marquis ging auf, dass es schon ein seltsamer Zufall sein musste, dass sieben der Namen auf Guillous Liste auch auf der des Comte standen. Als Erster Ordensmeister war dort der Name eines gewissen Chevalier de Breguet vermerkt. Darunter fand sich de Sades Onkel und unter diesem der Name von Alexandre-Angélique de Talleyrand-Périgord, dem Erzbischof von Reims und späteren Bischof von

Paris, ein Onkel und Ziehvater von Napoléons Außenminister Charles-Maurice Talleyrand. Und der war der Intimfeind des Polizeiministers.

Herrgott, dachte Marais, während sich sogleich eine Gedankenkette in ihm aufzubauen begann.

Guillou behauptete, dass die Mitgliedschaft im Orden erblich sei. Madame Gevrol hatte ausgesagt, dass ihr Mann sie zu einem von Talleyrands Bällen ausgeführt habe, wo er womöglich mit dem Mörder zusammentraf.

Fouché hatte Marais aus Brest zurückbeordert, um diesen Fall zu übernehmen. Zu dem Zeitpunkt musste der Minister längst um dessen monströse Dimensionen gewusst haben.

Fouché rechnete von Anfang an fest damit, dass Marais im Verlauf seiner Ermittlungen über den Namen seines Erzfeindes Talleyrand stolpern musste.

Monsieur le Ministre benutzte offensichtlich Marais, um sich seines Erzfeindes Talleyrand zu entledigen. Doch Talleyrand war nach dem Kaiser der mächtigste Mann des Reiches.

»Alles Mist!«, rief de Sade, sprang aus seinem Sessel auf und marschierte nach draußen.

Als Marais Anstalten machte, ihn zurückzuholen, hielt das stumme Mädchen ihn zurück und wies auf Guillou, der offensichtlich gar nicht so traurig darüber war, dass de Sade sie verlassen hatte.

»Da ist noch etwas, das Sie wissen sollten, Monsieur le Commissaire«, sagte Guillou und blickte dabei zur Tür, als fürchtete er, der Marquis könnte sie belauschen. »Und es trifft sich gut, dass unser Freund der Marquis gerade den Raum verlassen hat. Denn jener Chevalier de Breguet, der in dem Dokument als einer der Ordensmeister aufgeführt ist, erbte später den Titel seines Großvaters. Aus dem Chevalier wurde so der

Comte Solignac d'Orsey und dessen Nachfahre wiederum war über Jahre hinweg der Liebhaber und Lehrmeister unseres Marquis. Ich glaube nicht an Zufälle. Schon gar nicht in einer Affäre wie dieser.«

Marais begriff. Aber er zweifelte dennoch. »Es war immerhin de Sade, der darauf bestand, ein Treffen mit Ihnen zu arrangieren. Welchen Grund sollte er dazu gehabt haben?«

Guillou schaute Marais an, als hätte der sich eben einen Scherz erlaubt. »Selbstverständlich um herauszufinden, wie viel ich weiß, und um Sie daraufhin nur umso raffinierter in die Irre führen zu können«.

Das, dachte Marais, war nun ein Argument, wie man es von Scharlatanen und Verschwörungsanhängern allzu oft zu hören bekam.

»Lassen wir de Sade beiseite, Abbé. Ich frage mich: Falls dieser Orden existiert, dann muss es einen Ort geben, an dem er zusammenkommt.«

Guillou schob seine Hände in die weiten Kuttenärmel. Es schien, als passte ihm Marais' Frage nicht. »Eine geheime Kapelle. Irgendwo hier in Paris. Sie muss uralt sein und ist daran zu erkennen, dass irgendwo an ihrer Fassade eine Darstellung jenes seltsamen Kreuzes eingeschlagen ist, das Sie aus dem Leib dieses unglückseligen Mädchens gezogen haben. Mehr habe ich darüber nie erfahren.«

Nachdem de Sade die Tür von Guillous Bücherklause hinter sich zugeschlagen hatte, brauchte er einige Zeit, bis sich seine Augen an die Dunkelheit gewöhnten. Dann erkannte er, dass er sich auf einem weitläufigen Dachboden befand. Der riesige Raum war mit den seltsamsten Dingen und Gerätschaften vollgestellt. Gleich rechts von ihm stand ein prächtiger goldener

Thron, auf dessen Sitzfläche aus purpurrotem Samt zwei Ratten kopulierten. Sie huschten quiekend davon, sowie sie ihren Zuschauer bemerkten.

Für de Sade war es gar keine Frage, was Guillou und Marais hinter der geschlossenen Tür besprachen. Daher verzichtete er auch darauf zu lauschen.

Denn zweifellos würde Guillou Marais einzureden versuchen, dass de Sade als nächster männlicher Nachfahre seines Onkels ebenfalls Mitglied im Ordre du Saint Sang du Christ sei.

De Sade fragte sich, ob Marais den dummen Ammenmärchen des Abbé Glauben schenken würde. Er wäre schließlich nicht der Erste, der auf solchen Blödsinn hereinfiel. Je öfter die Führer dieses Landes die Vernunft beschworen, umso mehr schienen seine Bewohner von den wildesten Verschwörungstheorien überzeugt zu sein. Ein ausgesprochenes Genie war Marais nun auch nicht. Was man schließlich schon daran ersah, dass er sich immer noch an seinen Gott klammerte wie ein eingeschüchtertes Kind an den Rockschoß seiner Mutter.

De Sade legte sich eine Prise auf, schnupfte sie und stapfte dann mit gesenktem Kopf vor dem goldenen Thron hin und her.

Verdammt, dachte er, was, wenn doch etwas an Guillous Schauermärchen dran war? Der Comte Solignac d'Orsey war ein Chevalier de Breguet gewesen, bevor er seinen Titel erbte. All die Jahre, seit sie getrennte Wege gegangen waren, hatte de Sade hinter seinem persönlichen Unglück immer wieder die geheime Hand des Comte zu spüren gemeint. Womöglich hatte er sich ja Illusionen über die eigentliche Natur dieses Zirkels von Gefolgsleuten des Comte gemacht? Was, wenn der Zirkel von Libertins in Wahrheit der Organisation entsprach, die Guillou als Ordre du Saint Sang du Christ kannte? Und Talleyrand, den Guillou für einen der Oberen des Ordens hielt, war der Intimfeind Fouchés …

De Sade wusste aus sicherer Quelle, dass Talleyrand ein eifriger Leser seiner Bücher war, und in jüngeren Jahren hatte er sich auch eines gewissen Rufes als Libertin erfreut.

All die Morde, von denen der Abbé sprach, passten zudem zu den Gerüchten, die seit alters her in Paris über Satanisten und Schwarze Messen kursierten. Noch besser passten sie zu dem, was sein Onkel in seinem schmalen Büchlein beschrieb, und zu dem Ruf, den Talleyrand unter seinen Feinden genoss, die in ihm seit Langem den Leibhaftigen sahen.

»Scheißdreck«, flüsterte de Sade in die düstere Stille des Dachbodens hinein und erschrak über das Rascheln vieler kleiner Pfoten, welches sein Fluchen auslöste.

Andererseits, versuchte er seine Gedanken wieder aufzunehmen, musste das natürlich auch heißen, dass Fouché auf der richtigen Seite der Moral zu finden war und Talleyrand auf der verkehrten. Was zwar für Talleyrand auch nicht das erste Mal wäre, aber immerhin für Fouché eine Premiere darstellte. Konnte die Geschichte Guillous also doch wahr sein?

Nein, entschied de Sade. Der Abbé wäre außerdem nicht der erste Gelehrte, der seinen eigenen Phantasien auf den Leim ging.

De Sade war noch ganz in Gedanken versunken, als ihn der plötzliche Lichtschein einer Lampe blendete. Marais und das Mädchen.

»Ich bin hier Marais«, rief de Sade.

Marais kniff die Augen zusammen und trat zögernd näher.

»Sie sehen so blass um die Nase aus, Marais. Haben die

Schauermärchen des Abbé sie so sehr mitgenommen?«, fragte de Sade.

Marais zuckte die Achseln und lächelte de Sade lausbübisch an.

»Gehen wir, de Sade?«

De Sade zuckte die Achseln und wies auf das stumme Mädchen. »Ohne Augenbinde?«

Das stumme Mädchen nickte. Dann machte sie ihnen Zeichen, ihr zu folgen.

Sie war keine fünf Schritte gegangen, als Marais de Sade aufhielt um ihm etwas zuzuflüstern: »Ist es Ihnen aufgefallen, de Sade? Sie ist das einzige von Madames Mädchen, das keines dieser Zeichen auf der Haut trägt. Seltsam, nicht wahr?«

De Sade nickte.

Jetzt gegen Morgen verlor die nächtliche Pracht des Chat Noir ihren Zauber. Burschen eilten mit Holz und Kohlen durch die Flure, Mägde und Wäscherinnen hielten einen Schwatz über Körben voller schmutziger Laken. Ab und zu schritt eine von Madames Frauen in Korsett und Pantöffelchen auf dem Weg zu ihrem Bett gähnend durch die Flure, Korridore und Treppenhäuser.

Von einem Raum im Obergeschoß her ertönte Kinderlachen. Irgendwo dort musste sich die Schule der Kurtisanen befinden, in der die Herrinnen der Nacht traditionell dem Nachwuchs ihrer Mädchen neben einer ordentlichen Allgemeinbildung auch die Grundbegriffe ihres Handwerks beibrachten. Viele später hochgerühmte Kurtisanen waren angeblich aus ihr hervorgegangen.

Schließlich bedeutete ihnen das stumme Mädchen, stehen zu

bleiben. Um eine scharfe Biegung des Flures herum trat ihnen Madames Freundin mit dem blauen Kleid entgegen, die offenbar bereits ungeduldig auf sie gewartet hatte.

»Madame erwartet Sie schon. Es gibt Neuigkeiten für Sie – gute Neuigkeiten«, sagte die Frau in Blau, bevor sie dem stummen Mädchen zunickte und ihnen allen voran den Flur entlang auf Madames Räume zueilte.

Isabelle de la Tour lag auf ihrem Bett. Sie trug ein rotes Kleid und schwarze Lackpantoffeln. Neben ihr stand ein Tablett mit Suppe und einem Brotkorb. Unter dem Tablett schaute ein Journal hervor. Dass Madame es um diese Zeit bereits erhalten hatte, deutete darauf hin, dass sie von den Druckereien früher als gewöhnliche Leute beliefert wurde. Bei Madame weilte Denise Malton, die sich jedoch sogleich erhob und den Raum verließ. Das stumme Mädchen nahm ihren Platz auf der Bettkante ein und begann mit Madame einen Dialog in Zeichensprache zu führen.

De Sade und Marais warteten derweil geduldig vor Madames Bett. Sobald Madame und das stumme Mädchen ihre Unterhaltung beendet hatten, nahm das Mädchen sich ein Stück frisches Brot aus Madames Korb, nickte Madame zu und trat kauend auf Marais zu, dem sie zum Abschied lächelnd über die Wange strich.

De Sade betrachtete es mit Missfallen.

»Fraternisieren mit dem Feind, Marais?«, flüsterte er.

Das stumme Mädchen streckte de Sade die Zunge heraus und verschwand.

Madame hob den Deckel von ihrer Suppentasse an, sah hinein und schloss ihn wieder, obwohl die Suppe durchaus appetitlich duftete.

»Wie ich höre, war Ihr Besuch bei Guillou nur zum Teil befriedigend, Messieurs?«

Keiner antwortete ihr. Offensichtlich hatte das stumme Mädchen seiner Herrin gerade mithilfe von Zeichensprache berichtet, was in Guillous Bücherklause vorgefallen und besprochen worden war.

»Dazu später mehr, Messieurs. Zuvor habe ich Neuigkeiten für Sie. Ich habe eigene Erkundigungen eingezogen, was dieses seltsame Kreuz betrifft. Dabei bin ich auf eine interessante Geschichte gestoßen. Ein Spielsalonbesitzer namens Sistaine berichtete sie mir.«

Marais ahnte, welche Sorte Geschäfte Sistaine und Madame verband, sie stellte ihm Huren zur Verfügung, er beglückte mit ihnen die Gäste seines Spielsalons und beteiligte Madame und deren Huren an seinen Gewinnen.

»Sistaine erzählte mir von einem Mann und einer Frau, die vor etwa einem Jahr in seinem Etablissement zu Gast waren. Beide waren maskiert. Sie boten ihm eine Menge Geld für eines der beiden Appartements, die er über seinem Spielsalon eingerichtet hat. Ungewöhnlich daran war, dass sie es gleich für eine ganze Woche mieten wollten und außerdem alle Schlüssel zum Haus verlangten, um kommen und gehen zu können, wie es ihnen passte. Sistaine hielt sie angeblich für ein Liebespaar, das einen Ort suchte, an dem es ungestört seiner Leidenschaft frönen konnte. Beide trugen teure Kleider. Das fiel Sistaine auf. Das Pärchen zahlte sofort und reichlich. Sie verzichteten übrigens auch auf die Dienste von Sistaines Personal. Nach jener Woche hinterließen sie das Appartement sauber und intakt.

Monsieur Sistaine zierte sich ein wenig, mit der Beschreibung des Pärchens herauszurücken, letztlich sah er jedoch ein, dass es lukrativer für ihn war, mich nicht zu verärgern, und fügte hinzu, dass der Mann groß gewesen sei, schlank und vor allem einen seiner Füße etwas nachzog. Beide sind ihm stets maskiert entgegengetreten, weshalb er zu ihren Gesichtern nichts sagen konnte. Die Frau, meint Sistaine, sei gut gewachsen, hielt sich aufrecht und trug so gut wie keinen Schmuck. Ihr Begleiter hingegen war angeblich damit behangen wie ein Fregattenmast, trug an jedem Finger einen Ring und – was Sie besonders interessieren sollte – um den Hals ein Kreuz, das auffallend demjenigen ähnelte, welches Sie, Monsieur le Commissaire, aus der Möse des ermordeten Mädchens gezogen haben.«

Marais spürte, wie sich ein Kribbeln von Jagdfieber in ihm regte. Er war überzeugt, dass Madame ihnen gerade eine Beschreibung des Mörders geliefert hatte. Wenngleich er nicht verstand, was diese Frau bei ihm zu suchen gehabt haben mochte. Dennoch passte alles zusammen. Die Schlüssel zum ganzen Haus, die Appartements und die Masken, auf denen das Pärchen bestand. Wenn er es sich recht überlegte, war es sogar ein überaus kluger Zug von dem Hinkefuß, zusammen mit dieser Frau zu erscheinen und so den Eindruck zu erwecken, es handele sich bei ihnen um ein heimliches Pärchen auf der Suche nach einem diskreten Liebesnest.

Seine Gedanken rasten. Fragen tauchten auf, mögliche Verbindungen wurden bedacht, geprüft und wieder verworfen. Was genau geschah in jenen Appartements? Wurde den Mordopfern da ihre Henkersmahlzeit serviert, bevor man sie dort auch umbrachte und zerstückelte? Was geschah anschließend mit ihnen? Brachten die Opfer etwa doch ihre Kinder zu dem Rendezvous mit? Aber weshalb sollten sie das tun? Etwa weil der Mörder darauf bestand?

Marais musste dieses Appartement sehen. Ein Mord hinterließ stets Spuren. Man musste nur wissen, wo und wie man danach zu suchen hatte.

»Bemerkenswert, was Sistaine da berichtet, nicht?«, fragte Isabelle de la Tour. »Es geht tatsächlich irgendetwas in Paris vor, von dem ich bislang nichts wusste. Meine Mädchen haben Gerüchte gehört. Auch über die verschwundenen Kinder. Bloß hat bislang keine von ihnen etwas darauf gegeben.« Madame knabberte eine Weile an einem Stück Brot. »Da wir nun wissen, was Guillou von alldem hält, Monsieur le Commissaire, glauben Sie ihm?«

»Seine Thesen liefern immerhin Erklärungen«, antwortete Marais vorsichtig.

Madame gönnte ihm ein zustimmendes Nicken.

»Sistaines Angaben passen also zu dem, was Sie bereits herausgefunden haben?«

Marais hatte auf diese Frage gewartet. »So in etwa.«

Madame nahm erneut ein Stück Brot, um daran zu knabbern. »Ich werde Leute aussenden, um weitere Recherchen anzustellen. Sistaine sagte, er habe gehört, dass es noch andere gab, bei denen dieses seltsame Paar anklopfte. Womöglich erinnert sich ja wer an sie.«

De Sade langte über das Bett zu dem Frühstückstablett. Ein Fehler – Madame schlug ihm mit einem Löffel auf die Finger.

»Au!«, rief de Sade und fuhr zurück.

»Mein Frühstück!«, sagte Madame. »Nicht mein Fehler, wenn Sie sich hier keins leisten können. In Saint-Michel hätten Sie bestimmt längst eines gekriegt.«

De Sade schüttelte die getroffene Hand.

»Was halten Sie davon, dass Sistaine behauptete, der Fremde trug eines dieser Kreuze, Marais?«

De Sade verzog abfällig den Mund. »Monsieur le Commissaire hat dem guten Abbé vorhin jedenfalls fasziniert gelauscht. Vielleicht waren es am Ende ja doch die Satanisten, wer weiß?«
Marais zuckte die Achseln. »Ich weiß, dass Sie nicht daran glauben, de Sade. Nur sind Sie selbst bisher mit keiner besseren Theorie gekommen.«
Madame legte ihr Brot weg. »Das ist Paris, de Sade – Sie müssten eigentlich am allerbesten wissen, dass hier grundsätzlich alles möglich ist. Weshalb dann nicht auch ein geheimer Satanistenorden?«
De Sade blies die Wangen auf und warf theatralisch die Arme in die Höhe. »Manchmal glaube ich wirklich, dass ich es in Charenton mit vernünftigeren Menschen zu tun hatte als hier in Paris! Erst fällt Marais auf diesen Aufschneider herein und jetzt noch Sie? Erschreckend!«
Madame lachte und klopfte ausgelassen auf ihr Bett. »Nun tun Sie doch nicht so beleidigt, de Sade. Ich sage ja gar nicht, dass Guillou gleich in allem recht haben muss.«
Madame teilte ein Stück Brot versonnen in zwei Hälften. Dann warf sie die beiden Stücke nacheinander auf de Sade und Marais. De Sade steckte seins ohne zu zögern in den Mund.
»Ich bin die Herrin der Nacht. Es gibt nicht viel in Paris, was mir verborgen bleibt, Messieurs. Ich weiß, dass de Sade dem Polizeiminister gestern eine Liste übergab, die ihn furchtbar aufregte. Dass Sie beide die Stirn haben, mich um Asyl zu bitten, ohne diesen Zwischenfall mit einem einzigen Wort zu erwähnen, war mehr als unhöflich. Eigentlich sollte ich Ihr Kopfgeld kassieren und Sie beide in irgendeiner Zelle verrotten lassen.« Trotz ihrer Drohung wirkte Madame eher amüsiert als zornig. »Ich will diese Liste sehen, und zwar sofort!«
De Sade warf Marais einen Blick zu. Monsieur le Commis-

saire zuckte die Achseln. So übergab de Sade ihr die Kopie der Liste, die er vor ihrem Besuch bei Guillou angefertigt hatte.

Madame nahm sie mit spitzen Fingern entgegen. »Wie sind Sie in den Besitz dieser Liste gekommen? Und lügen Sie mich nicht an. Dafür bin ich heute nicht in Stimmung.«

De Sade war es nicht ganz recht, darüber reden zu müssen. Aber angesichts ihrer Situation blieb ihm nichts anderes übrig. »Sie kannten den Comte. Der Mann war immer für eine Überraschung gut«, begann er und schilderte Madame dann, wie er zu der Liste gekommen war. »Er hasste mich noch übers Grab hinaus. Bis Marais nach mir schickte, um mich zu Beaumes Leiche zu holen, hatte ich nicht viel auf diese Liste gegeben. Doch dann bestellte Fouché uns beide in sein Kabinett ein ... Nun ja, alles Weitere wissen Sie bereits.«

De Sade stibitzte ein Stück Brot aus Madames Korb und kam diesmal ungestraft damit davon.

Madame faltete de Sades Kopie der Liste zusammen und schob sie unter ihr Kopfkissen.

»Ich nehme an, Sie geben nichts auf Hofklatsch, Marais?«, erkundigte sich Madame.

Marais zuckte die Achseln. »Hatte nie einen Sinn dafür, fürchte ich.«

»Schade«, entgegnete Madame. »Sonst wüssten Sie, dass Fouché gestern Abend, gleich nachdem er Ihnen befahl, Monsieur le Marquis nach Saint-Michel zu überführen, den Kaiser aufsuchte, um ihm die Namen auf de Sades Liste als Mitglieder einer royalistischen Verschwörung zu präsentieren. Der Kaiser ist kein Feigling. Dennoch hört man, er habe die Hosen voll gehabt, als er Fouchés Liste sah. Nur eine Stunde nachdem Fouché gegangen war, ließ er Talleyrand in den Palast beordern. Und wieder muss es hoch hergegangen sein. Talleyrand soll außer sich gewesen sein, als er den Palast zwei Stunden darauf wieder verließ.«

Erneut griff de Sade nach dem Brotkorb und fing sich diesmal einen weiteren Schlag mit dem Löffel ein. Er biss die Zähne zusammen.

Madame nahm ein neues Stück Brot und knabberte eine Weile wortlos daran herum. »Das können wirklich unmöglich nur Zufälle sein. Aber Guillous These ist trotzdem verflixt unglaubwürdig«, sagte sie ungewohnt kleinlaut.

»Also was dann, wenn es nicht die Satanisten sind?«, fragte Marais scheinheilig.

»Womöglich hat Fouché ja ausnahmsweise doch Recht, und diese royalistische Verschwörung existiert…«, warf de Sade ein, verschränkte die Arme vor der Brust und blickte von Madame zu Marais und dann zu Madame zurück.

»Es muss einen Weg geben, all das in einen plausiblen Zusammenhang zu bringen«, meinte Madame. »Es sollte doch festzustellen sein, was de Sades Liste nun tatsächlich mit diesen Morden zu tun hat. Das würde immerhin ein Licht auf die bemerkenswerte Angst des Kaisers werfen. Das werden miese Zeiten, falls Napoléon beschließt, eine Hetzjagd auf Royalisten zu veranstalten. Und zwar für alle von uns. Also – denken Sie gefälligst nach, Sie Genies!«

De Sade warf weiter begierige Blicke auf Madames Frühstückstablett.

Marais hatte eine Idee. Er berichtete Madame und de Sade von Gevrols Zeichnung, wie er dazu gekommen war und wie fest er davon überzeugt war, dass Gevrol mit den Porträts irgendeinen Hinweis auf die Morde zu geben versuchte. »Gevrol und der Mörder kannten sich. Und als Zeichner war Gevrol unerhört begabt. Außerdem ist Madame Gevrol alles andere als eine naive kleine Hausfrau. Sie dachte sich etwas dabei, als sie mir diese Zeichnung zukommen ließ. Finden wir also eine Möglichkeit zu überprüfen, ob Gevrols Zeichnung Leute zeigt, deren Namen auch auf de Sades Liste stehen, hätten wir immerhin eine Verbindung zwischen Gevrol, dem Mörder und der Liste des Comte hergestellt.«

»Bravo!«, gratulierte Madame trocken.

Aber natürlich gab es da mindestens einen Haken. »Unglücklicherweise hat Gevrol auf seiner Zeichnung nur Frauen dargestellt. Es könnte also schwierig sein, deren Gesichter den Namen auf de Sades Liste zuzuordnen. Zumal ich überdies gar nicht wüsste, wie ich dazu kommen sollte, einen Blick auf diese Frauen zu werfen, solange Fouché weiterhin nach uns suchen lässt.«

Allgemeines Schweigen.

»Das ist immer noch verflucht dünn, Marais«, bemerkte de Sade schließlich.

Madame sah das offenbar etwas anders. »Talleyrand gibt heute Nacht einen Ball Und weil er nun einmal Talleyrand ist, werden sich fast alle Leute auf dieser Liste dort versammeln. Natürlich samt ihrer Gemahlinnen.« Sie lehnte sich entspannt in ihrem Bett zurück. »Vielleicht sollten Sie sich unter die Gäste mischen.«

»Es fällt schwer, mir vorzustellen, dass man über unseren Besuch auf Talleyrands Ball besonders erfreut wäre«, gab Marais zu bedenken. »Erst recht nicht, solange man weiterhin pro forma nach uns fahnden lässt.«

De Sade lächelte herablassend. »*Sie* würde Talleyrand ohnehin nicht empfangen. Sie sind bloß ein kleiner Beamter. Mich hingegen schon. Ich bin ein Marquis von Frankreich. Mich zu empfangen, gebietet ihm schon die Höflichkeit.«

Madame nickte. »Ich garantiere Ihnen sicheres Geleit bis zu Talleyrands Palais. Finden Sie von dort aus einen Weg in den Ballsaal, und ich sorge dafür, dass wenigstens eine der Ehefrauen jener Männer von de Sades Liste mit Ihnen reden wird. Und an Fouché verraten wird Talleyrand Sie schon nicht. Der ist immerhin sein Erzfeind.«

De Sade wies auf Marais' Rock und Hosen. »Ich fürchte, Madame, so würde ihn Talleyrand nicht einmal dann empfangen, wenn ich darauf insistiere.«

Angesichts von de Sades eigenem schäbigem Rock und seinen durchlöcherten Stiefeln konnte Marais gar nicht anders, als geringschätzig zu lachen.

»Was ist, falls Talleyrand doch hinter diesen Morden steckt? Dann begeben wir uns auf seinem Ball in Teufels Küche«, gab Marais zu bedenken.

Madame lächelte. »Es sind ja schließlich nicht die Gewissheiten, die uns wirklich glücklich machen, oder?«

Diesmal rang sich selbst de Sade ein schiefes Lächeln ab. Gleich darauf griff er sich ein Stück Brot aus Madames Korb, steckte es in den Mund. »Sie wissen, dass Guillou ein Spinner ist. Bloß ist er eben kein harmloser Spinner. Je mehr Zeit wir an seinen Blödsinn verschwenden, umso sicherer begeben wir uns in seine Hände und fügen uns in seinen Plan!«

»Guillou hat einen Plan, de Sade? Das wäre mir allerdings neu«, meinte Marais.

De Sade tippte Marais mit dem Zeigefinger gegen die Brust. »Jeder hat heutzutage einen Plan, Marais. Nichts in dieser verdammten Affäre geschieht wirklich zufällig!« Das gesagt, verließ de Sade mit einem bösen Grunzen und hängenden Armen das Zimmer.

Marais fragte sich, ob dem alten Ungeheuer ebenso wie ihm

aufgefallen war, dass Talleyrand ausgesprochen gut auf Sistaines Beschreibung des maskierten Mannes passte. Er war ein eitler Mann, groß und schlank. Aber vor allem zog er seinen rechten Fuß nach.

VIERTES BUCH

Im Angesicht meiner Feinde

9
DURCH EINEN SPIEGEL IN EINEM DUNKLEN WORT

In ihrem Boudoir fanden de Sade und Marais kein Frühstück vor. »Nun sehen Sie sich das an, Marais! Diese kleine blonde Nutte! Was denkt sie sich? Dass wir am Bettzipfel saugen, um satt zu werden?«, schimpfte de Sade. »Vielleicht rückt Fouché ja sogar noch für unsere Leichen eine Belohnung heraus, die Madame kassieren kann, nachdem sie uns hat verhungern lassen!«

»Für das Vergnügen, Sie tot zu sehen, de Sade, zahlt der Minister bestimmt das Doppelte. Ich an seiner Stelle würde es jedenfalls tun.«

Marais streifte seine Stiefel ab, nahm sie in die Hand und machte sich nach nebenan ins Schlafzimmer auf.

Er schlug die Tür hinter sich zu und schloss sie ab, stellte seine Stiefel neben das breite Bett, warf den Mantel ab und setzte sich.

In der Innentasche seines Mantels steckte Guillous Exemplar des Buches von de Sades Onkel, das der Abbé ihm überlassen hatte. Es würde ein hartes Stück Arbeit für ihn werden, das elegante Latein des Generalvikars zu übersetzen. Dennoch führte kein Weg daran vorbei.

Im Gegensatz zu de Sade fürchtete Marais, dass Guillous Thesen mehr Wahrheit als Wahn enthielten. Selbst wenn diese Wahrheit höchst verstörend war.

Dem Abbé zufolge war de Sades Onkel ein Signet gewesen und daher verpflichtet, Stillschweigen über alle Belange des Ordens zu wahren. Andererseits schien der Generalvikar auffallende charakterliche Ähnlichkeiten zu seinem Neffen aufzuweisen – de Sade war ja vor allem ein Provokateur. Marais konnte sich gut vorstellen, welche heimliche Freude Sades Onkel dabei empfunden haben musste, in seinem Büchlein die Geheimnisse des Ordens auszubreiten.

Marais wusste über geheime satanistische Rituale nur, was man sich darüber hinter vorgehaltener Hand zuraunte. Doch falls Guillou recht hatte, dann sollte das, was Marais in diesem Büchlein beschrieben fand, die Liturgie einer Schwarzen Messe sein.

Marais schlug das Büchlein auf. De Sades Onkel hatte seinem Text eine Einführung vorangestellt, in der er behauptete, den Inhalt seines Werkes aus einem mittelalterlichen Manuskript kopiert zu haben, das er in einer Klosterbibliothek gefunden habe. Um welche es sich dabei handelte, das behielt er wohlweislich für sich.

Marais ließ sich nicht täuschen. Das war lediglich ein Kniff, mit dem de Sades Onkel sich vor dem Zorn seiner Kirchenoberen zu schützen versuchte.

Etwa ein Fünftel des Buches nahmen Darstellungen einiger komplizierter geometrischer Symbole und unverständliche Beschreibungen in einer Sprache ein, die Marais für Aramäisch hielt. Hier kam er ohne Hilfe nicht weiter.

Der Rest des Buches war in Latein verfasst. De Sades Onkel schilderte darin zunächst den Aufstand der Engel gegen Gott den Herrn, der ausbrach, als Gottes liebster Engel, Luzifer, sich aus falschem Hochmut weigerte, vor dem Herrn auf die Knie zu fallen.

Marais erinnerte sich der betreffenden Bibelstelle. De Sades Onkel berichtete allerdings eine etwas andere Version der Geschichte. Demnach war Gott der Herr zu Beginn der Zeiten den Engeln eben nicht überlegen, sondern war selbst nur einer von sechs hohen Engeln, die gemeinsam über die Heerscharen der niederen Engel thronten. Sein Name zu jener Zeit lautete Abraxas. Mit Raffinesse und Ruchlosigkeit brachte dieser Abraxas einen Großteil der niederen Engel hinter sich und schwang sich dann zum Herrscher über den Himmel auf. Als Luzifer, der letzte freie der hohen Engel, sich weigerte, diese Herrschaft anzuerkennen, sammelte Abraxas seine Heerscharen um sich und zog gegen Luzifer und dessen Anhänger zu Felde, woraufhin es zu einer gewaltigen Schlacht kam. Nachdem Abraxas durch List und Tücke die Schlacht zwischen den Engeln gewann, verstieß er Luzifer aus dem Himmel in die Tiefe der Welt.

De Sades Onkel zufolge wagte Abraxas erst nach diesem glänzenden Sieg den Name Jahwe – Gott – anzunehmen.

Eines Tages beschloss Jahwe aus reiner Eitelkeit, ein neues, nie zuvor gesehenes Wesen zu schaffen, das ihm zwar ähnlich, jedoch nicht völlig gleich sein sollte. So entstand der Mensch. Allerdings wurde der Mensch in dieser Version nicht etwa aus Staub und Lehm geformt, sondern entstand aus den Leibern zweier niederer Engel.

Fasziniert beobachtete Luzifer aus der Tiefe heraus die Vorgänge im Himmel und erkannte den entscheidenden Schwachpunkt in Jahwes Schöpfung. In seiner Verblendung und seinem Drang, die neuen Geschöpfe zwar nach seinem Bilde, aber ihm dennoch nicht völlig gleich zu gestalten, hatte er ihnen versehentlich einen eigenen Willen mitgegeben. Verkleidet als ein niederer Engel begab sich Luzifer daraufhin unerkannt zwischen die Menschen im Garten Eden, um ihnen die Erkenntnis zu bringen, dass sie frei waren, ihrem eigenen Willen zu folgen und diesen selbst über den Willen Jahwes zu stellen.

Zurück in der Tiefe, verfolgte er Jahwes Zorn über seinen Streich und sah etwas später zu, wie Jahwe die ersten Menschen aus dem Garten Eden auf die Erde verbannte.

Nach diesem Coup beorderte Jahwe Luzifer zu sich in den Himmel, wohlwissend, dass er es sich nicht leisten konnte, erneut einen offenen Kampf mit Luzifer zu riskieren. Luzifer und Jahwe trafen ein Abkommen: Beide würden sie gemeinsam über die Menschen wachen, doch falls diese je so weit gingen, ihren eigenen Willen ganz und gar über den Jahwes zu stellen, so sollten nicht nur die Macht auf Erden, sondern auch die Herrschaftsverhältnisse im Himmel neu verhandelt werden.

Marais legte das Buch beiseite, um darüber nachzudenken, was er eben gelesen hatte. Natürlich stellte das Buch eine einzige ungeheure Blasphemie dar. Der Generalvikar erklärte darin Gott und Satan zu mehr oder weniger gleich starken Mächten. Er war nicht der Erste, der dies tat. Aber seine Philosophie passte zu Männern, die statt Gott Satan anbeteten. Dies entsprach der Weltsicht, wie sie de Sade in seinen blasphemischen Romanen verbreitete. Mord und Totschlag waren dort an der Tagesordnung, und keinerlei Form von ordnender Gerechtigkeit fand mehr irgendeine Handhabe des Eingreifens und es war keineswegs so, dass Marais die Verlockung nicht nachvollziehen konnte, die in dem Gedanken einer Welt ohne Gott lag.

Aber gerade er wusste eben auch, wie fehlbar, kindisch naiv, gefährlich und unersättlich die Menschen waren. Ohne die Führung eines gnädigen und allmächtigen Gottes würden sie es niemals fertigbringen, sich in irgendeiner Art von Ordnung oder Moral zu organisieren.

De Sades Onkel errichtete in seinem Buch eine Welt, in der die Hölle keinerlei Bedrohung mehr darstellte. Dabei war es gerade die Qual der Sünder in der Hölle, die das Wunder der Gnade Gottes in der Höhe erst sicherstellte. Denn keine Sünde durfte je ohne Strafe bleiben.

De Sade hätte Marais in diesem Punkt heftig widersprochen. Monsieur le Marquis verneinte die Existenz eines gnädigen Gottes und war davon überzeugt, dass die Menschen selbst genug angeborenen Sinn für Moral und Tugend in sich trugen, um auch ohne Gottes Führung und Strafen ihr Leben sinnvoll und klug einzurichten.

Marais hingegen hatte kein derart blindes Vertrauen in die Menschen. Er war überzeugt: Kein Verbrechen ohne einen Richter, der es verurteilte und die Bestrafung des Verbrecher garantierte. Daran glaubte er, deswegen war er Polizist geworden.

Marais griff erneut nach dem Buch. Außer einer gotteslästerlichen Umdeutung der Heiligen Schrift und einigen nicht zu entziffernden Beschreibungen und Bildern hatte er bisher darin noch nichts gefunden, was ihn bei seiner Jagd nach dem Mörder weiterbrachte.

Während er mit gerunzelter Stirn und ärgerlich zusammengekniffenem Mund weiterblätterte, rief er sich ins Gedächtnis zurück, was man sich auf den Märkten, in den Kaschemmen, Poststationen und Salons über Schwarze Messen so zuzuflüstern pflegte.

Angeblich zelebrierte man sie in einer Kapelle auf dem nackten Leib einer Frau, die sich mit gespreizten Beinen und Armen auf den geweihten Altar niedergelegt hatte. Außerdem könne nur ein vom wahren Glauben abgefallener Priester sie wirksam zelebrieren, hieß es.

Soweit stimmten all die Gerüchte und Legenden überein, die er gehört hatte. Doch damit hatte es sich auch schon mit den Übereinstimmungen. Denn mal hieß es, dass man der nackten Frau ein Kruzifix auf den Bauch stellte, während der Priester Gebete an Satan murmelte. Ein andermal behauptete man, dass der Satanspriester ihr unter Gebeten das Kruzifix nacheinander in Scheide und After einführte, woraufhin die Nackte in eine Art Trance verfallen sollte. So verwunderlich wäre es ja nicht, dass die nackten Frauen auf dem Satansaltar in Trance verfielen, sobald der Priester ihnen ein Kreuz in die Scheide einführte, dachte Marais.

Er blätterte weiter durch das Buch. Exakt in der Mitte fand er schließlich, wonach er suchte – eine Beschreibung der Vorgänge während einer Schwarzen Messe, die de Sades Onkel hier allerdings als »Magische Messe« bezeichnete. Zur Einführung waren eine Reihe Sprüche aufgeführt, die sich wie Gebete lasen.

Doch auf den folgenden Seiten fand er die Anweisungen und Belehrungen, die angeblich zu befolgen waren, wollte man Satan, das Große Tier, in angemessener Weise herbeizitieren.

Marais las die Handvoll Seiten einige Male, bis er ganz sicher sein durfte, dass er sie richtig übersetzt hatte.

Er lehnte sich auf dem Bett zurück, schloss die Augen und dachte nach.

De Sades Onkel bestritt, dass nur ein vom wahren Glauben abgefallener Priester eine wirksame Schwarze Messe zu lesen vermochte. Er behauptete vielmehr, dass es auf den Stand des Priesters gar nicht ankomme. Einzig die Formeln und magischen Sprüche, die er dabei rezitierte, zählten. Und das Opfer, das man dem Großen Tier während der Messe erbrachte. Dieses Opfer hatte nicht nur ein ungetauftes und besonders wohlgeformtes Kind zu sein, sondern eines, das von demselben Hohepriester gezeugt worden war, der später mit dessen Blut den Messeteilnehmern ihre unheilige Kommunion mit dem Großen Tier spendete.

Marais ließ sich das wieder und wieder durch den Kopf gehen: Bloß ein Neugeborenes, das der Satanistenpriester selbst gezeugt hatte, kam für die Opferrituale und unheiligen Bluthostien infrage.

All die widerstreitenden Fakten und Annahmen dieses Falles ergaben plötzlich ein plausibles Bild.

Er dachte an Mounasses Befund, dass das letzte Opfer eine üppige Mahlzeit bekommen hatte, und er erinnerte sich an Sistaines Angabe über diesen mysteriösen Maskierten, der bei ihm ein Liebesnest mietete, und zwar gleich für eine volle Woche. Dieses Scheusal von einem Mörder hatte sichergehen müssen, dass das Mädchen auch wirklich von ihm schwanger wurde. Eine einzige Liebesnacht wäre ihm dazu nicht genug gewesen. Was nach dem Schwängern mit dem Mädchen geschah, lag ebenfalls auf der Hand: Er ließ sie irgendwo unterbringen, wo sie in aller Ruhe und sicherlich sogar in einem gewissen Luxus dieses sein Kind gebären konnte. Marais fragte sich, wo das sein mochte? Nun ja, es gab in Paris genug Orte, an denen eine schwangere junge Frau für neun Monate unauffällig unterschlüpfen konnte, solange man gut genug dafür bezahlte.

Dass die Mutter des Kindes nach der Geburt beseitigt werden musste, war auch einzusehen. Denn welche Mutter gab schon freiwillig ihr Kind zur Schlachtung auf irgendeinem blasphemischen Altar her? Und natürlich bediente sich der

Mörder keiner Huren. Dazu hatte er zu viel Angst vor der Spanischen Seuche, die man neuerdings Syphilis nannte. Monsieur bestand zweifellos auf Jungfrauen. Dass es seit dem Beginn der neuerlichen Mordserie, mal zu zwei oder einmal gar zu drei Morden pro Jahr gekommen war, passte ebenfalls. Denn nicht alle von dem Mörder gezeugten Kinder konnten lebend und gesund zur Welt gekommen sein. Weswegen er sich eben in einigen Jahren öfter ins Zeug zu legen hatte als in anderen, um zu einem geeigneten Neugeborenen für sein furchtbares Opferritual zu kommen.

Marais war plötzlich sicher, den wahren Grund dafür gefunden zu haben, weswegen Gott der Herr ihn seinerzeit in Brest vom Selbstmord verschonte. Der Herr hatte seinen ergebenen Diener Louis Marais mit einer Mission betraut, die wirklich furchteinflößend war. Aber um jeden Preis erfüllt zu werden hatte.

Jene dunkle Seuche, die der Mörder über Paris brachte, musste ein für alle Mal mit Stumpf und Stil ausgerottet werden.

Marais war bereit dazu. Er würde diesen Weg bis zu Ende gehen. Falls nötig sogar bis zur Hölle und zurück.

Er sandte ein Gebet gen Himmel. »O Herr, du mein Gott, ich danke dir für dein Geleit bis zu diesem Ort und dieser Stunde. Lass mich nicht im Stich bei der Suche nach diesem Ungeheuer. Geleite mich sicher auf allen meinen Wegen bis zu jenem glorreichen Tag, an dem ich dieses Scheusal seiner wohlverdienten Strafe zuführe. Amen.«

Sein Gebet schien Marais neue Kraft und Entschlossenheit zu verleihen. Grimmig nahm er sich vor, so rasch wie möglich mit Sistaine zu reden, um aus ihm weitere Einzelheiten über den Maskierten und dessen Begleiterin herauszuquetschen.

Sollte es sich bei seinem mysteriösen Mieter tatsächlich um Talleyrand gehandelt haben? Der passte hinkend, groß und schlank einfach zu gut auf Sistaines Beschreibung.

Fouché musste im Dreieck gesprungen sein, als er ahnte, dass er endlich etwas gefunden hatte, womit er ihn ein für alle Mal ausschalten konnte.

Es war fast zehn Uhr morgens, als Marais endlich unter die Bettdecke kroch. Seine letzten Gedanken, bevor der Schlaf ihn einholte, galten der ominösen Kapelle, von der Guillou behauptet hatte, dass man in ihrer Nähe weitere Hinweise zu dem Orden und dem Mörder finden würde. Einerseits sollte diese durch die Darstellung dieses seltsamen Kreuzes zu erkennen sein. Andererseits verfügte Paris über mehr Kirchen als Rom. Und da waren die Hauskapellen in den Stadtpalais sowie die Vorstadtkirchlein noch gar nicht eingerechnet.

Marais fand de Sade gegen vier Uhr nachmittags mit einer Decke über den Beinen friedlich schnarchend in einem Sessel beim Kamin vor. Auf dem kleinen Tisch bei der Tür stand schmutziges Geschirr und eine leere Flasche Wein. Und zwar waren es zwei Gedecke und zwei benutzte Gläser. Das alte Ungeheuer musste Besuch gehabt haben.

Marais fühlte sich erfrischt und eigenartig befreit. Er hätte nicht erwartet, dass das Leben auf der Flucht einem Mann derart unbeschwerte Momente bescheren könnte. Er trat zu de Sade und weckte ihn.

Monsieur le Marquis gähnte und brummte irgendetwas, dann schlug er die Augen auf.

»Verschwinden Sie! Ausgeschlafen sehen Sie auch nicht hübscher aus«, brummte Monsieur le Marquis, warf die Decke ab und erhob sich. Er verzog das Gesicht zu einer Grimasse, während er übertrieben mit den Armen wedelnd ein paar Schritte tat.

»Während Sie sich nebenan in den Federn wälzten, habe ich gearbeitet. Es gibt Neuigkeiten«, verkündete Monsieur le Marquis, sobald er seine Dehnungsübungen beendet hatte.

»So?«

De Sade lehnte sich an den Schreibtisch und verschränkte die Arme vor der Brust. »Ich habe mir diese Liste noch einmal vorgenommen. Erinnern Sie sich an unser Gespräch gestern, bevor wir zu diesem Spinner Guillou aufbrachen?«

»So la-la.«

»Delaques. Um es mit einem Wort zu sagen. Oder um es mit einem anderem zu sagen: Talleyrand.«

Marais wurde nicht klug aus de Sades Worten.

»Delaques ist der einzige Name auf dieser Liste, der eigentlich nicht dahin gehört. Und Talleyrand der einzige, der eigentlich dazugehört hätte, aber trotzdem nicht draufsteht«, erklärte de Sade. »Ich habe meine Fühler ausgestreckt, um etwas mehr über diesen ominösen Monsieur Delaques herauszufinden. Er ist um die dreißig, ein Spieler und Schürzenjäger. Kein Mensch scheint zu wissen, woher sein Geld kommt, aber er gibt trotzdem regelmäßig reichlich davon aus. Unter anderem in Sistaines Spielclub. Oder besser gesagt: Er tut es vor allem in Sistaines Spielclub.«

Marais horchte auf. »Sie überraschen mich, de Sade.«

»Stets gern zu Diensten, Monsieur«, entgegnete de Sade trocken. »Was meinen Sie, Marais? Vielleicht sollten wir, statt auf Talleyrands Ball zu gehen, besser diesem Sistaine einen Besuch abstatten, um bei ihm noch einmal heftiger auf den Busch zu klopfen?«

Marais war nicht sicher, ob er de Sade tatsächlich dabeihaben wollte, wenn er Sistaine ausquetschte.

»Wie spät ist es eigentlich?«

»Wir haben noch Zeit.«

Es klopfte.

Das stumme Mädchen und Madame de la Tour betraten den Raum. In ihrem Schlepptau waren zwei Dienstmädchen, die die Arme voller Männerkleider hatten, die sie auf einen Wink von Madame hin auf zwei Stühlen ablegten, bevor sie sich wieder entfernten.

Das stumme Mädchen trug einen weiten Morgenmantel und Madame ein graues Reitkostüm. Sie hatte ihre langen Haare locker aufgesteckt. Aufrecht stehend und außerhalb ihres Bettes wirkte sie noch eindrucksvoller.

Madames Blicke blieben eine Sekunde bei dem Geschirr auf dem Tisch hängen.

»Alles zu Ihrer Zufriedenheit, wie ich sehe …«

Sie wies mit der Reitgerte auf die Kleider über dem Stuhl.

»Probieren Sie das an. Eine Leihgabe des Hauses.«

Allerdings machte sie daraufhin keine Anstalten zu gehen.

»Sie meinen jetzt? Gleich hier?«, fragte Marais pikiert.

Madame nickte.

»Ich hab schon mal den ein oder anderen nackten Mann gesehen, Monsieur Marais.« Madame nickte zu dem stummen Mädchen. »Und sie auch.«

De Sade legte kommentarlos seinen verschlissenen Brokatrock ab und begann das Hemd aufzuknöpfen.

Marais tat nichts dergleichen. Er war kein Schuljunge mehr, und er war auch keiner von Madames Klienten.

Madame wies mit ihrer Gerte auf Marais. »Jetzt haben Sie sich gefälligst nicht so! Runter mit dem alten Zeug!«

Sie warf einen abfälligen Blick auf de Sade. »Und Sie greifen sich Ihre Sachen und verschwinden nach nebenan. Es sei denn, Sie ziehen es vor, dass ich Ihnen Ihr ergaunerten Frühstück zu Ihren Schulden aufschlage.«

De Sade bedauerte sichtlich, weggeschickt zu werden, war aber einsichtig genug zu wissen, wann er verloren hatte. So verschwand er grummelnd nach nebenan.

»Ich will Sistaine sprechen, so schnell wie möglich«, verlangte Marais, sobald de Sade verschwunden war. »Er weiß mehr, als er zugeben wollte.«

Madame wies mit ihrer Gerte auf Marais' Brust. »Ich denke darüber nach. Aber jetzt, Monsieur, herunter mit dem Hemd, bevor ich vollends meine Geduld verliere!«

Madame erwiderte mühelos Marais kalten Blick. Sie lachte hart auf. »O nein, Monsieur le Commissaire! Sie glauben doch nicht etwa, ich hätte es auf Sie abgesehen?«

Nein, das sicherlich nicht. Sie hatte ihnen schließlich gestern Nacht und heute Morgen in ihrem Boudoir deutlich genug vor Augen geführt, dass Männer eher nicht nach ihrem Geschmack waren. Doch Marais war nicht in der Position, sich ihrem Befehl zu widersetzen. So wehrte er sich nicht, als das stumme Mädchen an ihn herantrat, um ihm sacht das Hemd zu öffnen und herabzustreifen.

Auf Marais Brust und Bauch waren drei tiefe Narben. Eine davon stammte offenbar von einem Schwerthieb, die anderen wohl von Pistolenkugeln oder einem sehr schmalen Messer, vielleicht auch einem Bajonett.

Madame fuhr mit der Gerte sacht nacheinander um jede der Narben. Ihr Blick wirkte verhangen, fast traurig.

»Ich gehe ein großes Risiko ein, indem ich Sie und das dicke Scheusal unterstütze. Und ich bestehe nun einmal darauf, dass ich bei meinen Geschäften weiß, mit wem ich es zu tun habe. Ich wollte diese Narben sehen, um ganz sicherzugehen. Jetzt weiß ich, dass Sie nicht der sein können, als der Sie sich ausgeben, Marais. Aber, keine Sorge, Ihr Geheimnis ist bei mir gut aufgehoben.«

Marais erwiderte kalt Madames Blick. »Ich bin der beste Polizist von Paris, Madame, und ich jage den furchtbarsten Mörder, den diese Stadt je gesehen hat. Was mehr müssen Sie wissen, um mir Ihre Unterstützung zukommen zu lassen?«

Isabelle de la Tour legte hinterhältig lächelnd die Spitze ihrer Reitgerte unter Marais stoppeliges Kinn. »Sie brauchen eine Rasur, Monsieur!«

Marais schob die Gerte beiseite. »Treiben Sie ein Rasiermesser für mich auf, Madame, und ich wäre nur zu glücklich, Ihrem Befehl nachzukommen!«

Madame tippte ihm mit ihrer Gerte auf die Brust. »Sie würden eine miese Hure abgeben Marais. Sie lügen zu schlecht. Übrigens meine ich dies in Ihrem Fall – und zwar ausschließlich in Ihrem Fall – durchaus als Kompliment.«

Das stumme Mädchen tippte Madame auf die Schulter und gestikulierte einen Moment in ihrer Zeichensprache. Madame nickte ihr zu. Woraufhin das stumme Mädchen zur Schlafzimmertür huschte und sie plötzlich heftig aufstieß.

»Au!«, rief de Sade und presste die Hand auf Nase und Stirn. Er war halb nackt und sein mächtiger Wanst schwabbelte bedenklich, während er ins Schlafzimmer zurücktaumelte.

Das stumme Mädchen lachte, warf die Tür zu und verschloss sie. Madame musterte Marais hochmütig von Kopf bis Fuß.

»Ich werde Ihnen jemanden für Ihre Rasur schicken. Gute Jagd heute Nacht. Ich werde hier sein, wenn Sie zurückkehren. Und bilden Sie sich bloß nicht ein, Sie könnten untertauchen.

Ich bin nicht Fouché. Ich würde Sie in Paris innerhalb einer Stunden finden, ganz gleich in welchem Loch Sie sich verkrochen hätten!«

Marais war sicher, dass sie das wirklich könnte. Aber er war auch genauso sicher, dass er dennoch fliehen würde. Es konnte nicht schwer sein herauszufinden, wo Sistaines Spielsalon war. Nach dem Ball bei Talleyrand war genug Zeit, Sistaines Lokal zu finden und ihn dann dort in die Zange zu nehmen.

Isabelle de la Tour wies mit der Gerte auf das stumme Mädchen. »Sie wird mit Ihnen gehen und einer der Damen auf de Sades Liste eine Nachricht von mir überreichen!«, verkündete sie und stolzierte zusammen mit dem stummen Mädchen hinaus.

De Sade klopfte nebenan immer noch an die Tür.

Marais ging los, um ihn zu befreien. Das breite Grinsen, mit dem de Sade ihn begrüßte, regte ihn furchtbar auf.

Das stumme Mädchen hatte zwei kostbare venezianische Masken dabei, als sie ins Zimmer trat, um de Sade und Marais abzuholen. Eine war schwarz, die andere weiß mit goldenen Applikationen. Sie trug einen weiten Kapuzenmantel, und um ihr Handgelenk hing eine kleine silberne Tasche. Während de Sade eine seiner üblichen Beschwerden vom Stapel ließ, trat das stumme Mädchen zu Marais, um ihm lange in die Augen zu sehen. Er war nicht sicher, ob ihm ihre Aufmerksamkeit gefiel. Bei diesem seltsamen Wesen wusste man nie genau, was es im Schilde führte. Ganz abgesehen davon war sie außerdem jung und attraktiv.

Das stumme Mädchen griff nach ihrer Tasche und öffnete sie. Wobei sich herausstellte, dass sich in deren Innerem ein Block Papier und einer jener neumodischen Wiener Silberstifte verbargen, die sich in wohlhabenden Kreisen immer größerer Beliebtheit erfreuten.

Machen Sie den Mund wieder zu, mein Freund, Sie wirken lächerlich, schrieb sie auf ihren Block.

Marais schluckte und schloss den Mund.

Das stumme Mädchen lächelte.

Trotz seiner Verunsicherung brachte Marais es fertig, ihr eine vernünftige Frage zu stellen. »Wie heißen Sie?«

Ihr Stift flog über das Papier. »Silhouette.«

De Sade schnaubte verächtlich. »Silhouette? Das ist doch kein Name.«

Das Mädchen lachte und schrieb: *Marais – der Sumpf – ist auch keiner. Jedenfalls nicht für einen Polizisten.*

De Sade grinste. »Wo sie recht hat, hat sie recht, Marais.«

Marais hob die Augenbraue, blickte in Silhouettes schnippisches Lächeln und wies auf die Masken in ihrer Hand. »Ist es ein Maskenball?«

Silhouette schüttelte den Kopf.

Wir müssen durch die Halle und zur Vordertür heraus. Das Haus ist voll. Man könnte Sie erkennen, schrieb sie und reichte ihm eine der Masken. Interessanterweise gedachte sie ihm die schwarze, de Sade jedoch die weiße zu. Was Marais durchaus unangebracht fand.

De Sade drängte, sie hätten keine Zeit zu verlieren.

Es war fünf Uhr nachmittags, trotzdem waren sowohl die Spieltische als auch die Salons des Chat Noir von gut gekleideten Männern aller Altersstufen bevölkert. Ab und an mochte zwar eines der Mädchen neugierig von ihrem Tisch aufsehen oder einer der Lakaien herbeieilen, um ihnen eine Tür zu öffnen, aber darüber hinaus nahm keiner hier irgendeine Notiz von den drei Maskierten. In einem Bordell waren

Masken so alltäglich wie Flüche unter den Marktfrauen bei Les Halles.

Die frische Abendluft vor der Tür war erfrischend, und Marais holte tief Luft. Ihre Kutsche wartete.

Bisher hatte de Sade sich strikt geweigert, Marais mitzuteilen, wie er gedachte, sie in Talleyrands Ballsaal einzuschmuggeln. So oft Marais ihn darauf auch ansprach, de Sade wich jedes Mal aus. Marais beugte sich zu Silhouette. »Ich muss Madames Nachricht sehen – bitte!« Er streckte fordernd die Hand aus.

Silhouette schüttelte den Kopf und schrieb: *Madame würde das nicht wollen.*

Marais nickte und suchte ihren Blick. »Sie wird es nie erfahren.«

Silhouette schüttelte jedoch wieder den Kopf und schrieb: *Ihr seid sicher. Madame würde niemals etwas tun, das Sie in Gefahr bringt, solange ich bei Ihnen bin.*

De Sade lachte zynisch auf. »Wer bist du schon, dass du solche Garantien abgeben könntest? Sie hat einen ganzen Stall von deinesgleichen.«

Sie glaubt Euch. Ich weiß, dass sie genauso besorgt ist wie Ihr«, schrieb Silhouette auf ihren Block.

»Möglich. Aber was weiß ich schon über Isabelle de la Tours wirkliche Pläne?«, sagte Marais.

Silhouette blickte ihn verschmitzt an und schrieb: *Ich bin Madames Tochter. Talleyrand weiß das. Und er hat keinen Grund, sich mit ihr anzulegen.*

Marais war verblüfft. Herrgott, dachte er, hat mir Madame gestern also ihre Tochter ins Bett gelegt? Isabelle de la Tour war als Herrin der Nacht die ungekrönte Herrscherin der Huren und gleich nach der Kaiserin die mächtigste Frau von Paris.

Bedachte man, dass Kaiserin Josephine nicht mehr ganz allein über den Hosenlatz des Kaisers herrschte, war es nicht einmal übertrieben zu behaupten, dass Madame womöglich sogar die mächtigste Frau der Hauptstadt der Welt war.

»Sollten wir tatsächlich heute Nacht nicht auf einem Ball, sondern in einer Zelle landen, Mademoiselle, dann richten Sie Ihrer Mutter doch bitte von mir aus, dass Sie gefälligst an unserer Belohnung ersticken soll!«, verkündete de Sade.

Ihr Wunsch sei mir Befehl, Monsieur le Marquis, schrieb Silhouette kichernd auf ihren Block.

Der Samstagabend war eine gefährliche Zeit in den Straßen von Paris. Die Manufakturarbeiter und Handwerker aus den Vorstädten hatten ihre Wochenlöhne ausgezahlt bekommen, die es nun auf Teufel komm raus zu versaufen galt. Zusammen mit Frauen und Kindern zogen sie los, um sich in den Lokalen und Weinschwemmen der Innenstadt an billigem Hühnchen und breiigem Brot satt zu essen und anschließend bis zur Besinnungslosigkeit zu betrinken.

Um die Zeit, als Marais, Silhouette und de Sade unterwegs waren, zeigte sich die Menge in ihren grauen und dunkelblauen Kleidern noch gespenstisch still, wie sie sich gleich einer misstrauischen Invasionstruppe aus den Vorstädten ins Pariser Zentrum schob. Noch machte man, so gut es ging, auch den Kaleschen und Kutschen Platz.

In spätestens einer Stunde würde jedoch jedes herrschaftliche Gefährt, das sich ohne Eskorte auf die Straßen und Boulevards wagte, grölend angespien und mit leeren Flaschen und Steinen beworfen werden. In zwei Stunden dann splitterten die Fensterscheiben in den Häusern entlang der besseren Straßen, und etwas später traten die Gardisten auf den Plan, um mit blank gezogenen Säbeln die betrunkenen, randalierenden Horden in die Vorstädte zurückzutreiben.

Marais hatte den September 1792 noch lebhaft im Gedächtnis, als sich aus den betrunkenen Horden der Arbeiter und Elenden ein wilder Mob formte. Angeheizt und in Panik versetzt von Zeitungsschreibern und Demagogen machte er auf den Straßen der Stadt Jagd auf Aristokraten und sogenannte »Feinde der Revolution«. Gegen Mitternacht erschienen Trupps von Betrunkenen, die die Köpfe der Erschlagenen auf Wäschestangen gespießt im Triumph durch die Stadt trugen. Niemand hatte je exakt zu beziffern vermocht, wie viele Menschen damals in kürzester Zeit dem zügellosen Schlachten zum Opfer gefallen waren. Es war nur eine Frage der Zeit, bis es erneut in der Hauptstadt der Welt zu einem Aufruhr kam. Und sollte je in irgendeinem der reißerisch aufgemachten Journale eine Geschichte darüber erscheinen, dass die Elite Frankreichs seit Jahrhunderten einen Zirkel von Satanisten deckte, der für seine abscheulichen Rituale Kleinkinder und deren Mütter abschlachtete, wären die Massaker vom September 1792 nur ein blasser Vorgeschmack dessen gewesen, was Paris dann bevorstand. Und einer der ersten, den der blutrünstige Mob sich vornehmen würde, wäre Charles-Maurice de Talleyrand-Périgord, zu dessen Ball sie gerade unterwegs waren und von dem Guillou behauptete, er sei einer der letzten Signets des kindermordenden Ordre du Saint Sang du Christ.

Als Talleyrand mit Anfang zwanzig sein erstes Kind zeugte, war er bereits zu hohen Kirchenämtern gekommen und galt als ein glänzendes politisches Talent, ebenso begabt in der Verwaltung von Staatsfinanzen wie als Spieler auf der diskreten Klaviatur der Macht. Doch er verspekulierte sich während der Revolution, als er in revolutionärem Überschwang die Verstaatlichung der Kirchengüter forderte, damit einen Sturm der Entrüstung im Klerus heraufbeschwor und zuletzt von Rom exkommuniziert wurde. Obwohl er an maßgeblicher Stelle an der neuen Verfassung mitarbeitete, bootete man ihn anschließend aus und schickte ihn in einer unbedeutenden Mission nach England. Was sich letztlich als Segen für ihn erwies. Denn als die Jakobiner während der Schreckensherrschaft die Elite des Ancien Régime aufs Schafott schickte, saß Talleyrand ihren Blutrausch im Exil aus. Er kehrte erst 1796 zurück, um zum zweiten Mal Karriere zu machen, diesmal als Außenminister des Direktoriums, das die Jakobiner ablöste.

Schon als er seinerzeit die Verstaatlichung der Kirchengüter forderte, hatten seine Gegner ihn gern als hinkenden Teufel diffamiert, und das bestimmt nicht nur, weil Talleyrand seit frühester Kindheit mit einem verkrüppelten rechten Fuß geschlagen war. Nun, nach der gelungen Rückkehr in die Etagen der Macht, erhielten die bösen Gerüchte über ihn neue Nahrung. Kein anderer Politiker in Frankreich konnte so wie Talleyrand auf Augenhöhe mit den misstrauischen Monarchen und Ministern Europas verhandeln. Er hatte sich seine Hände während des Jakobinerterrors nicht dreckig gemacht wie der Rest der politischen Kaste Frankreichs, deren bloßes Überleben an den Höfen Europas schon als Beweis dafür galt, dass sie mit den Jakobinern gemeinsame Sache gemacht hatten.

Talleyrands neuerlicher Aufstieg bescherte ihm allerdings auch Feinde. Woher kam das viele Geld, das er für Würfelspiele, Feste und prächtige Häuser ausgab? Weshalb gelang es ihm, so manchen seiner erbittertsten Gegner im Handumdrehen auf seine Seite zu ziehen? Wer waren die Männer, die er des Nachts heimlich in seinem Kabinett empfing? Und weshalb verfiel eine Belle de jour nach der anderen seinem ironischen Charme?

Keiner außer Talleyrand selbst hätte eine Antwort darauf geben können. Er aber schwieg. Dass er es vorzog, seine Herrschaft im Stillen und Dunklen auszuüben, machte seinen Einfluss nur umso gespenstischer. Gemeinsam gelang Napoléon und Talleyrand der Putsch vom 18. Brumaire 1799, mit dem der kleine Korse das Direktorium hinwegfegte und die Herrschaft über Frankreich antrat, was niemand je für möglich gehalten hätte: Sie machten Paris, das unter den Jakobinern zur Kloake verkommen war, erneut zur Hauptstadt der Welt.

Das große Gauklerzelt der Politik hatte schon vielen begabten Tänzern der Macht die Köpfe verdreht und die Tanzkarten gefüllt. Doch nachdem Napoléon auch Fouché zu neuen Ehren verhalf, drehten sich in Paris mit Talleyrand, dem kleinen Korsen und Joseph Fouché, drei Genies der Macht in einem erbitterten Tanz umeinander, wie ihn die Welt zuvor noch nicht gesehen hatte.

»Wir sind da, Marais!«, sagte de Sade und zog dabei unwillkürlich seinen mächtigen Bauch ein.

Eine halbe Schwadron Gardisten zu Pferde schützte die Zufahrt zur Rue du Bac, in der sich das Palais des Außenministers befand. Auf der Zufahrt zum Palais herrschte ein heilloses Durcheinander aus Kutschen und nervösen Pferden, brüllenden Lakaien und fluchenden Kutschern. Wer etwas zählte in der Hauptstadt der Welt, würde heute Abend auf Talleyrands Ball sein, um sich bei Tanzmusik und den Häppchen seines berühmten Kochs Carême zu vergnügen, um den ihn selbst der Kaiser beneidete.

Das Eindrucksvollste an Talleyrands Palais waren auf den ersten Blick gar nicht die herausgeputzten Gäste und deren prächtige Kutschen und Lakaien, sondern die verschwenderische Art, wie der Außenminister seine Residenz beleuchtete.

Auch an einem Samstagabend war Paris ein paar Schritte abseits der Lokale und Läden dunkel. Die wenigen Fackeln und Lampen, die man hier und da als Straßenbeleuchtung installiert hatte, reichten bei Weitem nicht aus, um die Stadt zu beleuchten. Kerzen und Lampenöl waren teuer, aber Talleyrands Palais stach aus der Finsternis, die über der Stadt lag, heraus wie ein funkelnder Diamant.

Eine Kutsche nach der anderen rollte in den Hof des Palais, entledigte sich ihrer Passagiere und rollte wieder hinaus.

»Also, de Sade, wie lautet nun Ihr famoser Plan, uns in diesen Ballsaal zu bringen?«, erkundigte sich Marais.

»Mit einem Wort?«

»Mit einem Wort.«

»*Sade*«, verkündete der fette alte Mann, zog die Vorhänge zurück und rückte seine Maske zurecht.

Angesichts von Talleyrands Feindschaft mit Fouché hatten Marais und de Sade wenigstens nicht zu befürchten, dem Polizeiminister hier irgendwo in die Arme zu laufen.

Doch angesichts all der Gardisten im Hof und auf der Straße würde es ihnen auch sehr schwerfallen zu entkommen, sollten sie an der Tür des Palais erkannt werden und einen Skandal auslösen.

Während zwei Minuten später der Kutscher Silhouette galant aus der Kutsche half, warf de Sade einen Blick zur Auffahrt und zu der Schlange von eleganten Paaren, die sich dort zwischen den livrierten Dienern aufgereiht hatten und ungeduldig auf ihren Auftritt in Talleyrands Ballsaal warteten. Er reichte Silhouette mit eleganter Selbstverständlichkeit den Arm und führte sie zu der aufgeregt flüsternden Reihe der wartenden Gäste.

Marais musste sich wie ein Trottel hinter den beiden einordnen und zog dabei erstaunte Blicke von Dienerschaft und Gästen auf sich.

Wir sind so gut wie aufgeflogen, dachte er.

Am Aufgang vor der weit geöffneten Tür standen zwei Lakaien, die anhand einer Liste die Namen der Gäste prüften. Ein weiterer flüsterte diese dann dem Majordomus zu, der ihn wiederum dem Gastgeber in der Halle zuraunte.

Noch vier Paare vor ihnen.

Noch drei.

Noch zwei.

Noch eines.

Das letzte Paar vor ihnen nannte dem Lakai ihre Namen und schritt dann bedächtig auf die Halle zu.

Der Lakai beugte sich zu de Sade, der ihm genauso wie alle anderen zuvor auch etwas ins Ohr flüsterte und dann einen bedeutsamen Blick über die Schulter hinweg auf Marais warf. Der Lakai schien über das, was de Sade ihm zugeflüstert hatte, verblüfft. Wieder beugte er sich zu de Sade, und wieder raunte der ihm etwas zu. Jetzt deutlich ungehaltener.

Hinter ihnen begann man ärgerlich zu tuscheln.

Wir sind verloren, dachte Marais, jeden Moment wird ein Trupp Bediensteter uns festsetzen und den Gardisten ausliefern.

Doch zu seiner großen Verwunderung nickte der Lakai de Sade zu und ließ sie passieren. Monsieur le Marquis wandte sich mit einem triumphierenden Lächeln zu Marais und ging voran.

In der Halle, nur ein paar Schritt von den weit geöffneten Türen zum Saal, standen Talleyrand, dessen Majordomus und eine rundliche Frau mit Turmfrisur, die nur Talleyrands Ehefrau Catherine Grand sein konnte.

Der Majordomus beugte sich dem Hausherrn zu und raunte

ihm ungehalten einige Sätze zu. Dazu warf er hin und wieder Blicke in den Hof mit den Gardisten.

Der Hausherr lächelte. Wenn schon sein Majordomus de Sade erkannt haben musste, dann der Hausherr erst recht, dachte Marais. Das ärgerliche Flüstern in der Reihe der Gäste wurde drängender.

Doch der Majordomus kündigte an: »Monsieur le Ministre du Police Joseph Fouché nebst Tochter.« Woraufhin de Sade und Silhouette zwei Schritte auf den Hausherrn zutraten, um ihm die Hand zu schütteln.

Sowohl im Saal als auch unter den Wartenden draußen im Hof breitete sich frostige Stille aus. Das Orchester unterbrach sein Spiel, und für einige Augenblicke schwebte Fouchés Name über dem Fest wie ein böser Geist. Schließlich zählte man jedoch angesichts des fetten, maskierten de Sade und der anmutigen Silhouette eins und eins zusammen. Eine junge Frau hinter Marais begann zu applaudieren. Andere schlossen sich zögernd an, zuerst im Hof, gleich darauf auch im Ballsaal. Marais begriff: Diese Leute glaubten an einen Scherz des Hausherrn.

Einige Augenblicke sonnte sich de Sade im Abglanz des Beifalls, dann traten Monsieur le Marquis und die hübsche Silhouette in den Saal ein, vor dessen Türen ihnen eine Schar Dienstmädchen Mäntel und Hüte abnahm.

Silhouette trug unter dem Mantel ein schlichtes weißes Kleid aus Seide und Spitze, an ihrem Hals strahlte ein Collier aus Rubinen, Diamanten und Smaragden, das einer Fürstin zur Ehre gereicht hätte. Marais war hingerissen von ihrer Anmut und Schönheit.

»Vicomte Sébastien de Valmont«, rief der Majordomus aus.

Marais, noch völlig gefangen von Silhouettes Anblick, rührte sich nicht von der Stelle.

Der Name Valmont löste unter den Ballgästen erneut Heiterkeit aus, handelte es sich doch dabei um den zynisch ruchlosen Frauenhelden aus Choderlos de Laclos' berühmtem Roman *Liasons dangereuses*.

Marais spürte, wie man ihn anstupste, und trat schließlich dem Gastgeber gegenüber, um sich von ihm begrüßen zu lassen. Von dieser Begegnung blieb jedoch nichts in seinem Gedächtnis haften, denn sobald Marais den Ballsaal betrat, begann das Orchester wieder zu spielen. Marais ließ sich überwältigt und verzückt in diese Musik fallen wie in weiche Wolken. Nicht von ungefähr setzte man Gottes Paradies so oft mit einem Ort gleich, an dem stets wundervolle Musik erklang, dachte er.

Das Leben war ein Fest und manchmal so unfassbar schön, dass es einem buchstäblich das Herz zerriss.

De Sade trat Marais heftig auf die Zehen. »Wir können nicht ewig hier so herumstehen!«, zischte er und zog ihn hinter sich her weiter in den Ballsaal hinein. »Beeilen Sie sich Marais! Talleyrand erwartet uns«, drängte de Sade und wies auf eine schmale Tür, neben der ein Lakai gelangweilt an der Wand lehnte.

»Talleyrand erwartet uns?«, fragte Marais misstrauisch.

»Selbstverständlich erwartet er uns, Sie Hornochse! Glaubten Sie etwa, er würde die beiden meistgesuchten Männer von Paris auf seinem Ball empfangen, ohne wissen zu wollen, weswegen sie gekommen sind?«

Talleyrand trug einen blauen Seidenrock, hohe schwarze Stiefel, weiße Hosen und unter der ebenfalls blauen Weste ein weißes Hemd mit feinstem Spitzenkragen. Er empfing sie in einer verborgenen Loge, von der aus man das Treiben unten im Saal überschauen konnte, ohne selbst gesehen zu werden. Obwohl unter ihnen im Ballsaal über zweihundert illustre Gäste darum wetteiferten, die Aufmerksamkeit ihres Gastgebers auf sich zu lenken, vermittelte Talleyrand den Eindruck, als verfügte er über alle Zeit der Welt und als wäre ihm nichts wichtiger als diese drei Gäste hier auf der Galerie.

»Monsieur le Marquis, es ist lange her, dass wir miteinander sprachen.« Talleyrand blickte gelassen auf de Sade, der sich zu einer knappen Verbeugung hinreißen ließ, in der mindestens so viel Kälte lag wie in Talleyrands Blick.

»Und Sie, Vicomte Valmont? Wer verbirgt sich unter Ihrer Maske?«

Marais streifte die Maske ab und deutete ebenfalls eine Verbeugung an. »Louis Marais, Commissaire du Police. Zu ihren Diensten, Monsieur.«

Talleyrand schien einen Moment in seinem Gedächtnis zu graben, bis ihm einfiel, wer Marais war. »Dieser Commissaire also«, lächelte er und wandte sich an Silhouette. »Mademoiselle Fouché. Als ich letzte Woche von Ihnen hörte, berichtete man mir, dass Sie eben laufen lernten. Und nun sind Sie bereits die schönste Frau auf meinem Ball, welch erstaunlich rasante Entwicklung. Zumal, wenn man Ihre Herkunft bedenkt.«

Silhouette knickste lächelnd und reichte Talleyrand Madames Nachricht. Er erbrach das Siegel, las und ließ das Papier in seiner Tasche verschwinden. Talleyrand war es zweifellos gewohnt, seine Gefühle unter Kontrolle zu halten, doch Marais war es in Fleisch und Blut übergegangen, selbst auf die kleinsten Zeichen und geringsten Gesten zu achten. Was immer Madames Nachricht enthalten haben mochte, meinte er, hatte Talleyrand getroffen.

Der Minister musterte Silhouette erneut, diesmal deutlich

intensiver. »Ich hoffe, Ihrer Frau Mama geht es gut? Ich habe es immer bedauert, dass wir uns aus den Augen verlieren mussten. Bitte bestellen Sie ihr meine herzlichsten Grüße!«

Interessant, dachte Marais, der Außenminister von Frankreich und die Herrin der Huren schienen sich tatsächlich besser zu kennen, als man annehmen sollte.

»Ein Polizeiagent, ein berüchtigter Schriftsteller und die Thronerbin der Herrin der Nacht. Eine interessante Kombination. Erklären Sie mir, was Sie zusammengeführt hat. Aber beleidigen Sie dabei besser nicht meine Intelligenz durch irgendwelche Lügen!«

Marais kam ohne Umschweife zur Sache. »Sie haben von dem Mord an Jean-Marie Beaume gehört? Sein Tod steht in Verbindung mit einer Mordserie an jungen Frauen. Fouché hat mich zurück nach Paris beordert, um in diesem Fall zu ermitteln. Es scheint, als ob sich um diese Morde eine Verschwörung gebildet hat, von der womöglich eine ganze Reihe hochgestellte Justizangestellte und Politiker betroffen sind.«

Talleyrand schürzte die Lippen und tippte auf die Tasche, in der er zuvor Madames Nachricht verstaut hatte. »Madame fordert mich in ihrem Schreiben auf, Sie einer Freundin von mir zu empfehlen. Ich würde es jedoch nur sehr ungern sehen, sollte diese Freundin in eine derart abstoßende Affäre verstrickt werden.«

»Ich diene Monsieur le Commissaire als Berater«, beeilte sich de Sade einzuwerfen. »Die Art, wie man den armen Beaume zu Tode brachte, wies einige ausgesprochen spezielle Merkmale auf, die es Monsieur le Commissaire angebracht erscheinen ließen, mich hinzuzuziehen.«

Talleyrand bedachte Marais mit einem kalten Blick. »So. Und wie kommt es, dass Fouché in ganz Paris nach Ihnen fahnden lässt, Messieurs? Dass Sie verantwortlich für Beaumes Tod sind, kann er schließlich nicht ernstlich annehmen. Oder sollte diese Fahndung im Zusammenhang mit einer gewissen Liste stehen, welche Monsieur le Marquis dem Minister gestern Nachmittag in seinem Kabinett überreichte? Übrigens eine Liste, auf welcher sich der Name des Gatten meiner Freundin finden soll«, sagte Talleyrand scharf.

»Ich bitte um Verzeihung, Monsieur le Ministre«, entgegnete Marais kühl, »Sie haben natürlich völlig recht, es war ungehörig von mir, diese leidige Liste nicht zu erwähnen. Genauso wie ich es bisher versäumt habe, Ihnen dies hier zu zeigen.«

Marais hielt Talleyrand das silberne Kreuz entgegen, das der Außenminister ausgesprochen interessiert betrachtete, dann entgegennahm und noch genauer musterte.

»Ich fand es bei den Überresten eines der Opfer jenes Mörders. Einem Mädchen. Es ist auf grausame Art getötet und furchtbar verstümmelt worden.«

»Wie habe ich das zu verstehen ... Sie fanden dieses Kreuz *bei* ihr?«

Marais war nicht wohl dabei, Talleyrand dies erläutern zu sollen.

»Es fand sich nicht bei ihr, sondern ... in ihr.«

Talleyrand begriff noch immer nicht. Silhouette half ihm auf die Sprünge. Sie blickte den Minister an und legte bedeutungsvoll eine Hand auf ihren Schoß.

»Oh!«, flüsterte der Außenminister betroffen, doch einen Wimpernschlag später zeigte sich schon wieder ein feines Lächeln auf seinen Lippen. »Unter diesen Umständen ist es selbstverständlich nachvollziehbar, dass Sie mit Monsieur le Marquis Kontakt aufnahmen, Monsieur le Commissaire.«

Talleyrand gab Marais das Kreuz zurück.

Marais dachte, dass Talleyrand jetzt, wo er ihm von Angesicht zu Angesicht gegenüberstand, noch besser auf Sistaines Beschreibung des maskierten Mannes passte. Ihm war klar, dass es keinen Zweck hatte, lange um den heißen Brei herumzureden. »Man hat Sie beschuldigt, Mitglied eines Geheimordens zu sein, dessen Großmeister sich untereinander angeblich anhand solcher Kreuze zu erkennen pflegen, Monsieur le Ministre.«

Marais entdeckte zu seiner Überraschung, dass Talleyrand seinem herausfordernden Blick zunächst auswich, bevor er ihn umso gelassener erwiderte.

»Oh, ich entsinne mich. War dieses Kreuz nicht das Symbol des Ordre du Saint Sang du Christ? Ich glaube, einer meiner Vorfahren war tatsächlich einer der Großmeister. Dieser Orden ist allerdings schon seit Ewigkeiten nicht mehr aktiv. Bestand der Ordenszweck nicht darin, eine Bibliothek obskurer Bücher zu bewahren? Weshalb mich umso mehr erstaunt, dass dieses Kreuz plötzlich wieder aufgetaucht sein soll und dann noch unter so delikaten Umständen. Es existierten schließlich Dutzende solcher unbedeutender Orden.«

Sehr zu Marais' Missfallen mischte de Sade sich in seine Befragung des Außenministers ein. »Die Liste, die gestern den Polizeiminister so aus der Fassung brachte, erhielt ich vom Comte Solignac d'Orsey, Monsieur«, erklärte Monsieur le Marquis eifrig. »Auf ihr war dasselbe merkwürdige Kreuz abgebildet, welches Marais aus diesem ermordeten Mädchen zog.«

Talleyrand runzelte die Stirn. »Solignac d'Orsey, sagen Sie?«

»Der nämliche«, bestätigte de Sade.

De Sades Auskunft stimmte Talleyrand erneut nachdenklich. »Und wusste Fouché, dass diese Liste Ihnen von Solignac d'Orsey hinterlassen worden ist?«

De Sade schüttelte den Kopf. »Was der Polizeiminister von mir verlangte, war eine Aufstellung sämtlicher mir bekannter Libertins in Paris. Die ich ihm selbstverständlich nicht geben konnte. Eben jene Liste des Comte war, was er stattdessen erhielt.«

»Sie haben eine Abschrift dieser ominösen Liste dabei?«

De Sade reichte sie Talleyrand. Der Minister studierte sie einen Moment und reichte sie dann de Sade zurück. Es war ihm dabei nicht anzusehen, ob er von deren Inhalt irgendwie erstaunt oder überrascht worden war .

Trotzdem war Marais überzeugt, dass der Minister zumindest angesichts des Namens Delaques für den Bruchteil einer Sekunde aus dem Gleichgewicht geraten war. Delaques also, dachte er. Der einzige Name, der eigentlich so gar nicht auf diese Liste passte.

Talleyrand traf eine Entscheidung. »Ich werde Ihnen meine Freundin vorstellen. Unter der Bedingung allerdings, dass ich bei Ihrem Gespräch zugegen sein werde. Akzeptieren Sie das?«

Marais deutete eine Verbeugung an. »Ich hätte gar nichts anderes erwartet!«

Talleyrand griff nach seinem schwarz lackierten Stock und ging unmerklich hinkend zur Tür. »Ich lasse Ihnen Erfrischungen servieren, während Sie warten«, versprach er und verschwand durch die Tapetentür.

Ein Bediensteter schob ein Wägelchen mit erlesenen Speisen, heißem Kaffee und einer Flasche Wein in die Loge.

De Sade griff gierig nach einem appetitlichen Stück Lachs in Cremesauce. Mit einer blitzschnellen Handbewegung hinderte ihn Marais, es in den Mund zu stecken.

»Ich an Ihrer Stelle würde meine Finger davonlassen, de Sade!«

»Wieso?«

»Talleyrand passt auf Sistaines Beschreibung des Mannes mit der Maske. Er ist reich und mächtig genug, um sich jedes Gift auf der Welt zu beschaffen, und Gevrol war auf einem seiner Bälle zu Gast, um hier sehr wahrscheinlich mit dem Mörder Kontakt aufzunehmen. Reicht Ihnen das nicht, um vorsichtig mit Talleyrands Erfrischungen zu sein?«

De Sade zögerte, steckte zuletzt das Stück Lachs aber dennoch in den Mund. »Sie sehen Gespenster, Marais!«, sagte er kauend. »Falls Talleyrand uns beseitigen wollte, würde er das nicht hier auf seinem Ball tun und dazu auch kein Gift verwenden, sondern einen gedungenen Meuchelmörder, damit man unser Ableben anschließend als einen Raubüberfall deklarieren kann.«

De Sade hatte das erste Stück kaum hinuntergeschluckt, da griff er bereits nach dem nächsten.

»Wie können Sie bloß so naiv sein? Es gibt viele Gifte, die erst nach Tagen wirken. Natürlich geht Talleyrand das Risiko nicht ein, uns alle drei hier mit den Füßen voran aus seinem Ballsaal tragen lassen zu müssen!«

»Sie sollten sich mal reden hören, Marais!«, brummte de Sade. »Sie klingen ja schon wie dieser Spinner Guillou!« Er trank einen Schluck Wein und legte sich eine Prise auf, die er geräuschvoll in die Nase zog.

Beleidigt verschränkte Marais die Arme vor der Brust und trat zu der Galerie, wo er verbittert auf die tanzenden Paare hinabschaute. »Ach, machen Sie doch, was Sie wollen!«

Silhouette, die Wangen gerötet und einen zornigen Glanz in den Augen, kritzelte einige Zeilen auf ihren Block und hielt ihn Marais vors Gesicht. *Er mag ein hinkender Teufel sein. Aber ein Cretin ist er nicht. Verstehen Sie denn nicht, dass er Sie braucht, um Fouché abzuservieren, Sie Elefant?*

Marais begriff kein Wort.

Silhouettes Stift flog wieder über das Papier. *Der Name Delaques taucht auf dieser Liste auf, richtig?*

Marais nickte.

Delaques ist Talleyrands Sohn! Ein Kind der Liebe, gezeugt mit einer alten Freundin von Madame. Und Fouché hat die Liste dem Kaiser als eine Aufstellung royalistischer Verschwörer präsentiert, richtig?

De Sade war zu ihnen getreten und las, was Silhouette zuletzt geschrieben hatte. Er hörte vor Überraschung auf, sein Häppchen zu kauen.

»Merde, wenn das wahr ist, gehört der ja doch auf die Liste!«

Marais wurde plötzlich so einiges klarer. Er fragte sich, weshalb Isabelle de la Tour ihnen heute Morgen über Delaques nicht die Wahrheit gesagt hatte? Was sollte diese Geheimniskrämerei?

»Nur noch ein Grund mehr, uns loszuwerden«, sagte Marais zu Silhouette. »Sade hat Fouché diese Liste schließlich erst gestern zugespielt. Und Talleyrand kann nicht sicher sein, ob wir ihm tatsächlich alles mitgeteilt haben, was wir darüber wissen«, gab Marais zu bedenken.

Silhouette füllte eifrig ein neues Blatt. *Genau das Gegenteil ist der Fall! Fouché versucht mithilfe dieser Liste, Talleyrand beim Kaiser auszubooten, sehen Sie das denn nicht, Monsieur? Doch um das zu verhindern, bleibt Talleyrand nur ...*

Silhouette hatte den Zettel auf ihrem Block gefüllt und blätterte weiter, um ihren Gedanken auf dem nächsten zu beenden. *... herauszufinden, wie der Comte Solignac d'Orsey dazu kam, diese Liste de Sade zuzuspielen. Er braucht Sie dazu – Sie beide. Ich wette mein Collier gegen einen alten Handschuh, dass er Ihnen noch heute Nacht ein Angebot macht, für ihn zu spionieren!*

Marais sah ein, dass an Silhouettes Argument etwas dran war.

Silhouette füllte lächelnd ein neues Blatt. *Delaques ist ein Spieler und Schürzenjäger. Er hasst Politik und Politiker und verachtet seinen Vater sogar noch mehr als Fouché und den Kaiser.*

Silhouette warf Marais einen langen Blick zu, wie um sich zu versichern, dass er wirklich begriff, was sie schrieb, und füllte ein neues Blatt: *Was immer hinter diesen Morden stecken mag, irgendetwas MUSS es mit Politik zu tun haben. Doch auf Politik würde Delaques sich niemals einlassen.*

Marais hatte zwar durchaus begriffen, was sie meinte, nur glaubte er ihr nicht. Guillou behauptete, dass die Mitgliedschaft im Orden erblich sei. Selbst wenn Delaques lediglich Talleyrands Bastard war, so war er dennoch dessen ältester männlicher Nachkomme. Und was wusste Silhouette schon über die verschlungenen Wege von Macht und Politik? Weder Delaques noch sein Vater würden ihre Mitgliedschaft im Orden irgendeiner Kurtisane auf die Nase binden. Im Gegenteil: Der Welt eine Komödie vom verkrachten Vater und Sohn vorzuspielen, konnte nur klug sein, um von Anfang an jeglichen Verdacht von sich abzulenken.

De Sade nahm eben einen großen Schluck aus der Weinkaraffe, als ein Geräusch an der Tür ihn herumfahren ließ.

Gemeinsam mit Talleyrand betrat eine Frau in einem grünen Ballkleid die Loge. Ihre großen braunen Augen hatten etwas Katzenhaftes, ihre Nase war leicht gebogen, ihre Lippen waren voll, die Haare kastanienbraun. Hinter den beiden betrat ein zweiter Mann die Loge. De Sade hatten keinen Blick für Talleyrand oder jenen zweiten Mann. Er hatte einzig Augen für die Frau, die an der Seite des Außenministers hereingetreten war.

Und sowie ihr Blick dem de Sades begegnete, vermochte keiner der beiden sein Erstaunen und die tiefe gegenseitige Abneigung zu verheimlichen. Trotz dieser Aversion amüsierte es Monsieur le Marquis im Grunde sogar, sie hier zu sehen. Er kannte diese Frau aus einer anderen Zeit, als sie eine andere Stellung innehatte. Doch sie war bei Weitem nicht die erste ehemalige Kurtisane, die in die bessere Gesellschaft eingeheiratet hatte.

Marais hingegen konzentrierte sich in diesem Moment auf den Mann bei Talleyrand. Ein einziger Blick genügte ihm, um ihn als Leibwächter zu identifizierten. Deshalb entging ihm jener kurze Blick, den de Sade und Talleyrands Begleiterin austauschten.

Obwohl de Sade ihren früheren Namen nie vergessen hatte, nannte er sie jetzt bei dem ihres Mannes – des Deux-Églises.

Der Außenminister hatte Madame des Deux-Églises bereits über Marais' Ansinnen ins Bild gesetzt.

Sie schien ungehalten, damit behelligt zu werden. Daher fiel ihre Unterhaltung auch denkbar einsilbig aus.

Nein, antwortete Madame des Deux-Églises, sie kenne oder kannte keinen Comte de Solignac d'Orsey. Und nein, sie könne sich nicht erklären, wie ihr Name auf diese Liste gekommen sei. Beaume? Dem sei sie ein paarmal anlässlich von Gesellschaften über den Weg gelaufen. Doch außer den üblichen Höflichkeiten habe sie mit ihm nie ein Wort gewechselt. Was ihren Mann, den Kavalleriegeneral des Deux-Églises anging, so verhalte es sich in dieser Beziehung genauso.

Marais zeigte ihr das Kreuz.

Nein, das sehe sie heute zum ersten Mal.

Marais war enttäuscht. »Dann gestatten Sie mir eine letzte Frage, Madame. Ist Ihnen in Ihrer Umgebung in den letzten

Wochen irgendetwas ungewöhnlich oder merkwürdig vorgekommen? Womöglich betrifft es ja gar nicht Sie selbst, sondern Ihren Gatten?«

»Der Krieg hält meinen Gatten beschäftigt. Darüber hinaus gab es nichts. Nicht einmal Ärger mit dem Personal.«

Madame warf ihrem Gastgeber einen langen Blick zu, woraufhin der seinem Bediensteten einen Wink gab, Marais, de Sade und Silhouette hinauszuführen.

Ein kalter Abschied.

Sowie die Tür hinter ihnen zugefallen war, erkundigte sich de Sade flüsternd, ob Marais Madame wiedererkannt habe.

»Nein, sie war ganz sicher nicht auf Doktor Gevrols Zeichnung zu sehen, de Sade! Aber lassen sie uns einen Blick auf die Ballgäste werfen, vielleicht haben wir dort ja mehr Glück.«

Sie kamen nicht weit, denn nachdem sie einige Schritte Richtung Treppe gegangen waren, holte Talleyrands Leibwächter sie ein. Silhouette war die Anwesenheit des Mannes unangenehm. Sie drängte sich näher an Marais.

»Mein Herr bittet Sie noch einen Moment zu warten, bevor Sie nach unten gehen, Messieurs!«, sagte der Leibwächter und wies den Flur hinunter zu einer zweiten Tür. Er öffnete seinen Rock und breitete dann die Arme aus. »Ich bin unbewaffnet! Durchsuchen Sie mich, falls Sie mir nicht glauben!«

Marais tastete den Mann ab, wobei er ein Stilett und einen Schlagring fand. Der Leibwächter zuckte die Achseln. »Man geht schließlich nicht völlig nackt aus dem Haus, Monsieur le Commissaire!«

Marais ließ Schlagring und Stilett kommentarlos in seinen Rocktaschen verschwinden.

Ein Mann und eine Frau traten eben aus einer der Logen

und blickten sich neugierig nach Marais, de Sade und Silhouette um, bevor sie ohne ein Wort den Flur hinunterschritten.

Marais schaute der Frau nach.

»Wer ist das?«, fragte er den Leibwächter.

»Er ist irgendein hohes Tier im Kriegsministerium. Und die Frau ist Pauline de Montfort, die Gattin des Marschalls. Keine Ahnung, was sie da mit dem Mann aus dem Kriegsministerium treibt«

Marais hatte Pauline de Montfort schon einmal gesehen – auf der ominösen Zeichnung von Doktor Gevrol. Dort war sie als weiblicher Johannes dargestellt.

»Was haben Sie, Marais?«, raunte de Sade ihm zu.

»Diese Frau eben, Pauline de Montfort, ist auf Gevrols Zeichnung zu sehen. Und der Name de Montfort steht auch auf dieser Liste, oder, de Sade?«

Jetzt war es an de Sade, neugierig den Flur hinabzuschauen. Doch das Paar war inzwischen verschwunden.

De Sade und Marais tauschten einen langen Blick aus.

»Was wollen Sie denn von dieser alten Kuh?«, fragte Talleyrands Leibwächter. »Die ist trocken wie eine Wüste und so geizig wie ein alter Lumpenhändler!«

»Nichts«, sagte Marais, »nur eine Verwechslung.«

Der Leibwächter zuckte mit den Achseln und führte die drei schließlich in ein kleines Boudoir, das auf eine schlichte Art als Liebesnest eingerichtet worden war. De Sade starrte auf ein Frauenporträt, das über einem mit Schnitzereien verzierten Sekretär hing.

Was immer sie hier auch erwartete, dachte Marais, es schien zunächst keine unmittelbare Gefahr zu drohen

Silhouette hielt sich dicht neben Marais. Ab und zu warf sie misstrauische Blicke auf den Leibwächter. De Sade war weiterhin ganz mit dem Frauenporträt beschäftigt.

Sie warteten.

Talleyrand betrat den Raum. Er zog eine Geldbörse aus seiner Rocktasche, stellte sie demonstrativ auf den Tisch und gab seinem Leibwächter einen Wink, sie allein zu lassen.

»Wer von den Leuten auf dieser Liste ist sonst noch hier, Monsieur le Ministre?«

Talleyrand sah Marais in die Augen. »Marschall Kellermann fehlt und der Duc du Peure. Doch abgesehen davon...«

»Auch ein gewisser Delaques?«

Talleyrand ging nicht auf die Frage ein. »Da Sie beide zusammen mit Mademoiselle Silhouette gekommen sind, muss ich davon ausgehen, dass Sie bei Madame de la Tour untergeschlüpft sind?«

Keiner sah einen Grund, dies zu bestreiten.

»Dann haben Sie mit diesem verrückten Priester gesprochen? Wie ist sein Name? Guillou? Und nachdem Sie ihm das Kreuz gezeigt haben, hat er Ihnen seine Geschichte von dem Satanisten-Orden aufgetischt. War es so?« Talleyrand lächelte. »Ich habe schon vor Monaten Berichte darüber erhalten, dass Guillou an diesem unglaublichen Märchen strickt. Angeblich ist er dabei, ein Buch darüber zu verfassen.«

»Dieses Kreuz existiert. Und diese Morde sind ebenfalls real«, sagte Marais mit Nachdruck.

Talleyrand nickte. »Sie legen den Finger in die Wunde, Monsieur le Commissaire. All diese Dinge existieren auch außerhalb von Guillous Wahnwelten. Keines davon kann ohne Bedeutung für die übrigen sein. Am Hof und im Kabinett gehen unheimliche Dinge vor. Irgendwer spielt aus dem Hintergrund heraus ein neues Spiel. Diese Liste könnte damit im Zusammenhang stehen. Aber dass es sich bei diesen Vorgängen um das Werk irgendeines mysteriösen Ordens handeln sollte, halte ich für sehr unwahrscheinlich. Das Leben ist kein Schauerroman. Ganz besonders nicht das von Politikern. Einige der Männer auf Ihrer Liste haben in den letzten Jahren immer wieder große Geldsummen flüssig gemacht, ohne dass man sagen könnte, wohin dieses Geld geflossen ist. Vor allem aber hat sich im Laufe der letzten Jahre jeder von ihnen zu bestimmten Anlässen gegen seine eigenen Überzeugungen und Interessen gewandt. Diese Männer sind keine Narren. Ohne zwingende Gründe würde keiner von ihnen sein Geld zum Fenster hinauswerfen.«

»Erpressung?«, warf de Sade ein.

»Offenbar«, bestätigte Talleyrand. »Und zwar sowohl an Fouché als auch an mir vorbei.«

Marais dachte an Mounasse, der behauptet hatte, irgendwer verdiene sich mit diesen Morden eine goldene Nase.

Talleyrand griff nach der Geldbörse. »Das sind dreihundert Louisdor.« Er sah von Marais zu de Sade und schließlich wieder zu Marais, dem er die Börse schließlich reichte. »Eine kleine Anzahlung.«

Marais betrachtete die Börse skeptisch.

»Sie haben recht, Monsieur«, lächelte Talleyrand. »Nichts auf der Welt ist umsonst.«

»Also, was verlangen Sie?«, fragte de Sade und nahm Marais die Börse aus der Hand.

Talleyrands Blick blieb auf Marais haften. »Was immer Sie über die Liste und jene Morde herausfinden – ich erfahre zuerst davon?«

Marais nickte. Er hatte keine Schwierigkeit damit, einen Mann zu belügen, von dem er annehmen musste, dass der ihn ebenso belog.

Talleyrand wandte sich zur Tür. Silhouette streckte ihm huldvoll lächelnd die Hand entgegen. Mit vollendeter Eleganz beugte sich der Minister herab, um einen Kuss darauf zu hauchen. Marais versetzte das einen Stich. Der Minister und Silhouette wirkten so vertraut miteinander.

Talleyrand blickte sich zu de Sade und Marais um.

»Ich schlage vor, Sie warten noch ein wenig, bevor Sie gehen. Nur um peinliche Missverständnisse zu vermeiden. Es war mir ein Vergnügen, Messieurs!«

Damit verließ er das Boudoir.

Sowie sie allein waren, legte de Sade sich eine Prise auf und schnupfte sie.

»Glauben Sie ihm?«, fragte Marais.

De Sade nieste, bevor er antwortete. »Es existieren nur zwei Eigenschaften, auf die man sich beim Menschen wirklich verlassen kann: Gier und Neid. Vielleicht noch Eifersucht, aber das ist im Grunde auch bloß eine Abart von Gier. Weshalb sollte Talleyrand nicht recht haben? Erpressung ist ein einträgliches Geschäft und gibt ein sehr plausibles Motiv für Mord ab.«

»Aber was hätte ein Mann, der es fertigbringt, die engsten Vertrauten des Kaisers zu erpressen, davon, diese vierzehn Mädchen und ihre Kinder zu töten?«

De Sade wischte sich Nase und Mund ab. »Wie wär's, wenn wir es herausfinden, Marais? Es ist höchste Zeit, dass wir uns zu Sistaines Spielsalon aufmachen. Wer weiß, vielleicht treffen wir dort ja sogar diesen Delaques?«

Statt de Sade zu antworten, wandte Marais sich an Silhouette, die etwas auf ihrem Block notiert hatte: *Delaques ist ein Stammkunde von Nathalie Deshayes in Sistaines Spielsalon. Früher hat er sie auch im Chat Noir besucht. Er hat sie mit Geschenken überschüttet und ihr immer wieder seine Liebe geschworen.*

»Hinkt er zufällig?« fragte de Sade.

Silhouette blätterte um und schrieb weiter: *Wenn er spielt, verliert er selten, falls er verliert, scheint's ihm nicht viel auszumachen.* Silhouette zögerte, schrieb dann weiter: *Nathalie hat sich ab und zu darüber beschwert, dass er von einem Tag auf den anderen für Wochen verschwand und, wenn er dann zurückkam, zwar jede Menge Geld hatte, aber angeblich auch stank wie die Pest und in sich gekehrt und unfreundlich zu ihr war.* Silhouette blätterte um und schrieb weiter. *Nathalie hat sich vor einiger Zeit heftig mit ihm gestritten. Ich weiß nicht, weshalb. Aber sie sagte, sie werde ihn nicht mehr bedienen. Ganz gleich, wie viel er ihr bietet. Sie war furchtbar wütend.*

Silhouette wartete, bis beide Männer ihre Zeilen gelesen hatten.

»Hinkt er nun?«, wiederholte Marais de Sades Frage.

Silhouette ließ sich nicht drängen: *Man behauptet, Nathalie sei so zornig, weil Delaques ein paarmal auf einem Dreier bestand und dabei verlangte, dass die beiden Frauen nacheinander auf ein Kruzifix pissen.*

»Delaques bat seine Huren, auf Kreuze zu pissen?« Marais sah sich zu de Sade um. »Sie sollten da jetzt keine voreiligen Schlüsse ziehen, Marais!«, meinte de Sade achselzuckend.

Silhouette schrieb weiter: *Nathalie meint, einmal habe er nach einem ihrer Dreier ein kleines Buch bei ihr vergessen. Es war voller Skizzen. Immer dasselbe Motiv. Eine Frau mit einer Teufelsmaske und einem langen, dünnen Schwanz.*

Marais war mit jedem weiteren Wort auf Silhouettes Block neugieriger geworden. Talleyrands illegitimer Sohn stellte sich als ein Mann heraus, der auf Kruzifixe pissen ließ und beschwanzte Teufelinnen in Notizbücher kritzelte?

»Da haben Sie es, Marais, der Teufel ist eine Frau!«, lachte de Sade. »Wer hätte das gedacht? Wie lautet die Etikette in Bezug auf beschwanzte Frauen? Steckt man ihn sich vielleicht in den Mund? Küsst man ihn? Hm, Rätsel über Rätsel.«

»Halten Sie doch den Rand, de Sade!«, brummte Marais.

Silhouette beschrieb längst den nächsten Zettel ihres Blocks: *Als er Nathalie dabei erwischte, wie sie sich sein Buch ansah, wurde er wütend, hat ihr aber zuletzt den doppelten Preis gezahlt, nur damit sie den Mund hält. Madame weiß davon. Doch sie bestand darauf, dass ich es für mich behalte. Also, sagen Sie ihr besser nichts davon!*

Beide Männer nickten.

»Diese Nathalie behauptet also, Delaques roch zuweilen sonderbar. Scheint Ihnen das nicht seltsam?«, fragte Marais.

»Nach Schwefel vielleicht?«, erkundigte sich de Sade sarkastisch.

Silhouette deutete auf das Porträt über dem Kamin. Weder Marais noch de Sade konnten ihrem Gedankengang folgen. Sie schrieb auf ihren Block: *Nicht nach Schwefel, sondern nach Farbe. Das dort auf dem Porträt ist Nathalie Deshayes!*

De Sade griff nach einer der Kerzen auf dem Tischchen und trat an das Bild heran. Wenn er Delaques bisher für einen verwöhnten Bengel gehalten hatte, so revidierte er das jetzt.

»Herrgott, Marais! Er ist der Maler!«, flüsterte er, nachdem ihm klar wurde, dass dieses Bild von demselben Meister gemalt worden sein musste wie das *Diana-Porträt* in Madames Vorzimmer und die Fresken im Palais des Comte Solignac d'Orsey. Das war eindeutig ein Schlag, sich einer solch direkten Verbindung zwischen Talleyrand, Madame de la Tour und dem Comte gegenüberzusehen.

»Ist es signiert?«, fragte Marais.

De Sade schüttelte den Kopf. »Er signiert seine Bilder nie. Das ist so eine Art Markenzeichen von ihm.«

War es Zufall, dass Talleyrand sie ausgerechnet in dieses Boudoir hatte führen lassen? Wusste er, dass de Sade die Fresken im Palais des Comte gesehen hatte? Wusste er, dass sein Sohn sie gemalt hatte? Auf beide Fragen gab es für de Sade nur eine Antwort: Ja. Bedeutete dies etwa, dass Guillous wahnwitzige Geschichte von Teufelsanbetern, korrupten Königen und einer monströsen Mordserie der Wahrheit entsprach? Versuchte Talleyrand, ihnen auf subtile Art zu drohen, indem er ihnen dieses Bild vorführte? Waren dann diese dreihundert Goldmünzen in Marais' Tasche eher als Bestechung, denn als Spesen für weitere Ermittlungen gedacht?

Marais versuchte ebenfalls, seine Gedanken zu sortieren. »Gevrol war auf einem von Talleyrands Bällen, um sich mit dem Mörder zu treffen, und er zeichnete dieses groteske Bild, auf dem sich offenbar die Frauen der Männer auf ihrer Liste wiederfinden. Das allein wäre schon Grund genug, sich verwundert am Kopf zu kratzen. Aber dann berichtet Silhouette uns von diesem Früchtchen Delaques, der nicht nur Talleyrands Bastard ist, sondern auch den Comte Solignac d'Orsey kannte, wie seine Fresken in dessen Halle beweisen. Delaques' Name erscheint außerdem auf Ihrer Liste, von der wir ja wohl inzwischen annehmen dürfen, dass sie eine Aufstellung der aktuellen Signets des Geheimordens ist. Delaques gehört schon deswegen darauf, weil er Talleyrands ältester männlicher Nachfahre ist und, wie wir von Guillou wissen, die Mitgliedschaft im Orden erblich ist. Delaques treibt sich in Sistaines Spielclub herum, wirft sein Geld zum Fenster hinaus, treibt blasphemische Spiele mit Kruzifixen und zeichnet weibliche Teufel in sein Skizzenbuch. Soweit, so furchtbar. Kommen wir zu Sistaine. Er hat Isabelle de la Tour zweifellos belogen. Denn selbstverständlich hat er bei seiner Aussage den Vater vorgeschoben, obwohl er den Sohn meinte. Kein ungeschickter Schachzug. Er muss gedacht haben, dass wir es nicht wagen würden, uns mit Talleyrand anzulegen. Und er ging darüber hinaus davon aus, dass Madame de la Tour seinen Wink mit dem Zaunpfahl schon verstehen würde. Das tat sie ja auch. Denn sie hat uns bloß deswegen hierhergelotst, damit wir Talleyrand brühwarm alles berichten, was wir wissen! Verflucht, de Sade, wir haben uns vorführen lassen wie blutige Amateure! Dieser Satanistenorden existiert nicht nur, er ist sogar aktiver denn je!«

Der Marquis wirkte einigermaßen ratlos. Alles schien tatsächlich auf Guillous irrwitzige Theorie von kindermordenden Satanisten hinzudeuten.

»Wir müssen Sistaine ausquetschen, de Sade!«, verkündete Marais. »Sobald wir ihn so weit haben, dass er die Wahrheit sagt, bringen wir ihn zu Fouché. Das ist unsere einzige Chance, lebend aus dieser verfluchten Affäre herauszukommen und diese Mörderbande ihrer Strafe zuzuführen!«

So gern er es eigentlich gewollt hätte, konnte de Sade Marais nicht widersprechen. Die Realität war völlig außer Rand und Band geraten.

»Dazu müssen wir erst einmal lebend hier herauskommen!«, grunzte er.

Silhouette hatte das Geraune der beiden Männer zunehmend misstrauisch verfolgt. Sie mochte nicht alles davon begriffen haben, aber immerhin wohl genug, um besorgt zu sein.

Marais nahm ihren Arm und blickte ihr angespannt in die Augen. »Ich muss Sistaine sprechen. Jetzt gleich. Führen Sie uns zu ihm, Silhouette!«

Silhouette schüttelte traurig den Kopf. Sie schrieb auf ihren Block. *Sie wissen, dass das unmöglich ist, Madame will das nicht!*

De Sade griff ungeduldig Marais' Arm und zog ihn zur Tür. »Verschwinden wir von hier, bevor zu viele Leute misstrauisch werden!«

Widerstrebend folgte Marais de Sades Drängen. »Was dachten Sie denn, was sie sagen würde? Sie ist eine Hure. Huren zwingt man entweder, einem zu Willen zu sein, oder man bezahlt sie. Aber sie zu bitten? Ts!«

De Sade spürte Silhouettes Hand auf der Schulter und sah sich nach ihr um. *Ich bin stumm, nicht taub, Sie Kretin*, hatte sie wütend auf ihren Block gekritzelt.

Silhouettes Zorn perlte allerdings an de Sade ab. »Deswegen hab ich trotzdem recht«, brummte er und öffnete vorsichtig die Tür zum Flur.

Ein Lakai erwartete sie dort, der sie aufforderte, ihm zu folgen, und sie über Hintertreppen und schmale Flure zur Küche und von dort zum Dienstboteneingang führte.

»Auch das noch, Marais! Der Dienstboteneingang! Und das mir! Einem Marquis von Frankreich! Was erwarten Sie eigentlich, wie tief ich wegen Ihrer verfluchten Ermittlung noch sinken soll?«, maulte de Sade.

Immerhin erwarteten sie am Lieferanteneingang einige Dienstboten mit Windlichtern, die sogleich losliefen, um ihre Kutsche herbeizuholen. Man hatte ihnen ihre Mäntel und Hüte bereitgelegt und half ihnen, sie überzustreifen.

»Oh, vielen Dank übrigens, de Sade, dass Sie sich eingemischt haben«, sagte Marais und sah sich zu dem Mädchen um, das ihnen langsam folgte. »Ich hätte Silhouette beinah so weit gehabt, mit uns zu Sistaine zu fahren. Jetzt wissen wir nicht einmal, wo sich Sistaines verflixter Spielsalon befindet.«

De Sade winkte verächtlich ab. »Natürlich wissen wir das, Marais!«

»Ach?«

»Ach?«, äffte de Sade Marais nach. »Das Porträt von Nathalie Deshayes in dem Salon, Marais! Sagen Sie nur, Sie hätten nicht bemerkt, dass man im Bildhintergrund die Kirche in der Rue Maurice sehen kann? Silhouette behauptete doch, Delaques hätte sich mit dieser Nathalie in Sistaines Spielsalon getroffen. Wie viele davon wird's in der Rue Maurice schon geben?«

De Sade warf einen misstrauischen Blick auf Silhouette, die noch außer Hörweite am Treppenaufgang stand und nachdenklich in die Nacht hinausstarrte. »Lassen wir den Kutscher einfach halten, sobald er über die Brücke weg ist, und gehen dann zu Fuß weiter«, schlug er flüsternd vor.

»Ohne Lampe? An einem Samstagabend? Sind Sie lebensmüde? So wie wir herausgeputzt sind, zerreißt uns die Meute, sobald wir an die erste dunkle Straßenecke kommen!«

»Ach, ich dachte, Sie seien so gut mit Ihren Messern?! Ein ehemaliger Armeeoffizier, der sich vor einer Meute Betrunkener fürchtet, das ist ja lächerlich«

»Gut, auf mein Zeichen hin, sobald wir über die Brücke gerollt sind …«, bestätigte Marais de Sades Vorschlag und trat dann, ganz Kavalier, zu Silhouette, um ihr die Treppe hinab- und in die Kutsche hineinzuhelfen. De Sade trottete ihnen mit hängendem Kopf und Armen hinterdrein.

Marais verharrte. De Sade sah, wie er sich straffte und wie seine Hand unter den Mantel fuhr – dorthin, wo er seine Messer verbarg.

Bernard Paul blickte aus dem geöffneten Kutschenschlag. »Sei jetzt vernünftig, Louis, und halt deine Hände schön dort, wo ich sie sehen kann!« Er wies mit dem Lauf einer Pistole direkt auf Silhouettes Brust. »Ich weiß, dass du schnell bist, Louis. Aber so schnell bist du nun auch wieder nicht.«

Marais schob Silhouette beiseite und stieg nach einem kurzen Moment des Zögerns als Erster in die Kutsche, dann streckte er ihr seine Hand entgegen, um ihr hineinzuhelfen. Zuletzt stieg auch de Sade ins Innere der Kutsche. Außer Bernard Paul saß noch ein zweiter, jüngerer Mann darin. Und sobald sich die Kutsche in Bewegung setzte, fiel de Sade wieder ein, wo er den Bengel zuvor schon einmal gesehen hatte.

»Guten Abend, Aristide«, sagte Marais.

»Abend Patron«, antwortete Aristide kleinlaut.

De Sade lehnte sich zwischen Marais und Silhouette in die bequemen Polster zurück. Die Kutsche setzte sich in Bewegung.

Bernard Paul fühlte sich offenbar nicht wohl in seiner Haut. Er wirkte nervös.

»War nicht meine Idee, Louis. Aber Befehl ist Befehl, das weißt du so gut wie ich.«

»Sicher.« Marais nickte. »Woher wusstet ihr, wo ich zu finden bin? Habt ihr das Chat Noir überwachen lassen?«

»Da fragst du den Falschen. Der Alte hat mir heute Abend befohlen, den Laden dichtzumachen. Genau das haben wir getan. Dann hat er darauf bestanden, dass ich hier deine Kutsche kapere.«

Silhouette nahm ihren Block zur Hand und schrieb eine Notiz, die sie Bernard Paul und Aristide entgegenhielt: *Wohin bringen Sie uns?*

Es schien, als wolle Aristide antworten, aber ein brutaler Rippenstoß von Bernard Paul brachte ihn davon ab.

Die Stadt war über den Höhepunkt der Invasion aus den Vorstädten hinaus. Jetzt patrouillierten Trupps von Soldaten durch die Straßen, schlichteten letzte Streitigkeiten unter Betrunkenen und sammelten Schnapsleichen auf, die sie fluchend von den Straßen auf die Bürgersteige schleiften, wo sie liegen blieben, bis sie ihren Rausch ausgeschlafen hatten. Der Samstagabend bescherte Hospitälern und Bestattern regelmäßig gut gefüllte Leichenkammern.

»Ich hab nie geglaubt, dass du was mit Beaumes Tod zu tun hast, Louis. Nur falls dir das irgendwas bedeutet.«

»Danke« sagte Marais und wirkte dabei, als ob ihm dies tatsächlich etwas bedeutete.

Für den Rest der Fahrt herrschte lastendes Schweigen in der Kutsche.

De Sade glaubte, dass man sie zurück zum Chat Noir brachte, nachdem sie zwar den Fluss überquert, aber dennoch nicht zum Polizeihauptquartier abgebogen waren. Dass Fouché es gewagt hatte, das Haus der Herrin der Nacht von seinen Pudeln besetzen zu lassen, war kein gutes Omen. Isabelle de la Tour musste über alle Maßen wütend darüber sein, und Fouché war nicht so naiv, sich ihre Feindschaft wegen einer Kleinigkeit zuzuziehen. Seit sie das Chat Noir verlassen hatten, musste etwas geschehen sein, das den Polizeiminister dazu veranlasst hatte, Risiken einzugehen. Ob eine weitere Leiche aufgetaucht war?

Zwei Männer in den blauen Röcken der Pudel erwarteten sie am Eingang des Chat Noir.

In dem Moment, als Silhouette, de Sade und Marais aus der Kutsche stiegen, baute sich Bernard Paul vor Marais auf und streckte ihm die Hand entgegen. »Deine Messer, Louis!«

Marais händigte ihm widerwillig drei seiner Wurfmesser sowie Schlagring und Stilett von Talleyrands Leibwächter aus. Bernard Paul ließ die Waffen in seiner Manteltasche verschwinden.

Fouché war kein Risiko eingegangen, als er das Chat Noir überfallen ließ. In der Halle trieb sich ein weiteres Dutzend als Bordellgäste verkleideter Pudel herum.

»Der Minister wartet oben, Louis.« Bernard Paul wies zur Treppe.

»Fouché ist hier?«

»Er ist vorhin sogar mit der Pistole im Anschlag als Erster durch die Tür in die Halle gestürmt.«

Mit einem Dutzend bis an die Zähne bewaffneter Halsabschneider im Rücken kann man es sich durchaus leisten, mutig zu sein, dachte de Sade verdrossen.

»Du hättest nicht weglaufen sollen, Louis. Ich habe Fouché noch nie zuvor so wütend gesehen.«

De Sade musste anerkennen, dass sich Silhouette sehr tapfer hielt. Sie wirkte zwar zunächst erschrocken, aber hatte sich rasch wieder in den Griff bekommen.

Am Ende der Treppe erwarteten sie zwei Pudel.

»Er ist da drin, Monsieur.« Einer der Pudel wies den Flur hinunter auf eine Tür. Bernard Paul nickte und schob Silhouette vorsichtig den beiden entgegen. »Sperrt sie zu den anderen!«, befahl er.

De Sade fragte sich, wo all die Freier und Mädchen abgeblieben waren. An einem Samstagabend war das Chat Noir besonders gut besucht, und seine Gäste waren keine kleinen Lichter in der Pariser Gesellschaft. Umso erstaunlicher, dass Monsieur le Ministre es gewagt hatte, sich deren Unmut zuzuziehen.

Einer der Pudel ergriff Silhouette und war drauf und dran, sie vor sich her zum Salon zu stoßen, doch sie befreite sich geschickt aus seinem Griff und warf Marais und de Sade einen langen, ernsten Blick zu.

Bernard Paul befahl seinen Männern, Silhouette nun endlich

in den Salon zu bringen. Diesmal leistete sie keinen Widerstand.

»Dort hinein, Louis!«, sagte Bernard Paul und schob de Sade und Marais in ein Boudoir.

Fouché saß in einem Sessel. Er trug trotz des Feuers im Kamin seinen Mantel und hatte nur den Hut abgelegt.

»Danke, Bernard. Schließen Sie ab!«, befahl er.

Bernard Paul vermied Marais Blick, während er sich abwandte und hinter sich die Tür verschloss.

»Setzen Sie sich, Messieurs!«

Fouché hatte zwei Dokumente bei sich, die er nacheinander aus seiner Manteltasche zog und auf dem Tischchen ablegte. »Vor zwei Stunden habe ich alle Anschuldigungen gegen Sie fallen lassen. Sie dürfen mir dafür danken.«

»War das ein Befehl?«, fragte de Sade sarkastisch.

Fouché warf ihm einen vernichtenden Blick zu, doch er entgegnete nichts.

Monsieur le Ministre wandte sich an Marais. »Nichts ist umsonst auf der Welt. Sie müssten schon noch etwas für mich tun, bevor ich Sie als freie Männer hier herausspazieren lassen kann...« Fouché griff nach einem der beiden Dokumente auf dem Tisch und reichte es Marais. »Ihre Ernennung zum Polizeipräfekten von Paris.«

De Sade war sprachlos. Marais war es auch. Er starrte den Minister verdutzt an. Dann trat er einen Schritt auf ihn zu und nahm das Dokument in Empfang. Er überflog den Schriftzug, das Siegel. An der Echtheit bestand kein Zweifel.

Fouché hielt das zweite Dokument hoch. »Und das ist für Sie, de Sade. Eine Generalamnestie.«

De Sade rührte sich nicht vom Fleck und streute sich betont nonchalant eine Prise auf den Handrücken.

Fouché legte das Dokument wieder auf dem Tisch ab.
»Wenn ich es richtig sehe, tritt meine Ernennung sofort in Kraft?«, fragte Marais und wies auf das Dokument in seiner Hand.

Fouché nickte beiläufig und blickte dann zu de Sade. »Was ist nun, Monsieur le Marquis? Zu stolz, eine Generalamnestie aus meinen Händen zu akzeptieren?«

De Sade zuckte die Achseln. »Jeder geht nach bestem Wissen und Gewissen an seinen eigenen Talenten zugrunde. Ich kaufe keine Katze im Sack. Bevor ich nicht weiß, was Sie von mir als Gegenleistung erwarten, werde ich dieses Dokument nicht mal ernst genug nehmen, um mir damit den Hintern abzuwischen«, sagte er und deutete eine Verbeugung in Fouchés Richtung an.

»Sehen Sie, Monsieur le Marquis, das ist das Problem mit Ihnen: Immer wenn Ihnen irgendwo eine letzte Chance winkt, ziehen Sie es aus purer Eitelkeit vor, lieber auf die allerletzte zu warten. Aber die wird es diesmal nicht geben. Entweder Sie akzeptieren diese Amnestie, oder Sie verrotten ab übermorgen früh bei den Ratten in der Festung von Saint-Michel.«

Marais verstaute seine Ernennungsurkunde in der Manteltasche. »Ich muss mir vier Ihrer Männer ausborgen, Monsieur le Ministre. Ich habe eine Verhaftung vorzunehmen«, sagte er mit einem harten Lächeln.

»Aha, wer ist der Unglückliche?«, erkundigte sich Fouché gelassen.

»Ein Spielsalonbesitzer namens Sistaine.«

»Es sollte Ihnen schwerfallen den festzunehmen, Marais. Und zwar aus zwei Gründen. Der erste und wichtigste Grund – ich würde es Ihnen nicht gestatten. Der zweite und zwingendste Grund, Monsieur Sistaine ist tot.«

Das überraschte de Sade mehr als Marais, der Fouchés Nachricht so gelassen zur Kenntnis nahm, als hätte er insgeheim längst damit gerechnet. »Ein sehr plötzlicher Tod«, kommentierte Marais die Neuigkeit. »Was mich ganz besonders erstaunt, ist, dass Sie offenbar recht gut über diesen Tod informiert sind. Erstaunlich, wo er doch ein solch kleines Licht war und es an einem Samstagabend sicherlich wichtigere Opfer zu beklagen gab als ihn.«

Der Minister ließ sich von Marais nicht aus der Ruhe bringen. »Ein bedauerlicher Verkehrsunfall. Einer Droschke gingen wohl die Pferde durch«

»So, so«, entgegnete Marais mit einem sarkastischen Lächeln.

Fouché bedachte ihn daraufhin mit einem Blick, der de Sade an eine Katze erinnerte, die sich fragte, ob es die Maus vor ihr wirklich wert war, noch länger mit ihr herumzuspielen, oder ob man ihr nicht besser gleich den Kopf abriss.

»Für Ihre Beförderung erwarte ich von Ihnen, dass Sie diese Morde ganz einfach vergessen«, sagte Fouché. »Die Leute, denen Sie nachjagen, werden niemals einen Gerichtssaal von innen sehen, Messieurs. Akzeptieren Sie das. Trotzdem kann ich Ihnen versichern, dass es keine weiteren Opfer mehr geben wird. Es ist ein für alle Mal vorbei. Sie haben mir einen großen Dienst erwiesen. Also nehmen Sie demütig den Dank des Vaterlands entgegen. So schwer kann das schließlich selbst für Sie nicht sein.«

Fouché zog seine Handschuhe aus der Manteltasche und griff nach seinem Hut. »Sie haben bis morgen früh neun Uhr Zeit, sich mein Angebot zu überlegen. Dann setze ich die Fahndung nach Ihnen wieder in Kraft und lasse Sie beide offiziell festnehmen.«

Die Handschuhe bereit und den Hut auf dem Kopf, blieb Fouché dennoch in dem Sessel sitzen.

»Auf welche Begründung hin wollen Sie uns festnehmen lassen, Monsieur le Ministre? Dass de Sade oder ich irgendetwas mit Beaumes Tod zu tun haben, können nicht einmal Sie einem Richter einreden«, sagte Marais.

Fouché lächelte müde.

»Beaume? Aber nicht doch, Louis. Da müssen Sie irgendetwas in den falschen Hals bekommen haben. Was Ihnen bevorsteht, falls Sie den Dank Frankreichs zurückweisen, ist eine Anklage im Fall Estelle Belcourt. Sie haben damals das arme Mädchen auf die Guillotine geschickt, damit Ihr Schwiegervater sich an ihrem Vermögen bereichern konnte. Bei dieser Anklage wird mir jeder Richter in Paris einen Haftbefehl ausstellen. Keiner weiß das besser als Sie selbst«, verkündete Fouché und wies gleich darauf auf de Sade. »Was Sie betrifft, de Sade – Herrgott, da weiß man ja gar nicht, wo man anfangen sollte, so viel wie da infrage käme.«

»Weshalb der Aufwand, Monsieur le Ministre? Wozu mich aus Brest zurückbeordern, wenn Sie mich dann zwingen, den Fall auf halbem Wege fallen zu lassen?«, erkundigte sich Marais.

Fouché blickte ihn an. »Dass Sie diesen Mörder dingfest machen, stand doch niemals zur Diskussion, Louis. Ich war sicher, das wäre Ihnen von Anfang an klar gewesen. Alles, was ich von Ihnen erwartete, war, dass Sie durch Ihre Ermittlungen Druck auf bestimmte Leute ausüben. Diese Aufgabe haben Sie mit Bravour erfüllt.«

Fouché streifte sich seine Handschuhe über, erhob sich aus dem Sessel und klopfte an die Tür, um Bernard Paul anzuzeigen, dass er hier fertig war.

Alles hätte de Sade ertragen können, nur nicht, dass Fouché jetzt aus diesem Zimmer ging und das letzte Wort behielt.

»Hören Sie meine Antwort schon jetzt, Joseph: Ich scheiße auf Ihre Generalamnestie. Ich bin ein Marquis von Frankreich. Sie sind ein kleiner Parvenü.«

Fouché deutete übertrieben feierlich eine Verbeugung in de Sades Richtung an. »Sehr wohl dann, Monsieur. Ich kann nicht sagen, dass es ein Vergnügen gewesen ist, Sie noch einmal gesprochen zu haben, bevor man Sie an die Festungsratten verfüttert.«

De Sade war zu eitel, um es dabei zu belassen. »Jedermann in Paris fragt sich, was Sie eigentlich antreibt, Joseph. Ihr Geld ist Ihnen stets nur Mittel zum Zweck gewesen, und auf den Ruhm und die Weiber geben Sie auch nichts. Was dann? Es ist das Spiel an sich, nicht wahr? Und Sie haben ja auch schon so oft gewonnen. Aber lassen Sie sich einen Rat von einem alten Spieler geben: Sobald man sich erst mal an sein Glück gewöhnt hat, lässt es einen im Stich. Das ist ein Naturgesetz. Sie sind längst auf dem Weg nach unten, Monsieur le Ministre. Sie sind bloß der Einzige, der es bisher noch nicht bemerkt hat.«

Von draußen her klirrten Schlüssel.

»Gute Nacht, Messieurs«, sagte Fouché, sowie die Tür geöffnet wurde. Er trat in den Flur hinaus. Bernard Paul verlor keine Zeit, hinter ihm wieder abzuschließen.

10

DAS UNGEHEUER IM THEATER

De Sade hatte sich in einen der Sessel fallen lassen. »Wie kann er es wagen! Diese Kreatur der Gosse!«, rief er.

Marais blieb bei dem Tisch stehen, sah nachdenklich zu Boden. »Erinnern Sie sich, de Sade? Fouché sagte *diese Leute*. Mehrzahl. Er weiß von dem Orden.«

De Sade ahmte einen Furz nach und blinzelte Marais müde an. »Er lügt, wann immer er den Mund aufmacht.«

Marais war anderer Meinung. »Das war keine List. Er wollte uns Angst machen, gerade weil ihm klar war, dass wir mit Guillou und Talleyrand gesprochen haben.«

De Sade war nicht überzeugt. Marais war in Gedanken jedoch bereits zwei Schritt weiter und sichtlich erschrocken vor dem, was er da zu sehen glaubte.

»Dieser Satanistenorden existiert. Und er muss wirklich überaus mächtig sein, wenn uns sowohl Talleyrand als auch Fouché unabhängig voneinander davon abbringen wollen, seine Geheimnisse zu lüften.«

De Sade sank im Sessel zusammen, legte die Hände auf den Bauch, streckte die Beine aus, schloss die Augen und tat, als schliefe er.

Marais trat de Sade gegen die Füße und zwang ihn so, die Augen wieder zu öffnen. »Wie können Sie in dieser Situation nur an Schlaf denken, Sie Elefant?«

De Sade grunzte und öffnete ein Auge, mit dem er Marais skeptisch musterte.

Marais rammte die Hände in die Hosentaschen, starrte auf de Sade herab und begann, seine Theorie zu erläutern. »Fouché muss schon vor einiger Zeit hinter die Existenz des Ordens gekommen sein. Also hat er mich ungefähr um die Zeit aus Brest zurückgeholt, als er mit einer neuen Schwarzen Messe rechnete, die selbstverständlich ein neues Opfer erforderte. Er hat mich benutzt, um den Orden einzuschüchtern. Dass ich zurück war, muss diesen Leuten wirklich einen gehörigen Schrecken eingejagt haben. Und Beaume hat sicher als Informant des Ordens im Ministerium gedient und stellte eine Rückversicherung dafür dar, dass keine Untersuchung zu Ende geführt wurde.«

De Sade blinzelte mit dem einen offenen Auge. Er bezweifelte wohl, dass Marais' Ruf allein schon genug gewesen sein sollte, mordende Satanisten einzuschüchtern. Und wahrscheinlich bezweifelte er nicht nur das.

»He, hören Sie mir überhaupt zu, de Sade?«, fragte Marais ungehalten. »Sie selbst haben behauptet, dass der Mord an Beaume nicht wie das Werk eines klassischen Wahnsinnigen gewirkt habe, sondern eher eine Botschaft darstellte. Das war eine Botschaft an Fouché. Sicher hat Beaume kurz vor seinem Tod Fouché alles gestanden. Der Orden hat davon erfahren und ein Exempel an ihm statuiert. Und was für eines!«

De Sade gab durch nichts zu erkennen, dass er Marais' Vortrag folgte. Marais fuhr ungerührt fort. »Aber ein Joseph Fouché lässt sich so schnell nicht einschüchtern. Er hat damals, 1793 in Lyon, ein paar hundert Menschen auf einen Acker getrieben und mit Kanonen zusammenschießen lassen. Ich wette mit Ihnen, de Sade, er hat mit diesen Satanisten seinen Frieden geschlossen, weil er sich davon Vorteile im Kabinett oder beim Kaiser erhofft. Dieser Schweinehund würde alles tun, um seine Macht zu erhalten oder auszubauen! Und was diesen Sistaine betrifft – er wusste zu viel. Wer immer Fouché unser Versteck hier verraten hat, verriet ihm wohl auch, was Sistaine Isabelle de la Tour über den hinkenden Mann mit dem Kreuz berichtete. Sein Schicksal war damit besiegelt!«

Marais sah auf de Sade hinab, der noch immer so tat, als schliefe er.

»Lassen Sie das Theater, de Sade!«, rief er und trat nach de Sades Füßen. »Ich weiß, dass Sie nicht schlafen. Sie sind bloß zu eitel zuzugeben, dass ich recht haben könnte.«

De Sade gähnte ausgiebig. »Nichts als Spekulationen, Marais!«

»Spekulationen?«, rief Marais aufgebracht. »Das sind keine Spekulationen, sondern logische Schlüsse!«

Monsieur le Commissaire war sichtlich in Stimmung für einen Schlagabtausch, doch de Sade wollte ihm die Freude nicht machen.

»Obwohl sich natürlich die Frage stellt, wie Ihr Freund Solignac d'Orsey und dessen Liste ins Bild passten.«

De Sade sah Marais missfällig bei dessen Wanderungen durchs Zimmer zu. »Nur zu, Marais! Erleuchten Sie mich!«

Marais ging auf de Sades sarkastische Bemerkung nicht ein. »Der Comte hatte überall seine Finger im Spiel, das ist bekannt. Und er war so gut wie unantastbar. Weder die Jakobiner noch der Kaiser haben ihn je behelligt. Er muss ein Ordensmitglied gewesen sein, de Sade. Genau wie Talleyrand eines ist!«

Marais blieb abrupt stehen. »Aber weshalb hat er Ihnen dann diese Liste zukommen ließ, de Sade? Das verstehe ich nicht ...«

De Sade musste zugeben, dass er sich diese Frage auch

schon gestellt hatte. Marais ahnte natürlich nichts von all den gespenstischen Zufällen, die ihn, de Sade, seit Jahrzehnten wie ein böser Fluch verfolgten und für die er insgeheim den Comte verantwortlich machte. Den Comte deswegen allerdings zu einem Ordensmitglied und Satanisten zu erklären, wie Marais dies tat, das ging dem Marquis dann doch zu weit.

Marais betrachtete de Sade herausfordernd. »Sie kannten den Comte, de Sade. Sie waren sein ...« Marais verkniff sich das Wort.

»Geliebter? War es das, was Sie sagen wollten?«

Marais schwieg.

De Sade setzte sich träge in dem Sessel auf und schniefte eine Prise. Er nieste und wischte sich die Nase ab. »Vergessen Sie den Orden. Nichts davon ist wahr, Marais! Talleyrand hat recht, wenn er glaubt, dass hinter den Morden irgendeine groß angelegte Erpressung steckt.«

»Sie weigern sich, das Offensichtliche zu akzeptieren, de Sade!«, rief Marais zornig.

De Sade gab ein abfälliges Grunzen von sich, stützte die Ellbogen auf die Knie und legte den runden Kopf in die Hände. »Lassen wir diese absurden Hypothesen mal beiseite, Marais. Was mich beunruhigt, ist diese Bedenkzeit, die Fouché uns gewährt hat. Weshalb uns hier wegschließen und bis morgen früh warten lassen, wenn er doch seine Antwort auch gleich hätte bekommen können?«

Marais musste zugeben, dass de Sade einen wunden Punkt getroffen hatte. »Er will uns für heute Nacht aus dem Verkehr ziehen, meinen Sie? Was geschieht also zwischen, sagen wir, elf Uhr heute Nacht und neun Uhr morgen früh?«

De Sade lächelte böse. »Fouché trifft eine Vereinbarung mit dem Mörder und Erpresser. Das geschieht heute Nacht. Und er will natürlich nicht, dass wir ihm zufällig in die Quere kommen.«

De Sade nieste noch einmal und schaute nachdenklich auf die geschlossene Tür. »Sie wirken erstaunlich gelassen für einen Mann, dem morgen früh eine Anklage bevorsteht.«

Marais zuckte die Achseln. »Ich hab mir nichts vorzuwerfen. Mademoiselle Estelle Belcourt hat damals ihren Kopf zu Recht verloren. Und jedes faire Verfahren wird das auch bestätigen.«

»O, sicher«, sagte de Sade voller Sarkasmus. »Und dieses gerechte Verfahren werden Sie natürlich ausgerechnet von Fouché bekommen.«

Marais wich de Sades Blick aus und schwieg.

De Sade blinzelte ihn gelangweilt an, stand dann auf und ging zu dem größeren Tisch beim Fenster, nahm dessen Tischtuch, ging zum Sessel zurück und breitete das Tischtuch wie eine Decke über Beine und Bauch. Keine Frage, dass er nunmehr ernstlich beabsichtigte, ein Nickerchen zu halten

Marais war entrüstet über diese herablassende Gemütsruhe.

»Ihre Zuversicht möchte ich haben, de Sade.«

De Sade wies zum Fenster, hinter dem tiefe Nacht herrschte. »Was erwarten Sie, das wir tun sollen? Die Pudel da draußen vor unserer Tür mit Bittgebeten in die Knie zwingen?«

»Ach, und sich jetzt schlafen zu legen, löst unser Problem?«

De Sade schüttelte die dünne Tischdecke auf. »Natürlich nicht. Aber spätestens in drei Stunden werden die Pudel da draußen so müde sein, dass sie sich kaum noch auf den Beinen halten können. Das ist der Moment, in dem wir etwas ausrichten können. Und das wird der Moment sein, in dem ganz bestimmt auch Madame aktiv werden wird. Sollten Sie also vorhaben, wach zu bleiben, wäre ich Ihnen sehr verbunden, wenn Sie mich in zwei Stunden für einen Kriegsrat wecken würden.«

De Sade schloss die Augen und war innerhalb von Minuten fest eingeschlafen.

Marais hörte die Uhren schlagen. Halb zwei Uhr morgens. Er hatte lange regungslos am Tisch gesessen. Jetzt trat er zum Fenster und sah in die Nacht hinaus. Ein weißer Schimmer hatte sich auf Dächer und Straßenpflaster gelegt. Der erste Frost. Er griff in seine Tasche, brachte einen Rosenkranz hervor und begann zu beten. Er betete für Nadine und Paul, die ermordeten Mädchen und deren verlorene Kinder. Aber er betete auch für ein Licht, das ihm den Weg aus der Düsternis wies. Gott hatte ihn mit einer Mission betraut, und Marais hatte nicht erwartet, dass sie ungefährlich oder gar einfach sein würde. Doch ein Zeichen des Herrn, fand er, wäre langsam schon angebracht.

Marais bemerkte nicht, dass de Sade ihn unter halb geschlossenen Lidern bereits seit einer Weile beobachtete und es dem alten Ungeheuer nicht schwerfallen konnte zu erahnen, was Marais da tat. »Denn unser Wissen ist wie unser Weissagen nur Stückwerk«, zitierte das alte Ungeheuer aus der Bibel. »Wenn aber kommen wird das Vollkommene, so wird das Stückwerk aufhören. Und da ich ein Kind war, da redete ich auch wie ein Kind und war klug wie ein Kind. Da ich aber ein Mann ward, tat ich ab, was kindisch war. Wir sehen jetzt durch einen Spiegel in einem dunklen Wort, dann aber von Angesicht zu Angesicht.«

De Sade ließ einen Furz ertönen. Einen echten diesmal. Marais hielt sich angewidert die Nase zu.

»Ihren Gott um Beistand anzuflehen, ist vergebens, Marais.

Der Einzige, der Ihnen jetzt noch helfen kann, sind Sie selbst. Sehen Sie es endlich ein, Mann, der Himmel ist leer!«

De Sade schlug die Tischdecke von seiner Brust. »Steigen Sie endlich von Ihrem hohen Ross herab, Marais. Dachten Sie etwa, mir sei entgangen, dass Sie sich seit dem Treffen mit diesem Spinner Guillou auf einer Art göttlicher Mission wähnen?«

Marais drohte de Sade mit dem Zeigefinger. »Sie, de Sade sind doch nur eine weitere Prüfung, die der Herr mir auf dieser Mission in den Weg gestellt hat.«

De Sade zuckte die Achseln. »Dass ich nicht lache! Sie sind auch nicht besser als alle anderen Feiglinge, die sich an einen imaginären Gott halten müssen, weil sie ohne ihn ihre eigene Bedeutungslosigkeit nicht ertragen könnten.«

Die Selbstgewissheit in de Sades Augen regte Marais furchtbar auf. »Und versucht vom Satan und geschlagen mit Plagen und Zweifeln, so wankte Hiob dennoch nicht in seinem Vertrauen in Gott«, zitierte er aus der Bibel.

De Sade schüttelte angewidert den Kopf, blies seine Wangen auf und machte »Pfff!«.

Marais lächelte herablassend. »Was, wenn Gott eben doch existiert, de Sade? Dann gibt es kein Leben auf Probe. Am allerwenigsten für Sie. Denn dann läuft alles, was wir hier auf Erden treiben, nur auf Gottes Jüngstes Gericht hinaus. Und wer, de Sade, möchte dann schon in Ihrer Haut stecken?«

»Ach ja, Hiob, der jede Demütigung, jede Katastrophe, die sein angeblich so liebevoller Gott über ihn ausschüttet, einfach erträgt!«, knurrte de Sade. »Welch erhebendes Vorbild für Sklaven, Duckmäuser und Narren! Weshalb sollten die auch gegen ihr Schicksal revoltieren, solange ihnen nach einem Dasein als fromme Fußabtreter das Himmelreich offensteht?

Pah! Welch komfortable Philosophie für Ausbeuter, Tyrannen und Mörder!«

»Ausbeuter, Tyrannen und Mörder? Da kennen Sie sich natürlich aus!«, höhnte Marais.

De Sade musterte ihn betont herablassend. »Mord gehört nicht zu meinem Repertoire, das sollten Sie aus Ihren Polizeiakten wissen. Und sowieso sind Sie, mein Lieber, der erbärmlichste Feigling, der mir je untergekommen ist. Ein Wink von Ihnen, ja nur ein einziger Blick, und Silhouette würde mit Freuden ihre Röcke für Sie heben. Was tun Sie? Sie verstecken sich hinter Ihrer toten Frau.«

»Aha«, Marais verschränkte die Arme vor der Brust. »Natürlich, de Sade. Wo wir nun schon alle anderen Gemeinplätze abgearbeitet haben, konnte es lediglich eine Frage der Zeit sein, bis Sie mir damit kommen. Das ist derart geschmacklos. Selbst für Sie. Nadine ist noch keine zwei Monate tot!«

De Sade schüttelte über so viel vermeintliche Unvernunft den Kopf. »Ach, und die Tatsache, dass Ihre Frau tot ist, rechtfertigt, dass Sie Ihr Leben wegwerfen? Werden Sie doch Mönch! Das würde Ihnen jedenfalls ersparen, sich mit mir gegen zwei Uhr morgens in einem Bordell streiten zu müssen!«

»Sie wissen ja nicht mal, wie Treue buchstabiert wird!«, gab Marais zweifellos getroffen zurück.

De Sade blickte ihn mitleidig an. »Na und? Sie sind auch kein Jüngling mehr, Marais! Wie viele Chancen auf eine Frau wie Silhouette werden sich Ihnen wohl noch bieten? Jede Religion beginnt und endet mit der Angst vorm Tod.« Sade griff sich an sein Gemächt. »Aber das hier ist nun mal alles, was wir haben, um der Ewigkeit und dem Tod ein Schnippchen zu schlagen! Sie hingegen ziehen es offensichtlich vor, sich weiter einem Gott für Sklaven, Ausbeuter und Kastrierte zu unterwerfen!«

Marais lachte den alten Mann bitter aus. »Das ist es, de Sade? Das soll Ihr großes Geheimnis sein: Sich durch die Welt zu vögeln wie läufige Hunde? Das ist so erbärmlich banal.«

»Banal, Marais? Selbst Ihr Messias hat sich schließlich mit einer Hure zusammengetan. Warum? Weil er genau wusste, was gut war. Ist Ihnen denn nie aufgegangen, weshalb Ihr großartiger Gott so eifersüchtig darauf besteht, dass er der Einzige und Wahre ist? Nie darüber nachgedacht, wieso Ihre Mutter Kirche in Rom so penetrant ihre Priesterschaft kastriert, aber zugleich das Ehesakrament derart hochhält, dass einem schon beim bloßen Hinsehen schwindelig wird?«

»Oh, Sie werden es sich ganz sicher nicht nehmen lassen, mich darüber aufzuklären!«

De Sade gähnte und legte sich eine Prise auf, die er in aller Ruhe schnupfte, bevor er Marais antwortete. »Sobald sich ein Mann mit seinem Schwanz in der Hand neben einer Frau niederlegt, hat jeglicher Gott ausgespielt. Dann zählen einzig ihre Möse und sein Schwanz. Aber was ist ein Gott schon wert, solange man nichts weiter zu tun hat, als den Schwanz zu schwingen oder die Möse zu nässen, um ihn völlig zu vergessen? Sie sehnen sich nach Erlösung, Marais? Dann legen Sie endlich Silhouette flach! Das ist alles an Erlösung, was ein Mann wirklich braucht. Das ist alles, was ein Mann an Erlösung überhaupt verdient haben kann.«

Von draußen auf dem Korridor waren gedämpfte Stimmen zu hören. Kurz darauf wurde ein Schlüssel im Schloss umgedreht, und die Tür öffnete sich.

Ein hoch aufgeschossener Pudel ließ eine Frau in Madames Dienstmädchentracht in den Raum. Sie trug eine Haube und hielt den Kopf züchtig gesenkt. Sie hatte ein Tablett dabei, auf dem sich unter silbernen Deckeln wohl ein spätes Abendessen verbarg.

»Messieurs«, knickste das Mädchen.

Der Pudel verzog die Lippen zu einem missbilligenden Strich und blieb in der Tür stehen, um dem Mädchen dabei zuzusehen, wie sie ihr Tablett auf dem Tisch abstellte.

Während sie dies tat, wurden auf dem Flur draußen erneut Stimmen laut, und der Pudel wandte sich missmutig ab, um zu sehen, was da vor sich ging.

In der Dienstmädchentracht steckte keine andere als de Sades alte Freundin Denise Malton. Unter ihrer Haube hervor schenkte sie de Sade und Marais ein provozierendes Lächeln, dann ließ sie einen der silbernen Deckel absichtlich zu Boden fallen, wo er scheppernd davonrollte.

Anmutig beugte sie sich herab, um ihn wieder aufzuheben. Marais tat, als helfe er ihr, während de Sade eine Tirade über trampeliges Personal begann.

Während Monsieur le Marquis lamentierte, trat er zwischen Tür und Tisch, sodass seine breite Gestalt die am Boden kniende Denise fast vollständig verdeckte.

»Fouché hat Madame das Messer auf die Brust gesetzt und gedroht, ihr den Steuereintreiber auf den Hals zu hetzen, falls sie sich ihm in den Weg stellt. Keiner hat sie je so wütend gesehen«, flüsterte Denise. »Es sind nur noch vier Pudel im Haus. In einer Stunde wird vor diesem Fenster ein Seil herabgelassen werden. Bindet Euch darin ein, man wird Euch nach oben ziehen und dann von hier wegbringen.«

Marais warf einen zweifelnden Blick auf den fetten de Sade, der noch immer lauthals lamentierend zwischen ihnen und der Tür stand.

»Vertrauen Sie uns, Monsieur!«, flüsterte Denise.

Mit gesenktem Kopf und roten Wangen legte sie schließlich den Deckel wieder auf den Tisch und huschte mit niedergeschlagenen Augen an dem Pudel vorbei zur Tür.

»Und komm ja nicht auf die Idee, hier noch mal aufzutauchen, du Trampel!«, rief de Sade ihr nach, was ein Grinsen im Gesicht des Pudels hervorrief.

Sowie der dünnlippige Pudel hinter Denise wieder abgeschlossen hatte, erläuterte Marais Monsieur le Marquis den Fluchtplan.

De Sade blickte zum Fenster, öffnete es und warf skeptische Blicke nach unten zur Straße.

»Das ist eine Schnapsidee. Ich bin dreiundsechzig! Die Gicht frisst mich auf, und das Rheuma raubt mir den Schlaf. Wie kann man von mir erwarten, dass ich mich zwanzig Fuß über der Straße an einem Seil aus dem Fenster hangele? Wie soll ich überhaupt da durch passen?! Das bringen ja nicht mal Sie dürrer Hahn fertig!«

»Sehe ich da in Ihren Augen etwa Angst, de Sade? Ts, ts, ein alter Offizier wie Sie«, stichelte Marais.

De Sade setzt sich wütend wieder in seinen Sessel.

Marais dachte an Silhouette und stellte fest, dass ihm der Gedanke daran, sie hier zurücklassen zu müssen, einen Stich versetzte. Das erschreckte ihn.

Etwa eine Stunde später hängte Marais die beiden Fensterflügel aus, die er nebeneinander auf den Boden abstellte. Kurz darauf fiel tatsächlich ein kräftiges Seil vor dem Fenster herab.

De Sade, der zu ihm getreten war, betrachtete es mit unverhohlenem Abscheu und wies dann auf das schmale Fenster.

»Und nun, Sie Genie, sagen Sie mir, wie ich mich durch dieses verdammte Loch zwängen soll?«

Marais schob den Sessel unters Fenster und bedeutete de Sade zuerst auf den Sessel und dann auf die Fensterbank zu steigen.

Der Marquis tat das ächzend, woraufhin Marais das Seil zweimal um de Sades Brust wand und es dann gewissenhaft verknotete.

»So, und jetzt raus mit Ihnen«

Das alte Scheusal zog eine Grimasse und beäugte misstrauischer denn je das schmale Fenster. Dann drängte er Kopf und Arme nach draußen.

»Unmöglich, Marais!«, rief de Sade.

»Reißen Sie sich zusammen!«

Marais drückte mit aller Kraft gegen de Sades Bauch und Hüfte, wobei ihm dessen Gemächt gefährlich nah vors Gesicht geriet.

»Einatmen!«, befahl Marais.

De Sade ließ ein Stöhnen hören – dann holte er tief Luft.

Marais presste erneut.

Wenn er jetzt fallen würde, flüsterte eine leise Stimme in Marais Kopf. Wenn er jetzt fallen würde und unten auf dem Straßenpflaster zerplatzt wie ein dicker Sack alten ranzigen Fettes.

Marais drückte fester.

»Ahhhhh...«, machte de Sade, der zu lange die Luft angehalten hatte. Er steckte im Fenster fest. Sein Gesicht wurde zunehmend fahler, seine Lippen formten tonlos Worte, während er mit den Armen rudernd an der Wand draußen Halt suchte.

Kurz entschlossen trat Marais etwas zurück und rammte dann seine Schulter heftig gegen de Sades mächtiges Hinterteil.

De Sade gab dabei ein Geräusch von sich, als zischte Luft aus einer angestochenen Schweinsblase, dann wurde er nach draußen geschleudert. Mit wild rudernden Armen und strampelnden Beinen hing er nun vor der Fassade des Chat Noir. Entsetzt blinzelte er nach oben.

»Sie elender Schuft!«, flüsterte Monsieur le Marquis, während er im Seil hin und her schwang. Ein erster Ruck, dann ein zweiter kräftigerer, und de Sade schwebte allmählich nach oben.

Marais streifte eilig den dunkelblauen Mantel über, drückte den Hut fest auf den Kopf und klopfte die Manteltaschen ab, um zu prüfen, ob er alles dabeihatte, was er mitzunehmen gedachte.

Als Marais nach oben blickte, sah er nur noch de Sades Stiefel, die jedoch gleich darauf im Dunkeln verschwanden.

Marais wartete mit Kribbeln im Bauch und zusammengekniffenen Lippen, bis das Seil wieder vor der Fensteröffnung erschien. Er band es sich mit klopfendem Herzen um und stieß sich sacht von der Fensterbank ab.

Kein Licht schimmerte durch die Fenster im oberen Stockwerk, und alles, was Marais dort sah, sobald er sich durch die Fensteröffnung ins Innere zwängte, waren zwei unförmige, bewegliche Schatten, kaum klar genug, um sich aus der im Raum herrschenden Dunkelheit herauszuheben.

Marais stieg ein schwerer Kräutergeruch in die Nase – Haschisch.

Einer der Schatten entfernte die Bedeckung von einer Lampe. Gedämpftes Licht fiel in den Raum. Da standen ein riesiger Schwarzer und neben ihm Denise Malton in einem königsblauen Mantel, wie ihn Silhouette zuweilen trug.

An einem kräftigen Balken in der niedrigen Decke hing eine eiserne Rolle, durch die das Seil lief, das man ihnen nach unten heruntergelassen hatte. Es diente wohl gewöhnlich dazu, Möbel und andere für den Haupteingang zu sperrige Dinge ins Haus zu befördern.

De Sade lehnte bleich an der Wand, er hatte die Hände über dem Bauch gefaltet und atmete schwer.

Denise legte das Ohr an die Tür und lauschte angestrengt.

»Geht über die Hausdächer zur Comédie-Française und verbergt Euch dort bis zum Morgengrauen. Wegen des offenen Fensters unten wird jeder vermuten, Ihr hättet Euch im Schutz der Arkaden in die entgegengesetzte Richtung davongemacht. Man hat dafür gesorgt, dass ein Freund am Morgen die Tür neben dem Bühneneingang zur Rue Saint-Honoré öffnen und Euch weiterhelfen wird. Bleibt also bis zum Morgengrauen in der Comédie-Française und schleicht Euch zur Tür, sobald die Lieferanten eintreffen, um die Lokale zu beliefern.«

Marais nickte, um zu bestätigen, dass er verstanden hatte.

»Vor ein paar Minuten hat Bernard Paul die Ablösung gesandt«, fuhr Denise fort. »Nicht nur vier Männer wie zuvor, sondern neun. Für jeden Flur einen Mann, zwei weitere für die Tür Eures Boudoirs, zwei für den Eingang und einen für die Treppe zur Küche. Wir müssen noch einen Moment warten, bis die Luft rein ist.«

»Werden sie nicht unten nachsehen?«, fragte Marais.

»Sie denken Ihr schlaft. Und zwar mit gutem Grund.« Denise griff unter ihren Mantel und holte ein Medizinfläschchen hervor.

»Ein Schlafmittel. Bernard Paul hat darauf bestanden, dass Madame es Euch in Eurer Nachtmahl mischen lässt.«

Diese Idee konnte unmöglich von Bernard Paul stammen, dachte Marais. Das roch eher nach dem alten Fuchs persönlich.

»Ach so …«, sagte Denise und steckte Marais drei schim-

mernde Messer zu. »Die kommen mit einem Gruß von Madame de la Tour. Sie sagt, Sie könnten damit umgehen«
Und ob Marais das konnte. Dankbar verstaute er die Messer in seinem Gürtel.
Der Schwarze öffnete die Tür einen Spalt weit und sah hinaus. Er gab das Zeichen, und de Sade und Marais schlüpften hinter Denise Malton auf den Flur.
Er war kaum beleuchtet, schmal und nicht komplett zu übersehen.
Die beiden Männer folgten Denise auf Zehenspitzen einige Schritte ins Halbdunkel hinein
»Denise, du Schlampe! Ich wusste, dass du da mit drin steckst!«, flüsterte eine piepsige Jungenstimme hinter ihnen.
Denise, de Sade und Marais fuhren erschrocken herum. Da stand ein Junge mit prächtig rot geschminkten Lippen und zornig blitzenden Augen. Er trug einen dünnen Morgenmantel mit Spitzenbesatz, den er einem der Mädchen stibitzt haben musste. Kein Zweifel, er zählte zu der Handvoll Burschen, die Isabelle de la Tour jenen Gästen feilbot, die männliche Begleitung bevorzugten.
»Zehntausend Goldfranc Kopfgeld! Wenn das kein Fang ist!«, sagte der Junge und richtete eine kleine doppelläufige Pistole auf Marais. Es war eine unzuverlässige Damenwaffe, die nur auf sehr geringe Distanz ernsthaft Schaden anzurichten vermochte.
»Du raffgieriger kleiner Bastard, dabei hab ich dich aus der Gosse geholt«, sagte Denise eher erstaunt als eingeschüchtert.
Marais trat mit ausgestreckter Hand auf den Jungen zu. »Gut, mein Junge. Wir haben uns alle vor Schreck in die Hose gemacht. Jetzt gib mir das Ding, bevor du dir damit noch wehtust.«

Der Junge richtete die Waffe auf Marais' Brust.

»Ich reiß dir deinen Kopf ab«, presste Denise hervor und schob sich an Marais vorbei auf den Burschen zu.

Marais spürte ein altbekanntes Brennen in der Kehle. Ein Knoten bildete sich in seinem Magen. Die Welt um ihn herum verdichtete sich auf eine merkwürdig endgültige Art. Marais verachtete sich selbst, als er nach einem der Wurfmesser in seinem Gürtel griff – mit einer einzigen raschen Bewegung seines Handgelenks zog er es hervor und warf es auf den Jungen.

Der Junge vollführte eine halbe Drehung auf Denise und Marais zu. Ein roter Fleck breitete sich auf dem hellen Stoff seines Morgenmantels aus, er riss die Augen auf und griff nach dem Messer in seiner Brust, während er allmählich mit halb geöffnetem Mund und starrem Blick an der Wand entlang zu Boden rutschte. Ein süßlicher Geruch stieg Marais in die Nase, der ihn zum Würgen brachte.

Denise hatte die Hand vor den Mund geschlagen und starrte entsetzt auf den röchelnden Jüngling hinab.

»Verflucht, Marais!«, flüsterte de Sade und drängte sich zwischen Marais und Denise hindurch zu dem Jungen am Boden. Als de Sade sich zu ihm hinabbeugte, sprühte ein letzter Strahl Blutnebels aus seiner Wunde, dann brach der starre Blick des Jünglings, sein Kopf fiel herab. Seine Füße trommelten einige Male auf den Teppichboden, seine Hände verkrampften sich zu Fäusten.

Es war vorbei.

Marais kostete es unglaubliche Mühe, auf de Sade und den Jungen zuzugehen. Obwohl ihm klar war, dass ihm keine andere Möglichkeit geblieben war, kam er sich wie ein gemeiner Mörder vor.

Der große Schwarze und Denise flüsterten miteinander,

dann sah Marais, wie der Schwarze den Leichnam des Jungen den Flur hinab zu einer Kammer schleifte und mit ihm darin verschwand. Nur ein dunkler, feuchter Fleck auf dem Teppich kündete von dem, was hier geschehen war. Und selbst dieser Fleck hätte genauso gut von verschüttetem Wein gekommen sein können.

»Kommt!«, forderte Denise sie auf.

Marais und de Sade folgten ihr den Flur hinab bis zu einer Tapetentür, hinter der sich eine leere, fensterlose Besenkammer mit schrägen Wänden verbarg.

Unsicher, was sie hier sollten, sah sich Marais um, bis Denise auf eine Luke in der niedrigen Decke wies.

»Öffnet sie!«, flüsterte sie und schob den fetten Marquis tiefer in die Kammer hinein, wie um ihn aus dem Weg zu schaffen, falls im nächsten Augenblick einer der Pudel mit gezückter Waffe eintreten sollte.

»Die Luke führt zum Dach. Wenn Ihr draußen seid, haltet Euch rechts und geht unter dem First entlang, bis Ihr auf eine zweite offene Luke wie diese stoßt.«

Marais streckte sich, bis er den Riegel der Luke erreichte und sie öffnen konnte. Sie fiel herab, ohne irgendein Geräusch zu machen, ihre Scharniere mussten gut gefettet sein.

Denise schob einen hohen Stuhl unter die Luke und half dann de Sade dabei, hinaufzusteigen und sich durch die Luke aufs Dach hinaus zu hangeln.

Einen Augenblick darauf war auch Marais auf dem Dach.

»Richten Sie Silhouette meine Grüße aus!«, flüsterte Marais, bevor er die Luke zuzog und mit dem Riegel vom Dach her sicherte.

De Sade war ein regungsloser massiger Schatten vor dem Hintergrund eines schwarzen Himmels. Der frühe Frost kroch durch Marais' Kleidung und ließ ihn frösteln. Er warf einen Blick auf de Sade und das von Dachfirsten und Kirchtürmen durchbrochene Stück Horizont hinter ihm. Im Haus unter ihnen träumten derweil Madames Huren, stritten bleiche Schatten mit gefräßigen Hunden erbittert um ein paar Küchenreste, hielten Fouchés Pudel ihre vergebliche Wache, schmiedete Madame in ihrem Bett Rachepläne gegen Monsieur le Ministre und lag irgendwo die Leiche eines Jungen verborgen, der einen zu hohen Preis für seine Gier bezahlen musste. Dennoch, so dachte Marais verzweifelt, war das dort unter ihnen das Leben, während auf sie hier oben – so viel näher am Himmel – nichts als Düsternis und Tod wartete.

»Gehen wir, Marais«, flüsterte de Sade schwer atmend und balancierte vorsichtig in die Dunkelheit hinein.

Marais folgte ihm, froh darüber, sich nur noch auf seinen Weg über die schlüpfrigen Ziegel konzentrieren zu müssen.

Sie kamen zügig voran, obwohl die Ziegel von einer Reifschicht überzogen und rutschig waren. Weder hatten sie die aufgeregten Rufe eines Nachtwächters gehört, noch irgendeinen Pudel, der Befehle brüllte, nach den entflohenen Gefangenen zu suchen. Da war eine letzte schmale Spalte, die sie zu überqueren hatten, bevor sie endlich auf dem Dach des Palais Royal anlangten. De Sade nahm zwei Schritte Anlauf und hüpfte in geduckter Haltung darüber, nur um dann auf der anderen Seite mit rudernden Armen und einem gepressten »Verdammt!« auf den Bauch zu fallen.

Marais sprang ihm nach und half ihm auf.

Wie sich herausstellte, waren es tatsächlich kaum zwanzig Schritte, bis sie zu jener offenen Dachluke kamen, von der Denise Malton gesprochen hatte.

Marais bedeutete de Sade, stehen zu bleiben, und beugte sich vorsichtig hinunter, um die Luke in Augenschein zu nehmen.

Wie jene, durch welche sie aufs Dach gelangten, war auch diese breit genug für einen erwachsenen Mann. Und wie die Luke auf dem Dach des Chat Noir war auch diese vom Dach her mit einem Riegel gesichert.

Marais öffnete ihn und blinzelte hinunter. Er konnte nicht viel ausmachen.

Marais vollführte eine einladende Geste zu de Sade. »Sie zuerst!«

De Sade wehrte ab. »Zu viel der Ehre, Marais. Bitte sehr, machen Sie nur die Vorhut!«

»Was denn – Angst?« grinste Marais.

De Sade blies die Wangen auf. »Und Sie?«

Marais steckte vorsichtig die Beine durch die Luke. »Falls das die falsche Luke ist – seien Sie versichert, ich lege bestimmt kein gutes Wort für Sie in der Hölle ein.«

»Nichts anderes hätte ich erwartet«, entgegnete de Sade und beobachtete, wie Marais durch die Luke verschwand. Er hörte einen dumpfen Aufprall, dem ein gedämpftes Scheppern und ein unterdrückter Aufschrei folgten. De Sade war alles andere als erpicht darauf, ihm durch die Luke nach unten zu folgen.

Als de Sade durch die Luke ins Innere blickte, kehrte Stille ein.

»Herrgott, Sade!«, hörte er Marais unten rufen. »Jetzt machen Sie schon!«

»Verdammte Sauerei!« flüsterte de Sade. Er schob keuchend seine Beine durch die Luke, schloss die Augen und ließ sich fallen.

Er landete weich auf irgendetwas, das sich wie ein Kissen anfühlte.

Nichts rührte sich.

De Sade schlug die Augen auf.

Es fiel zwar etwas Sternenlicht schwach durch die Öffnung über ihm, aber das reichte gerade so, ihn feststellen zu lassen, dass er auf einem großen Haufen muffiger Kissen gelandet war.

»Marais? Was ist passiert, Marais? Sind Sie verletzt?« Er sah sich suchend um und entdeckte Monsieur le Commissaire, der links von ihm am Boden saß und sich den Nacken rieb.

»Schon gut, de Sade. Es war weiter nichts«, murmelte Marais, während er sich steif aufrichtete. »Wo sind wir hier?«

»Vielleicht im Fundus der Comédie-Française?«

»Was jetzt? Warten wir hier?«

»Also, falls wir nicht weit von Guillous Klause entfernt sind, ist es wohl besser, wir sehen zu, dass wir uns verdrücken.«

Marais stimmte ihm zu. »Dann los, Sie Ungeheuer. Hoffentlich ist Monsieur Abbé heute Nacht zeitiger als gewöhnlich schlafen gegangen!«

»Nennen Sie mich noch einmal Ungeheuer, und ich verspreche Ihnen ein eigenes Kapitel in meinen Memoiren.«

Marais zuckte die Achseln. »Eine leere Drohung. Bei den Ratten in Saint-Michel werden Sie kaum dazu kommen Memoiren zu verfassen.«

»Und wie viel genau würden Sie darauf wetten, Marais?«, entgegnete de Sade grimmig, während er Marais mit steifen Knien und schmerzendem Hintern ins Dunkle hinein folgte.

Der Raum, in dem sie gelandet waren, musste beachtliche Dimensionen aufweisen. Sie tasteten sich geraume Zeit zwischen Möbelstücken, Kleiderständern, Schuhstapeln und Pappmachékulissen hindurch, bevor sie auf eine Art Tür stießen, unter der ein fahler Lichtschimmer hindurchdrang.

»Was, meinen Sie, de Sade, liegt hinter dieser Tür?«

Monsieur le Marquis zuckte die Achseln.

»Ich habe keinen Schimmer!«

»Hm, also bleiben wir besser hier?«

Vor einiger Zeit hatten die Glocken zwei geschlagen. In spätestens drei Stunden würden die ersten Lieferanten erscheinen, um die Bordelle, Lokale und Spielsalons unter den Arkaden zu beliefern. Drei Stunden waren eine lange Zeit, um im Dunklen durch das mächtige und verschachtelte Gebäude ihren Weg bis zu der Tür zu suchen, hinter der sie Madames ominöser Freund erwartete.

Marais öffnete die Tür einen Spalt. De Sade drängte sich neben ihn. Beide spähten hinaus.

Da lag tatsächlich der weite Dachraum, den sie auf dem Weg zu Guillous Bücherklause durchquert hatten. Man konnte die niedrige Tür zu Guillous Quartier von hier aus sogar sehen.

Guillous Tür stand weit offen. Dahinter herrschte ein furchtbares Durcheinander. Um die Tür herum und bis weit in den Raum hinein waren Dokumente, Notizen und herausgerissene Buchseiten wild verstreut.

Einige Schritte von der Tür zu Guillous Bücherklause entfernt standen Kerzen in einem Kreis angeordnet. Inmitten des Kreises war eine monströse Statue errichtet.

Sie bestand aus einem mächtigen eisernen Kandelaber, auf den man allerlei menschliche Gliedmaßen gespießt hatte. Die Anordnung, in der man Arme und Beine auf den Haltern des Kandelabers arrangiert hatte, erinnerte an die Form des seltsamen silbernen Kreuzes der Satanisten. Auf jenem vergoldeten Sessel, auf dem de Sade in der vorangegangenen Nacht die beiden Ratten hatte kopulieren sehen, lag ein menschlicher Kopf.

Marais stürmte mit geballten Fäusten auf Guillous Bücherklause und die abscheuliche Skulptur zu.

De Sade folgte ihm in einigem Abstand. Sobald er in den Lichterkreis trat, erkannte er, dass die Gliedmaßen der Skulptur aus Pappmaché bestanden und der Kopf auf dem Sessel von einer großen Puppe stammte. Ihr Torso sowie einige Finger und Zehen lagen zwischen übel stinkenden Stofffetzen hinter dem Sessel.

De Sade betrachtete verwirrt den Lichterkreis: Da waren weder ein Pentagramm noch irgendwelche der uralten Symbole zu sehen, die er eigentlich von einer Bande Satanisten erwartet hätte.

Harmlos wirkte diese Inszenierung auf de Sade deswegen allerdings nicht. Eigentlich deutete sie sogar auf einen weitaus verwirrteren Geist hin, als er sich bei dem Mord an Beaume offenbart hatte. An Beaumes Leiche und der Art, wie man sie drapierte, hatte er immerhin Ansätze von Logik und einer verdrehten Vernunft herauslesen können. All dies hingegen erschien ihm so völlig sinnlos wie die Ausgeburt eines wahnsinnigen Geistes.

De Sade stieg ein stechender Gestank in die Nase – wie von Verwesung und Exkrementen.

Marais musste in Guillous Bücherklause ein Fenster geöffnet haben, denn plötzlich wehte ein frostiger Windhauch durch den Raum, ließ die Kerzen flackern und sorgte dafür, dass Papiere und Buchseiten raschelnd vom Boden aufflogen.

De Sade bückte sich, um einige der umherflatternden Blätter einzusammeln. Manche enthielten Notizen und Exzerpte, andere stammten aus zerrissenen Büchern, deren Einbände überall am Boden verstreut waren.

»Das müssen Sie sich ansehen«, forderte Marais ihn auf.

Der Gestank wurde schlimmer, je näher de Sade Guillous Quartier kam. Er presste sein Taschentuch vor Nase und Mund.

Marais, der ebenfalls sein Taschentuch vor Nase und Mund hielt, winkte de Sade, ihm in Guillous Schlafraum zu folgen.

Es war ein niedriger, weiß gekalkter Raum mit einem runden Fenster und einer harten Pritsche ohne Matratze oder Kopfkissen. Als einziger Raumschmuck hing bei der Tür ein schlichtes Holzkreuz an der Wand. Aber auf dem Bett lagen eine Peitsche und ein Dornengürtel.

Der Abbé war ein Büßer. Einer jener Mystiker, wie sie nach der Festsetzung und Hinrichtung des Königs überall im Lande aufgetaucht waren, um die royalistischen Chouans in deren Widerstand gegen die vermeintlich gottlosen Revolutionäre anzufeuern. Aufruhr und Widerstand predigend, waren die Büßer durch die Provinzen gezogen, bis entweder der letzte Widerstand gegen die neue Regierung erlahmte oder man ihrer habhaft wurde und sie aufs Schafott brachte. Nur sehr wenige von ihnen waren damals davongekommen.

»Erklären Sie mir das, de Sade!«, verlangte Marais und wies auf einen in kräftiger roter Farbe an die gekalkte Wand gemalten Spruch: *Dass selbst am Ende der Hölle der Himmel wieder blau sein muss*, stand dort.

De Sade wischte über die noch feuchte Farbe, dann führte er den Finger zur Nase, roch daran und leckte ihn sogar vorsichtig ab.

»Hm, Blut ist es jedenfalls nicht.«

»Das hab ich auch schon festgestellt. Ich meine diesen

Spruch. Kommt der Ihnen bekannt vor? Hat er irgendeine tiefere Bedeutung?«

De Sade schürzte die Lippen und legte die Stirn in Falten.

»Aus der Bibel ist er nicht. Davon abgesehen... Nein, ich hab ihn nie zuvor gelesen oder gehört!«

Marais wirkte enttäuscht. Er nickte in Richtung Tür. »Was soll diese Inszenierung da draußen? Weshalb verschwindet Guillou gerade heute Nacht?«

»Haben Sie die Kerzen bemerkt, Marais? Die können höchstens ein oder zwei Stunden gebrannt haben. Zu dem Zeitpunkt wussten weder Sie noch ich, dass wir uns über das Dach der Comédie davonschleichen würden. Ich denke nicht, dass diese Inszenierung hier uns gegolten hat.«

De Sade sah sich noch einmal konzentriert in der Kammer um und winkte Marais dann, ihm in Guillous Arbeitszimmer zu folgen. Wo er mit spitzen Fingern schweigend einige Zeit in dem stinkenden Bücherhaufen herumstocherte, bevor er Marais mit einer Geste nach draußen in den Dachraum bat.

»Was ist das für ein furchtbarer Gestank, Marais?«

»Schwefelsäure, würde ich meinen. Zusammen mit etwas saurem Essig. Es wird Monate dauern, bis man hier wieder ohne Tuch vorm Gesicht atmen kann.«

De Sade nickte und wandte sich wieder dem Lichterkreis und jenem Gliederkreuz zu. »Was war Ihre erste Reaktion, als Sie dies hier sahen? Angst, nicht wahr?«

Marais nickte.

De Sade wiegte seinen runden Mondkopf, stemmte die Hände in die Hüften und schob mit der Stiefelspitze einige der Bücher und Dokumente am Boden auseinander.

»Wenn das hier das Werk irgendwelcher Satanisten sein soll, dann frage ich mich, wo die magischen Zeichen in dem Lichterkreis sind? Und wo das Opferblut? Weshalb wurden nur Puppenglieder verwendet? Ihrer These zufolge müssten diese Leute über mehr als genug echte Gliedmaßen verfügen, um ihren Maibaum damit zu behängen.«

»Worauf wollen Sie hinaus, de Sade? Dass diese Mörder ihre satanistische Pflichtlektüre nicht ernst genug nehmen?«

»Nein, Marais. Aber mich erinnert das hier eher an Hochstapelei als an ernst gemeinte Blasphemie. Nur Schein statt Sein, verstehen Sie?«

Marais dachte über de Sades Worte nach. »Den wichtigsten Punkt haben Sie trotzdem übersehen – Guillous Verschwinden. Für mich sieht hier einiges doch sehr nach Entführung aus.«

Marais' Interpretation erstaunte de Sade. »Entführung? Was sollten Ihre Satanisten mit dem verrücktem Abbé anfangen können?«

»Wer weiß? Vielleicht hatten sie Angst vor ihm. Er wusste immerhin ziemlich gut über sie Bescheid. Und seit wir bei Talleyrand waren, könnte auch der Orden von Guillous Recherchen erfahren haben. Grund genug, ihn beiseitezuschaffen.«

De Sade legte sich eine Prise auf und schnupfte sie. »Das Verschwinden Ihres Freundes Guillou ließe sich allerdings auch damit erklären, dass er schlicht und ergreifend die Hosen voll hatte, sobald er hörte, dass Fouché wegen dieser Morde Madame de la Tour die Daumenschrauben ansetzt.«

»Sie glauben, Guillou selbst hat diese Inszenierung veranstaltet?«

»Warum nicht? Er konnte ja auch gar nicht damit rechnen, dass Sie oder ich die ersten sein würden, die darüber stolpern, sondern musste davon ausgehen, es wäre eine von Madames Huren oder eine Küchenmagd, die ihm seine Vorräte heraufbrachte. Auf die hätte das hier jedenfalls eine ganz andere Wirkung gehabt als auf Sie und mich.«

In der stillen Stadt schlugen die Kirchenglocken drei.

»Sade? Sie sind ein aussichtsloser Fall.«

»Danke, Marais. Dieses Kompliment gebe ich gerne zurück.«

De Sade drängte Marais wenig später eine schmale Hintertreppe herab durch einen Flur zu einer weiteren Tür, dann lagen der Vorhang und die Bühne vor ihnen.

»Voilà! Die Bretter, die die Welt bedeuten!«, rief Monsieur le Marquis und schlüpfte gleich darauf durch den Vorhang.

Marais zögerte, ihm zu folgen.

De Sades Kopf erschien in einem Spalt im Vorhang. »Was ist, Marais? Nun kommen Sie doch!«

Hier auf dem Stück Bühne vor dem geschlossenen Vorhang war es sogar dunkler als hinter der Bühne. Marais konnte Weite und Höhe des Zuschauerraums, der Ränge und Logen nur erahnen.

Sowie er auf die Bühne getreten war, vermeinte er, dass sich eine unheimliche Präsenz um ihn zusammenzog, die ihm alles andere als freundlich gesinnt war. War es nur ein Nachklang all der hier geübten Gesten und gesprochenen Worte?

De Sade hingegen schien die Bühne zu beleben, er wirkte plötzlich energischer, geradezu verjüngt. Diese nächtliche Bühne stellte die eigentliche Heimat des alten Scheusals dar, dachte Marais.

»Spüren Sie das?«, flüsterte de Sade. »Wenn in tausend Jahren Notre-Dame und die Engelsburg in Rom zu Ruinen verfallen sind, werden die Menschen sich dennoch an Orten wie diesem versammeln, um sich von Geschichten, Liedern und

Musik verzaubern zu lassen. Sie können ohne Götter leben. Ohne Geschichten zu leben, ertragen sie nicht.«

Marais regte de Sades übertriebene Begeisterung auf. Er fand, je schneller sie hier wegkamen, umso besser.

»Sie sind wirklich überzeugt von der Existenz dieser Satanistensekte und deren Verantwortung für die Morde?«, fragte de Sade in einem Tonfall, der keinen Widerspruch duldete.

»Das bin ich. Mehr denn je«, antwortete Marais. »Sie sind dran, mir eine Frage zu beantworten, de Sade.«

»Warum nicht?« De Sade breitete die Arme aus und drehte sich wie in einem Tanz ohne Musik zweimal um sich selbst.

»Wie wird man zu einem Ungeheuer, wie Sie eines sind?«

De Sade vollführte eine dritte Drehung, hielt dann abrupt inne und lachte.

»Ich bin kein Ungeheuer, Marais! Ich bin ein Monster. Das ist etwas völlig anderes. Ein Ungeheuer oder Scheusal ist schließlich jeder mal im Leben. Doch um ein Monster zu sein wie ich, dazu gehört mehr. Was ein Monster ausmacht, ist seine absolute Unabhängigkeit. Ich bin nichts und niemand anderem verpflichtet als mir selbst und meinem Willen. Kein Wunder, dass die Leute sich schon immer vor Monstern fürchteten. Die Mehrzahl der Menschen ergibt sich ja freudig in die Rolle als Herdenvieh. Solange sie nur fressen, saufen und ficken können, sind sie es zufrieden. Aber taucht irgendwann einmal unter ihnen einer auf, der es wagt, vom Leben mehr zu verlangen als dies, erschrecken sie davor. Denn seine bloße Existenz führt ihnen ja vor Augen, an welch erbärmliche Banalitäten sie ihre eigenen Leben verschwenden. So etwas ist schwer zu ertragen, mein Freund. Deshalb der hämische Jubel der Zuschauer um die Scheiterhaufen, Galgen und Blutgerüste, wenn dort einem meiner Art der Garaus gemacht wird. Jeder

Tropfen Blut, der dabei fließt, dient der Meute als Rechtfertigung dafür, dass es richtig war, sich in die Herde der Anspruchslosen einzureihen. Dass dies eine äußerst schale Rechtfertigung ist, muss ich wohl nicht eigens betonen.«

Marais hatte de Sades Erklärung mit wachsendem Abscheu gelauscht, zumal Monsieur le Marquis sie mit einer fast unerträglichen Selbstgewissheit vorgebracht hatte.

»Sie sind noch viel verrückter, als ich bisher annahm, de Sade«, schüttelte Marais angewidert den Kopf.

Monsieur le Marquis legte sich eine Prise auf. »Dann fragen Sie mich doch nicht, wenn Sie von vornherein wissen, dass Ihnen meine Antworten nicht gefallen!«

»Es ist schließlich kein anderer da, den ich etwas fragen könnte«, knurrte Marais. »Außerdem muss ich wissen, weshalb Sie so penetrant sicher sind, dass das Buch Ihres Onkels nur der Scherz eines gelangweilten Gelehrten ist. Er kann Sie in Bezug auf sein Buch ja auch einfach belogen haben...«

De Sade wedelte mit dem ausgestreckten Zeigefinger vor Marais' Gesicht herum. Er schien auf diese Frage lange gewartet zu haben. »Ha, Marais. Mein Onkel war ein Ungläubiger. Er war es, der mich lehrte, dass kein Gott existiert. Satanisten und gute Christen haben eins gemeinsam: Beide glauben sie an das Walten einer übernatürlichen Macht. Ein Mann, der Gott für einen einzigen Witz hält, kann gar nicht anders, als Satan für einen Scherz zu halten. Das Buch meines Onkels war nichts weiter als eine dumme intellektuelle Spielerei, glauben Sie mir endlich, Marais!«

Monsieur le Commissaire war nicht bereit, so schnell klein beizugeben. »Selbst falls Ihr Onkel sein Buch für einen Scherz hielt, könnten andere die Anleitungen darin immerhin für bare Münze genommen haben.«

De Sade machte eine wegwerfende Geste. »Man soll die Dummheit der Menschheit grundsätzlich nicht unterschätzen, aber unser Freund Guillou behauptet, diese Mordserie reiche über fünfhundert Jahre zurück. Damals existierte dieses Buch doch noch gar nicht.«

Marais ließ dieses Argument nicht gelten. »Sie wissen so gut wie ich, worauf ich hinauswill! Ihr Onkel behauptet, er hätte seinen Text von einem uralten Pergament kopiert. Das Originaldokument könnte alt genug gewesen sein, um schon zur Zeit der ersten Morde existiert zu haben.«

»Blödsinn, Marais!«, wehrte de Sade ab. »Und jetzt kommen Sie. Es ist verflucht kalt hier. Kommen Sie! Suchen wir uns ein wärmeres Plätzchen.« Damit wandte er sich ab und schlüpfte durch den Vorhang.

Sie ertasteten sich ihren Weg durch die Dunkelheit zu einem schmalen Raum voller Werkzeug, ausrangierter Möbel und Kulissenteile. Es gab ein Fenster hier, durch das fahles Sternenlicht hereinfiel.

De Sade sank auf eine Chaiselongue, deren Sprungfedern längst durch den abgewetzten Stoffbezug gedrungen waren. Marais setzte sich auf einen wackeligen Stuhl, um einiges entfernt von de Sade.

»Sie irren übrigens, wenn Sie glauben, dass die meisten Menschen nichts weiter seien als dumpfes Herdenvieh«, kam Marais noch einmal zu ihrem Gespräch von vorhin zurück. »Selbst der ärmste, erbärmlichste und einfältigste Bettler weiß, was Liebe ist. Er mag für den Großteil seines Lebens damit zufrieden sein, dumpf mit der Herde zu blöken, doch sobald ihm die Liebe begegnet, wird er sich aus der Masse erheben, um zu sich selbst und seinen Träumen zu finden, wie anspruchslos und banal die auch sein mögen.«

De Sade grunzte und setzte sich auf.

»Liebe, Marais? Das ist die furchtbarste Betrügerin von allen. Liebe macht uns nur noch würdeloser, als wir ohnehin schon sind! An nichts sonst ist je so viel Kraft und Talent sinnlos vergeudet worden.«

De Sade streckte die Beine aus, legte den Kopf zurück und schloss die Augen. »Ich will schlafen, Marais. Und Sie sollten das auch tun.«

Doch Marais war zu aufgewühlt, um schlafen zu können. Er streckte die Beine aus und blickte gedankenverloren durch das winzige Fenster auf die Straße hinaus. Die Glocken in der Stadt schlugen vier. Noch eine Stunde oder länger, bis Madames geheimnisvoller Freund erscheinen sollte. Ein leises Rascheln veranlasste Marais, sich zu de Sade umschauen. Doch der alte Mann hatte nur seinen Rock enger um sich geschlagen. Einige Zeit blieben Marais' Blicke auf Monsieur le Marquis hängen, der sich plötzlich in ruckhaften Bewegungen erging, dazu drang ein dumpfes Stöhnen über seine halb geöffneten Lippen.

Marais verstand, was de Sade da trieb.

Monsieur le Marquis wischte sich die Hände an seinem Taschentuch ab und atmete ein paarmal entspannt ein und aus. Er blinzelte zu seinem Gefährten hinüber und blies die feisten Wangen auf. »O Herrgott, jetzt tun Sie gefälligst nicht so verdammt heilig, Marais«, grinste er. »In meinem Alter muss man die Feste nun mal feiern, wie sie fallen!«

Madames geheimnisvoller Freund war pünktlich. Marais und de Sade waren auf die Rue Saint-Honoré getreten, hatten die Mantelkragen hochgeschlagen und sich solange im Schatten eines Mauervorsprungs gehalten, bis sie zwischen Pferdewagen und einigen wenigen eiligen Passanten einen hoch gewachsenen Mann entdeckten, der auffällig dicht an der Hauswand entlangschlich und sich immer wieder misstrauisch umblickte. Er trug eine zerschlissene blaue Joppe und eine nicht weniger abgenutzte Hose.

Marais und de Sade überrumpelten ihn, sobald er sich dem Mauervorsprung näherte, wo sie ihn gemeinsam gegen die Hauswand pressten und Marais ihm den Hut aus dem Gesicht schob. »Patron! Das tut weh, verdammt!«, beschwerte sich Aristide.

Marais ließ ihn erstaunt los und klopfte ihm dann fröhlich auf die Schulter.

Aristide steckte Marais ein Bündel entgegen. Monsieur le Commissaire öffnete es neugierig.

»Du hast Bernard Paul meine Wurfmesser unter der Nase weggeklaut«, lachte er und steckte die Waffen wieder in den Gürtel. »Respekt, mein Junge.«

Aristide blickte sich misstrauisch um.

»Das war eigentlich Sergeant Dupont. Er hat gesagt, wo immer Sie seien, früher oder später, würden Sie die Messer brauchen. Bernard Paul hat ihn als Einzigen im Büro belassen, alle anderen hat der Minister auf andere Stationen verteilt. Bernard Paul hat mich von der Liste für die Sergeanten-Prüfung gestrichen und von mir verlangt, dass ich mich bei den Pudeln einschreibe.«

»Woher wusstest du, dass ich mich im Chat Noir verstecke?«

»Sowie die Fahndungsmeldung nach Ihnen hereinkam, hat Dupont mich beiseitegenommen und mir erklärt, dass die Anschuldigungen gegen Sie nur eine Intrige sein können. Er glaubt, die einzige Person, die Sie in Paris noch schneller finden könne als der Minister, sei die Herrin der Nacht im Chat

Noir. Sie hat mir zwei Louisdor dafür gezahlt, dass ich sie über Monsieur Pauls Fahndung auf dem Laufenden halte. Aber von dem Überfall gestern erfuhr ich erst, als es schon zu spät war. Eine von Madames Damen …«, Aristide errötete sichtlich, »… hat mir dann diese Notiz mit Anweisungen und einen Schlüssel zugespielt.«

Aristide brachte einen zerknüllten Zettel aus der Tasche hervor.

Marais erkannte Silhouettes Schrift. »Geben Sie her!«, rief er harscher, als er es eigentlich beabsichtigt hatte.

Er überflog die Zeilen, dann steckte er den Zettel in den Mund, kaute einige Male darauf herum und schluckte ihn herunter.

»Bon Appetit«, brummte de Sade.

»Erste Regel unter Kriminellen: Beweise vernichten!«, grinste Marais.

»Bernard Paul hat in ganz Paris seine Spitzel nach Ihnen ausgeschickt. Sämtliche Ausfallstraßen werden kontrolliert. Außerdem hat er die Belohnung für Ihre Ergreifung verdoppelt. Seit einer Stunde sind Männer unterwegs, um die Bekanntmachung überall in Paris anzuschlagen.« Aristide schaute beschämt an Marais vorbei, als träfe ihn eine Mitschuld an Fouchés Fahndung.

»Wir finden schon einen Ort, an dem wir untertauchen können«, versicherte ihm Marais.

Aristide war anzusehen, wie sehr er das bezweifelte.

Dass Bernard Paul so rasch gehandelt hatte, war tatsächlich ein harter Schlag für Marais.

»Passt so gar nicht zu dem alten Geizhals, so unverschämt viel Geld auf unsere Köpfe auszusetzen«, wunderte sich de Sade.

Marais lehnte sich mit geschlossenen Augen und hängendem Kopf gegen die kalte Wand.

Schließlich rüttelte de Sade ihn heftig an der Schulter.

»Wir müssen hier weg! Ganz egal, wohin. Jeden Augenblick können die Pudel auftauchen!«

Marais wandte sich an Aristide. »Welches Datum haben wir heute?«

»Was spielt das denn für eine Rolle, Marais?«, rief de Sade ungehalten.

»Sonntag, den 21. Oktober«, sagte Aristide mit einem Achselzucken.

Marais schien einen letzten Moment in seinen Gedanken verloren, dann warf er Aristide einen entschlossenen Blick zu. »Du bleibst weiterhin mit Madame de la Tour in Kontakt. Aber geh kein Risiko dabei ein, verstanden?«

Aristide nickte. »Zu Befehl, Patron.«

»Falls Madame nach mir fragt, sag ihr, sie finde mich dort, wo man stehend begraben wird.«

Aristide meinte wohl, Marais müsse sich versprochen haben. Doch der Commissaire lächelte ihm aufmunternd zu.

»Und hast du nicht noch etwas vergessen, Aristide?«, fragte er und wies auf Aristides unförmige, stinkende Joppe.

»O ja..., woher wussten Sie?«

Aristide streifte die Joppe ab, unter der eine zweite, ähnlich verschlissene und eindeutig genauso stinkende blaue Joppe zum Vorschein kam, die er ebenfalls abstreifte. Darunter trug er nur einen dünnen umgefärbten Soldatenrock, in dem er auf dem Weg zurück zweifellos frieren würde.

Marais zog eine der Joppen über seinen Mantel, nahm seinen Hut ab und zerknüllte ihn, dann trat er mit den glänzenden Schnallenschuhen in einen Haufen stinkender Pferdeäpfel, zuletzt schmierte er sich sogar etwas von dem feuchtkalten Straßendreck ins Gesicht und Haare.

»Los de Sade! Machen Sie schon!«

»Das ist eindeutig unter meiner Würde...« Widerwillig streifte de Sade die zweite stinkende Joppe über und tupfte sich zwei winzige Tröpfchen Straßenschlamm auf die Wangen.

»Herrgott!«, rief Marais, gab Aristide ein Zeichen, und während Aristide das alte Ungeheuer festhielt, verzierte Marais genüsslich dessen Kleider und Gesicht mit einer Mischung aus Straßendreck und Pferdemist.

Das Ergebnis konnte sich sehen lassen. Auf einen flüchtigen Beobachter mussten sie beide jetzt wie einfache Kutscher oder Pferdeknechte wirken.

Marais zählte drei Goldmünzen aus Talleyrands Börse ab, die er Aristide in die Hand drückte. »Das ist für deine Spesen. Und nun sieh zu, dass du hier verschwindest. Aber vergiss nicht, was du Madame de la Tour ausrichten sollst: Wir gehen dorthin, wo man stehend begraben wird!«

Marais und Aristide gaben sich die Hand, und Marais sah dem jungen Mann nach, der vor Kälte zitternd mit gesenktem Kopf und vor der Brust verschränkten Armen durch die Rue Saint-Honoré davoneilte.

»Wohin jetzt?«, fragte de Sade, nachdem Aristide fort war.

»Natürlich dorthin, wo man stehend begraben wird.«

FÜNFTES BUCH

Die geringsten meiner Brüder

11
NOAHS RABEN

Obwohl de Sade sich ständig über Marais' Marschgeschwindigkeit beschwerte, schaute Monsieur le Commissaire sich kein einziges Mal nach seinem Begleiter um, bis sie das Marais-Viertel erreichten, so benannt, weil es auf einem ehemaligen Sumpfgelände etwas außerhalb der früheren Stadtmauern errichtet worden war. Das enge Netz der ursprünglichen Gassen war teilweise aufgebrochen worden, als der Adel zu Beginn des siebzehnten Jahrhunderts hier großzügige Herrenhäuser und Stadtpalais errichtete, die jedoch wieder verfielen, seit das Viertel zunächst von der mittleren Beamtenschaft sowie Geschäftsleuten entdeckt worden war und später von kleinen Leuten, Handwerken, Ausländern und Juden bevölkert wurde. Seither war die Gegend in Verruf geraten. Heute verbarg sich im Marais-Viertel hinter den einst beeindruckenden Fassaden meist nur noch mit Unkraut bewachsenes Ödland, begrenzt von gefährlich wackeligen Mauerresten. Zwischen den verfallenen Palais zogen sich immer noch verwinkelte Gassen mit schmalbrüstigen Häusern entlang, deren Bewohner es mit dem Gesetz nicht so genau nahmen und ihren Unterhalt durch allerlei finstere Geschäfte bestritten.

So früh war die Gegend menschenleer. Höchstens traf man auf marodierende Hunde, träge gackernde Hühner oder hörte hier und da in den Hinterhöfen Schweine quieken. Zu Verlassenheit und Stille gesellte sich frostiger Nebel, der sich wie ein zerschlissener Vorhang über Straßen und Dächer legte.

»Verflucht, Marais, wollen Sie mir wohl endlich sagen, wohin Sie mich schleppen!«, maulte de Sade.

Marais schritt ungerührt weiter. De Sade blieb trotzig einen Moment stehen und folgte ihm dann.

Im Grunde ahnte Monsieur le Marquis, wohin die Reise ging. Nämlich zu irgendeinem Friedhof. Nachdem man den ältesten Pariser Friedhof, Les Innocents, 1780 aufgegeben und geschleift hatte, gab es hier im Osten der Stadt noch Reste einiger früherer Begräbnisstätten. Solche Orte waren verrufen und nur noch wenigen Eingeweihten zugänglich. Selbst de Sade fand sie unheimlich. Überhaupt scheute Monsieur le Marquis die Friedhöfe von Paris. Notorisch überbelegt und zum Himmel stinkend, waren sie ein ständiger Anlass zur Klage und boten seit alters her lichtscheuem Gesindel Zuflucht, das als Grabräuber und Liebhaber frischer Frauenleichen verschrien war.

Oder, fragte sich de Sade einige stille Gassen später, führte Marais ihn womöglich aus der Stadt heraus zu den Katakomben von Montparnasse? Es hieß, dass man die Knochen der Toten aus Les Innocents damals dort von Karren herab durch Luftschächte in Tunnel geworfen hatte, wo sie alle in einem einzigen gigantischen Haufen landeten. Stehend begraben, also?

De Sade war erleichtert, als Marais die Richtung änderte und ihn von Montparnasse weg tiefer in ein Labyrinth von Gassen und engen Durchgängen führte. Hin und wieder blieb er stehen und blickte sich suchend um. Schließlich bog er in eine Gasse ein, die kaum breit genug war, zwei erwachsenen Männern Durchlass zu gewähren, und deren Häuser, wenn nicht verlassen, so doch vernachlässigt wirkten.

Was war das für eine Gegend, fragte sich de Sade. Eigentlich kannte er sein Paris. Doch diese Gasse war ihm völlig unbekannt. Mehr noch – sie wirkte beinah wie ein Teil einer anderen Stadt. Die Türen und Fensterläden der Häuser wiesen merkwürdige Muster und Verzierungen auf. Selbst das Pflaster, sowieso ungewöhnlich, weil nur wenige Straßen und Gassen der Stadt gepflastert waren, schien in einem bestimmten Muster verlegt worden zu sein.

Diese Gegend war höchst unheimlich und ganz sicher auch gefährlich, fand de Sade und beglückwünschte sich dazu, letzte Nacht im Chat Noir heimlich die kleine Pistole dieses unglückseligen Burschen an sich genommen zu haben. Nicht einmal Monsieur le Commissaire war es aufgefallen.

Die Gasse endete schließlich an einer Mauer, wo de Sade zwischen zwei Häusern ein hohes Holztor ausmachen konnte, das offenbar von innen fest verrammelt war.

Auch diese beiden Häuser schienen verlassen. Fenster und Türen waren vernagelt.

Immerhin deutete nichts auf die unmittelbare Nähe eines Friedhofes hin.

Marais wies auf die Abrissanordnung, die an eines der beiden Häuser angeschlagen worden war. »Sie ist ganz frisch. Wir haben Glück.« Er trat ein paar Schritte zurück, musterte das hohe Tor zwischen den beiden Häusern und streckte seine Hand zu de Sade aus. »Die Waffe, die Sie letzte Nacht dem Jungen abgenommen haben!«

De Sade zog eine abfällige Grimasse. »Sie haben Ihre Messer. Und ich, was habe dann ich?«

»Bei dem, was uns jetzt erwartet, ist Ihnen dieses Spielzeug nur im Weg.«

»Ach! Und was erwartet uns?« Sade verschränkte trotzig die Arme vor der Brust.

»Die Pistole, de Sade!«, befahl Marais.
»Was ist hinter diesem Tor?«, fragte de Sade.
Marais holte tief Luft. »Vertrauen Sie mir einfach, Sade.«
De Sade schüttelte zwar missmutig den Kopf, aber gab sich schließlich geschlagen und überreichte Marais die Waffe.
Marais entlud sie, hob sie demonstrativ in die Höhe und trat langsam an die Tür des rechten Hauses. Dort zog er seine Wurfmesser hervor, hielt sie wie zuvor die Pistole einen Augenblick gut sichtbar in die Höhe und stach sie dann eng nebeneinander in das faulige Holz der Tür. Anschließend legte er die Pistole auf die Messer.
»Die Nachbarn werden sich freuen. Ein solches Geschenk hat ihnen bestimmt schon lange keiner mehr gemacht!«, kommentierte de Sade missmutig.
Marais wandte sich wieder dem Tor zu, legte den Kopf in den Nacken und deutete dann eine Verbeugung an. »Sade?«, fragte er ohne sich umzuwenden. »Folgen Sie mir. Und bleiben Sie ruhig, ganz gleich, was geschieht.« Er stieß einen Pfiff aus.
Ein Hut erschien über dem Rand des Tores. Er war alt und zerdrückt und bewegte sich einige Male auf und ab.
»Haut ab!«, forderte eine kratzige Stimme.
Marais hob eine Hand. »Pierre le Petit für Pierre le Grand. Mach deinen Stall auf, Mann!«, rief er.
Eine Weile geschah nichts.
»Der feiste Fettwanst sieht aus wie 'ne Punze vonner Galerie«, rief schließlich höhnisch eine zweite, jüngere Stimme hinter dem Tor.
De Sade hatte während seiner Jahre in Festungen, Gefängnissen und Irrenanstalten genug von der Ganovensprache mitbekommen, um zu wissen, was die Bemerkung bedeutete:

Punze war Ganovenjargon für schwul und Galerie bezeichnete ein Gefängnis.

Der Hut auf dem Rand des Tores verschwand für einen Moment. Als er wieder erschien, tauchte neben ihm die Mündung einer gewaltigen Donnerbüchse auf. »Verpisst euch!«

Marais rührte sich nicht vom Fleck. »Noch mal ganz langsam für Zugochsen und Pferdeschlächter. Ich bin Pierre le Petit. Und ihr führt mich jetzt zu Pierre le Grand!«, rief Marais reichlich ungehalten.

»Du kommst hier angewalzt und denkst, du kannst uns am helllichten Morgen von vorn verarschen. Dabei weiß doch jeder, dass Pierre le Petit tot und begraben ist«, meldete sich die jüngere Stimme.

De Sade begriff endlich, wo sie hier waren und um wen es sich bei den Männern hinter dem Tor handelte. Nachdem Fouché ihnen alle anderen Fluchtwege verstellte, hatte Marais sich entschlossen, zu seiner ursprünglichen Familie zurückzukehren, den Gitans, dem fahrenden Volk. Hinter diesem Tor musste sich ihr Winterlager befinden.

Marais stieß einen Fluch aus und schlug einmal kräftig gegen das Tor. »Hört! Hier steht Pierre le Petit und fordert nach dem alten Gesetz Asyl!«, rief er.

Einen Moment Stille. Dann schlug er erneut gegen das Tor. »Er fordert Asyl im Namen von Pierre le Pesce, der ihm Onkel war!«

Wieder klopfte Marais gegen das Tor. »Er fordert Asyl im Namen von Maurice le Pot, der ihm Großvater war!«

Wieder ein kräftiges Klopfen. »Er fordert Asyl im Namen von Robert le Couteau, der seiner Mutter Vater war!«

Noch ein kräftiger Schlag gegen das Tor. »Er fordert Asyl im Namen von Pierre le Grand de Toulouse, der ihm Bruder war!«

De Sade, der schon befürchtete, Monsieur le Commissaire würde seine Ahnenreihe bis zurück zu den Kreuzzügen rezitieren, war sichtlich erleichtert, als Marais endlich verstummte und einen Schritt zurücktrat.

»So, jetzt mach den verdammten Stall auf, bevor ich ihn einrenne und dir deine Hammelbeine lang ziehe!«, brüllte Marais zornig.

»Un die Punze?«, fragte die jüngere Stimme.

»Die Punze gehört zu mir!«, sagte Marais.

Das Tor wurde einen Spaltbreit geöffnet.

Hinter dem Tor lag eine Durchfahrt, breit genug für einen schmalen Wagen. Und die beiden Männer, die es bewachten, nannten sich Tolstoï und Flobert.

Tolstoï war der Ältere, er trug einen abgelegten Militärmantel über einem langen Hemd und einen überbreiten Ledergürtel. Er sprach Französisch, als hätte er einst Wörter und Sätze wie Beeren von einem Strauch gepflückt und dann in einem großen Korb durcheinandergeschüttelt. Mit seinen schmalen Augen, der kurzen Nase und den hohen Wangenknochen ähnelte er den tatarischen Reitern, die de Sade als junger Offizier einst während des Siebenjährigen Krieges gesehen hatte. Floberts Kleidung war noch ungewöhnlicher als Tolstoïs. Denn er trug ein Frauennachthemd über weiten türkischen Hosen und zerschlissenen Armeestiefeln. Nebel und Kälte schienen ihm nichts auszumachen. Er hatte einen Blondschopf und unergründlich graue Augen. Er sagte nicht viel, und falls er es doch einmal tat, dann nur nach gründlichem Nachdenken.

»Willkommen bei den Raben, de Sade!«, raunte Marais dem Marquis zu.

Die Durchfahrt führte auf ein Stück Ödland, das durch die Rückwände der Sackgassenhäuser und eine allmählich verfallende Ziegelmauer begrenzt wurde. Das Ödland war einmal der parkähnliche Garten eines prächtigen Stadtpalais gewesen, von dem jedoch nichts überdauert hatte. Jetzt wuchsen hier nur noch dürre Büsche, die ehemals geharkten Wege hatten einem wahnwitzigen Muster aus Furchen und Pfaden Platz gemacht, und der einst so gepflegte Rasen war bis auf die braune Erde zertrampelt. Zwei Dutzend Zelte und bunte Wagen waren in einem lockeren Kreis inmitten des Stücks Ödlands aufgestellt. Im Mittelpunkt des Kreises standen zwei große Zelte. Vor ihnen befand sich eine Feuerstelle, die grobe Holzstühle und sogar einige alte Sofas umstanden. Über dem Feuer hingen zwei mächtige Kessel, aus denen der würzige Duft einer fetten Suppe aufstieg.

Eine Horde barfüßiger Rotznasen spielte beim Feuer. Alte Frauen wuschen in Holzbottichen Kleider. Sie trugen lange bunte Röcke und hatten sich grellfarbige Decken um die Schultern gelegt. Dunkle Kopftücher bedeckten Haare und Gesichter. Fast alle waren sie, wie die Kinder am Feuer, barfuß.

De Sade hatte auf seinen Ländereien um Schloss Lacoste für die Gitans immer einen Platz gehabt. In den ländlichen Gebieten war man weniger abweisend gegenüber dem fahrenden Volk als in den Städten. Die Gitans verfügten über Fähigkeiten, die Landbewohner zu schätzen wussten, sie flickten Kessel, lasen die Zukunft aus der Hand, spielten auf bei Feiern und Festen oder richteten die Knochen verletzter Haustiere.

Flobert legte die Hände an den Mund und stieß einen Pfiff aus. Die tobenden Kinder am Feuer unterbrachen ihr Spiel, und die alten Frauen hoben die Köpfe.

Tolstoï grinste breit in die Runde und wies auf Marais: »Der Kammerfrosch hier un' die Punze wolln Asyl bei Pierre le Grand. Wenn das nich verrückt is, weiß ich nich, was sonst!«

Aus dem rechten der beiden Hauptzelte trat ein Mann. Er trug ein rotes Nachthemd, und seine dünnen, haarigen Beine steckten in zwei verschiedenen Stiefeln. Abgesehen von seinem dünnen Haar und den dunkleren Augen sah er Marais verblüffend ähnlich. Das musste Pierre le Grand sein, dachte de Sade, der Mann, den Marais am Tor als seinen Bruder bezeichnet hatte.

»Da bist du also«, sagte Pierre le Grand.
»Da bin ich«, antwortete Marais.
»Und was willst du?«
»Asyl. Nach dem alten Gesetz.«

Pierre le Grand stand lange nachdenklich vor seinem Zelt, bevor er Marais aufforderte ihm hineinzufolgen. Keiner der beiden legte offenbar Wert darauf, dass de Sade sie dorthin begleitete.

Marais war erschrocken, wie sehr sein Halbbruder gealtert war. Pierre le Grand war – trotz seines Namens – um einiges kleiner als Marais und auch der Jüngere der beiden. Die beiden Männer waren nach ihrem letzten Zusammentreffen vor acht Jahren als Feinde auseinandergegangen.

»Der fette, alte Mann ist dieser Marquis, den du aus der Irrenanstalt geholt hast?«
»Ja.«
»Weshalb treibst du dich mit diesem Verrückten herum? Ich dachte, du bist Polizeiagent.«
»Das ist eine lange Geschichte.«

Pierre le Grand setzte sich neben der runden Feuerstelle auf den mit dicken Teppichen belegten Boden. Eine alte Frau in einem rot karierten Rock und einer schwarzen Jacke huschte durch das Zelt – damit beschäftigt, einen Topf mit Wasser für den starken, süßen Kaffee zu erhitzen, den Pierre le Grand nach alter Sitte seinem Gast anzubieten hatte.

»Ich habe geheiratet und hatte einen Sohn. Vielleicht wusstest du das noch nicht«, sagte Marais.

Pierre le Grand sah zu, wie die alte Frau Kaffeebohnen in einem Tiegel röstete. Das Aroma erfüllte das Zelt.

»Die Geschichte von dem Präfekten, der sein Haus ansteckte, wird in ganz Frankreich an den Feuern erzählt.«

»So – wird sie das.«

»Ja. Ich kannte deine Frau und deinen Sohn. Er war ein Blondschopf wie seine Großmutter. Ich trauer mit dir, Bruder«, sagte Pierre le Grand.

Das traf Marais. Er hatte keine Ahnung gehabt, dass Pierre le Grand Nadine und Paul je gesehen hatte. Eine irrationale Angst stieg in ihm auf. Er funkelte seinen Halbbruder zornig an. »Wir haben damals eine Abmachung getroffen«, sagte er.

Die alte Frau zerstieß die Kaffeebohnen in einem steinernen Mörser.

Pierre le Grand lächelte herablassend. »Ich habe unsere Abmachung nicht gebrochen. Das war deine Frau. Sie bestand darauf, dass der Junge seinen Onkel kennenlernt. Keine Angst, Bruder, alles wofür er sich interessierte, waren die bunten Bänder an meinem Zaumzeug und der Säbel an meinem Sattel.«

Marais hatte lange gebraucht, bis er den Mut gefunden hatte, Nadine die Wahrheit über seine Vorfahren zu sagen, und er hatte darauf bestanden, dass Paul nie etwas davon erfuhr.

»Du hast also mit ihr gesprochen?«

Pierre le Grand nickte. »Ein Jammer, dass sie tot ist. Sie war gut zu uns. Aber keiner kann seiner Vergangenheit entkommen. Ganz besonders keiner von uns.«

Die Alte brühte den Kaffee auf und füllte zwei hohe Gläser damit. Pierre le Grand reichte eines davon seinem Gast.

»Je weiter du vor dir selbst weggelaufen bist, umso sicherer hat dich deine Vergangenheit eingeholt. Du bist wie der Mann in dem Märchen, der seinen Schatten an den Teufel verkauft und dann für den Rest seines Lebens überall, wo er geht und steht, von ihm verfolgt wird. Einmal ein Rabe, immer ein Rabe. Das waren die Worte von Robert le Couteau.«

Robert le Couteau war ihr Großvater gewesen. Er hatte den beiden Pierres beigebracht, stolz auf ihre Herkunft als Raben zu sein. Von ihm hatte Marais die Kunst des Messerwerfens erlernt.

»Du hattest ein Haus. Du hattest einen Posten. Du hattest eine Familie. Du warst ein Gadsche. Und jetzt, Bruder, bist du nicht einmal mehr das.«

Ein Gadsche, dachte Marais aufgebracht. Wer war hier ein Gadsche? Ein Gadsche war ein Bürger, ein Mann mit Hof und Haus und einer festen Anstellung. Gadsche, das war ein Begriff den Gitans benutzten. Pierre le Grands Raben jedoch waren weder Gadsche noch Gitans, sondern Raben. Und Pierre hätte das wissen sollen.

»Ein Gadsche? Hast du vergessen, was unser Großvater immer gepredigt hat: Gadsche sind Gadsche, Gitans sind Gitans, aber Raben sind Raben, und die haben nichts mit den Gitans und den Gadsche zu schaffen!«

Pierre le Grand trank vorsichtig von dem heißen Kaffee. »Du bist zu lange von der Straße weg, Bruder. Nichts ist mehr, wie es mal war. Raben oder Gitans, das spielt längst keine Rolle mehr. Alles, was heute noch eine Rolle spielt, ist deine Kumpania, und solange sich jeder von denen an das alte Gesetz hält, ist es scheißegal, ob er Gadsche, Gitan oder ein Stinkender Hesse ist. Wirf einen Blick auf die Frauen am Feuer! Da sind mehr Hessen und Gitans drunter als echte Raben.«

Marais sah seinen Halbbruder betroffen an. Er hätte nicht erwartet, dass die einst so stolzen und eigensinnigen Raben je Gitans und sogar Stinkende Hessen in ihrer Kumpania aufnehmen würden. Besonders der Clan der Stinkenden Hessen genoss unter dem fahrenden Volk traditionell keinen guten Ruf.

»Als ich die Geschichte von dem Präfekten, der sein Haus ansteckte, zum ersten Mal hörte, habe ich sie für ein Märchen gehalten«, sagte Pierre le Grand. »Als sie aber berichteten, diese Geschichte hätte sich in Brest abgespielt, wusste ich, dass sie wahr sein musste. Und plötzlich kehrte der alte Zorn zurück.«

Marais wusste nur zu gut, worauf Pierre anspielte. Vor acht Jahren befehligte Marais einen Trupp Gardisten, der Pierre le Grands Kumpania umstellte und die Raben zwang, ihre wehrfähigen Mann der Armee zu überlassen. Marais hatte Pierre le Grand eine Pistole an den Kopf gehalten und wäre womöglich sogar bereit gewesen abzudrücken, um dessen Widerstand zu brechen. Weder vergaß noch vergab ein Mann wie Pierre le Grand solche Dinge.

»Du hast mir nach wie vor nicht verziehen«, konstatierte Marais leise.

Pierre le Grand dachte darüber nach. »Heute weiß ich, dass man seine Herkunft nicht abstreifen kann wie ein zerrissenes Hemd. Und du weißt es auch. Oder willst du mir weismachen, du hättest dieses Haus in Brest nur wegen der Pest angesteckt? Aber kommen wir zum Geschäft, Bruder. Was willst du hier?«

»Mich vor zwanzigtausend Goldfranc Kopfgeld verstecken.«

Pierre lachte auf. »Zwanzigtausend Goldfranc? Und du glaubst, eine solche Summe wird mich nicht dazu verführen, das alte Gesetz zu vergessen? Wie rührend von dir.«

»Du bist der letzte Blutsverwandte, den ich noch habe. Und du bist der Letzte, der noch etwas auf das alte Gesetz gibt.«

Pierre le Grand schaute Marais grimmig an. »Hast du dich nie gefragt, was aus all denen wurde, die vor zwanzig Jahren das alte Gesetz sogar höher hielten als ich? Sie sind verschwunden. Kaum dass irgendwer an den Feuern heute ihre Namen zu nennen wüsste. Das alte Gesetz? Das ist heute bloß noch ein Witz.«

Marais sah über den Rand seines Kaffeeglases hinweg in Pierre le Grands Augen. »Ich bin dein Bruder. Ich konnte dir schon immer ansehen, wann du lügst. Eben hast du gelogen. Das alte Gesetz und deine Kumpania sind alles, was du noch hast. Sie sind auch alles, was du je wolltest.«

»Wer sagt, dass ich das alte Gesetz überhaupt brechen müsste, um dich auszuliefern? Entscheidet der Rat, dass du dein Recht auf Asyl verloren hast, könnte ich keinen hier davon abhalten, dich hinauszuwerfen. Frag dich nur mal, wie viele Gitans, Raben und Hessen du im Laufe der Jahre in die Armee gepresst oder verhaftet und auf die Galeere oder ins Gefängnis geschickt hast. Diese Männer hatten Ehefrauen, Mütter, Schwestern und Väter. Einige von denen sind hier und warten vielleicht nur darauf, Rache zu nehmen.«

Dieses Argument hatte Gewicht. Ein Narr, wer das hätte bestreiten wollen. Marais nahm Zuflucht zu einer Lüge.

»Es wird dich vielleicht interessieren, Bruder, weshalb es Monsieur le Ministre die stolze Summe von zwanzigtausend Goldfranc wert ist, mich von der Straße zu holen.«

»Ich höre.« Pierre le Grand gab sich gelassen.

»In Paris geht eine Mörderbande um. Fouché steckt mit ihr unter einer Decke. Diese Mörder haben es auf kleine Kinder und deren Mütter abgesehen. Ich weiß von dreizehn Opfern.

Doch es könnten leicht auch viel mehr sein. Fouché wird früher oder später nichts anderes übrig bleiben, als einen Sündenbock für die Morde zu finden. Die Juden werden es diesmal nicht sein. Das lässt der Kaiser nicht zu. Also werden in ein paar Tagen die Schmierenblätter zur Jagd auf jeden Gitan, Raben und Stinkenden Hessen in Paris blasen.«

Marais glaubte zwar selbst nicht daran, aber er wusste sich nicht anders zu helfen, als bei seinem Halbbruder die uralte Angst vor dem Hass des Mobs zu schüren. Nie hatten sie den Tag vergessen, an dem ihr Großvater Robert le Couteau starb. Er wurde von einer aufgebrachten Menge totgeschlagen, die mit Piken, Forken, Dreschflegeln und Fackeln das Lager der Raben überfallen und geplündert hatte

Fünf weitere Raben fielen damals der Menge zum Opfer. Und ausgelöst hatte den Angriff das Gerücht, die Raben hätten aus einem benachbarten Weiler ein Kind gestohlen. Pierre le Grand war damals fünf gewesen, Marais acht, und dass Pierre Le Grand den Überfall überlebte, hatte er allein Marais zu verdanken, der seinen schreienden und strampelnden Halbbruder im Schutz der Dunkelheit vom Lager weg in ein nahes Waldstück trug, wo sie im Unterholz abwarteten, bis der Spuk vorüber war.

»Dieses fette, alte Ungeheuer da draußen und ich, wir sind eure einzige Chance, einer Hexenjagd zu entgehen. Denn wir können diese Mörder finden und ausliefern, bevor Fouché zu seiner Treibjagd blasen lässt.«

Pierre le Grand schlürfte seinen Kaffee und forderte Marais auf, dasselbe zu tun.

Irgendwann war der Kaffee ausgetrunken.

»Bis der Rat entschieden hat, seid ihr hier sicher. Darauf hast du mein Wort«, verkündete Pierre le Grand schließlich.

De Sade saß auf einem Holzstuhl beim Feuer. Seit über einer Stunde war Marais in Pierre le Grands Zelt, und de Sade fürchtete sich davor, dass Marais und dieser Gitan daraus hervorkommen und verkünden könnten, dass man ihnen kein Obdach gewährte. Wohin sollten sie dann gehen?

Der Nebel war mittlerweile dicker geworden. De Sade fror, hatte Hunger, sehnte sich furchtbar nach seiner Geliebten Constance, kam sich nutzlos und hilflos vor. Seine Laune war so mies wie lange nicht mehr

Inzwischen waren einige schüchterne Mädchen aufgetaucht, die flüsternd die Wascharbeiten der Frauen übernahmen, die auf Pierre le Grands Befehl hin zur Beratung im Zelt verschwunden waren.

Als es acht Uhr schlug, verließen nach und nach die Halbwüchsigen das Lager. In kleinen Grüppchen fanden sie sich zusammen und marschierten still zum Tor hinaus. Sie gingen wohl irgendeiner Arbeit in der Stadt nach.

Nur ein kleiner Junge mit einem steifen Bein und wuscheligem Kraushaar war geblieben und näherte sich jetzt, die Hände wichtigtuerisch in den Taschen der viel zu großen Hosen versenkt, vorsichtig dem Fremden auf dem Stuhl.

»Wer bist du?«, fragte der Junge mit dem Kraushaar.

De Sade sah missmutig auf. »Der böse Schwarze Mann.«

Der Junge legte den Kopf schief und musterte de Sade eine Zeit lang. »Glaub ich nicht. Abel la Carotte hat den Schwarzen Mann gesehen. Der hatte 'n langen roten Schwanz. Hast du 'n langen roten Schwanz?«

De Sade zuckte die Achseln und warf ein Stück Holz ins Feuer. »Nein, aber ich hab einen blauen Arsch. Willst du ihn sehen?«

Der Junge betrachtete de Sade einen Augenblick.

»Mein Hintern war auch schon mal blau«, sagte er schließlich. »Das war, als ich vom Wagen aufs Pflaster gefallen bin.«

»Hm«, meinte de Sade anerkennend. »Aber ich bin nicht vom Wagen gefallen und meiner ist trotzdem blau.«

Der Junge verschränkte die Arme vor der Brust und sah de Sade an, als dächte er ernsthaft darüber nach, was es ihn wohl kosten würde, wenn der Schwarze Mann ihm seinen blauen Hintern zeigte. Denn natürlich wusste er längst, dass alles im Leben seinen Preis hatte.

»Was ist, Junge? Willst du meinen blauen Hintern sehen?«, stichelte de Sade.

Der Junge hatte einen Entschluss gefasst. »Zeig ihn mir!«

De Sade warf ihm einen betont düsteren Blick zu. »Bring mir etwas zu essen. Ein Stück Brot und etwas von der Suppe, die diese beiden alten Hexen mir vorhin unter der Nase weggeschleppt haben.«

Der Junge wandte sich ab und humpelte auf einen der Wagen zu.

De Sade stocherte lustlos in der Glut, er gähnte und rieb sich die klammen Hände über dem Feuer.

Der Junge kehrte zurück. Er hatte ein Stück Brot und eine Schüssel dabei, aus der feiner Dampf aufstieg.

Immerhin, dachte de Sade.

Seine Vorfreude wurde getrübt von dem Umstand, dass zusammen mit dem Jungen auch ein Greis auf das Feuer zuhumpelte. Die beiden gaben ein eigenwilliges Paar ab – ein Krüppel, der den anderen stützte. Der Junge schob den Greis zu einem Stuhl und wartete ab, bis er sicher sein konnte, dass der Alte bequem darauf Platz genommen hatte. Der Schädel des Greises war kahl und glänzte wie eine gut geputzte Kanonenkugel. Seine Hände waren von der Gicht verkrümmt, und er hatte so viele Falten im Gesicht, dass darin unmöglich irgendein Ausdruck auszumachen war. Er trug einen sauberen Rock, ungeflickte Hosen und billige Holzschuhe. Angesichts dieses uralten Greises kam de Sade sich geradezu jung vor.

»Geh, geh, Petite Grenouille«, sagte der Greis und schob den Jungen von sich. De Sade bemerkte erst jetzt, dass die Augen des alten Mannes blind waren.

»Du heißt – Frosch?«, erkundigte sich de Sade bei dem Jungen, während er die Hände nach der Schüssel und dem Brot ausstreckte.

»Abel la Carotte nennt mich so, weil ich seines Enkels Enkel bin und ein steifes Bein hab wie er«, erklärte Grenouille, ohne de Sade die Schüssel und das Brot zu reichen.

»Willst du nun meinen blauen Hintern sehen oder nicht? Dann gib mir auch das Essen, Junge!«

Grenouille zögerte. Der Alte, nickte ihm jedoch aufmunternd zu. »Keine Angst, Petite Grenouille. Sag ihm, er soll ruhig seine Hosen runterlassen.«

De Sade, der nie vorgehabt hatte, sich hier vor allen Leuten zu entblößen, war wütend auf den Greis.

»Du hast es gehört, Schwarzer Mann, lass die Hosen runter!«, forderte Grenouille ernst.

Herrgott, dachte de Sade aufgebracht. Umso mehr, als die Suppe aus der Schüssel und das frische Fladenbrot so verführerisch dufteten.

»Männerhintern sind nichts für halb hohe Rotzlöffel wie dich, hat dir das deine Mutter nicht beigebracht?«

»Meine Mutter ist tot. Willst du nun essen oder nicht, Schwarzer Mann?«

De Sade warf misstrauisch einen Blick ins Lager. Da waren zwei alte Frauen vor einem Wagen und ein anderer Junge, der in einer Pfütze spielte. De Sade konnte jedoch nicht wissen, wie viele Leute sich in ihren Wagen verbargen und womöglich durch die winzigen Fenster zum Feuer hinsahen.

Mit einem Seufzer erhob er sich, nestelte Hosenlatz los und ließ die Hose fallen, um dann vornübergebeugt Grenouille seinen blauen Hintern entgegenzustrecken.

»Und ist er blau?«, fragte der Alte leise.

Der Junge betrachtete de Sades Hintern und streckte den Finger danach aus. Zu spät, denn de Sade zog die Hose wieder hoch und schloss sie. »Gaffen. Nicht anfassen!«, kommentierte er und sank auf seinen Stuhl zurück.

»Er ist blau, richtig blau«, sagte Grenouille erstaunt.

»Dann gib dem Mann sein Frühstück und lass uns allein«, murmelte der Alte.

Der Junge reichte de Sade Brot und Schüssel, spuckte auf den Boden und trollte sich.

Heißhungrig tunkte de Sade das Brot in die Suppe und aß.

Weshalb auch immer dieser komische Greis mit ihm allein sein wollte – es war ihm gleich, solange er weiter Suppe und Brot hatte.

Der Greis wartete höflich ab, bis de Sade seinen Hunger gestillt hatte, bevor er sich mit einem Räuspern wieder bemerkbar machte. »Du bist der, der mit Pierre le Petit gekommen ist?«

»Ich bin der Schwarze Mann, Alter. Und ich hole nicht nur Kinder!«, brummte de Sade kauend und wischte mit einem letzten Stück Brot die Suppenschüssel aus.

Der Greis lachte. »Oh, selbst wenn du der Schwarze Mann wärst, hätte ich keine Angst vor dir. Aber du bist es ja nicht. Du bist der Neffe des Mannes, den sie Abbé Jacques nannten oder Jacques le Blanc. Ich hab dich schon gekannt, da warst du jünger als mein kleiner Grenouille und das schönste Kind weit und breit. Eines Tages, im Frühjahr, gab Abbé Jacques ein Fest in seinem Palais. Die feinen Frauen unterbrachen ihr Geschwätz, um dir die Wangen zu tätscheln, so unwiderstehlich warst du.«

De Sade vergaß zu kauen. Er erinnerte sich vage daran. Sein Onkel hatte ihn den Gästen vorgeführt wie ein edles Zuchtpferd. Daran, dass irgendein stinkender Gitan dabeigestanden hatte, erinnerte er sich nicht.

»So, du kanntest meinen Onkel. Und?«

»Ja, ich kannte ihn. Er war wie du. Ein hochwohlgeborener Schweinehund.«

Dass sein Onkel so manches ungewöhnliche und düstere Abenteuer bestanden hatte, war für de Sade nichts Neues. Er konnte dabei durchaus mit einem stinkenden Gitan zusammengekommen sein.

»Da du dich offenbar sehr für meinen Hintern interessierst, alter Mann, weißt du sicherlich auch, wie er so geworden ist, wie er jetzt ist.«

Der Alte grunzte.

»Du weißt es«, de Sade lächelte kalt. »Es heißt, die Nonne hätte die Rezeptur für diese Salbe einst von einer Gitane gekauft. Ich gebe dir zwei Louisdor, wenn du mir das Gegenmittel beschaffst.«

Der Alte grunzte erneut. Oder lachte er?

»Niemand außer der alten Nonne kannte das Gegenmittel, und Isabelle de la Tour ist die Einzige, die es je herausgefunden hat. Keiner vom fahrenden Volk, sei er Rabe, Gitan oder Stinkender Hesse, wird dir die Rezeptur verkaufen können. Zahl deine Schulden oder halte dich von den Huren fern.«

De Sade war sicher, dass der Alte log. Bestimmt wollte er nur den Preis heraufreiben.

»Jacques le Blanc hat immer gewusst, dass sein Neffe einmal ein berühmter Mann werden würde«, sagte der Alte versonnen.

»Ich bin ein berühmter Mann geworden! Aber um heutzutage ein berühmter Mann zu werden, muss man nun mal ein noch größerer Schweinehund sein. Gerade du solltest das wissen, alter Mann.«

»Ja, Jacques le Blanc wusste, dass aus dir eines Tages ein Teufel werden würde.« Der Alte rieb sich die verkrümmten Hände über dem Feuer. »Und er wusste es deshalb so sicher, weil er in der Nacht zu Christi Himmelfahrt im Jahre des Herrn 1740 mit mir auf Les Innocents war, um mit dem Satan selbst zu verhandeln. Nirgendwo sonst hat der alte kahlköpfige Betrüger sich so oft gezeigt wie auf Les Innocents. Seit tausend Jahren kam er pünktlich in der Nacht zu Lichtmess und am Ostersonntag dorthin. Das war sein liebster Tummelplatz. Dort hat er dann mit den Engeln des Herrn über die armen Seelen gestritten, die er aus unserer guten und alten Stadt in die Hölle verdammen durfte. Ich hab ihn dabei beobachtet. Und dein Onkel, der hat ihn auch gesehen in jener Nacht von Christi Himmelfahrt im Jahre des Herrn 1740.«

De Sade wurde der Alte zunehmend unheimlich. Er hatte im Laufe seines Lebens eine Menge Berufslügner, Hochstapler und Wahnsinnige getroffen, aber dieser Alte hatte etwas an sich, das selbst de Sade Angst einjagte. Sobald der Greis vom Les Innocents, dem Spielplatz des Teufels, berichtete, schien ein dunkles Leuchten von seinen blinden Augen auszugehen, das de Sade durch Mark und Bein ging.

»Verschwinde alter Mann, erzähl deine Märchen den Kindern«, zischte de Sade.

»Bleib, Abel! Ich will die Geschichte hören«, ertönte Marais' Stimme.

De Sade fuhr unwirsch herum.

»Christi Himmelfahrt 1740. Das ist der Tag an dem Sie geboren wurden, nicht wahr, de Sade?«, grinste Marais ihn an und legte dabei dem uralten Abel die Hand auf die Schulter.

»Sie glauben diesem Hochstapler doch nicht etwa, Marais?«, rief de Sade aufgebracht.

Marais überging den Einwand und hockte sich neben dem alten Abel ans Feuer. »Erzählt, Abel. Was hat Jacques le Blanc damals auf Les Innocents vom alten kahlköpfigen Betrüger gewollt?«

Der Alte lachte wieder. »Das hat er mir nicht gesagt. Verhandelt haben sie miteinander. Eine ganze Stunde oder mehr. Und zwar unter dem Bild vom Tanz mit dem Tod, das dort unter den Arkaden aufgemalt ist. Jacques le Blanc war ein gewitzter Mann, und Mumm hatte er für drei. Der alte, kahlköpfige Betrüger war ebenfalls nicht allein gekommen. Da waren andere Dämonen bei ihm und Weiber und Hexen, alle so verdorben schön wie die Sünde selbst. Aber Jacques le Blanc, der hat sich davon nicht irre machen lassen. Als es vorbei war und er mit mir Les Innocents verließ, da war er so fröhlich und aufgekratzt wie nie zuvor. Er sei der einzige Mann in Frankreich, der dem alten kahlköpfigen Betrüger von nun an seinen Willen aufzwingen könne, sagte er. Denn der Teufel, der stehe seit dieser Nacht in seiner Schuld.«

De Sade warf verächtlich die Arme hoch. Guillous Märchen von den Satanisten war schon ein starkes Stück, aber diese Geschichte schlug dem Fass nun wirklich den Boden aus.

Einige Zeit herrschte Schweigen zwischen den Männern. Irgendwann wandte der alte Abel sein Gesicht zu Marais. De Sade war sicher, dass sich dabei eine Art verzagtes Lächeln auf den strichdünnen Lippen des Uralten zeigte.

»Du weißt, dass der alte kahlköpfige Betrüger nicht nur zu Les Innocents kommt, nicht wahr, Pierre le Petit? An den hohen Feiertagen zwischen Ostern und Heilig Abend, da streift er auch durch die Kirchen. Und zu Allerheiligen da hört man ihn in Notre-Dame böse übers Te Deum lachen.«

»Ich weiß, Abel. Du hast es mir erzählt, erinnerst du dich nicht?«, sagte Marais leise.

Abel tastete nach Marais' Gesicht und ließ einen Moment seine Hand auf dessen Wange ruhen. »Es ist gut, dass du zurück bist, Pierre le Petit. Und hab keine Angst und vergiss niemals: Was immer der kahlköpfige Betrüger unternimmt, er tut damit Gottes Werk, ob er nun will oder nicht. Wir sind manchmal nur zu verzagt, um es zu sehen. Trotzdem ist es wahr. Nichts geschieht ohne Grund auf der Welt. Und nichts geschieht je umsonst.«

Marais tätschelte Abels Hand.

De Sade sah es mit Abscheu. Er sprang von seinem Stuhl auf, stieß ein verächtliches »Pfft!« aus, steckte die Fäuste tief in die Joppentaschen und stapfte beleidigt einige Schritte vom Feuer weg.

»Du, Marquis!«, rief Abel ihm mit heiserer Stimme hinterher. »Auch du tust Gottes Willen. Auch du bist nicht umsonst auf der Welt.«

De Sade wandte sich zu Abel und Marais um und lachte verächtlich. »Ach ja? Lass dir etwas sagen, alter Mann, von einem, der es besser weiß – der einzige Grund, weshalb ich auf diese Welt gekommen bin, besteht darin, dass mein Vater eines Nachts seinen Schwanz ein paarmal zu oft in die Möse meiner Mutter rammte.«

Der alte Mann lächelte. »Bestreite es nur, Marquis! Das ändert nichts daran. Es war kein Zufall, dass du am selben Tag zur Welt kamst, an dem Jacques le Blanc seinen Handel mit dem Teufel machte. Ob du es willst oder nicht – eines Tages wirst auch du dem alten kahlköpfigen Betrüger begegnen. Denn Jacques le Blanc hat ihm in jener Nacht deine Seele verkauft. Gott allein mag wissen, wozu oder weshalb. Aber ich habe nun einmal gesehen, was ich gesehen habe.«

In Pierre le Grands Zelt rührte sich etwas. Marais fuhr herum.

»Der Rat hat entschieden«

Vier Tage verbrachten Marais und de Sade bei den Raben, nachdem der Rat auf Pierre le Grands Drängen hin beschlossen hatte, ihnen Asyl zu gewähren. Marais' Bruder machte keinen Hehl daraus, wie schwierig die Entscheidung gewesen war und dass die Verachtung und der Ärger über Marais' Rekrutierungsaktion noch immer tief in den Seelen und Herzen der Raben verwurzelt war.

Die ersten Stunden im Lager waren daher durchaus heikel für die beiden Flüchtlinge gewesen. So mancher Rabe weigerte sich, Marais' Anwesenheit überhaupt zur Kenntnis zu nehmen, und am Abend war einzig Pierre le Grand bereit, ihm einen Platz an seinem Feuer anzubieten.

Marais nutzte die Gelegenheit, ihn über die Morde, das antike Kreuz, den Ordre du Saint Sang du Christ und Talleyrands und Fouchés vermutliche Verwicklung darin ins Bild zu setzen. »Worauf es jetzt ankommt, ist, diesen Delaques zu finden und zum Reden zu bringen. Offenbar war er eine Art Vertrauter von Sistaine, und zumindest seine Kurtisane, diese Nathalie Deshayes müsste aufzutreiben sein. Außerdem bin ich sicher, dass die Kapelle, von der Guillou sprach, immer noch existiert.«

»Paris hat mehr Kirchen als Rom. Diese Kapelle könnte überall sein!«, gab Pierre le Grand zu bedenken. Doch was

Delaques und Nathalie Deshayes anbetraf, zeigte er sich schon zuversichtlicher. Zwar konnte Marais es derzeit nicht riskieren, sein Informantennetz zu aktivieren. Aber mit den Raben und deren Verbündeten und Geschäftspartnern überall in Paris stand ihm ein neues und beinah ebenso leistungsfähiges Netz an Spionen zur Verfügung. Zumal Marais inzwischen eine genauere Vorstellung davon hatte, wonach er suchte.

Während Marais sich die folgenden Tage nur vorsichtig unter den Raben bewegte, schien sich der zunächst so ablehnende Marquis erstaunlich gut in die Gemeinschaft eingefügt zu haben.

Schon zu Mittag ihres ersten Tages im Rabenlager fand er Unterschlupf bei einer jungen Witwe und deren Mutter, die ihm einen Schlafplatz in ihrem Wagen einräumten. Marais ging davon aus, dass man das alte Ungeheuer für einen mehr oder weniger harmlosen Exzentriker hielt. Solche Leute durften bei den Raben traditionell auf Narrenfreiheit hoffen. Das alte Ungeheuer hatte sich zudem mit einer Bande von Rabenjungen angefreundet, geführt von Abels Urenkel Grenouille. Die meisten der Jungen waren alt genug, um bereits selbst zum Unterhalt ihrer Familien beizutragen. Einige arbeiteten als Kesselflicker, andere waren Scherenschleifer. Grenouille und zwei weitere Jungen begleiteten Marcel, einen schweren Mann mit traurigen Augen, der unter den Kutschern und Stallbesitzern der Stadt als Pferdedoktor und Knochenrichter geschätzt war. Marcel und dessen Assistenten verließen nie vor acht, neun Uhr morgens das Lager, während die meisten anderen jungen Leute – besonders die Mädchen und jungen Frauen – bereits gegen sechs oder sieben in der Stadt ihrer Wege gingen. Die überwiegende Zahl der älteren Frauen war damit beschäftigt, Kleider und Wagen zu waschen. Gemessen an der Reinlichkeit der Raben, war de Sade ein Dreckfink. Es hatte eine gewisse Aufregung gegeben, als er sich am Abend des zweiten Tages weigerte, zusammen mit den anderen Männern in einer riesigen Zinkwanne hinter einem der Wagen ein Bad zu nehmen. Nicht einmal sein Status als Lagernarr konnte ihn letztlich davor bewahren, ergriffen, entkleidet und ins Wasser geworfen zu werden. Beim nächsten Baden war er dann schon deutlich weniger widerspenstig. Immerhin stiegen ja auch junge, schlanke Knaben mit den Männern zusammen in die riesige Wanne.

Schließlich ergründete de Sade endlich auch, weshalb die Raben sich Raben nannten und so sehr auf eine Abgrenzung zu den Gitans und jener seltsamen Gruppe namens »Stinkende Hessen« bestanden. Der kleine Grenouille erklärte es ihm. Keiner wusste angeblich, wer die Gitans waren und woher sie stammten, mit denen man die Raben so gerne verwechselte. Die Legende berichtete, die Gitans seien ursprünglich ein Volk von Schmieden und Handwerkern gewesen, das im Heiligen Land seiner Arbeit nachging. Doch eines Tages waren drei Soldaten zu einem der Gitans gekommen und befahlen ihm, vier große schwere Nägel zu schmieden. Erst nachdem der nichtsahnende Gitan seine Arbeit beendet und die Nägel geliefert hatte, erfuhr er zu seinem Schrecken, dass die dazu verwendet worden waren, einen Propheten namens Jesus ans Kreuz zu schlagen. Er schämte sich sehr und fürchtete den Zorn der Jesus-Anhänger. Daher war der Gitan zusammen mit seiner Sippe aus dem Heiligen Land davongelaufen. Und seit dieser Zeit flohen seine Leute vor den Folgen der Schandtat jenes Schmiedes.

Die Raben hingegen führten ihre Ursprünge wesentlich weiter zurück. Wie Grenouille berichtete, habe Noah nach der

Sintflut von seiner Arche aus noch vor den Tauben ein Rabenpärchen ausgesandt, um Land zu finden. Erst nachdem jenes Rabenpärchen nicht zurückkehrte, habe er es gewagt, die Tauben auszusenden. Tauben, so meinte Grenouille verächtlich, seien dumme und schwache Vögel, die sich allein nicht zurechtgefunden hätten und daher dreimal zu Noahs Arche zurückkehrten, bevor eine von ihnen festes Land fand. Das Rabenpärchen hingegen sei schlau und zäh genug gewesen, um sich lange vor den Tauben zu jenem ersten Flecken trockenen Landes durchzuschlagen.

»Diese Raben sind unsre Ahnen.«

»Und die Stinkenden Hessen, was ist mit denen?«, hatte de Sade gefragt.

»Die stinken. Und stammen aus Hessen. Was sonst?«

»Hm«, sagte de Sade und stocherte im Lagerfeuer herum. »Und weshalb hat dein Onkel Marais behauptet, er gehe mit mir zu dem Ort, an dem man stehend begraben wird? Ich sehe hier weit und breit keine Gräber.«

Grenouille wiegte den Kopf. »Muss mit dem Spruch zusammenhängen, den Abel la Carotte und Pierre le Grand manchmal aufsagen, wenn sie über irgendetwas wütend sind. Sie sagen dann: Begrabt mich stehend, denn ich habe mein Leben auf Knien zugebracht.«

De Sade warf dem Jungen einen langen Blick zu, dann lachte er bitter auf und klopfte Grenouille einige Male verschwörerisch auf die knochige Schulter.

Grenouille nahm die Geste hin wie ein Mann.

Während de Sade sich nach und nach mit den Raben und deren Lebensart arrangierte, verbrachte Marais seine Tage im Lager meist brütend am Feuer. Abgesehen von dem uralten

Abel und der Greisin, die Pierre le Grands Zelt versorgte, fand sich selten jemand, der mehr als nur das Allernotwendigste mit ihm sprach.

Am vierten Morgen nach ihrer Ankunft im Rabenlager saß Marais in eine von Pierre le Grands Decken gehüllt nach dem kargen Frühstück wie üblich schweigend am Feuer, als der Marquis sich ihm näherte. Er trug ein Tablett mit gesüßtem Kaffee bei sich. Ohne ein Wort reichte er Marais eine Tasse und nahm neben ihm Platz. »Trinken Sie, bevor er kalt wird, Marais«, sagte er munter. »Man kann sich an dieses Teufelszeug gewöhnen. Obwohl natürlich nichts über eine Tasse gute Schokolade geht.«

Marais trank.

»Was wollen Sie?«

»Ihnen einen Rat geben.«

»So?«

»Nehmen Sie endlich Vernunft an, Marais!«

Marais rückte mit seinem Stuhl ein Stück von de Sade weg. Monsieur le Marquis rückte daraufhin seinen Stuhl neben Marais. »Ich weiß, was Ihnen fehlt.«

»Ach ja?« Marais funkelte ihn zornig an.

»Dachten Sie, Sie seien der Einzige, der von Zeit zu Zeit von Melancholie befallen wird?«

»Melancholie, de Sade? Blödsinn! Melancholie ist etwas für naive Jünglinge und Schreiberseelen. Ich bin erwachsen. Und Polizist.«

De Sade legte den Kopf ein wenig zurück, um ihm in die Augen schauen zu können. »Nennen Sie es, wie Sie wollen, Marais – Melancholie, den schwarzen Hund, Bedrückung oder Schwermut. Nur hören Sie ausnahmsweise auf meinen Rat! Gehen Sie und ficken Sie sich gefälligst das letzte bisschen Verstand aus Ihrem Hirn. Und zwar heute noch! Beordern Sie diese stumme Hure hierher oder schleichen Sie sich zur Not ins Chat Noir, um sie flachzulegen. Denn keiner hier kann Ihr erbärmliches heulendes Elend noch länger mit ansehen.«

De Sade erhob sich und machte sich auf den Weg zurück zu seinem Wagen.

»Was haben Sie da gesagt? Wie haben Sie Silhouette genannt?«, rief Marais de Sade zornig hinterher.

De Sade blieb stehen und sah sich nach Marais um. »Sie haben gehört, was ich gesagt habe. Sie wissen so gut wie ich, dass sie eine Hure ist. Wenn Sie ein Brot sehen, wie nennen Sie es dann? Etwa einen Kerzenhalter? Mitnichten. Sie nennen es ein Brot. Sehe ich eine Hure in einem Hurenhaus, dann nenne ich sie eben eine Hure. Womit Sie nicht fertigwerden, ist Ihre verdammte Prüderie, Marais! So sehr Sie sich auch anstrengen, Ihrem Herzen nachzugeben, immer bleibt da eine Stimme in Ihnen, die Ihnen zuflüstert, dass Silhouette, nur weil sie eine Hure ist, gleichzeitig eine miese kleine Schlampe sein muss. Schämen Sie sich eigentlich gar nicht, Marais? Nicht die Begriffe sind es, auf die es ankommt, sondern das, was man mit ihnen verbindet, Sie gottverdammter alter Heuchler! Silhouette ist ein gutes Mädchen. Also sperren Sie sich gefälligst nicht mehr länger gegen das Unvermeidliche und unternehmen Sie endlich etwas!«

Marais war so außer sich, dass er seine Messer zog und vor de Sade in Kampfstellung ging. Wer im Rabenlager anwesend war, trat heraus, um verwundert zuzusehen.

»Was jetzt, Marais?«, fragte de Sade gelassen. »Sie sehen mich an, als wollten Sie mich zum Duell fordern. Aber Sie sind als kleiner Beamter nicht satisfaktionsfähig für einen Marquis von Frankreich. Stecken Sie also Ihr Messer wieder weg, bevor Sie sich vollends lächerlich machen!«

»Sie nennen mich einen Heuchler und Feigling, dabei führen Sie bei jeder Gelegenheit den Namen des Herrn im Mund, dessen Existenz Sie angeblich nicht anerkennen wollen? Wer ist also hier der größere Heuchler?«, schnaubte Marais.

De Sade zuckte die Achseln und blies verächtlich die mächtigen Wangen auf. »Für einen herzhaften Fluch ist mir Ihr Herrgott allemal gut, Marais! Und falls er jetzt von seinem Thron herabstiege, dann würde ich ihm in seine hässliche Visage hinein sagen, dass er sich gefälligst glücklich schätzen soll, von einem Marquis de Sade beleidigt zu werden. Diese Ehre kommt nämlich nicht jedem zu.«

Marais war sich inzwischen der Aufmerksamkeit bewusst, die ihre Auseinandersetzung hervorgerufen hatte, und versuchte jetzt, das Spektakel zu beenden.

»Ich hätte Sie besser in Saint-Michel verrotten lassen!«

»Dann wüssten Sie über die Morde heute nur halb so viel«, rief de Sade und ging wieder auf seinen Wagen zu. Auf halbem Weg wandte er sich noch einmal um. »Ach, ein letztes Mittel gegen die Melancholie habe ich natürlich zu erwähnen vergessen: Sie könnten sich natürlich immer noch eine Kugel durch Ihren verfluchten Dickschädel jagen!«

Keiner sagte ein Wort, bis das alte Ungeheuer in dem Wagen verschwunden war.

Unbemerkt von Marais, war Pierre le Grand herangetreten. »Lass ihn, Bruder«, flüsterte er und legte Marais die Hand auf die Schulter. »Zumal er irgendwie sogar recht hat. Du hast wirklich lange genug den Kopf in den Sand gesteckt.«

Marais gelang es nur sehr mühsam, sich vom Anblick des Wagens zu lösen, in dem de Sade verschwunden war.

»Und was schlägst du vor, soll ich sonst tun? Vier Tage, warte ich nun schon. Und nichts.«
»Das meine ich nicht.«
»Sondern?«
»Du brauchst eine Frau, Bruder. Kein Mann sollte zu lange allein sein. Das legt sich auf seine Seele.«
Marais stieß Pierre le Grand heftig von sich und stapfte zornig an ihm vorbei zum gegenüberliegenden Ende des Lagers.

Als Flobert und Tolstoï an diesem Abend aus der Stadt zurückkehrten, brachten sie endlich Neuigkeiten mit. Über Nacht hatte man überall in Paris sonderbare Bilder an Hauswände, Kutschen und Marktstände gemalt. Sie zeigten eine Frau mit wallendem Haar, kleinen Hörnern und einem langen, schmalen Schwanz. Unter jedem der Bilder stand dieselbe rätselhafte Zahlenreihe. Alle Welt spekulierte darüber, was die Bilder zu bedeuten hatten und wer sie erstellt hatte. Tolstoï und Flobert versicherten, mindestens zwei Dutzend dieser Bilder gesehen zu haben.

»Kommen Sie, Marais! Das ist das Zeichen, auf das wir gewartet haben!«, rief de Sade, sobald er davon hörte.

Pierre le Grand, der nicht weit vom Feuer mit Flobert und Tolstoï gescherzt hatte, blickte sich verwundert nach Monsieur le Marquis um.

»Unsinn, de Sade. Diese Schmierereien sind das Werk eines liebeskranken Studenten. Das pfeifen doch längst die Spatzen von den Dächern!«

De Sade fand, dass die Spatzen sich in diesem Falle irrten.

»Marais, erinnern Sie sich, was uns Ihre kleine Silhouette über Delaques erzählt hat? Dass dessen Geliebte ihn dabei ertappte, wie er Frauen mit Schwänzen und Hörnern gezeichnet habe?«, sagte er.

»Ein bisschen weit hergeholt, finden Sie nicht?«, gab Marais zurück und blieb weiterhin am Feuer sitzen.

De Sade regte Monsieur le Commissaires Gleichgültigkeit auf. »Ich hab ja schon immer gesagt, dass Sie ein phantasieloser Ignorant seien, Marais! Aber vielleicht sind Sie ja außerdem auch ein Feigling!«

Marais zog die Augenbrauen hoch und starrte de Sade grimmig an. »Sie nennen mich einen Feigling?«

»Solange Sie sich wie einer benehmen? Ganz bestimmt, Marais!«

Marais erhob sich, trat in Pierre le Grands Zelt und kehrte mit zwei hässlichen alten Kaftanen zurück. Einen davon streifte er selbst über, den anderen warf er de Sade zu. Dann wandte er sich an Tolstoï und Flobert und forderte sie auf, sie zu einem dieser Bilder zu führen.

De Sade konnte sich beim Anblick des kostümierten Marais ein Grinsen nicht verkneifen. »Sie sehen aus wie ein gerupftes Huhn, Marais.«

Marais ignorierte das und wandte sich an Pierre le Grand. »Falls wir in einer Stunde nicht zurück sind, rechnet nicht mehr mit uns.«

Die vier zogen aus dem Rabenlager durch das Tor, das des Nachts von zwei wortkargen Männern mit Bärten und langen Haaren bewacht wurde, die Tolstoï die Stinkenden Hessen nannte. Grenouille hatte ihm versichert, dass sie die besten Messerwerfer, Schützen und Faustkämpfer der Welt seien.

Tolstoï hatte eine Lampe dabei und ging voran. Sie schritten die Gasse fast bis zur Kreuzung mit der etwas breiteren Rue

Saint-Jacob hinab, bogen dann in einen Durchgang ein, schritten eine zweite Gasse hinauf und gelangten zu einem leer stehenden zweistöckigen Haus.

Alle möglichen Anschläge waren neben der Tür und um die vernagelten Fenster herum angebracht – von einer Liebeserklärung über die Werbung eines Hutmachers bis hin zu dem offiziellen Fahndungsplakat für de Sade und Marais.

Marais riss es ab, faltete das dünne Papier zusammen und stopfte es unter dem Kaftan in seinen Rock.

Tolstoï hielt die Lampe näher an die Hauswand. »Da isses.« Er wies auf eine Stelle an der Ziegelmauer.

De Sade drängte wichtigtuerisch die anderen beiseite und betrachtete das Bild, das die groben Umrisse einer Frau mit langen Haaren in einem engen Mieder, kurzen Rock und mit Absatzschuhen zeigte, um deren leicht gespreizte Beine sich ein dünner Schwanz wand, dessen Ende in einer Pfeilspitze auslief. Unter dem Bild war eine Zahlenreihe zu sehen:

36 42 10 8 42 10 40 30 18 24 10 42

Eine Weile betrachteten alle still das Bild.

»Also, Sie Genie, was ist das? Ein dummer Scherz?«, fragte Marais grimmig.

»Die Frage, wie man in nur einer Nacht so viele von diesen Bildern anfertigen konnte, ist jedenfalls geklärt«, verkündete de Sade. »Man hat eine Schablone benutzt, die man an die Wand presst und über die hinweg man einfach den Pinsel streicht. Womöglich existierten sogar mehrere davon und man heuerte Leute dazu an.«

Keiner widersprach.

Monsieur le Marquis suchte mit der Lampe den Boden ab.

Schließlich fand er, wonach er gesucht hatte. Er hob einen faustgroßen Stein auf, wischte mit dem Ärmel seines Kaftans über einen Teil der Ziegelwand und begann dann mit dem Stein folgende Aufstellung in den Putz zu kratzen:

A	b	c	d	e	f	g	h	i	j	k	l	m
1	2	3	4	5	6	7	8	9	10	11	12	13
n	o	p	q	r	s	t	u	v	w	x	y	z
14	15	16	17	18	19	20	21	22	23	24	25	26

»Das, Messieurs, ist das Alphabet, wie man unschwer erkennen kann«, murmelte de Sade »Und die meisten einfachen Geheimschriften und Verschlüsselungen fußen auf einer Verbindung von Zahlen und dem Alphabet, nicht wahr?«

»Klar, Zahlen un' Alphabet«, bestätigte Tolstoï gewichtig.

»Die Zahlen von unserem Bild sind natürlich zu hoch, um exakt den Buchstaben im Alphabet zu entsprechen«, fuhr de Sade fort. »Aber haben Sie die Abstände zwischen den Zahlen bemerkt? Gehen wir davon aus, dass die nicht auf einem Fehler in der Schablone beruhen, sondern beabsichtigt waren, dann könnten sie die Trennung zwischen verschiedenen Wörtern abgeben. Und was hätten wir dann? Drei Wörter. Und einen einzelnen Buchstaben ganz zum Schluss – symbolisiert durch die Ziffer 42.«

De Sade leuchtete mit der Lampe erneut über die Schmiererei an der Wand.

»Und diese nämliche Ziffer 42 taucht ebenfalls zwei weitere Male in unserem Rätsel auf. Nämlich hier und hier!« Sade tippte die beiden Zahlen unter dem Bildnis der Frau an.

»Außerdem haben wir noch die Ziffer zehn, die im Ganzen sogar dreimal auftaucht.«

De Sade kratzte in gehörigem Abstand eine 10 und eine 42 in die Wand.

»Nächst zur zehn liegt acht.«

De Sade kratzte hinter der 10 eine 8 in die Wand.

»Dann wären da als Nächstes in der Folge 18, dann 24, 30, 36, 40, und wir hätten unsere Zahlenreihe in eine logische Reihenfolge gebracht.«

De Sade kratze auch die restlichen Zahlen in die Wand. So, dass dort nun Folgendes zu lesen war:

10 18 24 30 36 40 52

Monsieur le Marquis trat zurück und betrachtete nachdenklich sein Werk.

»Wir hätten nun also drei Wörter, und in zwei davon taucht die 10 auf. Demnach könnte die 10 einen der am häufigsten verwendeten Buchstaben im Alphabet symbolisieren. Also steht sie sicherlich nicht für X, Y oder Z, sondern vielmehr womöglich für R, F, E oder meinetwegen auch für S und T. Allerdings ist 10 gemessen an unserer höchsten Zahl hier, der 42, eine recht geringe Zahl. Und wird daher nicht so weit hinten im Alphabet zu finden sein wie R, S oder T. Gehen wir also davon aus, dass es sich dabei eher um das Symbol für einen Buchstaben wie E oder F handelt.« Sade kratzte ein E und ein F unter die 10 die er zuvor in die Wand gekratzt hatte. Doch irgendetwas schien ihm dabei noch nicht zu gefallen. »Sehen wir mal, was das bisher ergibt ...«, flüsterte er und starrte dann wortlos auf die diversen Zahlenreihen und Buchstaben an der Wand.

»10 und 8 – das ist ein Abstand von 2, nicht?«, mischte sich jetzt Marais ein. »Und genauso zwischen 40 und 42.

Während zwischen 18 und 24 wiederum ein Abstand von 4 besteht.«

De Sade warf Marais einen gehässigen Blick zu. »Und 4 ist durch 2 teilbar. Das ist mir klar, Sie Korinthenkacker!«

De Sade wandte sich mit neuem Eifer wieder der Buchstabenreihe zu, die er zuerst in die Wand gekratzt hatte.

»Also haben wir es ja womöglich mit einem Zweiersprung zu tun.«

Er kratzte eilig neue Zahlen unter die Ziffernreihe, die er zuvor schon unter das Alphabet gekratzt hatte. Sodass dort Folgendes zu lesen war:

A b c d e f g h i j k l m n o p q r s t u v w x y z
1 2 3 4 5 6 7 8 9 10 11 12 13 14 15 16 17 18 19 20 21 22 23 24 25 26
2 4 6 8 10 12 14 16 18 20 22 24 26 28 30 32 34 36 38 40 42 44 46 48 50 52

Darunter kratzte er dies:

36 42 10 8 42 10 40 30 18 24 10 52

Worunter er nach einigem Überlegen dies einkratzte:

R U E DU ET0 I L E Z

»Voilà!«, rief de Sade.

Für einen Augenblick schien ihm die Bewunderung der anderen sicher, dann runzelte Marais die Stirn und zog die Augenbrauen auf. »Da stimmt was nicht, de Sade. Rue du Étoile Z? Das muss falsch sein.«

De Sade, der sich offenbar erst jetzt seines Fehlers bewusst geworden war, blickte misstrauisch auf seine Zahlenreihen und Buchstaben. »Rue du Étoile Z« ergab tatsächlich wenig Sinn.

Flobert schob de Sade beiseite, um sich das in die Wand gekratzte Alphabet, die dazugehörigen Zahlenreihen und das ominöse Bild genauer anzusehen.

»Ach, lassen Sie das doch, Flobert. Sie können ja noch nicht mal lesen!«, maulte de Sade und versuchte ihn von der Wand abzudrängen. Doch der gewöhnlich so fügsame Flobert ließ sich das so ohne Weiteres nicht gefallen. Schließlich wandte er sich nachdenklich an Marais. »Stimmt, dass ich nicht so gut lesen kann wie Monsieur Marquis, aber ich kenn die Rue du Étoile. Das ist doch, was da steht, oder? Rue du Étoile?«

»Genau das.«

»Die ist elend lang.«

De Sade musterte ihn hochnäsig. »Das haben viele Straßen so an sich.«

Flobert nickte ernst. »Wenn das 'n Hinweis sein soll, dann hätt Ihnen bei solch 'ner elend langen Straße bloß der Name ja nich viel genützt, oder? Und jenau deswegen ist die Zahl dort eben nicht irgendwie 'n Buchstabe, sondern 'ne Zahl.«

»Natürlich!«, lachte Marais. »Die Hausnummer! Rue du Étoile 52!«

Monsieur le Marquis spielte weiterhin den Beleidigten und zog eine missbilligende Grimasse, obwohl er nicht von der Hand weisen konnte, dass Floberts Beobachtung plausibel war.

»Was nun? Falls wir weiterhin davon ausgehen, dass dies doch nicht der Scherz eines liebeskranken Dummkopfs ist, dann sollten wir dorthin gehen, um nachzusehen«, meinte de Sade.

»Und Bernard Paul direkt in die Falle laufen? Sehr klug!«, gab Marais bissig zurück.

De Sade zog Marais zur Seite, außer Hörweite von Flobert und Tolstoï. »Oder wir erfahren endlich, was diese verfluchte Liste zu bedeuten hat. Und zwar von einem, dessen Name draufsteht«, zischte de Sade aufgebracht. »Oder zweifeln Sie etwa daran, dass der Urheber dieses Bildes Delaques ist?«

»Das käme Ihnen gelegen, was de Sade? Zu beweisen, dass ich mit meiner Theorie unrecht habe.«

»Es könnte immerhin auch das Gegenteil der Fall sein. Und wann hätten Sie schon mal eine Gelegenheit verpasst, die Stimme der Vernunft zu ignorieren?«, fauchte de Sade zurück. »Außerdem sollten dreihundert Louisdor ausreichen, um ein paar von diesen Landstreichern als Rückendeckung anzuheuern. Bernard Paul wird kaum damit rechnen, dass wir mit einer kleinen Armee dort auftauchen!«

»Diese Landstreicher, wie Sie sie nennen, haben Ihnen ein Dach über dem Kopf gegeben und Brot auf den Tisch gestellt, als keiner sonst in Paris bereit dazu gewesen wäre. Sie haben ein bisschen mehr Respekt verdient, de Sade!«

»Das ändert nichts daran, dass sie käuflich sind, oder?«, hauchte de Sade in einer Tonlage, die vor falscher Süße nur so troff. »Außerdem sind Sie hier bislang mit keinem besseren Vorschlag aufgefallen.«

Marais blickte sich nach Flobert und Tolstoï um, die beieinander stehend dem seltsamen Treiben de Sades und Marais' gelassen zusahen.

»Das ist in jedem Fall Pierre le Grands Entscheidung.«

»Dann fragen wir ihn. Solange Sie dabei nicht vergessen, Talleyrands Gold ins Spiel zu bringen, sehe ich dem sehr zuversichtlich entgegen!«

Es kostete weniger Gold und Überredungskünste, um Pierre le Grand von der Notwendigkeit einer Expedition zur Rue du Étoile zu überzeugen, als Marais erwartet hatte. Ein Besuch dort wurde vom Rat geprüft und dann beschlossen.

Die Rue du Étoile verlief von der Rue Saint-Denis in Richtung der Rue de Richelieu, und aller Voraussicht nach befand sich das Haus Nummer 52 irgendwo in ihrem ersten Drittel. Tolstoï ritzte zur Veranschaulichung seiner Beschreibung einen groben Plan der Straße in den weichen Sand beim Feuer.

Marais entwarf einen Schlachtplan. »Seht ihr, da sind zwei scharfe Biegungen in der Rue du Étoile. Wir blockieren sie jeweils vor und hinter dem Bereich um das Haus Nummer 52. Dazu sollten vier Männer ausreichen. Drei weitere gehen mit mir und de Sade ins Haus, um uns dort den Rücken freizuhalten und uns zur Not an den Pudeln vorbei den Weg freizuschießen.«

Ein allseitiges Nicken.

»Bernard Pauls Trupps bestehen normalerweise aus acht Mann, angeführt von einem ehemaligen Gardisten oder Unteroffizier. Sollte es zu einem Gefecht kommen, muss dieser Mann unter allen Umständen zuerst ausgeschaltet werden. Ohne einen Befehlshaber ist der Rest des Trupps nicht viel wert. Der Befehlshaber ist daran zu erkennen, dass er der Älteste im Trupp ist. Die größte Unsicherheit besteht darin, was wir in diesem Haus vorfinden. Ob sich da noch andere aufhalten oder ob Delaques allein ist. Ziel muss sein, ihn dort zu überrumpeln und an einen Ort zu schaffen, an dem ich ihn in aller Ruhe verhören kann. Falls irgendwer eine Idee hat, wo wir einen solchen Ort finden können, ich bin ganz Ohr.«

Eine heftige Diskussion entspannte sich, bis Pierre le Grand einen Keller in einer Baustelle am Ende der Rue Saint-Denis vorschlug, den einige der Raben bei ihren Streifzügen in die Stadt als Zwischenlager für Diebesgut und Arbeitsmaterialien benutzten.

Man brachte Pferde herbei, sattelte sie, und die ausgewählten Männer überprüften ein letztes Mal ihre Waffen.

De Sade nahm Marais beiseite.

»Entführung, Marais? Ist das nicht ein bisschen übertrieben? Er ist immerhin Talleyrands Sohn.«

»Sein illegitimer Sohn, de Sade! Was hatten Sie denn erwartet? Dass er uns eine heiße Schokolade anbietet und mit uns über seine Kunst plaudert, sobald er hört, wer wir sind?«

»Was haben Sie mit ihm vor, wenn er gesungen hat?«

»Das kommt ganz darauf an, in welcher Stimmlage er singt.«

Damit ging er zu der braunen Stute, die Pierre le Grand ihm zugewiesen hatte, saß auf und trieb sie im Galopp zu den übrigen Männern, die längst am Durchgang zum Tor auf sie warteten.

De Sade, der Mühe hatte, seinen Gaul zu erklimmen, folgte in einigem Abstand.

Die Männer ritten wenig später durch das Tor und in die unheimliche Gasse hinein.

Jetzt, an einem Werktag, gegen halb zehn Uhr abends, waren die Pariser Straßen verlassen. Die armen Leute hatten in ihren überfüllten Quartieren längst ihr karges Mahl zu sich genommen und lagen auf ihren Strohmatratzen, während der wohlhabendere Teil der Pariser Bevölkerung um diese Zeit gerade beim Nachtmahl saß, bevor man sich etwas später auf der Suche nach Zerstreuung zu den Spielsalons, Theatern, eleganten Lokalen und Bordellen begab.

Flobert, der mit seinen schmalen Augen und den hohen Wangenknochen der Auffälligste von ihnen war, machte das

Beste daraus und spielte einen ausländischen Diplomaten, Politiker oder Potentaten. Marais und die übrigen Raben gaben vor, als Floberts vermummte Eskorte zu fungieren. In besseren Kreisen war es Mode geworden, keinen Schritt mehr ohne eine solche Eskorte aus dem Haus zu tun. Sobald die Männer Tücher vors Gesicht gezogen und in Formation gegangen waren, gab es selbst in den belebteren Teilen der Stadt keinen Sänftenträger, verspäteten Lieferanten oder müßigen Fußgänger, der ihre Maskerade durchschaut hätte. Selbst die beiden Trupps von Pudeln, an denen sie vorüberritten, wagten nicht, sie aufzuhalten.

Die Rue du Étoile war eine vornehme Straße. Die Häuser mit ihren sauberen Fassaden, den verschnörkelten Metallgittern vor den schmalen Balkonen und den eleganten hohen Fenstern kündeten vom Reichtum ihrer Bewohner. Dieser Eindruck ändert sich allerdings, denn je tiefer der Trupp in die Straße eindrang, desto kleiner und bescheidener wurden die Häuser.

Marais' Trupp ritt die Straße in ihrer gesamten Länge ab, wobei ihnen nichts Ungewöhnliches ins Auge fiel. Ab und zu öffneten sich Fensterläden, die aber sogleich wieder verrammelt wurden, sobald man einen Blick auf Flobert, die Raben, deren Pferde und Sattelpistolen geworfen hatte.

Schließlich erreichte man die Nummer 52. Es dauerte nur Minuten, bis die Pferde gesichert und alle Männer in Stellung gebracht worden waren. Monsieur le Commissaire war sichtlich in seinem Element, während er seinen Stoßtrupp, bestehend aus einem der Stinkenden Hessen, Flobert und de Sade, zu dem Haus führte. Mit gezückten Pistolen und tief ins Gesicht gezogenen Hüten liefen sie dicht an den Hauswänden entlang zum Eingang des Hauses, wo Flobert nicht länger als ein paar Sekunden brauchte, um das Türschloss zu öffnen.

Die vier schlichen in eine dunkle Halle, von der aus eine Treppe nach oben führte. Marais zögerte. Wohin sollten sie sich wenden? Nach oben? Zu irgendeinem der Zimmer hier unten?

»Er ist Maler. Ateliers liegen unterm Dach«, raunte de Sade und lief zur Treppe. Flobert und Marais folgten, während der Hesse in der Halle zurückblieb, um den Eingang im Auge zu behalten.

Unter einer der drei Türen im oberen Stock schimmerte Kerzenlicht hervor.

Flobert lauschte vorsichtig an der Tür. Er sah zu Marais, zog eine Grimasse und zeigte mit zwei gereckten Fingern an, dass er dahinter mindestens zwei Stimmen gehört hatte.

Es war keine große Überraschung, dass der Schürzenjäger Delaques an einem Freitagabend offensichtlich nicht allein zu Hause war.

Die Tür war nicht verschlossen.

Auf Marais' Zeichen hin, stieß Flobert die Tür auf. Der Anblick, der sich ihnen bot, entsprach so gar nicht dem harmlosen Maleratelier, das sie erwartet hatten.

12

LILIEN UND MASKEN

Keiner der Männer war feige oder zimperlich. Dennoch wichen sie erschrocken zurück, sobald sie begriffen, was sie da sahen: gleich vier auf eiserne Spieße gerammte Frauenköpfe. Sie waren übersät von feinen Blutspritzern, ihr Haar bedeckte weiße Hauben, ihre toten Augen blickten gleichgültig leer, und aus ihren halb geöffneten Lippen liefen feine Blutfäden herab.

De Sade kniff die Augen zusammen. »Estelle Belcourt. Das ist Estelle Belcourt«, raunte er.

Als Marais in den Raum trat, ließ er die Waffe sinken. Er sah sich zu den anderen um. »Spiegel!«, rief er »Sehen Sie? Es sind nur Spiegel und eine bemalte Gipsbüste!«

De Sade hatte das inzwischen auch erkannt. Kopfschüttelnd trat er näher.

Flobert hob eine Zeichnung vom Boden auf, die ebenfalls den Kopf zeigte. Es lagen noch mehrere ganz ähnliche Skizzen überall verstreut im Zimmer. Einige waren auch an den Wänden befestigt worden.

Schon während der Ermittlungen hatten die Journale die Affäre Belcourt reichlich ausgeschlachtet. Als Marais dann die junge, schöne Estelle bezichtigte, ihren Vater vergiftet zu haben, überschlugen sie sich geradezu mit reißerischeren Schlagzeilen. Man hatte einen Trupp Pudel abstellen müssen, um die Menge in Zaum zu halten, die in den Saal strömte, um den Prozess zu verfolgen. Schon am ersten Verhandlungstag zählten die Gerichtsdiener einundzwanzig Heiratsanträge, die man Estelle in Form von zusammengefalteten Zetteln auf die Anklagebank geworfen hatte. Weder ihr Name noch ihr Porträt waren seither je gänzlich aus dem öffentlichen Bewusstsein verschwunden. Besonders unter den ewig romantischen und rebellischen Studenten genoss sie immer noch den Ruf einer Märtyrerin.

»Alte Sünden, Marais?«, fragte Isabelle de la Tour und trat hinter einer Spanischen Wand hervor. Die Herrin der Nacht hielt eine gespannte Pistole in der Hand, die sie einen Moment lang auf Flobert richtete, aber dann sinken ließ und wieder in den Falten ihres Mantels verbarg.

Madame war nicht allein. Auch der große Schwarze, der de Sade und Marais bei ihrer Flucht aus dem Chat Noir geholfen hatte, trat hinter der Wand hervor. Er hatte ebenfalls eine Pistole bei sich, die er allerdings, anders als Madame, weiterhin auf Marais' Brust gerichtet hielt.

De Sade deutete eine Verbeugung an. »Was für ein unerwartetes Vergnügen, Sie wiederzusehen!«

Madame warf ihm einen kalten Blick zu. »Offen gesagt, finde ich das Vergnügen recht einseitig, Monsieur.«

De Sade wies auf den Schwarzen. »Hätten Sie wohl trotzdem die Güte, Ihren Hofhund zurückzupfeifen? Wo wir alle hier so nett versammelt sind, wollen wir doch kein Unglück riskieren.«

»Sein Name ist Amir«, sagte Madame noch kälter als zuvor, gab aber ihrem Begleiter einen Wink, woraufhin der seine Waffe sinken ließ.

Hinter der Herrin der Nacht trat eine weitere Frau hervor. Marais' Herz machte einen Sprung, sobald sie die Kapuze ihres blauen Mantels zurückstreifte und er Silhouette erkannte. Sie knickste verschmitzt lächelnd. Marais spürte, wie ihm die Röte ins Gesicht stieg.

Die Herrin der Nacht wies auf eine Tapetentür hinter der Spanischen Wand. »Ich habe mir die Freiheit genommen, Monsieur Delaques auf Ihren Besuch vorzubereiten. Wenn Sie mir also folgen wollen!«

Sichtlich misstrauisch traten die drei Besucher durch die Tür.

Dahinter lag ein kleiner Saal – das eigentliche Atelier. Dessen Dach bestand zu einer Seite hin aus großen Glasfenstern. Zwischen Arbeitstischen, Staffeleien und Stühlen, lehnten allerlei größere und kleinere Gemälde an Wänden und Möbeln.

Ein junger Mann mit langem dunklen Haar, bleicher Haut, blauen Augen und femininen Händen saß auf einem einfachen Stuhl und sah den Ankömmlingen verwirrt entgegen. Sein Hemd war voller Farbflecke.

Das musste Delaques sein, dachte de Sade.

Es war recht dunkel hier. Die wenigen Kerzen, die brannten, erleuchteten kaum ein Drittel des weitläufigen Raums.

»Nicht ganz mein Ballsaal in der Rue du Bac, Messieurs. Aber was tut man nicht alles um der Gerechtigkeit willen«, sagte Talleyrand, während er aus dem Halbdunkel trat.

Delaques spuckte zu Boden. »Falls irgendwem jetzt der Duft von Tod und Schwefel in die Nase steigt, so geht der von dem da aus!«, sagte er, als Talleyrand aus dem Schatten hervortrat.

Marais näherte sich Talleyrand und wies auf Delaques. »Sie leugnen also nicht, dass er Ihr Sohn ist, Monsieur?«

Talleyrand lachte böse auf »Schauen Sie ihn sich doch an,

Marais! So sehr ich es hin und wieder wollte – die Urheberschaft an diesem höchst exzentrischen Exemplar der Gattung Mensch könnte ich gar nicht verleugnen!«

»Von Ihnen in den Dreck gezogen zu werden, kann ich nur als Ehre betrachten!«

Talleyrand versetzte ihm eine Ohrfeige.

Delaques lächelte trotzig, aber ersparte sich jeden Kommentar.

»Sehen Sie seine neueste Arbeit?«, fragte Talleyrand und wies auf ein halb fertiges Gemälde. Es zeigte den höchst dramatischen Moment, in dem der kopflose Körper einer jungen Frau hinter einem Richtblock zusammensank und ihr Henker seinem unsichtbaren Publikum ihren abgeschlagenen Kopf präsentierte. Hinter ihm stand ein feister, bärtiger Mann in einem purpurrotem, goldbestickten Mantel, dessen selbstzufriedener Ausdruck für den Betrachter schwer zu ertragen war. Der Kopf, den der Henker seinen Zuschauern präsentierte, war der von Estelle Belcourt.

»Wissen Sie, was er damit vorhat?«, rief Talleyrand. »Er verscherbelt es an einen Schuster! Ein einziges Wort von mir und jede Galerie in Paris würde seine Werke mit Freuden ausstellen. Aber nein, Monsieur zieht es vor, seine Herkunft zu verleugnen und seine Werke lieber an Schuster, Spekulanten und Spielsalonbesitzer zu verscherbeln.«

»Er ist kein Schuster, sondern Fabrikant. Er stellt Stiefel für den Krieg her, den Sie und Ihre feinen Freunde ja wohl angezettelt haben!«, stieß Delaques voller Abscheu hervor.

»Oh, und das macht ihn zweifellos zu einem Kunstkenner, nicht wahr? Dabei hat er allein deswegen bei Ihnen ein Bild bestellt, weil er glaubt, sich damit bei mir einschmeicheln zu können. Was denken Sie denn? Dass er sich ihr Bild in seinem

Schlafzimmer übers Bett hängen würde?«, rief Talleyrand und warf theatralisch die Arme hoch.

Delaques wollte etwas erwidern, doch ein flehentlicher Blick Silhouettes brachte ihn dazu, es zu lassen.

Talleyrand funkelte seinen Sohn zornig an, dann wandte er sich de Sade und Marais zu. »Kommen Sie, Messieurs. Wir haben Dinge zu besprechen, die nicht für jedermanns Ohren bestimmt sind.«

Delaques griff sich an die Ohren. »Er meint diese Ohren!«, sagte er.

Einzig Silhouette wagte es, darüber zu lachen.

Talleyrand, de Sade und Marais traten in den hinteren Teil des Ateliers, der von keiner Kerze erhellt war. Der Minister kam ohne Umschweife zur Sache. »Sie trauen mir immer noch nicht, was, Marais? Dabei wäre ohne mich keiner von uns hier. Oder woher, glauben Sie, hat Madame die Adresse dieses Hauses bekommen? Ich bin es gewohnt, das Orchester der europäischen Diplomatie zu dirigieren, und zwar einhändig und ganz ohne Notenblatt. Glauben Sie wirklich, ich würde nicht auch mit einem starrsinnigen Polizisten fertig?«

Marais verkniff sich eine Erwiderung.

»Sie scheinen im Übrigen vergessen zu haben, dass sie für mich arbeiten, Monsieur le Commissaire!«, knurrte Talleyrand. Er zog eine kleine Messingscheibe aus seiner Rocktasche. Sie war mit allerlei Zeichen und Buchstaben versehen. Talleyrand reichte sie de Sade, der zu wissen schien, worum es sich dabei handelte – nämlich eine Chiffrierscheibe, dazu gedacht geheime Nachrichten zu verschlüsseln.

»Sie wissen damit umzugehen, de Sade?«, erkundigte sich der Außenminister.

Monsieur le Marquis nickte.

»Benutzen Sie die Scheibe! Lassen Sie mir regelmäßig Berichte zu Ihren Ermittlungen an meinen Agenten bei Notre Dame zukommen. Keinesfalls senden Sie sie an mein Palais in der Rue du Bac, verstanden?«

De Sade nickte erneut.

»Dann zu unserem gemeinsamen Freund Fouché«, fuhr Talleyrand fort. »Vorgestern hat er im Kabinett gegen meinen Willen einen Beschluss durchgesetzt, was ihm nur gelingen konnte, indem er einige Männer auf seine Seite brachte, die bislang stets für mich gestimmt haben. Der alte Fuchs wird unverschämt, Messieurs! Sechs der Männer, die es im Kabinett gewagt haben, gegen mich zu stimmen, finden sich auf Ihrer ominösen Liste, de Sade! Und es fällt mir ausgesprochen schwer, das für einen bloßen Zufall zu halten.«

In knappen Worten setzte de Sade daraufhin Talleyrand von Fouchés Bestechungsversuch in Kenntnis. »In dieser Nacht muss Fouché irgendeine Übereinkunft getroffen haben. Anders ergibt sein Verwirrspiel im Chat Noir keinen Sinn. Setzen Sie Ihre Spione darauf an, Talleyrand. Mit etwas Glück finden Sie Zeugen, die Auskunft darüber geben können, mit wem Fouché sich in dieser Nacht traf.«

Talleyrand stimmte dem zu und kam auf seinen Sohn zurück. »Was erwarten Sie von Delaques? Dass er Ihnen mitteilt, wie sein Name auf de Sades Liste gelangte?«

»Das, und wie er zu einem gewissen Spielsalonbesitzer namens Sistaine stand, der in derselben Nacht ermordet wurde, in der Fouché das Chat Noir überfiel.«

»Sistaine?«

»Ihr Sohn war mit ihm befreundet. Angeblich hat ein Mann, der unser Mörder sein könnte, letztes Jahr bei ihm für einen längeren Zeitraum ein Boudoir gemietet.«

Talleyrand blickte einen Moment abwesend in den tristen Hof hinunter.

»Wer ist eigentlich auf die Idee mit diesen Bildern und dem Code verfallen?«, erkundigte sich Marais.

Talleyrand wandte sich um und wies auf Silhouette. »Madame war überzeugt, Sie müssten sich unter Gitans versteckt haben. Als ihre Suche nach Ihnen nichts brachte, kam Silhouette auf die Idee mit diesen Bildchen. Sie war sicher, Sie würden deren Zweck begreifen.«

Marais war sichtlich stolz auf Silhouettes Einfallsreichtum.

»Wissen Sie, wie Madame Fouchés Vergeltung entging?«, erkundigte sich de Sade.

»Fouché weiß, dass er es sich mit Madame nicht endgültig verderben darf. Die halbe Pariser Gesellschaft verkehrt im Chat Noir, und man würde dem alten Fuchs den Marsch blasen, sollte er es noch einmal wagen, Madames Etablissement und dessen Klientel zu belästigen. Er hat nach Ihrer Flucht sogar Madame den Gewinnausfall ersetzt. Notgedrungen, wie ich hinzufügen möchte«

Talleyrand wandte sich abrupt ab und ging zurück zu Delaques, Madame und Silhouette.

Marais und de Sade folgten ihm. De Sade gut gelaunt, Marais jedoch mit den geballten Fäusten in den Taschen.

Delaques verschränkte die Arme vor der Brust und funkelte seine Besucher nacheinander zornig an. »Wer sind Sie eigentlich?«, fragte er Marais.

Monsieur le Commissaire musterte Delaques einen Moment. »Ich bin der Mann, der Ihnen eine Kugel in den Kopf jagt, falls Sie mir nicht einige Fragen beantworten!«

Delaques erbleichte und sah Hilfe suchend zu Talleyrand. »Vater? Was hat das zu bedeuten ...?«

Talleyrand zuckte die Achseln und schnäuzte sich angelegentlich die Nase. »Dieser Mann hat bereits ein Kopfgeld von zwanzigtausend Franc im Nacken. Ich fürchte, auf einen Mord mehr oder weniger kommt es ihm nicht mehr an. Sie tun besser, was er sagt«

Delaques starrte Marais erschrocken an. »Was wollen Sie von mir, Monsieur? Ich bin bloß ein Künstler. Ich habe keinem Menschen je etwas getan!«

Marais blickte den jungen Mann unverwandt an. »Denn wer von euch ohne Sünde ist, der werfe den ersten Stein. Kommt dir das bekannt vor, mein Junge? Keiner ist je völlig unschuldig.«

Delaques hielt Marais Blick nicht lange stand. »Unschuld ist ja wohl immer eine Frage der Perspektive, Monsieur! Meine Hände sind sauber!«

Das anschließende Verhör gestaltete sich mühsam. Zwar gab Delaques zu, dass der Comte Solignac d'Orsey ihn als Freskenmaler für sein Stadtpalais angeheuert hatte. Doch schon bei Marais Frage nach de Sades ominöser Liste zog er sich trotzig in sein Schneckenhaus zurück.

»Wie mein Name auf diese Liste kommt? Fragen Sie den Comte! Alles, was ich sagen kann, ist, dass dem alten Hinterlader durchaus klar war, dass ich Monsieur Talleyrands Sohn bin. Das fand er amüsant. Aber angeheuert hat er mich nur wegen meiner Kunst.«

Auf Marais' Frage nach seiner Verbindung zum Ordre du Saint Sang du Christ entgegnete Delaques, er habe noch nie zuvor davon gehört.

»Wie steht's dann mit einem gewissen Abbé Guillou?«

Den Abbé zu kennen, leugnete er nicht. »Was ist mit ihm?«

»Er ist verschwunden. Wahrscheinlich ermordet. Und zwar weil er zu viel über ebendiesen Orden herausfand, von dem Sie angeblich noch nie etwas gehört haben.«

»Hab ich auch nicht. Das schwöre ich!«, beteuerte Delaques.

»Haben Sie vielleicht Feinde, die Ihnen damit schaden wollten, Ihren Namen auf diese Liste zu setzen?«, fragte Marais, ohne Delaques zu verraten, dass der Comte der Urheber jener ominösen Liste gewesen war.

»Sie fragen, ob Monsieur Feinde hat?«, rief Talleyrand. »Jeder betrügerische Geldverleiher und Hahnrei in der Stadt steht mit Monsieur hier auf Kriegsfuß. Und das Schlimmste dabei ist: aus gutem Grund!«

Delaques fuhr wütend zu Talleyrand herum. »Muss ausgerechnet ich Sie daran erinnern, unter welchen Umständen Sie das Vergnügen hatten, mich seinerzeit in die Welt zu vögeln, Monsieur?! Das heißt, falls es Ihnen überhaupt ein Vergnügen gewesen ist!«

Talleyrand musste sich offensichtlich sehr beherrschen, seinem Sohn nicht erneut eine Ohrfeige zu verpassen. Eine Zeit lang herrschte unbehagliches Schweigen in dem Atelier.

Delaques wandte sich wieder Marais zu. »Aber Sie sind doch nicht wegen irgendwelcher Morde hier. Es geht um Politik, nicht wahr? Irgendeine von Monsieurs hinterhältigen Kabinettsintrigen ...«

Talleyrand runzelte missbilligend die Stirn. »Alles ist Politik! Wie oft soll ich Ihnen das noch sagen?«

»Also gut, lassen wir Ihre Feinde fürs Erste beiseite. Kehren wir zu Ihrer Arbeit für den Comte zurück«, setzte Marais zu einer neuen Runde an. »Sie geben zu, dass Sie dessen Halle mit Fresken versehen haben – das macht man ja nicht über Nacht.

Sie müssen einige Zeit im Haus des Comte zugebracht haben. Ist Ihnen dabei nichts Ungewöhnliches aufgefallen?«

Delaques blies die Wangen auf und zuckte die Achseln. »Der Comte verließ nie das Haus. Manchmal hat er sich von einem Lakaien auf die Galerie rollen lassen und mich mit einem Opernglas bei der Arbeit beobachtet. Sonst ...«

»Hatte der Comte nie Besucher? Kam ein gewisser Doktor Gevrol vielleicht zu ihm? Oder ein Polizeioffizier namens Jean-Marie Beaume?«

Delaques' Gesicht hellte sich plötzlich auf. »Ein Polizist? Nicht mehr ganz jung, ziemlich dick? Ja, an so jemanden erinnere ich mich. Der kam ein paarmal und besprach etwas mit diesem unheimlichen Lakaien, wie war gleich sein Name?«

»Arthur«, bemerkte de Sade.

»Richtig! Arthur. Aber ein Arzt? Nein, nicht dass ich wüsste. Seltsam eigentlich, man sollte doch meinen, dass der alte Knochen von tausend Zipperlein geplagt gewesen sein müsste, nicht wahr?«

Delaques brach ab und sah einen Augenblick zu Boden. Dann schien ihm etwas einzufallen. »Monsieur, ich bin sicher, da war ein- oder zweimal auch eine Frau. Ich hab sie nie richtig gesehen. Sie achtete darauf, dass ihr Gesicht verborgen blieb. Sie hat der Alte wesentlich besser behandelt als den dicken Polizisten. Ich weiß noch, dass ich mich darüber wunderte, weshalb der Alte sich mit einer Frau abgibt. Er war ein Hinterlader, und Kinder schien er ja nicht gehabt zu haben. Zumal ich diese Frau sowieso eher für eine von Ihren Damen gehalten hätte, Madame.«

Madame de la Tour wies das von sich. »Bestimmt nicht! Davon hätte ich erfahren. Vielleicht war es eine Straßenhure, Monsieur?«

Delaques schüttelte den Kopf. »Nur wenn sich Straßenhuren neuerdings die besten Schneider der Stadt leisten können. Und bevor Sie danach fragen, Monsieur« – Delaques sah zu Marais –, »ich habe keine Ahnung, was die beiden miteinander getrieben haben ...«

»Nehmen wir an, ich glaube Ihnen«, setzte Marais nach, »dann fragt man sich trotzdem, wie der Comte auf Sie aufmerksam wurde. Sie sind nicht berühmt, und Sie pflegen Ihre Bilder nicht einmal zu signieren. Maler gibt es in Paris wie Sand am Meer. Wie ist der Comte also unter allen Farbenklecksern ausgerechnet auf Sie verfallen?«

Delaques hob abwehrend die Hände. »Das weiß ich nicht. Der alte Hinterlader schickte mir eine Einladung. Als wir uns trafen, wusste er ganz genau, was er wollte. Knauserig war er nicht, und ich hatte das Geld bitter nötig. Sie können ja mal versuchen, von der mickrigen Apanage, die Monsieur hier als angemessen bezeichnet, ein halbwegs anständiges Leben zu bestreiten!«

De Sade bedachte Delaques mit einem langen und bedauernden Blick. »Hör zu, du Kutschbockwanze, falls du den Comte noch ein einziges Mal als Hinterlader bezeichnest, reiß ich dir dein Herz heraus und verfüttere es anschließend ohne Salz und Pfeffer an die Bettler vor Notre-Dame!«

De Sades Drohung und dessen eigentümlicher Blick schüchterten Delaques weit mehr ein als die Ohrfeigen seines Vaters oder Marais' schussbereite Pistole.

»Wer zur Hölle sind Sie eigentlich?«, flüsterte er und rückte ängstlich einige Fuß von de Sade weg.

Die Herrin der Nacht lachte auf und wies nacheinander auf Marais und de Sade. »Darf ich vorstellen: Commissaire du Police Louis Marais und Monsieur Marquis de Sade.«

Delaques begriff. Er wurde bleich und wandte sich an Talleyrand. »Vater! Ist das wahr? Dieser Mann da ist der Mörder von Estelle Belcourt?«

»Ganz recht, Monsieur. Und erwarten Sie bloß keine Hilfe von mir. Ich bin allein gekommen, Marais hingegen hat eine kleine Armee dabei!«

Delaques war einen Moment offenbar nicht sicher, wen er mehr zu fürchten hatte: den berüchtigten Marquis oder Monsieur le Commissaire, den ruchlosen Mörder der schönen Märtyrerin Estelle Belcourt.

»Du hast also die Fresken im Palais des Conte gemalt«, zischte de Sade. »Commissaire Marais hier ist überzeugt, du seist Mitglied eines geheimen Satanistenordens. Und Monsieur ist ein schrecklich gottesfürchtiger Mann. Teufelsanbeter sind das Letzte, wofür er Verständnis aufbringen würde. Also besser, du gibst dir Mühe, ihn davon zu überzeugen, dass du kein Satanist bist, mein Junge. Bevor Marais auf die Idee kommt, dir doch noch deinen verwirrten Kopf zu lochen!«

»Ich kenne keine Satanisten! Ich bin Atheist! Das schwöre ich!«, rief Delaques erschrocken.

»Wie kommt es dann, dass deine Mätresse behauptet, du zeichnest Teufelinnen mit langen Schwänzen?«

»Teufelinnen mit Schwänzen? Aber Messieurs, das war doch eine Auftragsarbeit für die Weberinnen von Saint-Jacques. Sie haben eine Karnevalsgesellschaft gegründet und brauchten ein Maskottchen.« Delaques wies nacheinander auf seinen Vater und die Herrin der Nacht. »Die beiden haben mich gezwungen die Schablonen, die ich für die Weberinnen anfertigte, an die Huren rauszugeben, damit die damit halb Paris verzieren konnten!«

Marais und de Sade warfen sich einen vielsagenden Blick zu. Die Geschichte klang plausibel. Zum Karneval veranstalteten die verschiedenen Gewerbe mit ihren Gesellschaften aufwendige Bälle. Jede der Vereinigungen verfügte über ein spezielles Maskottchen, das ihren Ballsaal schmückte.

»Na gut«, brummte de Sade, der sich freute, dass Marais' dumme These von den Satanisten gerade eine deutliche Schlappe erlitt. Statt mit mordenden Satanisten und Schwarzen Messen hatten sie es offensichtlich mit den Weberinnen von Saint-Jacques und deren Karnevalsmaskottchen zu tun.

Marais kniff zornig die Lippen zusammen. Höchste Zeit, sich Sistaine zuzuwenden. Zumal ja der Mann mit der Maske in Sistaines Spielsalon zusammen mit einer eleganten Unbekannten gesehen worden war, die womöglich sogar mit jener Frau identisch war, welche Delaques beim Comte beobachtet hatte.

Marais präsentierte Delaques das seltsame silberne Kreuz. »Hast du so ein Kreuz schon einmal gesehen?«

Delaques betrachtete es und nickte erleichtert. »Sistaine hatte so ein Kreuz. Er machte eine Menge Aufhebens darum, von wegen dass es etwas Besonderes sei, ein Zeichen der Dankbarkeit sehr hochgestellter Leute.«

Marais war von dieser unerwarteten Wendung sichtlich verblüfft. »Ach ja? Dabei hat Sistaine am Tag vor seinem Tod angeblich Stein und Bein geschworen, er wisse nicht, was es mit diesem Kreuz auf sich hat. Und er habe ein solches Kreuz lediglich ein einziges Mal zuvor gesehen, nämlich bei einem hinkenden Mann mit einer Maske. Ein Mann, der in Begleitung einer eleganten Frau war und der bei ihm ein Boudoir anmietete.«

Das wiederum schien Delaques zu erstaunen, mehr noch – zu amüsieren. »Da hat er Ihnen offenbar einen mächtigen

Bären aufgebunden, Monsieur. Es gab zwar einen Mann mit einer Maske, und der erschien tatsächlich zumeist zusammen mit einer eleganten Frau, aber der war kein Krüppel und völlig harmlos.«

»Weshalb sind Sie so sicher, dass er harmlos war?«, fragte Madame, wütend darüber, dass sie sich, wie Marais und de Sade, von Sistaine hinters Licht hatte führen lassen.

»Weshalb? Er hat dieses Boudoir gemietet, um sich dort zusammen mit seinen Kumpanen heimlichen Liebesspielen hinzugeben. Ich weiß, dass die Mädchen, die ihnen seine Kupplerin dafür anschleppte, gar nicht jung genug sein konnten. Ich selbst habe letztes Jahr eine Wohnung für ihn angemietet. Das Einzige, was an Sistaines Behauptungen der Wahrheit entspricht, ist, dass sich weder der Mann noch diese Frau je ohne Maske zeigten. Außerdem hatten die beiden Geld wie Heu. Er hat mir das Dreifache von dem bezahlt, was ihn ein Appartement gewöhnlich gekostet hätte.«

Marais stutzte. »Moment, Junge. Ganz ruhig. Wie war das? Der Mann mit der Maske hinkte nicht? Er hat sich außerdem junge Mädchen zuführen lassen. Und er war auch nicht allein dabei?«

Delaques sah Marais ratlos an. »Das hab ich doch gerade gesagt. Es gab mindestens ein halbes Dutzend dieser Kerle mit Masken. Sistaine hat ihnen regelmäßig Boudoirs vermietet. Das muss schon seit Jahren so gegangen sein. Er wusste zwar nie genau, wann dieser Maskierte auftauchte, um seine Dienste in Anspruch zu nehmen. Aber er hielt ihm für den Fall der Fälle in seinem Haus stets etwas frei. Dann muss irgendetwas geschehen sein, denn Sistaine kam zu mir und zwang mich, dieses Appartement für den Maskierten aufzutreiben. Sehen Sie, ich bin ja nicht besonders stolz darauf, aber was hätte ich machen sollen? Ich brauchte das Geld! Und es ist dabei ja auch keiner zu Schaden gekommen. Ein bisschen Vögelei, das ist alles. Absolut harmlos!«

Marais war außer sich. Hatte dieser verwöhnte Dummkopf tatsächlich eben behauptet, dass eigentlich gar nichts passiert sei? Marais verlor die Beherrschung. Er versetzte Delaques eine Reihe von Ohrfeigen. Dann trat er ihm den Stuhl unter dem Hintern weg und baute sich mit zornig funkelnden Augen vor ihm auf. Delaques kroch erschrocken vor ihm weg.

»Niemand zu Schaden gekommen? Du gottverdammter Zimmerzopf!«, brüllte Marais. »Dieser Maskierte und seine Kumpane haben über ein Dutzend Morde begangen! Frauen und Kinder! Und du hast ihnen den Ort verschafft, an dem sie ungestört ihre Opfer schlachten konnten! Schlachten, hörst du? Denn genau das war es, was sie getan haben. Und du sagst, es sei keiner zu Schaden gekommen?«

Ein Rascheln von Röcken – Silhouette drängte sich zwischen Marais und Delaques und drängte Monsieur le Commissaire von dem völlig verängstigten Maler ab, um Schlimmeres zu verhindern. Die Furcht in Silhouettes Augen brachte Marais halbwegs wieder zur Vernunft. Marais ließ seinen Blick von Madame de la Tour zu de Sade, Talleyrand und zuletzt Silhouette wandern. »Erwarten Sie nur keine Entschuldigung von mir! Ein paar Ohrfeigen und ein blauer Fleck am Hintern sind eine geringe Strafe für das, was dieser Dummkopf getan hat!«

De Sade half dem verängstigten Delaques auf und stellte ihm sogar den Stuhl wieder zurecht.

»Schon gut, Marais. Sie sehen doch, er redet ja!«, sagte er. Die Herrin der Nacht ließ sich Silhouettes Notizblock reichen und drückte ihn samt Silberstift Delaques in die Hand.

»Schreiben Sie auf, wann und wo Sie den Maskierten und dessen Bande gesehen haben und welche Appartements er angemietet hat!«

Einige Zeit schaute man zu, wie Delaques Daten und Adressen notierte. Marais nahm die beschriebenen Blätter an sich, bevor irgendein anderer danach greifen konnte, und steckte sie in seine Rocktasche.

Isabelle de la Tour schaute Delaques einen Moment nachsichtig an. »Sie behaupten, es gab eine Kupplerin in diesem Geschäft. Wie sah sie aus, wie alt war sie, wie groß und welche Farbe hatte ihr Haar? Woher kamen die Mädchen, die mit den maskierten Männern in die Appartements gingen? Hat die Frau mit der Maske sie vielleicht mitgebracht?«

Delaques schüttelte den Kopf. »Von der Straße kamen die Mädchen, die ich gesehen habe, nicht. Dazu waren sie zu sauber. Sie trugen alle die gleiche Uniform: Ein einfaches graues Kleid, eine blaue Schürze und eine weiße Haube.«

Manche der billigeren Bordelle statteten ihre Frauen und Mädchen mit einer Uniform aus. Doch die Herrin der Nacht wusste von keiner, auf die die Beschreibung von Delaques zutraf.

»Zurück zu den Männern mit den Masken! Ist dir etwas an ihnen aufgefallen?«

»Keiner von denen war jung«, entgegnete Delaques kleinlaut. »Sie trugen ordentliche Kleider und kamen in einfachen Droschken. Sie kamen jeder für sich und keiner ist je in Begleitung von Dienstboten gekommen. Ich habe ihnen an zwei Abenden aus reiner Neugier von der Straße aus zugesehen. Das ist alles, was ich dabei erfahren habe. Seltsam war nur, dass der Maskierte beim ersten Mal, als ich ihn traf, keine Ballmaske trug, sondern eine Pestmaske. Sie wissen schon, diese Dinger, die wie ein riesiger Vogelkopf aussehen.«

Marais fühlte sich unwillkürlich an das Pestzeichen an der

Tür des Hauses erinnert, in dem sie Beaumes verstümmelte Leiche gefunden hatten.

»Es war ja auch nicht viel zu sehen«, setzte Delaques in weinerlichen Ton seine Ausführungen fort. »Die Männer kamen gegen sieben, stiegen aus den Droschken, gingen ins Haus und blieben bis nach Mitternacht. Der mit der Pestmaske war immer schon früher da. Die Mädchen kamen zusammen mit dieser Kupplerin. Einmal waren es vier Mädchen. Ein andermal sechs. Alle trugen dieselbe Tracht, alle waren ausgesprochen jung, alle ausgesprochen sauber und alle offenbar gut gelaunt. Und alle kehrten sie einige Zeit vor dem Maskierten und seinen Kumpanen ebenso gut gelaunt wieder auf die Straße zurück.« Delaques sah betreten zu Boden. »Das waren auf keinen Fall Huren, Madame. Dazu waren sie zu unschuldig, falls Sie verstehen, was ich meine?«

Madame und Marais tauschten längere Blicke. Beide waren sich einig, dass Delaques eher nicht der Mann war, um die Unschuld eines Mädchens zu beurteilen.

»Sie sind wirklich sicher, dass *alle* Mädchen wieder fortgingen?«, fragte Marais misstrauisch. Denn falls alle Mädchen wieder nach unten zurückgekehrt waren, wo und wann hatten dann die Morde stattgefunden?

»Wollen Sie bezweifeln, dass ich bis sechs zählen kann, Monsieur.«

Marais dachte fieberhaft nach. Delaques gab zu, diese Vorgänge nur zwei Mal beobachtet zu haben. Und irgendwann muss den Mädchen schließlich der Samen eingepflanzt worden sein, aus dem jene Kinder erwuchsen, deren Blut man später zu den Unheiligen Hostien für die Schwarzen Messen verkochte. Delaques war daher zwar nicht Zeuge der Morde geworden, hatte wohl aber deren Vorbereitung beobachtet.

»Wie viele maskierte Männer gab es?«

»Sechs. Und zwar jedes Mal. Selbst an dem Abend, als die Kupplerin nur vier Mädchen dabeihatte.«

Sechs war die Hälfte von zwölf, und auf der Liste des Comte hatten sich zwölf Namen befunden.

»Waren es jedes Mal dieselben sechs Männer, oder könnten es auch jeweils zwei verschiedene Gruppen von Maskierten gewesen sein?«, fragte Madame de la Tour.

Darüber musste Delaques nachdenken. »Das ist so lange her. Ich weiß es nicht. Möglich ist es.«

Madame und Silhouette begannen eine Unterhaltung in ihrer Zeichensprache. Zu Marais' Überraschung mischte Delaques sich in ihre Unterhaltung ein. Er beherrschte die Zeichen ebenso sicher wie die beiden Frauen.

»Schluss damit«, verlangte Talleyrand. »Ich verstehe kein Wort von dem, was Sie sagen!«

Silhouette schenkte Marais ein unerwartetes Lächeln, und Madame übersetzte, was sie besprochen hatten. »Wir wissen nicht, woher die Kupplerin ihre Mädchen bezogen hat. Aber es waren gewiss keine Mädchen von mir. Silhouette meint, dass es ein geschickter Schachzug dieser Frau gewesen sei, ihre Mädchen in diese Uniformen zu stecken.«

»Weshalb?«, erkundigte sich Marais.

»Solche Uniformen machen selbst Pummelchen begehrenswert, solange man sie in eine Reihe mit ein paar hübschen Mädchen stellt. Sie sind ein raffiniertes Detail. Silhouette ist überzeugt, dass diese Frau mit der Maske über gewisse Erfahrungen im Liebesgewerbe verfügt.«

»Und Sie, Madame, sehen das anders?«, fragte Talleyrand.

»Wenn das Huren waren, müsste ich davon wissen. Da ich nichts davon weiß, sind es keine gewesen.«

»Lassen wir das fürs Erste beiseite. Sistaine muss irgendeine Erklärung dafür geliefert haben, weswegen er Ihre Dienste beanspruchte, Delaques? Man mietet doch nicht einfach irgendein Haus?«

Delaques zuckte die Achseln. »Ich dachte zu Anfang, es sei wegen einer Spielrunde. Nicht jeder Spieler ist ja in den Casinos und Salons wohlgelitten. Manche ziehen es vor, ihre eigene Runde zusammenzustellen. Erst recht, wenn es um wirklich hohe Einsätze geht«, sagte Delaques und blickte flehentlich zu seinem Vater.

»Sistaine hat mich belogen«, sagte Madame. »Aber er war kein Idiot. Wie konnte er sicher sein, damit davonzukommen?«

»Er hielt nicht viel von Ihnen. Er träumte sogar davon, Sie zu entmachten, Madame. Dieser Mann in der Pestmaske, meinte er, werde ihm dabei behilflich sein, sobald der rechte Zeitpunkt gekommen sei.«

Madame lachte auf. »Der Mann, der sich in Paris das Geschäft mit der Nacht unter den Nagel reißt, muss erst noch geboren werden.« Selbst Silhouette konnte sich ein feines Lächeln nicht verkneifen.

Marais' Aufmerksamkeit war jedoch auf etwas anderes gelenkt worden. »Der Maskierte trug angeblich ein solches Kreuz bei sich? Ist das wahr?«

»Ich kann mich nicht daran erinnern.«

»Die Kupplerin, könnte das dieselbe Frau gewesen sein, die Sie beim Comte gesehen haben?«

»Möglich. Ich hab sie ja nur von Weitem gesehen und das auch bloß ein-, zweimal.«

Silhouette schrieb etwas auf ihren Notizblock: *Was, wenn diese Uniformen echt waren? Was, wenn man sie den Mädchen gar nicht für diese heimlichen Schäferstündchen aufgezwungen hat?*

»Was meinen Sie damit?«, fragte Marais.

Wo trägt ein Mädchen gewöhnlich eine Uniform?, schrieb Silhouette auf ihren Block.

Talleyrand dachte laut darüber nach. »In einer Schule? Einem Konvent?«

Silhouette schrieb wieder: *Finden Sie heraus, woher die Mädchen stammen, und Sie haben Ihren Mörder, nicht wahr?*

De Sade brachte Silhouettes Bemerkung auf eine Idee. Er ergriff Delaques' Arm und zog ihn zu einem der Arbeitstische. »Sie sind Maler, Delaques! Also malen Sie! Die Mädchen in ihren Uniformen, die Kupplerin, den Kerl mit der Pestmaske und seine Kumpane.«

Delaques suchte fieberhaft allerlei Pinsel, Stifte und Farben zusammen. Nach einem kurzen Moment der Kontemplation fertigte er rasch nacheinander sechs Zeichnungen an, die er dann eine nach der anderen kolorierte. Während er arbeitete, wirkte er wie in einer Trance.

Sowie Delaques fertig war, trat Marais zu ihm, um die Zeichnungen zu betrachten. Was er darauf sah, war ein schlanker Mann in einem bräunlichen Mantel über einem schwarzen Rock, dessen Gesicht unter einer weißen, schnabelartigen Maske verborgen war.

Die nächste Arbeit zeigte eine Frau mit aufgesteckten braunen Haaren, deren Gesicht ebenfalls unter einer Pestmaske verborgen war. Sie wirkte schlank und gerade gewachsen. Die Maske, die sie trug, war zierlicher und von Delaques rot dargestellt worden. Ihr Kleid war cremefarben mit feinen hellgrünen Streifen. Delaques' Darstellungen waren bemerkenswert lebensecht und detailliert.

Die übrigen Zeichnungen zeigten Männer in mittleren Jahren, die unauffällige Kleidung trugen und deren Gesichter sich halb unter schlichten weißen Karnevalsmasken verbargen.

Delaques lehnte erschöpft, mit hängenden Schultern und gesenktem Kopf an der Kante des Arbeitstisches.

Inzwischen waren auch die übrigen an den Arbeitstisch getreten, um die Bilder zu betrachten.

Marais studierte das letzte Bild, das eine Reihe junger Mädchen in weißen Hauben, grauen Kleidern und blauen Schürzen zeigte. Ihre Gesichter waren glatt und hübsch, aber in keiner Weise außergewöhnlich.

Ein unförmiger Farbfleck, den Delaques in Brusthöhe auf jeder der Schürzen andeutete, erregte Marais' Aufmerksamkeit.

»Was ist das da?«, erkundigte sich Marais und wies auf jene Farbkleckse.

»Da war irgendein Zeichen auf ihren Schürzen«, entgegnete Delaques, griff nach Kohle und Papier und begann eine Reihe der seltsamsten Formen und Symbole zu zeichnen. Jedes Mal, wenn er eines davon fertig hatte, betrachtete er es eine Sekunde und wischte es dann wieder aus, um noch einmal von vorn zu beginnen.

Das ging so einige Zeit, bis er seinen Zuschauern zuletzt eine Darstellung von Frankreichs altem Nationalsymbol, der Fleur de Lis, präsentierte.

Unter allen Symbolen, Ziffern und Zeichen der Welt sollte es ausgerechnet dieses sein? Das Symbol der Royalisten? Seine Phantasie musste mit Delaques durchgegangen sein, dachte Marais.

»Das war es, was auf den Schürzen zu sehen war?«

Delaques nickte. »Es ist mir erst beim Zeichnen wieder eingefallen. Aber ich bin absolut sicher. Es war eine Fleur de Lis, vielleicht war die Wappenlinie ein wenig anders geformt. Aber davon abgesehen ...«

Weit entfernt, davon überzeugt zu sein, legte Marais die Zeichnung zurück.

Flobert und Madames schwarzer Muskelmann Amir betraten das Atelier. Sie brachten keine guten Nachrichten.

»Da kommen zehn Pudel die Rue Saint-Denis herunter. Entweder wir verschwinden, oder wir kämpfen!«

Marais schüttelte den Kopf »Kämpfen wäre zwecklos. Wir verschwinden!«

Delaques blickte sich erleichtert um. Doch Marais lächelte ihn böse an. »Diese Männer kommen höchstwahrscheinlich wegen Ihnen, Delaques. Ich habe schon zwei Zeugen in diesem Fall verloren. Ein drittes Mal wird mir das nicht passieren.«

Marais gab Flobert einen Wink. »Er kommt mit.«

Flobert trat zu Delaques, der zurückwich und bei Talleyrand Hilfe suchte. »Monsieur, können Sie das zulassen? Was soll aus meinen Werken werden, wenn das Haus von einer Horde Barbaren gestürmt wird?«

Talleyrand schwieg eine kleine Ewigkeit, obwohl seinem Gesicht anzusehen war, wie sehr es in ihm arbeitete.

»Sobald Bernard Pauls Männer einen Fuß in dieses Haus setzen, bist du tot, Junge!«, rief Marais. »Willst du dein Leben für ein paar Bilder und Farben riskieren?«

Eine Geste Talleyrands brachte Marais zum Schweigen. »Monsieur geht mit Ihnen, Silhouette! Marais und de Sade, Sie verschwinden am besten dorthin, wo immer sie die letzten Tage verbracht haben. Madame und ich bleiben hier, um die Barbaren abzuwehren.«

»Und wer bezahlt für ihn? Sie?«, erkundigte sich Madame de la Tour, die offenbar nicht einmal so erschrocken über die

Aussicht war, an Talleyrands Seite eine Horde Pudel abwehren zu müssen.

»Mein Kredit«, verkündete Talleyrand.

Delaques' Gesicht hellte sich deutlich auf. Talleyrand versetzte seiner Vorfreude allerdings einen Dämpfer. »Nur Kost und Logis. Nichts sonst.«

»Gott, Monsieur – womöglich dauert es Wochen, ehe ich wieder hervorkommen kann?!«, maulte Delaques.

»Kost und Logis«, bekräftigte Talleyrand.

»Fouché will Sie tot sehen, Talleyrand. Sind Sie sicher, dass Sie hier ausharren wollen?«, fragte Marais.

Talleyrand legte der Herrin der Nacht vertraulich den Arm um die Taille und lächelte Marais von oben herab an. »Fouché ist kein Dummkopf, Monsieur le Commissaire. Sollte er zulassen, dass Madame und mir heute Nacht in diesem Haus etwas zustößt, wäre das mehr als ein Verbrechen, es wäre ein politischer Fehler!«

De Sade huschte währenddessen zum Arbeitstisch, rollte dort die Zeichnungen zusammen und steckte sie ein.

Marais drehte sich zu ihm um. »Sade, Sie gehen mit mir über den Hinterhof!« Und an Tolstoï gewandt, sagte er: »Alle anderen – aufsitzen und ab dafür!«, während er Tolstoi und einem der beiden Stinkenden Hessen Delaques und Silhouette zuschob.

Sie alle stürmten die schmalen Treppen herab zum Hof. Dort angekommen, warf de Sade einen misstrauischen Blick auf die Mauer, die das Grundstück von denen der Nachbarhäuser trennte.

Silhouette und Delaques saßen auf und galoppierten mit den Raben und Hessen aus dem Hinterhof.

»Hätten Sie nicht eines der Pferde für mich aufsparen können, Marais, statt es dieser kleinen Hure zu überlassen? Ich bin zu alt, um über Mauern zu klettern. Zumal wenn ich nicht einmal weiß, was mich dahinter erwartet«, beschwerte sich de Sade.

Marais zog de Sade jedoch wortlos hinter sich her zu der Mauer. Beide errichteten aus allerlei Gerümpel so etwas wie eine wacklige Treppe, über die de Sade als Erster balancierte, um gleich darauf über die Mauer hinweg im Nachbarhof zu verschwinden.

Stille.

Da von drüben weder Flüche noch Beschwerden an Marais' Ohr drangen, ging er davon aus, dass auf der anderen Seite der Mauer keine ernsteren Gefahren als stinkende Misthaufen oder erfrorene Gemüsebeete lauerten.

Die Stille zerbrach, als in der Nähe Hunde zu bellen und gleich darauf Pferde zu wiehern begannen und ein Schwein laut quickte.

Marais fluchte, kletterte auf die behelfsmäßige Treppe und versuchte sich an der Mauer festzuklammern, um endlich den entscheidenden Sprung nach drüben zu wagen. Schon hörte er das eilige Klappern von Hufen und die abgehackten Befehle eines kasernenhoferprobten Korporals.

Die erste Gruppe Pudel stürmte in den Hof.

Das Gerümpel, aus dem er seine behelfsmäßige Treppe errichtet hatte, wankte bedenklich unter Marais' Füßen. Bei der Haustür hantierten inzwischen die Pudel mit Blendlaternen, und in Delaques' Atelier sah er den Schattenriss Talleyrands hinter den schrägen Dachfenstern nervös auf und ab schreiten.

Bei der Tür zum Haus berieten die Pudel ihr weiteres Vorgehen. Keiner hatte bislang einen gründlichen Blick in den dunklen Hof geworfen.

Wenn schon, denn schon, dachte Marais grimmig, stieß sich von seiner Behelfskonstruktion ab und schwang sich über die Mauer ins Unbekannte.

Er landete überraschend weich auf einem Rasenstück und blickte sich suchend um. Im Dunkeln erkannte er de Sade, der in eigentümlich steifer Haltung auf einen Punkt hinter Marais starrte.

Zwei riesige Hunde musterten die beiden Männer. Sie hatten breite Schnauzen und kräftige kurze Läufe, und ab und an wischten ihre rauen Zungen gelassen über ihre Lefzen. Die Hunde bellten nicht, sie griffen die beiden Männer nicht an, sondern warteten einfach selbstgewiss ab.

Marais waren solche Hunde zuvor schon begegnet. Sie waren die Einzigen ihrer Art in Paris. Gezüchtet und dressiert hatte sie Nicolas Bonnechance, ein freigelassener Sklave aus Saint-Domingue. Marais war als Armeeoffizier mit mehreren Tapferkeitsauszeichnungen bedacht worden und alles andere als ein Feigling. Doch gerade war er nicht sicher, was ihm mehr Angst einjagte: jene Hunde oder ihr Herr, Nicolas Bonnechance.

»Die Knochenkrätze an Ihren Hals, Marais, wenn ich von diesen beiden Monstern zerrissen werde, nur weil Sie mein Pferd für Silhouette aufsparen mussten!«, flüsterte de Sade außer sich vor Wut.

Die Bluthunde knurrten.

»Monster? Warten Sie, bis Sie den Herrn und Meister dieser Viecher kennenlernen«, gab Marais trocken zurück. »Der ist eine echte Kreatur der Hölle, der schlimmste Kopfgeldjäger von Paris!«

»Er ist ... was?«, fragte de Sade atemlos.

»Sie haben mich schon verstanden, de Sade, der Mann ist ein Kopfgeldjäger«, flüsterte Marais.

Dass die Hunde daraufhin weder knurrten noch näher kamen, sondern mit kurzen Stummelschwänzen zu wedeln begannen, zeigte an, dass ihr Herr sich nähern musste.

»Rouge! Bleu!«, zischte eine tiefe Stimme. Die Hunde wandten sich einem Schatten hinter ihnen zu. Es war ein beunruhigend großer Schatten.

Der Schatten hob den Kopf, stellte sich auf die Zehenspitzen und sah wohl über die Mauer hinweg zu Delaques' Atelier. Dann wandte er sich den beiden regungslosen Männern zu.

»'n Abend!«, sagte er mit einer angenehmen, sehr vollen Stimme.

»Nicolas«, flüsterte Marais.

»Der andere ist de Sade, nehme ich an?«

»Monsieur«, entgegnete de Sade vorsichtig.

Der Schatten tätschelte die Köpfe der beiden Hunde. »Ich weiß, dass der Mann dort oben Talleyrand ist, und die Frau bei ihm muss Isabelle de la Tour sein, die Herrin der Nacht. Aber wer waren die Totschläger, mit denen du vorhin gekommen bist, Louis?«

»Das geht dich einen Scheißdreck an, Nicolas.«

»Hm, das war 'ne ziemlich unhöfliche Antwort, Louis.«

»Leck mich am Arsch, Nicolas!«, zischte Marais halblaut, während er in seinem Gürtel nach den Messern griff.

Bonnechance, der Marais' Bewegung durchaus richtig zu interpretieren wusste, versetzte ihm einen schnellen, harten Tritt, der Marais umwarf und ihn lange genug daran hinderte, seine Messer zu ziehen, um Bonnechance zu gestatten, ihm seine Pistole an den Kopf zu setzen.

»Du wirst alt und langsam, Louis! Doch ich werde nicht dafür bezahlt, euch zu töten, sonst hätten meine Hund euch nämlich längst zerrissen.«

»Weshalb sollte ich dir trauen?«, fragte Marais.

»Weil du weißt, dass ich mein Wort halte, wenn ich es mal gegeben habe!«

Marais konnte sich zwar nicht vorstellen, weshalb Bonnechance sie nicht töten und Fouchés Kopfgeld kassieren sollte. Aber vor die Wahl gestellt, entweder ihm zu trauen oder sich Bernard Pauls Pudeln auszuliefern, erschien es ihm letztlich klüger, auf Bonnechance zu setzen.

»Herrgott, Monsieur, ich hoffe nur, Sie haben diese Bestien im Griff…«, flüsterte de Sade, während er sich mühsam erhob.

Marais warf ihm einen Blick zu, der ihn zum Schweigen brachte.

Zusammengeduckt schlichen die beiden dann hinter Bonnechance und dessen Hunden her durch den Hof zu einer verfallenen Mauer, dann in einen zweiten und dritten Hof und noch einen und einen weiteren, bis sie die Rue du Étoile betraten und von da aus zurück zur Rue Saint-Denis gelangten.

13

ZU EINEM DUNKEL, ZU EINER STILLE ...

Bei seinem schmalen Haus angekommen, brachte Bonnechance die Hunde zu einem Stall im Hof und führte de Sade und Marais anschließend durch eine Küche in einen Raum, der halb Salon, halb Arbeitszimmer war. Im Kamin brannte ein Feuer, und trotz der späten Stunde musste sich irgendwer noch in der Küche aufhalten, denn von da drangen Geräusche herüber.

Bonnechance bat seine Gäste Platz zu nehmen, entschuldigte sich und verschwand.

»Wer ist dieser Mann?«, fragte de Sade. »Mal abgesehen davon, dass er Kopfgeldjäger ist und Sie vor ihm offensichtlich die Hosen voll haben?«

Marais erklärte es ihm. Bonnechance war als junger Bursche seinem Herrn entlaufen und hatte sich monatelang allein im Dschungel von Saint-Domingue verborgen gehalten, bis ihn ein angeheuerter Sklavenjäger aufspürte und bei seinem Herrn ablieferte, der Bonnechance vor seinen versammelten Sklaven halb tot peitschte und anschließend den Hunden vorwarf. Nur wollten die ihn partout nicht anrühren. Als sein Herr sich eine Flinte reichen ließ, um zuerst die Hunde und dann Bonnechance zu erschießen, kaufte der Sklavenjäger ihm kurz entschlossen sowohl drei der Bluthunde als auch den halb toten

Sklaven ab. Einige Jahre diente Bonnechance seinem neuen Herrn als Jäger und Hundeführer, bis der Aufstand der Sklaven ausbrach und Bonnechance zusammen mit seinem Herrn und einer Rotte seiner speziellen Bluthunde nach Frankreich floh, wo der Herr bald darauf starb und Bonnechance sein Glück allein versuchte. Er diente in Paris unter drei Polizeipräfekten und lieferte jeden der Männer, hinter denen er her war, auch ab. Die meisten davon allerdings tot.

»Er ist ein grausamer, gefährlicher Mann, de Sade!«

De Sade war fasziniert von der Geschichte. »Ein ehemaliger Sklave, den weiße Männer dafür bezahlen, andere weiße Männer zu hetzen? Bonnechance muss sich ja vorkommen wie im siebten Himmel.«

Marais schwieg. Nadine hatte ihm einst versichert, Bonnechance sei einer der schönsten Männer, die sie je zu Gesicht bekommen habe, und auch dem fetten, alten Sodomiten de Sade tropfte sichtlich der Geifer aus dem Mund, sobald er den Schwarzen sah.

Bonnechance kehrte mit einer Kanne heißem Kaffee und einigen Porzellantassen zurück.

»Weshalb sind wir hier, statt tot oder in einer Zelle, Nicolas? Wem in Paris können der fette, alte Mann und ich mehr wert sein als Fouchés Kopfprämie?«

Nicolas trank seinen Kaffee und starrte eine Weile stumm ins Feuer.

»Wusstest du, dass ich geheiratet habe?«

Marais wusste es nicht. »Wen?«

»Mich«, sagte eine dunkelhaarige Frau, die mit einem Tablett voller kalter Speisen den Salon betrat.

Sie hielt das Tablett geschickt nur mit der Linken, da sie die Rechte benötigte, um sich beim Laufen auf einen Stock zu stützen. Sie stellte das Tablett ab, bat ihre Gäste zuzugreifen und gesellte sich dann zu ihrem Mann am Kamin.

Marais kannte Nicolas' Ehefrau als Catherine Gillain, Tochter eines Stellmachers, der einst gute Geschäfte mit der Präfektur gemacht hatte.

»Erstaunt, was aus mir geworden ist, Louis?« Catherine streifte das Tuch, welches sie um Hals und Dekolleté geschlungen hatte, ab. Auf ihrer rechten Schulter war ein vernarbtes Brandzeichen in Form eines F zu sehen. F wie *faussaire* – Fälscher.

»Das habe ich Fouché zu verdanken. Ich habe zwei Jahre verschärfte Festungshaft hinter mir. Weshalb? Weil ich starrköpfig darauf bestand, den falschen Mann zu heiraten.«

Catherine legte den Schal wieder um.

»Fouché«, sagte Bonnechance, »meinte, ich sei zwar ein guter Mann, aber eben auch ein schwarzer Mann. Und eine weiße Frau und ein schwarzer Mann, das sei unmöglich. Jedenfalls wenn ich weiterhin für die Präfektur arbeiten wolle.«

Die Polizeiagenten verachteten Schwarze genauso wie die Gitans. Das war schon immer so. Ließ ein Schwarzer sich dann noch mit einer weißen Frau ein, kannten sie keine Gnade. Was Bonnechances Fall zusätzlich verschärfte, war, dass jeder Polizeiagent in Paris Catherine Gillain kannte und so mancher von ihnen ein Auge auf sie geworfen hatte.

»Wir haben trotzdem geheiratet. Außerhalb von Paris. Als wir zurückkehrten, warteten die Pudel bereits auf Catherine. Sie behaupteten, sie habe die Bücher ihres Vaters gefälscht und der Präfektur Wucherpreise berechnet. Ihrem Vater brach es das Herz. Ich hab ihn begraben, noch bevor sie Catherine ihr kleines Andenken in die Schulter brannten.«

Catherine gab Bonnechance einen flüchtigen Kuss auf die

Wange. »Ich hab ihn schwören lassen, Fouché nicht anzurühren, solange ich in Festungshaft war.«

»Er hat mich trotzdem gezwungen, weiter für ihn zu arbeiten«, sagte Bonnechance. »Frag besser nicht, für welche Sorte von Arbeit er mich einspannte. Aber ich hätte alles getan, um Catherines Los zu verbessern.«

Catherine tätschelte mit einem harten Blick ihre Hüfte. »Irgendein Spitzel steckte den übrigen Gefangenen, wer mein Ehemann war.«

Mehr an Erklärung für ihr steifes Bein war nicht nötig.

»Nachdem Catherine zurückkehrte, hat man mir nicht einmal mehr die miesen Aufträge gegönnt, die ich bisher für sie erledigte«, erklärte Bonnechance. »Sie hofften, wir würden verhungern. Aber es gibt in Paris noch andere Leute, die für meine Hunde und mich Verwendung haben, als die Präfektur.«

Marais begriff. »Einer davon ist Talleyrand?«

Bonnechance lächelte grimmig. »Er bekommt sogar Preisnachlass«, sagte er und beschrieb, wie er die letzten Tage auf der Suche nach de Sade und Marais jeden Stein in Paris umgedreht hatte und heute Nacht von Talleyrand zu Delaques' Haus beordert wurde, um Marais und de Sade heimlich zu ihrem Unterschlupf zu folgen. Daher lauerte er auf dem Nachbargrundstück. »Du bist an der Reihe, Louis. Warum hat Fouché dich aus Brest zurückgeholt? Und wie kommt er dazu, dich und Monsieur hier als Mörder suchen zu lassen?«

Marais schilderte ihre Abenteuer, bis ein schreiendes Kleinkind irgendwo im Haus ihn dabei unterbrach. Catherine entschuldigte sich und verließ den Salon.

Marais begriff, dass die beiden ein Kind hatten. Er verspürte einen Stich von Missgunst bei dem Gedanken, dass dem Kopfgeldjäger vergönnt war, was Gott der Herr ihm genommen hatte.

De Sade präsentierte Delaques' Zeichnungen und wollte Bonnechances Meinung dazu hören. Der betrachtete die Darstellungen einige Zeit intensiv, aber bekannte schließlich, dass nichts darauf ihm irgendetwas sagte.

Draußen schwebten feinste Schneeflocken vom Himmel herab. Bonnechance bestand darauf, dass de Sade und Marais bei ihnen blieben. Die beiden bedankten sich, und Marais griff zu Feder und Papier, um eine Nachricht für Isabelle de la Tour zu verfassen.

Madame,
wir sind in Sicherheit. Lassen Sie folgende Nachricht in Paris
verbreiten:
38 18 28 8 4 10 18 12 36 10 42 28 8 10 28 32 24 32.
– gez. M

Marais faltete das Papier zusammen und reichte es Bonnechance.

»Kannst du dies der Herrin der Nacht zukommen lassen?«

Bonnechance steckte das Papier zu sich. »Noch heute, wenn's sein muss«, versicherte Bonnenchance. »Catherine wird euch eure Schlafplätze zeigen.«

Während sich Bonnechance zu einem versoffenen alten Stellmachergesellen begab, der nach wie vor über dem Schuppen im Hof wohnte, um ihm Marais' Nachricht anzuvertrauen, lag Marais wach und versuchte all das, was sie in dieser Nacht herausgefunden hatten, in einen Zusammenhang zu bringen.

Delaques behauptete, jedes Mal wenigstens sechs Männer zusammen mit dem Mann mit der Pestmaske und diesen uniformierten Mädchen beobachtet zu haben. Der Generalvikar beschrieb in seinem Büchlein zwar, dass den Teufelsanbetern nur bestimmte Kinder als Opfer willkommen waren, doch dass es sich dabei zwingend bloß um jeweils ein Kind zu handeln hatte, das geopfert wurde, schrieb de Sades Onkel nicht. Delaques war ja nicht einmal sicher, dass es sich jedes Mal um dieselben sechs Männer gehandelt hatte, die der Mann in der Pestmaske und seine Begleiterin diesen Mädchen zuführten. Es konnten genauso gut zwölf verschiedene Männer gewesen sein. Aufgeteilt in zwei Gruppen zu jeweils sechs Männern.

Was sonst hatte er in dieser Nacht herausgefunden?

Zum Beispiel, dass Sistaine eine Revolte gegen Isabelle de la Tour geplant hatte und überzeugt gewesen war, dass ihn seine hochgestellten Freunde dabei unterstützen würden.

Talleyrand seinerseits behauptete, Fouché habe ihn im Kabinett überstimmen lassen. Marais nahm es als Indiz dafür, dass der Orden immer noch sehr aktiv war und Fouché mit den Ordensherren zu einer Abmachung gelangt sein musste. Wie diese Abmachung aussah, lag auf der Hand: Solange die Ordensmitglieder im Kabinett Fouchés Linie folgten, würde der Polizeiminister dafür sorgen, dass sie von jeglicher Verfolgung verschont blieben.

So weit, so gut. Doch nicht alles, was er bisher herausgefunden hatte, fügte sich so plausibel ineinander. Da war vor allem der Außenminister selbst. Entgegen Guillous Behauptungen schien Talleyrand wirklich an einer Aufklärung der Morde interessiert zu sein. Was es unwahrscheinlich machte, dass er selbst in das Komplott der Satanisten eingeweiht war. Andererseits durfte man Talleyrands Zynismus und Schläue nicht unterschätzen. Sein vermeintlicher Eifer, hinter diese Verschwörung zu kommen, konnte sich auch als raffiniertes Ablenkungsmanöver entpuppen.

Auch dass die Mädchen Uniformen trugen und offenbar nicht gerade widerwillig auf ihr Rendezvous mit den Maskierten zugingen, bereitete Marais Kopfzerbrechen. Nachtasyle gaben kein Geld für Trachten aus, ebensowenig taten dies die christlichen Wohltätigkeitsgesellschaften, die gefallene Mädchen aufnahmen und zu reformiere versuchten. Waisenhäuser gaben zwar zuweilen einheitliche Kleider aus und beherbergten viele junge Mädchen. Aber sie unterhielten auch enge Beziehungen zur Herrin der Nacht, die sich dort mit Nachschub für ihre Bordelle versorgte. Früher oder später hätte ihr irgendetwas über die Morde zu Ohren kommen müssen. Und dass ein Konvent oder eine der wenigen Mädchenschulen ihre Schülerinnen einer Bande besessener Mörder ausgeliefert haben sollte, erschien Marais erst recht unwahrscheinlich. Trotzdem hatte ausgerechnet Silhouette diese Vermutung geäußert. Überhaupt – Silhouette, dachte er. Wie kam es, dass sie so vertrauten Umgang mit Talleyrand pflegte? Weshalb beherrsche Delaques ihre Zeichensprache? Deutete es nicht darauf hin, dass beide einander nahestehen?

Trotzdem: wie Silhouettes Haar geglänzt hatte. Ihre Lippen – so voll und rund und ebenso verlockend wie ihre Brüste und Hüften ...

»Marais«, rief de Sade und weckte ihn unsanft aus seinen Träumen. »Sie wissen, wie man Bluthunde abrichtet!«

»Verflucht, de Sade, jetzt schlafen Sie doch!«

De Sade setzte sich im Bett auf und begann zu deklamieren: »Zuerst bricht man ihren Willen durch einen Wechsel aus Schlägen und Belohnungen. Dann füttert man sie mit Menschenfleisch, nicht wahr?«

Obwohl Marais es im Dunkeln nicht sehen konnte, war er sicher, dass de Sade dabei genießerisch gelächelt hatte.

Ich hätte ihn niemals aus Charenton herauslassen sollen, dachte er wütend.

»Marais? Was ist denn nun? Hat Bonnechance das auch mit seinen Hunden getan? Woher kam das Menschenfleisch? Stahl er es von Friedhöfen? Marais? Jetzt lassen Sie sich doch nicht jedes Wort aus der Nase ziehen, verdammt! Oder ist es Ihnen etwa unangenehm, darüber zu reden?«

Und ob es Marais unangenehm war, darüber zu reden. Es war ihm ja bereits zuwider, nur daran denken zu müssen. Zumal, nachdem er kurz zuvor noch von Silhouette geträumt hatte.

»Schlafen Sie!«, knurrte Marais; aber so sehr er es auch versuchte, es gelang ihm nicht, zu den bittersüßen Gedanken an Silhouette zurückkehren. Stattdessen bedrängten ihn die Erinnerungen an jenen Tag, an dem er Bonnechance zum ersten Mal sah. Das war im Sommer 1797. Der damalige Polizeipräfekt Jean-Jacques Henri hatte Bonnechance angeheuert, um zwei Deserteure zur Strecke zu bringen, die auf der Flucht von ihrem Regiment für ein paar Bissen Brot eine komplette Familie ausgelöscht hatten. Sie waren bis an die Zähne bewaffnet und wussten, was sie erwartete, sollten sie lebend gefasst werden. Beaume hatte sie bis auf den alten Friedhof von Montmartre verfolgt. Einer von Beaumes Leuten war bei dem Versuch, die Deserteure auszuräuchern, bereits draufgegangen, Beaume selbst war bei dem Kampf verletzt worden, und niemand war erpicht darauf, noch mehr Männer bei einem erneuten Versuch zu riskieren. Also schickte Henri nach Bonnechance. Als er erschien, war es fast dunkel. Er hatte zwei seiner Bluthunde dabei, ein zweischneidiges Messer und eine Peitsche, keine Schusswaffe. Er ging allein mit den Hunden auf diesen Friedhof. Zwar waren danach hin und wieder Schüsse und tiefes Hundegebell zu hören gewesen, doch den größten Teil der Nacht blieb es ruhig an der Friedhofsmauer. Gegen Morgen kehrte Bonnechance zurück, er hatte eine Fleischwunde am Bein, und seine Hunde wirkten zerzaust, aber er hatte die beiden Deserteure zur Strecke gebracht. Einen von ihnen erwischten die Hunde, ihm war die Kehle herausgerissen worden. Der andere ging allein auf Nicolas' Konto. Er war mit einer Peitsche tot geprügelt worden. Der Präfekt zahlte Nicolas aus. Dann schnitt Nicolas den Leichen Ohren, Nasen und Hände ab, um sie in aller Seelenruhe an seine Hunde zu verfüttern.

»Marais? Bonnechance ist in Afrika geboren, nicht wahr?«, fragte de Sade in die Stille hinein.

»Herrgott, de Sade! Was weiß denn ich? Ja, er ist wohl aus Afrika nach Saint-Domingue verschifft worden! Aber wenn Sie jetzt nicht endlich still sind, könnte es sein, dass Sie bald ewig schlafen werden – mit einem meiner Messer in Ihrer Brust!«

De Sade ignorierte Marais Drohung. »Ich habe in Marseille Sklavenschiffe gesehen. Das war noch vor der Revolution. Ich sah sie nicht nur. Ich hörte und roch sie auch. Selbst ich wagte es nicht, einen Fuß in den Laderaum dieser Schiffe zu setzen. Einem Mann, der durch diese Hölle gegangen ist, vorzuwerfen, dass er grausam sei, wäre das, was ich als Blasphemie bezeichnen würde.«

Ausgerechnet de Sade über Blasphemie reden zu hören, kam Marais vor, als würde ein Blinder von Farben schwärmen. Dennoch war er zu müde, um etwas darauf zu entgegnen.

Gegen fünf Uhr morgens verließ Catherine Bonnechance das Haus, um ihrer Arbeit als Wäscherin nachzugehen. In dieser Nacht hatte der frühe Frost die ersten Opfer unter den Bettlern und Heimatlosen in den Straßen der Stadt gefordert. Viele von ihnen hockten in ihre Lumpen gehüllt für Tage dort, wo sie gestorben waren, bevor irgendeine barmherzige Seele ihre Überreste abtransportieren ließ. Catherine stieß auf ihrem Weg zum Fluss auf nicht weniger als drei Tote.

Als de Sade und Marais gegen Mittag in die Küche traten, erwartete sie dort ein reichliches Frühstück und die neuesten Ausgaben des *Journale de Paris* und der *Gazette de France*.

Marais und de Sade blätterten sich lustlos durch die beiden Zeitungen, in denen man kein Wort über ihre Flucht, den Fall Beaume oder Fouchés Überfall auf das Chat Noir verlor. Dafür fanden sich in beiden geifernde Artikel gegen vermeintliche royalistische Verschwörungen. Ganz besonders tat sich dabei im *Journal de Paris* ein gewisser Hugo Rivaret hervor, der in seinen Andeutungen so weit ging, sogar im Kabinett des Kaisers eine Verschwörerzelle zu vermuten. Ohne dabei allerdings Namen zu nennen.

Marais schob das *Journal* angewidert beiseite. Bonnechance warf ihm einen amüsierten Blick zu. »Stößt dir Hugo Rivaret genauso auf wie mir?«, fragte er Marais.

Monsieur le Commissair nickte.

»Er ist einer der bevorzugten Kreaturen Fouchés. Talleyrand hat Schwierigkeiten im Kabinett, und Fouché lässt seinen Hofhund Rivaret von der Leine, um im *Journal* Stimmung gegen Royalisten zu machen, womit natürlich im Grunde nur einer gemeint sein kann ...«

»Nämlich Talleyrand«, beendete de Sade Bonnechances Satz.

»Ich hasse diesen Hugo Rivaret«, mischte sich Catherine ein, die eben mit einer neuen Kanne Kaffee in die Küche getreten war. »Während meines Prozesses bezeichnete er mich als eine Schande und einen Eiterpickel am Gesicht der Nation.«

Bonnechance stand auf und gab ihr einen Kuss auf die Stirn. De Sade sah es mit Vergnügen, Marais hingegen wandte den Blick ab.

»Als man Catherine verhaftete und dieser Rivaret im *Journal de Paris* an ihr ein Exempel statuierte, wollte ich ihn erschießen. Er wäre gleich nach dem alten Fuchs der zweite gewesen, dessen Stirn ich mit Vergnügen gelocht hätte. Doch Catherine zwang mir das Versprechen ab, nur dann zu töten, wenn man mich dafür bezahlte…«, sagte Bonnechance.

Catherine stellte die Kanne Kaffee auf dem Tisch ab. »Das war auch gut so. Sonst hätte man dich auf die Galeere oder gar aufs Schafott geschickt. Einer von uns beiden im Gefängnis war ja wohl genug!«

De Sade sah Catherine an und wies auf die *Gazette de France*, die neben dem *Journal* auf dem Tisch lag. »Falls Sie Ihren Mann je von seinem Versprechen entbinden sollten, Madame, wäre ich Ihnen sehr verbunden, falls Sie ihm gestatten, außer dem Polizeiminister und diesem Rivaret ebenfalls einen Theaterkritiker namens Maurice Delgado zu erschießen.«

Bonnechance grinste de Sade fröhlich zu. »Ich kann mir zwar nicht vorstellen, dass Madame dies je tun wird, aber falls es doch so weit kommen sollte, haben Sie mein Wort darauf, de Sade – Delgado wird ebenfalls ins Gras beißen…«

Monsieur le Marquis nickte dem Hausherrn zu und sagte, »Merci, Monsieur, ich weiß das zu schätzen!«

Catherine schenkte sich selbst eine Tasse Kaffee ein und

wandte sich an Marais. »Was sind das für Zeichnungen, die ihr gestern mitgebracht habt?«, fragte sie.

Marais erklärte es ihr. Catherine stellte verwundert ihre Tasse ab und verschwand wortlos in den Salon. Zurückgekehrt, hatte sie Delaques' Bilder dabei und breitete sie auf dem Küchentisch aus. »Ich nehme an, das sind diese mysteriösen uniformierten Mädchen?«, fragte sie und wies auf Delaques' Bild der Mädchen, schob es dann beiseite und wies auf das der Fleur de Lis. »Und dies ist das Symbol, von dem dieser Delaques glaubt, es auf den Schürzen gesehen zu haben?«

Marais bestätigte das.

Catherine tunkte ihren Finger in ein Schälchen Milch und zeichnete damit auf dem dunklen Holz des Tisches eine merkwürdige Form, irgendwo zischen einem Eimer mit zwei daran erblühenden Blumen. Um die Blumen gruppiert Catherine mehrere Kringel.

»Was ist das?«, fragte de Sade amüsiert.

»Das ist ein Wappen mit zwei Pfeilen darin, an dessen Rändern Lilien aufragen und über dem vier kleine goldene Kronen prangen. Sieht man das denn nicht?«, entgegnete Catherine entrüstet.

»Ah ja ...«, meinte de Sade.

»Aber was bedeutet es?«, fragte Marais.

Catherine sah ihn verwundert an. »Na, das ist das Zeichen dieses Waisenhauses. Man sieht es überall in der Stadt. Die Kinder werden für alle möglichen Arbeiten vermietet. Eigentlich eine Unverschämtheit. Man kann mit ihren Preisen nämlich kaum konkurrieren. Wenn die Waisen nicht arbeiten, ziehen sie über die Plätze und Märkte, verteilen fromme Traktate und singen Choräle.«

Waisenhäuser waren eine traurige Angelegenheit. Einige von

ihnen wurden von den Stadt- und Bezirksverwaltungen unterhalten, andere wieder von der Kirche geführt. Das Leben in allen dieser Häuser ließ sich auf eine kurze Formel bringen: So großzügig man mit Tritten und Schlägen umging, so knauserig war man mit dem Essen. Außerdem war es üblich, dass man die Kinder zu Spottpreisen als billige Arbeitskräfte an Manufakturen und Handwerksmeister vermietete; ein mehr als einträglicher Verdienst.

»Sie verteilen fromme Flugblätter und singen Choräle? Diese Waisen können nichts mit unserem Mörder zu tun haben«, sagte Marais.

»Weshalb?«, erkundigte sich Bonnechance verdutzt.

»Wenn sie Choräle singen und fromme Flugblätter verteilen, dann gehören sie offenbar einem kirchlichen Haus an. Willst du mir etwa weismachen, dass ein gut christliches Waisenhaus seine Mädchen an Satanisten verkaufen würde?«

»Was spielt das überhaupt für eine Rolle?«, mischte Catherine sich ein. »Falls ich Satanist wäre, dann gäbe es nichts, unter dem ich meine wahre Natur lieber verbergen würde als unter einer Soutane.«

»Madame«, gratulierte ihr de Sade. »Eine Antwort nach meinem Geschmack!«

Catherine warf ihm einen langen, abfälligen Blick zu. »Versuchen Sie gar nicht erst, mir ums Maul zu gehen, de Sade. Ich hab Ihre Bücher gelesen.«

»Selbst falls Delaques sich, was dieses Zeichen betrifft, ein wenig geirrt hat, glaubst du wirklich, dass er all die übrigen Details erfunden haben sollte? Wozu? Komm schon, Louis, das ist lächerlich«, gab Bonnechance zu bedenken.

»Ich habe seine Gemälde gesehen, Nicolas. Irgendetwas stimmt mit diesem Jungen nicht«, entgegnete Marais und drehte einige Male den Zeigefinger an der Schläfe, um anzudeuten, dass Delaques nicht ganz richtig im Kopf sei.

»Dann geht doch einfach nachsehen«, schlug Catherine vor.

Ihr Mann schüttelte skeptisch den Kopf. »Louis und de Sade sind derzeit die meistgesuchten Männer in Paris. Es wäre keine gute Idee für sie, jetzt auf die Straße zu gehen.«

»Na und? Was wollt ihr sonst tun? Hier herumsitzen und auf ein Wunder warten?! Wunder geschehen nicht einfach so. Wunder muss man sich verdienen!«, entgegnete Catherine entschlossen.

Marais traf eine Entscheidung. Catherine hatte recht, wenn sie behauptete, dass es nicht viel Zweck hatte, untätig auf irgendein Wunder zu hoffen. »Versuchen wir es. Und sei es nur, um zu beweisen, dass es ein Irrtum ist, diesem verrückten Bengel Delaques zu glauben. De Sade? Sind Sie dabei?«

»Zählen Sie auf mich, Marais.«

Marais sah Bonnechance an, dann de Sade und zuletzt Catherine. »Catherine, wir brauchen Rasiermesser und warmes Wasser!«

Es war keine Kleinigkeit, eine Verkleidung zu finden, die sowohl einen fetten, alten Marquis als auch einen Polizeikommissar und einen schwarzen Kopfgeldjäger unauffällig im Trubel der Hauptstadt der Welt untertauchen ließ.

Doch Marais und Bonnechance lösten das Problem bravourös. Zunächst rasierte Marais dem alten Mann eine Glatze und schnitt sich selbst die Haare so kurz, dass sie kaum mehr als ein dunkler Flaum waren. Dann befahl er Bonnechance flüsternd, bei einem Trödler Kostüme zu besorgen. De Sade war misstrauisch und hörte nicht auf, Marais mit überzogenen Drohungen zu piesacken, sollten die Kostüme, die Bonnechance besorgte, nicht zu ihm passen.

De Sade brach in herzliches Lachen aus, sobald er begriff, worin ihre Verkleidung bestehen sollte: Er und Marais würden Priestersoutanen tragen, während Bonnechance für sich den schlichten schwarzen Rock eines einfachen afrikanischen Konvertiten gewählt hatte. Was für ein Spaß, dachte de Sade, sollte irgendwer am Weg ausgerechnet ihn um einen Segen bitten!

Gemäß den Gesetzen der Heiligen Mutter Kirche galt es zwar als Sünde, sich das Amt eines Priesters anzumaßen, aber Marais war überzeugt, dass in diesem Fall der Zweck die Mittel heiligte. »Leute, die arme Waisen fromme Choräle auf den Märkten singen lassen, können es sich kaum erlauben, zwei Priestern und ihrem Zögling den Zutritt zu verwehren«, erklärte er grinsend.

Bonnechance erklärte, er habe auf seinem Gang zum Markt einiges mehr über das Waisenhaus erfahren. Es lag hinter einem bewachten Tor am Ende einer schmalen Straße, die von dem Waisenhaus abgesehen verlassen war. Die Waisen waren auf den Märkten offenbar sehr beliebt, weil sie ohne Murren halfen, falls Not am Mann war, und stets so adrett, sauber, höflich und guter Dinge wirkten.

De Sade wunderte all das nicht. Waisenhäuser ähnelten nun einmal Kasernen und Gefängnissen. Mit beiden Institutionen kannte Monsieur le Marquis sich aus. Dass diese Kinder so guter Dinge waren, bewies für ihn höchstens, wie gut sie sich äußerlich ihrer Lage anzupassen wussten. Über ihre wahre Gemütsverfassung sagte dies gar nichts.

Die drei hatten die betreffende Gegend der Stadt bald erreicht und drängten ihre Pferde in gemütlichem Tempo zwischen den auch am späten Nachmittag noch belebten Ständen eines Marktes hindurch. Obwohl man hin und wieder den Hut vor ihnen zog oder einen Knicks andeutete, erregten die drei kaum Aufsehen. Die Kostümierungen erfüllten ihren Zweck.

Sowie der Markt hinter ihnen lag, wurde es zunehmend ruhiger. Von einigen Hausfrauen abgesehen, waren hier nur noch Katzen, Hühner und Hunde unterwegs. Angeblich lag das Waisenhaus am Ende einer Straße, die durch ein Tor abgeteilt war.

Dieses Tor, vor dem die drei Männer jetzt ihre Pferde zügelten, war aus Stein gemauert und breit und hoch genug, um selbst voll beladenen Wagen Durchfahrt zu gewähren. Linker und rechter Hand davon zog sich ein fester, eiserner Zaun quer über den Rest der Straße. Hinter den beiden halb geöffneten Torflügeln befand sich ein Schilderhäuschen.

Marais sprang vom Pferd und führte es am Zügel durch das Tor auf das Häuschen zu. Es war unbesetzt. Er machte seinen Gefährten ein Zeichen und saß wieder auf.

Die Männer setzten ihren Weg ungehindert fort. De Sade ergriff ein unangenehmes Gefühl. Er zügelte sein Pferd, ließ sich hinter seine beiden Gefährten zurückfallen und blickte sich misstrauisch um. Zu seiner Rechten lag die Ruine eines alten Stadtpalais, dessen Fassade halb von einem wackeligen Gerüst verdeckt wurde und das angesichts der Löcher in seinen Mauern als Steinbruch gedient haben musste. Sein ehemals reicher Figurenschmuck war wild durcheinander an den Straßenrand geworfen worden. Wie eisiger Puderzucker überzog eine dünne Schicht Raureif die Skulpturen.

De Sade entdeckte etwas, was ihm Angst einjagte: Man hatte sämtlichen Figuren die Augen ausgeschlagen. Die Nasen, Ohren, Gliedmaßen waren intakt geblieben. De Sade erschien das als ein Akt unerhörter Barbarei, der mit Wut, Raserei oder bloßer Dummheit nicht vollständig zu erklären war. Unwillkürlich stieg das Bild von Beaumes ausgeschälten und auf den Tisch genagelten Augäpfeln vor ihm auf...

Schräg gegenüber dem Palais befand sich eine Reihe von vier baugleichen Häusern, hinter deren toten Fenstern weder Licht zu sehen war noch Geräusche hervordrangen. Ein fünftes, wesentlich größeres Haus ragte zwischen den vier baugleichen Gebäuden auf. Ein Garten oder kleiner Park lag hinter ihm, der von einer hohen Mauer geschützt wurde.

De Sade löste sich aus seinen Gedanken und trieb sein Pferd an, um seine Gefährten einzuholen. Eine Schar dunkler Vögel flog schreiend aus dem verwilderten Garten auf. Nirgendwo bellte ein Hund oder zog eine Katze majestätisch ihre Bahnen über Mauerkronen.

Dem verfallenden Palais schloss sich ein Stück Ödland an, das wiederum von einer Reihe seltsam geduckter Häuser begrenzt wurde, die ebenso verlassen waren wie die Gebäude auf der gegenüberliegenden Straßenseite.

Ein solch geisterhaft verlassener Straßenzug stellte eigentlich ein Unding in Paris dar. Diese leeren Häuser hätten jetzt vor Wintereinbruch wenigstens von Bettlern besetzt sein müssen, die einen Unterschlupf für die kalte Jahreszeit suchten. Waren deshalb das Schilderhäuschen und der Schlagbaum errichtet worden? Wem sollten hier Passanten und Bettler ein Dorn im Auge gewesen sein, fragte er sich. Etwa der Waisenhausverwaltung?

Es war kälter geworden. Leichter Schneefall hatte wieder eingesetzt. Sobald sie auf Boden, Mauern oder Dächer trafen, verwandelten sich die Schneeflocken in schimmernde Feuchte, die etwas von trüben Spiegeln hatte.

Bonnechance und Marais hielten ihre Pferde zu einem langsamen Schritt an. Aus ihren verwunderten Blicken sprach eine ähnliche Beklommenheit, wie sie de Sade überkommen hatte.

Bonnechance wies auf einen bunten Fleck, der inmitten der treibenden Schneeflocken langsam zu Boden sank. »Was ist das?

Er stieg ab und beugte sich herab, um das inzwischen herabgefallene bunte Etwas aufzuklauben. Dann streckte er de Sade und Marais seine geöffnete Hand entgegen. Auf ihr lag ein bunter und ungewöhnlich großer Schmetterling.

»Ein Schmetterling? Ende Oktober?«, wunderte sich Bonnechance.

Während Marais den Schmetterling musterte, zog de Sade eine Grimasse und wandte missfällig den Blick ab. Wie er seit seiner Haft in Picpus diese Viecher hasste!

Das zerbrechliche Wesen in Bonnechances Hand war längst nicht der einzige Vertreter seiner Gattung hier. Am Straßenrand fanden sich noch viele weitere.

Bonnechance ließ die Schmetterlingsleiche zu Boden fallen und wischte sich die Hand an den Hosenbeinen ab.

»Diese Art stammt nicht von hier«, sagte er.

De Sade und Marais sahen ihn verwundert an.

»Dort, wo ich herkomme, sagt man, dass diese Schmetterlinge die Seelen der Toten repräsentieren, denen die Götter den Übertritt in die andere Welt verwehrt haben.«

De Sade blickte sichtlich angeekelt auf die Schmetterlingsleichen am Boden. »Woher wissen Sie so genau, dass es sich dabei um dieselbe Art handelt, Bonnechance?«

Der Kopfgeldjäger antwortete nicht, blickte weiter auf den Schnee am Boden. Schließlich saß Bonnechance wieder auf und sah seinen Gefährten nacheinander in die Augen. »Es gibt einen Strand in Saint-Domingue, an dem die Leichen der Sklaven angespült werden, die die Schiffskapitäne kurz vor der Hafeneinfahrt noch über Bord werfen lassen, weil sie krank sind oder zu erschöpft, um noch einen nennenswerten Preis zu erzielen. Dort wimmelt es nur so von genau diesen Schmetterlingen. Glaubst du, dass ein Mann wie ich je den Anblick dieses Strandes vergessen könnte?«

Diese Erklärung traf Marais. Er blickte an Bonnechance vorbei die Straße herab. »Selbst wenn. Das hier ist Paris, Nicolas. Tausende Meilen entfernt von diesem Strand.«

Mit einem harten Flankenstoß brachte Marais sein Pferd dazu, sich wieder in Bewegung zu setzen. De Sade und Bonnechance folgten ihm.

Kurz darauf sahen sich die drei ihrem Ziel gegenüber. Vor der Revolution mochte das mächtige Bauwerk einen Priesterkonvent beherbergt haben, und damals schon musste das drei Stockwerke hohe, granitgraue Gebäude überaus bedrückend und unheimlich gewirkt haben. Wer immer diesen Komplex errichtet hatte, glaubte de Sade, konnte seine dunkle Kunst zuvor nur an Festungen oder Gefängnissen geübt haben. Solche Meisterschaft in architektonischer Kälte und Bosheit erwarb keiner über Nacht.

Eine starke, hohe Mauer umgab das Gebäude. Über der breiten Toreinfahrt wachte eine Gruppe von Engelsfiguren, deren blicklose Augen, ausgestreckte Arme und übergroße Flügel Monsieur le Marquis an hungrige Totenvögel erinnerten.

Die drei Männer saßen ab. Bonnechance zog an der Klingelschnur.

Das dürre Läuten einer Glocke ertönte. Sonst geschah nichts. Marais schlug gegen die in das mächtige Tor eingelassene Tür. Zu seiner Verwunderung schwang sie knarrend auf. Hinter ihr lag ein gepflasterter Hof. Um den sich Nebengebäude zogen, die aus demselben grauen Granit errichtet waren wie das mächtige Haupthaus. Kein Licht erleuchtete die Fenster, keine Rufe, Schritte oder Gebete erklangen. Die drei Gefährten waren allein.

Auf halbem Weg zwischen dem Tor und den Nebengebäuden lag etwas am Boden. De Sade drängte sich neugierig zwischen Marais und Bonnechance hindurch, um es genauer sehen zu können.

Marais hielt ihn jedoch zurück, betrat selbst als Erster den Hof und ging misstrauisch auf das, was da auf dem Hof lag, zu.

Bonnechance und de Sade folgten ihm. Der Widerhall, den ihre Schritte auf dem Pflaster auslösten, kam ihnen ungehörig laut vor.

In dem Hof lagen noch mehr dieser bunten Schmetterlinge am Boden, als draußen am Straßenrand. Sie hatten in feuchtem Schmutz und schmelzendem Schnee ihre ehemals so strahlenden Farben verloren.

»Verdammt!«, flüsterte Bonnechance, sobald ihm klar wurde, dass da auch drei menschliche Leichen inmitten des Hofes lagen. Ihre Gesichter und Hände waren bedeckt von unzähligen Schmetterlingen, von denen Bonnechance behauptete, dass sie von Totengeruch und Blut angezogen wurden.

Marais wischte vorsichtig die erfrorenen Schmetterlinge von den Köpfen der Toten. Keiner von ihnen hatte noch ein Gesicht. Dort wo Nasen, Münder und Augen hätten sein sollen, klafften blutig rote Löcher, von deren Rändern und Grund her weißliche Knochensplitter hervorglänzten. Schlieren von schillerndem Blut und einer graugelben Substanz zogen sich auf dem Pflaster um die Köpfe der drei toten Männer herum.

Das war es also, dachte de Sade – neue Leichen.

Marais wandte sich zum Haupthaus, das mit seinen dunklen Fenstern und seiner grauen Masse jetzt mehr denn je an ein Gefängnis erinnerte, und brüllte »Kommt heraus!« in die Stille hinein.

Sein Ruf verhallte, ohne eine Antwort zu provozieren.

Marais trat einige Schritte auf das Haupthaus zu, betrachtete es zornig, legte die Hände an den Mund und brüllte noch lauter als zuvor: »Verdammt! Kommt hervor!«

Doch wieder – nichts.

Als er zum dritten Ruf ansetzte, legte Bonnechance ihm die Hand auf den Arm und schüttelte dazu den Kopf.

De Sade betrachtete den grauen Schneehimmel über ihm, warf dann einen Blick über die erdrückende Granitmasse der Gebäude und jenen von bunten Schmetterlingstupfen übersäten, feucht glänzenden Hof. Das alte Ungeheuer ergriff eine irrationale Angst.

Marais untersuchte die drei Toten. De Sade legte sich eine Prise Schnupftabak auf und hielt sich tunlichst abseits von Monsieur le Commissaire und den Leichen.

»Jetzt reden Sie schon, Marais!«, rief de Sade.

»Sie sind erschlagen worden«, verkündete Monsieur le Commissaire.

Bonnechance durchquerte in kurzen Schritten, den Blick stets auf den Boden geheftet, unterdessen den Hof, von wo aus er für einige Zeit auf die Straße verschwand, bevor er dann in einem weiten Bogen zu de Sade und Marais zurückkehrte und in einer ausladenden Geste über den Hof wies. »Zwei große Gruppen sind unabhängig voneinander jeweils vom Haupthaus und den Nebengebäuden kommend genau hier zusammengetroffen und bildeten einen Kreis. Den Mittelpunkt des

Kreises markieren die Leichen. Vielleicht war das heute ziemlich früh am Morgen. Vielleicht aber auch schon gegen Ende letzter Nacht. Zwischen den Nebengebäuden und diesem Fleck hier liegen überall Reste von verbrannten Kienspänen am Boden. Um das Haupthaus herum ist ziemlich viel Wachs aufs Pflaster getropft. Es muss also noch dunkel gewesen sein, als die Gruppen hervorkamen. Alle Spuren, die ich fand, stammen von Holzsohlen.«

»Ich wette, dass es Kindergrößen waren«, meinte de Sade.

»Das hier sollen Kinder getan haben?«, fragte Marais skeptisch.

Bonnechance wies zum Tor. »Ja. Da war nirgendwo ein Abdruck zu sehen, der groß genug gewesen wäre für einen ausgewachsenen Mann.«

Marais schloss die Augen und wiegte sich dann auf den Zehenspitzen hin und her, wie Redner das auf Kanzeln taten. Er dachte intensiv nach.

»Du weißt, was hier geschehen ist, Louis«, flüsterte Bonnechance.

Marais blickte vom Haupthaus zum Tor und von da zurück zu den drei Leichen vor ihren Füßen. »Sie sind aus dem Haupthaus gekommen, haben sich hier in einem Kreis aufgestellt und dann gemeinsam auf die drei Männer eingeprügelt?«

Bonnechance ersparte sich eine Antwort.

»Ein Messer, Marais!«, verlangte de Sade und beugte sich zu den Leichen hinab. Marais reichte ihm stumm ein Klappmesser, das er unter seiner Soutane hervorgebracht hatte.

De Sade schnitt damit die Gehröcke und Hemden der Toten auf und schlug sie beiseite.

»Das dachte ich doch!«, sagte er und gab Marais das Messer zurück. »Bin ich hier der Einzige, dem auffällt, dass die Kinder offenbar Hände und Gesichter der Leichen mit ganz besonderer Wut bearbeitet haben?« Sade wies auf die bleichen Leiber der Toten, die einen wahnwitzigen Farbkontrast zu deren blutig roten Gesichtern und Händen bildeten. »Da sind keinerlei blaue Flecke oder Risse auf den Leibern der Toten zu sehen.«

Bonnechance blickte de Sade mit neu erwachtem Interesse an. In Marais' Miene war überheblicher Abscheu zu lesen, von dem de Sade nicht hätte sagen können, ob er sich auf ihn bezog oder jene mordenden Kinder.

»Die Hände der Toten hielten die Peitschen, Gerten oder Rohrstöcke, mit denen die Kinder hier sicher ständig verprügelt wurden«, sagte Bonnechance. »Und die Gesichter der Erwachsenen drückten dabei entweder Befriedigung oder sogar perverse Freude aus. Deswegen blieben die Leiber der Männer unberührt. Die Waisen konzentrierten sich auf die Körperteile, mit denen sich für sie das verband, was sie mehr als alles andere an den Toten hassten – ihre schlagenden Hände und befriedigten Visagen.«

De Sade vollführte einen Kratzfuß, wie er früher bei Hofe üblich gewesen war. »Meinen Respekt, Monsieur! Sie verfügen über einen Geist nach meinem Geschmack!«

Bonnechance betrachtete de Sades Lob mit deutlich gemischten Gefühlen.

»Drei Männer sind zu wenig, um ein Haus dieser Größe zu führen«, merkte Marais an und wies zum Hauptgebäude.

»Ja. Da drin könnten weitere Leichen sein«, bestätigte Bonnechance leise.

»Es ist noch ungefähr eine Stunde hell. Ewig werden diese Toten nicht unbemerkt bleiben. Durchsuchen wir das Haus, bevor irgendwelche Polizeiagenten auftauchen«, meinte de Sade.

Marais blieb steif und mit halb geschlossenen Augen bei den Leichen stehen.

»Was soll das, Marais? Sie stehen hier einfach so herum, als ob Sie nichts Besseres zu tun hätten?«, beschwerte sich de Sade.

Es dauerte geraume Zeit, bevor Marais antwortete. »Ich denke nach.«

»So, und zeigt Ihre Anstrengung irgendein Ergebnis?«

Marais wies auf die drei Toten. »Das hier ist kein Zufall.«

»Natürlich nicht, das war Mord. Und zwar vorsätzlicher Mord.«

Marais schüttelte den Kopf. »Das meine ich nicht, Sie Genie. Dies ist zweifellos wirklich der Ort, von dem der Mann mit der Pestmaske seine Mädchen bezog. Die Frage ist: Kann dies auch der Ort sein, an dem sie ihre Schwarzen Messen durchführten und ihre Opfer töteten? War es das, was die Kinder in solche Raserei versetzte?«

Es begann stärker zu schneien. Mit der nahenden Dämmerung war auch ein frostiger Wind aufgekommen, der die feinen weißen Flocken umeinanderwirbelte.

»Wenn Sie schon weiter an dieser unsinnigen These festhalten, dann muss ich Sie wohl daran erinnern, dass Guillou von einer alten Kapelle gesprochen hat. Ich sehe hier aber nichts, das einer Kapelle ähnelt«, sagte de Sade und schob dabei mit der Spitze seines Stiefels angewidert einige Schmetterlingsleichen umeinander.

»Was jetzt?«, erkundigte sich Bonnechance.

»Wir durchsuchen diesen verfluchten Stall hier!«, verkündete Marais. Keiner widersprach.

Sie begannen ihre Durchsuchung in den Nebengebäuden, die ein Lager, eine Wäscherei, eine Druckwerkstatt und eine Manufaktur enthielten, in der hölzerne Transportkisten für die Armee gefertigt wurden. In der Druckerei fanden sie Stapel von Flugblättern. Sie predigten eine krude Mischung aus Erweckungsglauben und calvinistischer Prüderie, die mit den immer gleichen Worten begannen: »Lasset ab von den Sünden des Fleisches, ehret die Väter und schafft euch keine Abbilder von Gott, eurem Herrn, denn der Tag des Jüngsten Gerichts ist nicht mehr fern und Gott, der Herr, wird keine Gnade mit denen zeigen, die nicht rechtzeitig bereuen.«

De Sade bedachte Flugblätter und Druckerpressen mit einem abfälligen Schnauben. Drei der Sinnsprüche, die auf die Flugblätter gedruckt waren, fanden sich hier überall auch an den Wänden:

Kraft in Glauben Erlösung in Hingabe Freiheit in Gemeinschaft

Nachdem sie nach der Druckerei, der Manufaktur und dem Lager auch an den Wänden der Wäscherei auf dieselben Sprüche gestoßen waren, blieb de Sade stehen und betrachtete sie zornig: »Wer so was an Wände schreiben lässt, der glaubt auch daran!«, zischte er wütend. Die einzigen Orte, zu denen solche Wortkombinationen wirklich passten, wusste de Sade, waren Kirchen, Kasernenhöfe und Sklavenmärkte. Schließlich bewies nichts so gut die Angst eines Tyrannen vor seinen Untertanen wie die Häufigkeit, mit der er den Begriff Freiheit im Munde führte. Gemessen daran, dass sie hier überall auf diese Sinnsprüche stießen, musste das Personal dieses Waisenhauses in beachtlicher Angst gelebt haben. Was ihn in seiner Verachtung nur noch bestärkte, waren jene halb hohen Böcke, von denen sich in der Wäscherei, der Manufaktur und der Druckerei jeweils mehrere fanden. Ausgerechnet Monsieur le Marquis hatte gewiss nichts gegen eine leidenschaftliche Tracht Prügel, um Sinne und Säfte anzuregen. Doch die Böcke hier dienten wohl eher nicht dem Vergnügen, sondern dazu, den Waisen eine gefährliche und fanatische Ideologie einzubläuen.

Zurück im Hof, blickte Marais grimmig um sich und marschierte dann mit gesenktem Kopf und eingezogenen Schultern auf die graue Masse des Haupthauses zu.

»Ich möchte mal wissen, welche Laus dem über die Leber gelaufen ist. Endlich geht es voran mit seinem Fall, und er benimmt sich wie eine Primadonna!«, beschwerte sich de Sade.

Monsieur le Marquis war gleich hinter Marais in das Haupthaus eingetreten. Da Fenster und Türen sämtlich verschlossen waren, fiel nur durch die Eingangstür etwas dämmriges Licht in die Halle. Außerdem war es kalt. Beinah kälter als im Hof. Bonnechance sah sich nach einer Kerze um, fand eine und entzündete sie mit einem Stahlfeuerzeug, das er stets bei sich trug.

»Irgendwas riecht hier seltsam«, bemerkte Marais.

»Das ist der Mief kleingeistiger Prüderie, mein Lieber. Man wundert sich ja, dass ausgerechnet Sie ihn nicht sofort erkannt haben«, entgegnete de Sade.

Zwei Flure und eine breite Treppe gingen von der Halle ab.

Marais ging auf den linken der beiden Flure zu. Er wollte keine Zeit verlieren. Dieses Haus hatte etwas Gespenstisches und machte ihm Angst.

Den Flur hinunter lagen eine ganze Reihe unbenutzter Räume. Ihre Türen waren unverschlossen, und sie wirkten so sauber wie die Werkstätten, Druckerei und Lager in den Nebengebäuden.

Die einzigen Räume, die auf diesem Flur offenbar regelmäßig benutzt worden waren, erweckten mit ihren harten Bänken und tintenfleckigen Tischen den Eindruck von Schulzimmern. Bonnechance glaubte, dass in einem der Zimmer eine Reihe Tische und mehrere Stühle fehlten.

Über den Flur rechter Hand gelangte man zur Küche, zu zwei Schlafsälen, außerdem zu einem Speisesaal. Der Speisesaal war genau das, was man erwarten musste: ein lang gestreckter Raum mit Spitzbogendecke, in dem, durch einen Gang getrennt, zwei Reihen Tische und Stühle standen. An den Wänden waren dieselben Sprüche zu lesen, die de Sade schon in den Nebengelassen so bitter aufgestoßen waren. Da hing auch ein einfaches Kreuz über dem Stich eines grimmig blickenden Erzengels mit Schwert und Schild, den Marais für den heiligen Michael hielt, dem es am Tag des Jüngsten Gerichts oblag, die Seelen der Menschen zu wiegen.

Aus der Küche führte ein Speiseaufzug, der durch ein raffiniertes Seilsystem betrieben wurde, ins nächste Stockwerk.

Am Flurende stießen sie auf einen vermauerten Kellerzugang. Mörtel und Ziegel waren bröckelig und von Salpeter durchsetzt.

Die drei gingen zur Halle zurück. Rechts von der geschwungenen Treppe, die zum zweiten und dritten Stockwerk führte, befand sich eine hohe, zweiflügelige Tür.

Marais ging nur zögernd auf sie zu. De Sade ahnte weshalb: Dahinter musste die Hauskapelle liegen, und sosehr Marais den Moment herbeigesehnt haben musste, an dem er die Satanistenkapelle betrat, sosehr fürchtete er sich zweifellos auch davor.

Doch obwohl hinter den Türen tatsächlich eine geräumige Hauskapelle lag, hatte sie nichts Ungewöhnliches an sich. Abgesehen davon, dass sie betont schlicht eingerichtet war und kein anderes Heiligenbild aufwies als das jenes grimmigen Michael. Auch hier waren die drei Maximen in die Wände gehauen:

Kraft in Glauben Erlösung in Hingabe Freiheit in Gemeinschaft

Wenigstens fanden sie in der Kapelle einige größere Kerzen und Lampen, die Bonnechance entzündete. Die drei sahen sich weiter um.

De Sade war mit abfälliger Miene im Mittelgang der Kapelle stehen geblieben und bedachte die Darstellung des kalten Erzengels mit zornigen Blicken. Er hatte eine genaue Vorstellung davon, wie eine Messe in dieser Kapelle vonstatten ging. Strikt nach Geschlechtern getrennt, saßen Personal und Waisen auf ihren harten Bänken, vor sich stets das Bild des grimmigen Richters und im Ohr eine feurige Predigt über die Qualen der Sünder in der Hölle.

Bonnechance und Marais war ebenfalls anzumerken, dass ihnen diese präzis kalkulierte Gefühlskälte der Kapelle zunehmend Unbehagen bereitete. Und obwohl Bonnechance und Marais jeden Winkel hier in Augenschein nahmen, stießen sie auf keinerlei Hinweis, dass der Orden an diesem Ort Schwarze Messen abgehalten hätte.

»Wenn hier jemand getötet wurde, dann muss es entweder lange her sein, oder man hat sehr gründlich sauber gemacht!«, sagte Bonnechance.

De Sade funkelte ihn böse an. »Jetzt sehen Sie sich doch mal um, Bonnechance! Natürlich hat man hier getötet! Dieser ganze verfluchte Granitstall ist ja nichts anderes als eine Manufaktur des Tötens! Was hier totgeschlagen wurde, waren keine Leiber, sondern Kinderseelen!«, rief er und stürmte in die Halle zurück.

Bonnechance setzte den Zeigefinger an die Schläfe und drehte ihn dort einige Male hin und her.

»Ja, er ist verrückt«, bestätigte Marais.

Nach ihrer Überprüfung der Kapelle und des Erdgeschosses stiegen die drei Männer die breite Treppe hinauf. Auch hier waren die drei Sinnsprüche in die Wand eingemeißelt worden.

Der erste Treppenaufgang führte zu einer zweiten, kleineren Halle, von der aus sowohl rechter wie linker Hand zweiflüglige Türen abgingen.

Eine der Türen zur rechten Hand hatte man grob aufgebrochen. Marais und Bonnechance unterzogen sie einer näheren Prüfung, während de Sade am Treppenaufgang stehen blieb und die Nase rümpfte. Marais und Bonnechance schlängelten sich an der aufgebrochenen Tür vorbei auf einen breiten Flur, dessen Ende sich im Dunkeln verlor.

Von dem Flur gingen insgesamt acht Räume ab. In den ersten sechs davon befand sich eine jeweils identische Einrichtung aus Kamin, Bett, Schrank, Schreib- und Waschtisch und Stuhl. Selbst das Bettzeug, die Waschschüsseln und sogar die gerahmten Stiche des grimmigen Erzengels neben dem schlichten Kruzifix, die zusammen über dem Bett hingen, waren identisch. Statt wie überall sonst drei, zierte diese Räume jedoch nur einer der Sprüche:

Freiheit in Gemeinschaft

Marais fand es unerträglich, diese Worte ausgerechnet in dem Teil des Hauses vorzufinden, der am deutlichsten an ein Gefängnis erinnerte.

Sechs der acht Zimmer waren kürzlich noch benutzt worden, davon zeugten die aufgeschlagenen Betten, umherliegende Kleider und das frische Wasser in den Waschschüsseln.

Die Tür zu diesem Flur besaß gleich drei Schlösser. Hier hatte man ganz besonders sichergehen wollen, dachte Marais.

»Wurden in diesen Zimmern die Mädchen nach ihren Schäferstündchen so lange festgehalten, bis sie so weit waren, für die Ordensmeister ihre Kinder zur Welt zu bringen?«, wunderte sich Bonnechance laut.

Marais warf einen Blick zum in düsterem Zwielicht liegenden Ende des Flurs.

»Irgendwo muss man sie danach ermordet haben«, sagte er und stürmte zum Ende des Flurs, wo er eine unverschlossene Tür vorfand.

Was hinter ihr lag, war eindeutig das Zimmer einer Frau, eingerichtet mit ganz ähnlichen Möbeln wie jene acht Mädchenzimmer. Doch eine Reihe von kolorierten Stichen, eine reichlich verzierte Frisierkommode und ein Schrank voller bunter Kleider machten es weitaus wohnlicher. Kleider und Schuhe waren aus dem Schrank gerissen und auf Boden und Bett verteilt worden. Außerdem hatte man den Spiegel der Frisierkommode und die Waschschüssel zerschlagen.

Marais durchsuchte Bett, Kommode und Schrank, ohne dabei auf irgendetwas von Interesse zu stoßen. Es erschien ihm seltsam, dass sich abgesehen von den Kleidern in dem Raum keine persönlichen Gegenstände befanden. Er blickte sich in dem Zimmer um und sah dabei sein Gesicht verzerrt und vielfach gebrochen in den Spiegelscherben des Waschtischs.

Marais trat mit einer angeekelten Grimasse in den Flur zurück. Noch drei Türen warteten darauf, geöffnet zu werden.

Er öffnete die nächstgelegene der Türen. Sie gab den Blick auf ein Speisezimmer für etwa zehn Personen frei, dessen einziger Schmuck in einem Stich des grimmigen Erzengels bestand. Hier endete offenbar der Speiseaufzug aus der Küche im Erdgeschoss.

Marais sah, dass Bonnechance ihm folgte, und öffnete die zweite Tür. Dahinter lag ein Büro mit einem Schreibtisch und Archivschränken. Die Akten waren jedoch aus den Schränken gerissen und im Kamin verbrannt worden. Marais und Bonnechance suchten vergeblich in der Asche nach verwertbaren Dokumentenresten.

Marais klopfte sich die schmutzigen Hände an der Soutane ab und atmete einige Male tief durch, als müsste er sich zur Ruhe zwingen.

Er lief zum Flur zurück, öffnete die dritte Tür und glaubte in dem Raum dahinter einen Blick in eine irdische Hölle zu werfen: In jener Hölle roch es nach altem Blut, kaltem Schweiß und süßlichen Kräutern.

Es dauerte einen Moment, bis er die Einrichtung des Raums exakt auszumachen vermochte. Es befanden sich einige Kommoden und ein Tisch mit einer glänzenden Marmorplatte darin, mehrere Waschschüsseln standen auf den Kommoden, bei ihnen lagen Stapel von Leintüchern, außerdem mehrere Rollen Wundbinden und medizinische Instrumente. Im Zentrum des Raums befand sich ein merkwürdiges Folterinstrument. Es ähnelte einem Stuhl. Teils aus Holz, teils aus geschmiedetem Metall bestehend, schien es dazu gedacht, Menschen in einer besonders entwürdigenden und hilflosen Stellung zu fixieren. Die hohe Lehne war ungewöhnlich weit zurückgebogen. Vom Rand der breiten, gepolsterten Sitzfläche ging ein festes Metallgestänge ab, das in zwei mit weichem Stoff ausgelegten Halbschalen endete, an denen sich, genauso wie an den Armlehnen, Lederbänder mit Schnallen befanden.

Marais trat auf jenes stuhlartige Instrument zu. Der Übelkeit erregende Geruch von altem Blut verstärkte sich. Er fand ein Büschel leicht gekräuselten kastanienbraunen Haars auf dem Polster der Sitzfläche.

Marais hielt seine Kerze näher an das Haarbüschel. Das Mädchen vom Seine-Quai war brünett. War sie also hier gewesen? Gefesselt an diesen eigenartigen Stuhl? Angesichts des Blutgeruchs und der bräunlichen Verfärbungen, die er am Boden um und unter dem Stuhl zu erkennen glaubte, war Marais plötzlich sicher, dass sie nicht nur hier gewesen sein musste, sondern in diesem seltsamen Stuhl auch getötet und zerstückelt worden war.

Bonnechance betrat den Raum.

»Oh, ein Geburtsstuhl!«, rief er.

Marais fuhr zu ihm herum. »Was?«

Bonnechance wies auf den Stuhl und die Kommoden. »Ein Geburtsstuhl, Waschschüsseln, Tücher und Binden – sie müssen eine Hebamme hiergehabt haben.«

»Was ist ein Geburtsstuhl?«

Bonnechance erklärte es ihm: Durch die Art, wie man die Schwangere darin fixierte, wurde ihr sowie Hebammen und Ärzten die Geburt erleichtert. Bislang benutzten in Paris nur wenige Frauen solche Stühle. Catherine Bonnechance aber hatte ihr Kind auf einem solchen Stuhl zur Welt gebracht und pries seither dessen Vorteile.

Marais war sichtlich enttäuscht von Bonnechances Erläuterungen. Selbst wenn diese der Vermutung nicht widersprach, dass man in diesem Teil des Hauses diejenigen Mädchen hinter Schloss und Riegel hielt, die von den Kumpanen des Mannes in der Pestmaske geschwängert worden waren. Eher zufällig fiel Marais ein edel polierter Kasten aus wertvollem Holz ins Auge. Ein solches Kleinod passte nicht so recht zu der kargen Einrichtung hier. Er öffnete ihn und fand darin mehrere silberne Döschen und eine Reihe dünner, hohler Nadeln. Zwei der Dosen enthielten eine pechschwarze Flüssigkeit, die nach Ruß und Olivenöl duftete, eine dritte schien Ringelblumensalbe zu enthalten, wie man sie gegen Entzündungen anwandte.

»Das ist Tätowierwerkzeug. Was hat das hier zu suchen?«, fragte Bonnechance verwundert.

Die beiden fanden jedoch keine Zeit, sich über das Tätowierwerkzeug oder den Geburtsstuhl weiter den Kopf zu zerbrechen, denn de Sade rief nach ihnen. Alarmiert liefen Marais und Bonnechance zu der obere Halle zurück.

De Sade war gerade dabei, sich in aller Ruhe eine Prise aufzulegen. »Ah, da sind Sie ja! Falls Sie sich fragen, wo der Rest des Personals abgeblieben ist, so kann ich Ihnen weiterhelfen«, sagte er, schniefte seine Prise und wies auf jenen zweiten Flur, der von der Halle abging.

De Sade führte seine Gefährten den Flur hinab zu einem Schlafsaal, der beinah ein Drittel des oberen Stockwerks einnahm.

Auf dem Weg dorthin passierten sie einen zweiten, etwas kleineren Saal und einige Gesindekammern, die ebenso geplündert worden waren wie der Raum, auf den sie am Ende der Zimmerflucht nebenan gestoßen waren. Auch hier waren jene drei allgegenwärtigen Sinnsprüche in die Wände eingemeißelt worden.

De Sade hatte die Fenster in dem Schlafsaal aufgestoßen, um allerletztes trübes Abendlicht hereinzulassen.

Drei lange Reihen von Betten zogen sich getrennt von schmalen Gängen durch den hohen Saal. Neben den Betten stand jeweils eine hölzerne Kiste, welche wohl die wenigen Habseligkeiten der Waisen enthielt. Auf den Kisten befanden sich jeweils eine Talgkerze und eine Waschschüssel. In den Bettgiebeln am Fußende der Betten waren die drei Sinnsprüche eingeschnitten. Größer und zwingender fanden sie sich noch einmal an den Wänden des Saales. Dort allerdings gesellte sich ein gerahmter Stich des grimmigen heiligen Michael hinzu.

Gegenüber der Eingangstür waren einige der Betten wild durcheinandergeschoben worden, um freien Raum zu schaffen.

Dort lag die Leiche einer Frau in einem schlichten grauen Kleid, wie es bessere Hausangestellte zu tragen pflegten. Sie war, wie die Männer unten im Hof, brutal erschlagen worden. Auch von ihrem Gesicht und ihren Händen war nicht viel mehr als ein Brei aus Blut, Knochen und rohem Fleisch geblieben.

Wortlos führte de Sade Marais und Bonnechance zu zwei weiteren, ebenso zugerichteten Leichen. Beide waren sie männlich. Ihre blauen Röcke und Stiefel wiesen sie – wie das graue Kleid der Frau – als Hausangestellte aus.

»Da ist noch mehr, das Sie sehen müssen!« De Sade zog Marais von den beiden Toten weg in den hinteren Teil des Schlafsaals.

Marais folgte ihm nur unwillig, während Bonnechance sich über die Leiche der Frau beugte, um sie genauer zu untersuchen.

Die hintere Giebelwand des Schlafsaals wurde von einer Reihe schmaler Schränke eingenommen, an deren Türen scheinbar willkürliche Nummern angebracht waren.

De Sade öffnete zwei nebeneinanderliegende Schränke, die eine raffiniert getarnte Geheimtür in einen kleineren Nebenraum abgaben.

»Ich habe mal ein paar Monate in einem Jesuitenkonvent verbracht. Da weiß man, wonach man in einem Saal wie diesem zu suchen hat.«

Marais fiel es schwer, sich de Sade in einem Konvent vorzustellen.

»Folgen Sie mir!«

In der Kammer, in die de Sade ihn führte, stand ein Bett, etwas länger und breiter als die Betten im Schlafsaal. Ferner gab es ein Brett mit Büchern darauf und eine Reihe von einfachen Wandhaken. An einem davon hingen ein Dornengürtel und eine vierschwänzige Peitsche.

»Das sollte Ihnen bekannt vorkommen, Marais.«

Auch in Guillous Schlafkammer über der Comédie-Française hatten sie einen solchen Dornengürtel und eine ganz ähnliche Peitsche vorgefunden.

»Sie glauben, Guillou war hier?«

»Nicht viele dieser Büßerbrüder haben schließlich den Jakobinerterror überlebt. Sehen Sie!« Sade zog aus dem einfachen Bücherregal an der Wand einen dünnen, in Leder gebundenen Band heraus. »Es ist ein Lesebändchen drin. Schlagen Sie es auf.«

Marais schlug das Buch auf.

Träte der reinste der Richter
und träte mit ihm ein Engel
und träte der Tod selbst
in meine Lichterkammer ein

*So wüsste ich: Geist und Leben,
Erlösung und Traum
Dennoch: mein.*

*Denn, wie es geschrieben steht:
Selbst hinter der Hölle
muss der Himmel
doch wieder blau sein.*

Marais las das Gedicht ein zweites Mal. Dort stand tatsächlich: *Selbst hinter der Hölle muss der Himmel doch wieder blau sein.* Derselbe unheimliche Spruch, den sie an der Wand von Guillous Bücherklause vorgefunden hatten.

»Das Gedicht stammt von Jean de la Tierre, einem Hugenotten«, erklärte de Sade. »Racine erwähnt ihn zwar irgendwo, trotzdem bezweifle ich, dass heute noch viele irgendetwas mit seinem Namen anzufangen wüssten.«

Marais ließ das Buch sinken. »Ich verstehe. Sie meinen, wer immer dieses Lesebändchen in das Buch steckte, hat ebenfalls Guillous Wand beschmiert und dessen Bibliothek geplündert?«

»Das wäre nur plausibel, nicht wahr? Aber wo wir schon mal bei obskuren Poeten sind: Wie wäre es mit einem berüchtigten Giftmischer?«

De Sade reichte Marais ein zweites, wesentlich dickeres und offenbar auch älteres Buch aus dem Regal.

Das Buch der Gifte, las Marais auf dem Titel.

De Sade blickte ihn lauernd an. »Schon mal davon gehört?«

»Nie«, bekannte Marais.

De Sade wies auf das Buch. »Ein maurischer Arzt hat es vor etwa tausend Jahren in Bagdad geschrieben. Es enthält Rezepturen für tödliche Gifte. Ich weiß, dass in ganz Europa lediglich zwei weitere Exemplare existieren. Eins befindet sich in den Archiven des Vatikans. Und ein zweites hat man seinerzeit bei der Giftmischerin und Satanistin Catherine Monvoisin konfisziert.«

Marais wendete das Buch erstaunt in den Händen.

»Schlagen Sie es auf, Marais!«

Auf dem Vorsatzblatt fand sich das Siegel des ehemaligen königlichen Geheimarchivs. Marais schloss das Buch wieder und warf es auf das Bett.

»Sie glauben, einer der Toten hier ist der Mann mit der Pestmaske? Und die Frau im Schlafsaal könnte seine Gefährtin sein?«, fragte er.

De Sade antwortete nicht.

Im Zwielicht bei der Tür zum Schlafsaal war Bonnechance herangetreten. Offenbar hatte er schon eine ganze Weile dort gestanden.

»In dem Saal gegenüber liegen noch drei Männer und zwei Frauen. Genauso zugerichtet wie diese drei hier«, erklärte er.

Marais lehnte sich neben dem Fenster an die Wand, schloss die Augen und dachte nach. Keine der Leichen war in einem Zustand, der es erlaubt hätte, sie zu identifizieren. Im Grunde konnte jeder dort mit zerschlagenem Gesicht und Händen am Boden liegen. Weshalb also nicht auch der Mann in der Pestmaske und dessen Begleiterin? Es läge sogar eine bizarre Art von Gerechtigkeit darin, dass sie hier aus den Händen ihrer zukünftigen Opfer den Tod empfangen hatten. Dieses Buch und jenes hugenottische Gedicht – bildeten sie nicht den besten Beweis dafür, dass Guillou nicht gelogen hatte, als er ihnen von dem Orden erzählte? Stellten dieses Waisenhaus, die Toten, jener unheimliche Geburtsstuhl, die acht identischen

Kammern nebenan und das *Buch der Gifte* vielleicht wirklich den letzten Beweis für die Existenz des Ordens dar?

De Sade schien seine Gedanken erraten zu haben.»Sie wissen, was das alles bedeutet, nicht wahr Marais?«, fing de Sade an. »Sie werden nie irgendeinen Beweis für die Existenz des Ordens in die Hand bekommen. Nicht nachdem diese Kinder jeden Erwachsenen hier über die Klinge haben springen lassen. Und dass seine Kammer über der Comédie-Francaise geplündert worden ist, bedeutet ja wohl, dass auch Ihr Freund Guillou längst in irgendeiner Abfallgrube vermodert.«

Marais hielt für eine ganze Weile de Sades herausforderndem Blick stand. Dann trat er wortlos mit geballten Fäusten und verkniffenem Mund aus der Kammer in den Schlafsaal, wo er regungslos auf die lange Reihe von vergitterten Fenstern starrte. De Sade hatte recht, dachte er. Tote Zeugen würden weder den Kaiser noch den Obersten Gerichtshof beeindrucken. Es war zu Ende. Er hatte zwar gewonnen, aber zugleich verloren. Er war erledigt. Fouché und der Orden ließen ihn bestimmt nicht einfach in Ruhe, nur weil er jetzt keine unmittelbare Bedrohung mehr darstellte. Nur noch eine Frage der Zeit, bis sie Vergeltung an ihm üben würden. Welcher Sinn lag darin, dass er so weit gekommen war, nur um am Ende hier vor diesen Leichen zu erkennen, dass Gott seine Gerechtigkeit längst hatte walten lassen, indem er die Waisen über ihre Peiniger herfallen ließ? Wozu dann eigentlich seine ganze Mühe, seine Angst und Entschlossenheit, wenn niemand in Frankreich je von den Morden und dem Orden erfahren würde? Wie konnte er Gottes Gerechtigkeit dienen, wenn kein Mensch je von der dunklen Seuche jener Satanisten erfuhr und seine Lehren daraus zog?

Als Bonnechance Marais freundschaftlich seine Hand auf die

Schulter legte, schüttelte Monsieur le Commissaire sie zornig ab. Eine Weile herrschte Schweigen. Dann trat de Sade zu ihnen.

»Das *Buch der Gifte* ist echt«, sagte er. »Es muss sich um das Exemplar der Monvoisin handeln. Beaume war Polizeipräfekt. Er steckte mit Gevrol und dem Orden unter einer Decke. Wer, wenn nicht der Polizeipräfekt von Paris, hätte dieses Buch unbehelligt aus den Geheimarchiven entfernen können? Wem sonst als einem der Oberen des Ordens hätte er ein solch kostbares Buch anvertraut? Falls auch nur die Hälfte der Legenden, die sich um dieses Buch ranken, der Wahrheit entsprechen, stellt es eine unschlagbare Waffe dar. Keiner unserer Ärzte wird die Gifte darin nachweisen können. Niemand ist mehr sicher, wenn man ihn einfach so mit ein paar Tropfen Gift beseitigen kann, ohne befürchten zu müssen, je dafür vor ein Gericht gestellt zu werden. An Ihrer Stelle, Marais, würde ich zu meinem Gott beten, dass der Mann mit der Pestmaske keine Abschriften dieses Buches angefertigt und unter seinen Kumpanen in Umlauf gebracht hat.«

De Sade musterte Marais einen Augenblick überaus arrogant. »Sie wissen, dass ich nie viel für Sie übrig hatte, Marais. Trotzdem: Sie hatten offenbar recht mit Ihrer Überzeugung von der Existenz dieses Ordens, während ich mit meinen Zweifeln falschlag. Demnach…, dies ist für Sie.«

De Sade nahm seinen breitkrempigen schwarzen Priesterhut ab und vollführte für Marais einen eleganten Kratzfuß.

Monsieur le Commissaire blickte de Sade mit einem traurigen Lächeln an. Dann straffte er sich und salutierte vor Monsieur le Marquis in der Art eines Offiziers des Ancien régime.

Draußen sank die Dämmerung herab. Der frische Schnee

verlieh der stillen Straße vor dem Haus einen gespenstisch irrealen Schimmer.

Marais steckte das *Buch der Gifte* in seinen Priesterrock. Bonnechance gesellte sich zu ihm. »Diese Kinder müssen irgendwo sein, Louis. Wir finden sie. Und du wirst sie zum Reden bringen. Nichts ist vorbei, solange man entschlossen ist weiterzumachen«, versuchte er Marais aufzurichten. Es war sein Trost. Aber wer würde schon einigen dahergelaufenen Waisenkindern Glauben schenken? Umso mehr, wenn sie eine ans Absurde grenzende Geschichte über Satanistenorden, Verschwörungen und Schwarze Messen erzählten?

De Sade hatte in der Kammer zwei dicke Talgkerzen gefunden, die er an Bonnechances Kerze entzündete. »Kommen Sie, Marais, wir sollten weg von hier!«

Marais schien de Sade nicht gehört zu haben. »Irgendwo müssen sie diese Mädchen umgebracht haben. Wenn es nicht hier gewesen ist, wo dann?«

»Der obere Teil des Bauwerks ist völlig verlassen und zum Teil vermauert. Da war seit Jahren kein Mensch mehr. Es gibt tausend Orte in Paris, wo sie das getan haben könnten«, sagte Bonnechance und ergriff eine der beiden Kerzen, zweifellos um damit ihren Weg nach unten, über den Hof hinweg und zurück zu ihren Pferden zu beleuchten.

Marais rührte sich jedoch nicht.

»Oh, ich verstehe, Marais«, zischte de Sade aufgebracht. »Weshalb noch davonlaufen, wenn Sie sowieso verloren haben, nicht wahr? Weshalb nicht hier warten, bis Bernard Paul erscheint und Ihnen eine Kugel in Ihren trotzigen Dickschädel jagt?«

De Sade ergriff Marais' Arm und zog ihn vom Fenster weg. »Aber nicht mit mir, mein Lieber! Sie haben mich in diese

Bredouille gebracht. Und Sie werden gefälligst einen Weg finden, wie ich da wieder herauskomme. Ich werde nicht hier mit Ihnen auf meinen Henker warten. Ich habe Besseres verdient, als von einer Kellerassel wie Bernard Paul über den Haufen geknallt zu werden!«

Marais wehrte de Sades Griff unwirsch ab. »Lassen Sie los, verdammt!«

»Still!«, zischte Bonnechance.

»Was?«, rief de Sade

»Da! Seht doch! Die Schmetterlinge!«

Angezogen vom Kerzenlicht, flatterten unten auf der Straße unzählige Schmetterlinge zwischen den Schneeflocken auf das Haus zu. Die lautlos schwebenden Wesen gaben mit ihrer bunten Färbung zwischen dem unwirklichen Weiß des Schnees und den Grau- und Brauntönen der verlassenen Straße einen so unerhörten Anblick ab, dass es den Männern am Fenster den Atem verschlug.

Marais sah de Sade an. »Erinnern Sie sich an den alten Abel, de Sade? Wie er Ihnen vor ein paar Tagen prophezeite, dass auch Sie irgendwann zu Ihrem Rendezvous mit dem alten kahlköpfigen Betrüger kommen werden? Irgendwann – ist jetzt!«, rief Marais, stieß ein hartes Lachen aus und lief durch den Saal in den Flur und von dort die Treppe hinab in die Halle und auf den Hof.

»Was soll das denn?«, fragte de Sade verdutzt.

Bonnechance begriff, was Marais so in Aufregung versetzt hatte.

»Blut, de Sade! Sie werden von Blut und Leichen genauso angezogen wie von Licht!«

»Und? An Blut und Leichen finden die Viecher hier ja mehr als genug! Weshalb diese Eile?«, maulte de Sade, während er hinter Bonnechance die Treppe hinabhastete.

»Die Frage ist doch nicht, wo sie hinfliegen, sondern wo sie herkommen!«, rief Bonnechance.

Er war bereits durch die graue Halle und auf den Hof hinausgelaufen, ehe es dem atemlosen de Sade überhaupt gelang, die unterste der Treppenstufen zu erreichen. »So warten Sie doch! Verfluchte Bande!«

Kurzatmig und mit trommelndem Herzen lief de Sade durchs Tor auf die stille Straße hinaus. Er spürte die frostige Luft auf der Haut. Er sah den frischen Schnee und die Atemwolken vor den Nasen und Mäulern ihrer Pferde, die Bonnechance gerade losmachte, um mit ihnen Marais die Straße hinab zu folgen.

Marais hatte irgendwo auf dem Hof eine Lampe aufgetrieben, die er jetzt hoch über ihre Köpfe hielt, um so viele der schwärmenden Schmetterlinge wie irgend möglich anzulocken.

In diesem Moment verstand de Sade.

Selbst im Haupthaus wäre es Ende Oktober für diese Schmetterlinge viel zu kalt gewesen. Um wie viel mehr dann hier draußen in Frost und Schnee. Keiner von ihnen hatte im Haus oder den Nebengelassen irgendeine Spur von jenem Ort gefunden, an dem man die Mädchen und deren Neugeborene ermordet hatte. Doch wie Bonnechance sagte: Genauso wie von Licht wurde diese Art Schmetterling von Blut und Leichen angezogen. Aber wo sonst mussten sich genug Blut und menschliche Überreste finden, um eine derartige Menge dieser Schmetterlinge zu befriedigen, wenn nicht an jenem Ort, an dem der Mann mit der Pestmaske und dessen Kumpane ihre Opfer erdrosselt und zerstückelt hatten?

Womöglich war ihre Suche ja doch noch nicht zu Ende.

Marais winkte de Sade, sich zu beeilen. Dann gingen die drei

Männer mit hoch erhobener Lampe zwischen dem lautlos fallenden Schnee die stille Straße hinab auf die Quelle der Schmetterlinge zu.

14

VANITAS

Die Spur der Schmetterlinge führte die drei zur Ruine des Stadtpalais. Ihr gegenüber lag jenes dreistöckige Wohnhaus, das de Sade bereits auf dem Weg zum Waisenhaus ins Auge gefallen war. Fensterläden und Tür waren verschlossen und eine übermannshohe Mauer umgab seinen Garten, der dicht von wildem Buschwerk und uralten Bäumen bewachsen war. Von irgendwo im dunklen Inneren dieses Gartens aus suchten die Schmetterlinge ihren Weg hinaus in Schnee, Frost und Tod. Weder Haus noch Garten wiesen irgendeinen Zugang auf. Hinter der hölzernen Tür war der Eingang vermauert, und auch hinter den geschlossenen Fensterläden befand sich nichts außer glatt geputztem Mauerwerk.

Bonnechance sicherte die Pferde, während de Sade und Marais ratlos das Haus und die Gartenmauer betrachteten und sich fragten, wie sie da hinein kommen sollten.

»Räuberleiter über die Mauer«, schlug Bonnechance vor, band die Pferde an einen rostigen Eisenring, der aus der Hauswand ragte, und stellte sich sogleich in Position.

»Ich zuerst«, verlangte de Sade aus Furcht, man könnte ihn womöglich als Wache bei den Pferden zurücklassen. Er signalisierte Marais, Bonnechance bei dem Versuch zu unterstützen, ihn über die Mauerkrone zu hieven.

Ihm folgte Marais, der sich auf die Mauerkrone setzte, und

gemeinsam zogen die beiden Bonnechance hinauf. Nacheinander sprangen sie dann in den Garten hinab.

De Sade sprang als Letzter. Er landete zwar auf den Füßen, stolperte jedoch, fiel und schlug sich den Kopf an einem kantigen Stein an, der zwischen Buschwerk und erfrorenem Gras lag. Offensichtlich ein Grabstein, der im Laufe der Jahrzehnte tief in Erde und Humus versunken war. Neugierig wischte de Sade Schnee, Blätter und feuchte Erde von ihm ab und stieß auf eine Inschrift. Dies war das Grab eines gewissen Chevalier de Garne, geboren im Jahre des Herrn 1187. Guillou hatte behauptet, der Orden sei von ehemaligen Kreuzfahrern gegründet worden, und dieses Grab hier konnte sehr wohl zu einem Mann gehören, der im Heiligen Land gekämpft hatte.

»Hergott!«, murmelte de Sade und rieb sich die Stirn.

Er sah sich um. Marais und Bonnechance waren nicht mehr zu sehen. De Sade machte sich auf den Weg ihnen nach. Während er sich durch Büsche und Unterholz schlug, bemerkte er, dass das Grab des Chevalier de Garne nicht das einzige hier war. In unordentlichen Reihen lagen viele weitere Grabplatten im Boden. Zwischen ihnen standen verwitterte Kreuze, die vor langer Zeit schon niedergesunken und von Gras und Efeu überrankt worden waren.

Frost und Schnee hatten jegliche Kontur des Friedhofs weiß verwischt. De Sade war, als lauerten die Toten unter ihren verwitterten Steinplatten und gestürzten Kreuzen nur auf den Augenblick, an dem der Ruf eines Horns sie aus ihren Gräbern heraus in eine unwirkliche Schlacht rief.

Dies war tatsächlich die Quelle der Schmetterlinge, befand de Sade. Sie schwärmten überall hier in der frostigen Dämmerung umher. Und es waren nicht allein Schmetterlinge. Zwischen ihnen schwirrten auch eine Art großer, grünlich-blau schimmernder Käfer umher.

Trotz seines Ekel gegenüber den Schmetterlingen konnte sich Monsieur le Marquis nicht völlig der unwirklichen Schönheit des Augenblicks entziehen. Dort zwischen kahlen Bäumen schnitt die hoch erhobene Lampe von Bonnechance einen Lichtkreis aus der Dämmerung, brachte den Schnee zum Funkeln und lockte aus der Dunkelheit die grün leuchtenden Käfer und bunten Schmetterlinge an. Einige der Schmetterlinge ließen sich auf seinem Kopf, den Schultern und Händen nieder, wo sie majestätisch träge mit ihren großen Flügeln schlugen, wie um damit die Schneeflocken zu ehren, obwohl deren frostiger Kuss ihnen den Tod brachte. Ein Bild wie aus einem vergessenen Märchen.

»Mehr Licht! Ich brauche Licht«, rief Marais von irgendwo aus dem Dunkel und zerbrach damit den Moment märchenhafter Poesie.

Auf seinem Weg zu Marais und Bonnechance, zwischen Gräbern, verwachsenen Büschen und kahlen Bäumen hindurch, verlor Monsieur le Marquis für einen Moment seine Gefährten aus den Augen.

Sowie er jedoch endlich das Gestrüpp des Friedhofs hinter sich ließ, fand er Bonnechance und Marais nebeneinanderstehend vor, wie sie völlig überwältigt auf die Rückseite jenes Hauses ohne Türen, Fenster und Tor starrten.

»Herrgott! Was für eine Idee!«, flüsterte de Sade, als er realisierte, was die beiden anderen so faszinierte.

Jenes unscheinbare Haus, in dessen uraltem Friedhofsgarten sie standen, war nur eine leere Hülle, dazu gedacht, hinter der Fassade und den beiden Seitenwänden ein zweites und wesentlich älteres Gebäude zu verbergen. Und selbst im unzureichenden Schein von Bonnechances Lampe konnte gar kein Zweifel daran bestehen, dass es sich bei jenem zweiten Gebäude um eine uralte Kapelle handelte, deren Turm man gekappt hatte, um sie hinter jenem scheinbar ganz gewöhnlichen Wohnhaus verbergen zu können.

»Ist es das, was ich denke, das es ist, Marais?«, fragte de Sade ungewöhnlich kleinlaut.

»Ja!«, antwortete Bonnechance an Marais' Stelle und wies zugleich mit seiner Lampe auf die Leiche eines älteren Mannes, die vor ihm am Boden lag und von einer dünnen Schneedecke bedeckt war. Seine Kleider waren abgenutzt und geflickt, und in seiner Stirn klaffte ein Loch. Etwas Blut war über sein bleiches Gesicht gelaufen. Unter dem hochgestreiften rechten Hosenbein der Leiche schaute ein Holzbein hervor. Doch von dem Holzbein und dem Loch in seiner Stirn abgesehen schien der Mann unversehrt. Kein Vergleich mit den grausam zugerichteten Leichen in dem Waisenhaus. Der Tote hatte große, schwielige Hände. Das waren nicht die Hände eines Mannes, der sein Geld in Spielsalons verprasste und sich mit einer eleganten Begleiterin umgab.

»Blattschuss. Aus mindestens sechs Fuß Entfernung. Näher dran, und er müsste Pulverspuren im Gesicht haben. Hat er aber nicht.« Bonnechance trat abfällig gegen die offenbar steif gefrorene Leiche.

Marais beugte sich herab, wischte einige Käfer und Schmetterlinge vom Mantel des Toten und warf einen langen Blick auf die Kapelle. »Das kann jedenfalls nicht unser Mann mit der Pestmaske sein.«

Marais durchsuchte die Taschen des Toten, ohne jedoch irgendetwas anderes als eine verbrauchte Pfeife und einen Beutel billigen Knasters zu finden. Er drehte den Toten vom Rücken auf den Bauch. »Seht ihr? Der Boden unter ihm ist trocken. Dabei hat es gestern Nacht geschneit. Er ist also länger tot als die anderen. Mindestens seit letzter Nacht. Das können nicht diese Kinder gewesen sein.«

»Wohl nicht«, bestätigte de Sade, griff nach Bonnechances Lampe und trat auf die schwarzen Umrisse der Kapelle zu.

Ihren spitzen Giebel zierte eine Rosette aus Stein und buntem Glas. Über dem Spitzbogenportal waren allerlei Figuren in den Stein gehauen worden. Das Portal selbst bestand aus dunklem, eisenbeschlagenem Holz.

De Sade erinnerte sich daran, was Guillou von jener angeblich verborgenen Kreuzfahrerkapelle behauptet hatte, die dem Orden als Hauptquartier diente, und ertappte sich dabei, wie er über dem Portal nach einer Darstellung des seltsamen Kreuzes suchte.

In das bunte Glas der Rosette war ein Loch geschlagen worden. Ein dünner Strom von Käfern und Schmetterlingen ergoss sich daraus in die frostige Dämmerung.

De Sade überwand seinen Widerwillen und trat auf das Portal zu. Einige Stücke buntes Glas leuchteten auf den Steinfliesen vor ihrem Portal. War das Glas der Rosette etwa vom Kapelleninneren her zerschlagen worden, fragte er sich. Beinah erwartete er, dass sich jeden Moment das Portal öffnete und ihm irgendein gespenstischer Angreifer entgegensprang.

De Sade war das berüchtigte Büchlein seines Onkels nicht so gut geläufig. Trotzdem entsann sich das alte Ungeheuer der Beschreibung des Satansaltars, der zu einer echten Schwarzen Messe gehörte. Sollte sich im Innern der Kapelle also statt eines Kruzifixes und zweier Kandelaber nur ein steinerner Opfertisch befinden und wäre jedes Heiligenbild, jede Darstellung des Heilands darin entweder verhängt oder zerstört worden, dann handelte es sich hier tatsächlich um den Ort, an dem man womöglich seit Jahrhunderten dem schwarzen Engel gehuldigt hatte.

Verdammt, dachte de Sade, sollte es wirklich so sein, dann half ihnen nur noch ein Wunder. Und die waren seit jeher dünn gesät.

Monsieur le Marquis setzte seinen Weg zu der Kapelle fort. Das unangenehme Ziehen in seinem Bauch verstärkte sich dabei mit jedem Schritt.

Das halbe Haus war auf beiden Seiten gut und gern fünf Schritt breiter als die Kapelle und hoch genug, dass sein Dach das der Kapelle überragte. Die seltsame Anordnung der beiden Gebäude hatte etwas von einem unheimlichen, übergroßen Puppenhaus.

Der drei, vier Schritt breite Raum zwischen Hauswand und Kapelle war mit steinernen Platten ausgelegt. Im Laufe der Zeit waren sie von trockenen Blättern und einer dicken Staubschicht überweht worden. Etwas an jenen Steinplatten erregten de Sades Aufmerksamkeit. Er beugte sich hinab, betrachtete sie einen Moment und wandte sich zu seinen Gefährten um.

»Lassen Sie die Leiche und kommen Sie her!«

Bonnechance und Marais folgten seinem Ruf. »Da! Das sind uralte Grabplatten. Es sind Spuren darauf. Sehen Sie?«, flüsterte de Sade.

Bonnechance betrachtete neugierig die Grabplatten, ließ sich vorsichtig nieder und blickte einen Moment später wieder auf. »Frauenschuhe!«

»Frauenschuhe?«, fragte Marais misstrauisch. »Du glaubst doch nicht etwa, dass eine Frau den alten Krüppel erschossen hat?«

De Sade blies lächelnd die Wangen auf. »Weshalb nicht?

Frauen sind sowieso grundsätzlich gefährlicher als Männer, weil kein gewöhnlicher Mann eine Frau als Gegner je wirklich ernst nehmen wird. Kein Mensch garantiert uns, dass die Begleiterin des Mannes mit der Pestmaske unter den Toten im Waisenhaus sein muss.«

»Dieser alte Krüppel muss aber vor den Leuten im Waisenhaus erschossen worden sein, de Sade«, erinnerte ihn Bonnechance und zeigte auf die Spuren. »Hm, die sind nur hier zu sehen. Die Frau muss von hier aus zum Friedhof gegangen sein. Doch falls da Spuren waren, haben Schnee und Wind sie inzwischen verwischt.«

Marais blickte von den Spuren auf den Grabplatten zwischen Kapelle und Hauswand zu der Leiche des alten Mannes und wieder zurück. »Diese Frau hat dann also hier im Schatten verborgen und von da aus auf den Alten geschossen?«

Bonnechance und de Sade nickten. »Verflucht kaltblütig. Außerdem kein ganz leichter Schuss«, flüsterte Marais nachdenklich.

Die drei Männer starrten unschlüssig auf das Portal der Kapelle. Nicht alle Schmetterlinge und Käfer hatten es aus dem Loch in der Glasrosette geschafft. Weit mehr waren nach ein paar wenigen Flügelschlägen kraftlos zu Boden gefallen und auf den Kapellenstufen verendet. Eine dünne Schicht aus ihren Leibern überzog die steinernen Stufen des Kapellenportals. Tausende von Käferpanzern schimmerten grünlich schwarz im Licht der Lampe.

Bonnechance wies auf die Scherben von buntem Glas, die zwischen den Käferleichen vor dem Portal am Boden lagen. »Scheint als hätte irgendwer das Fenster von innen her eingeworfen.«

»Ja, das habe ich auch schon festgestellt«, flüsterte de Sade.

Bonnechance trat zur Pforte, rüttelte an deren schwerem Vorhängeschloss. »Louis, hast du zufällig deine Dietriche zur Hand?«

Marais schüttelte den Kopf. »Ich habe nur ein Klappmesser dabei. Ein Priester mit Wurfmessern und einem Ring voller Dietriche erschien mir dann doch zu übertrieben...«

Bonnechance zuckte die Achseln, verschwand im Dämmer des Friedhofs und kehrte mit dem verwitterten Kopf einer steinernen Engelsskulptur zurück. Dann zertrümmerte er mit zwei, drei gezielten Schlägen das schwere Schloss.

»Voilà!«, flüsterte de Sade.

Eine beißende Geruchsmischung aus Firnis, Weingeist, Blut und Ammoniak schlug ihnen entgegen.

Gleich darauf schien die Nacht in einem hohen Kreischen zu explodieren.

De Sade stieß entsetzt einen spitzen Schrei aus und rannte blind vor Schrecken mit wild rudernden Armen ins dunkle Innere der Kapelle. Bonnechance und Marais duckten sich und rissen instinktiv die Hände vor ihre Gesichter.

Jene kreischenden Geschöpfe, die ihnen aus dem Dunkeln entgegenflatterten, hielten sich so dicht beieinander, dass sie beinah wie ein einziges flatterndes und krächzendes Wesen wirkten. Überrumpelt hatte Bonnechance seine Lampe fallen lassen. Sie verlosch, sowie sie auf den schneebedeckten Boden schlug.

»Verdammt!«, fluchte er.

Aus dem Innern der Kapelle ertönte ein Klirren wie von zerbrechendem Glas.

»Was zur Hölle...«, hörten sie de Sade brüllen.

Aufgeschreckt trat Marais vorsichtig einige Schritte ins Dunkel der Kapelle hinein, verharrte dann unsicher.

»Ich hab sie, Louis!«, flüsterte Bonnechance, während er mit seinem Feuerzeug aus Stahl, Stein und Werg hastig in der Lampe eine neue Flamme zu entzünden versuchte. Aus dem Innern der Kapelle drangen noch mehr heftige Flüche.

Bonnechance war immer noch damit beschäftigt, die Lampe zum Leuchten zu bringen, als sich tatsächlich ein Wunder ereignete. Denn plötzlich leuchtete ein Teil des Kapellenbodens in einem gelblich grünen Licht auf. Es war hell genug, dass Marais die Gestalt des völlig verblüfften de Sade erkennen konnte, der mit hoch erhobenen Armen, vor Schreck geweiteten Augen und offenem Mund vorsichtig zwei Schritte auf seine Gefährten zumachte.

»Herrgott! Was ist das? Marais! Bonnechance! Helfen Sie mir!«, rief de Sade. »Ich brenne! Ich brenne!«

Seine Füße waren, wie der Kapellenboden, plötzlich mit einer geisterhaften Leuchtkraft ausgestattet. »Brenne ich? Weshalb brenne ich? Was ist das?«

Bonnechance war über jenes leuchtende Wunder ebenso verblüfft wie de Sade und hätte um ein Haar die Lampe zum zweiten Mal fallen lassen.

Marais ahnte jedoch, was hinter dem gespenstischen Leuchten steckte. In alten Büchern fand man Beschreibungen davon. Dort hieß es, der berühmte Alchemist Nicolas Flamel habe einst durch die Verbindung zweier seltener Flüssigkeiten eine Methode gefunden, Licht zu erzeugen, das ganz ohne Hitze und Flamme leuchtete.

»Marais? Bonnechance? Was zur Hölle soll ich tun?«, rief de Sade in höchster Not.

»Bleiben Sie einfach, wo Sie sind. Wenn Ihnen bis jetzt die Füße nicht abgefallen sind, stehen die Chancen gut, dass es auch weiterhin dabei bleibt«, versuchte Marais das alte Ungeheuer zu beruhigen, während er sich vorsichtig dem Leuchten im Innern der Kapelle näherte.

Obwohl das Licht nicht ausreichte, um den Innenraum vollständig zu erhellen, sah er, dass das Gotteshaus weder Gestühl noch Altar aufwies und sein Steinboden mit einem verschlungenen Labyrinthmuster ausgelegt war. Abertausende jener grünlichen Käfer waren darauf verendet.

Woher nur kamen all diese Käfer und Schmetterlinge, fragte sich Marais. Wer konnte so verrückt sein, sich ausgerechnet eklig schillernde grüne Käfer und leichenfleddernde Schmetterlinge als Haustiere zu halten?

Der beißende Geruch, der im Kapelleninneren herrschte, wurde stärker. Marais zog ein Taschentuch hervor und hielt es sich über Nase und Mund. Er beschleunigte seine Schritte und versuchte das leise Knirschen zu ignorieren, das seine Tritte begleitete, immer dann, wenn seine Sohlen auf eine Ansammlung Käferleichen am Boden trafen.

In die Seitenwände der Kapelle waren Nischen eingelassen, in denen statt der üblichen Heiligenfiguren schlanke Glaskolben standen. Sie enthielten in getrennten Kammern jeweils zwei farblose Flüssigkeiten. Eine Art Absperrhahn, der an ihnen angebracht war, gestattete es, beide Flüssigkeiten in einem dritten Kolben zusammenfließen zu lassen. Neugierig ergriff Marais eines der Gefäße, öffnete dessen Hahn – und sah befriedigt zu, wie es zu leuchten begann, sobald sich beide Flüssigkeiten miteinander verbanden.

»Voilà, Messieurs! Flamels Licht des Alchemisten«, rief Marais.

Bonnechance wirkte gebührend beeindruckt. De Sade jedoch funkelte Monsieur le Commissaire zornig an.

»Anstatt Taschenspielertricks aufzuführen, helfen Sie mir besser hier heraus!«

»Haben Sie sich nicht so damenhaft, de Sade! Treten Sie einfach aus der Flüssigkeit heraus, und alles ist in bester Ordnung«, riet ihm Marais.

Wie ein Storch im Salat stakste de Sade übertrieben bedächtig aus dem Fleck der leuchtenden Flüssigkeit heraus. Auf seinem Weg hinterließ er leuchtende Fußabdrücke, auf die er misstrauisch zurückblickte.

»Louis? Sade?«, rief Bonnechance. »Hier liegt ein toter Mönch.« Im Licht der Glaskolben wies er auf eine Gestalt, die mit ausgebreiteten Armen im Zentrum des Labyrinthmusters am Boden lag. Die Kutte des toten Mönches war bräunlich und wurde von einem hellen Strick zusammengehalten. Da er auf dem Bauch lag, war sein Gesicht nicht zu erkennen. Halb unter der Leiche des Mönchs verborgen, exakt im Zentrum des Labyrinths, befand sich eine Darstellung des seltsamen Kreuzes.

Eine Weile starrten die drei Männer auf die Leiche. Schließlich bückte sich Bonnechance und drehte den Toten vorsichtig herum. Wachsreste bedeckten den oberen Teil der Mönchskutte. Marais sah die feingliedrigen Hände, die vollen Lippen und das feminin weiche Kinn des Toten. Doch es war de Sade, der das Offensichtliche aussprach. »Tja, Marais, da liegt Ihr Freund Guillou!«

Bonnechance knotete den Strick auf, der dem Toten als Gürtel diente und öffnete die braune Kutte. Trotz der Kälte, die Paris seit Tagen im Griff hatte, trug der Tote nicht einmal ein dünnes Hemd darunter. Guillous Leib war völlig haarlos. Unter seinem Herzen war ein schmaler Einstich zu sehen. Ein Stilett oder die sicher geführte Spitze eines Degens riefen solche Verletzungen hervor.

»Er muss vor uns hierhergefunden haben«, flüsterte Marais.

»Gott allein weiß, wie. Man hat offenbar keine Zeit verschwendet, ihn beiseitezuschaffen.«

De Sade schüttelte heftig den Kopf. »Was ist los mit Ihnen, steht Ihnen der Saft so hoch und dick, dass Sie blind davon geworden sind? Kein Mensch hätte diese Kapelle ohne die Schmetterlinge gefunden! Bei allen anderen Zeugen hat man dafür gesorgt, dass deren Leichen ganz bestimmt gefunden wurden. In Beaumes Fall hat man Ihnen sogar eine Notiz geschickt, um ganz sicherzugehen! Und Sistaine – dessen Tod sprach sich so schnell unter den Huren herum, dass sich in seinem Fall sogar die Mühe einer Notiz erübrigte. Bloß Guillous Leiche blieb verschwunden? Sehen Sie denn das Muster nicht, Marais? Und das Waisenhaus, was denken Sie, ist dort geschehen? Angenommen, es waren wirklich diese Kinder, die das Personal totschlugen, dann musste es einen Grund dafür geben, weshalb sie es gerade heute taten. Beaumes Tod mag eine Warnung an Fouché gewesen sein. Oder eine Art Kraftprobe. Aber seit der alte Fuchs eine Einigung mit den Mördern getroffen hat, ist man jetzt dabei, hinter sich aufzuräumen. Guillou und der alte Krüppel da draußen im Schnee sind die letzten Zeugen, die man beseitigte!«

Marais weigerte sich, de Sades Behauptungen so hinzunehmen. »Guillou war es, der uns von diesem Ort erzählt hat, schon vergessen, Sie Ungeheuer?«

De Sade warf die Arme hoch und blies die Wangen auf. »Na und? Was war es denn, das er uns wirklich über diesen Ort verraten hat? Nichts. Eine einzelne Kapelle in einer Stadt zu suchen, die mehr Kirchen hat als Rom? Das war kein Hinweis, Marais. Das war ein Ablenkungsmanöver! Und kommen Sie mir jetzt bloß nicht mit diesem verdammten Orden! Der ist genauso eine Lüge wie alles andere, was dieser Scharlatan

Ihnen unterzujubeln versuchte! Sie haben sich wie ein dummer Schuljunge hereinlegen lassen, Marais.«

Marais flüchtete sich eine ganze Weile in trotziges Schweigen, bevor er de Sade endlich zornig anfunkelte. »Der einzige Fehler, den ich in dieser Ermittlung gemacht habe, war Sie aus Ihrem Käfig zu lassen, de Sade! Außerdem haben Sie mir vorhin erst für meine Thesen applaudiert. Falls sich hier wer hat hereinlegen lassen, Monsieur le Marquis, dann waren Sie es ebenso wie ich!«

»Schieben Sie sich Ihre Überlegenheit gefälligst in den Arsch, Marais! Ich mag ja einem Dummkopf zum falschen Zeitpunkt applaudiert haben. Aber Sie, mein Bester, Sie haben Ihre komplette Ermittlung auf Treibsand gebaut. Da ist die Frage, wer hier der größere Idiot ist, ja wohl nicht mehr gar so schwer zu beantworten!«

De Sades Spott traf Marais härter als erwartet. Das alte Scheusal lag ja wirklich nicht ganz falsch, wenn es behauptete, dass mit Guillous Tod auch der Satanisten-Theorie ein empfindlicher Schlag versetzt worden war. Dennoch war Marais nicht bereit, so schnell klein beizugeben.

»Haben Sie vielleicht eine bessere Theorie auf Lager?«, fuhr er Monsieur le Marquis an. »Bitte, Sie Genie – ich bin ganz Ohr!«

De Sade blies die Wangen auf. »Sind Sie hier der Polizeiagent, oder ich? Ich weiß nur, dass Guillou gelogen hat. Und weshalb er uns von dieser Kapelle berichtete, liegt auf der Hand: Lügen werden umso glaubwürdiger, je mehr Wahrheit man unter sie mischt!«

Bonnechance hatte Guillous Kutte vollends zurückgeschlagen. »Hört auf! Schluss jetzt! Und zwar beide!«, rief er und starrte gleich darauf verblüfft auf Guillous Körpermitte.

Die beiden Streithähne folgten Bonnechances Blick. Lange schaute jeder der drei Männer wortlos auf die Leiche herab. Dort, wo sich bei einem gewöhnlichen Mann dessen Gemächt befunden hätte, wies Guillou eine verkümmerte Vagina auf, über die seltsamerweise schlaff ein winziger Penis herabhing.

»Erklärt mir das!«, flüsterte Bonnechance ratlos.

De Sade legte sich in aller Ruhe eine Prise auf, schnupfte sie und wischte sich mit dem Ärmel Nase und Oberlippe ab.

»Guillou war ein Hermaphrodit«, erklärte er »Und seine Ordensbrüder müssen ihn mit ihren Schwänzen in der Hand verfolgt haben wie rollige Kater. Kein Wunder, dass er aus dem Kloster floh und schließlich bei den Huren unterkroch.«

Bonnechance wirkte konsterniert und verblüfft, aber fragte nicht weiter nach.

Marais bedeckte Guillous Leiche so gut es ging mit dessen Kutte. »Das macht auch nichts mehr besser, Marais. Tot ist tot«, brummte de Sade.

Monsieur le Commissaire warf ihm einen bösen Blick zu.

Bonnechance löste seine Blicke endlich von dem Toten und leuchtete in die hinteren Bereiche der Kapelle, wo sich offenbar noch viel mehr Schmetterlings- und Käferleichen fanden als im Altarbereich.

»Diese Schmetterlinge hätten hier Ende Oktober keinen einzigen Tag überlebt. Irgendwo muss es einen beheizbaren Raum geben«, sagte Bonnechance.

Das war nur plausibel. Er ging auf den hinteren Teil der Kapelle zu, wo er vor einem in den Boden eingelassenen Gitter stehenblieb, um das vor allem die Käferleichen besonders dicht lagen. Keinen Schritt konnte man hier tun, ohne ihre grünlichen Panzer leise knisternd zerbersten zu hören.

»Diese alten Kapellen verfügen alle über eine Krypta«, verkündete de Sade missmutig. »Von da müssen sie hergekommen sein.«

Einen Augenblick beneidete Marais das alte Scheusal um seine Gottlosigkeit. Wie viel einfacher war es doch, an allem und damit zugleich an nichts zu zweifeln, wie de Sade es tat. Aber gerade die Zweifel der Sterblichen bildeten die schärfste Waffe im Arsenal des alten kahlköpfigen Betrügers. Und es wäre eindeutig ein Akt von Feigheit, ausgerechnet jetzt und hier an Gottes Gnade und Führung zu zweifeln. Trotzdem stellte Marais plötzlich alles infrage, woran er bisher geglaubt und worauf er gehofft hatte.

»So still, Marais? Etwa Angst? Pfft!« raunte de Sade ihm gehässig zu.

»Ach, halten Sie doch Ihre Klappe, de Sade!«, sagte Marais. Bonnechance entging der verächtliche Schlagabtausch der beiden. Er hatte sich längst mit seiner Lampe aufgemacht, um an den Rändern der Kapelle nach dem Zugang zur Krypta zu schauen.

»Hier gibt's eine Treppe nach unten!«, rief er.

Ein perfekter Würfel nahm das Zentrum der Krypta ein. Er erstreckte sich vom Boden bis zur Decke. Seine Wände bestanden aus weißen Keramikkacheln, von denen im Lampenlicht ein Schimmer wie von frisch gefallenem Schnee ausging. Eingelassen in die Wände des Würfels waren Reihen von Nischen. Darin standen Glaszylinder, die eine klare Flüssigkeit enthielten, in der allerlei mythische Fabelwesen schwebten, so seltsam und furchtbar, dass sie jeder Vernunft spotteten. Da waren Zyklopen, Seejungfrauen, Basilisken, Elfen und zweiköpfige Chimera in der klaren Flüssigkeit gefangen und sogar ein Wesen, das mit seinen wehenden Hautlappen um die Stirn an eine Medusa erinnerte. So widernatürlich und gespenstisch ihre Formen auch waren, immer blieben einige letzte Merkmale, an denen man ihre Zugehörigkeit zur menschlichen Gattung festmachen konnte. Eines oder zwei dieser Wesen zu erblicken, wäre zu ertragen gewesen. Aber von der Wand des Würfels glotzten die drei Männer gleich mehrere Dutzend der deformierten Scheusale an. Bei ihnen allen handelte es sich um Föten. Selbst wenn das nur schwer zu begreifen war.

»Das ist ein Affront wider die Vernunft!«, flüsterte Marais erschüttert.

Bleich und mit blankem Horror in den Augen sahen die drei Männer lange auf jene schimmernd weiße Wand und die Nischen voller Monstren darin.

»Da heißt es immer, die alten Geschichten von Zyklopen, Chimären und Seejungfrauen seien nur dumme Legenden«, sagte de Sade, nahm Bonnechance die Lampe aus der Hand und trat vorsichtig einige Schritte an den Würfel heran. »Ein mordender Satanistenorden, hm, Marais? Was zur Hölle sagen Sie jetzt *dazu*?«

In Monsieur le Commissaire brodelte ein gefährlich stiller Zorn auf. »Wie viele Mütter muss man schlachten, um es zu solch einer Sammlung von Missgeburten zu bringen? Dutzende? Hunderte? Tausende?«

Nie zuvor hatte Marais etwas derart Monströses wie diesen weißen Würfelschrein gesehen. Das Einzige, was sich annähernd damit vergleichen ließ, war Doktor Gevrols furchtbare Zeichnung der Beweinung Christi.

»Gevrol!«, rief Marais. »Das muss Gevrols Sammlung sein. Er war besessen von den Wöchnerinnen und dem Kindbettfieber. Mounasse war sicher, dass er mit den Mördern unter einer Decke steckte. Er behauptete außerdem, Gevrol muss an irgendetwas gearbeitet haben, das ihm sehr viel Geld einbrachte!«

Bonnechance schüttelte den Kopf und wies fassungslos auf jenen Würfel und die Ungeheuer in ihren Glaszylindern »Du meinst, irgendwer hätte ihn *dafür* bezahlt?«

»Das Hôtel-Dieu betreibt immerhin die größte Wöchnerinnenabteilung von ganz Frankreich, und Gevrol war für sie verantwortlich.«

Bonnechance holte scharf Luft und presste die Lippen zu einem missbilligenden Strich zusammen.

»Also, ich weiß ja nicht, wie es Ihnen geht, Messieurs, aber mir fällt bloß ein einziger Zweck ein, dem ein solches Monstrositätenkabinett dienlich sein könnte«, sagte de Sade.

Bonnechance warf ihm einen Blick voller Hass zu. »Menschenzüchtung? Das meinten Sie doch, de Sade?«

»Was sonst?«

»Wer in Gottes Namen sollte dafür ein Vermögen ausgeben wollen?«, wunderte sich Marais. »Außer einer Horde Wahnsinniger, die für ihre kranken Rituale auf Kinder angewiesen sind? Und zwar, wie de Sades Onkel in seinem Buch behauptet, nicht auf irgendwelche x-beliebigen Kinder, sondern solche, die ganz bestimmte Merkmale aufzuweisen haben?«

»Falls Gevrol wirklich an Menschenzüchtung gearbeitet hat, dann war es nur gerecht, dass der Bastard seinen Verstand verloren hat«, flüsterte Bonnechance.

»Sie halten demnach immer noch an Ihrer lächerlichen Theorie von den Satanisten fest, Marais?«, höhnte de Sade.

»Jetzt mehr denn je!«, bestätigte Marais, »Es kann unzählige Gründe gegeben haben, weshalb Guillou uns von dem Orden erzählte, obwohl er selbst mit ihm unter einer Decke steckte.«

»Was sollten das bitte schön für Gründe sein?«

»Reue, zum Beispiel. Auch wenn ausgerechnet Sie damit natürlich nicht viel anzufangen wissen. Außerdem war er wohl ziemlich eitel. Eitle Männer neigen dazu, andere zu unterschätzen. Vielleicht hielt er uns ja für zu dumm, um ihm auf die Schliche zu kommen.«

Bonnechance fuhr vorsichtig über die glatten Keramikfliesen des Würfels und schaute sich dann zu seinen beiden Gefährten um. »Irgendwas ist im Innern des Würfels. Und wenn es nur diese verfluchten Schmetterlinge und Käfer sind! Also, worauf warten wir noch? Es muss einen Eingang geben!«

»Ich weiß, dass das jetzt ein Fehler ist«, brummte de Sade, bevor auch er sich endlich in Bewegung setzte, um zusammen mit Marais und Bonnechance danach zu suchen.

Wie die Waben in einem Bienenstock gruppierten sich im Innern des Würfels vier Kammern um einen zentralen Raum, der offenbar der größte von ihnen war. Sämtliche Kammern waren wie die Außenwände mit denselben weißen Kacheln belegt. Im größten und zentralen Raum, mussten sich die Schmetterlinge und Käfer befinden, denn die übrigen Kammern dienten ganz anderen Zwecken.

Die erste Kammer beherrschte ein Sezierblock aus poliertem Marmor. Er glich denen in Mounasses Morgue im Hôtel-Dieu. Und wie dort nahm auch hier einen Großteil der Wand ein ganz ähnlicher Arbeitstisch ein, auf dem allerlei medizinische Instrumente angeordnet waren – lange Messer, Sägen und sogar Beile. Der Geruch nach Ammoniak, Weingeist und Firnis war hier ganz besonders stark.

Marais untersuchte den Sezierblock; wie alles Übrige im Innern des Würfels war er offenbar gründlich gesäubert worden.

Die nächste Kammer war etwas kleiner als die vorhergehende. Statt des marmornen Sezierblocks stand hier ein metallener Tisch, der über Rollen verfügte und mithilfe einer mechanischen Vorrichtung auf und nieder gekurbelt werden konnte. Auf eine bedrohliche Weise wirkte er sogar elegant.

Vermittelten die Instrumente, Schüsseln, Schalen und Kolben auf dem Arbeitstisch eher den Eindruck von groben Metzgerwerkzeugen, so waren die hier versammelten deutlich feiner und vielfältiger. Besonders fiel de Sade eine Sammlung von Lupen ins Auge.

Von Kammer zu Kammer setzte sich dieses Muster fort: Sektionstische und Instrumente wurden zunehmend kleiner, fragiler und komplexer, bis sich schließlich im letzten Raum statt Lupen, schmalen Messern und feinsten Sägen, lediglich eine Reihe von Mikroskopen und für ungeübte Finger kaum handhabbar erscheinende Nadeln, Ahlen und schmale Glasröhren fanden, für die keinem der drei irgendeine Verwendung in den Sinn kam.

Marais hatte das Chat Noir einmal als Manufaktur der Lüste bezeichnet. War das Chat Noir eine Manufaktur der Lüste, so konnte man diesen Ort als eine Manufaktur des Todes bezeichnen. Wozu all jene raffinierten Vorrichtungen, die offenbar nur dazu dienten, menschliche Überreste von Kammer zu Kammer nur noch weiter zu zerkleinern, fragte sich Marais.

In der letzten Kammer fiel Bonnechance ein metallener Kasten ins Auge. Er war durch gleich zwei Schlösser gesichert.

Bonnechance suchte einige feine Nadeln zusammen, bog und drückte sie zu behelfsmäßigen Dietrichen zurecht und konnte so nach wenigen Augenblicken den Kasten öffnen.

In dem Kasten lag ein ledergebundenes Buch. Es verfügte weder über Angabe eines Druckers oder Verlegers. Nicht einmal sein Titel war darin vermerkt. Dafür enthielt es unerhört detaillierte anatomische Zeichnungen des weiblichen Geburtsapparates in sämtlichen Stadien der Schwangerschaft. Jede der Darstellungen war eine Originalzeichnung. Selbst die Seiten, welche in winziger Schrift Erläuterungen zu den Zeichnungen lieferten, waren gestochen scharf. Allerdings waren diese Erläuterungen in einer Geheimschrift verfasst, die keiner der drei entschlüsseln konnte.

Marais war sicher, dass dieses Buch von Gevrol stammte. Er legte es angewidert in den Kasten zurück.

»Dafür also all das hier? Für ein paar Dutzend anatomischer Zeichnungen? Weshalb konnte er die nicht im Hôtel-Dieu anfertigen?«, wunderte sich Bonnechance.

»Die Leute, die ihn für diese Blasphemie hier bezahlten, hatten bestimmt kein Interesse daran, dass irgendetwas über Gevrols Forschungen an die Öffentlichkeit drang. Wir wissen ja nicht einmal genau, worin der Zweck seiner Arbeit bestand. Die verschlüsselten Texte neben den Zeichnungen könnten schließlich alles Mögliche bedeuten«, gab Monsieur le Marquis zu bedenken.

Wortlos kehrten sie zur ersten Kammer zurück.

Marais glaubte sich in einem nicht enden wollenden Albtraum gefangen, in dem er Tür um Tür aufstieß, nur um festzustellen, dass keine davon einen Ausweg gewährte. Das graue Waisenhaus, dieses halbe Haus, das bloß eine Fassade darstellte, der uralte Friedhof, die Kapelle, jener weiße Würfel – das alles war ihm wie ein Rätsel in einem Rätsel, das sich in einem weiteren Rätsel verbarg. Und je näher sie der Lösung zu kommen glaubten, umso schneller schien die sich ihnen zu entziehen.

Gevrol war seit Jahren in Bicêtre weggeschlossen. Trotzdem

wirkte seine Manufaktur des Todes, als hätte er sie erst vor wenigen Stunden verlassen. Weshalb der Aufwand, diesen Ort in diesem Zustand zu erhalten, wenn er von niemandem mehr genutzt wurde? Oder sollten etwa Guillou und jener Alte mit dem Holzbein hier unten Gevrols Erbe angetreten haben? Wozu? Zumal weder der Alte mit dem Holzbein noch Guillou Marais wie Männer der Wissenschaft erschienen.

De Sade hielt sich nach wie vor sein Schnupftuch vors Gesicht. Er schaute Marais in die Augen. »Geht man im Uhrzeigersinn von der größten in die kleinste Kammer hier, gelangt man vom Gröbsten zum Feinsten, von Metzgerbeilen und Knochensägen über Lupen zu Mikroskopen. Würde ich an eine Hölle glauben, dann hätte die Ähnlichkeit mit diesem verdammten weißen Würfel – errichtet und geführt von reinlichen Pedanten, stets peinlich sauber und voll von technischen Raffinessen. Ich sage Ihnen, was wirkliches Grauen ausmacht, ist der Triumph des Details über das große Ganze!«

Keiner seiner Gefährten wollte das kommentieren.

»Dieser Gestank ist hier unten wesentlich stärker als oben in der Kapelle«, wunderte sich Bonnechance.

»Weingeist und Firnis? Das wird für Präparationen benutzt«, sagte Marais und warf dabei misstrauische Blicke auf den Zugang zur mittleren Kammer des Würfels, die sie bislang nicht betreten hatten.

Bleich und schweigend standen die drei eine Zeit lang verlegen beieinander.

»Ich gehe dann ja wohl recht in der Annahme, dass diese letzte Kammer die Schmetterlinge und Käfer enthält?«, sagte Monsieur le Marquis voller Ekel.

»Manche Gärtner züchten Pflanzen, die es so zuvor noch nie gab«, flüsterte Marais nachdenklich. »Sie tun es, indem sie deren Vermehrung kontrollieren und beeinflussen. Diese Käfer und Schmetterlinge – wie oft werden die sich pro Jahr fortpflanzen? Zweimal? Dreimal? Noch öfter? Jedenfalls viel schneller als Menschen. Vielleicht hat man sie ja für Gevrols Forschungen angeschafft. Wenn es ihm darum ging, etwas über Züchtung herauszufinden, könnte er ein Interesse daran gehabt haben, ihre Vermehrung zu studieren. Vielleicht nahm er an, daraus ließen sich Rückschlüsse auf die Züchtung von Menschen ziehen.«

Bonnechance starrte Marais einen Moment mit demselben Hass an, den er vorhin in seinen Blick gelegt hatte, als de Sade jene Idee von der Menschenzüchtung zum ersten Mal andeutete.

Die letzte Kammer war tatsächlich die größte von allen. Marais fuhr zurück, als er sich gleich bei der Tür einer bleichen Gestalt ohne Mund und Nase, aber mit übergroßen Glotzaugen gegenübersah. Es dauerte einen Moment, bis ihm klar wurde, dass es sich dabei um einen Überwurf mit Haube handelte, der an einem Kleiderständer hing. Imker benutzten solche Überwürfe, um sich bei der Honigernte gegen Bienenstiche zu schützen.

Vorsichtig traten hinter ihm auch seine beiden Gefährten in die Kammer.

Die Kammer enthielt vier Kästen aus Glas und Metall. Quadratisch geformt und aufrecht stehend, waren sie um einen großen Kanonenofen angeordnet, dessen Abzug in dem Gitter im Kapellenboden endete. Zwei der gläsernen Kästen waren mit einem Schlachterbeil zerschlagen worden. Den Boden vor ihnen bedeckten dicke Schichten von Insektenleichen. Doch ein ständiges Summen zeugte davon, dass sich in den übrigen

Glaskästen noch immer Schwärme von Käfern und Schmetterlingen tummelten. Es war offensichtlich, dass sie den Hauptteil der Käfer und Schmetterlinge enthielten und ihnen als Brutstätte dienten.

De Sade betrachtete fasziniert und abgestoßen zugleich eine kleine Armee Käfernachwuchs, die sich bei dem Kanonenofen wimmelnd über die Leichen ihrer ausgewachsenen Artgenossen hermachte.

Von den Glaskästen gingen dünne Schläuche zu einer Reihe weiterer Behälter ab, die ebenfalls aus Metall und Glas gefertigt waren. In einigem Abstand waren sie um den Ofen und die Brutkästen herum angeordnet. Schieber in den Verbindungsröhren gestatteten es, die Verbindung zwischen ihnen zu regulieren. Diese um den Ofen und die Brutkästen herum gruppierten Behälter erinnerten vage an gläserne Särge.

Bei jedem Schritt, den die Männer hier machten, erklang wieder jenes feine Knistern zerspringender Käfer und Schmetterlingsleichen unter ihren Sohlen. Brechreiz stieg in de Sade auf. In seiner Kehle bildete sich ein harter Kloß und seine Hände begannen zu zittern. Auch Marais' steife, übervorsichtige Bewegungen zeugten von tiefem Abscheu und vielleicht sogar Angst.

Die überwiegende Anzahl der gläsernen Särge war zwar leer, einige enthielten jedoch, was den Käfern und Schmetterlingen als Nahrung und Wirt für ihre Brut diente. Denn dort lagen, was de Sade für einen Mädchenkopf, Arme und Oberschenkel hielt. Der Kopf war an einigen Stellen bis auf den Schädel abgefressen worden. Ein Auge und Teile von Lippen und Nase wirkten allerdings nahezu unberührt. Arme und Schenkel hingegen waren vollständig skelettiert. Das musste das Mädchen vom Seine-Quai sein, dachte er betroffen und fragte sich unwillkürlich, wo ihre Füße und Hände abgeblieben waren.

Marais würgte, beugte sich vornüber und erbrach sich.

So furchtbar die Überreste des Mädchens auch wirkten, was sich in den übrigen Glasbehältern befand, war weit grauenhafter. Denn einer der sargähnlichen Glasbehälter enthielt mehrere beinahe vollständig skelettierte Kleinkinder. Und in einem dritten Behälter fanden sich die Überreste einer erwachsenen Frau, deren Kopf und Füße perfekt erhalten waren, deren Leib aber vom Hals abwärts bis zu den Fesseln von Schmetterlings- und Käferlarven zersetzt und aufgefressen worden war.

Ihr Anblick war so verstörend, dass de Sade zunächst an eine Illusion glaubte. Denn die Augen der Toten spiegelten das Licht der Lampe, sodass für einen Augenblick der Eindruck entstand, die Frau sei noch am Leben.

»Das ... ist ... Madame ... Gevrol!«, brachte Marais hervor, bevor er sich ein weiteres Mal erbrach.

De Sade überwand seinen Widerwillen und machte einen großen Schritt über Marais' Erbrochenes hinweg auf Madame Gevrols Glassarg zu. Man hatte zwei Scheiben Glas so in den Behälter eingefügt, dass sie die Schmetterlinge und Käfer daran hinderten, Kopf und Füße Madame Gevrols befallen zu können. Die Schnitte, mit denen man den Kopf und die Füße abgetrennt hatte, waren derart sicher ausgeführt und jene beiden Glasscheiben so dünn und transparent, dass man schon sehr genau hinsehen musste, um diese Vorrichtung überhaupt als solche zu erkennen.

De Sade hob die Lampe höher und sah sich in jenen Winkeln um, die bislang im Halbdunkel geblieben waren.

Er fand weitere, sehr viel kleinere gläserne Behälter. Einige von ihnen hatte man mit menschlichen Knochen angefüllt, die offenbar zusammen mit Kohle und Holz dazu dienten, den Ofen zu heizen. Es dauerte Wochen, dachte er, bis Käfer und Schmetterlingslarven einen Leichnam zersetzten, und um die Insekten am Leben zu halten, hatte dieser Raum stets eine gleichbleibende Temperatur aufweisen müssen. Ein beträchtlicher Aufwand, nur um sich einiger Leichen zu entledigen, die man auch im Fluss oder auf irgendwelchen Misthaufen hätte loswerden können, wunderte sich de Sade und sah sich nach Madame Gevrols Überresten um. Ausgerechnet ihren Kopf und die Füße hatte man erhalten. Ähnlich verhielt es sich bei dem Mädchen vom Seine-Quai. Ihre Arme und den Kopf verfütterte man den Käfern, ihren Torso warf man in den Fluss – aber wo waren ihre Füße und Hände abgeblieben? Waren die bereits verfüttert und verheizt worden?

Nein, denn bei der gegenüberliegenden Wand fand de Sade endlich Füße und Hände des Mädchens vom Seine-Quai. Und sie waren längst nicht die einzigen dort.

In einem Regal, das die Wand vollständig einnahm, reihte sich ein Glaszylinder an den anderen. In der klaren Flüssigkeit, mit der sie gefüllt waren, schwebten menschliche Hände und Füße, in einigen wenigen auch Augen und Brüste. Viele – wenn nicht alle – dieser Körperteile wiesen dasselbe in ihre fahle Haut gestochene Zeichen auf: einen stilisierten Schmetterling über einem dieser seltsamen Kreuze. De Sade war überzeugt, dass es sich dabei um eine Art von Besitzzeichen handelte. Wie die Rose, welche die Herrin der Nacht ihren Huren in die Haut stechen ließ.

De Sades Miene verfinsterte sich. In seine Augen kroch ein bitterer Glanz. Diese Ausstellung war Ausgeburt einer niederen und widrigen Phantasie, die nicht zu dem herrischen und aufgeräumten Geist passte, der die übrigen vier Räume des weißen Würfels prägte.

Monsieur le Marquis war überzeugt, dass neben Gevrol noch ein zweiter Mann in dem weißen Würfel gewirkt hatte. Dieser Mann war sicher nicht der Alte mit dem Holzbein gewesen, denn er diente allenfalls als Handlanger, dem es oblag, den Ofen zu heizen und Reparaturen durchzuführen. De Sade war überzeugt: Hier in dieser Kammer hatte derselbe verdrehte Geist gewirkt wie in dem verfallenen Haus bei der Rue Saint-Denis, in dem Marais ihm die Leiche Beaumes gezeigt hatte.

De Sade ließ plötzlich die Lampe sinken. Halb im Schatten verborgen, erkannte er, dass Marais sich etwas erholt hatte und jetzt den gläsernen Sarg mit den Kleinkindern einer näheren Inspektion unterzog.

»Marais? Lassen Sie das! Kommen Sie her!«, verlangte de Sade mit halblauter Stimme. Monsieur le Commissaire blickte unwirsch zu ihm herüber, aber folgte schließlich de Sades Aufforderung. Als Monsieur le Marquis den Commissaire dann fahl und steif vor dem Regal stehen sah, empfand er beinahe Mitleid mit ihm. Diesem Blick ins Herz der Hölle konnte Marais kaum gewachsen sein. Dazu vertraute er zu sehr auf seinen Herrgott und dessen lächerlich naiven Gebote.

»Weshalb um alles in der Welt hat er sie markiert?«, fragte Bonnechance, der ebenfalls herangetreten war.

»Ich weiß es nicht. Aber wir wissen jetzt jedenfalls, weshalb man die Opfer stets zerstückelt hat, nämlich um diese Kreuzmarkierung von ihren Leichen zu entfernen«, stellte Marais heiser fest. »Aber weshalb sie danach weiter hier aufbewahren?«

De Sades Antwort bestand darin, dass er die Lampe in einem

etwas anderen Winkel hielt, sodass ihr Licht schräg von unten auf die Reihen der gläsernen Zylinder fiel.

»Sehen Sie das? Diese Spritzer auf dem Glas? Das war ganz bestimmt kein Abwaschwasser!«

Es dauerte einige Zeit, bis Marais und Bonnechance begriffen.

»Das ist ja ... Merde, de Sade ...«, stammelte Bonnechance.

»Merde, Bonnechance? Ist es ganz sicher nicht!«, gab de Sade bissig zurück.

Monsieur le Marquis hatte recht, denn was man dort an ausgehärteten Schlieren sah, war gegen jene präparierten Hände, Füße, Augen, Brüste und Nasen verspritzter Samen.

Marais schlug in der ersten Kammer Gevrols Buch in ein Tuch ein, verschnürte es und hängte sich das Paket wie einen Tornister über die Schulter. Ein sonderbares Gefühl beschlich ihn dabei. Für dieses Buch waren Menschen ermordet worden. Gott allein mochte wissen, wie viele. Doch der einzige Weg, ihrem Tod wenigstens nachträglich so etwas wie Sinn zu verleihen, bestand darin, dieses Buch in die richtigen Hände zu geben, um sicherzustellen, dass vielleicht wenigstens andere Ärzte etwas aus Gevrols Zeichnungen lernten.

Wortlos stiegen die drei Männer zur Kapelle hinauf.

Wie gut Marais die frostige Kälte hier oben tat. Die Luft in der Krypta und dem Innern des weißen Würfels war so schwer und abgestanden gewesen. Ganz abgesehen von dem furchtbaren Gestank dort.

Bonnechance hatte von irgendwoher eine alte Decke aufgetrieben, die er jetzt über Guillous Leichnam breitete.

Marais sah ihm mit gemischten Gefühlen zu.

Die drei verließen die Kapelle.

Bei der Leiche des Alten mit dem Holzbein blieben sie stehen. Marais wandte sich an Bonnechance. »Was glaubst du, was hier passiert ist, Nicolas?«

Bonnechance wies auf den toten Krüppel »Er war der Erste. Und er ist von der Frau getötet worden, deren Fußspuren wir zwischen dem Haus und der Kapelle gefunden haben. Der Krüppel war leichte Beute. Er hat nicht damit gerechnet, dass er sich eine Kugel einfangen würde. Dasselbe gilt für Guillou. Er muss in der Kapelle gewesen sein, als er den Schuss hörte. Er ist auf die Tür zugelaufen...«, Bonnechance wies zum Kapellenportal. »Was er dort sieht, ist eine Frau, die er kennt. Er geht vertrauensvoll auf sie zu, aber sie sticht ihn kaltblütig ab. Ich habe Schleifspuren am Boden gefunden. Sie muss ihn bis zu diesem seltsamen Kreuz in der Kapelle gezogen haben, nachdem sie ihn tötete. Ich weiß nicht, weshalb. Ich nehme an, nachdem sie Guillou getötet und ins Innere der Kapelle gezogen hatte, warf sie mit einigen Steinen von Innen her die Rosette über der Kapellentür ein. Zuletzt hat sie dann die Glaskästen unten in der Krypta zerschlagen, um die Käfer und Schmetterlinge zu befreien. Wer immer diese Frau ist, Louis, es wäre ein großer Fehler, sie zu unterschätzen.«

De Sade wiegte bedächtig den Kopf. »Das erklärt noch nicht, was im Waisenhaus vorgefallen ist.«

Bonnechance sah de Sade an. »Es hat hier angefangen, das steht fest. Die Kinder haben später im Waisenhaus damit begonnen, ihre Aufseher zu erschlagen. Es gab zwei größere Gruppen, die getrennt voneinander vorgingen – eine unten in den Werkstätten und der Wäscherei und eine zweite im Haus oben in den Schlafsälen. Zuletzt kamen beide Gruppen im Hof zusammen, haben vielleicht irgendeine Beratung abgehalten und gingen anschließend alle zusammen zur Straße hinaus.«

Bonnechance blickte zu Marais und de Sade. Da keiner der beiden Einwände vorbrachte, fuhr er fort. »Aber es war vielleicht kein Zufall, dass die Waisen das Aufsichtspersonal totschlugen, kurz nachdem diese Frau hier in der Kapelle ihr Werk verrichtete.«

»Möglich, Nicolas!«, bestätigte Marais leise. Dann sah er zu der zerschlagenen Rosette über dem Kapellenportal. »Etwas begreife ich trotzdem noch nicht. Diese Kinder müssen seit geraumer Zeit geahnt haben, was mit ihnen gespielt wurde. Dennoch hielten sie so lange still?«

De Sade lächelte dünn und wies über die Mauer hinweg zur Straße und dem Waisenhaus. »Die unheilige Dreifaltigkeit, Marais: Arbeit, Drill und Glauben. Das hat sie all die Zeit bei der Stange gehalten. Und bestimmt hatten die Aufseher irgendein glaubhaftes Märchen parat, das sie den Kindern immer dann auftischten, wenn einige von ihnen auf Nimmerwiedersehen verschwanden.«

Das schien Marais halbwegs zu befriedigen. Doch Bonnechance wirkte skeptisch.

»Sie glauben mir nicht, Bonnechance?«, fragte de Sade.

»Ich denke, dass Sie sich über die Motive dieser Waisenhausrebellion irren.«

»Weshalb, Nicolas?«, erwiderte Marais verwundert. »Sade hat ausnahmsweise recht. Diese Kinder erkannten plötzlich, was gespielt wurde, und erschlugen jeden Erwachsenen, der ihnen unter die Finger kam. Was soll daran nicht zu begreifen sein?«

Bonnechance schüttelte den Kopf und schob die Hände in die Manteltaschen. »Als es in Westindien zu den ersten Sklavenaufständen kam, hätte man annehmen sollen, dass die Rebellen keinerlei Schwierigkeiten hätten, Sklaven zu rekrutieren. Es gab ja dreimal mehr Schwarze auf den Inseln als Weiße. Selbst wenn man die überlegenen Waffen und den militärischen Drill der Weißen berücksichtigt, waren sie rein zahlenmäßig so hoffnungslos unterlegen, dass sie im Grunde bloß verlieren konnten. Trotzdem unterlagen jedes Mal die Rebellen. Was man leicht vergisst, ist, dass die meisten Schwarzen gar nicht befreit werden wollten. So sehr hatten sie sich mit ihrem Dasein als Sklaven abgefunden. Die Vorstellung, dass sie eines Tages als freie Männer auf eigenen Beinen zu stehen hätten, war ihnen unerträglich. Nichts fürchten die Menschen mehr als das Unbekannte. Diesen Waisen könnte es immerhin genauso gegangen sein wie den Sklaven in Westindien.«

De Sade konnte dem nur beipflichten. Er wusste schließlich allzu genau, dass in Unterwerfung eine eigenartig verführerische Art von Freiheit lag und so etwas wie ein Glück in Knechtschaft tatsächlich existierte.

»Ganz recht«, sagte er an Marais gewandt, »und nachdem den Aufsehern im Waisenhaus klar geworden war, was hier in der Kapelle vorging, müssen sie damit gerechnet haben, dass sie die Nächsten sind, die dran glauben müssen. Sicher versuchten sie sich abzusetzen. Die Kinder bekamen das spitz und fühlten sich im Stich gelassen. Und wenn man berücksichtigt, was Bonnechance uns gerade erzählt hat, dann würde ich vermuten, was die Waisen angetrieben hat, war nicht Zorn, sondern Enttäuschung. Sie haben ihre Aufseher erschlagen, weil sie bleiben wollten, was sie immer gewesen waren, nämlich deren Opfer.«

»Das ist doch Unsinn«, rief Marais. Auf einen Mann wie ihn, der sein ganzes Leben stolz darauf gewesen war, sein Schicksal in die eigenen Hände genommen zu haben, konnte dieser Gedanke gar nicht anders als grotesk wirken.

Bonnechance warf ihm einen vielsagenden Blick zu. »Die Menschen sind nicht so, wie wir sie gerne hätten. Frei zu sein, bedeutet ja auch, sich bewusst zu werden, dass man allein ist und es letztlich immer bleiben wird.«

Marais sah den Schwarzen eine Weile an. Dann wandte er sich abrupt ab und ging zurück zu der Kapelle, wo er still und in Gedanken versunken zum Himmel aufsah.

»Wir haben verloren, de Sade. Fouché und diese Mörder haben gewonnen. Und Louis sollte sich damit abfinden«, sagte Bonnechance.

De Sade legte sich eine Prise auf, schnupfte und wies auf Marais. »Sie kennen ihn so gut wie ich, Bonnechance. Aufzugeben gehört nicht zu seinem Charakter. Erst recht nicht in einer Affäre wie dieser.« Sade nieste. »Marais hat seine Frau verloren. Er hat sein Kind verloren. Er hat seine Stellung verloren. Heute Nacht hat er in dieser verdammten Kapelle vielleicht sogar den Glauben an seinen Gott verloren. Aber Monsieur le Commissaires Eitelkeit kann sich beinah mit meiner eigenen messen. Und seine Eitelkeit ist alles, was ihm geblieben ist. Ehrlich gesagt, ich möchte nicht in der Haut der Mörder stecken. Denn das Einzige, was Marais jetzt noch davon abhalten könnte, sie zur Strecke zu bringen, wäre eine Kugel in seinen verfluchten Dickschädel.«

Ein letzter Schmetterling flatterte vor dem Kapellenportal verzweifelt gegen die Kälte an. Obwohl in de Sade der alte Widerwille aufstieg, zwang er sich, dem aussichtslosen Überlebenskampf zuzusehen, ja mehr noch Schönheit und Erhabenheit darin anzuerkennen. Alles hatte Sinn und Ort in der Welt. Selbst dieser sterbende Schmetterling. Er womöglich sogar noch mehr als alles andere. Denn er kämpfte von Beginn an auf verlorenem Posten.

Später in jener Nacht herrschte gedrückte Stimmung in Bonnechances Salon. Die Männer hatten Catherine über ihre Abenteuer im Waisenhaus und der verborgenen Kapelle in Kenntnis gesetzt und schauten jetzt verbittert in das Kaminfeuer.

»Aber wie glaubt ihr, ist Madame Gevrol dort in dem Glaskasten gelandet?«, fragte Catherine.

»Louis meint, sie hätte die Mörderbande zu erpressen versucht«, erklärte Bonnechance. »Sie muss wohl zumindest einen von ihnen gekannt haben, wahrscheinlich Guillou. Sie brauchte sicher Geld, um sich aus Paris abzusetzen. Eine willkommene Gelegenheit für Guillou und seine Bande, sie sich vom Hals zu schaffen.«

Catherine fand das überzeugend. »Und ihr meint, dieser Guillou hätte ein Doppelleben geführt? Einerseits der Eremit in seiner Bücherklause über der Comédie und andererseits Gevrols williger Vollstrecker?«

De Sade nickte.«Man beachte die Ironie, Madame. Kein passenderes Refugium für einen Mann, der ein Doppelleben führt, als eine Dachkammer über einem Theater. So sehr wird ihn seine Rolle als Vollstrecker und Verwalter ja nicht in Anspruch genommen haben.«

»Verwalter?«

»Er hatte eine Kammer in dem Waisenhaus. Wahrscheinlich hat er dort als Agent und Aufsicht für den Rest der Bande fungiert.«

»Guillou war sicher die einzige Verbindung zwischen allen Teilen des Netzes. Aussichtslos, ohne ihn irgendwelche weiteren Komplizen oder Drahtzieher identifizieren zu wollen…«, vermutete Marais grimmig.

Catherine schenkte Wein nach.

»Nehmen wir an«, sagte Catherine, »es gelingt euch, einen

Richter oder sogar den Generalstaatsanwalt zu dieser Kapelle und in die Krypta zu lotsen, damit er mit eigenen Augen sieht, was dort vor sich gegangen ist. Sollte das nicht reichen, um Fouché zu Fall zu bringen? Und da ist ja auch immer noch Talleyrand. Er müsste eigentlich dem Himmel danken, dass ihr beweisen könnt, was all die Jahre an Ungeheuerlichem vorging, ohne dass der Polizeiminister irgendetwas dagegen unternommen hätte...«

»Niemand im Justizapparat wird es wagen, sich gegen Fouché zu stellen. Nicht jetzt, nachdem er vor Kurzem im Kabinett sogar Talleyrand in die Knie gezwungen hat.«

Eine Weile tranken sie lustlos von ihrem Wein und hingen ihren Gedanken nach.

Catherine brach schließlich das bedrückte Schweigen. »Ich glaube nicht, dass schon alles verloren ist. Guillous Mörderin läuft noch immer frei herum. Sie kann sich doch nicht in Luft aufgelöst haben. Und sicher gibt es einen Weg herauszufinden, womit Fouché diese Männer im Kabinett erpresst hat, damit sie gegen Talleyrand stimmten. Auch die Waisenkinder können nicht vom Erdboden verschluckt worden sein. Früher oder später werden einige von ihnen an die Tür der Herrin der Nacht klopfen, um für sie zu arbeiten. Sollten sie es zuvor als Wäscherinnen oder Hauspersonal versuchen, dann werde ich ganz sicher davon hören. Verloren, Louis, ist nur, wer sich selbst verloren gibt!«

Bonnechance erhob sich, trat zu Catherine und gab ihr einen zärtlichen Kuss. Es war nicht ganz klar, ob er es aus Stolz auf ihre Entschlossenheit und Klugheit tat oder ihr damit bedeuten wollte, besser still zu sein.

»Das weiß ich alles selbst, Catherine«, meinte Marais. »Vielleicht war Guillou ja tatsächlich der Mann für den de Sade ihn hält. Womöglich ist auch der Satanistenorden bloß ein Hirngespinst. Sogar möglich, dass diese Morde aufhören, wie Fouché es im Chat Noir versprochen hat. Aber ihr solltet auch an euch selbst denken. Ihr habt ein Kind, das auf euch angewiesen ist. Falls Fouché Wind davon bekommt, dass wir hier untergekrochen sind, wird euch nicht einmal Talleyrands Einfluss vor der Festung oder der Deportation bewahren können.«

Catherine legte Holz im Kamin nach, obwohl eigentlich bereits genug Scheite darin lagen, um den Raum über die Nacht hinweg warm zu halten. Schließlich wischte Catherine sich die Hände an ihrer Schürze ab. »Es ist schon recht, dass du erwähnst, wir hätten auch an unseren Kleinen zu denken, Louis. Aber sein Vater ist ein polizeilich lizenzierter Mörder und seine Mutter ein ehemaliger Sträfling. Das wird man ihm irgendwann unter die Nase reiben. Ganz abgesehen von seiner Hautfarbe und allem anderen. Was soll ich ihm sagen, wenn er zu mir kommt und danach fragt, was an all den Verleumdungen nun wirklich dran ist und was nicht. Soll ich lügen? Das ginge nicht ewig gut. Und falls ich Euch jetzt einfach so gehen ließe, könnte ich meinem Kind nicht einmal mehr in die Augen schauen und ihm antworten: Wenigstens, Junge, waren dein Vater und deine Mutter sich nie zu schade, das, was sie taten, auch wirklich richtig zu tun. Ihr bleibt natürlich, solange ihr wollt.«

Marais und de Sade tranken wortlos ihren Wein aus. Beide waren sie offensichtlich unfähig, Worte zu finden, um Catherine ihren Dank auszusprechen.

Ein paar Minuten darauf wünschten sie Bonnechance und Catherine Gute Nacht und stiegen die schmale Treppe zu ihrer Dachkammer hinauf.

»Morgen ist ein neuer Tag, wissen Sie ...«, flüsterte de Sade in Marais' Richtung.

»Grandiose Erkenntnis, de Sade!«, gab Marais bitter zurück.

Eine Weile herrschte Schweigen.

»Sade?«

»Ja?«

»Diese verfluchte Kapelle ist ein einziges Fest der Finsternis, gefeiert in Stein, Glas, Blut und Tod. In der Antike hätte man die Krypta zugeschüttet, Haus und Kapelle eingerissen und den Friedhof abgeholzt. Und ganz zuletzt den Boden mit Salz bestreut, damit dort nicht einmal mehr Unkraut gedeiht.«

»Ja, das hätte man wohl«, bestätigte de Sade. »Und auch wenn ausgerechnet Sie dies ausgerechnet mir nicht glauben werden: Man hätte gut daran getan.«

Als de Sade etwas später zu masturbieren begann, war Marais bereits fest eingeschlafen.

SECHSTES BUCH

Und schaue deine Kinder

15

EIN HAUS IN AUTEUIL

Am nächsten Morgen war Marais früh auf. Er setzte sich im Salon an Bonnechances Sekretär und begann einen Report an Talleyrand zu verfassen. De Sade schlich sich runter in die Küche, wo er von Catherine ein frisches Brötchen aus dem Ofen bekam und sich von ihr eine Schokolade kochen ließ, so stark und süß, dass sie das ganze untere Stockwerk mit ihrem Aroma erfüllte. Nachdem er sie getrunken und nach dem ersten Brötchen noch ein zweites und drittes gegessen hatte, sah er nach Marais im Salon.

Monsiueur le Commisaire war inzwischen fertig. Er suchte Talleyrands Chiffrierscheibe hervor und machte sich daran, seinen Text zu verschlüsseln. Dann versiegelte er den verschlüsselten Report und übergab ihn Bonnechance, der ihn von seinem Stellmachergehilfen an Talleyrands Agenten überbringen lassen würde.

Marais erschien nicht zu dem Mittagsmahl, zu dem sich alle anderen im Haus einfanden. Doch keiner wagte, nach ihm zu sehen, nachdem Catherine erklärte, Marais habe sich im Schuppen hinterm Haus eingeschlossen.

Einen guten Teil des Nachmittags verbrachten Bonnechance und de Sade damit, zu versuchen, Gevrols anatomischen Atlas zu entschlüsseln.

De Sade wusste, dass jeder Sprache Muster zugrunde lagen

und dass keine noch so ausgeklügelte Chiffrierung diese Muster völlig auszulöschen vermochte. Irgendwo in Gevrols Texten mussten sich daher Strukturen verbergen, die sich verfolgen, analysieren und auflösen ließen. Dennoch scheiterte er daran, Sinn in Gevrols Verschlüsselungen zu bringen.

Bis man sich zum Abendessen versammelte, hatte keiner etwas von Marais im Schuppen oder von dem alten Stellmachergesellen gehört, den Bonnechance zu Talleyrands Agenten ausgesandt hatte.

Gerade als man sich an den Tisch setzte, erschien ein bleicher und schweigsamer Marais in der Küche. Seine rechte Hand war wund wie von einer leichten Verbrennung. Er trug einige Fläschchen und Döschen bei sich, die er zum Erstaunen aller auf dem Tisch neben dem Herd aufbaute.

Er hielt zwei Fläschchen – eines aus braunem, das andere aus transparentem Glas – in die Höhe. In beiden befanden sich streng riechende Flüssigkeiten.

»Gott sprach, es werde Licht...«, murmelte er und goss vorsichtig etwas von jener Flüssigkeit aus der braunen Flasche in die aus transparentem Glas, welche daraufhin wie von Zauberhand in einem warmen, gelblich grünen Licht zu strahlen begann.

Bonnechance und Catherine waren über das Wunder dieses Lichts ohne Flamme wie vom Donner gerührt. Marais erklärte trocken, dass sein künstliches Licht zwar nicht lange vorhielt, aber immerhin recht einfach zu produzieren war.

Während ihn die beiden Bonnechances mit Fragen bestürmten, hielt de Sade sich im Hintergrund. Er war erschüttert über das Maß an Bitterkeit und Verzweiflung, das in Marais herrschen musste, wenn er den ganzen Tag damit zugebracht hatte, einen Taschenspielertrick zu reproduzieren.

Keiner bemerkte zunächst, wie der alte Stellmachergeselle die Küche betrat. Sein Mantel war schmutzig, und sein Atem roch nach billigem Schnaps. »Der Mann, zu dem Ihr mich geschickt habt, hatte eine Nachricht für Euch«, sagte er und legte ein versiegeltes Papier auf den Tisch.

De Sade nahm das Schreiben an sich. Es dauerte nicht lang, bis Monsieur le Marquis sie in Reinschrift brachte. Talleyrands verschlüsselte Nachricht bestand nur aus wenigen Worten.

»Fouché war in der Nacht nach seinem Überfall aufs Chat Noir in Auteuil«, bemerkte de Sade.

»Was hat er da gewollt?«, fragte Marais. »War er allein dort?«

»Dazu steht hier nichts, Marais«, antwortete de Sade und warf das Papier auf den Tisch, sodass auch Bonnechance und Marais es lesen konnten. »Er hat angeblich nicht einmal Bernard Paul zu seinem Schutz mitgenommen. Dieser Ausflug muss ihm verdammt wichtig gewesen sein.«

»Er könnte dort eine Geliebte haben«, warf Catherine ein.

»Das glauben Sie ja selbst nicht, Madame!«, antwortete de Sade angewidert.

Catherine zuckte die Achseln.

Auteuil war ein verschlafenes Dörfchen einige Meilen außerhalb von Paris, das in letzter Zeit von einigen Möchtegernkünstlern als Refugium entdeckt worden war und es daher ab und an zu einer Erwähnung in den Gazetten brachte. Talleyrands Bericht zufolge war Fouché mit einer anonymen Kutsche bis zum Rathaus von Auteuil gefahren und hatte sich von dort ganz allein in irgendeines der nahebei liegenden Häuser begeben. Leider war es jedoch Talleyrands Spionen weder gelungen herauszufinden, in welches Haus Fouché gegangen war, noch wie lange er dort zugebracht hatte.

»War irgendwer in letzter Zeit in Auteuil?«, fragte de Sade.

»Ich bin durch Auteuil geritten, als ich nach Paris zurückkehrte. Dasselbe langweilige Nest wie eh und je«, meinte Marais.

De Sade zog ein verknittertes Papier aus seiner Rocktasche hervor. »Das ist die Liste des Comte. Vielleicht hat irgendeiner der Männer darauf ja Verbindungen nach Auteuil?«

Bonnechance schob die Liste über den Tisch zu Catherine. »Das sind alles berühmte Leute, und du liest regelmäßig jede Klatschspalte. Außerdem schwatzen deine Wäscherinnen den ganzen Tag darüber, wer mit wem seit wann und wo angeblich eine Affäre hat.«

Catherine las die Namen auf der Liste. »Auteuil? Hm... Edmonde des Deux-Églises, der Kavalleriegeneral, wurde dort geboren.«

De Sade horchte auf. Diane des Deux-Églises war Talleyrands Freundin, die sich auf dem Ball in der Rue du Bac so wortkarg gezeigt hatte und die de Sade aus ihrem früheren, weniger angesehenen Leben kannte.

»Jetzt schaut mich nicht an wie die Kuh das neue Tor!«, lachte Catherine. »Jede Frau in Paris weiß, wo Edmonde des Deux-Églises geboren und aufgewachsen ist. Er ist der schneidigste Kavalleriegeneral von Frankreich« Catherine schlang ihre Arme um Bonnechances Hals und gab ihm fröhlich einen schmatzenden Kuss. »Und beinah so schön wie du, mein schwarzer Prinz.«

Bonnechance machte Catherines so offen zur Schau gestellte Zärtlichkeit verlegen.

»Ist der General derzeit in Paris oder steht er im Feld?«, erkundigte sich Marais mit einem scharfen Blick auf Catherine.

»Natürlich ist er in Paris! Er ist im Frühjahr verwundet worden. Das stand groß in allen Journalen. Aber Deux-Églises ist sicher nicht der Einzige auf der Liste, der Verbindungen nach Auteuil hat. Er ist nur der erste berühmte Name, der einem dabei in den Sinn kommt. Viele einflussreiche und berühmte Leute haben in den letzten Jahren in oder um Auteuil Sommerresidenzen erworben und große Feste gefeiert.«

Der alte Fuchs Fouché konnte somit Dutzende Gründe für seinen nächtlichen Abstecher in den Vorort gehabt haben, dachte de Sade, obwohl ihm die zeitliche Übereinstimmung zwischen ihrer Festsetzung im Chat Noir und Fouchés Ausflug in den Vorort schon bemerkenswert erschien. »Nun, Messieurs, ist diese Neuigkeit einen Ausflug nach Auteuil wert?«, fragte de Sade.

Bonnechance trat zu einer Truhe und öffnete sie. Sorgfältig geölt und in Lappen eingeschlagen, enthielt sie eine Sammlung verschiedener Feuerwaffen, Wurfmesser, Dolche und Stilette. »Wenn wir nach Auteuil gehen, dann nicht unbewaffnet«

De Sade erhob sich und warf einen Blick auf den Inhalt der Truhe und schüttelte den Kopf. »Dazu ist morgen früh noch genug Zeit.«

»Morgen früh? Ganz sicher nicht, de Sade. Wir reiten gleich heute Nacht!«, verkündete Marais und war auch schon bei Bonnechances Truhe, um sich dort mit einer doppelläufigen Pistole und einem spanischen Stilett auszustatten.

Die drei schlüpften erneut in ihre Verkleidung als Priester und Konvertit und machten sich drei Stunden später auf den Weg. Sie setzten darauf, dass die zusätzlichen Posten, die Bernard Paul um die Stadt aufgestellt hatte, so spät weniger aufmerksam sein würden. Noch dazu in einer so kalten Nacht wie dieser.

»Ich gebe ja zu, Auteuil ist bloß ein Nest. Aber es hat trotzdem mehr als nur drei Häuser, und ich bin gespannt, wie Sie das richtige finden wollen«, maulte de Sade.

»Wir fangen beim größten an und arbeiten uns dann zum kleinsten durch. Was sonst?«, entgegnete Marais grimmig.

»Und man wird uns natürlich einfach so mitten in der Nacht die Türen öffnen...«

»Wir sind drei Männer Gottes. Wer schlägt Priestern schon in einer kalten Nacht die Tür vor der Nase zu?«

»Natürlich. Wie dumm von mir, dass ich da nicht selbst drauf gekommen bin«, fauchte de Sade »Und ich nehme an, Sie haben sich natürlich auch schon eine passende Ausrede dafür zurechtgelegt, weshalb wir mitten in der Nacht an fremde Türen klopfen.«

»Nein, natürlich nicht, de Sade. Dazu haben wir Sie. Sie schimpfen sich schließlich Schriftsteller und Philosoph, also denken Sie sich was Hübsches aus«, Marais klopfte de Sade sarkastisch auf den Rücken und bestieg sein Pferd.

»Nichts gegen deinen Plan, Louis. Aber angesichts der Sorte von Geschichten, die de Sade gewöhnlich in den Sinn kommen, sind wir wahrscheinlich im falschen Kostüm unterwegs...«, versuchte sich Bonnechance an einem Scherz, aber erzielte lediglich sehr mäßigen Erfolg damit.

Niemand hielt sie auf ihrem Weg aus der Stadt auf. Nur ein angetrunkener Gardist drohte ihren Ritt zu unterbrechen, als er aus seinem Schilderhäuschen hervor in ihren Weg sprang. Nach der Schrecksekunde, die er brauchte, um zu realisieren, dass diese drei Fremden Männer Gottes waren, zog er sich jedoch wieder in seinen Unterstand zurück.

De Sade war nicht sicher, ob Marais seine These von der Satanistenverschwörung inzwischen aufgegeben hatte. Seit ihrer Rückkehr von der verborgenen Kapelle hatten sie nicht wieder darüber gesprochen. Auch ihn hatte Gevrols weißer Würfel verwirrt. Der mochte zwar als Forschungsstätte und zur Vernichtung der Leichen gedient haben. Doch wenn es sich bei den Studien um Versuche zur Menschenzüchtung handelte, dann fand Monsieur le Marquis dafür kein rechtes Motiv. Jedenfalls nicht außerhalb von Marais' so absurder Satanistenthese.

Davon abgesehen, hielt de Sade trotzdem weiterhin an drei Annahmen fest: Der Mann mit der Pestmaske und seine Kupplerin versorgten ihre maskierten Kumpane in den angemieteten Boudoirs regelmäßig mit Jungfrauen aus dem grauen Waisenhaus. Aus einem bisher unbekannten Motiv landeten diese Jungfrauen genauso regelmäßig später in Gevrols weißem Würfel, wo sie erdrosselt, zerstückelt und zuletzt von Käfern und Schmetterlingslarven zernagt wurden. Während einige der Kinder, die die jungen Frauen zuvor zur Welt gebracht hatten, spurlos verschwanden, teilten andere das Schicksal ihrer Mütter in dem weißen Würfel. De Sade fand es auch nur plausibel, dass es jene Kupplerin und Begleiterin des Mannes mit der Pestmaske gewesen war, die Guillou und diesen alten Krüppel erschoss. Womöglich tat sie es, um sich weiterer unbequemer Zeugen zu entledigen. Genauso wie sie sich Sistaines und Beaumes entledigt hatte. Immerhin hatte Fouché ihnen bei seinem denkwürdigen Auftritt im Chat Noir zugesichert, dass die Morde aufhören würden. Dazu würde es passen, dass man sich seiner Komplizen entledigte. Auf irgendeine Weise mussten auch der Comte und dessen Kreis aus Libertins in diese Machenschaften verwickelt gewesen sein. Die Liste, die er de Sade vermachte, hatte sie jedenfalls nicht zufällig zu Delaques und Talleyrand geführt. So weit, so unbefriedigend. Doch wie weiter, wie alle übrigen Elemente des Mosaiks in ein plausibles Bild bringen?

De Sade wusste es nicht.

Die Männer ließen ihre Pferde leicht gehen, sobald sie die Stadt hinter sich gelassen hatten. Die Straße, der sie folgten, bestand aus einem gewundenen, von tiefen Spurrillen durchzogenen Streifen sandiger Erde. Neben ihr lagen abgeerntete Felder, ab und an unterbrochen von einem Wäldchen, dessen Bäume und Büsche von Raureif überzogen in der klaren Nacht einen unwirklichen Schimmer verbreiteten.

»Sade, hören Sie mich?«, rief Marais, der den Kragen seines Umhangs aufgeschlagen und eng um Hals und Kinn gezogen hatte.

»Wenn Sie darauf bestehen, Marais.«

»Sie glaubten, bei Gevrols Treiben in der Krypta handelte es sich um Forschungen zu Menschenzüchtungen. Und Ihr Onkel behauptet in seinem Buch, es müssten ganz besondere Kinder sein, die man dem Satan opferte. Ich frage mich: Weshalb jedes der Kinder opfern, wenn man einige zurückhalten, sie aufziehen und sich dann untereinander paaren lassen könnte, um so aus der ersten eine zweite Generation ganz besonders reiner und geeigneter Opfer heranzuziehen?«

De Sade schüttelte ärgerlich den Kopf, blies die Wangen auf und ahmte das Geräusch eines Furzes nach.

Marais war dies Anwort genug.

»Trotzdem würde das erklären, weshalb wir in der Krypta so wenige Überreste von Kindern fanden«, bemerkte Bonnechance.

»Ihr müsstet Euch mal reden hören. Lächerlich!«, fauchte de Sade und trieb sein Pferd an, um Abstand zwischen sich und seine Gefährten zu bringen.

Marais ließ ihn jedoch so einfach nicht davonkommen. Er trieb seinerseits sein Tier an und zog mit de Sade wieder gleich.

»Es braucht ein Ungeheuer, um ein Scheusal zu fangen, das haben Sie selbst behauptet, de Sade. Also beschweren Sie sich jetzt gefälligst nicht darüber, wenn andere versuchen, wie Ungeheuer zu denken.«

De Sade machte »Pfft«.

Einige Zeit ritten die drei schweigend nebeneinander her, bis de Sade sich entschloss, auf Marais' Argumente einzugehen.

»Lassen wir Guillous Märchen einmal beiseite, dann muss diese ganze Mordaffäre vor zwölf, vielleicht dreizehn Jahren begonnen haben, weil aus dieser Zeit die ersten Dokumente stammen, die Mounasse Ihnen zeigte, richtig?«

Marais bestätigte das.

»Angenommen, es verhält sich wirklich so, wie Sie sagen, Marais, dann erwarten uns in Auteuil ja nicht nur Säuglinge, sondern auch Halbwüchsige. Womöglich sogar ein halbes Dutzend oder mehr. Aber das wären dann Halbwüchsige, denen man ihr ganzes Leben lang auf die raffinierteste Art und Weise die Lehre dieser Satanisten eingebläut hat. Wahrscheinlich betrachten sie es ja sogar als Ehre, für ihre Ordensherren perfekte Kinder zur Welt zu bringen, die man dann in einem dieser Rituale opfert.«

»Durchaus vorstellbar. Denken Sie nur an den Drill und die Manipulationen, denen die Kinder in dem grauen Waisenhaus ausgesetzt gewesen sein müssen«, meinte Bonnechance.

»Sehr richtig, Monsieur«, bestätigte de Sade. »Aber die Frage ist doch: Was stellt man mit diesen Halbwüchsigen an, nachdem man sie erst einmal gefunden und vernommen hat? Lässt man sie einfach wieder laufen?«

»Was sonst? Sie wären ja im Grunde auch nur Opfer«, sagte Marais.

»Opfer?«, eiferte sich de Sade. »Nachdem man sie ihr

ganzes Leben mit dieser Satanisten-Lehre indoktriniert hat? Dann wären sie eben keine Opfer mehr, sondern längst selbst straffe Teufelsanbeter.« Sade zügelte sein Pferd und zwang so Marais und Bonnechance dazu, ebenfalls ihre Tiere zurückzuhalten. »Sollte man diese Kinder also einfach laufen lassen, dann darf man sich nicht wundern, falls in fünf oder zehn Jahren in irgendeiner anderen Stadt Frankreichs erneut Schwarze Messen veranstaltet werden, Säuglinge verschwinden und verstümmelte Frauenleichen auftauchen. Diese Kinder wären wie eifrige Missionare einer dunklen Pest, die man in die Welt hinausschickt, um ihre grauenhafte Ideologie zu verbreiten. Hoffen und beten Sie also, dass Sie unrecht haben, Marais. Denn falls nicht, wird irgendwer sich dieser Missionare annehmen und sie aufhalten müssen. Und zwar ein für alle Mal.«

Das gesagt, gab de Sade seinem Tier die Sporen und galoppierte in die Nacht hinein.

Bonnechance und Marais blickten ihm mit gemischten Gefühlen hinterdrein.

»Der alte Narr übertreibt, Louis.«

»Nein, das tut er nicht«, flüsterte Marais.

Eine Hauptstraße zog sich in drei oder vier langen Biegungen durch den kleinen Ort. Die Männer passierten einige Läden und zwei Gasthäuser. Auf dem Platz vor dem Rathaus und der kleinen Kirche zügelten sie ihre Pferde und sahen sich um. Es führten einige Gassen von der Hauptstraße ab, die in den Ort hinein führte. Sie wussten nicht einmal, in welcher der vielen Gassen Fouché seinerzeit verschwunden war.

Die Wolkendecke war aufgerissen. Das Licht des fast vollen Mondes schimmerte kühl durch die Kronen der kahlen Bäume, die den kleinen Platz zwischen Rathaus und Kirche begrenzten.

»Da ist ein Gasthaus. Trommeln wir den Wirt heraus und fragen ihn. Kleinstadtwirte wissen und sehen alles. Fouchés Kutsche muss so spät in der Nacht Aufsehen erregt haben«, schlug Marais vor.

De Sade glaubte jedoch, das fragliche Haus inzwischen entdeckt zu haben. Er wies in die nächstgelegene Gasse, wo sich eines der Häuser von allen anderen dadurch abhob, dass es mit einem Türmchen versehen war, das an den Turm einer Kirche erinnerte. Es war ziemlich hässlich und lag wie alle anderen hier in Dunkelheit.

»Das Haus dort muss es sein. Ob nun Satanisten oder nicht, aber diese Mörder sind offenbar geradezu versessen auf Kirchen und Kapellen.«

»Dieses Haus könnte auch einfach jemandem gehören, der verfluchtes Pech mit seinem Baumeister hatte«, gab Bonnechance zu bedenken.

Trotzdem lenkten sie ihre Pferde in Richtung des bezeichneten Hauses.

An das Haus mit dem Türmchen schloss sich ein Hof an, der von einer Mauer umgeben war. Bonnechance streckte sich und schaute über das Tor hinweg in den Hof hinein. Dann öffnete er seine Satteltasche und zog eine doppelläufige Pistole hervor.

»Da stehen mindestens zwei Dutzend Holzschuhe vor der Haustür. Die meisten davon zu klein für Erwachsene«, berichtete er flüsternd.

Es schien tatsächlich als hätten sie ihr Ziel erreicht.

Marais ließ eines seiner Wurfmesser in die rechte Hand gleiten. Nachdem er sich mit seinen Gefährten durch einen Blick verständigt hatte, klopfte er heftig an das Tor.

Eine füllige Frau öffnete. Sie trug einen roten Morgenmantel über einem langen weißen Nachthemd, ihr Haar war in Unordnung, und in ihrem Gesicht stand das aufrichtige Erstaunen eines ehrbaren Bürgers, der unerwartet mitten in der Nacht aus dem Bett getrommelt worden war.

Sowie sich Bonnechances Pistolenläufe auf sie richteten und Marais dazu den Zeigefinger auf die Lippen legte, zeigte sich, aus welchem Holz sie wirklich geschnitzt war. Denn statt wie jeder anständige Bürger empört eine Erklärung zu fordern oder um Hilfe zu rufen, öffnete sie nach einer Schrecksekunde wortlos das Tor.

»Wer seid Ihr? Gottesmänner tragen keine Pistolen.«

»Die Heiligen Drei Könige«, antwortete de Sade und wies nacheinander auf sich selbst, Marais und Bonnechance. »Melchior, Kaspar und Balthasar.«

»Was wollt ihr?«

»Seid Ihr allein hier? Wo ist Ihr Mann?«, fragte Marais.

»Ich brauch keinen Mann«, antwortete die füllige Frau, während sie Marais' Blicke herausfordernd erwiderte. »Was wollt Ihr?«

»Eine warme Stube und ein Dach über dem Kopf.«

»Dass ich nicht lache...«

»Nur zu, Madame. Solange Sie es nicht zu laut tun. Wir wollen schließlich keinen Ärger mit den Nachbarn riskieren, nicht wahr?«, meinte Marais.

De Sade nahm die Frau am Arm und drängte sie durch die geöffnete Tür ins Innere des Hauses.

In der Halle brannten zwei Kerzen auf einem Tischchen nicht weit von der Tür.

Die füllige Frau raffte den Morgenmantel über der Brust zusammen und wies auf Bonnechances Waffe.

»Ich weiß, wer ihr seid. Ihr kommt von diesem hageren Kerl, der letzte Woche nach den Kindern gesehen hat. Hieß er nicht Monsieur Blanchet? Er hatte dieselben unmöglichen Manieren. Also nimm das Ding herunter, schwarzer Prinz. Ich bin eine alte Frau. Ich tu dir nichts.«

Bei der Erwähnung des hageren Mannes wurde Marais hellhörig. Dabei konnte es sich nur um Joseph Fouché handeln.

»Also, wo sind die Kinder, Madame?«, fragte de Sade mit Unschuldsmiene.

Madame warf ihm einen bösen Blick zu. »Kein Mensch hat mir gesagt, dass es jetzt jede Woche so geht, dass mitten in der Nacht irgendwer hier hereintrampelt, um nach den Kindern zu sehen. Die schlafen um diese Zeit! Und wer hat dann den Ärger, wenn Ihr sie aufweckt? Männer! Herrgott!«, regte sich die Frau auf.

Bonnechance senkte seine Waffe, und de Sade wies zur Treppe im hinteren Teil der Halle.

»Sind die Kinder dort oben, Madame?«

»Wo sonst?«, fauchte Madame. »Und es ist seit letzter Woche bestimmt keines von ihnen weggekommen!«

»Das ist löblich«, beruhigte sie de Sade.

»Sagen Sie, Madame, wann ist denn zuletzt eines hinzugekommen?«, erkundigte sich Marais mit einem charmanten Lächeln.

»Was für eine dumme Frage, Monsieur!«, wandte sich Madame an Marais. »Ihr Patron hat doch die Papiere eingesehen. Bei mir ist alles in Ordnung! Ich führe ein anständiges Haus!«

So, dachte de Sade, Fouché hatte sich also vornehmlich für die Eingangs- und Ausgangsbücher Madames interessiert. Bemerkenswert. Was hatte er wohl darin zu finden erhofft?

Marais erweiterte seine Charmeattacke und legte Madame

den Arm um die gut gepolsterten Schultern. »Sie wissen doch, wie das ist, Madame. Manchmal, da weiß bei uns die rechte Hand nicht, was die linke tut und umgekehrt. Schätzen Sie sich glücklich, dass Sie hier ihr eigenes kleines Reich haben, ganz ohne irgendeinen Patron.«

Madame war Marais' plötzliche Einfühlsamkeit sichtlich suspekt. Aber sich seinem Charme völlig zu entziehen, gelang ihr auch nicht. »Ach, den kleinen Maurice, meinen Sie? Na, der kam im September! So ein süßer kleiner Wurm, ganz seidiges Haar hat er und Augen wie glänzende Kastanien. Solch ein Sonnenschein!«

Im September, dachte de Sade. Um die Zeit, als man das Mädchen vom Seine-Quai ermordet hatte. Sollte Madame wirklich jene Kupplerin sein, von der Delaques und Sistaine berichtet hatten? Und war sie daher die Frau, die Guillou und den Krüppel in der verborgenen Kapelle erschossen hatte? Unmöglich, dachte de Sade. Dazu war sie zu alt und zu einfältig.

»So, im September!« lächelte Marais. »Und es geht ihm gut, dem kleinen Sonnenschein?«

»Dick und rund wie eine Made im Speck!«, bestätigte Madame, wobei sich in ihrem Gesicht ein zaghaftes Lächeln zeigte. De Sade, Bonnechance und Marais hatten aus bestimmten Gründen so ihre Schwierigkeiten mit Madames Bild von den Maden im Speck, nachdem sie erst kürzlich Käfer aus den leer gefressenen Augenhöhlen ermordeter Kleinkinder hatten kriechen sehen.

Irgendwo im hinteren Teil der Halle knarrte eine Tür.

Bonnechance fuhr herum, die Pistole im Anschlag.

Ein Mädchen betrat die Halle. Sie trug ein Nachthemd wie Madame und eine kleine Lampe, die sie zunächst mit ihrer Hand beschirmte. Sobald sie erfasste, dass da drei Fremde bei

Madame an der Tür standen, ließ sie ihre Hand von der Lampe sinken. Warmes Kerzenlicht fiel auf ihr ebenmäßiges Gesicht.

»Madame Jolie? Wer sind diese Männer?«, erkundigte sich das Mädchen verschreckt.

Das Licht der Lampe fiel auch auf eine Stickerei in einem prächtigen Rahmen an der Wand. In kunstvoll gestalteten Buchstaben zeigte sie die drei Sinnsprüche, welche die Männer aus dem grauen Waisenhaus in Paris kannten.

Marais erstarrte.

»Monsieur? Ist Ihnen nicht wohl?«, erkundigte sich Madame Jolie, während das junge Mädchen ihren Schrecken vor Bonnechances Waffe überwand und zaghaft näher trat.

Marais sah zu Bonnechance. »Sperr sie hier irgendwo ein!«, zischte er. »Und bleib bei ihnen! Nichts und niemand verlässt oder betritt dieses Haus, verstanden?«, befahl er mit belegter Stimme. Er wandte sich de Sade zu. »Sie – mit mir! Nach oben!«

In die beiden oberen Schlafsäle fiel genug Mondlicht. Marais und de Sade hätten keine Lampe gebraucht, um die schlafenden Kinder in deren Betten zu erkennen.

Im ersten der beiden Räume schliefen vier Knaben, alle älter als dreizehn Jahre. In dem zweiten Raum fanden sich ein Säugling und drei etwa vierjährige Mädchen, die sich an ihre Lumpenpuppen geklammert in ihren schmalen Bettchen drehten, sobald de Sade und Marais durch die Tür sahen. Alle diese Kinder schienen gesund und wohlgenährt. Auch ihre Zimmer und Bettchen wirkten sauber und sehr ordentlich.

In dem letzten und größten der Schlafzimmer waren die Vorhänge vorgezogen, sodass de Sade und Marais zunächst nichts erkennen konnten. De Sade schlich ins Dunkle, und obwohl er sein Knie anstieß, gelang es ihm, eines der Fenster zu erreichen und dessen Vorhänge etwas zurückzuziehen.

Hier lagen weitere zehn Jungen, wohl zwischen vier und elf Jahren alt. Sie schliefen fest.

Zusammen waren dies fast zwanzig Kinder, und Marais vermutete, dass sich im Erdgeschoss noch ein Schlafsaal für ältere Mädchen befinden musste. Von dorther musste das Mädchen mit der Lampe gekommen sein.

Das waren sehr viele Kinder, um einen Satanistenorden mit der nächsten Generation von Opfern zu versorgen. Marais fragte sich, ob es sich bei dem Säugling, den sie nebenan zwischen den drei Mädchen hatten schlafen sehen, um das Kind des Mädchens vom Seine-Quai handelte. Doch weshalb war er dann immer noch am Leben? Etwa, weil seit seiner Geburt keine Schwarze Messe mehr gefeiert worden war?

»Wer seid ihr?« fragte ein kleiner Junge. Er hatte sich im Bett aufgesetzt und rieb sich müde die Augen.

Marais und de Sade fuhren erschrocken herum und traten zu dessen Bett. »Wir sind die Könige aus dem Morgenland, mein Kleiner«, flüsterte de Sade und tätschelte dem Jungen versonnen den Kopf. Der Junge war zwar erstaunt, aber hatte offensichtlich keine Angst vor den beiden fremden Männern neben seinem Bett.

»Oh! Aber es war doch noch gar nicht Weihnachten? Ihr seid viel zu früh!«, wunderte er sich.

»Das ist schon in Ordnung so, mein Kleiner. Manchmal kommen wir früher«, sagte de Sade. Marais begutachtete ein Medizinfläschchen, das auf dem Nachttisch neben dem Bett stand. Er öffnete es und roch daran. »Bist du etwa krank?«

Der Junge sah ihn an, als schämte er sich, Marais' Frage zu beantworten.

»Madame Jolie sagt, ich muss immer vorsichtig sein. Wenn ich blute, hört es einfach nicht auf wie bei den anderen. Aber ich bin nicht der Einzige. Madeleine geht's genauso. Aber die ist 'n Mädchen. Da zählt's ja vielleicht nicht so wie bei mir, oder?«
De Sade und Marais mussten über die Worte und den treuherzigen Blick des Jungen unwillkürlich lächeln. »Natürlich, mein Kleiner, Mädchen, das ist ganz was anderes!«, bestätigte de Sade. Marais stellte das Medizinfläschchen wieder ab und tauschte einen langen Blick mit de Sade. Keine Frage, dass beide denselben Verdacht hegten: Der Junge war Bluter, und er war offensichtlich nicht der einzige hier. Zwei der uralten Adelsgeschlechter auf der Liste des Comte, das war allgemein bekannt, waren ebenfalls mit dem Fluch jener Aristokratenkrankheit geschlagen.

»Und Madame Jolie, ist sie gut zu euch allen?«, fragte Marais leise.

»Oh, na ja ... Ich glaub schon. Ich hasse Karotten, weißt du, aber manchmal zwingt Madame mich trotzdem, sie zu essen.«

Das war ohne Frage furchtbar, dachte Marais amüsiert und tätschelte dem Jungen verständnisvoll den Kopf

»Was ist mit den anderen hier? Geht's denen auch gut bei Madame Jolie?«, erkundigte sich de Sade

Der Junge nickte eifrig.

»Keiner von ihnen verschwindet manchmal?«, flüsterte de Sade.

Der Junge zog eine Schnute und blickte Monsieur le Marquis an, als sei ihm dessen Frage höchst unangenehm.

Merde, dachte das alte Ungeheuer, es ist womöglich doch wie Marais annahm: Manchmal verschwanden die kleinen Kinder von hier auf Nimmerwiedersehen.

»Ich ... ich ... Na ja, wir sind alle brav, Monsieur ... Fast immer. Aber wir sind Waisen. Weißt Du, was eine Waise ist, Monsieur König? Das ist ein Kind ohne Vater und Mutter. Wir gehören Madame Jolie. Und irgendwie gehören wir auch Gott. Ich glaub, wir gehören sogar zuerst Gott und erst danach Madame Jolie. Aber außer Gott und Madame Jolie will uns sonst keiner haben. Deswegen kommt auch nie irgendwer, um uns zu besuchen. Außer Mademoiselle in ihrer Kutsche. Und Madame Jolie, die ist immer ganz aufgeregt, wenn Mademoiselle kommt, und wir müssen baden und uns ganz feine Sachen anziehen, weil Mademoiselle ja kommt, um uns zu sehen, und Madame Jolie will nicht, dass wir uns blamieren, weißt Du, Monsieur König?«

Marais und de Sade tauschten erneut Blicke. »Mademoiselle kommt also, um euch zu besuchen, sagst du? Und wie sieht Mademoiselle aus? Und kommt sie immer allein? Nimmt sie vielleicht manchmal einen von euch mit in die große Stadt?«

»Das sind aber viele Fragen, Monsieur König«, meinte der Junge, plötzlich misstrauisch geworden.

Marais setzte sich vorsichtig auf die Bettkante des kleinen Jungen und strich ihm lächelnd über den wuscheligen Blondschopf.

»Du musst ja nicht alle Fragen auf einmal beantworten, Junge«, flüsterte er und blickte den Kleinen aufmunternd an.

Doch bevor der Junge antworten konnte, meldete sich sein Bettnachbar. »Noël? Was sind das für Kerle bei dir?« Er war erheblich älter als Noël und schwang sich jetzt aus dem Bett. Seine dünnen Beine, die unter dem zu kurzen Nachthemd hervorragten, waren so blass, dass sie beinahe im Dunkeln leuchteten.

»Das sind die Könige aus dem Morgenland. Aber bloß zwei davon«, entgegnete der kleine Noël so ernsthaft und aufrichtig, dass de Sade sich mit aller Macht ein Lachen zu verkneifen hatte.

»Blödsinn!«, sagte der größere Junge.

»Siehst du nicht, wen du vor dir hast?«, bellte de Sade den größeren Jungen böse an. Offenbar machte erst sein Anraunzer dem Jungen bewusst, dass er da zwei Männer in Soutanen vor sich hatte.

»Oh, Monsieur Abbé, ich bitte um Vergebung«, flüsterte er und deutete eine Verbeugung an. Dann wandte er sich um und legte sich wieder in sein Bett.

Marais sah ein, dass es keinen Sinn hatte, jetzt noch darauf zu bestehen, dass Noël ihm seine Fragen beantwortete. »Du musst brav sein, mein Junge, hörst du«, flüsterte Marais dem kleinen Noël zu, erhob sich und verließ dann ohne ein weiteres Wort den Raum. De Sade schloss hinter ihnen vorsichtig die Tür. Doch er hielt Marais auf dem Weg zur Treppe zurück.

»Das war nicht ganz, was Sie erwartet hatten, nicht wahr, Marais?«, flüsterte er.

»Ziehen Sie besser keine voreiligen Schlüsse, de Sade. Diese Partie ist längst noch nicht zu Ende gespielt.«

De Sade wurde zornig. »Das sind keine kleinen Teufelsanbeter, Marais! Wie oft soll ich es Ihnen noch in Ihren Brummschädel hämmern: Dieser Orden existiert nicht!«

»Sagt wer? Etwa Jacques le Blancs Neffe? Dass ich nicht lache!«

»Starrkopf! Mein Onkel wäre jedenfalls niemals auf solchen Blödsinn hereingefallen!«

»Natürlich nicht.« Marais blickte über die Schulter zu de Sade. »Wie auch? Er hat schließlich dem alten kahlköpfigen Betrüger auf Les Innocents höchstpersönlich seine Aufwartung gemacht.«

Unten in der Halle standen etwa zehn verängstigte Mädchen in ihren Nachthemdchen vor einer halb geöffneten Tür, hinter der Marais und de Sade Bonnechance erkannten. Die Mädchen waren so damit beschäftigt, den Mann aus Saint-Domingue zu bestaunen, dass sie die beiden Fremden auf der Treppe erst bemerkten, als die bereits auf den letzten Stufen angelangt waren. Erschrocken und erstaunt fuhren sie zu ihnen herum. Marais umklammerte de Sades Arm und starrte aufgeregt zu den Mädchen herüber. »Da sehen Sie, de Sade?«, flüsterte er.

De Sade sah dort jedoch nichts außer einer Traube in Furcht und Faszination aneinandergedrängter Backfische.

Monsieur le Commissaire allerdings glaubte unter den Mädchen eine erstaunliche Entdeckung gemacht zu haben. Denn da stand eine schlanke, etwa fünfzehn Jahre alte Brünette, deren Gesicht jenem weiblichen Judas auf Gevrols Zeichnung glich. Und Judas war die einzige Figur, die Gevrol als Mensch, nicht als Automat dargestellt hatte.

»Dies ist der Ort, nach dem wir gesucht haben, de Sade! Kein Zweifel möglich«, flüsterte Marais.

»Natürlich ist er das, Sie Simpel! Was aber immer noch nicht die Frage beantwortet, was es eigentlich ist, das wir gefunden haben«, gab de Sade zurück. Dann wandte er sich den jungen Damen zu und klatschte zweimal kurz in die Hände. »Zurück ins Körbchen, Mädchen! Husch! Husch!«, rief er.

Unsicher blickten die Mädchen Marais und de Sade an, bis sie deren Kleidung einzuordnen wussten.

»Oh, Monsieur Abbé!«, sagte die Älteste von ihnen, knickste und bekreuzigte sich.

De Sade wies zum dunklen Ende der Halle. »Zurück ins Bett! Und drei Ave Marias und vier Vaterunser vorm Frühstück, weil ihr eure Betten so spät noch verlassen habt!«

Auch die übrigen Mädchen knicksten vor de Sade. Dann eilten sie davon. De Sade warf ihnen eine Reihe ziemlich unzüchtiger Blicke hinterdrein.

»Weshalb haben wir vorhin unsere Inspektion eigentlich nicht hier unten begonnen?«, flüsterte er nahezu unhörbar.

Marais zog ihn kommentarlos mit sich in den Raum, in dem er vorhin Bonnechance mit Madame Jolie und ihrer jungen Gehilfin entdeckt hatte.

Sorgfältig verschloss Marais hinter sich die Tür. Dann ließ er sich Bonnechances Pistole geben und nahm gegenüber von Madame Jolie am Tisch Platz. Er legte die Waffe mit gespanntem Hahn vor sich hin, zählte anschließend zehn Louisdor aus seiner Börse ab und stapelte sie neben der Pistole zu einem kleinen goldenen Turm.

Das alles ohne ein einziges Wort gesagt zu haben.

Verwirrt und ängstlich wischten Madames Blicke zwischen der Pistole und den Goldstücken hin und her.

»Sie haben die Wahl, Madame«, verkündete Marais schließlich. »Entweder beantworten Sie meine Fragen und streichen zur Belohnung die Louisdor ein. Oder Sie weigern sich. In dem Fall werde ich allerdings nicht zögern, Sie hier und jetzt zu erschießen.«

Das Mädchen im Nachthemd schlug erschrocken über Marais' Worte die Hände vors Gesicht.

Madame Jolie riss ihre Augen auf und holte einige Male tief Luft. »Aber Monsieur! Ich begreife nicht ...«, schnappte sie.

Marais' Blick blieb unverwandt auf ihre Augen gerichtet. So lange, bis Madame sie niederschlug.

Monsieur le Commissaire lächelte hart und stellte mit leiser aber fester Stimme seine Fragen: Wann hatte man ihr das erste

Waisenkind überlassen? In welchem Alter war es? Wer hatte es ihr überlassen? Wer kam für Kost und Logis der Waisen auf? Wer waren die Väter und Mütter der Kinder?

Madame Jolie antwortete nur ausweichend und betonte dabei immer wieder, was sie doch für eine anständige Frau sei, die ein anständiges Haus für gottesfürchtige Waisen führte. Und sie könne ihre Hand auch für Mademoiselle Lafaire ins Feuer legen, jener vermögenden Dame, die dieses Haus von Beginn an durch ihre großzügigen Spenden gefördert hatte. Überhaupt habe Mademoiselle Lafaire sie ja erst auf den Gedanken gebracht, es mit einem Waisenhaus zu versuchen, nachdem Monsieur Jolie vor achtzehn Jahren so unerwartet das Zeitliche gesegnet hatte. Und natürlich brachte Mademoiselle ihr die Kinder hierher. Wie hätte es anders sein sollen? Sie war es schließlich, die für deren Kost und Logis aufkam. Im Fall der älteren Kinder zahlte sie sogar deren Schulgelder. Mademoiselles Vermögen, so berichtete Madame Jolie, rühre angeblich von einer Erbschaft her. Mehr wisse sie allerdings darüber nicht.

Auf Marais' Nachfrage, wer genau nun diese mysteriöse Mademoiselle Lafaire sei, entgegnete Madame Jolie, es handele sich um eine ältere Dame mit dunklen Augen und grauem Haar. Sie sei schon alt, das Gehen bereitete ihr inzwischen Schwierigkeiten, weshalb sie stets einen Stock bei sich führte.

Marais und de Sade tauschten einige längere Blicke. Dann verlangte Marais zu wissen, woher die Waisen kämen, die Madame Jolie hier mithilfe von Mademoiselle Lafaires großzügigen Spenden aufzog. Schließlich fielen Waisen ja nicht einfach so vom Himmel.

Madame Jolie räusperte sich, legte die Hände auf dem Tisch übereinander und sah Marais endlich geradeheraus an. Elternlose Waisen, sagte sie, gäbe es in Zeiten wie diesen weiß Gott genug. Ohnehin seien sämtliche Kinder ja als Säuglinge zu ihr gekommen, und so kleine Würmer hatten keine Erinnerung daran, woher sie stammten. Wie hätte sie das dann je erfahren sollen? Und was Mademoiselle Lafaire betraf, die ihr all die Kinder gebracht hatte, so hatte sie diese nie danach gefragt. Wozu auch? Besser man machte sich gar nicht erst Gedanken darüber, aus welch schrecklichen Verhältnissen jene kleinen Sonnenscheine ursprünglich stammten. Die Einzige, sagte Madame Jolie und warf der jungen Frau im Nachthemd einen abschätzigen Blick zu, die nicht als Säugling zu ihr gekommen sei, war Marie Adalbert hier, deren Eltern entfernte Verwandte von ihrem Gatten, Gott hab ihn selig, gewesen waren.

Marais lehnte sich in seinem Stuhl zurück und verschränkte missbilligend die Arme vor der Brust. Bonnechance musterte Madame Jolie von der Zimmertür aus wie ein Metzger ein zur Schlachtung auserkorenes Schwein.

De Sade hingegen schien all die Zeit vollständig vom Anblick von Marie Adalberts Brüsten in Anspruch genommen, die sich aufreizend deutlich unter ihrem dünnen Nachthemd abzeichneten.

»Keines der Kinder, die Mademoiselle Ihnen brachte, hat dieses Haus also bisher je wieder verlassen?«, fragte Marais endlich.

»Selbstverständlich nicht«, bestätigte Madame Jolie eilig.

Marais holte das seltsame silberne Kreuz hervor und schob es ihr zu. »Haben Sie so etwas schon einmal gesehen?«

Madame betrachtete das Kreuz widerwillig eine Weile, dann schüttelte sie ihren Kopf.

»Nein, Monsieur! Ist es heidnisch? Orientalisch vielleicht?«

Marais' Blicke bohrten sich unbarmherzig kalt in Madame

Jolies Augen. »Sie haben also in allem die Wahrheit gesagt, Madame?«

»Selbstverständlich, Monsieur!«, entgegnete sie und legte dazu sogar dramatisch die Hand auf ihre beachtliche linke Brust.

Marais ergriff die Pistole und richtete sie auf Madames Stirn. »Nun gut, dann kann ich nichts mehr für Sie tun, Madame! Sie haben Ihre Wahl getroffen!«

Madame Jolie sprang auf und stolperte schockiert einen Schritt vom Tisch zurück. »Aber Monsieur! Ich bitte Sie! Das ist doch keine Art, mit einer Dame umzuspringen!«

Marie breitete empört die Arme aus und trat zwischen Marais' Pistole und Madame Jolie. »Wie können Sie es wagen, Monsieur!«, rief sie außer sich vor Zorn. »Sie schneien mitten in der Nacht in dieses Haus und bedrohen die Frau, die für mich wie eine Mutter ist! Schämen Sie sich! Und zwar Sie alle!«

Trocken forderte Marais sie auf, aus dem Weg zu gehen. Marie dachte jedoch gar nicht daran. »Was gibt Euch denn das Recht, Madame einfach so zu verurteilen, Sie Unhold!«, empörte sie sich.

»Die Toten«, entgegnete Marais, »geben mir das Recht dazu!«

»Von welchen Toten reden Sie denn da, Monsieur?«, meldete sich Madame Jolie hinter Maries Rücken hervor.

»Von welchen Toten ich rede, Madame?«, zischte Marais halblaut. »Von dreizehn jungen Frauen. Dreizehn junge Frauen, deren Namen niemals ermittelt werden konnten, weil ihr Mörder von ihnen nicht genug übrig ließ, um sie identifizieren zu können. Dreizehn jungen Frauen, die sämtlich vor ihrem Tod ein Kind zur Welt gebracht haben. Kinder, von denen bis heute Nacht jede Spur fehlte!«

Maries Augen hatten sich geweitet. Aus ihrem Gesichtsausdruck sprach tiefster Schrecken.

»Sie... Sie sind ja wahnsinnig, Monsieur! Nichts davon ist wahr!«, fauchte Madame Jolie hinter Marie hervor.

Für eine kleine Ewigkeit herrschte ein gefährliches Schweigen, zusätzlich aufgeladen von Madame Jolies nackter Angst, Marais' Entschlossenheit und Maries Verunsicherung.

»Sie... Sie sagen... diese Frauen sind geschwängert worden? Sie hatten Kinder?«, erkundigte sich Marie schließlich zaghaft.

»Die hatten sie!«, bestätigte Marais. »Und Madame hier ist die Einzige, die uns sagen kann, woher all jene Kinder hier stammen und wer deren wahre Mütter und Väter sind.«

»Das müssen Sie mir schon beweisen, Monsieur!«, verlangte Marie trotzig. »Sonst werden Sie mich nämlich zusammen mit Madame erschießen müssen. Aber dann, Monsieur, sind Sie hier der Mörder!«

Marais rührte sich nicht. Der Lauf seiner Waffe blieb weiterhin auf Madame Jolies Stirn gerichtet.

»Wann genau lieferte Mademoiselle Lafaire zuletzt ein Kind bei Ihnen ab?«, fragte er kalt.

Marie warf einen langen Blick auf die verängstigte Madame Jolie. Madame schwieg. Deshalb teilte Marie Moinsieur le Commissaire das fragliche Datum mit. »Am 14. September, spätabends, Monsieur.«

Ihre Auskunft ermunterte Marais zu einem harten Lächeln. »Nur zwei Tage zuvor zog ich den Torso eines jungen Mädchens aus der Seine. Sie hatte braunes Haar und ein Muttermal am Hals. Sie dürfte kaum sechzehn Jahre alt gewesen sein, als man sie erdrosselte und zerstückelte.«

Marie schlug die Hand vor den Mund und blickte sich zu

Madame Jolie um. »Herrgott! Kann das ... wahr sein ..., Madame?!«, stammelte sie.

Aus Madame Jolies Gesicht war alle Farbe gewichen. »Das sagt noch längst nicht, dass dieses Kind dasselbe ist, das meiner Obhut übergeben wurde«, fauchte sie.

Marais wies auf das silberne Kreuz, das immer noch auf der Tischmitte lag. »Dieses Kreuz fand sich im Unterleib des ermordeten Mädchens.«

Madame Jolie war sichtlich fassungslos über Marais' Worte, ängstlich schmiegte sie sich an die vor ihr stehende Marie. »Alles Lügen! Lügen!«, rief sie.

Marais griff nach dem silbernen Kreuz und hielt es hoch. »Sehen Sie es sich an, Madame!«, rief er. »Stellen Sie sich vor, welche Schmerzen es ihr bereitet haben muss, sich dieses Ding in ihre Vagina zu schieben! Und dann, Madame, sagen Sie mir noch einmal ins Gesicht, dass ich nicht das Recht hätte, mitten in der Nacht in dieses Haus zu kommen und Ihnen meine Fragen zu stellen!«

Maries entgeisterte Blicke hefteten sich einen Moment an das silberne Kreuz. Dann machte sie sich sanft, aber entschlossen von ihrer Ziehmutter los, trat vor den Tisch und blickte Marais in die Augen. »Was genau wollen Sie wissen, Monsieur?«, fragte sie leise.

»Alles!« antwortete de Sade an Marais' Stelle und schob Marie in Madames Stuhl.

Zugleich ergriff Bonnechance Madame Jolie und hielt sie bei der Tür fest. Als Madame sich gegen Bonnechances Griff zu wehren versuchte, versetzte er ihr eine Ohrfeige. Sie schlug die Hände vors Gesicht und starrte Bonnechance zu Tode geängstigt an. Sie presste sich an die Zimmerwand und gab keinen Ton von sich, während Marais sich jetzt Marie zuwandte.

»Mademoiselle Lafaire ist weder grauhaarig, noch geht sie am Stock, wie Madame Jolie behauptete, oder?«, sagte Marais leise.

»Nein, Monsieur, das ist sie nicht!«, antwortete Marie und raffte den Kragen ihres dünnen Nachthemdes zusammen.

Dann berichtete sie, dass Mademoiselle Lafaire wenigstens alle drei Monate die Waisen in Auteuil besuchte, dabei kleine Geschenke unter ihnen verteilte und es dabei offenbar ganz besonders genoss, mit den Jungen und Mädchen ausgelassen im Garten herumzutollen. Woher die Kinder stammten, die sie Madame Jolie zur Pflege überließ, wusste Marie nicht. Trotzdem war das Mädchen sicher, dass keine der Waisen dieses Haus jemals anders als ein in weiße Tücher eingeschlagener Säugling erreichte. Vor allem aber hatte – von zwei Jungen abgesehen, die einem schlimmen Fieber zum Opfer fielen – bislang keine der Waisen das Haus in Auteuil wieder verlassen.

Nachdem sie so weit gekommen war, beschrieb Marie Mademoiselle Lafaire: Sie war eine schlanke, überdurchschnittlich große Dame mit einem ausgeprägten Sinn für elegante Kleider und ausgefallene Schuhe. Sie hatte dunkles, langes Haar und braune Augen. Alles in allem eine hübsche Frau in ihren besten Jahren, von der man kaum glauben wollte, dass sie keinen Ehemann finden konnte.

»Eines Tages ist sie draußen beim Herumtollen von einem Regenguss überrascht worden. Ihre Kleider waren ganz durchweicht. Ich half ihr, sich umzuziehen«, erzählte Marie. »Sie hat eine hässliche Narbe. Genau hier«, Marie wies verlegen auf ihre rechte Schulter, kurz über ihrer Brust. »Sie überdeckt sie zwar mit Puder und Creme, aber sie ist da. Ein Halbkreis, etwa einen halben Finger dick. Und links und rechts davon sind winzige rote Löcher wie von Nadelstichen.«

De Sade kniff die Augen zusammen und wandte sich ab. Obwohl er es zu überspielen versuchte und sich sogleich wieder in den Griff bekam, hatte zumindest Bonnechance bemerkt, dass mit dem alten Ungeheuer irgendetwas nicht stimmte.

»Dieses Kreuze hier ... Haben Sie so etwas schon einmal gesehen, oder nicht?« fragte Marais und wies auf das Kreuz, das noch immer auf dem Tisch lag. Marie trat wortlos zu einem Schrank und zog daraus eine schwere Kassette hervor, deren Schlüssel sie um ihren Hals trug. Sie stellte die Kassette vor Marais auf den Tisch und öffnete sie. Darin befanden sich zwei kleine Bücher, einiges Geld, etwas Schmuck und ein in Samt eingeschlagenes Päckchen. Marie schlug das Tuch auseinander. Darin waren zweiundzwanzig jener silbernen Kreuze.

»Jedes der Kinder«, erklärte Marie leise, »hatte eines dieser Kreuze dabei, als man es zu uns brachte. Madame Jolie nennt die Kreuze das Erbteil Gottes.«

Marais nahm eines der Kreuze zur Hand. Auf seiner Rückseite war eine 9 eingraviert. Er nahm ein zweites hervor und ein drittes.

»Die Kreuze sind nummeriert«, sagte Marie, die seinem Blick gefolgt war.

Marais sah zu de Sade und zeigte ihm das Kreuz der Frau aus der Seine. Darauf befand sich keine Ziffer.

Marie erklärte, dass Madame Jolie den Waisen versprochen habe, ihnen ihr Kreuz auszuhändigen an dem Tag, da sie hinaus ins Leben gingen.

Marais war sicher, dass die Kreuze von der mysteriösen Mademoiselle Lafaire stammten. Ein weiterer wichtiger Mosaikstein fiel an seinen Platz. Wenn auch ganz anders als erwartet.

»Du dummes, dummes Kind!«, zischte Madame Jolie an Bonnechance vorbei. »All die Jahre haben wir ihr Geld genommen, nur damit du sie jetzt zum Dank dafür an diese Verbrecher verrätst? Alles ist verloren! Alles! Denn Sie, Monsieur, sind doch ein Verbrecher, oder? Sie sind gekommen, um uns wehzutun? Uns und Madame Lafaire?«

Marais erwiderte Madame Jolies Blicke und schüttelte dann würdevoll den Kopf. »Wir sind die Heiligen Drei Könige, Madame! Wir tun keinem weh, der das nicht auch verdient hätte!«

De Sade legte sich eine Prise auf. Keinem fiel auf, dass seine Hände dabei ganz leicht gezittert hatten.

Marais befahl Marie, Madame Jolie in deren Kammer einzuschließen und bis auf Weiteres das Geschick des Waisenhauses selbst in die Hand zu nehmen.

»Kein Mensch darf davon erfahren, dass wir hier waren, verstanden, Mademoiselle? Sagen Sie den Kindern, Madame sei krank. Vor allem lassen Sie keine Besucher ins Haus! Ganz gleich, wer Eintritt verlangt. Ich werde zusehen, dass ich Ihnen so schnell wie möglich Unterstützung schicken kann.«

Er griff ein Stück Papier, warf mit Madames Feder und Tinte rasch einige seltsame Kringel darauf und zerriss es anschließend in zwei etwa gleich große Teile. Eine der beiden Hälften steckte er selbst ein, die andere übergab er Marie. »Wen immer ich Ihnen sende, wird sich mit meiner Hälfte dieses Papiers ausweisen!«

Marais ahnte nicht, dass de Sade endlich klar geworden war, mit wem sie es wirklich zu tun hatten. Und Monsieur le Marquis hätte danach keinen Sou mehr darauf gewettet, dass irgendeiner von ihnen auch nur den folgenden Tag überlebte.

Sie waren schweigend zu ihren Pferden zurückgekehrt und hatten diese aus dem Hof zur Straße und dann über den Marktplatz bis fast zur Ortsgrenze geführt, bis Marais als Erster aufsaß und sein Tier zum Galopp antrieb.

Erst als sie den Ort um fast eine halbe Meile hinter sich gelassen hatten, zügelte de Sade sein Pferd und zwang seine beiden Gefährten, ihn anzusehen. »Ich weiß, wer diese mysteriöse Mademoiselle Lafaire ist!«

»Dann immer heraus damit, de Sade! Lassen Sie sich gefälligst nicht bitten, Sie Ungeheuer!«, rief Marais.

»Diane des Deux-Églises, die Frau des Generals. Sie haben auf Talleyrands Ball ihre Bekanntschaft gemacht, Marais.«

Bonnechance stieß einen leisen Pfiff aus. »Was macht Sie so sicher, dass es tatsächlich Madame des Deux-Églises ist, de Sade?«

»Die Narbe, die das Mädchen eben beschrieb«, entgegnete de Sade.

»Selbst falls Madame des Deux-Églises solch eine Narbe haben sollte, woher wissen dann Sie davon, de Sade?«

Marais ging ein Licht auf. »Sie haben mit ihr geschlafen, de Sade? Und dabei soll Ihnen diese Narbe all die Jahre so genau im Gedächtnis geblieben sein?«

»Das war die zweitbeste Nacht meines Lebens, Marais! Und ich hatte sie damals beide: Diane des Deux-Églises *und* Isabelle de la Tour! Unmöglich, auch nur das geringste Detail dieses göttlichen Vergnügens je zu vergessen«, sagte de Sade wehmütig lächelnd.

»Sie hatten Sie *beide*, de Sade?«, wunderte sich Bonnechance.

»Die Gattin des Generals war also eine Hure, bevor sie sich Deux-Églises angelte?«

De Sades melancholisches Lächeln wuchs sich zu einem

herausfordernden Grinsen aus. »Eine Hure, Bonnechance? Mitnichten! Sie war eine Fürstin ihrer Zunft, eine Virtuosin des Flötenblasens, Artistin der Gerte und Königin der Gossensprüche, mit der sich keine andere messen konnte, nicht einmal das blonde Biest Isabelle! Einen ganzen Goldlouis hat die Nonne mir seinerzeit für die Dienste der beiden abgeknöpft. Und eigentlich wären sie beide sogar das Zehnfache wert gewesen. Glauben Sie mir, *mes amis,* ich weiß, wovon ich spreche: Madame des Deux-Églises ist mit dieser mysteriösen Mademoiselle Lafaire identisch!«

Marais starrte de Sade missbilligend an, dann schürzte er die Lippen, schlug die Augen nieder und trieb sein Pferd zu einem harten Galopp an.

De Sade blieb verwundert und wütend zurück. Wie konnte dieser verflixte Holzkopf ihn derart ignorieren, fragte er sich empört. Er setzte sich im Sattel auf und rief Marais hinterher: »Da ist noch etwas, das Sie wissen sollten, Marais. Diane lachte mich aus, als ich von ihr verlangte, auf ein Kruzifix zu pissen! Sie nannte mich einen sentimentalen Trottel, weil ich darauf bestand, einen Gott zu beleidigen, der ihrer Meinung nach ohnehin nicht existierte!«

Marais musste de Sade verstanden haben. Dennoch trieb er sein Tier nur noch heftiger an. Den fetten, alten Marquis spornte seine Ignoranz nur weiter an.

»Sie ist eine Ungläubige, Marais! Und wer nicht an Gott, glaubt, dem ist auch der Teufel gleich! Ihr verdammter Satanistenorden existiert nicht, Marais. Das ist der Beweis! Sie sind einem Phantom nachgejagt.«

Marais zügelte sein Pferd erst, nachdem er ziemlich sicher sein durfte, ganz und gar außerhalb de Sades Rufweite gelangt zu sein.

»Immer laufen Sie vor der Wahrheit davon, Sie Trottel! Davonlaufen können Sie ja sowieso am besten!«, brüllte ihm de Sade hinterher.

Bonnechance beugte sich zu ihm herüber und funkelte Monsieur le Marquis zornig an. »Er kann Sie schon längst nicht mehr hören!«

De Sade hob den Hintern aus dem Sattel und furzte vernehmlich. »Dieser verbohrte alte Tugendwicht würde mir nicht einmal dann glauben, dass Wasser nass ist, wenn er schon längst darin ersoffen ist, Bonnechance!«

Ganz gleich wie tief Marais' Abneigung gegen de Sades Behauptung auch sitzen mochte – sowohl das alte Ungeheuer, wie der lizenzierte Mörder waren sicher, dass nichts und niemand ihn davon abhalten konnte, Madame des Deux-Églises noch heute Morgen einen Besuch abzustatten. Und sei es nur, um dem fetten, alten Marquis beweisen zu können, wie falsch er mit seiner Behauptung lag.

Es war wärmer geworden im Laufe der Nacht. Der Frost auf den Bäumen und kahlen Feldern verwandelte sich in feinste Tropfen, die im ersten Schimmer eines prächtigen Sonnenaufganges rötlich gelb aufleuchteten. Ein dünner Nebel stieg auf. Nach all jenen grauen Tagen und frostigen Nächten versprach dieser Morgen so sonnig und warm zu werden wie lange keiner mehr.

16

DIE GABEN DER FRAUEN

Sie hatten die ersten Kontrollen am Stadtrand hinter sich gebracht und führten an einem Waldstück ihre Pferde von der Straße. Marais bestand darauf, dass Bonnechance sich hier von ihnen trennte und mit Pierre le Grand und Isabelle de la Tour Kontakt aufnahm, um einen Trupp Raben nach Auteuil zu schicken, der Madame Jolies Haus besetzen und gegen jeden Angriff verteidigen sollte, der vielleicht zu erwarten war, sollte Fouché doch von ihrem Besuch dort erfahren.

Bonnechance widersetzte sich zwar, aber Marais beharrte auf seinem Befehl. So gab Bonnechance zuletzt nach und ritt in Richtung Stadtrand davon.

Er war längst verschwunden, als de Sade und Marais schließlich wieder aufsaßen und sich zusammen zur Stadt des Lichts aufmachten.

De Sade behauptete genau zu wissen, wo General des Deux-Églises' Stadtpalais lag und zu ihrer beider Erleichterung gelang es ihnen auch diesmal wieder, sämtliche von Bernard Pauls Kontrollposten unbehelligt zu passieren.

In der Stadt hingen Reste des dünnen Nebels zwischen den Häusern, der sich auf den freien Feldern des Umlands längst verzogen hatte. Dennoch erschien Paris den beiden auf ihrem Weg wie frisch geputzt. Selbst der Gestank der Vorstädte schien sich an diesem Morgen verflüchtigt zu haben.

An einer Kreuzung wurden sie von einem Trupp Gardisten auf dem Weg zu irgendeinem weit entfernten Schlachtfeld aufgehalten. Diese Gardisten waren beinah noch Kinder, auf deren Gesichtern kaum der erste weiche Flaum spross. Fröhlich ermuntert von ihrem Sergeanten, grölten sie einen beliebten Gassenhauer.

De Sade betrachtete sie bitter. »Da gehen sie in ihren Tod, Marais, all diese dummen Jungen. Bevor sie das erste Mal zum Ficken kommen, füttern sie schon die Raben. Welche Verschwendung!«

Sobald sie die Seine-Brücke passiert hatten, gaben sie ihren Pferden erneut die Sporen. Zwischen Hauspersonal, Wäscherinnen, Bauleuten, eiligen Droschken und Sänften bog de Sade plötzlich zu Marais' Erstaunen in die Rue du Bac ein. Derselben Straße, an der auch Talleyrands Stadtpalais lag. Überrascht zügelte Marais sein Tier.

»Das ist nicht Ihr Ernst, de Sade? Sie wohnt in der Rue du Bac?«

»Und ob, Marais. Kaum zwei Steinwürfe von Talleyrand entfernt!«

Vor einer eher schlichten Hausfassade kniff de Sade die Augen zusammen und starrte einen Moment auf die verschlossenen Fenster.

»Das muss es sein«, sagte er und stieg ächzend von seinem Pferd.

Marais tat es ihm gleich.

»Guten Morgen, Louis, alter Freund!«, meldete sich aus einer Toreinfahrt auf der gegenüberliegenden Straßenseite Bernard Pauls Stimme.

Er war nicht allein. Acht weitere Pudel traten auf de Sade und Marais zu.

Marais' rechte Hand lag immer noch auf seiner Satteltasche, in der er eine von Bonnechances geladenen Pistolen verwahrte. Und auch Monsieur le Marquis rechnete sich gewisse Chancen auf einen letzten Schuss aus seiner Sattelpistole aus, bevor irgendeiner der Pudel ein Ende mit ihm machte.

»Der alte Fuchs war sicher, dass du früher oder später hier auftauchen würdest«, sagte Bernard Paul. »Ich habe eine Menge Geld darauf gesetzt, dass selbst du so dämlich gar nicht sein kannst. Aber – voila!«

»Wie bedauerlich«, entgegnete Marais lauernd.

Bernard Paul wies auf Madames Eingangstür. »Die Herrin des Hauses erwartet dich, Louis!«

Ein Mädchen in weißer Schürze und Haube erschien. Sie schaute sich unsicher zwischen den Männern um.

»Nur zu, Louis. Tritt ein!«, ermunterte Bernard Paul die beiden Gefährten.

De Sade und Marais tauschten einige verwunderte Blicke, dann setzten sie sich auf die Tür zu in Bewegung.

»Ach, Louis!«, rief Bernard Paul ihm nach. »Die Soutane steht dir. Aber dass Monsieur le Marquis eine trägt, ist eine Sauerei ohnegleichen!«

Marais zuckte die Achseln und trat noch vor de Sade über die Schwelle des Hauses.

Diane des Deux-Églises erwartete sie in einem eleganten Frühstückssalon mit Blick auf einen kleinen Park, in dem sich zwei bewaffnete Pudel unruhig die Füße vertraten.

Madame war selbst zu dieser frühen Stunde makellos gekleidet, geschminkt und frisiert. Ihr Frühstückstisch war mit Delikatessen auf feinstem Porzellan bestückt.

De Sade begrüßte die Hausherrin mit einem Kratzfuß und einem gehauchten Handkuss.

Madame schenkte ihm ein Puderzuckerlächeln. »Bitte nehmen Sie Platz!«

De Sade beeilte sich, Madame zuvorkommend ihren Sessel zurechtzuschieben, bevor sie sich darin niederließ.

Marais nahm nur widerwillig seinen Platz am Tisch ein. De Sade wies auf all die Leckereien, mit denen Madame ihre Tafel gefüllt hatte. »Langen Sie zu, Marais! Das ist immerhin unsere Henkersmahlzeit!«, sagte er fröhlich und griff gierig nach einem von Madames Marmeladenschnittchen.

»Unsere Henkersmahlzeit?«

Madame nippte geziert von ihrem Kaffee. »Nun ja, Monsieur le Marquis ...«

De Sade biss herzhaft zu. Er wischte sich den Mund mit der Serviette ab und warf einen missmutigen Blick auf Marais. »Sie müssen ihm seine Unhöflichkeit nachsehen, meine Liebe. Seine Mutter war eine Gitane. Seine Manieren lassen daher zu wünschen übrig.«

Marais blickte missmutig auf Madame und de Sade. »Es gibt an diesem Tisch ja wohl nur eine Person, die sich ihre Henkersmahlzeit redlich verdient hätte!«

»Monsieur le Commissaire, wer wird denn diesen wundervollen Morgen mit dem Gedanken an den Henker verderben wollen? Außerdem gerät man auf dem Niveau meiner Sünden nicht mehr in die Verlegenheit, je ein Schafott besteigen zu müssen. Da blüht einem höchstens die Verbannung aus Paris!«

De Sade nickte angelegentlich. »Was zweifellos eine schlimmere Strafe darstellt als das Schafott.«

Madame lächelte de Sade amüsiert zu. »Sehr richtig, Monsieur!«, sagte sie.

De Sade tätschelte Madames elfenbeinweiße Hand. »Immerhin muss ich zugeben, dass auch ich neugierig auf die wahren

Hintergründe dieser leidigen Mordaffäre geworden bin. Vor allem nachdem ich gestern ein bemerkenswertes Waisenhaus besuchte, in dem sich zwar keine Waisen mehr befanden, wohl aber fast ein Dutzend erschlagener Männer und Frauen. Und als wäre dies noch nicht genug, um meine Neugierde anzustacheln, stießen Marais und ich ganz in der Nähe dieses Waisenhauses zudem auf eine raffiniert verborgene Kapelle, in der sich weitere Leichen befanden und deren Krypta mit dem seltsamsten Schrein aufwartete, den ich je zu sehen bekam.«

De Sade trank einen Schluck von der starken, dunklen Schokolade.

Madame des Deux-Églises hatte de Sade aufmerksam zugehört. »Nun ja, Monsieur le Marquis, Sie scheinen ganz hübsch herumgekommen zu sein in letzter Zeit. Zumal Sie ja kürzlich auch dem Polizeiminister, Talleyrand und der Herrin der Nacht Ihre Aufwartung gemacht haben. Man fragt sich dabei, ob die Vorschriften im Asyl von Charenton nicht zu lasch sind, wenn man den Insassen gestattet, sich ganz nach Herzenslust frei in Paris herumzutreiben!«

De Sade wischte geziert mit dem ausgestreckten kleinen Finger über seinen von Schokoladenrändern verklebten Mund. »Ich bin schließlich nicht irgendwer, Madame. Ich versichere Ihnen: Vor den wirklich gefährlichen Wahnsinnigen in Charenton ist Paris nach wie vor absolut sicher!«

Marais fand, dass Madame erstaunlich gelassen auf de Sades Eröffnung reagiert hatte, die immerhin implizierte, dass sie mehr über Madames Geheimnisse wissen mussten, als ihr lieb sein konnte.

Madame des Deux-Églises legte das kleine Messer beiseite, mit dem sie zuletzt einen Hauch Konfitüre auf ihr Brötchen gestrichen hatte. »Nun denn, Messieurs, da Sie einem Teil meiner Geheimnisse offensichtlich bereits auf die Schliche gekommen sind, kann es nur recht und billig sein, Ihnen auch alle übrigen offenzulegen. Ich werde Ihnen also meine Geschichte erzählen. Es ist eine durchaus unterhaltsame Geschichte. Wenngleich sicherlich keine, die sich für die Sorte Romane eignet, wie man sie heutzutage an junge Damen verkauft.«

De Sade biss in ein Cremetörtchen. »Das kann uns nicht schrecken, Madame. Die Qualität der französischen Schnulzen lässt ohnehin schon länger schwer zu wünschen übrig.«

Madame warf ihm einen amüsierten Blick zu und schob ihren Teller von sich. Marais war sicher, dass sie diese Plänkeleien mit dem fetten alten Ungeheuer überaus genoss. Ihre Eitelkeit, dachte er, musste sogar noch größer sein als de Sades.

»Die Welt wird von Männern regiert. Männer schreiben ihre Gesetze. Männer erklären Kriege. Männer verdienen und verschwenden die Vermögen, die die Welt am Laufen halten. Männer stellen Könige, Minister, Päpste und Präsidenten. Und wir Frauen? Wir haben uns damit zu begnügen, ihnen als Matratzen, Köchinnen und Mägde zu dienen. Bräuchte man uns nicht als Gebärmaschinen all der neuen kleinen Herren der Welt, ich bin sicher, einer von ihnen hätte längst einen Weg gefunden, uns Frauen abzuschaffen. Dabei verfügen wir Frauen über alles, was es bräuchte, um der Welt unsere eigene Herrschaft aufzuzwingen. Denn kein Mann wird jemals einen anderen Mann so absolut beherrschen können, wie eine Frau dies vermag. Darüber steht in den Schnulzen nie ein Wort.«

Ein Geräusch ließ de Sade und Marais herumfahren. Durch eine Seitentür betrat ein Mann den Salon. Er trug eine Pestmaske und hielt eine Pistole in der linken Hand, die er spannte und auf Marais' Brust richtete.

»Stören Sie sich nicht weiter an ihm«, sagte Madame leichthin. »Das ist nur Cluzot, der Kammerdiener meines Mannes. Er ist überaus nützlich. Wie man mir versicherte, ist er gleich nach meinem Gatten der beste Schütze Frankreichs.«
Marais sah sich vorsichtig nach Cluzot um. Dann blickte er zu Madame zurück.

»Eine letzte Formalie, bevor ich mit meiner Geschichte beginne. Angeblich verfügen Sie über einen Gegenstand, der mir gehört? Ich verlange ihn zurück!«, forderte Madame Marais auf.

Monsieur le Commissaire hielt seine Blicke weiterhin auf Cluzot gerichtet, während er sehr langsam in seine Tasche griff und jenes seltsame silberne Kreuz hervorholte. »Meinen Sie dies, Madame?« Er legte das Kreuz auf den Tisch und bedeckte es mit seiner Hand. »Wollen Sie denn gar nicht wissen, wie ich dazu gekommen bin, Madame?«

»Ich bitte darum!«

»Ich fand es in der Scheide eines etwa sechzehn Jahre alten Mädchens. Man sagte mir, dass es ihr unglaubliche Schmerzen bereitet haben muss, es so tief dort hineinzutreiben, dass ich es kaum wieder aus ihr herauszuziehen vermochte!«

Madame ließ dies kalt. »Es gehört trotzdem mir! Weshalb sollte ich es nachher von einem Pudel umständlich aus Ihrer Tasche hervorsuchen lassen, wenn ich es jetzt schon haben kann?« Madames ausgestreckte Hand schwebte immer noch über dem Tisch. Marais gab das Kreuz allerdings nicht her. »Dieses Kreuz hat mich an Ihren Tisch geführt, Madame. Und falls ich nachher sterben sollte, gönne ich es den Pudeln draußen vor der Tür, sich auf der Suche danach ihre Hände mit meinem Blut zu besudeln.«

Madame zog ihre Hand zurück und lachte herzlich auf.

»Nun denn, Monsieur le Commissaire. Sie sollen Ihren Willen haben! Überlassen wir es den Pudeln!«

De Sade tunkte ein Stück Cremetörtchen in seine Schokolade und warf einen langen Blick von Marais Hand über Madame zu Cluzot, der wie ein böser Geist immer noch mit seiner Pistole im Anschlag vor einem Spiegel stand. »Sie hatten uns eine Geschichte versprochen, Madame«, sagte er in bestem Plauderton. Madames Finger strichen sacht über de Sades Hand. »Das habe ich, Monsieur le Marquis!«

»Ich bin als Tochter einer Magd in einem Hurenhaus aufgewachsen. Ich habe nie an den Märchenprinzen geglaubt und wusste von klein auf, dass unter dessen glänzender Rüstung auch nur ein Mann wie alle anderen steckt. Als ich nach Paris kam, war ich sechzehn Jahre alt und hatte nichts zu verlieren. Die Nonne engagierte mich vom Fleck weg für das Chat Noir. Sie bestand darauf, dass ihre Huren regelmäßig zur Messe gingen, und ihre Kammer im Haus war karg wie eine Klosterzelle. Wir nannten sie hinter ihrem Rücken ›Krähe‹, wegen ihrer wehenden schwarzen Kleider und ihrem verkniffenen Mund. Es hieß, ein Bischof namens Jacques le Blanc hätte sie einst aus einem Konvent bei Reims entführt und in Paris als seine Mätresse etabliert. Das wird eine Legende gewesen sein, denn Guillou behauptete später, dass in ganz Frankreich niemals einen Bischof mit diesem Namen existierte. Es gab um die Zeit meiner Ankunft im Chat Noir einen zweiten Neuzugang. Sie nannte sich Isabelle de la Tour. Eine große, kühle Bauerntochter aus Dunkerque. Sie war es, die der Nonne den Vorschlag machte, uns beide als Doppelakt anzubieten. Isabelle hatte zuvor bereits in einem Bordell gearbeitet. Bei ihr war ein kleines dunkles Mädchen, das vielleicht ihre Tochter war ... Und, was soll ich sagen, Messieurs? Wir waren ein glänzender Erfolg. Jedenfalls so lange, bis die Nonne dahinterkam, dass Isabelle es hin und wieder auch mit mir trieb. Der heilige Zorn überfiel sie, sobald sie von Isabelles Vorliebe für andere Frauen erfuhr. Man sagte, dass die Nonne in jungen Jahren eine große Schönheit gewesen sei. Und, Monsieur le Marquis, Sie wissen ja nur zu genau, was schönen Novizinnen in einem Konvent blüht.«

De Sade tätschelte lächelnd Madames Hand. »Sie werden von den älteren Nonnen behandelt wie Dreck. Muss der Neid sein. Selbst die trockenste Äbtissin ahnt ja, dass der Heiland letztlich auch bloß ein Mann war. Und Männer bevorzugen ihre Bräute nun mal jung, hübsch und adrett und nicht alt, vertrocknet und bitter!«

Madame schenkte dem alten Ungeheuer einen ironisch anzüglichen Augenaufschlag.

»Jedenfalls trieb die Nonne die arme Isabelle mit einer Kutscherpeitsche aus dem Chat Noir, sobald sie von unserem Techtelmechtel erfuhr. Die mächtige Herrin der Nacht! Sie war eben auch nicht besser als die heuchlerischen Philister, denen sie ihre Mädchen anbot. Isabelle verschwand aus Paris. Einen Tag nachdem sie vertrieben worden war, verschwand auch ihre kleine dunkelhaarige Tochter. Ich bin sicher, dass die verdammte alte Krähe das besonders bedauerte. Die Kleine war hübsch und gescheit. Sie hätte eines Tages eine prächtige Kurtisane abgegeben. Isabelle war nicht mehr zu helfen. Ich musste meine eigene Haut retten. Also schwor ich der dürren, alten Krähe hoch und heilig die Treue und wurde gnädig weiter geduldet. Jedoch nicht für lange. Einen Kunden gab es, dem die Nonne selbst die gröbsten Unverschämtheiten durchgehen ließ. Er hatte eine Vorliebe für Reitgerten, Fürze und Kruzifixe, die er von seinen Gespielinnen bepissen ließ, bevor er sie dazu brachte, sie ihm genussvoll in seinen Arsch zu schieben. Er war enthusiastisch und auf eine verdrehte Art sogar amüsant. Nachdem Isabelle aus Paris verschwand, erklärte er mich zu seiner bevorzugten Gespielin. Es verging keine Woche, in der er mir nicht mindestens zweimal seine Aufwartung machte. Doch das einzige Mal, als er mich genauso nahm wie jeder andere Mann im Chat Noir das tat, veränderte mein Leben. Ich wurde schwanger. Statt der alten Krähe mein Missgeschick einzugestehen, war ich dumm genug, den Verursacher meiner Nöte um einen Unkostenbeitrag für die Beseitigung meines Problems zu bitten. Ich fand das nur recht und billig. Zwar hatte die Nonne für solche Fälle mit ihrer Schule der Kurtisanen Vorsorge getroffen. Aber wir Huren hatten dort für den Unterhalt unserer Bälger zu bezahlen, und zwar, Messieurs, nicht zu knapp! Ich war nicht sonderlich erpicht darauf, meine Einnahmen mit einem Balg zu teilen, zumal die Nonne mich schließlich so schon heftig genug schröpfte. Monsieur warf mich aus seinem Haus, als ich mit meinem Anliegen bei ihm erschien. Mehr noch – er beschwerte sich bei der Nonne über meine Taktlosigkeit. Sie war darüber sogar noch zorniger als über Isabelles Verfehlung und warf mich ebenfalls hinaus. Kein Hurenhaus in Paris würde mich beschäftigen, und sobald sich mein Missgeschick herumsprach, würde es auch kein anderes in ganz Frankreich wagen. Es war Anfang November, und die Lumpensammler stiegen des Morgens in den Straßen über die ersten erfrorenen Bettler. Ich fand eine zugige Dachkammer, doch länger als eine Woche hätte ich sie nicht bezahlen können. Ich war so verzweifelt, dass ich mich an die Schwiegermutter jenes Mannes wandte, dem ich mein Unglück verdankte. Sie hörte mich nicht einmal an, sondern drohte, mich von ihren Lakaien aus dem Haus prügeln zu lassen. Da saß ich nun, ich dumme Gans, allein und ohne einen blanken Heller, mitten im Winter und mit einem Parasiten unter meinem Herzen, der stündlich wuchs und gefräßiger wurde. Die Männer, die es erregte, ihre Schwänze in Schwangere zu schieben, waren dünn gesät und würden es sich nicht mit der Nonne verderben wollen, die einen Bann über mich verhäng hatte.«

Madame des Deux-Églises griff nach einem Fayencedöschen, aus dem sie sich anmutig etwas Schnupftabak auftat und diesen geziert schniefte.

»Ich hatte fast zwei Jahren in Paris verbracht, doch außer Isabelle und den Mädchen im Chat Noir kannte ich kaum einen Menschen hier. Meine ehemaligen Kunden und Gefährtinnen mieden mich wie eine Pestleiche. Von ihnen war keine Hilfe zu erwarten. Aber mindestens gab es einen Menschen, der mir half und der die Nonne sogar noch tiefer verachtete als ich. Er war ein düsterer, eigenwilliger Mann. Aber er war kein Feigling. Und obwohl er die Tugend pries, verachtete er die Konvention.«

Marais und de Sade tauschten einen Blick.

»Sie haben ihn kennengelernt, Messieurs. Sein Name lautete Abbé Guillou, und er sollte mein treuester Komplize werden. Er war es auch, der mich mit Maurice Gevrol, einem Arzt im Hôtel-Dieu, bekannt machte, der einige Zeit später der Dritte in unserem Bunde werden sollte. Guillou hatte sich damals bereits einen Namen gemacht. Er diente einem Professor der theologischen Fakultät als Adlatus und verbrachte seine Tage in den Hörsälen und Bibliotheken. Die Nächte dagegen schlug er sich an verrufenen Orten zwischen Bettlern, Gaunern und politischen Verschwörern um die Ohren, denen er feurige Predigten über eine geläuterte Mutter Kirche hielt. Mit der Zeit scharte er eine Zahl ihm treu ergebener Anhänger um sich.

Kein Priester wollte den Huren die Sakramente spenden und ihnen Messen lesen, deshalb hatte die fromme Nonne Abbé Guillou dazu verpflichtet, dem es nichts ausmachte, vor ihnen zu predigen. Die Nonne legte großen Wert darauf, dass auch die geringste ihrer Huren nicht ohne eine letzte Ölung unter die Erde kam. Sie hatte eine Kammer für die Toten eingerichtet. Keine regelrechte Kapelle, aber würdig genug, um sie darin bis zu ihrer Beerdigung aufzubahren.

Als Anne, die Mutter der halbwüchsigen Denise Malton, an einem Fieber starb, las Guillou ihr die Sakramente und ließ ihre Leiche in die Totenkammer schaffen. Er ahnte nicht, dass Isabelle und ich ihn beobachteten und sahen, wie er sich in die Totenkammer schlich, dort der armen Anne das Leichenhemd hochstreifte und mit ihren steifen Brüsten, Händen und Füßen so einiges anstellte, was die Kunden der Nonne sonst ausschließlich mit lebenden Huren trieben. Er hat Isabelle und mir nie vergessen, dass wir ihn damals nicht bei der Nonne denunzierten. Als sie später doch dahinterkam, verbot sie ihm zwar jeden Umgang mit ihren Huren, aber – gute Katholikin, die sie nun einmal war – vermied tunlichst einen Skandal und verpflichtete jeden in ihren Häusern zu absolutem Stillschweigen. Ich weiß nicht, wie Guillou mich in jenem Winter in meiner elenden Dachkammer aufstöberte. Doch eines Morgens klopfte er an meine Tür, brachte Brot, Decken und einige abgelegte Kleider und verkündete, dass er einen Mann kenne, der mir vielleicht aus meiner Misere helfen könnte. Noch am selben Abend stellte er mich Gevrol, einem jungen Chirurgen am Hôtel-Dieu vor. Gevrol war besessen davon, der Ursache des Kindbettfiebers auf die Spur zu kommen, das seine eigene Mutter dahingerafft hatte und im Hôtel-Dieu schreckliche Opfer unter den Wöchnerinnen forderte. Ich erinnere mich an jedes einzelne Wort, das er damals zu mir sagte: ›Ich bin Arzt geworden, um zu verstehen, was die Maschine des menschlichen Körpers am Laufen hält und was dazu geeignet ist, sie zu zerstören …‹ Gevrol schlug mir einen Handel vor: Wartete ich weitere acht Wochen, bis in den fünften Schwangerschaftsmonat hinein, dann war er bereit, mir das Kind auszuschälen und mir, bis es so weit war, eine Unterkunft in einem Gasthaus zu verschaffen, dessen Wirt ihm verpflichtet war. Er verschwieg dabei nicht die Gefahr, in die ich mich damit begab. Die Wahrscheinlichkeit, dass ich bei der Ausschälung starb, war hoch und bislang hatte er eine solche Operation auch nur an den Toten aus den Wöchnerinnensälen des Hôtel-Dieu unternommen. Aber bevor ich mich auf der Straße für ein paar Bissen Brot und einige Schlucke Wein verkaufte, war es besser, Gevrols Angebot zu akzeptieren. Sollte ich dabei sterben, dann starb ich wenigstens in der Gewissheit, aus freiem Willen den Tod auf mich genommen zu haben.

Weihnachten und Neujahr waren vorüber, als Guillou mich eines Abends gegen Mitternacht in einer Kutsche abholte. Gevrol hatte seine unheimliche Morgue mit dicken Kerzen erleuchtet. Der stickige Leichendunst darin brachte mich zum Würgen. Guillou bestand darauf, dass ich so viel von dem billigen Wein aus dem Gasthaus trank, wie ich herunterbekommen konnte. Doch statt mich zu betäuben, schien der Wein meine Sinne nur noch geschärft zu haben.

Gevrol hatte einen monströsen Stuhl bauen lassen, in dem ich mit ausgebreiteten Beinen fixiert wurde. Er verabreichte mir eine Dosis Laudanum, die mich unempfindlich gegen den Schmerz machen sollte. Ich hatte furchtbare Angst. Aber für Reue war es längst zu spät.«

Marais horchte auf, sobald dieser Stuhl ins Spiel kam. Handelte es sich etwa um denselben, den er in dem grauen Waisenhaus gefunden hatte? De Sade hingegen war mit jedem Wort Madames zusehends fahler geworden. Törtchen und Schnittchen rührte er nicht mehr an. Marais war inzwischen sicher, dass es de Sades Kind war, das da ausgeschält worden war. Und es gefiel dem alten Scheusal offenbar ganz und gar nicht, sich anhören zu müssen, wie das vonstatten gegangen war.

»Guillou nahm mit einem Kruzifix in der einen und einer Bibel in der anderen Hand neben dem Stuhl Aufstellung und murmelte Gebete, während Gevrol meine Röcke lüpfte und ich mich für seine erste, noch sehr zarte Berührung meiner Weiblichkeit mit einem Schwall Pisse revanchierte, die ihm heiß ins Gesicht spritzte. Solch Ungemach hielt ihn nicht auf. Er griff nach seinen Nadeln und führte sie vorsichtig tastend in mich ein. Wein und Laudanum hatten zwar mein Schmerzempfinden betäubt, doch konnten sie mich nicht vollständig überwältigen, sodass mir all die Zeit der modrig süße Geruch alten Blutes und verwesenden Gewebes in der Nase stand und ich mir jedes einzelnen der Schreie klar bewusst blieb, die ich – nicht nur vor Schmerz, sondern auch aus Angst – ausstieß, während Gevrols Instrumente sich in meine Eingeweide wühlten. Guillous Blicke brannten sich gierig und funkelnd in meine Weiblichkeit, als Gevrols Nadeln und Zangen das erste Stück blutigen Fleisches aus ihr herausbeförderten.

Gevrol warf Stück um Stück der blutigen Brocken, die er aus mir herauszog, in eine Blechschüssel, die er auf dem Boden zwischen meinen Beinen bereithielt. Ich nahm all das wahr wie in einem Albtraum. Zuletzt erhob er sich und warf Nadeln,

Zangen und lange Scheren auf ein blutiges Tuch. Es war vorbei. Der Parasit in mir war ausgeschält, tot. Guillou betete lauter, ich habe nie gefragt, ob für mich oder den in Stücke geschnittenen Parasiten in jener Blechschüssel. Die Flammen der Kerzen flackerten und warfen gespenstische Schatten an die feuchten Wände. Irgendwo quiekte eine Rotte Ratten. Gevrol hatte zu einer Feder gegriffen und bannte damit akribisch jeden blutigen Fetzen, den er aus meinem Leib geschält hatte, auf einige Bögen Papier. Ich schwebte wahrscheinlich zwischen Tod und Leben, obwohl Gevrol es vermocht hatte, meine heftigen Blutungen zu stillen. Dennoch sah ich, wie er die blutigen Brocken – Hautlappen für Hautlappen, Knöchelchen für Knöchelchen – aneinanderfügte, grob vernähte und so eine abscheuliche Kreatur erschuf, die er in ein großes Glas mit Alkohol gab. Diese Kreatur war nicht menschlich, aber auch kein Tier und glich nichts, was ich je zuvor gesehen hatte. Aus ihrem winzigen Mund und jenen Löchern, die vielleicht einmal Augen hätten werden können, schien sie mich aus ihrer gläsernen Kammer heraus anzustarren. Nicht ängstlich, zornig oder hämisch, sondern – wachsam.«

Marais holte einige Male scharf Atem. Er musste an sich halten, diesem Monster in ihrem Seidenkleid nicht hier und jetzt den Garaus zu machen.

Madame tat sich eine Prise auf und schnupfte sie.

De Sades Gesicht verwandelte sich für einen Moment in eine fahle Fratze des Schmerzes. Marais empfand beinah Mitleid mit ihm.

Madame genoss die Tortur, der sie Monsieur le Marquis unterzog. »Was haben Sie, Messieurs? Ist Ihnen der Appetit vergangen?«, erkundigte sie sich.

»Mitnichten, Madame«, zwang sich de Sade zu einer Antwort und stocherte lustlos auf seinem Teller herum.»Es brauchte schon eine ganz besondere Geschichte, um meine Henkersmahlzeit angemessen zu untermalen. Bravo, Madame, bisher ist Ihre Geschichte geradezu superb!«

Madame breitete die Arme aus und senkte den Kopf wie eine Schauspielerin auf einer Bühne, um sich artig für den Applaus ihres Publikums zu bedanken. »Merci, Monsieur le Marquis! Umso mehr, da Ihr Lob einer Geschichte gilt, die den im Grunde unverzeihlichen Nachteil hat, wahr zu sein!« Sie befeuchtete ihre Lippen mit einem winzigen Schluck Kaffee und fuhr fort.

»Gevrol brachte mich bis zum Frühjahr im Hôtel-Dieu unter, wo er sich täglich von meinen Fortschritten überzeugte. Länger als einen Monat schwebte ich in Lebensgefahr, dann begann ich mich zu erholen. War der Abbé besessen von seinem Ideal einer geläuterten Heiligen Mutter Kirche, so wurde Gevrol regelrecht zerfressen von seinem Ehrgeiz, die Ursache des Kindbettfiebers zu ermitteln. Obwohl er nicht an Ruhm oder hohen Stellungen interessiert war, setzte er alles daran, zum neuen Polizeiarzt bestellt zu werden, da dies ihm Zugriff auf Wöchnerinnen auch in anderen Hospitälern und vor allem in den Hurenhäusern und Nachtasylen von Paris erlaubte, sodass er diese in seine Studien einbeziehen konnte. Ich half ihm einige raffinierte Intrigen einzufädeln, die schließlich im Frühjahr 1791 von Erfolg gekrönt wurden. Als Polizeiarzt konnte Gevrol überdies der Nonne, jener alten Krähe, großen Schaden zufügen, indem er zum Beispiel ihre Häuser oder einige ihrer Huren und Kurtisanen öffentlich als unsauber deklarierte. Er revanchierte sich für meine Hilfe, indem er gleich am Tag nach seiner Bestallung der Nonne im Chat Noir einen Besuch abstattete und ihr ein Arrangement abzwang, das es mir erlaubte, mich als selbstständige Kurtisane zu etablieren. Schon im Juni verfügte ich wieder über ein hübsches Boudoir und eine ansehnliche Schar von Bewunderern, die mir ein auskömmliches Leben ermöglichten. Doch ich gab mich keinen Illusionen hin: Die erzwungene Waffenruhe mit der Nonne konnte nicht von Dauer sein.

Guillou brach die Nachricht, dass der König den Eid auf die Verfassung schwor, das Herz. Er nannte die Revolution eine Farce, und er wetterte bei jeder Gelegenheit gegen die Nationalversammlung und deren Abgeordnete. Madame Olympe de Gouges' *Erklärung der Rechte der Frau und Bürgerin* wurde verlesen, von den Männern in der Nationalversammlung kurzzeitig bejubelt und anschließend wieder begraben. Einige radikale Rechtsanwälte, Notare und Journalisten traten neuerdings unter dem Namen Jakobiner in der Nationalversammlung auf. Guillou bezeichnete sie als Kreaturen der Hölle. Doch noch größeren Hass empfand er gegenüber Talleyrand, den ehemaligen Bischof von Autun, der trotz seines Kirchenamtes fröhlich Bastarde in die Welt vögelte und es außerdem wagte, das Vermögen der Kirche dem französischen Staat zu überschreiben. Eines Nachts unterbreitete Guillou uns einen tollkühnen Attentatsplan gegen Talleyrand, Gevrol und ich lachten ihn jedoch aus. Woraufhin Guillou für viele Wochen aus Paris verschwand. Erst eines Morgens, Ende Februar 1792, brachten ihn zwei Maurergesellen zu meinem Haus. Ich ließ ihn in mein Boudoir schaffen und rief nach Gevrol, der die Reste der zerfetzten Kutte von Guillous Leib herunterschnitt, ihn untersuchte und feststellte, dass er von schwärenden Rissen und Einstichen übersät war. Übrigens zeigte er sich ausgesprochen fasziniert von Guillous sehr besonderer Anatomie.«

De Sade überwand sich zu einem bösen Lächeln. »Nun, er

wird nicht jeden Tag ein solch prächtiges Exemplar eines Hermaphroditen vor sich gehabt haben, nehme ich an.«

Madame hob die Augenbraue. »Dann haben Sie ihn also in der Kapelle gefunden?«

De Sade nickte. »Seine Leiche modert zweifellos immer noch eben dort, wo Sie ihn erstochen haben.«

Madame senkte das Köpfchen und fügte ihrem Lächeln eine aasige Note hinzu, bevor sie ihre Geschichte fortsetzte.

»Die Herkunft seiner Wunden erklärte Guillou damals übrigens damit, dass er sich einer Schar von Büßern angeschlossen habe, die betend durch die Provinz gezogen waren, bis eine Meute aufgebrachter Bauern mit Gabeln und Knüppeln den größten Teil von ihnen erschlug. Nach diesem Abenteuer war er nie wieder derselbe. Zwar hatte in ihm immer schon etwas Monströses gelebt. Nun jedoch bemühte er sich gar nicht mehr, seinen Zorn und die dunklen Gelüste im Zaum zu halten. Was mir in gewisser Weise nur recht sein konnte. Er kam und ging in meinem Haus, wie es ihm passte. So befremdlich er als Hausbewohner auch war, ich mochte ihn dennoch in meiner Nähe wissen. Und sei es nur als Maskottchen und Souvenir. Ich verfügte über eine Handvoll angenehm großzügiger Gönner, ein Haus, Personal, Kleider und sogar ein Gespann samt Kutscher. Da war sie nun die Freiheit, die mir so wertvoll war. Bloß was sollte ich damit anfangen? Mich ewig als Kurtisane zu verkaufen, war mir nicht genug, und die Vorstellung einer Ehe mit einem meiner vermögenden Verehrer stieß mich ab. Ich war überzeugt, früher oder später musste mir Fortuna ein weiteres Mal hold sein. Es blieb ihr gar nichts anderes übrig. Ich hatte mir ihre Zuwendung hart genug verdient. Doch zunächst bestand ich meine zweite Feuertaufe. Denn im März half ich Guillou dabei, den Abgeordneten Roliny zu töten. Er war ein gelegentlicher Besucher meines Boudoirs und ein guter Freund des radikalen Jakobiners Saint-Just.

In Paris waren die Preise für Brot auf absurde Höhen geschossen. Einfache Leute hungerten bereits das ganze Jahr. Meine Vorratskammern hingegen waren dank meiner Gönner gut gefüllt. Aber eine volle Vorratskammer war damals bereits genug, um vor einem Tribunal zu landen. Eine ehemalige Magd der Nonne verrriet mir, dass die alte Krähe Roliny dazu gebracht hatte, sich als Zeuge der Anklage gegen mich herzugeben. Er musste verschwinden. Es bereitete mir keine Mühe, Guillou zu überreden, den Abgeordneten für mich zu töten, und zu meiner Freude erklärte sich Gevrol sogleich bereit, anschließend die Leiche verschwinden zu lassen. Ich lockte Roliny mit dem Versprechen auf eine ganz besondere Nacht in mein Boudoir, in dessen Kleiderschrank Guillou bereits mit seiner Garotte wartete. O, Messieurs, unvergesslich jede Berührung Rolinys in dieser Nacht! Wie sehr er sich doch bemühte, mir zu Willen zu sein. Und dabei hielt Guillou die ganze Zeit im Schrank bereits seine Schlinge für ihn bereit.«

De Sade brachte ein Lächeln zustande, so kalt und wissend, dass es Marais einen Schauer über den Rücken jagte. »Zu keinem anderen Zeitpunkt ist die Wollust größer und die Befriedigung tiefer als beim Vögeln unter dem Schafott, das ist wahr. Wie ich Sie um die Erfahrungen jener Nacht beneide, Madame.«

Marais setzte in seinem Kopf ein Häkchen. Der Abbé benutzte offenbar schon bei seinem Mord an Roliny eine Garotte. Auch sämtliche Opfer, die Gevrols Aufzeichnungen beschrieben, waren erdrosselt worden. Genauso wie das Mädchen aus der Seine und wahrscheinlich auch Jean-Marie Beaume.

»Mord ist ein mühsames Geschäft, Messieurs«, fuhr Madame fort. »Selbst ausgelaugt von unserem Liebesspiel war Roliny noch ein formidabler Gegner für den ungeübten Abbé. Es dauerte eine Ewigkeit, bis sein Widerstand endlich erlahmte. Guillou war berauscht von seiner Tat. Er fiel vor mir auf die Knie und küsste meine Füße und nannte mich seine Königin, seine Heilige und Hohe Dame. Gevrol schickte seinen stiernackigen Gehilfen Julian, um die Leiche zu holen. Ich fürchte, der Abgeordnete endete sehr unstandesgemäß in einem Armengrab. Und wahrscheinlich nicht einmal in einem Stück. Als das Tribunal mein Haus durchsuchen ließ, waren meine Vorratskammern und Keller jedenfalls wie leergefegt.«

Madame schnupfte eine Prise und klingelte nach dem Mädchen, dem sie befahl, eine neue Kanne Schokolade zu bringen. Als sie erschien, warf sie nicht einmal einen Blick auf Cluzot, der immer noch mit seiner Pistole und der Pestmaske hinter Marais Wache stand. De Sade lehnte sich in seinem Stuhl zurück, trank schlürfend seine Schokolade aus und warf Madame einen langen Blick voll grimmiger Bewunderung zu.

»Diese Episode besiegelte unseren Bund. Gevrol, Guillou und ich waren von nun an auf Gedeih und Verderb aneinandergefesselt. Dies kam mir sehr gelegen, als ich etwa ein Jahr darauf meine wirkliche Verbrecherinnenkarriere begann. Im Januar 1793 wurde der König hingerichtet, Frankreich führte weiter Krieg mit den europäischen Großmächten, die Jakobiner festigten ihre Macht, das Rasiermesser der Nation klapperte bereits ungemütlich häufig auf der Place de Grève, und das Brot war sogar noch knapper als im Jahr zuvor. Paris war ein gefährlicher Ort für eine Frau wie mich. Es gelang mir, einem meiner Gönner die Verwaltung seines Landguts abzuschwindeln, bevor Guillou so zuvorkommend war, den Mann bei den Tribunalen zu denunzieren, die kurzen Prozess mit ihm machten. So zog ich also im Mai mit Sack und Pack in ein Nest in der Champagne. Keine einhundert Meilen von Paris entfernt und man glaubte sich auf einem anderen Kontinent! Der einzige Ort, der in diesem Nest ein wenig Abwechslung versprach, war das Bezirksgericht. So wurde ich da zur ständigen Zuhörerin und freundete mich mit dem Bezirksrichter an. Er war zutraulich wie ein junger Hund. Eine unserer harmlosen kleinen Plaudereien brachte mich auf eine Idee. Obwohl mir von Beginn an klar war, wie riskant ihre Umsetzung sein würde, war ich überzeugt, dass Fortuna mir eben endlich ein zweites Mal zugelächelt hatte. Denn da lagen unerhörte Vermögen auf der Straße, die es nur einzusammeln galt, und eine Frau, die sich in der Welt durchsetzen will, darf nicht wählerisch sein in ihren Mitteln. Ich musste damals einfach nach Paris zurück. Nirgends sonst konnte ich mein Vorhaben in die Tat umsetzen.

So zogen Guillou und ich trotz des Risikos im Frühjahr 1794 in ein Appartement in der Rue Saint-Denis. Er erklärte mich für verrückt, als ich ihm meinen Plan auseinandersetzte. Aber ich war nun einmal seine Königin, seine Heilige und Hohe Dame. Es war ihm unmöglich, mir etwas abzuschlagen. Trotzdem wäre ich mit Guillou allein keinen Schritt weitergekommen. So machte ich mich auf die Suche nach Gevrol. Der hatte seinen Posten als Polizeiarzt verloren und schlug sich als schlichter Wundarzt durch. Man fand ihn gewöhnlich in der Nähe der Guillotine, wo er in einem schwarzen Büchlein akribisch die Reaktionen der Opfer festhielt. Er war verbittert und rachsüchtig gegen jene Leute, die ihn der Möglichkeit beraubten, seinen Forschungen nachzugehen. Doch im Gegensatz zu Guillou lachte er nicht über meine Pläne, sondern war überzeugt, dass diese sich in die Tat umsetzen ließen. Er stellte allerdings gewisse Bedingungen. Doch war das nicht anders zu erwarten gewesen. Nichts ist schließlich umsonst auf der Welt. Guillou lief in Paris jeden Moment Gefahr, erkannt und denunziert zu werden. So hielt er sich tagsüber in unserem Appartement verborgen und wagte sich nur des Nachts hervor, um sich im düstersten Teil des Bauches der Stadt nach Überlebenden unter seinen früheren Anhängern umzuschauen. Denn meine Pläne erforderten gut und gern ein Dutzend Komplizen, und Guillou war sicher, dass er sie aus seinen alten Gefolgsleuten rekrutieren konnte. Vorausgesetzt, dass überhaupt so viele von ihnen den Schergen der Diktatoren entgangen waren.

Gevrol machte mich inzwischen mit einer sehr bemerkenswerten Freundin seiner Frau bekannt, die vor Kurzem alles verloren hatte und sich weit unter ihren Möglichkeiten als Gesellschafterin einer garstigen alten Kuh durchschlug. Ihr Name war Vivienne la Jeune, sie war die ehemalige Zofe der Comtesse d'Abril, die zusammen mit ihrem Mann und ihren beiden Söhnen im Dezember das Schafott bestiegen hatte. Vivienne war schön und skrupellos. Wir hätten Schwestern sein können. Doch es war Viviennes neue Herrin, auf die Gevrol mich eigentlich aufmerksam machen wollte. Ihr Name lautete Antoinette Beauvoir, und sie fuhr Tag für Tag die Ernte der Guillotine ein. Sie hatte nämlich dafür gesorgt, dass die verwaisten Sprösslinge der Hingerichteten in ihrem Waisenhaus landeten, wo sie zu strammen Republikanern erzogen wurden. Als ich Madame Beauvoirs Bekanntschaft machte, verfügte ihr Institut über einhundertvierzig Jungen und Mädchen im Alter von zwei bis siebzehn Jahren. Sie hatte den Behörden ein ehemaliges Konventsgebäude abgeschwatzt, das sie notdürftig herrichten ließ und in eine Umerziehungsanstalt verwandelte. Sie nahm dort die Kinder von Noblen, Journalisten, Politikern und Philosophen ebenso auf wie die der Betrüger, Mörder, Schieber und Kriminellen, die zusammen mit der alten Elite Frankreichs das Schafott bestiegen hatten. Die Erziehung, die dort praktiziert wurde, bestand im Wesentlichen darin, die Kinder bei schlechter Verpflegung völlig nutzlose Arbeiten verrichten zu lassen. Die Jungen schleppten einen großen Haufen Steine von einem Fleck des Hofes zu einem anderen, und war das geschafft, dann schleppten sie die Steine wieder zurück. Die Mädchen zwang man, neben den Hausarbeiten ein paar Dutzend alter Laken zu einem riesigen Tuch zu vernähen, das sie im Hof auszubreiten hatten, um anschließend zuzusehen, wie die Jungen es beim Steineschleppen schmutzig machten. War das Tuch schließlich dreckig und zerrissen genug, dann befahl man ihnen, es aufzutrennen, zu waschen, zu flicken und erneut zusammenzunähen. Beinah überflüssig zu erwähnen, dass man in Madame Beauvoirs Institut von Schulbildung nichts hielt. Die Beauvoir hasste den Adel und verachtete Kirche und Papst. Sie glaubte wirklich nützliche Mitglieder der Gesellschaft könnten aus den Waisen nur werden, wenn sie im Stand der Unschuld und Dummheit gehalten wurden. Das Institut war ihr ganzer Stolz. Ihre Verwandtschaft hatte ihr einige Handelsschiffe und Manufakturen vererbt, und so kam sie nicht einmal auf die Idee, aus ihren Waisen Gewinne zu schlagen. Einzig Spenden für deren Unterhalt nahm sie entgegen. Für die Nonne und deren Profession brachte sie bloß Verachtung auf. Ihr Institut musste das einzige in ganz Paris sein, dessen Insassinnen niemals an ein Hurenhaus verschachert wurden.

Verkleidet als mein persönlicher Lakai begleitete mich Guillou auf eine Führung durch das Waisenhaus. Es brach ihm das Herz, als er sah, was die Beauvoir in ihrem Institut mit den

Sprösslingen der Elite Frankreichs anstellte. Danach war er bereit, mir bei der Umsetzung meiner Pläne zu helfen. Die Voraussetzungen hätten also gar nicht günstiger sein können. Es war Zeit, tätig zu werden. Ich schwor Gevrol, Guillou und die süße Vivienne le Jeune auf mein Vorhaben ein. Zunächst musste Gevrol zurück in Amt und Würden gelangen. Sein Nachfolger, Docteur Cachet, war ein fauler Wicht, raffgierig und dumm. Ich führte seine junge, naive Frau in die wenigen Spielsalons ein, die unter der Diktatur der Tugend zugelassen waren. Es dauerte keine Woche, bis sie sich und ihren Mann beim Spiel ruinierte. Anschließend bestach Vivienne einige Richter und Beamte, und es war vollbracht. Als in jenem heißen Sommer endlich Robespierre den Kopf verlor und die Herrschaft der Jakobiner endete, trat Gevrol sein früheres Amt als Polizeiarzt wieder an. Er schwärzte die Beauvoir und deren Institut bei den Journalen an, wo nach dem Blutrausch der Diktatur allgemeiner Katzenjammer herrschte. Unter der Hetze der Journaille verlor die Beauvoir zuerst ihren guten Ruf, dann, als man ihr vorwarf, korrupt gewesen zu sein, auch ihr Vermögen. Ich bezahlte eine arglose alte Witwe namens Carole Petite dafür, auf dem Papier die Schirmherrschaft über das Waisenhaus der Beauvoir zu übernehmen. Sie verstand kaum, wo sie ihre Unterschrift unter die Dokumente zu setzen hatte. Die täglichen Geschäfte im Waisenhaus führte jetzt Vivienne la Jeune, unterstützt von den wenigen alten Gefolgsleuten Guillous, die das Massaker der Jakobiner überlebt hatten. Sie begannen damit, die armen Waisen mit einer ganz eigenen Philosophie zu indoktrinieren. Vivienne war klug genug, sie außerdem gut zu ernähren und mit sinnvollen Aufgaben zu versehen. Diese Kinder, die bisher missachtet, ausgebeutet und erniedrigt worden waren, hungerten nach ein wenig Respekt, Wärme und Sinn in ihrem Leben. Selbst Guillou zeigte sich erstaunt darüber, wie rasch sie seine neuen Ideen in ihre Herzen verinnerlichten. Ich nehme doch an, Ihnen sind die Sinnsprüche im Waisenhaus nicht entgangen? Eine Erfindung Guillous. Ich für meinen Teil fand *Erlösung in Hingabe* stets ganz besonders gelungen. Man sollte die Macht des Glaubens nicht unterschätzen. Er ist so nützlich für die Moral der anderen.«

De Sade schaute Madame nachdenklich an. »Erlösung in Hingabe? Also, ich fand ja, dass *Freiheit in Gemeinschaft* mühelos jeden Wettstreit in Zynismus gewinnen könnte. Doch das ist womöglich tatsächlich Ansichtssache.« Madame beugte sich vor und tätschelte seine feiste Hand. Sie lächelte unergründlich. »Weshalb über solche Details streiten, Monsieur, wo wir doch hier zusammengekommen sind, um einmal eingehend über das Große und Ganze zu sprechen. Das ja, wie man weiß, immer mehr ist als die Summe seiner Teile.«

Marais überdachte, was Madame ihnen erzählt hatte. Demnach hatte sie ihr Verhältnis mit jenem Richter in der Champagne auf eine Idee gebracht, mit der sich sehr viel Geld verdienen ließ. Um diese Idee in die Tat umzusetzen, war Madame darauf angewiesen, sich mit Guillou und Gevrol zu verbünden und ein heruntergewirtschaftetes Waisenhaus in ihre Hand zu bringen. So weit, so seltsam. Aber mit welcher Ware wollte sie dann Handel treiben? Und was hatte all das mit den Morden an den jungen Frauen zu tun?

Marais fixierte Madame des Deux-Églises mit einem ernsten Blick. »Lassen Sie mich einiges rekapitulieren, Madame« sagte er. »Ein Pärchen in Masken hat über Jahre hinweg regelmäßig Boudoirs angemietet, in denen sie wohlhabende Herren mit eigenartig zutraulichen Mädchen zusammenführten. Mädchen, die Uniformen trugen, und allesamt sehr jung waren. Einige oder auch alle dieser Mädchen wurden später getötet und verstümmelt. Gehe ich recht in der Annahme, dass alle diese Mädchen aus Ihrem Waisenhaus kamen?«

De Sades Miene hellte sich plötzlich auf, er unterbrach Marais durch eine herrische Geste und wies mit dem Zeigefinger auf Madame. »Herrgott, Sie haben einen Weg gefunden, Paris mit Jungfrauen zu versorgen! Und zwar echten! Sie haben sie in Ihrem grauen Waisenhaus herangezogen wie ein Schäfer seine Lämmchen und sie, sobald sie reif und rollig waren, der Elite Frankreichs appetitlich angerichtet zu Füßen gelegt! War es so?«

Willige Jungfrauen waren in der Tat eine Rarität in den Bordellen der größeren Städte. Die Unschuld ehrbarer Mädchen wurde von ihren Familien mit Zähnen und Klauen verteidigt. Eine entjungferte Braut war auf dem Heiratsmarkt schließlich nichts wert. Und was die armen Mädchen betraf, da fand sich stets ein Nachbar, Vetter, Gläubiger, Vater oder Bruder, der mit dem Zustand ihrer Unschuld tatkräftig ein Ende machte, bevor das arme Ding überhaupt in die Verlegenheit kam, sich im Geschäft der Nacht zu tummeln. Jede Bordellherrin war daher hinter Jungfrauen her wie der Teufel hinter der armen Seele. Gelang es, eine stetige und zuverlässige Lieferung von sowohl ansehnlichen wie bereitwilligen und noch dazu garantiert echten Jungfrauen sicherzustellen, so hatte man damit eine Ware an der Hand, mit der sich in der Tat ein fürstliches Vermögen verdienen ließ.

Dennoch hatte Marais bislang von keiner Auktion gehört, die es erfordert hätte, dafür Morde zu begehen oder die Krypta einer Kreuzfahrerkapelle in ein Schlachthaus voller eingelegter Frauenfüße und fleischfressender Käfer zu verwandeln.

»Was für ein Blödsinn, de Sade! Jungfrauenauktionen? Welche Kupplerin bringt denn ihre Mädchen gleich reihenweise um?«, rief Marais und schlug heftig auf den Tisch. Geschirr klirrte, Besteck rutschte von Tellern und Platten. »Die Wahrheit!«, brüllte Marais. »Ich will endlich die Wahrheit hören! Woher stammen all die Leichenteile in der Krypta? Und weshalb mussten diese armen Mädchen sterben?«

Madame führte ihre Hand zum Mund und leckte sehr langsam ihre von Sahne triefenden Finger ab. De Sades Blicke klebten dabei so fasziniert an ihrem Mund wie die Augen eines Neugeborenen an den Brüsten seiner Mutter. Marais erinnerte dieses Schlecken an eine große satte Katze, die sich das Blut gerissener Ratten, Mäuse oder Vögel von den Pfoten leckte.

»Sie haben gehört, was ich sagte, Marais! Alle Hinweise, die Sie brauchen, waren in meiner Geschichte enthalten. Weshalb soll ich mich des Vergnügens berauben, Sie darüber rätseln zu lassen?«, lächelte Madame.

Marais stand abrupt auf. Cluzot machte Anstalten einzuschreiten. Madame des Deux-Églises hob jedoch ihre Hand zum Zeichen, das kein Grund zur Beunruhigung bestand.

»Also schön, Madame, nehmen wir an, Ihre Geschäftsidee habe tatsächlich darin bestanden, an die Pariser Hautevolee Jungfrauen zu verkaufen, dann wären sie nichts anderes gewesen als eine Art Kupplerin. Ich besitze aber nun einmal bestimmte Aufzeichnungen Ihres Freundes Gevrol. Erwähnten Sie nicht, er hätte Ihnen gewisse Bedingungen gestellt, bevor er sich dazu bereit erklärte, Ihr Partner zu werden?«

Madame bestätigte jede von Marais' Schlussfolgerungen mit einem anmutigen Nicken und einem aasigen Lächeln.

Marais setzte seine Überlegungen fort. »Sie konnten den Bietern bei ihren Auktionen nicht nur die frischeste Ware bieten, sondern auch ein Höchstmaß an Diskretion, denn Sie garantierten ihnen, dass jedes dieser armen Mädchen nach jenen Schäferstündchen für immer verschwand. Weil es auf einem der Seziertische in dem weißen Würfel unter der verborgenen Kapelle landete. Das war es, was Gevrol von Ihnen verlangte: Leichen für seine Anatomiestudien! Und da das Kindbettfieber nun einmal nur Mütter befällt, mussten es zudem Schwangere sein! Kein Problem, die zu beschaffen. Schließlich musste es bei Ihren Jungfrauen oft genug dazu kommen, dass eines oder mehrere der verkuppelten Mädchen sich ein paar Wochen nach ihrem Schäferstündchen in anderen Umständen wiederfanden. Also brachten Sie die schwangeren Mädchen einfach für einige Wochen in dem besonders gesicherten Trakt im Waisenhaus unter und fütterten sie dort so lange durch, bis Gevrol sie für seine Sektionen als geeignet befand, woraufhin dann Guillou oder sonst wer sie tötete und dem Doktor in seinen abscheulichen weißen Würfel lieferte. War es nicht so?«

Einen Moment herrschte Schweigen.

»Sieh an, sieh an!«, rief Madame anerkennend aus. »Unser Monsieur le Commissaire beweist zu guter Letzt doch noch Biss!«

De Sade war wie vom Donner gerührt. Dass Marais ihn eben in Sachen Zynismus vorgeführt hatte, kränkte ihn in seiner Eitelkeit.

»Sie vergessen das Geld, Marais! Selbst wenn Sie, Madame, sich für die Nacht mit einer Jungfrau ein fürstliches Gehalt zahlen ließen, wäre das kaum genug, um ihre Waren in dem Waisenhaus heranzuzüchten und dennoch einen Gewinn für Sie zu erwirtschaften!«

Marais begriff, dass de Sade mit seinem Einwand richtiglag, und dachte einen Moment darüber nach. Schließlich wandte er sich erneut der Dame des Hauses zu. »Meine Güte, ich hab's! Endlich!«, rief er aufgeregt »Natürlich! Sie waren schließlich einmal eine Hure! Wer sonst als Huren wüsste Bescheid über die Zyklen der Frauen und die Momente, an denen sie ganz besonders fruchtbar sind? Von Zeit zu Zeit legten Sie ganz bestimmten Ihrer Klienten eine Jungfer ins Bett, von der Sie ziemlich sicher wussten, dass sie empfängnisbereit war! War das Kind dann geboren, präsentierten Sie es dem erschütterten Vater und handelten mit ihm in aller Stille einen Unterhalt aus, den dieser auch pflichtschuldigst zahlte, allein schon um einen Skandal zu vermeiden. Nur landete dieser Unterhalt selbstverständlich in Ihrer Tasche, Madame, während Kind und Mutter ihren Weg in Gevrols weißen Würfel in der Kapellenkrypta fanden!«

Madame drehte versonnen ihre feine Porzellantasse in den Händen. »Sie täuschen sich in einem Punkt, Monsieur le Commissaire. Ich habe nie Unterhalt von diesen Männern verlangt, sondern mich mit einmaligen Abschlagszahlungen zufriedengegeben. Diese Zahlungen wurden notariell bestätigt. Wenngleich ich zugebe, dass der Zahlungszweck in jenen Dokumenten vielleicht nicht immer ganz der Wahrheit entsprach. Gevrol war stets begeistert, wenn er eines von den Mädchen und Kleinkindern sezieren konnte, die Geburt und die ersten Tage danach gesund und munter überstanden hatten. Die am Kindsbettfieber gestorbenen Frauen, die er im Hôtel-Dieu und anderswo auf seinen Tisch bekam, nützten ihm nichts, solange er daneben nicht die Anatomie gesunder Mütter studieren konnte, um später beide miteinander vergleichen zu können. Jene gesunden Mütter und Kleinkinder lieferte ich. Doch ein solcher Service konnte natürlich nicht umsonst sein, Messieurs, das verstehen Sie sicher, nicht wahr?«

Marais' Blick hatte sich in Madames Augen verhakt. Keiner der beiden schien sich vom anderen lösen zu können. »Verlangen Sie von mir kein Verständnis, Madame! Obwohl ich natürlich begreife, worin Ihr furchtbares Geschäftsmodell bestand. In einigen Fällen boten Sie den Vätern heimlich an, deren Bastarde in aller Stille beseitigen zu lassen. Doch da Sie sichergehen wollten, Ihr Geld auch zu erhalten und außerdem nicht riskieren konnten, dass einer der Herrn Väter etwa Sie selbst oder Ihre Komplizen beiseiteschaffte, ließen Sie dieses Geschäft notariell beglaubigen. Da es selbstverständlich schwierig gewesen wäre, Meuchelmord als Zahlungsgrund in ein offizielles Dokument eintragen zu lassen, bezeichneten Sie das Honorar für die Morde als Unterhaltszahlung. Habe ich recht?«

Madame lehnte sich zurück und klatschte zu Marais' tiefstem Abscheu einige Male fröhlich in die Hände. »Genauso war es, Monsieur! Ich habe keinem dieser Männer je etwas vorgemacht. Jeder von ihnen hatte die Chance – gegen eine Zusatzgebühr – Mutter und Kind am Leben zu erhalten. Doch von den etwa zwei Dutzend Fällen wählten nur acht der Männer diese Option«, erklärte Madame und schenkte ihm einen Augenaufschlag, der so anzüglich war, dass es Marais vor Ekel die bittere Galle in die Kehle trieb.

Die Tatsache, dass hinter den Morden tatsächlich bloß etwas so Profanes wie Geld steckte, traf Marais um ein vielfaches härter, als es die Bestätigung der Existenz eines Satanistenordens je vermocht hätte. Geld, dachte er zornig, immer wieder und wieder Geld! Dass die Mädchen und ihre Kinder gewissermaßen gleichzeitig im Dienst von wissenschaftlichem Fortschritt und Forschung ihr Leben ließen, konnte kein Trost für ihn sein. Das machte ihr Schicksal für ihn im Grunde nur noch abstoßender.

»Mir will einfach nicht in den Kopf, dass jeder dieser Herren sich derart hat in die Falle locken lassen und dann auch noch für einen Doppelmord bezahlte!«, erklärte Marais zornig.

Monsieur le Commissaires Zweifel an der Verruchtheit und Mordlust der nationalen Elite entlockten de Sade ein hintergründiges Lächeln. »Nicht wenn es ein Mann gewesen wäre, der die unfreiwilligen Herren Väter zu hintergehen versuchte, Marais! Aber es war ja eine Frau, die die Auktionen durchführte und jeweils den Kontakt mit jenen Männern herstellte, die Madame mithilfe ihrer ungewollten Bastarde auszunehmen gedachte!«

»Sie sagen es, Monsieur le Marquis!«, bestätigte Madame des Deux-Églises. »Und es war auch nicht irgendeine Frau, sondern die sehr talentierte und verführerische Vivienne la Jeune, der ich jene delikaten Verhandlungen übertrug. Ich selbst hielt mich ja alle Zeit im Hintergrund und trat jedes Mal erst im letzten Akt der Komödie auf die Bühne. Eine *dea ex machina*, wenn Sie so wollen.«

Madame schenkte Marais ein herablassendes Lächeln. »Jene Uniformen der Mädchen, ihre Pamphlete und Choräle, die man sie auswendig lernen ließ, die grimmigen Sankt-Michaels-Darstellungen, die einschüchternd schlichte Hauskapelle und vor allem die Sinnsprüche überall an den Wänden waren ja nicht nur für die Waisen selbst gedacht, sondern ebenso für die Männer, die auf den Auktionen boten und zuvor eine Führung durch das Waisenhaus bekamen.«

Das schien zumindest de Sade sogleich einzuleuchten. »O ja, Madame! Die Inszenierung ist alles! Niemals kam es darauf an, wer oder was man ist, sondern nur darauf, was alle anderen dachten, dass man sei!«

»Ich dachte mir, dass Sie das verstehen würden«, freute sich

Madame. »Diese Herren, Messieurs, waren überzeugt, bei Vivienne la Jeunes Auktionen für einen wohltätigen Zweck zu bieten. Sie erklärte ihnen nämlich, dass alles Geld, das dabei den Besitzer wechselte, in die Kassen des Waisenhauses floss. Jene Mädchen, die man den Herren dabei in ihren adretten Uniformen vorführte, waren alles andere als verschmitzte kleine Hürchen. Sie waren Märtyrerinnen, die ihre eigene Unschuld zum Wohle der übrigen Waisen zu Markte trugen. Und es wäre schon ein immenser Affront gegen Anstand, Konvention und Moral, diese armen gefallenen Heiligen des Betrugs zu bezichtigen, nicht wahr?«

De Sade nickte beifällig und wies wieder mit seiner Gabel auf Madame. »Abgesehen davon, Madame, muss die Vorstellung, dass diese Jungfern Märtyrerinnen seien, das Vergnügen, sie vögeln zu dürfen, für diesen und jenen Herren nur noch saftiger gemacht haben.«

Marais begriff durchaus die Gier dieser Männer nach jungem, unschuldigem Fleisch. Ebenso vermochte er ihre Furcht vor der spanischen Seuche nachzuvollziehen, die man ja der allgemeinen Auffassung zufolge nur dann absolut narrensicher vermied, solange man es mit Jungfrauen trieb. Selbstverständlich war keiner der Männern erpicht darauf, sein Missgeschick an die große Glocke zu hängen, nachdem sich herausstellte, dass sie ihre ganz besondere Gespielin geschwängert hatten. Völlig plausibel also, dass sie sich an jene Vivienne la Jeune als Veranstalterin der Auktionen wandten, um das Problem zu lösen. Zumal sie bestimmt nie versäumte, die Herren darauf hinzuweisen, dass die junge Dame bereit und willens sei, sich zur Not auch an ein Gericht zu wenden, um zu ihrem Recht zu kommen. Monsieur Papa saß damit wirklich in der Tinte, und er hatte sicher nicht einmal von den Gefährten jener

Nacht viel Mitgefühl zu erwarten. Denn die waren zweifellos vor allem froh, dass dieser Kelch an ihnen selbst vorübergegangen war, und hatten darüber hinaus kein Interesse daran, gegen Vivienne la Jeune vorzugehen, wo die ihnen doch solch auserlesene Vergnügungen mit einer so seltenen Ware bot.

Monsieur Papa war an diesem Punkt längst bereit, nach jedem Strohhalm zu greifen. Und genau dann, wenn die Verzweiflung der Herren am tiefsten war, trat Madame des Deux-Églises als Vermittlerin aus den Kulissen hervor, um die nötigen Arrangements zu treffen. Billig wird es keinen der Männer gekommen sein, das Balg und dessen Mutter beiseiteschaffen zu lassen. Im Gegenteil!

Kein Mensch wusste ja angeblich, dass es eigentlich Madame war, die hinter alldem steckte, und so war es durchaus plausibel, dass die unfreiwilligen Väter ihr diskretes Angebot als eine Art Gottesgeschenk betrachteten.

Madame trank etwas Schokolade und betrachtete dabei über den Tassenrand Marais. Sie spürte, dass Monsieur le Commissaire inzwischen durchaus das wahre Ausmaß ihres genialen Geschäftsmodells erfasst haben musste. »Keiner dieser Männer zuckte auch nur zweimal mit der Wimper, wenn ich ihn davon unterrichten ließ, dass die arme Mutter und deren Kind angeblich während der Geburt starben«, erklärte sie mit jenem aasigen Lächeln. »Sie alle wussten natürlich genau, dass es eine infame Lüge war. Doch jeder wahrte das Gesicht. Und in einigen Fällen zeigten sie später sogar Reue und begannen regelmäßig für das Waisenhaus zu spenden! Keine Frau hätte ich je so hinters Licht führen können. Aber Männer! Herrgott, Messieurs, nichts leichter als dies!«

De Sade blickte still vor sich hin auf seinen Teller, der von zerlaufenen Cremetörtchen und Brötchenhäppchen beinah überquoll. Auch Marais versuchte schweigend all das zu erfassen, was er gerade gehört hatte.

»Abgesehen vom schnöden Mammon, Madame«, ließ sich jetzt de Sade vernehmen. »Ich frage mich, wo ist Ihre offenbar so wundervoll unverschämte und liebreizende Vivienne la Jeune jetzt? Weshalb verweigern Sie uns das Vergnügen, ihre Bekanntschaft zu machen?«

Nicht die schlechteste aller Fragen, dachte Marais, obwohl er genauso wie Monsieur le Marquis die Antwort darauf längst ahnte.

»Sie kann für sich die einzig wirklich akzeptable Ausrede in Anspruch nehmen, Messieurs, denn sie ist tot«, erklärte Madame. »Ihr Leichnam muss irgendwo zwischen all den anderen im Waisenhaus liegen.«

»Wie bedauerlich«, entgegnete de Sade. »Dabei hätte ich einiges dafür gegeben, Vivienne kennenzulernen!«

»Man kann nur hoffen, dass all die kleinen Fanatiker im Waisenhaus zornig und entschlossen genug waren, um ihre Opfer wenigstens schnell zu töten, nicht wahr, Monsieur le Marquis?«, sagte Madame und tätschelte tröstend de Sades feiste Hände.

Marais war sicher, dass Vivienne la Jeune jene Frau gewesen sein musste, deren Leichnam sie in dem ersten Schlafsaal im zweiten Stockwerk des Waisenhauses gefunden hatten, denn sie hatte allein dort gelegen, so als sei sie die Allererste gewesen, die von den Waisen angegriffen worden war.

»Guillou und seine Gefolgsleute wussten sehr genau, welche Ideen man den armen Waisen einzutrichtern hatte, um sie für meine Zwecke abzurichten. Der Umstand, dass Guillous

Anhänger selbst mehr oder weniger von der Relevanz und Richtigkeit seiner Philosophie überzeugt waren, erleichterte Vivienne le Jeune und Guillou ihre Aufgabe ganz erheblich. Was man den Kindern beibrachte, war einfach: Sie waren Elite und Speerspitze einer geistigen Erneuerung. Was sie dazu qualifizierte, waren die Leiden, durch die sie gegangen waren. Denn die, so bläute man ihnen ein, hätten sie in Gottes Augen weit über gewöhnliche Menschen erhoben und von allen Sünden gereinigt. Ihre Gemeinschaft sei heilig. Sie alle seien Brüder und Schwestern in einem Sinn, der weit über gewöhnliche Blutbande hinausging. Sie trügen wortwörtlich jeder des jeweils anderen Last. Und sie mussten einsehen, was die Konsequenzen aus dieser ganz besonderen Stellung waren: Dass das Glück der Gemeinschaft die Opfer einiger weniger ihrer Mitglieder allemal rechtfertigte. *Kraft in Glauben*, *Erlösung in Hingabe* und *Freiheit in Gemeinschaft*, Messieurs! Sie begreifen, worauf das hinauslief? All diese Jungfern waren wirklich eifrige kleine Märtyrerinnen! Zumal Guillou und Vivienne ihnen ja nicht nur die Dankbarkeit ihrer Brüder und Schwestern für ihre Opfer verhießen, sondern jedem Abtrünnigen mit einer Hölle drohten, die angeblich so furchtbar sei, dass die Leiden darin jedes menschliche Vorstellungsvermögen überstiegen. Dieser letzte Punkt war besonders wichtig. Welchen Wert hätte schon ein Paradies ohne eine Hölle? Es wäre keine Verlockung, sondern bloß ein Märchen. Daher versprach Guillou den armen Mädchen ja auch ein kleines Paradies, in das sie einziehen würden, sobald sie ihre Unschuld geopfert hatten.«

»Ich nehme an, die auserwählten Mädchen erwarteten, dass sie auf Ihr Landgut in der Champagne gebracht werden, nachdem sie von Ihren Klienten entweder entjungfert oder geschwängert worden waren?«, erkundigte sich de Sade.

»Ja und nein, Monsieur«, entgegnete Madame. »Es war nicht das Landgut, sondern ein Ort hier in Paris, von dem man ihnen versprach, dass sie dort einziehen würden, nachdem sie ihre Pflichten der Gemeinschaft gegenüber erfüllt hatten. Es gab einen weitläufigen Garten dort, jede Menge hübsch eingerichtete Boudoirs und Hauspersonal, das jedem der Mädchen ihre Wünsche von den Augen ablas. Selbstverständlich war alles Staffage, eine Inszenierung, die Guillou und Vivienne la Jeune zweimal im Jahr für die auserwählten Mädchen aufführten, die vor den Auktionen jeweils einige Tage dort verbrachten. Das erwies sich als erstaunlich effektiv. Für Wochen sprachen die armen Kleinen von nichts anderem als jenem Ort der Wunder. Natürlich erhöhte das ihre Vertrauensseligkeit um ein Vielfaches. Guillou fand zufällig auch jene verborgene Kapelle. Aus dem Kellergewölbe des Waisenhauses führte nämlich ein geheimer Gang in deren Krypta. Sie diente offensichtlich einem längst vergessenen Ritterorden als Versammlungsort. In der Krypta stieß Guillou auf einen merkwürdigen Schrein voller alter Manuskripte und Bücher. Er diente dem Orden als Bibliothek und war mit allerlei blasphemischen Symbolen verziert, die Guillou als das Werk mittelalterlicher Alchimisten und Häretiker identifizierte. Er ließ die Bücher verpacken und in seinen Unterschlupf über der Comédie-Française bringen. Dann verwandelte eine Gruppe Handwerker und Waisenjungen diesen Schrein nach Gevrols Plänen in jenen Weißen Würfel, als den Sie ihn später vorgefunden haben müssen. Gevrol war von dem Ergebnis der Umbauten selbstverständlich begeistert. Endlich ein Ort, an dem er ohne Aufsicht, kleinliche Vorschriften und finanzielle Nöte seinen Forschungen nachgehen konnte. Und dass ich ihm darüber hinaus versicherte, ihn regelmäßig mit Objekten für seine Sektionen versorgen zu können, brachte mir seine unerschütterliche Loyalität ein. Er forderte gleich zu Beginn, zwei junge Frauen und danach ebenso viele junge Mädchen sezieren zu dürfen, um die verschiedenen Entwicklungsstadien gesunder Uteren zu studieren. Da er dennoch weiterhin bei der Polizei und der Nonne gut gelitten war, konnte er mir beide Flanken freihalten. Ich hätte es mir gar nicht leisten können, seine Forderungen abzuweisen.«

Marais atmete einige Male scharf ein und aus, seine Finger verkrampften sich zu Fäusten. Es war unerträglich für ihn, Madame über ihre Mordtaten so entspannt reden zu hören, wie andere Frauen über die neueste Hutmode geplaudert hätten. Madame legte sich eine Prise Schnupftabak auf und schnupfte sie. »Übrigens weigerte sich Gevrol, die Kinder und ihre Mütter selbst zu töten, sondern bestand darauf, dass sie ihm bereits leblos auf seinen Sektionstisch geliefert wurden. Guillou erledigte das für ihn. Er erdrosselte die Mädchen in einer Kammer im Waisenhaus. Gevrol stellte ihm dazu jenen eigenartigen Stuhl zur Verfügung, in dem er mir seinerzeit jenen Parasiten ausschälte. Es existiert ein verborgener Schacht zwischen dieser Kammer und dem Keller des Waisenhauses. Guillou ließ die Leichen dort hinabgleiten und brachte sie anschließend durch den geheimen Verbindungsgang zur Krypta zu Gevrol. So unterschiedlich sie in ihren Idealen waren, in einem konnten sie sich stets einigen: Dass es für das Glück der vielen zuweilen unerlässlich war, ein paar wenige zu opfern. In all den Jahren habe ich insgesamt zweihundertsechsundvierzig Waisen unter meine Fittiche genommen. Ich nehme an, dass etwas mehr als vierzig von ihnen auf Gevrols Sektionstischen endeten. Waren die übrigen alt genug, um in die Welt entlassen zu werden, so vermittelte Guillou die Jungen an die Armee.

Die Mädchen waren als Hauspersonal heiß begehrt. Guillou richtete seine Zöglinge exzellent ab, das muss man ihm lassen. Jahr für Jahr erreichten ihn mehr Stellungsangebote, als er bedienen konnte. Etwa um dieselbe Zeit, als ich die erste meiner besonderen Auktionen durchführte, begann Gevrol außerdem damit, nach Missgeburten suchen zu lassen, die er sich an seine Morgue im Hôtel-Dieu liefern ließ und von dort in den Würfel in der Krypta brachte. Das war auch der Zeitpunkt, an dem er begann, mit jenen Schmetterlingen, Maden und Käfern zu experimentieren. Er glaubte, dass es Gesetze geben müsse, nach denen sich bestimmte Merkmale von Eltern auf Kinder übertrugen, und war überzeugt, dass ihm seine Insektenzucht dabei helfen konnte, diese Gesetze zu finden. Ganz nebenbei erwiesen sie sich als sehr nützlich bei der Beseitigung der sezierten Leichen.«

De Sade stocherte lustlos in einem Stück Sahnetörtchen herum. »Wozu diente dieses seltsame silberne Kreuz, das Marais in dem Torso am Seine-Quai fand?«

Madame lächelte herablassend. »Diese Kreuze waren eine Idee des unvergleichlichen Abbé Guillou. Er fand einige Dutzend davon in der Bibliothek dieses alten Ritterordens. Der Abbé glaubte, die auserwählten Mädchen mit einer Art Zeremonie zu ihren jeweiligen Rendezvous zu verabschieden, erhöhe das Gemeinschaftsgefühl unter den Waisen und verstärke den Eifer der auserwählten Mädchen. Während dieser Zeremonie hat Vivienne la Jeune die Mädchen dann mit diesen Kreuzen dekoriert. Ich fand immer, sie passten ganz hervorragend zu den Uniformen, die ich ihnen anfertigen ließ.«

Marais schloss für einen Moment die Augen, Schweiß war ihm auf die Stirn getreten.

»Wir stießen bei unserem Besuch in jener Kammer auch auf

gewisse Hinweise, dass man sich dort auf …, nun sagen wir, recht unorthodoxe Art und Weise vergnügt hatte. Ich nehme an, bei demjenigen, der sich da vergnügte, handelte es sich um Doktor Gevrol?«, erkundigte sich der Marquis.

»Wen sonst?«, lachte Madame. »Guillou wäre dazu schon rein physisch nicht fähig gewesen. Übrigens raste er vor Wut, als Gevrol ausgerechnet mit der Zucht von Schmetterlingen begann. Dem guten Abbé waren die als Symbol für die Auferstehung der Seele nämlich heilig. Glauben Sie mir, zuweilen war es überaus ermüdend, diese beiden Dickköpfe davon abzuhalten, sich gegenseitig an die Kehlen zu gehen.«

Marais starrte Madame voll offener Verachtung an. »Mein Gott, was sind Sie doch für ein Scheusal, Madame! Dass Ihnen der Mord an diesen Mädchen und deren Kindern offenbar nicht nahegeht, ist furchtbar genug, aber Sie lässt ja selbst der Tod Ihrer Gefährtin Vivienne la Jeune, die Sie vorhin noch als Ihre Schwester bezeichneten, völlig kalt! Haben Sie denn nicht das geringste Fünkchen *Würde* im Leib?«

Madame nippte ungerührt von ihrer Schokolade. »Wie unverschämt von Ihnen, Monsieur! Vivienne la Jeune wäre jederzeit bereit gewesen, mich den Wölfen zum Fraß vorzuwerfen, solange ihr dies irgendeinen Vorteil eingebracht hätte. Gerade ihre Skrupellosigkeit machte sie für mich ja so überaus wertvoll! Sie sprechen von Würde, Monsieur? Wie steht es mit Heuchelei? Weder Vivienne noch ich haben uns je irgendetwas vorgemacht, vom ersten Tag an wussten wir beide, woran wir miteinander waren und achteten uns dafür! Das, Monsieur le Commissaire, ist auch eine Form von Würde!«

De Sade war der Ansicht, dass er die aufschäumenden Wogen zwischen Marais und Madame besser glätten sollte, falls sie je das Ende von Madames Geschichte hören wollten. »Apropos,

Madame, was war es denn, das die Waisen dazu brachte, das Personal zu erschlagen?«, fragte de Sade.

»Oh, das war – ohne zu überheblich klingen zu wollen – sicher eines meiner Glanzstücke überhaupt. Gewisse Gründe legten nahe, meine Geschäfte zu liquidieren und mich stattdessen neuen Abenteuern zuzuwenden. Ich ließ es mir nicht nehmen, einigen auserwählten Zöglingen zu demonstrieren, dass ihr wunderbares Paradies nichts als Staffage, Betrug, Inszenierung war. Von da ab entfalteten sich die Ereignisse von ganz allein. Kein Erwachsener hat den Zorn der Waisen lebend überstanden. Und falls doch – wer würde ihm seine Geschichte schon glauben?«

Nein, dachte Marais bitter, nicht einmal ich hätte sie vor weniger als achtundvierzig Stunden geglaubt. Zumal Madame zweifellos sowieso sichergestellt hatte, dass außer Vivienne la Jeune und Guillou kein anderer den vollen Umfang der Verbrechen, die von dem Waisenhaus ihren Ausgang nahmen, je überblicken konnte.

Es herrschte Schweigen am Tisch, das immer dichter und stechender zu werden schien.

»Sagen Sie, Monsieur le Marquis, ist es richtig, dass der Comte Solignac d'Orsey Ihnen eine bestimmte Liste zuspielte, wie der Polizeiminister behauptet?«

De Sade zögerte, bevor er antwortete. »Das ist durchaus möglich. Hat der Comte etwa irgendetwas mit Ihren Geschäften zu tun gehabt? Das wäre mir neu!«

Zum ersten Mal trat jetzt ein Zug von Besorgnis, ja, Unsicherheit in Madames Miene. »Indirekt. Man könnte sagen, dass er davon profitiert hat. Er war der Erste in Paris, der meine Geschäfte und deren Hintergründe durchschaute. Ich habe nie erfahren, wie ihm dies gelang. Jedenfalls zitierte er mich eines

Tages zu sich und forderte von mir Tribut dafür, dass er mir weiterhin gestattete, ungestört meinen Geschäften nachzugehen. Dieser ›Tribut‹ bestand in zwei Waisenknaben, die ihm jeweils im Frühjahr und im Herbst zugestellt werden mussten. Stimmte ich der Forderung zu, so versprach er mir über sein Stillschweigen hinaus, dass sich von nun an ein Polizeicommissaire namens Jean-Marie Beaume um den Schutz meiner Geschäfte kümmern würde. Ich hatte keine andere Wahl, als ihm zu geben, was er verlangte. So lieferte ich ihm Jahr für Jahr zwei Knaben, von denen niemand je wieder etwas hörte, nachdem sie in der Kutsche seines Abgesandten davongefahren waren.«

Madame beendete ihren Bericht und wandte sich erneut de Sade zu. »Und jene Namenliste, Monsieur le Marquis, haben Sie die tatsächlich vom Comte Solignac d'Orsey geerbt?«

»Allerdings«, bestätigte de Sade.

Marais erwachte aus seinem stillen Brüten. »Heißt das, Jean-Marie Beaume hat all die Zeit für den Comte gearbeitet? Wer hat ihn dann umbringen lassen? Sie? Oder einer der Männer des Comte?«

»Ich natürlich!«, antwortete Madame selbstbewusst. »Ich bin nicht sicher, was genau der Minister wusste, bevor er Sie nach Paris zurückbeorderte. Nachdem ihr Mann in Bicêtre verschwand, hat Madame Gevrol Monsieur le Ministre jedenfalls ständig damit in den Ohren gelegen, dass irgendwo in Paris ein furchtbarer Mörder umginge, dem ihr Gatte auf die Spur gekommen sei, bevor er sich auf so spektakuläre Art und Weise in den Irrsinn verabschiedete. Die arme Frau wusste zwar nicht einmal die Hälfte dessen, was wirklich vorging, doch sie war entschlossen, sich an mir zu rächen, da sie mir nun einmal die Schuld am Irrsinn ihres Mannes gab.«

Dass die unglückliche Madame Gevrol versucht hatte, dem

Wahnsinn, an dem ihr Gatte sich beteiligt hatte, auf eigene Faust ein Ende zu setzen, steigerte Marais' Respekt vor ihr nur noch.

»Fouché hat diese dumme Kuh zwar stets abgewiesen. Aber irgendwann ließ er inoffiziell trotzdem Nachforschungen anstellen. Er betraute ausgerechnet Beaume damit. Als der ihm berichtete, dass absolut nichts zu finden sei, was auf eine bislang unentdeckte Mordserie in Paris hinwies, blies Fouché seine Untersuchung zunächst ab. Und dann erschienen einige Monate später plötzlich Sie auf der Bildfläche. Der große Louis Marais, von einem Tag auf den anderen zurück in Amt und Würden – was für eine Überraschung! Zumal, wenn man bedenkt, wie sehr Fouché Sie eigentlich verachtet. Meinem alten Freund Guillou hat Ihr Auftauchen in Paris einen gehörigen Schrecken eingejagt. Ich persönlich war jedoch stets der Meinung, dass man Ihre Erfolge heillos überschätzt.«

»Trotzdem haben Sie Beaume ermorden lassen«, zischte Marais giftig.

Madame zuckte die Achseln. »Beaume nützte mir nichts mehr, nachdem ich hörte, dass den Comte endlich das Zeitliche gesegnet hatte. Er drohte mir sogar damit, Sie auf meine Spur zu setzen, sollte ich ihn nicht wie gewohnt weiterbezahlen. Was blieb mir anderes übrig, als ihn beiseitigen zu lassen? Ihre Rückkehr und Schnüffeleien hin oder her – es war sowieso Zeit für mich, gewisse Geschäftsbereiche abzustoßen. Da kam mir Beaumes unverschämter Erpressungsversuch eigentlich gerade recht, um an ihm ein Exempel zu statuieren.«

Madame löste ihre Blicke von Marais und zog ein gefaltetes Papier aus ihrem Dekolleté, glättete es und legte vor de Sade auf den Tisch. »Dies ist die Liste, welche Sie dem Minister neulich übergaben, Monsieur le Marquis?«, fragte sie.

»Ja«, bestätigte de Sade. »Sie hat dem alten Fuchs einen ganz schönen Schrecken eingejagt. Weder Marais noch ich vermochten bislang, wirklich Sinn in sie zu bringen. Einmal davon abgesehen, dass der Comte sie mir vererbte, weil er wusste, dass mich die Rätsel darin eine Menge schlaflose Nächte kosten würden. Und ein Name passt eigentlich gar nicht auf diese Liste.«

»Sie meinen Delaques?«, fragte Madame.

»Sehr richtig. Talleyrands Sohn, der vergangenes Jahr Boudoirs für eine Ihrer Auktionen anmietete. Was, wenn man's bedenkt, zu seltsam ist, als dass es bloßer Zufall sein dürfte. Also nehme ich an, Sie wissen mehr über diese Liste und ihre Hintergründe als irgendwer sonst.«

»Das ist richtig, Messieurs. Und da Ihre Zeit bald abläuft«, lächelte Madame und warf Cluzot einen bedeutungsvollen Blick zu, »will ich es kurz machen. Diese Liste enthält die Namen aller Männer, die an meiner letzten Jungfrauenauktion teilnahmen. Ein Name allerdings fehlt. Er wurde mit dem von Delaques ausgetauscht. Dieser Name ist der Grund, weswegen Fouché sich vor einigen Tagen mit mir auf eine Abmachung einließ. Eine Abmachung, die es mir übrigens erlaubt, Sie beide ungestraft beseitigen zu lassen, sobald wir hier fertig sind.«

In diesem Moment trat ein hoch gewachsener, schlanker Mann in der prächtigen Uniform eines Generals der Gardekavallerie in den Frühstückssalon. Seine Haare waren dunkel und halblang, seine Gesichtszüge ebenmäßig und seine Augen von einem strahlenden Blau. De Sade und Marais fuhren zu ihm herum. Keine Frage um wen es sich bei ihm handelte: Dies war Edmonde des Deux-Églises, Madames Gatte und der Lieblingsgeneral des Kaisers.

»Nun erlöse sie doch endlich aus ihrer Unwissenheit, meine

Liebe!«, sagte er. »All die Männer auf dieser Liste sind geschätzte Kunden der Auktionen meiner Frau«, sagte der General. »Sie haben im Januar letzten Jahres ein Vorhaben ins Auge gefasst, das das Gesicht Frankreichs und Europas für immer verändern wird. Einige Wochen darauf versammelten sie sich in einem Haus in Saint-Germain, um auf jede erdenkliche Art und Weise ein Dutzend von Madames Jungfrauen durchzuvögeln. Neun Monate darauf erblickte ein bemerkenswertes Kind das Licht der Welt. Bemerkenswert deshalb, weil sein Vater das größte militärische und politische Genie seit Alexander dem Großen ist.«

Madame warf dem General eine Kusshand zu, und Cluzot trat zu seinem Herrn und Meister.

All dies mochte nur Augenblicke gedauert haben, doch genügte es de Sade und Marais, ihren anfänglichen Schock über die Neuigkeiten des Generals zu verarbeiten. »Sie behaupten tatsächlich, dass Sie ein Kind …, ein leibliches Kind …des Kaisers …? Oder haben Sie es etwa …? O Gott! Sie haben doch nicht etwa Bonapartes Kind töten lassen?«, stotterte Marais zusammenhanglos.

Napoléon Bonaparte, Kaiser von Frankreich, Albtraum der Fürsten- und Königshäuser Europas, war in einer Beziehung weit weniger erfolgreich als auf dem Schlachtfeld und am Verhandlungstisch: Bislang wer er kinderlos geblieben. Zwar hatte seine Gattin Joséphine zwei Kinder aus einer früheren Beziehung in die gemeinsame Ehe mitgebracht, doch waren die streng genommen nicht berechtigt, die kaiserliche Erbfolge anzutreten. Die Bemühungen Bonapartes und der Kaiserin ein eigenes Kind zu zeugen, waren legendär.

Der General schüttelte missbilligend den Kopf. »Wo denken Sie hin, Monsieur le Commissaire! Natürlich hat niemand das

Kind des Kaisers irgendwelchen Maden und Käfern zum Fraß vorgeworfen. Im Gegenteil. Jeder der Männer, deren Namen Sie auf dieser Liste finden, hat sich beispielhaft darum bemüht, diesem Kind alles Erdenkliche an Bequemlichkeit und Sicherheit zukommen zu lassen. Jeder von ihnen ist Teil einer Operation, an deren Ende ein vereintes und mit sich selbst versöhntes Frankreich steht!«

Marais fühlte sich immer noch wie vor den Kopf geschlagen. De Sade hingegen war ganz in seinem Element. »Welch unerwartete Wendung«, rief er. »Und wer, wenn man fragen darf, ist die Mutter dieses neuesten Weltgenies? Etwa dieses brünette Mädchen, dessen Torso Marais vor einigen Wochen aus der Seine zog?«

»Selbstverständlich nicht, Monsieur le Marquis«, erwiderte Madame und wedelte dabei lachend mit ihrem erhobenen Zeigefinger vor de Sades Gesicht herum. »Seine Mutter ist die junge Marquise de Launay, deren gesamte Familie von den Jakobinern ausgelöscht wurde. Sie war unter all den Waisen in Madame Beauvoirs Institut die hübscheste. Sie ist außerdem verwandt mit dem Duc de Louisan. Dieses andere Mädchen, das Marais aus der Seine gefischt hat, war nur Mittel zum Zweck. Sie empfing an jenem Abend das Kind eines gewissen Ministers, der sich als zu willensschwach erwies, es gemeinsam mit seiner Mutter beseitigen zu lassen.«

De Sade erfasste den vollen Umfang von Madames Coup. Bonapartes Kinderlosigkeit und seine zuweilen unverschämt offen ausgetragenen Zänkereien mit Joséphine gaben ganz Europa Grund zu allerlei Spekulationen über die Zukunft Frankreichs. Was nützte es dem Kaiser schließlich, die halbe Welt zu erobern, wenn er keinen leiblichen Thronfolger vorweisen konnte, um damit eine Dynastie zu begründen? Die

Royalisten waren unterdessen auch nicht untätig. Und sie konnten immerhin einen legitimen Erben für den französischen Thron vorweisen. Nach Bonapartes Krönung ließen sie erst recht keine Gelegenheit ungenutzt, seine Herrschaft als unrechtmäßige Tyrannei zu brandmarken. Falls es jedoch gelang, das neue Kaiserhaus mit dem Hochadel des Ancien Régime zu verbinden, könnte dies von heute auf morgen die Karten in Europa neu mischen. Das französische Volk würde diese Lösung sicherlich begrüßen. Und der Kaiser stünde bei jedem, dem es gelang einen solchen Coup einzufädeln, tief in der Schuld. Napoléon war der mächtigste Mann der Welt, und die Dankbarkeit solcher Männer drückte sich gewöhnlich in der Verleihung von Herzogtümern und Königreichen aus.

Marais schüttelte versonnen lächelnd den Kopf. »Damit kommen Sie nicht durch, Madame. Talleyrand wird dies niemals zulassen. Er…«

»Talleyrand?«, fiel Madame ihm ins Wort. »Dass ich nicht lache! Haben Sie etwa vergessen, *wer* jenes Boudoir anmietete, in dem der Kaiser die süße kleine Marquise de Launay bestieg? Talleyrand ist die eigene Brut heilig. Er wird nichts tun, was Delaques in Gefahr bringt. Erst recht nicht, nachdem sich vor einigen Tagen sogar Fouché unserer Verschwörung angeschlossen hat.«

»Der Kaiser wird Joséphine niemals verlassen«, beharrte Marais. »So sehr sie sich auch streiten, er liebt sie nun einmal. Dagegen sind selbst Sie machtlos, Madame!«

»Ach, Monsieur le Commissaire, Joséphine ist schließlich auch nicht unsterblich!«, warf der General ein und legte seine Hand auf den Degenknauf.

Marais hatte die Geste bemerkt. Unwillkürlich tastete er unter seine Priestersoutane, wo er seine Wurfmesser verwahrte.

De Sade warf ihm einen warnenden Blick zu, dann wandte er sich an den General.

»Fouché weiß also um Ihr Vorhaben, und da er hofft, auf diese Weise sogar Talleyrand beim Kaiser ausbooten zu können, verzieh er Ihnen sämtliche Verbrechen, schloss Sie von da ab in seine scheinheiligen Gebete ein und erwartet zweifellos, dass er nach Ihrem Coup in den Kreis der Auserwählten aufgenommen wird, der von einem einsichtigen und dankbaren Kaiser mit Reichtümern überschüttet wird?«

»Dass der Minister betet, bezweifle ich zwar, aber davon abgesehen haben Sie recht«, bestätigte der General de Sades Vermutung, trat neben den Sessel seiner Frau und legte ihr in einer zärtlichen Geste eine Hand auf die Schulter.

»Wenn die Pudel Sie in ein paar Minuten vor dem Haus erschießen, Monsieur, trösten sie sich einfach damit, dass Sie für Frankreich sterben«, lächelte der General. »Ihnen als altem Soldaten sollte das kein gänzlich fremder Gedanke sein, de Sade.«

Der General beugte sich zu seiner Gattin hinab und gab ihr einen Kuss auf die Stirn.

»Sie sind zu gütig, Monsieur«, hauchte sie.

»Nicht doch, Madame. Ehre wem Ehre gebührt«, beteuerte der General.

Madame erhob sich und klatsche geziert in die Hände. »Bon voyage, Messieurs, es war durchaus amüsant, Sie zu Gast gehabt zu haben. Doch nun müssen Sie mich leider entschuldigen. *Mon général* und ich, wir haben nämlich die Absicht, so hemmungslos fröhlich und laut miteinander zu vögeln, dass wir nicht einmal die Schüsse hören werden, an denen Sie beide gleich draußen auf der Straße verrecken werden.«

Sie sah ihre Unterredung damit zweifellos als beendet an.

Obwohl Madame ihren Hohn und Spott vornehmlich auf Marais gerichtet hatte, war es de Sade, der sich schließlich zuerst erhob, dann seinen Stuhl am Tisch zurechtrückte und sich nach einem Nicken zu Madame und Monsieur anschickte, den Raum zu verlassen. Marais zögerte einen letzten Augenblick. »Sie widern mich an, Madame!«, zischte er. »Der Gedanke, dass Sie in Ihrem Leben auch nur eine einzige Nacht ruhig schlafen konnten, macht mich rasend. Sämtliche Dämonen werden stehend applaudieren, wenn Sie in die Hölle einfahren!«

Marais wandte sich ab und schloss mit festen Schritten und gerader Haltung zu dem fetten alten Ungeheuer auf, das einige Schritte vor der Tür auf ihn gewartet hatte.

»Ach, Marais?«, rief Madame ihm offenbar kurz entschlossen hinterher. »Da Sie nun schon mal auf dem Weg zu ihrem Ende sind, will ich die Gelegenheit nicht versäumen, Ihnen eine Last vom Gewissen zu nehmen. Estelle Belcourt war schuldig. Die naive Gans hat ihren Vater tatsächlich vergiftet. Sie kam nämlich ausgerechnet zu mir, um Rat einzuholen, wie sie das zu bewerkstelligen habe und wo sie ein Gift auftreiben könne, das die Ärzte nicht misstrauisch macht. Sie hatte bei einer der Spielrunden im Hause ihres Vaters Vivienne le Jeune kennengelernt, die bei jenen Runden zusammen mit einer ihrer Geliebten regelmäßig zu Gast war. Vivienne bemerkte die blauen Flecken und Risse an Estelles Leib und stellte sie neugierig zur Rede. Seit Estelle, das Dummchen, elf Jahre alt war, pflegte ihr Vater sie zu beschlafen, Monsieur le Commissaire. Und zwar auf eine Art und Weise, die nach allem, woran ich mich zu erinnern vermag, de Sade sicher sehr zugesagt hätte. Es mag sein, dass Estelle auf die Guilloutine gehörte, Monsieur le Commissaire, doch immerhin trat sie als eine Frau ihrem

Henker entgegen, die das Vergnügen der Rache erfahren hatte. Und nun, Messieurs – tatsächlich – *bon voyage!*«

Madames Angaben zum wahren Motiv von Estelle Belcourts Mord hatten Marais tiefer getroffen, als er es sich eingestehen wollte. Trotzdem verlor er nichts von seiner geraden, militärischen Haltung, als er de Sade schließlich aus dem Raum in die Halle folgte.

Marais spürte, wie ihm die Knie weich wurden und sein Herz schneller und schneller zu pochen begann, während er durch Madames Halle immer weiter auf die Haustür zuschritt.

Einige Schritte vor der Tür hielt de Sade ihn auf. »Nun sagen Sie's schon, Marais! Es tut Ihnen leid, mich in diese unglaubliche Schweinerei hineingezogen zu haben«, zischte Monsieur le Marquis, während er sich eine Prise auflegte. Seine Hände waren dabei erstaunlich ruhig. Man konnte dem alten Scheusal nachsagen, was man wollte, doch ein Feigling war er nicht. De Sade schniefte und wischte sich mit dem Soutanenärmel umständlich Mund und Nase ab. Er stieß Marais gegen die Brust. »Was soll's, ich konnte mir sowieso nie vorstellen, in einem Bett zu sterben«, rief de Sade, neigte dann seinen Kopf wie zufällig zu Marais Ohr. »Ich bedauere ja nicht viel in meinem Leben. Aber dass ich nicht mehr sehen werde, wie dieses Miststück von einer Hure aus ihrer Wäsche schaut, sobald sie erfährt, dass Bonnechance ihr Bonapartes Bastard direkt unter ihrem Näschen weg aus Auteuil gestohlen hat, wurmt mich dann doch!«

Hinter ihnen räusperte sich Cluzot ungeduldig. Er hatte an diesem Morgen offenbar noch mehr vor, als Madames Gäste ihren Mördern entgegenzutreiben.

De Sade ging die letzten Schritte zur Haustür, blieb stehen

und blickte Marais herausfordernd an. »Nun machen Sie schon, Marais! Treten Sie hinaus. Dachten Sie etwa, ich würde vorangehen?«

So trat Marais als Erster durch die Haustür nach draußen auf die Straße, wo immer noch allerletzte Nebelfetzen umeinanderwehten und Bernard Paul und dessen Pudel ihn nervös erwarteten.

In zwei, drei Schritten Abstand folgte ihm de Sade nach draußen. Cruzot schlug hinter ihnen die Tür zu und legte rasselnd die Riegel vor.

»Louis«, sagte Bernard Paul, während er aus dem Schatten der Hauswand trat.

Marais blickte sich auf der stillen Straße um. Er entdeckte außer Bernard Paul acht weitere Pudel. Alle hielten sie ihre Waffen schussbereit.

»Am besten ihr beide geht jetzt ein paar Schritte die Straße runter«, schlug Bernard Paul vor.

»Also in den Rücken?«, fragte Marais.

»Wohin sonst?«

De Sade nieste heftig und ließ dann einen gewaltigen Furz ab. »Sie Unhold! Sie würden wirklich zwei Priestern in den Rücken schießen?«

Bernard Paul spannte seine schwere Reiterpistole und wies damit unbestimmt die Straße hinunter.

Marais nickte dem Patron der Pudel unmerklich zu und setzte sich mit steifen Schritten in Bewegung. Er dachte an seinen Gott und daran, dass er vielleicht doch noch Gerechtigkeit fand, sobald Talleyrand Madames Pläne mit Napoléons Bastard durchkreuzte. Danach konnte es nur noch eine Frage der Zeit sein, bis sie und der General in Ungnade fielen. Marais schaute noch einmal über die Schulter zurück zu Bernard Paul. »Willst du gar nicht wissen, worum es bei alldem eigentlich ging, Bernard?«

»Nein. Und zwar gerade, *weil* es in den Rücken gehen soll«, entgegnete Bernard Paul trocken.

Die Pudel bildeten einen lockeren Halbkreis, der die ganze Breite der Straße umspannte. Einige trugen Tücher vor dem Gesicht, als wollen sie den Eindruck von Räubern erwecken.

Marais ging einige Schritte weiter.

Doch de Sade wandte sich unvermittelt um, verschränkte dann die Arme vor der Brust und funkelte Bernard Paul giftig an. »Du Küchenschabe! Ich bin ein Offizier und Marquis von Frankreich. Wenn du mich schon erschießt, dann gefälligst von vorn!«

Bernard Paul schürzte verächtlich die Lippen. Einer der Pudel spannte seine Waffe und richtete sie auf de Sades Kopf. »Ganz wie's beliebt, Monsieur!«

Marais schloss die Augen und murmelte ein Gebet. De Sade hingegen starrte weiterhin herausfordernd Bernard Paul an.

Hufgeklapper und das Rasseln einer Kutsche ertönte vom Ende der Straße her.

Bernard Paul fluchte, seine Pudel sahen sich unsicher um. Das konnte ihnen nicht in den Kram passen. Mit unliebsamen Zeugen hatten sie um diese Zeit in der vornehmen Rue du Bac nicht gerechnet. Marais drehte sich ebenfalls nach dem Geräusch um.

Zwischen letzten Nebelfetzen wurden vermummte Reiter sichtbar, die offenbar die Eskorte einer herrschaftlichen Kutsche bildeten. Bernard Paul schien unschlüssig, wie er darauf reagieren sollte. Zuletzt gab er seinen Männern ein Zeichen, sich nicht von der Stelle zu rühren.

Die ersten Reiter der Eskorte zügelten ihre Pferde, und auch die Kutsche kam zum Halt. Doch statt den Männern auf der Straße barsch zu befehlen, Platz zu machen, zückte die vermummte Eskorte plötzlich ihre Waffen und richtete diese auf Bernard Paul und dessen Pudel.

»Was zur Hölle?«, fluchte Bernard Paul und lief auf die Kutsche zu. Einer der Reiter feuerte ohne Vorwarnung einen Schuss über die Köpfe der Pudel hinweg. Gleich darauf öffnete sich der Schlag der Kutsche. »Monsieur le Commissaire! Ich sehe mit Befriedigung, dass Sie offenbar bereits auf dem Weg zu unserer Verabredung waren. Wie bedauerlich, dass ich mich um ein Haar verspätet hätte«, verkündete Talleyrand, während er ausstieg und ungehindert zwischen den Pudeln auf de Sade und Marais zuging.

»Solch ein schöner Morgen, nicht wahr? Welch wundervolle Idee von Ihnen, unsere Verabredung mit einem kleinen Spaziergang zu verbinden.«

Talleyrand hatte Marais erreicht. Er gönnte de Sade eine knappe Verbeugung, nahm dann Marais freundschaftlich beim Arm und brachte ihn so dazu, an seiner Seite die Rue du Bac hinunterzuschlendern. »Jetzt nur keinen Fehler machen, Marais!«, flüsterte Talleyrand. »Sonst kommt dieser Cretin noch auf die Idee, mich zusammen mit Ihnen zu erschießen. Und das, mein Lieber, wäre nun wirklich eine Tragödie für Frankreich!«

»Keine größere, als es mein Verlust für die Literatur dargestellt hätte«, entgegnete de Sade bissig, der sich von Talleyrand missachtet fühlte. Weder Marais noch Talleyrand gingen auf seine Bemerkung ein, während sie betont gelassen die stille Straße hinunter auf Talleyrands Palais zu schlenderten.

»Ich fürchte, Sie müssen dringend etwas dafür tun, das Niveau Ihres Umgangs anzuheben, mein lieber Marais!«, sagte

Talleyrand. »Denn außer einigen Gitans, einem Berufsmörder und einer Handvoll von Madame de la Tours Hurenhausschlägern fand sich kein Mensch, der bereit gewesen wäre, Sie aus Ihrer Bedrängnis zu retten. Obwohl man anderseits ja auch festhalten muss, dass meine Anwesenheit das Niveau Ihrer gesellschaftlichen Bedeutung immens verbessert.«

18

TE DEUM

Bonnechance stand in Talleyrands kleinem Salon neben Pierre le Grand. Beide trugen noch die schweren dunklen Mäntel, die sie sich für ihre Rolle als Mitglieder von Talleyrands Eskorte übergeworfen hatten. Bei der Tür lehnten Tolstoï und Flobert mit ihren schmierigen Jacken an Talleyrands kostbarer Seidentapete. Marais saß in einem Sessel bei dem kalten Kamin und starrte wütend ins Feuer. Silhouette und die Herrin der Nacht standen neben dem Kamin.

»Dann war alles umsonst!«, rief de Sade gerade in die Runde, während er mit aufgeblasenen Wangen von einem zum anderen sah. »Wenn Madame diese Kinder in Auteuil immer noch in ihrer Gewalt hat, haben wir verloren! Bonnechance, Sie Hornochse, Sie hätten schneller sein müssen!«

Während Marais und de Sade im Hause Deux-Églises an der Frühstückstafel saßen, hatte Bonnechance, wie Marais es gefordert hatte, sowohl die Raben als auch Talleyrand davon in Kenntnis gesetzt, was de Sade und Marais vorhatten. Dass Monsieur le Marquis ihn derart anfuhr, hatte er nicht verdient. Denn dass ganz Auteuil von schwer bewaffneten Pudeln besetzt gewesen war, als die Raben dort einritten, konnte man ihm nicht zum Vorwurf machen. Ebensowenig konnte man es den Raben vorwerfen, sich angesichts dieser Übermacht nicht auf eine offene Auseinandersetzung eingelassen zu haben.

»Verflucht, de Sade, er kann schließlich auch nicht hexen! Wahrscheinlich hat Fouché schon nach seinem Besuch bei Madame Jolie Spitzel in Auteuil installiert, die uns letzte Nacht beobachtet und ihm per Brieftaube oder Kurier Meldung gemacht haben. Dass wir von Auteuil aus irgendwann vor Madames Palais auftauchen würden, konnte sich dann sogar ein Spatzenhirn wie Bernard Paul an seinen fünf Fingern abzählen«, zischte Marais.

Talleyrand hatte die Wache vor seinem Palais verstärkt. In der Eingangshalle und vor dem Tor lungerten neben seinen persönlichen Leibwächtern und den Raben auch einige Gardisten herum.

Silhouette warf Marais hin und wieder bewundernde Blicke zu. Ganz offensichtlich war sie erleichtert, dass ihm nichts zugestoßen war.

»Und mein Trottel von Sohn musste in dieser verfluchten Sauerei natürlich ganz vorn dabei sein!«, ereiferte sich Talleyrand.

Isabelle de la Tour legte dem Minister die Hand auf den Arm, schaute ihn einen Augenblick betroffen an und schüttelte den Kopf. »Nein, Monsieur, im Grunde, Messieurs, war Diane des Deux-Églises sich für die Hurerei eigentlich immer schon zu fein. Und was Guillou, diese Ratte, betrifft, meine Huren hätten ihn totschlagen und an die Schweine verfüttern sollen!«

Talleyrand wirkte ungewohnt verlegen.

»Guillou ist tot, Madame«, sagte Bonnechance. »Wir denken besser an die Lebenden. Irgendwer muss ein Ende mit dem General machen. Ich fürchte mich jedenfalls nicht vor ihm!«

Talleyrand schüttelte entsetzt den Kopf. »Sie sollten sich aber vor ihm fürchten, Bonnechance! Er ist immerhin der Lieblingsgeneral des Kaisers. Und da sich jetzt außer den Männern auf de Sades Liste sogar Fouché hinter diesen irrwitzigen Plan von Madame gestellt hat, sind wir alle hier unseres Lebens nicht mehr sicher! Aber, Mesdames und Messieurs, was soll aus Frankreich werden, wenn mein Einfluss im Kabinett und beim Kaiser noch weiter sinkt?«

Marais hob die Hand, um das Wort zu ergreifen. »Vor weniger als einer Stunde hat Madame des Deux-Églises damit geprahlt, was sie dem großen Talleyrand für ein Schnippchen geschlagen habe! Talleyrand wird seinen geliebten Sohn keiner Gefahr aussetzen, nur um sie aufs Schafott zu bringen. Das waren ihre Worte!«

Der Außenminister wirkte betroffen. »Ich kann Ihren Unmut verstehen, Marais. Aber ich bin Politiker, ich muss mit den Karten spielen, die mir das Leben in die Hand gibt!«

In die Stille hinein, die Talleyrands Worte folgte, meldete sich Pierre le Grand.

»Falls es Ihnen darum geht, dass kein Mensch erfährt, wer wirklich dahintersteckt, werde ich eben Madame für Sie erledigen, Monsieur le Ministre.«

Talleyrand schüttelte erneut den Kopf. »Und was wäre das Ergebnis dieses Mordes? Fouché und ich stünden uns im Kabinett wieder nur in einem Patt gegenüber.«

»Dann kratzt Fouché eben auch ab. Verdient hätte es der eiskalte Schweinehund«, meinte Pierre le Grand achselzuckend.

Dieser Vorschlag ließ Talleyrand nun erst recht die Nackenhaare zu Berge stehen. »Um Gottes willen, Mann! Fouché ist Politiker, kein Straßenganove! Wo kämen wir hin, wenn jeder Minister seine Meinungsverschiedenheiten mithilfe von Meuchelmord beilegte?«

»Natürlich – wo kämen wir dann wohl hin?«, grinste de Sade sarkastisch.

»Zur Anarchie«, beschied ihn Talleyrand wütend, der de Sades Bemerkung merkwürdig ernst nahm.

Ein Bediensteter brachte Erfrischungen und beeilte sich, den Raum wieder zu verlassen.

Silhouette schrieb etwas auf ihren Block. Sie hielt ihn Marais entgegen.

»Woher all die übrigen Kinder in Auteuil kommen, fragen Sie? Nun, Madame ließ schließlich nicht alle von ihnen töten.«

»Unsinn, Marais!«, mischte de Sade sich ein. »Diese Kinder sind Geiseln, nichts weiter. Erinnern Sie sich an den Jungen, mit dem ich gestern Nacht sprach? Er ist Bluter. Genauso wie zwei der Männer auf der Liste des Comte. Diese Krankheit wird vererbt, das muss ich ihnen ja wohl nicht erst sagen. Sie hat gelogen, als sie behauptete, all die Männer auf der Liste hätten sich freiwillig an ihrer wahnsinnigen Verschwörung beteiligt. Einige davon taten das sicher nur, um ihre Bastarde zu schützen, die sie in ihrer Gewalt hatte. Ich wette außerdem, auch die älteren Kinder, die wir dort gesehen haben, sind adliger Abstammung. Und Madame ist zweifellos darüber hinaus als deren Vormund eingetragen. Der Kaiser hat einer Menge alter Adelsgeschlechter wieder zu ihren Gütern und Rängen verholfen. Sollte ihr das bei einem der kleinen Waisen dort in Auteuil ebenfalls gelingen, kassiert sie als deren Vormund ganz hübsch ab!«

De Sades Einwand hatte einiges für sich. Tatsächlich war Napoléon daran interessiert, zu einer Aussöhnung mit dem Adel zu kommen, der so furchtbar unter der Terrorherrschaft der Jakobiner gelitten hatte. Viele Adelsgeschlechter waren inzwischen wieder zu Amt und Würden gelangt oder hatten zumindest ihre Güter zurückerhalten. Dass Madame sich diese Entwicklung zunutze machen würde, war naheliegend. Falls also tatsächlich einige der Kinder in Auteuil aus alteingesessenen Adelsfamilien stammten und sie es fertigbrachte, dass diesen ihre ehemaligen Güter zurückerstattet wurden, würde ihr als Vormund der Begünstigten die Verwaltung von deren Vermögen zufallen. Angesichts der Verbrechen, zu denen sie fähig war, hatte keiner der Anwesenden Schwierigkeiten sich vorzustellen, wie ihre Vermögensverwaltung ausfallen musste.

»Verdammt, da müssen ja Millionen auf Madame warten!«, sagte Bonnechance beeindruckt.

»Worauf Sie Gift nehmen können«, bestätigte die Herrin der Nacht trocken.

»Sie meinen, dass keiner der Männer auf der Liste weiß, wo Madame seinen Bastard festhält? Wie soll sie das geheim gehalten haben?«, wunderte sich Pierre le Grand.

»Wie sie alles andere auch geheim gehalten hat«, sagte Talleyrand in einem Tonfall, als spräche er mit einem begriffsstutzigen Kind. »Ich wette, der Einzige, der außer ihr davon wusste, war Fouché. Deswegen ist er neulich in Auteuil gewesen, um sich davon zu überzeugen, dass sie diese Kinder wirklich in ihrer Gewalt hält. Als er sah, dass sie nicht gelogen hatte und dort wirklich die Sprösslinge ihrer Mitverschwörer festhielt, kam er mit ihr zu einem Arrangement«

Silhouette blickte die Herrin der Nacht an und verwickelte sie in eine Konversation in ihrer Zeichensprache.

Isabelle de la Tour wandte sich an die beiden Raben bei der Tür. »Mademoiselle will wissen, wie viele Pudel in Auteuil postiert waren?«

»Dreißig, fünfunddreißig, schätze ich. Alle gut bewaffnet.

Sie werden von einem ehemaligen Artilleriekorporal befehligt«, antwortete Flobert.

Silhouette nickte bedeutungsvoll und setzte ihre Unterhaltungen mit der Herrin der Nacht fort. Die nächste Frage der beiden Frauen richtete sich an Talleyrand. »Mademoiselle möchte wissen, ob Sie noch immer geheime Kontakte zu gewissen radikalen Gruppen pflegen, Monsieur?«

Talleyrand runzelte die Stirn. »Sie erwarten doch wohl nicht, dass ich darüber hier vor allen Leuten Auskunft gebe, Madame!«

Für Madame war das Antwort genug. Sie begann erneut ihre stumme Konversation mit ihrer Tochter. Schließlich verkündete Madame mit einem fröhlichen Funkeln in den Augen: »Mademoiselle und ich haben Ihnen einen Vorschlag zu unterbreiten!«

»Viel schlimmer, als es jetzt schon ist, kann es gar nicht mehr kommen«, sagte der Außenminister bitter.

»Ihr Problem, Monsieur le Ministre, besteht darin, Fouchés momentane Übermacht im Kabinett zu brechen, nicht wahr?«, begann die Herrin der Nacht. »Und wir alle sind uns darin einig, dass man Diane des Deux-Églises aufhalten muss. Dafür ist es allerdings erforderlich, Fouché den Zugriff auf die Kinder in Auteuil zu entziehen.«

Dem stimmten alle widerspruchslos zu.

»Sehr gut«, fuhr die Herrin der Nacht fort. »Dann richtet sich Silhouttes nächste Frage an Sie, Monsieur le Marquis, und Sie, Monsieur le Commissaire. Ist sicher, dass sich Napoléons Kind zwischen den übrigen Waisen in Auteuil befindet?«

»Madame gehört zweifellos zu der Sorte von Leuten, die ihre Äpfel ganz gern zusammen in einem Korb aufbewahren. Bonapartes kleiner Schreihals ist daher ganz bestimmt auch in Auteuil!«, beantwortete de Sade Silhouettes Frage.

Die Frauen nahmen de Sades Auskunft mit Befriedigung auf. Erneut begannen sie eine Diskussion in ihrer Zeichensprache, bevor Madame sich mit einem Räuspern an alle übrigen im Zimmer wandte.

»Hören Sie mir zu«, sagte die Herrin der Nacht und setzte ihren Zuhörern Silhouettes Vorhaben auseinander. Das dauerte einige Zeit. Ihren Worten folgte ein betroffenes Schweigen.

Marais brach es als Erster. »Ganz abgesehen davon, dass Ihr Plan mehr Lücken aufweist, als ich hier aufzählen könnte, verbiete ich Ihnen einfach, ihn in die Tat umzusetzen!«

Silhouette hatte sicher nicht mit einhelliger Begeisterung gerechnet. Doch ausgerechnet Marais' Ablehnung traf sie sichtlich hart.

Pierre le Grand massierte verlegen seine Nasenwurzel. »So aussichtslos, wie du sagst, ist ihr Plan gar nicht, Louis!«

Fassungslos über Pierre le Grands Bemerkung, wandte Marais sich ausgerechnet an de Sade, um von ihm zu hören, wie aussichtslos, gefährlich und dumm Silhouettes Plan doch sei.

Zu Marais Erleichterung schien das alte Ungeheuer ihm zunächst auch wirklich zuzustimmen. »Mademoiselles Plan weist mindestens einen entscheidenden Fehler auf.«

»Aha!« rief Marais.

De Sade warf einen Blick in die Runde, bevor er fortfuhr. »Fouché und Madame des Deux-Églises diese Kinder zu entziehen, reicht nicht aus, um ihre Macht vollständig zu brechen. Das führt höchstens zu einem offenen Kampf. Doch was, falls es einen Weg gäbe, zugleich mit dem Entzug der Kinder Madame des Deux-Églises selbst auszuschalten?«

Jedes Augenpaar im Raum war auf de Sade gerichtet, der die Aufmerksamkeit sichtlich genoss.

»Worin sollte dieser Weg denn bestehen, de Sade? Falls Sie sich erinnern mögen: Meuchelmord hatten wir bereits ausgeschlossen!«

De Sade nickte dem Außenminister mit einem dünnen Lächeln zu. »Erstaunlich, dass man bisher ständig versucht, Madame des Deux-Églises zu beseitigen, obwohl der General doch eigentlich um keinen Deut besser ist als seine Gattin. Vor allem aber gibt er ein wesentlich bequemeres Ziel ab!«

»Der General ist einer der besten Schützen Frankreichs und Bonapartes erklärter Liebling. Wenn Sie ihn ernsthaft als das leichtere Ziel bezeichnen, dann haben Sie wirklich nicht mehr alle Trommeln an den Locken, de Sade«, lachte Bonnechance.

»Tatsächlich?«, erwiderte de Sade selbstgewiss.

»Und was nützt es schon, den General zu beseitigen, solange man Madame weiterhin am Leben lässt? Ihre Rache würde furchtbar sein«, gab Isabelle de la Tour zu Bedenken.

»Wie sollte sie diese Rache bewerkstelligen, wenn ihr Talleyrand zugleich die Kinder in Auteuil entzieht? Verliert sie Bonapartes Kind und die Bastarde all ihrer Mitverschwörer, werden die sich von ihr abwenden«, verteidigte sich de Sade.

Keiner konnte dem widersprechen.

»Erklären Sie sich näher, Monsieur le Marquis«, forderte Talleyrand.

De Sade breitete theatralisch die Arme aus. »Es mag Ihnen seltsam erscheinen, aber der Schlüssel zu Madame des Deux-Églises' Vernichtung ist – Liebe.«

Selten hatte man so viele vernünftige Männer und Frauen derart verblüfft gesehen wie gerade in diesem Augenblick.

»Liebe, de Sade?« regte Marais sich auf. »Sagten Sie gerade

Liebe? Diese Frau ist der Teufel in Menschengestalt! Wie können Sie glauben, dass sie auch nur wüsste, wie man dieses Wort buchstabiert?«

De Sade nickte ihm lächelnd zu. »Sie haben Madame doch selbst mit dem General zusammen gesehen, Marais! Diese Frau quillt fast über vor Liebe zu ihm! Ich bin sicher, man könnte ihr das Palais, ihre Kleider, ihr Vermögen und womöglich sogar ihre Schönheit und Macht nehmen, aber sie würde dennoch nicht daran zerbrechen. Nimmt man ihr allerdings ihren über alles geliebten General, so muss das ihr Ende sein. Denn es würde bedeuten, ihr die Seele bei lebendigem Leibe aus dem Herzen zu reißen!«

Plötzlich redeten alle durcheinander. Keiner in Talleyrands Salon wollte es sich nehmen lassen, de Sade deutlich zu machen, wie falsch er mit seiner Charakterisierung von Madame des Deux-Églises lag. Allen voran Marais. Zumal er überdies darauf bestand, dass es selbstverständlich völlig unmöglich sei, irgendeinem Menschen dessen Seele bei lebendigem Leibe auszureißen, wie de Sade das behauptet hatte. Schließlich lag die Seele eines Menschen allein in Gottes Hand. De Sade war Marais' Erklärung gerade einmal ein kaltes überhebliches Grinsen wert.

Ein Machtwort Talleyrands brachte seine Gäste wieder halbwegs zur Räson.

»Ruhe! Ruhe!«, rief er, bevor er sich de Sade zuwandte und von ihm zu wissen verlangte, wie er denn mit dem General ein Ende zu machen gedenke.

»Morgen ist Allerheiligen. Das gesamte Kabinett wird zur Messe in Notre-Dame erscheinen. Auch der General und seine Frau.«

»Was wollen Sie dem General antun, de Sade? Ihn in Grund

und Boden reden? Das immerhin traue ich Ihnen ohne Weiteres zu!«, warf Marais verächtlich ein.

»Nein, Marais, ich werde ihn zum Duell fordern! Außer mir ist keiner hier für einen Mann seiner Stellung satisfaktionsfähig. Es sei denn, Monsieur le Ministre selbst wollte so weit gehen, den General zu fordern.«

Angesichts von Talleyrands Miene kam Letzteres eindeutig nicht infrage. Dennoch dachte der Außenminister überraschend lange und gründlich über de Sades absurden Vorschlag nach. »Verstehe ich Sie richtig, de Sade?«, sagte der Minister schließlich. »Sollten Sie den General vor dem versammelten Kabinett in Notre-Dame fordern, so könnte dem keiner widersprechen, schließlich wäre es Ehrensache für ihn, Ihrer Forderung nachzukommen. Angesichts seines Rufes als Meisterschütze wird er sogar froh sein über die Gelegenheit, Sie ganz legal erledigen zu dürfen. Trotzdem wäre das Ergebnis ihrer Narretei ein toter Marquis von Frankreich und ein Kabinett, das sich vor Lachen biegt.«

De Sade legte sich eine Prise auf und schnupfte sie. »Nur falls ich verliere, Talleyrand! Sollte ich allerdings gewinnen und Sie hätten sich bei meiner Forderung demonstrativ hinter mich gestellt, so würde jeder das als eine Blamage für Fouché werten. Wer ließe sich denn noch von einem blamierten Polizeiminister einschüchtern? Politiker sind Opportunisten. Es wäre Ihnen danach ein Leichtes, die Kabinettsmitglieder auf Ihre Seite zu ziehen.«

Talleyrand dachte auch darüber lange und gründlich nach. »Natürlich bliebe Fouché nichts anderes übrig als sich – während Ihrer Forderung an den General – hinter ihn zu stellen. Schon um allen anderen deutlich zu machen, für wie lächerlich er Ihre Forderung hält.«

»Sehr richtig, Talleyrand!«, bestätigte de Sade eifrig. »Und was hätten Sie schon zu verlieren? Zumal Ihnen, falls es doch schiefgehen sollte, vielleicht immer noch Napoléons Bastard bliebe, um irgendeinen Kompromiss mit Fouché zu erzwingen.«

Der Außenminister und de Sade tauschten eine Reihe von langen, intensiven Blicken. Marais war plötzlich sicher, dass die beiden mehr verband, als er bisher hätte ahnen können. Was immer es war, worüber die beiden sich da stumm einig wurden – es schloss alle Übrigen im Raum eindeutig aus. Und das machte Marais Angst.

De Sade war dreiundsechzig Jahre alt und ohne Brille fast blind. Nüchtern betrachtet hatte Monsieur le Marquis bessere Chancen, mit ausgebreiteten Armen zum Mond zu fliegen, als lebend ein Pistolenduell mit General des Deux-Églises zu überstehen.

»Was Sie da vorhaben ist Selbstmord, de Sade. Ich lasse das nicht zu. Sie schulden mir schließlich immer noch Geld«, rief Isabelle de la Tour.

Talleyrand schrieb daraufhin einen Wechsel über eine durchaus beachtliche Summe aus, streute Sand über die Tinte, wedelte ihn einige Male hin und her und überreichte ihn der Herrin der Nacht. »Das sollte ausreichen, um seine Schulden zu decken, Madame!« Isabelle de la Tour zögerte, bevor sie den Wechsel zuletzt doch zusammenfaltete und in ihr Dekolleté steckte.

Marais' anschließendes Schweigen war schierer Verblüffung geschuldet. Er glaubte seinen Augen und Ohren nicht mehr trauen zu dürfen. War de Sade ganz und gar dem Irrsinn verfallen?

Talleyrand schenkte sich bedächtig Kaffee ein, fügte zwei gehäufte Löffel Zucker hinzu, rührte um und trat dann mit Tasse und Untertasse zu einem der hohen Fenster, wo er seinen Gästen den Rücken zuwandte und in kleinen Schlucken den heißen, süßen Kaffee auszutrinken begann.

Die Herrin der Nacht machte zögernd einige Schritte auf Talleyrand zu. Der blickte sich nach ihr um, doch gab ihr mit einer schroffen Geste zu verstehen, dass er nicht dulden würde, dass sie auch nur einen Schritt näher kam.

Minuten vergingen, während derer sich niemand zu rühren wagte. Mit jeder Sekunde, die verstrich, sank Marais' Hoffnung, dass der Außenminister den Dummheiten de Sades und Silhouettes zuletzt doch noch einen Riegel vorschieben könnte.

Endlich stellte Talleyrand seine Tasse ab und wies auf Pierre le Grand. »Um Mademoiselles Plan in die Tat umzusetzen, werden wir Pferde brauchen, Kutschen, Leiterwagen. Außerdem eine ganze Reihe vertrauenswürdiger Kuriere.«

Pierre le Grand deutete eine Verbeugung an. »Die Raben stehen Ihnen zur Verfügung, Monsieur!«

Talleyrand nickte, schenkte sich Kaffee nach, süßte ihn und deutete auf de Sade. »Was Sie betrifft, Monsieur le Marquis, so ist Ihnen hoffentlich klar, dass unser aller Schicksal in Ihrer Hand liegt!«

De Sade legte sich ungerührt eine Prise auf. Talleyrand seufzte und trank einen winzigen Schluck Kaffee. Dann öffnete er eine Schreibtischschublade und warf Pierre le Grand zwei prall gefüllte Börsen zu. »Es heißt ja, das Glück sei mit den Tüchtigen. Hoffen und beten wir, dass es für dieses eine Mal auch mit einem Haufen verzweifelter Narren ist!«

Paris glich einer Stadt im Belagerungzustand. Auf der einen Seite standen Fouchés Polizeiagenten und Pudel, auf der anderen Gardisten der Pariser Garnison, deren Offiziere sich loyal zu Talleyrand verhielten. Straßen und Gassen schwirrten von allerhand Gerüchten. Später am Abend kam es zu Zusammenstößen zwischen Arbeitern und Handwerksgesellen, die sich von der ungewöhnlich hohen Zahl an Gardisten und Polizeiagenten herausgefordert fühlten. Bald fielen überall im Bereich der Innenstadt Schüsse und es brannten die ersten Häuser und Geschäfte.

In der Rue du Bac blieb es jedoch selbst auf dem Höhepunkt der Zusammenstöße ruhig. Irgendwo hier im Haus hatten auch Nicolas Bonnechance, Catherine und deren Kind Unterschlupf gefunden. Weder de Sade noch Marais hatten das Palais des Außenministers seit dem Morgen verlassen. De Sade und Marais hatten sich beide allein in eines der üppig ausgestatteten Gästezimmer zurückgezogen.

Marais hatte die Soutane längst gegen gewöhnliche Kleider getauscht und saß jetzt in einem Sessel an einem Schreibtisch und starrte auf ein Fenster, das zur Rue du Bac hinausging. Pierre le Grand und die übrigen Raben waren mit allerlei Kurierdiensten beschäftigt. Silhouette und die Herrin der Nacht hatten es noch vor Einbruch der Dunkelheit riskiert, ins Chat Noir zurückzukehren, wo sie zweifellos damit befasst waren, Vorbereitungen für Silhouettes Plan zur Eroberung Auteuils zu treffen.

Marais sah den Rauch und den rötlichen Glanz der Flammen über den Dächern der Stadt, hörte die Schüsse, deren Klang vereinzelt über den Fluss hinweg zu ihm wehte. Wie viele arme Hunde, fragte er sich, würden in dieser Nacht für nichts und wieder nichts ins Gras beißen müssen? Und er fragte sich, was um alles in der Welt in Talleyrand vorgegangen sein musste, als der sich heute Morgen auf de Sades wahnwitzigen Vorschlag einließ. Silhouettes Vorhaben war bereits tollkühn und närrisch genug. Doch de Sades Duellpläne schlugen dem Fass nun wirklich den Boden aus. Marais gestand dem alten Scheusal zwar zu, dass Madame des Deux-Églises tatsächlich heillos vernarrt in ihren schneidigen General war. Vernarrtheit war aber etwas anderes als Liebe. Sollte der General sterben, würde dies sicherlich einen unerhört schweren Schlag für dessen Frau darstellen. Aber ihr Ende wäre es bestimmt nicht. De Sade irrte sich, wenn er glaubte, dass Madame des Deux-Églises zu Liebe fähig sei. Sie war ein Unmensch, und Unmenschen waren unfähig zur Liebe. Das war es schließlich, wodurch sie sich von ganz gewöhnlichen Menschen unterschieden. Ausgerechnet de Sade sollte das besser wissen als jeder andere. Dass er sich einbildete, dass es nicht so war, konnte nur der Beweis dafür sein, dass er tatsächlich allmählich seinen Verstand verlor. Jedenfalls das bisschen, was daran überhaupt noch klar genug gewesen war, um als Verstand bezeichnet zu werden.

Marais schenkte sich ein Glas Bordeaux ein und steckte sich dazu eine der hervorragenden dünnen Zigarren an, die der Außenminister schon seit vielen Jahren aus den Kolonien importieren ließ.

Ein einzelner Reiter sprengte um das Haus herum und zügelte sein Tier beim Dienstboteneingang. Marais hielt den Reiter für einen der Raben. Es versetzte ihm einen Stich, als er daran dachte, dass die Raben daran arbeiteten, Silhouettes närrisch riskanten Plan zur Entführung der Kinder aus Madame Jolies Haus in die Tat umzusetzen.

So in Gedanken versunken, überhörte er das leise Klopfen an seiner Tür und wurde erst aufmerksam, als die sich öffnete und eine Frau in einem weiten Mantel eintrat. Sie schlug die Kapuze zurück und legte den Finger auf die Lippen. Silhouette.

Marais war so erstaunt, sie plötzlich hier zu sehen, dass er zunächst an einen Spuk glaubte. Sie streifte den Mantel ab und legte zwei geladene Pistolen und ein Stilett auf einen kleinen Tisch bei der Tür, zückte ihren Notizblock und schrieb lächelnd etwas nieder.

Marais Blicke wanderten von den Waffen zu Silhouette, die unter dem Mantel eine weite Männerhose, eine Reitjacke, einen breiten Gürtel und hohe schwarze Stiefel trug.

Machen Sie den Mund zu. Das sieht lächerlich aus, stand auf Silhouettes Block.

Marais schloss seinen Mund. »Haben Sie denn völlig den Verstand verloren, Mademoiselle? Ganz allein durch Paris zu reiten, in einer Nacht wie dieser?«

Diese Pistolen sind keine Staffage. Ich weiß damit umzugehen, schrieb Silhouette und legte die Jacke ab.

»Was tun Sie da, Mademoiselle? Herrgott – Sie ziehen sich doch nicht etwa aus?«, rief Marais erschrocken.

Silhouette nahm sich eine der Zigarren aus dem Kästchen auf dem Tisch, steckte sie an einer Kerze an und begann ihr weites weißes Hemd aufzuknöpfen. Sie entließ etwas Rauch aus Nase und Mund und legte die Zigarre in dem silbernen Aschenbecher ab.

Sie rauchte nicht zum ersten Mal, dachte Marais überrascht. »Das ist höchst ungezogen von Ihnen! Ganz zu schweigen von unhöflich…«, flüsterte er.

Silhouette sah ihn lüstern an und streifte das Hemd ab. Als sie gleich darauf zu ihm trat und damit begann, sein Hemd aufzuknöpfen, jagte ihm jede flüchtige Berührung ihrer Hand heiße Schauer über den Nacken.

Herrgott, dachte er, ich kann das nicht. Nicht jetzt. Nicht ausgerechnet heute Nacht.

Silhouette hatte Marais Hemd vollständig geöffnet, packte und zog ihn am Kragen zu einem zerbrechlich wirkenden Esstisch. Ihre Augen waren halb von ihren Lidern bedeckt. Doch Ihre festen Brüste und ihr samtig weicher Bauch waren nackt.

Sie tat irgendetwas, was dazu führte, dass ihre weite Männerhose über ihre Beine und die Stiefel hinweg zu Boden rutschte. Anschließend tat sie etwas ganz Ähnliches mit ihrer halblangen seidenen Unterhose, die sich ebenfalls löste und über ihre Hüfte herabglitt. Sie öffnete ihr hochgestecktes Haar, das daraufhin prächtig rotbraun um ihre weißen Schultern und Brüste fiel. Zuletzt setzte sie sich mit leicht gespreizten Beinen auf den Tisch.

Obwohl alles in ihm gegen den Drang, zu ihr zu treten, revoltierte, konnte Marais nicht anders, als Silhouette mit seinen Blicken zu verschlingen.

Noch immer hielt sie ihre Augenlider gesenkt, doch als sie ihn unvermittelt geradeheraus anblickte, schmolz sein Widerstand restlos dahin. Ihre Haltung dort auf dem Tisch mit bloßen Brüsten und willig ausgebreiteten Beinen mochte jeder Kurtisane und Hure gut anstehen. Aber da war eben auch ihr Blick, aus dem Begehren und eine winzige Spur von Furcht sprachen.

Sie streckte ihre Hände nach ihm aus, und mit dem ersten, noch vorsichtig zögernden Kuss vergingen der Knoten in Marais' Bauch und das Stechen in seinem Herzen.

In irgendeinem immer noch halbwegs wachen Bereich seiner Selbst war ihm klar, wie plump und ungeschickt er sich bei diesem Spiel anstellte. Unter ihren Händen und Blicken allerdings vergingen seine Unsicherheiten. Für die Dauer einiger kostbarer Momente war Commissaire du Police Louis Marais nicht mehr der Witwer einer verlorenen Ehefrau und Vater eines ebenso verlorenen Sohnes, sondern nur noch ein Mann. Ein Mann, der tat, was Männer mit Frauen taten, sobald das Licht erloschen war und Begehren und Sehnsucht überwogen.

Silhouette löste sich irgendwann aus seiner Umarmung und ging nackt, wie der Herrgott sie geschaffen hatte, zurück ins Nebenzimmer. Marais war beeindruckt von der Unbefangenheit, die sie dabei an den Tag legte.

Als sie zurückkehrte hatte sie ihren Notizblock dabei.

Hast du Angst vor Fouché und Madame?, schrieb sie.

Marais dachte darüber nach.

»Ich wäre ein Idiot, wenn ich keine hätte«, antwortete er.

Das verstehe ich, schrieb sie.

Marais gab ihr einen Kuss auf den Mund. Es war ein recht langer Kuss. »Talleyrand ist dein Vater, nicht wahr?«, flüsterte er so leise, als fürchte er Lauscher hinter Wänden und Türen.

Silhouette zog die Stirn in Falten. »*Madame de la Tour behauptet, er sei es nicht. Doch sie findet es durchaus nützlich, ihn in dem Glauben zu belassen…*

Madame de la Tour, dachte Marais lächelnd, hatte sich einmal mehr als eine Frau erwiesen, die stets für Überraschungen gut war.

Silhouette strich nachdenklich über Marais' Brust. Er sah auf sie herab und fragte sich, ob er tatsächlich gerade mit dieser jungen Frau geschlafen hatte. Im Grunde war sie eine Fremde für ihn, und abgesehen davon, dass sie offenbar nun doch nicht Talleyrands Tochter war, wusste Marais nichts über sie.

»Ich nehme an, du warst schon immer stumm?«, fragte er leise.

Silhouette spielte verlegen mit ihren Locken und vermied Marais' Blick. Gleich darauf begann sie, Seite um Seite in ihrem

Notizblock zu füllen. Ihre langen Haare, die ihr über Gesicht und Hände herabhingen, verhinderten, dass Marais irgendetwas davon zu lesen vermochte, bevor sie fertig war.

Angeblich habe ich als kleines Kind geplappert wie alle kleinen Kinder. Meine Mutter hat sich ganz allein mit mir zu Fuß und ohne Geld von Paris nach Marseille durchgeschlagen, nachdem die Nonne sie aus Paris vertrieb. Man hat ihr auf dem Weg zweimal Gewalt angetan. Ich hab keine Erinnerung mehr daran. Aber meine Mutter behauptet, es sei damals auf dem Weg nach Marseille gewesen, dass ich meine Stimme verlor. Und zwar vor Angst. Sie redet allerdings nicht darüber. Niemals. Als es uns in Marseille dann besser ging, hat sie mich zu Dutzenden Ärzten und Wunderheilern geschleppt, weil sie glaubte, dass ich wieder reden lernen müsste. Das war furchtbar! Einer der Ärzte hat mich an einem Bein gepackt und im Zimmer herumgeschwenkt! Ein anderer hat mich in eiskaltes Wasser geworfen! Ich war damals fünf und konnte NICHT schwimmen!!! Es dauerte, bis ich zehn war. Dann sah meine Mutter ein, dass es keinen Zweck hatte, mich zum Sprechen zu bringen.

Marais war von Silhouettes Auskunft ergriffen und erschrocken.

War es wirklich de Sades Kind, das Madame des Deux-Églises damals abtreiben ließ? Ist de Sade deswegen so erpicht auf dieses Duell? Weil er Rache an ihr üben will?, schrieb Silhouette.

Marais nickte. »Ich sah sein Gesicht, als Madame davon berichtete. Kein Zweifel: Das war sein Kind. Und mit diesem Kind und de Sades überheblicher Ignoranz gegen Diane des Deux-Églises fing damals alles an«, sagte Marais.

Silhouettes Silberstift flog eilig über das Papier.

Du glaubst also, dass letztlich de Sade an allem schuld ist?

Marais hatte längst darüber nachgedacht. Die Nonne hatte Diane zwar hinausgeworfen. Doch es war Diane gewesen, die

die ungeschriebenen Gesetze der Kurtisanen brach, als sie sich an de Sade und dessen Schwiegermutter wandte, anstatt in aller Stille ihr Kind zur Welt zu bringen und es der Nonne und deren Schule der Kurtisanen zu überlassen. Schuld war also ein zu enger Begriff, um damit all die Zufälle erfassen zu können, die eine Rolle in Madame des Deux-Églises' Weg von der ausgestoßenen Kurtisane zur Mörderin, Generalsgattin und Verschwörerin spielten.

»Nein, so weit würde ich nicht gehen. Man kann de Sade keine Schuld zusprechen. Er trägt vielleicht eine gewisse Verantwortung. Die tragen allerdings viele andere auch. Ich selbst nicht ausgenommen. Ich hätte Madames Geschäften schon wesentlich früher auf die Schliche kommen sollen. Dasselbe gilt für Fouché. Sogar Talleyrand und – zu geringeren Teilen – deiner Mutter könnte man denselben Vorwruf machen.«

Silhouette gab Marais einen langen Kuss, der seinem Gemächt erneut Auftrieb verlieh. Es machte ihn ein wenig verlegen. Sie lachte, streichelte seine Wange und griff nach ihrem Notizblock.

De Sade hat gesagt, dass der Schlüssel zu Madame des Deux-Églises Vernichtung Liebe sei. Du hast dem widersprochen. Glaubst du etwa nicht an Liebe?

»Natürlich! Mit ganzem Herzen! Wie kannst du daran zweifeln? Nur glaube ich eben nicht, dass Madame des Deux-Églises zu Liebe fähig ist. De Sade weiß, dass seine Zukunft noch düsterer ist als meine. Und sich vom General bei einem Duell über den Haufen schießen zu lassen, erscheint ihm wohl stilvoller, um sich aus der Welt zu verabschieden, als in Charenton allmählich zu verrotten.«

Silhouette schüttelte heftig den Kopf und begann eifrig einen ihrer Zettel mit Worten zu füllen. *De Sade ist ein eitler Mann!*

Eitle Männer begehen keinen Selbstmord! Ich bin sicher, dass er weiß, was er tut. Er glaubt wirklich, er könne das Duell gewinnen!

De Sade war in der Tat unerträglich eitel, dachte Marais. Doch er war auch alt. Er musste längst erkannt haben, dass das Alter ihm nichts weiter als Demütigungen zu bieten hatte. Daher war es gerade seine Eitelkeit, die ihn dazu brachte, sich auf das aussichtslose Duell mit dem General einzulassen. Es war ein für ihn so typischer Zug, die Verzweiflung anderer für seine eigenen Ziele auszunutzen. Denn verzweifelt, dachte Marais bitter, das waren sie in dieser Nacht alle hier in Talleyrands Palais.

Er nahm zärtlich Silhouettes Gesicht mit den großen, fragenden Augen in seine Hände. »Lass uns nicht mehr von dem alten Narren reden!«

Silhouette stieß ihn lächelnd an die Brust und nickte.

Marais war erleichtert, das leidige Thema beendet zu haben. Denn es gab eindeutig Dringenderes mit ihr zu besprechen.

»Ich verbiete dir im Übrigen, dich morgen an diesem unsinnigen Unternehmen in Auteuil zu beteiligen! Es war erstaunlich genug, dass ausgerechnet du auf die Idee dazu verfallen konntest, doch persönlich daran teilzunehmen, geht nun wirklich zu weit!«

Silhouette betrachtete Marais einige Zeit verständnislos. Dann trat sie zu dem Tisch, neben den ihre Kleider auf dem Boden verstreut lagen, und zog sich hastig an. Sie stopfte wütend ihr Hemd in den Hosenbund und ergriff dann den breiten Gürtel mit den Schlaufen für Pistolen und Stilett.

»Ich war noch nicht fertig mit dir! Wo willst du um diese Zeit in dem Aufzug überhaupt hin?«, fuhr Marais sie an.

Silhouette ignorierte ihn, während sie den Gürtel um ihre Taille schloss.

»Silhouette ... so hör doch ... Verdammt noch mal! Ich verbiete dir, dahin zu gehen! Hörst du? Bleib gefälligst hier!«

Silhouette schob die Pistolen und das Stilett in die Schlaufen an ihrem Gürtel. Dann sah sie verächtlich zu Marais und warf ihm eine kleine schmucklose Dose zu. Er machte keinerlei Anstrengungen, sie aufzufangen. Sie fiel vor seinen Füßen zu Boden.

»Ich rede mit Ihnen, Mademoiselle! Sie hören mir jetzt zu!«, rief Marais und wechselte dabei unwillkürlich vom vertraulichen Du zum distanzierten Sie.

Endlich sah Silhouette ihn an. Sie wies auf die Dose zu seinen Füßen, deutete mit ihren Händen einen dicken Bauch an, rollte dazu mit den Augen und ahmte zuletzt das Geräusch eines Furzes nach. Nicht schwer zu verstehen: Das Döschen hatte etwas mit de Sade zu tun. Nur hätte in diesem Augenblick Marais nichts gleichgültiger sein können als de Sade.

»Was denken Sie sich eigentlich? Ein erwachsener Mann ist doch kein Spielzeug, das Sie einfach aus seiner Kiste holen und benutzen können, wann und wie es Ihnen passt! Wenn ich Ihnen befehle, dass Sie morgen nicht nach Auteuil fahren, dann erwarte ich, dass Sie diesem Befehl gefälligst folgen, Mademoiselle!«

Marais trat auf Silhouette zu, packte ihre Arme und versuchte sie zu sich heranzuziehen. Plötzlich spürte er etwas sehr Spitzes und Kaltes an seinem Gemächt. Es war Silhouettes rasiermesserscharfes Stilett. Entgeistert blickte er an sich herab.

»Was zur Hölle ...?«

Doch Silhouette löste sich von ihm, wandte sich ab und lief zur Tür, die gleich darauf krachend hinter ihr ins Schloss fiel.

»Ja, wecken Sie doch das ganze Haus auf«, brüllte Marais ihr zornig hinterdrein.

Dann stand er lange nackt und verwirrt inmitten des Zimmers und starrte betroffen auf die geschlossene Tür.

Gott, dachte er, nichts war furchtbarer für einen Mann als eine Frau!

Sein Blick fiel auf die Dose am Boden. Er hob sie auf. Sie enthielt eine grobe grüne Paste die nach Kampfer, Anis und einigem anderen roch, das er nicht einzuordnen wusste. Natürlich, dachte er, Talleyrand hatte de Sades Schulden beglichen, und die Dose enthielt das Mittel gegen die blaue Verfärbung von de Sades empfindlichsten Körperteilen. Wenigstens, meinte er sarkastisch, würde das alte Ungeheuer nach seinem dummen Duell mit Edmonde des Deux-Églises nicht mit blauem Gemächt und Hintern in den Sarg genagelt werden müssen.

Marais suchte Hose und Hemd zusammen, streifte sie über und sank in den Sessel beim Kamin. Er griff nach der Weinflasche. Die war noch halb voll. Nicht genug, um sich zu betrinken, dachte er. Aber vielleicht genug, um die letzten Stunden dieser Nacht wenigstens zu überstehen, ohne die Angst und den Zweifel übermächtig werden zu lassen. Die Glocken der Pariser Kirchen schlugen Mitternacht.

Marais war nicht sicher, ob sie immer noch auch für ihn schlugen, weil er eine Leere in sich spürte, die womöglich nicht einmal sein Gott würde füllen können. Er erinnerte sich daran, wie Delors, der Säufer und Insektensammler aus dem Asyl von Bicêtre, Nadeln in grün schimmernde Käferleiber trieb. Vielleicht dieselbe Art von Käfern, die Gevrol und Guillou dazu benutzt hatten, die Leichen ihrer Opfer zu vernichten. Bitterkeit übermannte ihn, und plötzlich wandte er sich voller

Zorn an seinen Gott. »Sind wir das für dich? Nichts anderes als Käfer, gefangen im Schaukasten deiner Welt, ausgestellt für dich und deine Engel, um sich über unsere fruchtlosen Mühen zu amüsieren?«

Nichts war gut geworden. Das Böse triumphierte weiterhin, und die Guten waren so verzweifelt, dass sie auf die Eitelkeiten eines blasphemischen alten Ungeheuers und die Entschlossenheit einer Hure setzten, um ihr bisschen Leben zu retten.

Es war die Nacht vor Allerheiligen, von der Abel la Carotte behauptete, dass während ihr der alte kahlköpfige Betrüger höchstpersönlich Paris seine Aufwartung machte.

Bis zum Beginn des feierlichen Hochamts in Notre-Dame war es zwar noch viele Stunden hin, doch bereits jetzt, um halb fünf Uhr morgens, eilten vereinzelte Gläubige durch die Dunkelheit der Pariser Gassen und Straßen einem frühen Gottesdienst zu. Die Gardisten, Pudel und Polizeiagenten, die in Paris patrouillierten, gewährten ihnen willig Durchlass.

Der bis zur Nasenspitze in einen Schal gehüllte Pudel, der damit beauftragt war, die Zugänge zum Marché aux Herbes an der Ecke Rue Saint-Denis und Rue aux Fers zu bewachen, schlug die Arme um die Brust und hüpfte dazu einige Male auf der Stelle. Sein dunkler Mantel war bis zum Hals zugeknöpft und der Dreispitz so tief in die Stirn gezogen, dass von seinem kindlich glatten Gesicht kaum mehr als die Augen zu sehen waren. Der junge Mann war Marais' Protegé Aristide Briand. Seit fast drei Wochen war er nun den Pudeln zugeteilt und außer der Kälte machte ihm in dieser Nacht noch etwas anderes zu schaffen. Aristide musste dringend pinkeln, aber traute sich nicht, das in irgendeiner Hausecke zu erledigen, da solche Bedürfnisverrichtung in aller Öffentlichkeit per kaiserlichem

Dekret untersagt war. Zwar hielt sich keiner an das Verbot, aber er war immerhin Polizeiagent und sollte daher mit gutem Beispiel vorangehen. Andererseits war die Gegend wie ausgestorben um diese Zeit. Kein Mensch würde es sehen.

»Ach, verflucht!«, flüsterte Aristide schließlich und ging an der eindrucksvollen Fontaine des Innocents mit ihrem gespenstischen Figurenschmuck vorüber in einen Hauseingang, um sich dort zu erleichtern.

Das Geräusch seiner an die Hauswand plätschernden Pisse übertönte ein ungewöhnliches Scharren und Schlurfen, das jetzt aus Richtung der Rue Saint-Denis auf den Platz drang. Gleich darauf hallten die eiligen Schritte zweier Frauen und eines älteren Mannes durch die Nacht, die wie von Furien gehetzt von der Rue Saint-Denis her auf den Platz zuliefen und dabei immer wieder innehielten, um sich zu bekreuzigen.

»O Herr! Das Jüngste Gericht ist nah!«, riefen sie.

Aristide war davon so verblüfft, dass er sich umwandte, ohne Hosenlatz und Mantel geschlossen zu haben. Die jüngere der beiden Frauen bekreuzigte sich eilig ein weiteres Mal und rief Aristide zu: »Laufen Sie, Monsieur! Laufen Sie um ihr Leben!«

Jetzt vernahm auch Aristide jenes eigentümliche Scharren, Grunzen und Brummen, vor dem die drei geflohen waren. Er versuchte seinen Hosenlatz zu schließen, was in der Eile jedoch nicht gelang. Also raffte er nur den Mantel zusammen und mühte sich ihn zuzuknöpfen, wobei er immer wieder in Richtung der nebelig dunklen Rue Saint-Denis blickte.

Was sich dort aus Nebel und Düsternis allmählich herauslöste, waren die zuckenden Flammen von Fackeln, zwischen denen graue Schemen auftauchten, die im rötlichen Dunst seltsam schwerelos wirkten. Aristide glaubte nicht an Geister und

Gespenster. Trotzdem wurde ihm beim Anblick dessen, was sich ihm da näherte, ziemlich flau im Magen.

Die Schemen zwischen den Fackelflammen verdichteten sich. Aristide atmete auf. Da schien nur eine Gruppe harmloser Nonnen auf ihn zuzukommen. Seltsam war höchstens, dass ihre Kleider weiß waren und über Brust und Bauch breite rote Kreuze aufwiesen. Sie mussten von irgendeinem der kleineren Orden kommen, dachte Aristide. Doch seine Erleichterung hielt nicht lange an. Denn hinter den Nonnen tauchten Wesen auf, wie er sie nie zuvor gesehen hatte und die unmöglich menschlich sein konnten. Die seltsamen Nonnen und ihre unheimlichen Gefährten waren außerdem nicht allein. Wirkte ihre schweigende Prozession schon beängstigend genug, so ergriff Aristide vor dem, was da zwischen ihnen wimmelte und knurrte, lähmende Furcht.

Unwillkürlich machte er das Kreuzzeichen. Ihm wurde schlagartig bewusst, wo er sich befand: Die Gegend hier hatte einst den berühmt-berüchtigten Friedhof Les Innocents beherbergt. Den Ort, an dem man die Leichen der Hingerichteten verscharrte, ebenso wie die Gaukle, Krüppel und Betrüger aus den Cours des Miracles und die tausenden Opfer von Pestilenz und Hungersnöten. Und dies war die Nacht von Allerheiligen, in der die Grenze zwischen dem Reich der Lebenden und der Toten besonders durchlässig war. Einen Moment fragte er sich bang, ob tatsächlich die Toten aus ihren Gräbern gestiegen waren, um, angeführt von jenen gespenstisch weißen Nonnen, Vergeltung an den Lebenden zu üben.

In seiner Furcht und Not drückte sich Aristide in das tiefe Dunkel eines unbeleuchteten Hauseingangs, um von dort mit schreckgeweiteten Augen dem Zug der Geister, Monster und Gespenster zuzuschauen, der an ihm vorüberzog.

Zwei Stunden später schwirrte Paris wieder einmal vor den seltsamsten Gerüchten. Die Toten, so hieß es, seien in Scharen aus ihren Gräbern, Grüften und den Katakomben auferstanden, um Vergeltung an den Lebenden zu üben, die sie vergessen, verflucht oder missachtet hatten.

Bernard Paul saß in seinem Büro und wusste nicht recht, was er von all den widersprüchlichen Berichten seiner Pudel und Polizeiagenten halten sollte, die ihn an diesem Morgen erreichten. Während die Posten in den Außenbezirken nichts Besonderes zu vermelden hatten, berichteten die Männer, die auf der Île de la Cité und den umliegenden Vierteln Dienst geschoben hatten, von sonderbaren Erscheinungen. Da war von Geisterhunden die Rede, von auferstandenen Templern, die in ihren weißen Umhängen mit den breiten roten Kreuzen angeblich durch die Straßen gezogen seien. Mal taten sie dies in kleineren Gruppen, ein andermal offenbar in beachtlichen, gut gedrillten Haufen. Dann wiederum hieß es, dass jene Templer eigentlich Nonnen gewesen seien, die Schwerter, Schilde und Fackeln mitführten.

Bernard Pauls Erfahrung sagte ihm, dass die Leute besonders zu hohen Feiertagen dazu neigten, den seltsamsten Gerüchten und Märchen aufzusitzen. Was allerdings sonderbar war, und das schien kein Gerücht zu sein, war das Verschwinden des jungen Aristide Briand, des ehemaligen Protegés von Marais, den er, Paul, nicht ohne Bedacht unter seine Fittiche genommen hatte. Der Minister persönlich hatte ihm eingeschärft, den jungen Mann im Auge zu behalten. Aber Aristide war nach seinem Wachdienst letzte Nacht nicht wieder im Hauptquartier erschienen.

Bernard Paul brachte Aristides Verschwinden nicht mit den Gerüchten über diese eigenartige Prozession der Gespenster in

Zusammenhang, und überhaupt verzichtete er vorsichtshalber darauf, jene seltsamen Vorfälle in den Innenstadtvierteln in seinen täglichen Morgenbericht für Monsieur le Ministre aufzunehmen.

Seit es Marais und dem fetten de Sade seinerzeit gelungen war, aus dem Chat Noir zu fliehen, war Fouchés Laune auf einen neuen Tiefpunkt gesunken. Und dass gestern morgen Marais und de Sade ausgerechnet bei Talleyrand Unterschlupf fanden, hatte dafür gesorgt, dass seine Stimmung selbst diesen Tiefpunkt noch einmal deutlich unterschritt. Außerdem, dachte Bernard Paul, was waren schon Geister und Gespenster? Die fielen in die Kompetenz von Priestern. Er aber war Polizist.

Talleyrand war früher als gewöhnlich aufgestanden und in sein privates Kabinett gegangen, dessen Existenz er als Geheimnis behandelte. Hier war er stets allein, nicht einmal seinem Leibwächter gewährte er Zutritt. Seine Taschenuhr zeigte acht Minuten vor sechs.

Es war ein kluger Schachzug von Madame des Deux-Églises gewesen, seinen rebellischen Sohn Delaques in ihre abstoßenden Geschäfte einzubeziehen. Dennoch, dachte der Minister, hätte Madame wissen müssen, dass sich ein Talleyrand nicht erpressen ließ.

Die Wände des Zimmers schmückten nur wenige Bilder. Ein Caravaggio, den er während seines Exils in London gekauft hatte, lag dem Minister besonders am Herzen. Deshalb hing er hier. Das kleine Gemälde zeigte die Medusa, jenes weibliche Ungeheuer, aus dessen Kopf statt Haare giftige Schlangen wuchsen und dessen Blicke töten konnten. Der Legende nach vernichtete Perseus sie, indem er ihr einen Spiegel vorhielt, der ihren tödlichen Blick gegen sie selbst lenkte, woraufhin sie zu Stein erstarrte.

Was die Medusa zu Fall brachte, waren Eitelkeit und Selbstüberschätzung gewesen. Sie hatte Perseus nicht so ernst genommen, wie sie es besser hätte tun sollen. Talleyrand war dieses Bild so wichtig, weil es ihn zur Mäßigung anhielt und daran erinnerte, hin und wieder Zweifel zuzulassen. In der Politik gab es weder Freunde noch Feinde, höchstens Verbündete und auch die nur sehr selten. Wenn Talleyrand irgendetwas während all den Jahren, die er nun schon in den Höfen der Macht verbrachte, gelernt hatte, dann war es dies: Das Schicksal war nun mal kein Schnulzenautor. Selbst wenn es hin und wieder einen eher fragwürdigen Sinn für schwarzen Humor bewies.

Der Kaiser hätte über solche Zimperlichkeiten jedenfalls nur gelacht. Er hielt Talleyrand im Grunde für einen Weichling und Träumer. Napoléon war ein Spieler und Hasardeur, der lediglich ein Ziel kannte: Er wollte unter den Herrschern Europas als *primus inter pares* akzeptiert werden, und um das zu erreichen, überzog er einen ganzen Kontinent mit seinen Kriegen.

Es war durchaus denkbar, dass der Kaiser sich auf Madame des Deux-Églises' Intrige einließ und jenen Bastard, den er mit der Marquise de Launay gezeugt hatte, wirklich anerkannte. Vielleicht, dachte Talleyrand, hätte ich selbst auf die Idee kommen sollen, eine Verbindung des Kaisers zu einem der alten französischen Adelsgeschlechter einzufädeln. Napoléons Zutrauen in Talleyrands Ratschläge ging stetig zurück, und sein Appetit auf immer noch mehr Eroberungen brachte Frankreich in immer größere Schwierigkeiten. Beinah schien es, dass Bonaparte, wenn er seine Männlichkeit schon nicht in Joséphines

Ehebett bestätigen konnte, sie dafür umso eifriger auf dem Schlachtfeld zu beweisen versuchte.

Neben der Medusa hing in dem Raum ein zweites Gemälde, das dem Minister ebenfalls viel bedeutete. Es war sogar noch düsterer als das Medusa-Porträt. Denn es zeigte den vierten Reiter der Apokalypse, der durch eine blühende Landschaft auf eine große Stadt zuritt und hinter sich Tod und Verwüstung zurückließ. Sein Sohn Delaques hatte es gemalt, und der Minister hatte alles darangesetzt, es sich zu verschaffen, sobald er von dessen Existenz erfuhr.

Talleyrand schenkte sich eine zweite Tasse Kaffee ein, fügte Zucker hinzu und rührte um. Sein Blick ging zu dem Bild des vierten Reiters. Unter der spitzen Kapuze hatte sein Sohn dem bleichen Tod auf seinem fahlen Pferd die Züge seines Vaters verliehen.

Was für eine Ironie doch darin lag, dass er – den man den hinkenden Teufel schimpfte – gestern Nacht in gewisser Weise tatsächlich zu jenem vierten Reiter auf dem Pferd geworden war, als er die Schatten der lebenden Toten aus der Hölle herbeizitieren ließ, um mit ihrer Hilfe den ersten Akt des Untergangs seiner alten Freundin Diane des Deux-Églises einzuläuten. Talleyrand bedauerte beinah, dass Diane vernichtet werden würde. Er fühlte sich seit jeher unter Frauen wohler als zwischen Männern. Er schätze ihren Rat und respektierte ihre Leidenschaften, die beide so ganz anders ausfielen als jene der Männer. Und Diane war in vielerlei Beziehung unter den Frauen ein Prachtexemplar.

Monsieur le Ministre legte sein verkrüppeltes Bein auf den niedrigen Stuhl, den er eigens dafür hatte anfertigen lassen, und dachte an sein letztes Gespräch mit Monsieur le Marquis de Sade zurück.

»Alles hängt davon ab, dass Sie mir die Möglichkeit des ersten Schusses verschaffen«, hatte das alte Ungeheuer ihn beschworen. »Verschaffen Sie mir jenen ersten Schuss, und ich werde Diane des Deux-Églises buchstäblich ihre Seele aus Herz und Hirn reißen!«

Das alte Scheusal sollte seinen ersten Schuss bekommen, dachte Talleyrand. Und zwar nicht nur, weil es dem Ehrenkodex der alten Zeit entsprach, die Revolution, Guilloutine und der Kaiser für immer vom Angesicht der Welt gefegt hatten. Sondern auch, weil endlich Schluss mit diesen Morden und der Blockade seines Einflusses im Kabinett sein musste. Aber, dachte er plötzlich seltsam amüsiert, vielleicht würde er dem alten Ungeheuer ja auch nur deswegen seinen ersten Schuss im Duell verschaffen, weil es ihn brennend interessierte, ob Diane des Deux-Églises ihren General wirklich so sehr liebte, dass sein Tod zwangsläufig auch ihr eigenes Ende bedeuten musste.

Talleyrand nippte von seinem brühend heißen Kaffee, blickte zum Gemälde des rastlos reitenden Todes, hob die Arme und schwang sie einige Male wie ein Dirigent vor seinem Orchester hin und her.

Ausgerechnet dem ehemaligen Bischof von Autun bereitete es keinerlei Schwierigkeit, dazu die wohl furchtbarste Prophezeiung der Apokalypse zu zitieren: »*Da sah ich ein fahles Pferd, und der, der auf ihm saß, hieß Tod und die Hölle folgte ihm...*«

Fast schämte er sich, die Worte laut ausgesprochen zu haben. Und zwar gerade, weil er nicht ganz unschuldig daran gewesen war, dass sich die Prophezeiung aus der Offenbarung des Johannes in gewisser Weise heute morgen in Paris erfüllen sollte. Nein, dachte er, das Schicksal war tatsächlich kein Schnulzenautor. Doch heute würde es trotzdem einen weiteren Beweis seines so fragwürdigen schwarzen Humors erbringen.

Um diese frühe Morgenstunde war in der Küche von Talleyrands Palais bereits ein kleines Heer an Mägden, Hilfs-, Haupt- und Souschefs unter der Ägide des berühmten Kochs Marie-Antoine Carême dabei, Mahlzeiten für die etwa siebzig Hausbewohner, Gäste, Personal und Wachsoldaten vorzubereiten, die jeden Tag aus seiner Küche in Talleyrands Palais versorgt werden wollten. Carême war berüchtigt für seine Temperamentsausbrüche und seine Abneigung gegen die Anwesenheit Fremder in seiner Wirkungsstätte. Daher grenzte es an ein kleines Wunder, dass er die beiden hoch gewachsenen Frauen duldete, die inmitten von dampfenden Töpfen, brutzelnden Pfannen, Gemüse schnippelnden Mägden und brüllenden Köchen, eine Konversation in Zeichensprache führten.

Berichten Sie, Mademoiselle, gestikulierte die Herrin der Nacht.

Ganz Paris schwirrt vor wilden Gerüchten über Gespenster, die angeblich zur Frühmesse bei der Fontaine des Innocents auftauchten. Man hört, dass auch an anderen Orten der Stadt ganz ähnliche Prozessionen gesehen worden sein sollen. Die Leute haben Angst. Sie fürchten, die Toten seien aus ihren Gräbern auferstanden, berichtete Silhouette mit einem spöttischen Lächeln.

Die Herrin der Nacht nahm ihre Neuigkeiten zufrieden zur Kenntnis.

Wie läuft es in Auteuil?

Alles nach Plan, entgegnete Silhouette, der man berichtet hatte, dass die Abordnung der Pudel sich dort hauptsächlich um den Marktplatz und das Haus von Madame Jolie verteilen. Jeweils vierzehn von ihnen verrichteten Wachdienst, während die Übrigen sich im Rathaus oder dem Gasthof ausruhten. Die Bewohner des Ortes sahen sie gar nicht gern. Man fragte sich, was in dem Haus vorging und weshalb die Pudel es so scharf bewachten.

Gut, Mademoiselle. Wie geht es dann mit unserem Plan?

Pierre le Grand sagt, dass alles vorbereitet ist. Er ist sicher, dass die Raben unsere Lieferung rechtzeitig nach Auteuil bringen werden. Sorgen Sie sich nicht, Madame! Bisher verläuft alles exakt nach unseren Wünschen!

Die Herrin der Nacht schien von dieser Versicherung ihrer Tochter nicht vollständig befriedigt. Obwohl sie Silhouettes Urteil vertraute, blieben dennoch genug Details bei ihrem Vorhaben, die sich jeder Kontrolle entzogen. Ein Detail allerdings entzog sich ganz sicher nicht Isabelle de la Tours Kontrolle.

Sie werden mich übrigens nachher zum Hochamt in Notre-Dame begleiten, Mademoiselle, gestikulierte sie.

Silhouette gefiel dies ganz und gar nicht. Zornig begann sie, noch heftiger als zuvor zu gestikulieren. Doch Madame blieb bei ihrem Befehl.

Ich verbiete Ihnen, Ihr Leben in Auteuil aufs Spiel zu setzen, Mademoiselle! Und dabei bleibt's!

Was sie ihrer Tochter anschließend gestikulierte, schien Silhouette noch weniger zu gefallen als Madames Befehl, sich von Auteuil fernzuhalten.

Ach, Mademoiselle, was dachten Sie denn, gestikulierte die Herrin der Nacht. *Dass ich blind und taub bin? Sie haben mit Marais geschlafen! Obwohl ich Ihnen ausdrücklich untersagt hatte, je so weit zu gehen! Ich hätte Sie ihm ins Bett gelegt, sagen Sie? Das ist ja lächerlich! Ich befahl Ihnen, ihm auf den Zahn zu fühlen, doch Sie mussten ihn ja gleich begatten wie irgendeine gemeine Straßendirne!*

Silhouette stemmte die Hände in die Hüften und funkelte die Herrin der Nacht zornig an. Doch Isabelle de la Tour warf die Arme hoch und schüttelte nicht weniger zornig den Kopf. Sie war noch nicht fertig mit ihr.

Mein Gott, Silhouette, gestikulierte sie. *Dieser Mann könnte Ihr Vater sein. Außerdem ist er ein prüder Frömmler. Das könnte man ihm wahrscheinlich ja sogar noch abgewöhnen. Aber wirklich unverzeihlich ist doch, dass er ein Idealist ist! Als ob Sie es nötig hätten, Ihr Leben an einen solchen Kerl wegzuwerfen! Jeder Junggeselle, der in Paris Rang und Namen hat, würde mit Vergnügen um Ihre Hand anhalten!«*

Silhouette wies vielsagend auf ihren Mund.

Madame lachte hart auf. »Sie sind stumm. Na und? Die meisten dieser Männer betrachten das ganz sicher als Vorteil!« Die Herrin der Nacht schüttelte den Kopf, warf erneut die Arme hoch und ließ sie hilflos wieder fallen. »Was hat dieser dürre Moralapostel an sich, dass Sie ihm hinterherlaufen wie eine rollige Katze?

Silhouettes Antwort erfolgte unverzüglich.

Im Gegensatz zu Ihnen und Ihren Freunden, Madame, ist er wenigstens aufrichtig!

Madame war fassungslos über die Naivität ihrer Tochter.

Doch Silhouette fuhr bereits fort. *Ihr wart es doch, die mich in einer Freiheit und Selbstständigkeit erzogen habt, die in dieser Zeit ihresgleichen sucht! Und nun, da ich diese Freiheit auch beanspruche, behandelt Ihr mich wie irgendeine kleine Händlerstochter, deren einzige Form von Selbstbestimmung darin besteht, Schnitt und Stoff ihres Hochzeitskleids selbst auswählen zu dürfen! Schande über Euch! Schande!*

Damit stürmte Silhouette zwischen Mägden, Köchen, Herden und brodelnden Töpfen zum Küchenausgang.

In dem kleinen Salon, der sich an sein Gästezimmer anschloss, warteten zwei Diener auf Marais. Sie hatten kostbare Kleider für ihn dabei, die der Comissaire misstrauisch beäugte. Kaum hatte er sich die weißen Hosen, hohen schwarzen Stiefel, das Hemd und den dunkelblauen Gehrock übergezogen, meldete sich ein Lakai, der ihn davon in Kenntnis setzte, dass man am Tor einen Mann festgesetzt habe, der darauf bestehe, mit ihm zu sprechen. Angeblich war er Arzt am Hôtel-Dieu. Sein Name sei Mounasse.

Marais befahl, ihn vorzulassen. Der Lakai gab zu bedenken, dass der Fremde stinke und seine Kleider voller Blutflecke seien und er daher mehr wie ein Meuchelmörder als ein Arzt wirke.

Als Mounasse wenig später ins Zimmer stürmte, verzichtete er darauf, Marais zu begrüßen, sondern fegte Waschwanne und Kanne von einem Tisch und legte dort jenes in Leder gebundene Buch ab, das Marais aus Gevrols weißem Würfel gerettet hatte und das er gestern von einem Raben aus dem Haus von Bonnechance hatte holen und Mounasse in die Morgue bringen lassen. Marais wollte wissen, was der Arzt davon hielt.

Mounasse stemmte die Arme in die Hüften und blickte Marais herausfordernd an. »Ich muss wissen, wo Sie das her haben, Marais. Der dreckige kleine Tsigane, der es mir heute Nacht brachte, hat mir eine Geschichte darüber erzählt, die so unglaubwürdig war, dass sie zum Himmel stinkt!«

»Dann taugt es etwas?«, erkundigte sich Marais betont gelassen.

»Ob es irgendetwas taugt?«, brüllte Mounasse. »Mann Gottes! Das ist das beste Anatomiebuch, das ich je gesehen habe! Die Bilder darin sind unvergleichlich. Es stammt von Gevrol, nicht wahr? Das muss es einfach. Niemand konnte so exakte anatomische Zeichnungen anfertigen wie er.«

Marais bestätigte das und tischte Mounasse dann eine Lügengeschichte über die Herkunft jenes Buches auf, die dennoch genug Wahrheit enthielt, um dem guten Doktor plausibel zu erscheinen.

»Sie wissen, dass dieses Buch in die richtigen Hände gehört, oder Marais? Nicht auszudenken, falls Gevrols Frau es in ihre gierigen Finger bekäme.«

Madame Gevrol war, was das betraf, zwar für immer aus dem Spiel. Doch konnte Marais dies nicht offen zugeben. »Mein Wort drauf, Mounasse. Das Buch gehört Ihnen. Das heißt, falls Sie es haben wollen.«

»Ob ich es haben will?«, brüllte Mounasse. »Natürlich will ich es haben. Jeder Anatom der Welt würde seine Mutter dafür verkaufen! Es wird unzähligen Frauen das Leben retten!«

Mounasse klopfte ein paarmal besitzergreifend mit der flachen Hand auf das Buch, bevor er es wieder in seine abgewetzte Umhängetasche schob. »Ich sage das nur, damit Sie nicht glauben, ich sei in dieser Angelegenheit irgendwie selbstsüchtig.«

Marais ließ das unkommentiert. Er war froh, dass all die Frauen und Mädchen, die Gevrol in dem furchtbaren weißen Würfel zerstückelt hatte, nicht ganz umsonst geopfert worden waren, sondern ihr Tod wenigstens dazu diente, anderen zu helfen.

»Sagen Sie, Mounasse, hat man eigentlich je erfahren, ob es irgendein Ereignis gab, das Gevrols Wahnsinn auslöste?«, fragte er.

Mounasse kratzte sich an seinem Bauch und schürzte dazu die Lippen. »Angeblich soll ihm eines Tages irgendwer bewiesen haben, dass wir Anatomen es seien, die mit unseren blutigen Händen den Tod in die Wöchnerinnensäle einschleppen.

Was selbstverständlich blühender Unsinn ist. Blut ist Blut und ein bisschen Dreck hat auch bestimmt noch keinen umgebracht.«

Ein peinliches Schweigen folgte, als keiner der beiden Männer so recht zu wissen schien, was es noch zu sagen gäbe.

Marais dachte daran, was de Sade über den Zweck seines Duells mit dem General gesagt hatte, nämlich Madame die Seele bei lebendigem Leibe aus dem Herzen zu reißen, sollte es ihm gelingen, den General zu töten.

»Trotzdem, Mounasse, eine letzte Frage noch. Sie haben mir einmal gesagt, in all den Jahren, die Sie nun Leichen aufgeschnitten haben, sei Ihnen niemals so etwas wie eine Seele untergekommen. War das damals nur so dahergesagt?«

Mounasse war von Marais' Frage eindeutig überrascht und dachte lange über eine Antwort nach. »Ich nehme keines meiner Worte zurück, Marais! Dennoch weiß ich, sollte ich Ihnen jetzt mit einem Skalpell die Augen ausschälen, würden Sie schreien wie eine Sau am Spieß. Ich bin ein einfacher Mann. Fragt man mich nach der Existenz der Seele, dann antworte ich: Falls sie existiert, muss sie sich nicht weit von dem Ort eingenistet haben, an dem auch der Schmerz wohnt. Fragt man mich jedoch, ob es *lohnt,* sich nach ihr auf die Suche zu machen, dann rate ich: Lassen Sie bloß die Finger davon! Denn dort, wo der Schmerz wohnt, kann das Böse nicht weit sein. Und wenn ich auch an keinen Gott glaube, an die Macht des Bösen glaube ich dafür umso fester. Ich sehe, was es anrichtet. Jeden Tag, wenn ich meine Morgue betrete.« Mounasse klopfte auf seine Tasche mit dem Anatomiebuch. »Gevrol war ein genialer Anatom. Aber er war zu empfindsam für seinen Beruf. Kein Wunder, dass er ihm am Ende den Verstand geraubt hat.«

Die beiden schüttelten sich die Hände.

Mounasse ging.

Marais hatte den Eindruck, dass der Doktor ganz froh war, aus Talleyrands Palais herauszukommen.

Es war ihm im Nachhinein unangenehm, dem Doktor jene Frage nach dem Hort der menschlichen Seele gestellt zu haben. Welche andere Antwort als die, die er dann auch bekommen hatte, hätte er denn ausgerechnet von einem Anatom erwarten dürfen?

Monster wie Madame des Deux-Églises mochten zwar Empfindungen haben, aber über eine Seele in dem Sinne konnten sie gar nicht verfügen. Sonst wären sie nämlich gar nicht in der Lage ihre ungeheuerlichen Verbrechen zu begehen.

De Sades Vorhaben war ebenso überheblich wie zwecklos. Das dumme Duell mit dem General diente wirklich einzig de Sades übersteigerter Eitelkeit. Trotzdem blieb da ein leiser bohrender Zweifel in Marais. Gestattete er sich, für einen einzigen Moment anzunehmen, dass es trotzdem möglich sei, einem Menschen die Seele bei lebendigem Leibe auszureißen, so musste dies dazu führen, dass jener Unglückliche in einen Zustand verfiel, der dem Gevrols in Bicêtre glich.

Er trat ans Fenster und sah lange versonnen auf den Hof und die Rue du Bac hinunter.

Irgendwann fiel ihm jenes Döschen wieder ein, das Silhouette ihm letzte Nacht zugeworfen hatte. Er rief einen Lakaien herbei, um es de Sade zustellen zu lassen. Doch der Mann, den er geschickt hatte, kehrte zurück und behauptete, Monsieur le Marquis sei für niemanden zu sprechen.

Exakt um sieben Uhr versammelten sich Talleyrands Hausgäste, Pierre le Grand, die Herrin der Nacht und Silhouette in

Talleyrands Salon. Der Hausherr selbst trug einen roten Rock, der mit aufwendigen goldenen Stickereien verziert war. Der ehemalige Bischof von Autun, dachte Marais sarkastisch, trug zum Hochamt in Notre-Dame die Farben eines Kardinals. Das konnte kein Zufall sein. Kein Wunder, dass man ihn in Rom mit solcher Besessenheit verabscheute.

Während Catherine Bonnechance und die Herrin der Nacht für den Besuch des Hochamtes schwarze, nach der neuesten Mode geschneiderte Kleider aus sanft schimmernder Seide und kostbarer Spitze trugen, hatte Silhouette ein hoch geschlossenes weißes Kleid gewählt, das in seiner betonten Schlichtheit verblüffende Ähnlichkeit mit einem Nonnenhabit hatte. Marais war wie gebannt von ihrem Anblick. Er konnte kaum fassen, dass er noch vor wenigen Stunden diese Hüften, diese Brüste, diesen Hals bewundert, berührt – geküsst hatte.

Silhouette wich Marais Blicken jedoch aus.

Das war zu erwarten gewesen, dachte er, und dennoch war er erleichtert darüber, dass sie offenbar nun doch nicht nach Auteuil aufgebrochen war.

Bonnechance wirkte verstimmt, er blickte traurig auf seine Frau, an deren weißer Schulter das Schandmal hervorstach, das Fouché ihr einbrennen ließ, als man sie zur Festungshaft verurteilt hatte. Aber Marais hatte den Eindruck, dass sie es heute Morgen mit ganz besonderem Stolz zur Schau stellte.

Talleyrand schritt unruhig vor seinem Schreibtisch auf und ab und blickte dabei immer wieder auf seine große, ovale Taschenuhr.

Alle waren pünktlich erschienen. Nur de Sade ließ selbstverständlich auf sich warten.

Als Monsieur le Marquis endlich erschien, löste sein Auftritt allgemeines Erstaunen aus. Rock, Hosen und Hemd waren nach der Mode des Ancien Régime geschnitten, und den breiten Gürtel zierte sogar ein prächtiges Waffengehänge samt Degen mit kostbar ziseliertem Griff. Außerdem trug Monsieur le Marquis, wie vor vierzig Jahren üblich, eine hohe gepuderte Perücke, hatte sich die Lippen rot geschminkt und sogar einen schwarzen Schönheitsfleck neben dem rechten Mundwinkel angebracht.

Marais erschien das alte Scheusal wie ein Wiedergänger, ein Gespenst aus den Tiefen der Zeit, hierher zurückgesandt, um mit ihnen allen sein undurchsichtig böses Spiel zu treiben.

»Sade, Sie sehen dreißig Jahre jünger aus!«, bemerkte die Herrin der Nacht sarkastisch.

De Sade reagierte darauf mit einem kalten Lächeln und einem formvollendeten Kratzfuß.

Talleyrand betrachtete unterdessen skeptisch Marais und Bonnechance. »Sie sind ja völlig nackt, Messieurs. Das geht so nicht!«, rief er, winkte einen Bediensteten heran, flüsterte ihm etwas zu und schickte ihn aus dem Raum. Als der Mann gleich darauf zurückkehrte, trug er ein edles Holzkästchen bei sich, in dem wild durcheinander eine Handvoll prächtiger Orden lagen. Es versetzte Marais einen Stich, zwischen ihnen so manche Auszeichnung zu entdecken, für die ein Soldat auf einem Schlachtfeld sein eigenes Leben und das seiner Kameraden zu riskieren hatte. Doch in diesem Kästchen klirrten sie so achtlos umeinander wie Kinderspielzeug.

Talleyrand wandte sich an Marais. »Sie haben gedient, Monsieur? Ihr Rang?«

Marais nannte ihm sein altes Regiment und den Rang, den er einst bekleidet hatte.

Talleyrand schob achtlos die Orden in dem Kästchen umher, bis er glaubte, etwas Passendes gefunden zu haben. »Kraft meines Amtes und für herausragende Verdienste ... Bla, bla, bla ... Na, Sie wissen schon«, sagte er und heftete Marais gleich zwei Orden an den neuen Rock, die ihm angesichts seines recht bescheidenen Rangs sonst niemals zugefallen wären.

Der Minister wandte sich an Bonnechance. »Gedient? Wo? Wann? Rang?«

Bonnechance lächelte herablassend. »Gewiss habe ich gedient, Monsieur – einem weißen Mann im Rang eines Sklaven.«

Talleyrand überging den bitteren Spott und heftete Bonnechance zwei Orden an die Brust, die man gewöhnlich als Willkommensgruß für auswärtige Diplomaten bereithielt.

Anschließend warf er einen langen Blick auf de Sade.

»Wohl eher nicht, Monsieur le Ministre«, flüsterte de Sade mit einem feinen, ironischen Lächeln.

»Nun ja«, Talleyrand zuckte die Achseln. »Sie wissen Bescheid, Monsieur? Ihr Auftritt erfolgt, sobald das Te Deum verklungen ist! Keinesfalls früher! Keinesfalls später!« Die eigenwillige Entschlossenheit in de Sades Miene war dem Minister Antwort genug.

Monsieur le Ministre warf einen langen Blick über seine Verbündeten, seufzte einige Male auf und schob dann seine Hände in die Rocktaschen. »Ihnen allen sollte klar sein, was wir vorhaben, ist Hochverrat. Was als Hochverrat gilt, hängt zwar letztlich vom passenden oder unpassenden Zeitpunkt ab. Trotzdem würde ich meinen Kopf weiterhin gerne genau dort behalten, wo er jetzt ist: zwischen meinen Schultern! Falls Sie auf einen Gott vertrauen, wäre jetzt der passende Zeitpunkt, zu ihm zu beten. Für alle übrigen gilt: Geben Sie sich verdammt noch mal gefälligst Mühe!«

Mit diesen Worten verschwand der Außenminister in den Korridor.

De Sade blickte ihm hochnäsig nach, legte sich eine Prise auf, schnupfte sie und machte sich über das opulente Frühstück her, das zwei Lakaien serviert hatten. Doch nachdem Monsieur le Marquis sich einen Teller gefüllt und eine Tasse Schokolade eingeschenkt hatte, trat er damit zum Fenster und machte dadurch unmissverständlich deutlich, dass er es bevorzugte, allein gelassen zu werden.

Marais warf hin und wieder verdeckte Blicke auf den abseits stehenden de Sade. »Das ist schon in Ordnung so, Louis«, flüsterte Catherine ihm zu.

»Sie hat recht«, bekräftigte Bonnechance. »Wir wissen doch, weshalb er auf diesem verdammten Duell besteht. Lass Dir eines von einem Mörder über den Tod und das Sterben sagen: Manchen Männern steht es einfach nicht zu, in ihrem Bett zu sterben. Und er da gehört eindeutig dazu.«

Dem konnte Marais nur schlecht widersprechen. Dennoch erschien es ihm als geradezu sträflich arrogant von de Sade, sein Leben auf diese Art und Weise wegzuwerfen.

Catherine legte ihm ihre Hand auf die Schulter und schenkte ihm einen langen, warmen Blick.

Silhouette jedoch zückte ihren Notizblock, schrieb und hielt das Geschriebene dann in die Höhe: *Ihr solltet mehr Zuversicht beweisen, Monsieur! Zweifel stehen Euch nicht!*

Marais quittierte ihre Anmerkung mit einem bittern Blick. Als er sie zu berühren versuchte, wandte sie sich ab.

Catherine beugte sich ans Ohr ihres Mannes. »Sie war letzte Nacht bei ihm. Und ganz sicher nicht, um mit ihm Karten zu spielen!«

Bernard Paul hatte die Gerüchte über eine Prozession der Toten letzte Nacht zunächst ignoriert. Nachdem er aber mehr und mehr Berichte über die wachsende Unruhe unter der Pariser Bevölkerung erhielt, befahl er, die Kontrollposten an den wichtigsten Ausfallstraßen zu verstärken. Außerdem schickte er einen Boten nach Auteuil, um dort nach dem Rechten zu sehen.

Kurz darauf war Fouché in seinem Büro erschienen, um sich nach dem Stand der Dinge zu erkundigen. Bernard Paul entschied, dem Präfekten reinen Wein einzuschenken.

»Ich sorge mich um die Lage in Paris, Monsieur. Wir haben die Kontrollposten verstärkt und unsere besten Männer nach Auteuil geschickt. Wir sind nicht gerüstet, falls etwas Unvorhergesehenes in Paris geschehen sollte. Heute ist immerhin ein hoher Feiertag. In ein paar Stunden wird der Pöbel aus den Vorstädten wieder in die Innenstadt ziehen. Ich befürchte Unruhen. Unsere Posten werden den Pöbel nicht aufhalten können, und solange Talleyrand und der Kaiser sich weigern, uns zusätzlich Gardisten zur Verfügung zu stellen ...«

Fouché wischte Pauls Einwände beiseite. »Talleyrand ist am Ende. Ich erwarte stündlich über seinen Rücktritt in Kenntnis gesetzt zu werden. Tragen Sie nur Sorge dafür, dass Ihre Männer in Auteuil ihre Befehle ausführen, dann ist dieser Spuk spätestens heute Abend vorbei!«

Seit Fouchés Besuch war beinah eine Stunde vergangen.

Über der Stadt lag ein scharfer Brandgeruch, Überbleibsel der Unruhen der vergangenen Nacht. An den Straßenrändern lagen immer noch einige Leichen, die darauf warteten, aufgesammelt und zu den Friedhöfen gekarrt zu werden.

Bernard Paul dachte an den Minister und an Talleyrand, die beide ihre Karriere einst als Priester begonnen hatten und nun jeden Augenblick irgendwo im Halbdunkel von Notre-Dame aufeinandertreffen würden.

Bernard Paul fragte sich, wo der Bote blieb, den er nach Auteuil gesandt hatte. Eigentlich hätte der inzwischen längst zurück sein sollen.

Marcel Vautier war Gemeindepriester der Kirche Saint-Augustin am Marktplatz von Auteuil und hatte sich heute Morgen auf den Weg vom Pfarrhaus zur Kirche gemacht, um dort die Messe zu lesen. Mit ihm ging der vierzehnjährige Charles Governac, einer seiner Chorknaben und Läutejungen, der eine Korbflasche Messwein trug, den der Priester aus Furcht vor Dieben nicht in der Sakristei aufbewahrte. Vautier hatte sich ebenso wie alle übrigen Bewohner des Ortes über die plötzliche Invasion der Polizeiagenten aus Paris gewundert. Sie ließen kein Wort darüber verlauten, weshalb sie Madame Jolies Haus abriegelten, die im Ort als gottesfürchtige, ehrbare Frau galt. Die Polizeiagenten hatten im Gasthaus Victore am Marktplatz ein Quartier requiriert, was dem Wirt, einem gewissen Monsieur Cartier, gar nicht passte, da die Bezahlung, die er aus der Polizeikasse erhielt, ziemlich mager ausfiel. In der kurzen Zeit ihrer Anwesenheit in Auteuil war es bereits mehrfach zu Auseinandersetzungen zwischen den Polizisten und der Dorfbevölkerung gekommen.

Der Nebel an diesem Feiertagsmorgen war besonders dicht, kalt und hartnäckig. Charles Governacs Eltern lebten etwas außerhalb des Ortes zwischen Feldern und Waldstücken. Der Junge berichtete, er hätte sehr früh am Morgen merkwürdige Stimmen, das Wiehern von Pferden, dumpfes Geheul und so etwas wie das Rattern von Wagenrädern auf den Feldern vernommen. Vautier gab nichts auf die Behauptungen des Jungen, der mit einer blühenden Phantasie gesegnet war. Allerdings war Vautier erstaunt darüber, dass ihnen auf dem Weg zur Kirche bisher niemand begegnet war. Das Pfarrhaus lag am Ende der Rue Ange, die rechts vom Marktplatz abging, auf dem sich neben Rathaus und Kirche auch das Gasthaus Victore befand – es war also durchaus ein Stück Weg, das sie zurückzulegen hatten, um zu ihrem Ziel zu gelangen.

Der Erste, der ihnen schließlich begegnete, war der Tischler Brunet. Ein stadtbekannter Säufer, der zu Vautiers Missfallen grußlos an ihnen vorbeieilte.

Wenige Schritte vor der Kreuzung stießen die beiden auf zwei tote Katzen, denen die Kehlen aufgerissen worden waren. Neben ihnen fanden sich Tatzenspuren im Straßendreck, so groß und merkwürdig, dass sie an nichts erinnerten, was die beiden kannten.

Vautier ergriff in diesem Moment eine unbestimmte Furcht, die sich nur noch verstärkte, als er glaubte vom Marktplatz her ängstliche Rufe zu vernehmen.

In Paris hatte sich schon vor Stunden eine Menge Elender, Bettler, Strauchdiebe und Schaulustiger vor Notre-Dame versammelt. Sie gaben eine übel stinkende graue Masse von Menschen ab. Jeder Einzelne von ihnen drängte rücksichtslos zu den hohen Portalen der Kathedrale – begierig darauf, einen Blick auf die Schönen, Mächtigen und Reichen zu werfen, denen Einlass zum Gottesdienst gewährt wurde und von denen die graue Menge nicht glauben wollte, dass sie ebenso verletzlich, fehlbar und sterblich waren wie sie selbst. Das Kommando von Gardisten, das man zur Sicherung des Hochamtes abgestellt hatte, konnte die Menschenmasse nur mühsam im Zaum halten.

Marais warf einen skeptischen Blick aus dem Kutschfenster auf die Menge. Guillou hätte in diesen Menschen nichts als

Ratten gesehen, dachte er. Ratten, die es nicht besser verdient hatten, als zertreten und zerquetscht zu werden.

Unbemerkt von Marais hielt sich etwas abseits der wimmelnden Massen auch der alte Abel la Carotte auf, dem wie üblich der kleine Grenouille als Auge und Ohr diente.

»Siehst du sie, Petite Grenouille?«, flüsterte der Alte.

»Ja, Abel. Ich sehe sie. Sie sitzen in einer feinen Kutsche und haben einen ganzen Trupp Leibwächter dabei. Sie steigen jetzt aus: Der fette Marquis, Pierre le Grand, Bruder Marais, dann ein Mann so schwarz wie ein Prinz aus dem Morgenland und drei Frauen«, antwortete der Junge staunend.

Der alte Rabe nickte bedächtig. »Was noch, Junge, was siehst du noch?«

»Die Frauen, Abel! Eine davon ist die Herrin der Nacht, die andere ihre stumme Tochter, die dritte Frau geht am Arm des schwarzen Mannes. Die Herrin der Nacht teilt die Menge der Bettler mit einer Geste wie Moses einst das Rote Meer. Und sie tragen so wunderschöne Kleider, Abel! Alle tragen schwarz zur Messe an Allerheiligen. Ausgenommen die Tochter der Herrin der Nacht, sie trägt ein Kleid so weiß wie frischer Schnee.«

Diese Auskunft schien den Alten zu beruhigen. Er krallte Grenouille seine spitzen Finger in die knochige Schulter und bekreuzigte sich.

»Weiter, Junge! Was siehst du sonst?«, krächzte er.

»Sie gehen einher wie Fürsten. Die Herrin der Nacht und ihre Tochter in dem weißen Kleid voran, dahinter der schwarze Mann und dessen Gefährtin. Dahinter der fette, alte Marquis und Pierre le Grands Bruder. Die Herrin der Nacht wirft Münzen in die Menge. Hörst du sie schreien und rufen? Hörst du, wie sie sich um die Münzen raufen?«

Der Alte legte eine Hand an sein linkes Ohr und reckte den

Hals. »Ja, ich höre sie, Petite Grenouille!«, sagte er. »Schau dich weiter um! Denn dies ist die Stunde und der Ort! Irgendwo hier in der Menge muss der alte kahlköpfige Betrüger sein. Um nichts in der Hölle und den Himmeln würde er sich diesen Anblick entgehen lassen.«

»Du meinst wirklich ... der Leibhaftige ... der Teufel ist hier?«, fragte der Junge ängstlich.

Der Greis krallte seine Finger fest in die Schulter des Jungen, und ein Lächeln zeigte sich in seinem braunen Faltengesicht. »Nur keine Angst, Petite Grenouille. Es wird ihnen nichts geschehen. Nicht Pierre le Grands Bruder und auch nicht dem fetten Marquis. Denn der schwarze Prinz und die Königin der Huren mit ihrer Tochter sind bei ihnen. Der alte kahlköpfige Betrüger fürchtet die Menschen zwar nicht, doch er verachtet die Huren, seit unser Herr unter allen Weibern ausgerechnet der heiligen Hure Maria Magdalena zur Geliebten nahm. Und er fürchtet die, die reinen Herzens sind, wie es die wilde Tochter der Herrin der Nacht ist. Doch vor allem, Petite Grenouille, fürchtet der Teufel die Dichter, weil sie, ob sie's wollen oder nicht, das Hohelied der Freiheit singen und mehr noch als vor den Huren, den Menschen, die reinen Herzens sind, und den Dichtern ist ihm vor aufrichtigen Mördern bang, wie der schwarze Prinz einer ist. Denn ihnen bedeuten seine Lügen und Trugbilder nichts mehr.«

Petite Grenouille glaubte Abel la Carotte jedes einzelne Wort, während er weiter staunend zusah, wie sich Marais und de Sade, Bonnechance, Catherine, Isabelle de la Tour und Silhouette ihren Weg durch die Menge bis zu den hohen Portalen der Kathedrale bahnten.

Jetzt drangen die ersten Klänge einer wundervollen Musik aus Notre-Dame. In wenigen Augenblicken, wenn der Chor im

Innern das Te Deum anstimmte, würden Kirchendiener die Portale weit aufstoßen, damit auch der letzte der Elenden, die sich hier versammelt hatten, der Gnade und des Wunders jener Musik teilhaftig werde.

In Auteuil näherte sich inzwischen der Gemeindepriester Vautier aufgeregt dem Marktplatz, wobei er seinem jungen Begleiter Governac einschärfte, ganz gleich, was geschähe, nur ja die Korbflasche mit dem Messwein nicht aus den Augen zu lassen.

Vautier glaubte Scharren und Kratzen hören zu können. Dann wieder aufgeregte Rufe von Männern, deren Stimmen er nicht erkannte. Er ging schneller. Sie erreichten die Einmündung der schmalen Straße. Der Junge verharrte keuchend, setzte die schwere Korbflasche ab und starrte auf den grauen Nebel, aus dem sich unheimliche Schemen lösten und in dem rote Flecken zu tanzen schienen.

Er sah die fließende Gestalt einer Frau in einem langen weißen Kleid mit einem roten Kreuz über Brust und Bauch und vielleicht einer Haube, wie Nonnen sie trugen.

Und offenbar waren da noch mehr von ihnen.

Einige Dutzend Schritte entfernt von den Frauen mit den Hauben und roten Kreuzen konnte er die schwarzen Mäntel und Hüte der Polizeiagenten sehen, die in einem dichten Haufen über den Platz liefen und dann plötzlich verharrten.

Der junge Governac stellte den Messwein ab und wies auf die Ordensschwestern, die in einer Reihe dicht beieinander standen und ihrerseits auf die Polizisten blickten. Zwischen den Frauen wehten schwarze und rote Fahnen, die jeweils ein grob geschnittenes Loch in ihrer Mitte aufwiesen.

Vautier wagte sich einige Schritte weiter. Er fragte sich, welchem Orden die Frauen angehörten und was sie an diesem kalten, nebeligen Morgen ausgerechnet hierher, in seinen Marktflecken, verschlagen haben mochte.

Er war mittlerweile nah genug, um trotz des Nebels Kleider und Gesichter der Schwestern deutlicher erkennen zu können.

Er traute seinen Sinnen nicht. Denn die Gesichter der Frauen wirkten so fahl wie gebleichte Knochen. Selbst ihre Münder und Augen schienen trüb und tot in ihren scharf gezeichneten Schädeln zu hängen. Vautier spürte, wie ihm die Knie weich wurden. Diese Gestalten konnten weder menschlichen noch himmlischen Ursprungs sein, durchfuhr es Vautier. Er sank auf die Knie, schloss die Augen und begann zu beten.

Mehr und mehr Polizeiagenten und einzelne Gemeindemitglieder waren unterdessen auf dem Marktplatz zusammengekommen, um sich ängstlich nach dieser gespenstischen Invasion umzuschauen. Vautier war sich nicht sicher, wie viele dieser Gespenster da in einem dichten Halbkreis beieinanderstanden und mit verstörenden, unheimlichen Blicken zu den schwarz gekleideten Polizeiagenten herüberstarrten.

Die gespenstische Stille über dem Platz, die merkwürdige Art der Schwestern, sich beinah wie Marionetten stets gleichzeitig zu bewegen, jagten ihm kalte Angstschauer über den Nacken

Die sechs, sieben Polizeiagenten auf dem Platz brachen die Stille, als sie nach ihren Kameraden riefen, die, soweit sie nicht Wache schoben, im Gasthaus Victore untergebracht waren. Aus Richtung des Gasthauses traten weitere Polizeiagenten auf den Platz hinaus. Einige von ihnen hatte man ganz offensichtlich aus dem Schlaf gerissen, denn sie trugen Nachthemden unter ihren Mänteln und hatten in der Eile ihre Hüte vergessen. Sie sammelten sich etwa drei Dutzend Schritt von Vautier entfernt und starrten verblüfft auf die dichte Reihe der Gespenster in ihren langen Kleidern.

Erneut glaubte Vautier, ein Scharren und Kratzen zu hören und gleich darauf etwas, das wie das tiefe, bösartige Knurren wilder Raubtiere klang.

Was oder wer immer die Schwestern mit ihren unheimlichen Totenschädeln auch sein mochten, in ihrer Mitte lauerten Geschöpfe, die noch weitaus unheimlicher waren.

In Paris stolzierte de Sade auf das Hauptportal von Notre-Dame zu. Einen halben Schritt hinter ihm drängten sich seine fünf Gefährten aneinander. Wegen des Gestanks, der von den Bettlern, Taschenspielern und Taugenichtsen um sie herum ausging, pressten die Frauen parfümierte Taschentücher vor Nase und Mund. De Sade hatte es nicht nötig, die Masse der Elenden um ihn herum zurückzudrängen. Sie alle spürten: Wer immer sich diesem fetten, alten Mann mit der geschminkten Visage in den Weg stellte, würde es zu bereuen haben.

Es konnte nur noch wenige Augenblicke dauern, bis die Kirchendiener zum Te Deum die Portale aufstießen. Es herrschte erwartungsvolle Stille auf dem großen Platz vor der Kathedrale.

Jetzt war es so weit.

Der Gesang des Chores erscholl über den Platz, brachte die Männer und Frauen, die sich dort drängten, zur Ruhe. Hunderte schlugen Kreuze über Stirn und Brust, und so mancher fiel dazu auf die Knie.

De Sade jedoch streckte seinen Wanst nur umso mehr heraus, straffte die Schultern, legte die Hand auf den Degenknauf und stolzierte energisch über die Schwelle des Gotteshauses, ohne daran zu zweifeln, dass seine Gefährten ihm folgten.

In die Augen des alten Ungeheuers kroch ein kalter Glanz, sowie das abweisende Getuschel und die unterdrückten Ausrufe an sein Ohr drangen, die sein unerwarteter Auftritt unter den Besuchern des Hochamts auslösten.

Da waren sie alle versammelt und starrten ihn aus vor Abscheu geweiteten Augen an. Ihn, den Antichristen, die Verkörperung des Bösen schlechthin – ihn, der zu ihnen hätte zählen sollen, aber dennoch beschlossen hatte, ihrer unerträglichen Heuchelei arrogant die kalte Schulter zu weisen. Und trotzdem strömten viele von ihnen im Frühjahr Herbst und Winter fröhlich zu seinen Theaterinszenierungen nach Charenton. Ließen ihn mit Beifall und Trampeln dort hochleben. Freilich, dachte er bitter, taten sie das, während sie ihre Visagen vorsorglich unter Masken verbargen und die Wappen an ihren Kutschen verhängten, während diese in langer Reihe vor dem Haupteingang des Asyls heranrollten.

»Unverschämtheit!«

»Frechheit!«

»Herrgott im Himmel ... er ist es tatsächlich!«

»Zurück ins Irrenhaus mit ihm!«

Jeder dieser Rufe, der ihm auf seinem langen Weg zum Altar entgegenschlug, beflügelte ihn nur noch mehr bei seinem skandalösen Auftritt.

Einige der Damen hatten sich erhoben und reckten ihre Hälse, um einen Blick auf de Sade und dessen Gefährten erhaschen zu können. Die funkelnden Diademe auf ihren weißen Hälsen und die blitzenden Ringe an ihren Händen sprachen der betonten Schlichtheit ihrer schwarzen Kleider Hohn.

Dies war de Sades Moment. Sein wahrscheinlich letzter Triumph über den falschen Pomp und die unverhohlene Heuchelei, mit denen jede Form von Tyrannei die schlichte Tatsache zu überspielen versuchte, dass auch sie sich aus nichts als ganz gewöhnlichen, fehlbaren und von allerlei Trieben gelenkten Menschen zusammensetzte. Sie alle hier mochten ihn als alten Narren abgestempelt haben, dessen große Zeit längst vorbei war.

Wie sehr sie sich doch geirrt hatten!

Hinter de Sades Rücken warf Bonnechance Marais beklommene Blicke zu. Ihm behagte die aufgebrachte Stimmung in der halb dunklen Kathedrale ganz und gar nicht.

Marais indes schien sich nicht weiter daran zu stören oder verbarg seine wahren Gefühle unter der entschlossenen Miene, die er zur Schau trug.

»Ist das nicht da bei ihm …?«, riefen einige Damen erschrocken aus.

»Ja, das ist die Königin der Huren! Das schlägt dem Fass den Boden aus! Heraus mit ihr! Polizei!«, antwortete man ihnen und wies entsetzt auf Silhouette und die Herrin der Nacht, deren Auftritt hier beinah eine ebensolche Provokation darstellte wie der des blasphemischen Ungeheuers de Sade. Huren gehörten auf die Straße oder ins Boudoir, jedoch nicht zwischen anständige Frauen und Männer in eine der heiligsten Kathedralen der Christenheit!

Marais sah, wie sich in den ersten Bankreihen beim Altar eine Gruppe aus hohen Offizieren, Kabinettsmitgliedern und einigen Damen gebildet hatte, die ihnen missbilligend entgegensahen. Er erkannte Fouché darunter, außerdem den General und dessen Gattin. Die Namen von wenigstens sieben der Männer, die sich dort um den General und Fouché scharten, fanden sich auch auf der Liste des Comte. Es gab kein Zurück mehr. Wir alle, dachte Marais, befinden uns nun in der Hand des alten Ungeheuers.

In Fouchés Augen stand ein Ausdruck von stillem Amüsement. Der alte Fuchs wusste den Mut eines Mannes durchaus zu schätzen, und dass de Sade mit seinem Auftritt hier Mut bewies, stand selbst für Monsieur le Ministre völlig außer Frage.

Diane des Deux-Églises und der General schienen von de Sades Auftritt hingegen einfach nur überrumpelt.

Marais war sich sicher, dass sich irgendwo in der ständig größer werdenden Menschenmenge beim Altar auch Talleyrand und dessen Verbündete befinden mussten. Sehen konnte er ihn jedoch nicht.

Pure Verachtung schlug ihnen entgegen, je weiter sie sich der dichten Menschentraube näherten. Marais befürchtete schon, dass es ausgerechnet hier zu einer Rangelei käme – da bedeutete Fouché der Menge, dem alten Scheusal und seinen Gefährten Platz zu machen.

De Sade reckte den Hals, um sich nach dem General umzusehen. Dort, nur wenige Schritte hinter Fouché, stand er und trug einen ganz besonders abschätzigen Ausdruck im Gesicht.

De Sades kalter unverwandter Blick verlockte ihn dazu, einen Schritt vorzutreten und neben dem Minister Aufstellung zu nehmen.

»Monsieur le Marquis, was für eine unerwartete Überraschung«, sagte Fouché und schaute sich lächelnd um. Einige der Männer und Frauen in der Menge erwiderten sein Lächeln. Madame des Deux-Églises' Miene blieb jedoch ungerührt.

»Und da ist ja auch Monsieur le Commissaire!«, begrüßte der Minister wesentlich kühler nun auch Marais.

De Sade warf sich in die Brust, reckte das Kinn, klopfte auf den Knauf seines Degens und funkelte Fouché und den General hochmütig an. »Monsieur le Ministre, ich sehe, Sie sind noch ganz der Alte!«, sagte er und spuckte demonstrativ auf den Boden.

Fassungslose Ahs und Ohs gingen in Wellen durch die Messebesucher.

De Sade legte sich eine Prise auf, schnupfte und wischte sich mit einem Spitzentuch Nase und Mund ab. »Monsieur le General, ich hoffe, Sie verzeihen mir, wenn ich Ihnen sage, dass Ihre Frau eine Hure ist. Das allein wäre gar nicht verwerflich. Was ich Madame aber vorwerfen muss, ist, dass sie eine miese Hure ist.«

De Sade hatte seine letzten Worte bewusst sehr leise ausgesprochen. Und doch war es so still in der Kathedrale geworden, dass zahlreiche Gottesdienstbesucher verstanden haben mussten, was Monsieur le Marquis da gesagt hatte.

»Monsieur le Marquis fühlt sich heute Morgen offenbar nicht wohl. Vergessen wir seine Bemerkung«, sagte Fouché, ergriff den Arm des Generals und drängte durch die Menschentraube weg von de Sade und dessen Gefährten.

»Also, Joseph, auf mich macht Monsieur le Marquis einen durchaus vernünftigen Eindruck«, rief Talleyrand halblaut in die Runde, während er sich lächelnd zwischen de Sade und Fouché stellte.

Fouché zögerte und blickte sich nach Talleyrand um. »Tatsächlich? Dabei sollte man doch meinen, dass Sie selbst heute Morgen nicht ganz auf der Höhe sind. Wie man hört, bekommt es Ihnen nicht, ständig die Nächte in Ihrem Kabinett durchzuarbeiten«, fauchte Fouché bissig zurück. Aber er konnte nicht verhindern, dass sich Monsieur le General aus seinem Griff befreite und de Sade gegenübertrat.

»Selbst, falls ich Irre als satisfaktionsfähig ansehen würde«, sagte er, »wären Sie viel zu alt und vor allem zu fett, um eine angemessene Beute für meinen Degen abzugeben. Wer weiß, womöglich platzen Sie ja, sollte ich Ihren Wanst anritzen!«

Der General erntete unterdrücktes Gelächter.

»Degen, Monsieur le General? Ich dachte eher an Pistolen«, lächelte de Sade.

Seine offensichtliche Gemütsruhe regte Fouché auf. Er warf einen höhnischen Blick in die Runde, aber stellte zu seinem Verdruss fest, dass kaum einer der Damen und Herren rundum den Blick niederschlug, wie er das wohl erwartet hatte. Man hatte offenbar Talleyrands Rückendeckung für de Sade durchaus registriert. Der Schwarze Peter lag nunmehr tatsächlich bei Fouché und dem General.

»Pistolen, Monsieur? Das wäre ja Mord!«, flüsterte Fouché. »Das könnte ich unmöglich zulassen. Wenn Monsieur le Marquis Selbstmord begehen will, finden sich dafür zweifellos geeignete Mittel und Wege. Womöglich leihen Sie ihm eine Ihrer Pistolen, Talleyrand? Angeblich verfügen Sie ja über eine ganz außerordentliche Sammlung.«

Dem General wurden diese Spitzfindigkeiten eindeutig zu viel. Er fuhr zu Fouché herum. »Schluss jetzt, Joseph! Wenn Monsieur unbedingt ins Gras beißen will – dem Manne kann geholfen werden.«

Die Worte des Generals lösten ein Raunen aus.

»Selbstverständlich werde ich Monsieur le Marquis eine meiner Pistolen zur Verfügung stellen, falls er darum ersucht, *mon général!* Doch muss ich zugeben, dass mein geschätzter Freund und Kollege Fouché recht hat, wenn er befürchtet, ein solches Duell könnte auf einen simplen Mord hinauslaufen. Daher, *mon général*, sollten Sie sich als so großherzig erweisen, dem Marquis den ersten Schuss zu überlassen.«

Der erste Schuss war ein enormer Vorteil in einem Duell. Und selbst wenn de Sade – halb blind und zittrig wie er war – auch mit dem Vorteil des ersten Schusses das Duell mit dem

General unmöglich gewinnen konnte, würde sein Tod so tatsächlich nicht wie ein verbrämter Mord aussehen.

Alle Augen waren jetzt auf den General gerichtet.

Für einen Augenblick hielt Marais es für möglich, dass doch noch alles gut werden würde, dass Gott dieses eine Mal wirklich so viel Ironie bewies, ausgerechnet das blasphemische alte Scheusal de Sade zum Werkzeug seiner irdischen Gerechtigkeit zu machen.

Jetzt, dachte er, entschied sich alles. Fouché saß in der Falle. Er als Polizeiminister konnte nach Talleyrands Anmerkung niemals zulassen, dass der General weiterhin auf dem ersten Schuss bestand. »Lassen Sie diesen alten Narren, Edmonde!«, sagte Madame des Deux-Églises. »Er ist die Kugel nicht wert, die Sie an ihn verschwenden würden!«

Marais war sicher, dass Madame durchaus ahnte, dass man ihrem geliebten Gatten gerade eine Falle stellte. Aber General Edmonde des Deux-Églises war kein Mann, der sich vor einem Kampf drückte. »Sie werden Ihren ersten Schuss bekommen, alter Mann! Erwarten Sie meine Sekundanten«, sagte er, ergriff den Arm seiner plötzlich recht fahl gewordenen Gattin und nickte de Sade zu, als sei damit alles gesagt, was zu sagen war.

De Sade deutete eine Verbeugung an, wandte sich ab und stolzierte mit hoch erhobenem Kopf zwischen den neugierigen Blicken der Gottesdienstbesucher aus dem Halbdunkel auf das graue Morgenlicht zu, das durch das geöffnete Portal ins Innere der Kathedrale fiel. Mit einigen Schritten Abstand folgten ihm seine Gefährten.

Der Weg durch die Reihen der Bänke schien Marais endlos. Nur einmal wagte er es, sich nach Silhouette umzublicken. Sie war ihm nie schöner und verletzlicher erschienen als in diesem Augenblick.

Das alte Ungeheuer war den Übrigen gut zehn Schritt voraus. Auf der Schwelle der Kathedrale angekommen, warf de Sade einen langen, eigentümlich weichen und nachsichtigen Blick über das Heer der Bettler, Elenden und Schaulustigen, das sich auf dem weiten Platz vor Notre-Dame tummelte.

Irgendwo am Rande jenes Heeres der Elenden spürte der alte Abel, das etwas vorgegangen sein musste. »Was ist geschehen, Petite Grenouille?«, fragte er leise.

»Der Marquis, Abel! Er steht auf der Schwelle von Notre-Dame und schaut auf die Menschen herab wie ein König auf sein Volk.«

Der Greis nickte, als hätte er nichts anderes erwartet.

Am Portal der Kathedrale breitete de Sade seine Arme aus, als wollte er die Menschen auf dem Vorplatz segnen. Einen Augenblick verharrte er so, dann verzog er sein Gesicht zu einer Grimasse des Zorns. Er schaute über die Schulter hinweg ins summende Innere der Kathedrale zurück und wandte sich dann wieder der Menge auf dem Platz zu. »Gott?«, brüllte er. »Welcher Gott?«

Als hätte de Sade einen Bannspruch über den Platz gelegt, teilte sich die graue Masse der Menschen eilig, sobald er an der Spitze seiner Gefährten über den Platz hinweg auf seine wartende Kutsche und Talleyrands Eskorte zuging.

»Hast du es gehört, Abel? Der fette Marquis, wie er eben den Herrgott verleugnete?«, flüsterte der Junge aufgeregt.

»Ich habe es gehört, Petite Grenouille. Aber Gott wohnt nicht in den Kathedralen, sondern in den Herzen der Menschen. Er schuf Heilige und Ungeheuer gleichermaßen nach seinem Angesicht. Der Marquis ist nur sein Werkzeug, wie wir alle seine Werkzeuge sind, ob wir es nun wollen oder nicht. Und es ist gut so, wie es ist. Denn da, wo Heilige ihren Platz unter den

Menschen haben, da braucht es auch die Monstren, um die große Weltenwaage im Gleichgewicht zu halten. Eines Tages wirst du das verstehen.«

Der Junge blickte den Kutschen nach, wie sie, umgeben von den Reitern der Eskorte, davonrollten. De Sades Ausruf klang ihm noch immer in den Ohren, und obwohl er den alten Abel aus vollem Herzen und tiefster Seele liebte und bewunderte, überkam Grenouille in dem Augenblick, als er Monsieur le Marquis Gott, den Herrn, verleugnen hörte, eine erste schmerzhafte Ahnung des Todes. Unwillkürlich fragte er sich, wie gerecht dieser Gott sein konnte, wenn er die Menschen von Anfang an als Monster oder Heilige erschuf und ihnen daher gar nicht selbst überließ, ob sie den Weg eines Ungeheuers oder den eines Heiligen einschlugen.

Auf dem Marktplatz von Auteuil starrte der Gemeindepriester Vautier auf die Reihe weiß bekleideter Gespenster. Ihre Gesichter waren teigig fahl, voller eitriger Pusteln und von Schorf überzogen. Einige von ihnen waren so mager, dass Vautier ihre Knochen unter den dünnen weißen Kleidern hervorstechen sah. Keines der dämonischen Wesen sagte ein Wort und ihre gemeinsamen gleitenden Bewegungen vermittelten den Eindruck, als agierten sie in der Art eines Fisch- oder Vogelschwarmes.

Als seien jene weißen Schwestern noch nicht genug des unerklärlichen Schreckens, hörte Vautier das gedämpfte Getrappel von Pferden und erblickte gleich darauf vier maskierte Reiter, die zwischen den dichten Nebelfetzen hinter den weißen Schwestern auftauchten.

Vautier erschrak, sobald er begriff, wer da auf ihn zuritt. Denn da war ein schwarzes Pferd, dessen Reiterin in schwarze Seide gekleidet war und an deren Sattel eine bronzene Waage hing. Neben ihr trabte ein Fuchs, sein rötlich schimmerndes Fell prächtig gestriegelt, dessen Reiterin in einem königsblauen Mantel ein Schwert bereithielt. Neben diesem wiederum lief ein Schimmel, dessen Reiterin einen Bogen über die Schulter gehängt hatte und einen Köcher am Gürtel ihres hellen Mantels trug. Über der Kapuze des Mantels glaubte Vautier, das schmale goldene Band einer Krone ausmachen zu können. Die letzte und vierte Reiterin jedoch thronte auf einer Mähre so alt und ausgemergelt, dass es Vautier wie ein Wunder erschien, dass sie sich überhaupt auf den Hufen zu halten vermochte. Der Mantel, den diese vierte Reiterin trug, war heller als selbst die Kleider der weißen Schwestern, fast verschwamm er mit dem Nebel.

»*Da sah ich ein fahles Pferd, und der, der auf ihm saß, hieß Tod und die Hölle folgte ihm ...*«, murmelte Vautier unwillkürlich jenen Vers aus der Offenbarung des Johannes und schlug dabei hastig ein Kreuz über Stirn und Brust.

Der junge Governac warf sich der Länge nach in den Straßenstaub. Anders als er war der Priester zu sehr von seinem Schrecken gebannt um sich rühren zu können. So starrte er weiter mit aufgerissenen Augen und halb geöffnetem Mund auf das Tableau des Schreckens, welches sich vor ihm entfaltete.

Inzwischen waren sämtliche Polizeiagenten aus dem Gasthof auf den Platz gelaufen, kaum einer von ihnen hatte in seiner Eile nach einer Waffe gegriffen. Alles, worüber sie verfügten, um sich zu wehren, waren Zähne, Stiefelabsätze und Fäuste. Vautier glaubte ein Scharren und Kratzen zu hören und gleich darauf etwas, das wie das bösartige Knurren wilder Bestien klang.

Einige spitze Pfiffe ertönten. Die weißen Schwestern traten wie von unsichtbaren Fäden gezogen gemeinsam auseinander.

Zwischen ihnen hervor schoss, was Vautier wie Dämonen aus den tiefsten Gründen der Hölle erschien.

»O Gott!!«, rief einer der Polizeiagenten, als ihm dämmerte, dass jene kriechenden und hüpfenden Dämonen auf sie zuhielten. Einigen der Polizisten gelang es, Schüsse abzugeben, bevor jene Höllenmonster ihre Reihen erreichten und mit Zähnen und Klauen unter den Männern zu wüten begannen.

Starr vor Schrecken und Furcht sah Vautier dem Gemetzel zu, das sich zwischen jenen Höllenwesen und den Polizeiagenten abspielte. Obwohl es den Polizeiagenten gelang, ihre Verteidigungslinie während der ersten Angriffswelle zu halten, war mit der zweiten Welle ihr Schicksal besiegelt.

Was sich da auf dem Marktplatz zwischen Höllenhunden und Polizeiagenten abspielte, konnte man nur als blanken Horror bezeichnen.

Vautier sah Fontänen von Blut aus verletzten Gliedmaßen hervorspritzen, hörte Knochen unter den Bissen der Bestien brechen und sah ohnmächtig zu, wie einem der Polizisten die Kehle aus dem Hals gerissen wurde.

Und sein Leben lang sollte ihm neben jenem Geräusch splitternder Knochen das Bild eines der Polizeiagenten im Gedächtnis bleiben, der sich, von drei der Bestien angegriffen, mit aufgerissenem Bauch und zerfetzter Brust so lange sterbend im Straßendreck wand, bis ihm eines der Höllenwesen endlich den Nacken zerbiss.

Die erste und zweite Angriffswelle der Höllenmonster hatte ein Drittel oder mehr der Polizeiagenten zu Fall gebracht und in unbarmherzige Kämpfe vermittelt, den Rest an Widerstand erledigten jedoch jene vier Reiterinnen, die zwischen ihren weiß gekleideten Schwestern hindurchs rücksichtslos auf das Gefechtsfeld zugaloppierten.

Die blaue Reiterin trennte mit einem einzigen weiten Schlag ihres Schwertes einem Mann den Arm an der Schulter ab. Ihre Gefährtin auf dem schwarzen Pferd schwang einen mittelalterlich anmutenden Kriegshammer, der wahllos auf Köpfe und Schultern traf, wo er furchtbare Verletzungen auslöste.

Was an Widerstand weder die Höllenmonster noch jene ersten beiden Reiterinnen zu brechen vermochten, ritten die übrigen beiden brutal unter den Hufen ihrer Pferde zusammen.

Ein Schwall heißen Blutes traf Vautiers bleiche Stirn und Wangen, unwillkürlich wandte er den Kopf ab und schlug die Hände vors Gesicht. »Heilige Mutter Maria!«, rief er. »Heilige Mutter Gottes! Hilf!«

Doch seine Bitte verhallte ungehört unter Bellen, Knurren, Schmerzensschreien und Hufgetrappel auf dem feuchten Pflaster.

Nach dem Vernichtungswerk der Höllenhunde und Reiterinnen fielen die weißen Schwestern über die Verwundeten und Toten her wie rotbekreuzte Totenvögel.

Marais stand noch immer das Bild des fetten, alten Marquis vor Augen, wie er die Hand fest um den Knauf seines Degens geschlossen, zornig über die graue Masse der Elenden und Bettler schaute und ihnen sein »Gott? Welcher Gott?« entgegenrief.

Nach ihrer Ankunft in der Rue du Bac hatte sich Marais in sein Gästezimmer zurückgezogen und sah jetzt durch die beschlagenen Fenster wie eine neue Truppe Gardisten vor Talleyrands Palais aufzog, als erwartete der Außenminister einen direkten Angriff von Fouchés Männern. Paris war ein Pulverfass, das nur auf jenen Funken zu warten schien, der es zur Explosion bringen musste.

Immer noch hatte sie keine Nachricht über Erfolg oder

Misserfolg ihrer Aktion in Auteuil erreicht. Marais war nach wie vor überzeugt, dass diese bloss in einer Katastrophe enden konnte. Bernard Pauls Pudel waren ehemalige Soldaten, kampferprobt, rücksichtslos und rasch mit der Waffe zur Hand. Ein Wahnsinn zu glauben, dass man sie mit ein wenig Mummenschanz, Geschrei und einigen Rotten von Kellerhunden überrumpeln und in die Flucht schlagen könnte.

Als Silhouette und Isabelle de la Tour gestern morgen ihren Plan erläuterten, war de Sade sofort begeistert gewesen, die Schatten aus dem Hades unter dem Chat Noir heimlich nach Auteuil zu karren, um sie dort, verkleidet als grässliche Karikaturen von Tempelrittern, gegen Bernard Pauls handverlesene Truppe von Pudeln antreten zu lassen.

»Theater, *mes amis*!«, hatte de Sade ausgerufen. »Was die Welt braucht, ist Theater, je grotesker, umso glaubwürdiger! Erst recht in Zeiten wie diesen, wo keiner dem anderen auch nur das Schwarze unter den Fingernägeln gönnen will und jedermann in Paris glaubt, dass die Welt am Abgrund steht, falls den Kaiser mal ein Schnupfen plagt!«

Dann hatte das alte Ungeheuer der Herrin der Nacht dazu geraten, Denise Malton und drei ihrer Gefährtinnen als apokalyptische Reiterinnen zu kostümieren und zwischen den Schatten des Hades und deren bissigen Höllenhunden zu platzieren.

Marais blieb lediglich zu hoffen, dass Bernards Männer kein regelrechtes Massaker unter ihren Angreiferinnen anrichteten.

In Talleyrands Gästezimmern befand sich kein Kruzifix, sodass Marais jetzt ein Kreuz auf das beschlagene Fenster zeichnete und es dann lange betrachtete.

Gott der Herr hatte ihn geprüft, gewogen und für zu leicht befunden. Keiner würde an Madame des Deux-Églises irdische Gerechtigkeit für ihre Verbrechen üben.

Offensichtlich war er, Louis Marais, nicht in der Lage, Gottes Willen zu erfüllen. Trotzdem sehnte er sich so sehr nach einem Zeichen des Herrn.

Er war sicher, dass dies seine letzte Nacht auf Erden war, und obwohl es so vieles gab, was er von hier aus nicht mehr zu regeln vermochte, bevor ihn spätestens morgen früh Bernard Pauls Pudel erschießen würden, fiel ihm immerhin eine Sache ein, die er durchaus noch erledigen konnte.

Marais trat zum Schreibtisch, griff nach Feder, Tinte und Papier, um eine Nachricht an de Sade aufzusetzen.

Monsieur le Marquis,
vor die Hunde gehen zu müssen, birgt die Gefahr, früher oder später auch von ihnen gebissen zu werden. Doch, wie Sie wissen, kommt es gerade im Untergang mehr denn je auf Haltung an. Feiglinge werden von den Hunden immer in den Hintern gebissen werden. Männer wie Sie hingegen stets in die Kehle. Denn Sie sind zu stolz, den verfluchten Viechern jemals ihren Rücken zuzuwenden.

Gezeichnet
Louis Marais, Commissaire du Police

P. S. Anbei eine Gabe von Silhouette. Ich bin sicher, Sie werden sie zu schätzen wissen.

Marais faltete das Papier zusammen und klingelte nach einem Diener, dem er auftrug, die Nachricht zusammen mit jenem Döschen, das Silhouette ihm letzte Nacht vor die Füße geworfen hatte, de Sade zukommen zu lassen.

Als die Sonne in Auteuil an jenem Tag zum ersten Mal durch den Nebel und die hohen Wolken brach, befand sich Vautier, die Arme voller Blut, inmitten von verwundeten und sterbenden Männern auf dem Marktplatz und war immer noch nicht fähig zu begreifen, was eigentlich geschehen war.

Zusammen mit dem jungen Governac, dem Apotheker, einigen braven Hausfrauen und Mägden versuchte er, so gut es möglich war, die verwundeten Polizeiagenten zu versorgen. Governac verteilte Wasser und Messwein an die stöhnenden Männer, Vautier half sie zu verbinden und sprach ihnen Trost zu, während der Apotheker sich als Feldchirurg betätigte.

Die gespenstischen weißen Schwestern hatten bei ihrer Flucht keine ihrer Gefährtinnen zurückgelassen, obwohl man sich allgemein einig darüber war, dass es auch unter ihnen Verletzte und vielleicht sogar Tote gegeben haben musste. Doch nicht einmal einer jener getöteten Höllenhunde fand sich noch auf dem Schlachtfeld, nachdem die weißen Schwestern nach ihrer dritten Angriffswelle den Marktplatz geräumt hatten. Unter den etwa dreißig Polizeiagenten, die an dem Kampf teilgenommen hatten, waren acht Tote und fünfzehn Verletzte zu beklagen.

Vautier gab einem der Verletzten zu trinken, der älter als seine Kameraden wirkte und in dem er schließlich den Sergeanten der Polizeiagenten erkannte. Sein linker Arm war von einem Biss schlimm zerfetzt, und auf seiner Stirn klaffte ein tiefer Riss. »Die Kinder, Monsieur? Schaut nach den Kindern! Ich flehe Euch an!«, flüsterte der Mann voller Angst.

Vautier brauchte einen Moment, um zu begreifen, wovon er sprach.

Dann befahl er dem jungen Governac, nach Madame Jolies Haus zu sehen. Der Junge lief los, verschwand zwischen Staub und letzten Nebelfetzen.

Marais stand zwischen Scherben von Porzellan, einem Haufen weißer Tischdecken und drei Zubern voll kochendheißem Wasser in Talleyrands Küche.

Auf dem riesigen Holztisch vor ihm lag sein Bruder Pierre le Grand, in dessen Oberschenkel ein großes, blutiges Loch klaffte. Während die Schatten aus dem Hades mit ihren Hunden gegen die Pudel auf dem Marktplatz von Auteuil anstürmten, hatte Silhouettes Plan zufolge Pierre le Grand zusammen mit sechs Raben Madame Jolies Haus angegriffen, um die Kinder dort zu befreien. Obwohl das gelungen war und sich diese Kinder jetzt mit einigen von Talleyrands Spionen und Leibwächtern auf dem Weg zur Küste befanden, waren die beiden Angriffe in Auteuil nicht ohne Opfer auf der Seite der Angreifer geblieben.

Bei Marais waren Flobert und Tolstoï. Die Herrin der Nacht und Silhouette standen neben einem zweiten Tisch, auf dem Denise Malton lag, die man zusammen mit vier getöteten Schatten, zehn toten Hunden und Pierre le Grand unter dem Heu eines Bauernwagens nach Paris geschmuggelt hatte. Ein Säbelhieb hatte sie über Brust und Bauch getroffen und eine tiefe, klaffende Wunde hinterlassen. Ihr blauer Mantel war voller Blut gewesen, und sie atmete so flach, dass man sie für tot hielt, als man sie in Talleyrands Hof vom Wagen hob. Marais hatte ihren verschmutzten Verband öffnen lassen, dann befohlen, dass man die Wunde auswusch und sich anschließend Pierre le Grand zugewandt. Er glaubte nicht, dass Denise lang genug leben würde, dass sich eine Operation bei ihr lohnte. Trotzdem bestanden Silhouette und Isabelle de la Tour darauf, sodass Marais einen Zuber Wasser heiß machen ließ, dann nach einer gebogenen Sattlerahle und festem Zwirn aus dem Pferdestall verlangte und sich seinem Bruder zuwandte, bis man ihm beides gebracht hatte.

Denise hielt ihre Augen in dem aschfahlen Gesicht geschlossen. Hin und wieder tupfte Isabelle de la Tour ihr Schweiß von der Stirn. Silhouette hielt mit tränenüberströmtem Gesicht Denises Hand.

Marais setzte eines von Carêmes scharfen Küchenmessern an die klaffende Wunde in Pierre le Grands Oberschenkel, um die Pistolenkugel, die dort steckte, zu entfernen.

»Das wird jetzt wirklich wehtun, Bruder!«, sagte Marais und schnitt tief in Pierre le Grands Fleisch.

Marais hatte während seiner Zeit bei der Armee an genug improvisierten Operationen am Schlachtfeldrand teilgenommen, um ungefähr zu wissen, was er hier tat, und auch Flobert und Tolstoï hatten mehr als nur eine Gelegenheit gehabt, Geschosse aus den Leibern ihrer Clanbrüder zu entfernen, sodass Pierre le Grand hier in Talleyrands Küche in besseren Händen war als in jedem Hospital von Paris.

Nachdem Marais mit zwei raschen, tiefen Schnitten Pierre le Grands Wunde erweitert hatte, griff er zu einer langen, schmalen Kochpinzette, die Carême gewöhnlich dazu diente, Wachtelzungen in der Pfanne zu wenden, und stieß sie bis auf den Grund der Wunde in Pierres Schenkel, drehte und riss an ihr, bis er zuletzt die Kugel zu fassen bekam und mit einem heftigen Ruck aus der Wunde zog.

Pierre schrie dabei so laut auf, dass selbst Flobert und Tolstoï zusammenfuhren.

Marais warf die Pinzette auf den Tisch, wandte sich zu Carême und drei von dessen Küchenmägden und befahl ihnen, Pierres Wunde mit sauberen Tüchern abzudecken und zu verbinden.

Dann trat er zu Denise Maltons Tisch, schob dabei grob die Herrin der Nacht beiseite und fühlte an Denises Hals lange nach einem Puls.

Jeder hier war zu sehr mit den beiden Verwundeten befasst, als dass irgendwer auf de Sade geachtet hätte, der gerade, noch immer mit Perücke, Rock und Degengehänge, hereinstürmte und einige Schritte vor Denises Tisch verharrte. »Verdammt!«, rief er und schob sich an Silhouette vorbei, um besser sehen zu können, was Marais da tat. »Geben Sie sich gefälligst Mühe, Marais! Denise ist die beste Flötenbläserin von Paris!«, flüsterte er.

In Auteuil betrachtete Vautier die tote Madame Jolie, die mit geöffneten Pulsadern in ihrem Sessel saß, vor dem sich in zwei großen Pfützen das Blut sammelte. Er faltete die Hände und begann für Madame Jolie zu beten, die niemals eine Messe versäumt und sich stets so großzügig bei der Kollekte gezeigt hatte.

Vautier begriff nicht, wohin all die Kinder hatten verschwinden können. Zwei Leiterwagen, gelenkt und begleitet von einer Truppe vermummter Männer, so hieß es, hätten die Kinder weggebracht, während auf dem Marktplatz die Schlacht tobte. Es mussten dieselben Strauchdiebe und Mörder gewesen sein, die auch die fünf Polizeiagenten überrumpelt, erstochen, erschossen oder zusammengeschlagen hatten, die in Madame Jolies Haus Wache gehalten hatten. Was, fragte sich Vautier fassungslos, konnte eine Handvoll vermummter Strauchdiebe nur von Madame Jolies Zöglingen wollen?

Vautier seufzte und fragte sich, ob er es wagen durfte, Madame Jolie auf geweihtem Grund zu begraben, obwohl alles hier danach aussah, als hätte sie aus Trauer über den Verlust ihrer lieben armen Waisen selbst ein Ende mit sich gemacht.

Vautier beschloss, dass Madame Jolies Güte und Großzügigkeit der Kirchengemeinde gegenüber genug sein mussten, um ihr ein Grab auf dem Kirchenacker zu sichern. Vielleicht nicht gerade neben den Ruhestätten der Honoratioren von Auteil, aber dennoch in guter, geweihter Erde.

In einer Kammer hielten Silhouette und die Herrin der Nacht bei Denise Malton Wacht, und gerade hatte Marais nach Pierre le Grand in dessen Gästezimmer gesehen. Es ging ihm zwar besser, als erwartet. Dennoch war er längst noch nicht über den Berg. Und was Denises Chancen betraf, so hätte keiner eine Prognose darüber abgeben wollen. Ihr Leben lag allein in Gottes Hand.

Seit der Abenddämmerung herrschte in Talleyrands Palais ein reges Kommen und Gehen. Selbst für die Verhältnisse des Außenministers musste dieses Allerheiligen Anno 1805 als ein geschäftiger Tag in die Annalen eingehen. Die einzigen Besucher, die den Haupteingang benutzten, waren die beiden Sekundanten des Generals gewesen, die vor etwa einer Stunde erschienen waren, um die Details des Duells am nächsten Morgen zu besprechen.

Alle Übrigen zogen die Hintertür vor. Es handelte sich bei ihnen um die Boten gewisser hochgestellter Männer, die es noch nicht wagten, persönlich hier zu erscheinen.

Talleyrand saß bei einer seiner dünnen Zigarren und einer Kanne heißen Kaffees in seinem geheimen Büro und dachte über seine Optionen nach. Angesichts all jener vorsichtigen Annäherungsversuche seiner Kabinettskollegen konnte er durchaus zufrieden sein mit dem Erreichten. Der Schlag gegen Fouchés Pudel in Auteuil war ein voller Erfolg gewesen. Aber das spielte zunächst keine Rolle. Stunde um Stunde schien sich Fouchés Übermacht im Kabinett zaghaft zu Talleyrands Gunsten zu verschieben. Seine Macht bröckelte.

Talleyrand genoss die heimliche Befriedigung, die ihn jedes Mal überkam, wenn irgendeiner der Kabinettsminister oder Höflinge seinen Boten in die Rue du Bac sandte, um die Fühler nach einer Allianz mit ihm auszustrecken.

Selbstverständlich war dem Außenminister klar, dass Fouché in der Nähe einen zuverlässigen Agenten postiert hatte, der jeden Besucher notierte, der sich Talleyrands Palais näherte. Draußen fiel die Dunkelheit herab und Talleyrands Gardisten belauerten sich weiterhin mit Fouchés Pudeln und Polizeiagenten.

Vor ihnen allen lag eine lange, kalte Nacht.

Als Marais gegen zehn Uhr nachts de Sades Gästezimmer betrat, fand er Monsieur le Marquis am Schreibtisch vor, wo er einen ganzen Packen eng beschriebener Papiere mit einem roten Seidenband verschnürte.

»Ich wusste, dass Sie mich heute Nacht noch einmal besuchen würden, Marais. Sie können nun mal nicht aus ihrer Haut.«

»Man berichtete mir, dass Sie den ganzen Tag geschrieben hätten. Ich ging nicht davon aus, dass es ein Roman oder ein Theaterstück sei, an dem Sie arbeiteten.«

»Sehr recht, Marais!«, antwortete de Sade. »Ich habe einen Bericht über unsere gemeinsamen Abenteuer verfasst, den ich morgen früh Isabelle de la Tour zukommen lassen werde, bevor ich mich zu meinem Treffen mit dem General zum Boie de Bologne aufmache. Es steht alles darin, Marais. Keiner von uns hat wegen dieser Affäre Grund, sich zu schämen.«

»Weshalb den Bericht nicht Talleyrand aushändigen, de Sade? Er könnte damit sicher mehr anfangen als die Herrin der Nacht.«

De Sade schüttelte den Kopf. »Man kann zwar hin und wieder aus seiner Haut fahren, aber das heißt ja noch lange nicht, dass man es sich ungestraft erlauben dürfte, auch mal aus seiner Rolle zu fallen. Und Talleyrand ist Politiker. Denen kann man nur so weit trauen, wie man ihnen gerade nützlich ist. Und was oder wer Talleyrand nützlich ist, kann sich übermorgen schon wieder geändert haben.«

Marais brachte tatsächlich ein bemühtes Lächeln über de Sades Scherz zustande.

»Lassen Sie Ihre Spitzfindigkeiten, de Sade. Ich weiß, dass des Deux-Églises' Sekundanten Sie aufgesucht haben. Ich wollte Ihnen bloß mitteilen, dass ich Sie bei aller Verachtung, die ich für Sie empfinde, stets für einen guten Kameraden gehalten habe. Sie sollten nicht sterben, ohne dies aus meinem eigenen Mund gehört zu haben.«

De Sade lehnte sich in seinem Sessel zurück, legte sich bedächtig eine Prise auf und schnupfte sie.

»Ich habe Sie als meinen Sekundanten benannt, Marais! Sie werden doch jetzt nicht kneifen wollen, oder?«

»Bestimmt nicht. Trotzdem wäre morgen früh sicher kaum Zeit für eine solche Unterhaltung geblieben. Zumal keiner sagen kann, ob mir ein wirklich so viel längeres Leben vergönnt sein wird als Ihnen. Für Fouché ist es eine Frage der Reputation, an jedem Vergeltung zu üben, der in diese unglückselige Ermittlung verstrickt gewesen ist. Selbst Isabelle de la Tour und Silhouette sind nur sicher, weil Talleyrand sie unter seinen Schutz gestellt hat. Und Talleyrand wird sich weder für einen abgehalfterten Polizisten noch für ein altes Scheusal wie Sie bemühen, sobald der Konflikt zwischen Fouché und ihm morgen früh offen zum Ausbruch kommt.«

De Sade blies die Wangen auf und sagte »Pah!«, dann nieste

er ausgiebig. »Sie sind solch ein unverbesserlicher Pessimist, Marais! Talleyrand hält doch sämtliche Trümpfe in seiner Hand, seit er Napoleons Bastard und all die übrigen Kinder gesichert hat. Der alte Fuchs hat verloren! Sehen Sie es endlich ein!«

De Sade sah Marais an, wie sehr er bezweifelte, dass ihre Partie tatsächlich schon gewonnen sein sollte, nur weil Madame und Fouché keinen Zugriff mehr auf diese Kinder hatten.

»Also verschlafen Sie ja nicht! Denn morgen früh werde ich Ihnen vorführen, wie man einem Menschen bei lebendigem Leibe die Seele aus Hirn und Herzen reißt.«

Marais blickte einen Moment an de Sade vorbei zum Fenster. De Sade erhob sich ächzend, nahm vor Monsieur le Commissaire Aufstellung, zog seinen Bauch ein und reichte ihm seine Hand.

Marais schüttelte sie wortlos, wandte sich ab und verließ de Sades Gästezimmer.

Das alte Scheusal blieb danach noch einige Zeit bei seinem Schreibtisch stehen und schaute versunken auf die Zimmertür. De Sade war sich längst nicht so sicher, wie er Marais gegenüber getan hatte, dass er morgen früh tatsächlich den General töten konnte.

Dennoch zweifelte er nicht daran, dass der Tod des Generals den Effekt haben musste, den er Marais versprochen hatte, nämlich Madame die Seele auszureißen. Sollte ihm dies morgen früh im Boie de Bologne tatsächlich gelingen, so fürchtete er, würde er damit in gewisser Weise auch einen Teil von Marais' Seele vernichten. Doch das war ein Risiko, das er in Kauf zu nehmen hatte. Nichts jagte Marais solche Angst ein wie die Möglichkeit, dass er in Bezug auf Madames Seele recht behalten könnte. Denn wenn sogar Monster wie sie fähig zur

Liebe waren, bewies dies, dass diese einzig und allein in den Herzen und Hirnen der Menschen existierte und keinen Gott brauchte, der sie in die Seelen seiner unmündigen Kinder einpflanzte. Aber wozu dann noch das Knie vor den Altären beugen und Kathedralen errichten, wenn Gott ja nicht einmal dazu taugte, aus den Ungeheuern, die er jeden Tag erschuf, von Anfang an den Keim der Liebe zu verbannen?

Was die wahren Monster ausmachte war, dass sie über Trost und Rechtfertigung längst hinaus waren, weil sie erkannt hatten, dass die Hölle ohne Teufel und Dämonen auskam. Denn die Hölle, das waren die Menschen und jene Welt, die sie sich geschaffen hatten.

De Sade setzte sich wieder an den Schreibtisch, zog einen neuen Bogen Papier hervor und verfasste einen Brief an seine Geliebte Constance Quesnet, die hoffentlich immer noch bei ihren Freunden in der Provinz auf Nachricht von ihm hoffte.

Draußen fiel feiner, schimmernder Schnee, bedeckte Häuser und Dächer, Türme und Straßen der Stadt und verlegte sich selbst auf die letzten dürren Blätter, die sich hartnäckig an die Zweige der alten Bäume im Boie de Bologne klammerten.

Der General hatte bereits an die hundert Duelle ausgefochten. Die meisten davon mit Degen, doch auch genug mit Pistolen. Er hatte also Erfahrung darin, wie man ein solches Ereignis angemessen organisierte. Kurz nach sechs Uhr morgens bauten drei seiner Lakaien einen Feldtisch mit allerlei Leckereien auf. Ein weiterer Bediensteter fütterte eine eiserne Kohlenpfanne mit Brennholz, das im dicken Frühnebel des Novembermorgens fröhlich aufflammte. Die Sekundanten des Generals, zwei Offiziere seines Regiments, stärkten sich an einer der Kohlepfannen mit Champagner. Der General selbst flüsterte gut gelaunt mit seiner Gattin, die sich in einen prächtigen moosgrünen Mantel mit weißem Pelzbesatz gehüllt hatte.

Als entferntes Hufgetrappel zu vernehmen war, umarmten sich die beiden zärtlich und küssten sich intensiv, was einen der beiden Sekundanten des Generals sichtlich irritierte.

In Talleyrands Kutsche schob de Sade die Seidenvorhänge beiseite und blickte mit ausdrucksloser Miene auf den Park hinaus. Der Außenminister hatte ihm nicht nur seine Kutsche zur Verfügung gestellt, sondern zudem darauf bestanden, dass ihre Fahrt von fünf Gardisten zu Pferde eskortiert wurde. Was sowohl de Sade als auch Marais als übertrieben empfanden. Zumal sie von Bonnechance begleitet wurden, der eine Handvoll Gardisten allemal aufwog, sollte sich im Verlaufe des Duells herausstellen, dass man ihnen im Park eine Falle gestellt hatte.

Marais und Bonnechance, so war es abgemacht, sollten de Sade als Sekundanten dienen. Es bereitete Monsieur le Marquis dabei diebisches Vergnügen, dem General ausgerechnet an der Seite eines schwarzen Kopfgeldjägers und eines in Ungnade gefallenen Polizeiagenten gegenüberzutreten.

Marais wirkte müde und in sich gekehrt, nicht einmal die schöne Silhouette hatte ihn während ihres eiligen Frühstücks aufzumuntern vermocht.

De Sade war genauso gekleidet wie während seines gestrigen Auftritts in Notre-Dame. Nicht einmal auf den schwarzen Schönheitsfleck oder die gepuderte Perücke hatte er verzichten wollen.

Marais hüllte sich in einen schwarzen Mantel, der besser zu einer Beerdigung gepasst hätte. Bonnechance hingegen hatte sich den Spaß erlaubt, an seinem Frack die Orden anzulegen, die der Außenminister ihm gestern so unfeierlich verliehen hatte.

Er stieg als Erster aus der Kutsche, um mit den gegnerischen Sekundanten den Ablauf des Duells zu besprechen.

Während Marais und de Sade in der Kutsche auf ihn warteten, sah Marais zu Madame des Deux-Églises und dem General, die bei dem Feldtisch standen und beide plötzlich fröhlich auflachten. Dieses Lachen ging Monsieur le Commissaire durch Mark und Bein. Er wünschte sich, dass er selbst die Gelegenheit hätte, sich dem General stellen zu dürfen.

Der Marquis nahm eine Prise Schnupftabak, schnäuzte sich und wischte Nase und Mund am Rockärmel ab. Bonnechance war eben mit den Sekundanten des Generals dabei, das Stück Wiese abzuschreiten, auf dem das Duell ausgefochten werden sollte. Schließlich winkte Bonnechance ihnen zu.

»Ihr Stichwort, Sie alter Narr! Gehen Sie schon! Laufen Sie in Ihren Tod!«, knurrte Marais.

»Ihr Pessimismus ist mal wieder geradezu unerträglich, Monsieur le Commissaire!«, kommentierte de Sade.

Marais schüttelte vor so viel Arroganz den Kopf. »Erwarten Sie nur nicht, dass ich Ihnen eine einzige Träne nachweine, Sie alter Narr!«

De Sade rieb sich die Finger in den dünnen Handschuhen und lächelte Marais mitleidig an. Er öffnete den Schlag und sagte: »Nach Ihnen, Monsieur!

Beide stiegen aus und erledigten anschließend, was an letzten Absprachen noch zu erledigen war.

Wenige Minuten darauf stand Marais neben Bonnechance unter einer Eiche und sah zu, wie de Sade und der General sich steif und förmlich voreinander verbeugten.

Dies war längst nicht das erste Duell, in das Marais verwickelt war, ob nun als Zuschauer oder Sekundant. Jedes davon hatte damit geendet, dass einer der Opponenten dem anderen eine oberflächliche Fleischwunde beibrachte, womit die Kränkung als gesühnt betrachtet wurde und man zur Erleichterung aller Beteiligten wieder nach Hause fuhr. Dieses Duell heute Morgen konnte jedoch nicht auf diese Art enden, sondern ging tatsächlich auf Leben und Tod.

De Sade und der General stellten sich mit erhobenen Pistolen Rücken an Rücken auf und warteten darauf, dass ihre Sekundanten das Zeichen zum Beginn gaben.

Nachdem das erfolgt war, machten de Sade und der General jeder jeweils fünfzehn Schritte geradeaus, von ihrem Gegner weg. In seiner lächerlich altmodischen Kostümierung erweckte de Sade dabei einmal mehr den Eindruck eines stolzierenden Gockels.

Schließlich blieben beide Männer stehen, und sowohl Bonnechance als auch der erste Sekundant des Generals gaben den Befehl, die Hähne der Pistolen zu spannen.

Beide Männer folgten dem Befehl und wandten sich einander zu. Der General schaute de Sade gelassen, fast entspannt entgegen.

Monsieur le Marquis hob seine Waffe, ließ sie wieder sinken und schnitt eine seltsame Grimasse dabei. Die Sekundanten des Generals warfen Marais und Bonnechance böse Blicke zu, die diese jedoch geflissentlich ignorierten.

Madame des Deux-Églises nippte von einem Glas Champagner, das ihr einer ihrer Bediensteten gereicht hatte. Ihre betont gelassene Haltung regte Marais furchtbar auf. Sie behandelte diesen Kampf auf Leben und Tod wie einen Sonntagsausflug.

De Sade legte erneut an, zielte und richtete den Lauf seiner Waffe noch einmal aus.

»Nun machen Sie schon!«, rief der General, offenbar von

de Sades Verhalten nun doch etwas aus seiner Ruhe gebracht. Bonnechance bekreuzigte sich.

Woran Marais sich für den Rest seines Lebens erinnern würde, war das Gesicht des Generals, das eben noch abschätzig lächelte, aber dessen Kopf dann von einer blutroten Wolke umhüllt wurde, die wie eine groteske Blüte plötzlich aus der Stirn des Generals entsprang.

Der General schwankte, drehte sich einmal halb um sich selbst und fiel dann in den Schnee.

Bonnechance richtete eine gespannte Pistole auf die Sekundanten des Generals, die fassungslos auf die Leiche ihres Befehlshabers starrten. Einer der beiden krallte seine Hand um den Säbelgriff, als stünde er im Begriff, blankzuziehen und sich auf de Sade zu stürzen.

Marais jedoch sah nur Diane des Deux-Églises. Sie ließ ihr Champagnerglas fallen, klirrend zersprang es an einem Stein.

Steif trat sie einen Schritt vorwärts und stieß dabei den Feldtisch um. Dann hob sie ihre Hände, wie um sie vors Gesicht zu schlagen, ließ sie gleich darauf hilflos wieder herabfallen.

Ihre Mund öffnete sich wie zu einem Schrei, doch kein Ton drang aus ihrer Kehle. Marais erschien ihr Gesicht dabei so bizarr und unwirklich – ein Anblick wie aus einem bösen Märchen.

Madames Blicke klebten eine kleine Ewigkeit auf dem blutigen Gesicht ihres Mannes, bevor sie über die beiden Sekundanten in ihren Uniformen zu de Sade wanderten, der sie mit einem aasig kalten Lächeln beantwortete.

Madame erwachte und stolperte an dem umgestürzten Feldtisch vorbei über zerbrochenes Geschirr, Besteck und in den Schnee gefallene Leckereien hinweg auf die beiden Sekundanten ihres gefallenen Mannes zu.

Die entsetzten Sekundanten ihres Gatten stürzten auf sie zu, versuchten sie davon abzubringen, näher an die Leiche des Generals zu treten.

Doch Madame stieß sie von sich, machte zwei weitere Schritte, schlug dann ihre Hände vor den Mund, wiegte sich einige Male leise hin und her. Sie legte den Kopf zurück, wie um in den gleichgültigen Himmel zu schauen, wobei ihre langen Haare unter der Kapuze hervorglitten. Unfassbar langsam sank sie in den Schnee.

Marais sah, wie jeglicher Glanz und Ausdruck aus ihren Augen schwand.

De Sades Schuss auf den General hatte ihr wirklich bei lebendigem Leibe die Seele aus Herz und Hirn gerissen.

Marais löste seine Blicke von Madame und schaute sich um. Bonnechance hielt noch immer mit seiner Waffe im Anschlag die Sekundanten des Generals in Schach, während de Sade auf die Leiche des Generals zuging, dessen Personal sich bei dem umgestürzten Feldtisch verängstigt aneinanderdrängte.

Aber Marais entdeckte auch die Gestalt einer Frau im blauen Kapuzenmantel, die dreißig, vierzig Schritte entfernt zwischen einigen kahlen Bäumen stand. Obwohl ihr Gesicht von der weiten Kapuze verborgen war, zweifelte er keinen Augenblick daran, dass es sich bei ihr um die Herrin der Nacht handelte, die dort abseits von allen Übrigen für ihre ehemalige Geliebte betete.

Erst da verstand Marais, dass es tatsächlich vorbei war. Er hatte das Gefühl, einer dunklen Leere entgegenzustürzen, und begriff, Zeuge eines abstoßenden Wunders geworden zu sein, das tiefer reichte als Schmerz und Tod. Jenes Wunder musste an den eigentlichen Grund der Welt rühren, diesem tiefsten und düstersten aller Abgründe, auf dessen unterster Sohle sich

Schrecken und Schönheit auf grauenhafte Weise die Waage hielten.

Von irgendwoher glaubte Marais de Sades Stimme zu hören. »Gott? Welcher Gott?«, rief das alte Ungeheuer in die Stille über dem Boie de Bologne hinein.

Epilog im Theater

Zwei Wochen vor Weihnachten schien Paris im Schnee zu versinken, und es war so kalt geworden, dass man in den Weinschwemmen und auf den Märkten die Erinnerung an den Winter 1422 beschwor, der angeblich so bitterkalt gewesen war, dass sich über die gefrorenen Seine ein Rudel Wölfe in die Stadt vorwagte, wo es sich zwischen den Häusern an den Schutzlosen gütlich tat und auf den Friedhöfen die Toten zerfleischte, welche man nicht unter die frostharte Erde hatte bringen können.

Aber selbst während eines der härtesten Winter seit Menschengedenken begnügten sich die Bewohner der Hauptstadt der Welt nicht damit, alte Legenden hervorzukramen, um für Unterhaltung zu sorgen. Denn an neuen, aufregenden Skandalen, Sensationen und Geheimnissen mangelte es Paris in dieser Vorweihnachtszeit ganz sicher nicht.

Da waren zunächst einmal jene rätselhaften Kinder, die in kleinen Gruppen durch die Straßen strichen, nicht um zu betteln, wohl aber um sich für Arbeiten jeglicher Art anzudienen. Etwas Weltentrücktes ging von ihnen aus, das an die Herzen der Menschen rührte. Nie vergaßen diese Kinder, ihre Gebete zu sprechen, auch wenn die sich von denen guter französischer Katholiken deutlich unterschieden. Dichter schrieben über sie und Maler streiften durch die Stadt auf der Suche nach ihnen, um ihre verhärmten Gesichtchen als Modelle für Heiligenbilder zu verwenden. Doch ein gewisser Michel Cluny, Theologieprofessor an der Sorbonne, versuchte in einem langen Artikel für das *Journal de Paris* zu beweisen, dass es sich bei jenen Kindern um Anhänger einer gefährlichen Sekte handelte, die Menschenopfer praktizierte und mit dem Teufel im Bunde stand.

Doch für weitaus größere Aufregung sorgte in der gehobenen Gesellschaft von Paris der plötzliche Tod von Napoléons Lieblingsgeneral Edmonde des Deux-Églises, der – je nachdem, welcher Version man Glauben schenken wollte – entweder einem Fieber erlegen war oder während eines morgendlichen Ausritts im Bois de Bologne stürzte und sich das Genick brach. Worin sich alle Berichte einig waren, das war die überraschende Tatsache, dass die Totenfeier für den General in einem sehr kleinen Kreis stattgefunden hatte. Seine Witwe, so behauptete man, sei dabei vor Gram so niedergeschmettert gewesen, dass sie während des schlichten Begräbnisses von zwei Zofen gestützt werden musste und kein einziges Wort über die Lippen brachte.

Zwei Tage später verschwand Madame des Deux-Églises aus Paris. Seither hatte man nichts mehr von ihr gehört. Der Kaiser, so raunte man hinter vorgehaltener Hand, sei immer noch außer sich vor Zorn und Schmerz über den Verlust seines Lieblingsgenerals.

Für einige Wochen brachte es außerdem der Gemeindepriester von Auteuil zu einer gewissen Berühmtheit in Paris. Denn nachdem er im Hauptquartier der Pariser Polizei langen Verhören unterzogen worden war, zog er von Salon zu Salon, um dort eine unglaubliche Geschichte über eine Art Probelauf für die Apokalypse zum Besten zu geben, der sich am Morgen von Allerheiligen auf dem Marktplatz seiner Gemeinde abgespielt haben sollte. Er war davon überzeugt, die vier apokalyptischen Reiter gesehen zu haben, die ein kleines Heer von Toten in ein Gefecht mit geheimnisvollen Fremden geführt hatten, welche am Abend zuvor über Auteuil hereingefallen waren. Natürlich nahm keiner in Paris seine Erzählung ernst, doch sie war amüsant und wurde schon bald mit immer bizarreren Details ausgeschmückt.

Für die sensationellsten Neuigkeiten allerdings sorgte selbstverständlich kein Geringerer als der Kaiser selbst! Gerade noch pflegte er den vertrautesten Umgang mit Monsieur Joseph Fouché, seinem Ministre du Police. Dann jedoch ließ Napoléon ihn plötzlich bei jeder Gelegenheit links liegen und wandte sich dafür umso aufmerksamer Fouchés Erzfeind Talleyrand zu, der angeblich derzeit im Kabinett die Oberhand hatte. Eine durchaus bemerkenswerte Entwicklung, bedachte man, dass es noch Ende Oktober geheißen hatte, Napoléon verdächtige den Außenminister der heimlichen Kollaboration mit den Royalisten.

Mindestens ebenso erstaunlich war ein erst jetzt aufgekommenes Gerücht, wonach der Kaiser sich eines Abends – es mochte wohl ein Jahr her sein – inkognito unters Pariser Volk gemischt hatte und sich in einer Kaschemme beim Palais Royal mit einer kleinen Wäscherin einließ, die von ihrem leidenschaftlichen Liebesspiel mit dem Kaiser schwanger geworden sein sollte. Was Joséphine zu einer ganzen Reihe von Wutausbrüchen veranlasste, die erst aufhörten, als der Polizeiminister ihr versicherte, dass er jene frivole kleine Wäscherin festnehmen und außer Landes bringen ließ.

Die Hauptstadt der Welt bot den Klatschbasen und Salondamen nun wirklich Stoff genug für ihre Soireen. Dennoch beherrschte in den letzten Tagen vor Weihnachten im Grunde nur ein Thema die Kamingespräche in den besseren Häusern von Paris. Der berüchtigte Schriftsteller, Libertin und Schwerenöter Marquis de Sade hatte sich nämlich mit einen Donnerschlag zurück aufs Tapet gebracht. Nachdem man ihn unlängst sogar des Mordes verdächtigt und steckbrieflich gesucht hatte, schien er unbehelligt wieder nach Charenton zurückgekehrt zu sein, wo er offenbar keine Zeit verlor und eine neue seiner spektakulären Theateraufführungen in Szene setze. Nie zuvor hatte eine dieser Aufführungen so spät im Jahr stattgefunden. Vor allem aber hatte man niemals zuvor versäumt, auf den höchst begehrten Einladungen bekannt zu geben, welches Stück man eigentlich zur Aufführung brachte.

Heute, am letzten Sonntag vor Weihnachten, war es nun so weit. So reihte sich gegen fünf Uhr abends Kutsche um Kutsche vor der Einfahrt zum Asyl aneinander. Bedienstete und Wärter standen mit brennenden Fackeln Spalier, und ein halbes Dutzend Insassen hatte den Nachmittag damit verbracht, einen breiten Weg von der Auffahrt zum Portal des Haupthauses von Schnee und Eis zu befreien, sodass keiner der Besucher befürchten musste, etwa auszurutschen.

Obwohl man hier in den Kreisen der Schönen, Reichen und Mächtigen unter sich war, gehörte es zur Tradition solcher Aufführungen, in Charenton maskiert zu erscheinen, sodass jetzt maskierte Damen und Herren in ihren feinsten Mänteln, Capes und Pelzen um Einlass in den großen Saal anstanden, wo ihnen von besonders grotesk herausgeputzten Insassen Champagner und Häppchen gereicht wurden.

Dem Klirren der Gläser und ausgelassenen Lachen der Frauen ausgerechnet in jenem Saal zu lauschen, brachte für so manchen der Gäste einen leisen Schauer wohligen Gruselns mit sich. Nirgends sonst kam man schließlich derart stilvoll und sicher den hässlichen Ausgeburten des Wahnsinns so nah wie hier.

Es gehörte ebenso zur Tradition der Aufführungen in Charenton, zu erraten, wer sich unter welcher Maske verbarg, und einige der edlen Damen hatten es in jener Ratekunst zu echter Meisterschaft gebracht.

So rätselte man nicht allzu lange darüber, wer wohl jener schlanke, hoch gewachsene Mann in dem betont schlichten Anzug war, der mit seiner anmutigen Begleiterin etwas abseits des Gedränges betont gelassen einherschlenderte. Einmal hielt er inne, um sich steif vor einem Mann zu verbeugen, hinter dessen Maske jeder im Saal längst Talleyrand ausgemacht hatte. Dies war ein erstes Indiz. Doch erst als eine der scharfäugigen Damen in seiner ebenfalls maskierte Begleiterin die Tochter der Herrin der Nacht ausgemacht zu haben glaubte, kam man der Lösung des Rätsels um die Identität jenes Fremden endgültig auf die Spur. Es musste sich bei ihm um Louis Marais handeln, einen ehemaligen Polizeikommissar und Präfekten von Brest, der seit einigen Wochen angeblich in einer mysteriösen Abteilung des Außenministeriums tätig war, hinter der sich eigentlich nur Talleyrands geheime Spionageabwehr verbergen konnte.

Dass Isabelle de la Tours schöne Tochter ein Kind der Liebe mit dem Außenministers war, pfiffen die Spatzen schon seit beinah zwanzig Jahren von den Pariser Dächern. Doch dass sie eine Liaison mit dem mysteriösen Marais eingegangen war, wertete man als besonders interessante Neuigkeit.

Louis Marais war selbstverständlich kein Unbekannter in den Salons. Immerhin hatte er seinerzeit den schrecklichen

Lasalle zur Strecke gebracht und später dann die zweifellos unschuldige Estelle Belcourt auf die Guillotine befördert, um sich an deren Vermögen zu bereichern. Allein ihm und seiner stummen Geliebten dabei zuzuschauen, wie sie durch den Saal schritten, war beinah schon so schaurig wie der Saal selbst und dessen Bestimmung als Schnittpunkt zwischen Wahnsinn und Gesellschaft.

Die Aufführung sollte jeden Moment beginnen, und die Diener öffneten bereits die Türen zum Theatersaal – als eine letzte Gruppe von Gästen den Saal betrat.

Sofort waren alle Blicke auf die Neuankömmlinge gerichtet. Geflüster wurde laut und empörtes Zischen, sobald klar wurde, um wen es sich handelte. Nämlich die Herrin der Nacht, die – und das war der Gipfel – am Arm einer jungen Frau erschien, bei der es sich nur um eine ihrer Kurtisanen namens Denise Malton handeln konnte. Man sagte ihr nach, erst vor wenigen Tagen dem Duc de Treviso am Spieltisch eine geradezu märchenhafte Summe abgenommen zu haben.

Allgemeine Entrüstung ergriff die Gäste, als Talleyrand sich aus der Gruppe von maskierten Ministern und Kabinettspolitikern löste und ausgerechnet die Herrin der Nacht und deren Begleiterin mit einem eleganten Handkuss begrüßte.

In diesem Moment erschien der Abbé Coulmier an der Saaltür, klatschte einige Male kräftig in die Hände und bat seine Gäste in den Theatersaal.

Zwei riesige Kandelaber sorgten dort für ein weiches Licht, beließen aber die hohen Decken, Wände und Fenster des Saales im Dunkeln. Ein prächtiger Vorhang, nachtblau und mit goldenen Sternen und Monden bestickt, verbarg die Bühne vor den Blicken der Gäste. Jedermann erwartete, dass jeden Moment Monsieur le Marquis de Sade hinter dem Vorhang hervortreten musste, um das Publikum mit einem seiner amüsant-zynischen gereimten Geleitworte willkommen zu heißen.

Doch was die aufs Äußerste gespannten Zuschauer erwartete, war nicht das alte Scheusal, sondern – ein Wunder. So poetisch und grausam zugleich war es, dass es sich allen Anwesenden unauslöschlich ins Gedächtnis brannte.

Der Vorhang öffnete sich.

Ein graziles Mädchen betrat die Bühne, dessen Kleid an eine griechische Toga erinnerte. Um seinen weißen Hals lag ein schmales rotes Band. Keinerlei Unsicherheit stand in den braunen Augen des Mädchens zu lesen, sobald es vor das Publikum trat. Es streckte ihm seine halb geschlossenen Hände entgegen. Öffnete sie. Worauf zum Entzücken und atemlosen Staunen des Publikums vier wundervoll bunte Schmetterlinge daraus emporstiegen. Doch statt davonzuflattern, umspielten sie zutraulich und arglos Gesicht und Schultern des Mädchens, ließen sich mal flügelschlagend auf ihrem Scheitel, mal ihrem Handrücken und zuletzt gar auf ihrer Nasenspitze nieder.

Im Saal herrschte gebannte Stille.

Eine Minute, zwei, drei dauerte jene poetische Vorführung. Dann plötzlich flatterten die Schmetterlinge von dem Mädchen auf, um einer nach dem anderen in einer stechend orangeroten Flamme zu verbrennen.

Einen allerletzten Moment hielt das grazile Mädchen noch ihr entgeistertes Publikum im Blick, dann hob sie Arme und Gesicht der dunklen Saaldecke entgegen, aus der fettige, übel riechende Asche herabzuregnen begann.

In ihrem Gesicht stand ein Ausdruck zwischen Sehnsucht, Schmerz und Angst.

Das Mädchen wandte sich vom Publikum ab. Der Vorhang

glitt zur Seite und gab den Blick auf das Bühnenbild einer von Feuer und Krieg verwüsteten Stadt frei.

Dort inmitten der Trümmer hockte zusammengekrümmt die Gestalt einer Frau in einer zerrissenen Toga. Ihre langen, dunklen Locken waren verfilzt und ihre einstmals glatten weißen Schultern und Arme von rötlichen Schwären übersät. Sie hielt den Kopf zwischen ihren Knien, sodass zunächst keiner im Publikum ausmachen konnte, um wen es sich bei ihr handeln mochte.

Auf eine Geste des Mädchens hin hob sie quälend langsam ihren Kopf und zeigte sich dem Publikum.

Man erkannte sie.

Da zwischen den Resten jener imaginären zerstörten Stadt hockte Diane des Deux-Églises, und aus ihren Augen war jeglicher Glanz und Ausdruck verschwunden. Ihre steifen Bewegungen hatten etwas von einer Marionette, wie Gaukler sie auf den Jahrmärkten verwendeten.

Verborgen am Bühnenrand stand auch de Sade. Er lächelte angesichts des Abscheus und der Empörung, die sich unter dem Publikum breitmachten, als man erkannte, wer jene Frau da auf der Bühne wirklich war.

Das alte Scheusal dachte an den General, der ihn für einen vergreisten Trottel gehalten hatte, obwohl er in Wahrheit selbst der Narr gewesen war. Er hatte geglaubt, nur weil de Sade eine Brille trug und von Gicht und Kurzatmigkeit geplagt wurde, müsste er ein leichtes Opfer abgeben. Dabei war längst nicht jeder Greis, der sich einer Brille bediente, kurzsichtig, sondern einige eben auch weitsichtig wie de Sade. Weswegen das alte Ungeheuer den General selbst auf dreißig Schritt noch so deutlich erkennen konnte, als stünde der keine zwei Fuß von ihm entfernt.

Der Geruch der kalten Asche von der Bühne kroch ihm in die Nase. De Sade wusste, dass all die Männer und Frauen, die sich vor seiner Bühne im Abglanz ihrer Macht und Bildung so sicher im Licht wähnten, längst wieder die Macht der Finsternis verdrängt hatten, die gerade deswegen umso unerbittlicher auf sie zukroch.

Ich, dachte er, sehe euch in all dem Licht, in dem ihr eure Straßen, Häuser, Paläste und Städte illuminiert. Ihr verfangt euch darin wie Motten in einem Spinnennetz. Selbst eure Träume bestehen ja aus nichts als grellen Lichtern. Dabei lauert die Finsternis weiterhin gefährlich geduldig zwischen den Schatten. Bin ich der Letzte und Einzige hier, der ihre Macht noch anerkennt? Die Gesetze der Nacht hebelt man nicht einfach so aus. Zwischen den Rissen in den Zeiten, den Zeilen vergilbter Bücher und den aufregenden Schrecknissen der Mythen lauert sie nur darauf, wieder hervorzubrechen und euch erneut in ihren Bann zu schlagen.

Als er ins Publikum schaute, sich an der Furcht und dem Schrecken, den seine Inszenierung ausgelöst hatte, weidete, trafen seine Blicke zufällig die Talleyrands. Und womöglich erkannte Monsieur le Marquis darin eine Furcht so umfassend, dass selbst er davor erschrak.

Auf der Bühne wandte sich das anmutige Mädchen erneut dem Publikum zu und flüsterte in die Stille des Saales hinein den Titel jenes Stückes, das heute gegeben werden würde: *Medea.*

Jene Königin und Hexe, die der antiken Legende zufolge aus Verzweiflung über ihre Ohnmacht und den Verrat ihres Mannes die gemeinsamen Kinder getötet hatte.

Nur sechs Gäste fanden sich im Publikum, die auf jenen Namen hin ihre Hände zu einem bitteren Applaus rührten.

Nachwort

Ein historischer Roman kann kein Geschichtsbuch ersetzen. Daher finden sich hier einige Gedanken über die realen Vorbilder der Figuren, die in *Fest der Finsternis* eine Hauptrolle spielen.

Was historisch belegt ist an meiner Darstellung des Marquis de Sade sind seine Gefängnisjahre, seine strikte Ablehnung der Todesstrafe, seine Aufenthalte sowohl in Picpus, Bicêtre, Charenton und Paris. Seinen Vorlieben nach war de Sade kein Sadist, sondern das, was man heute als einen bisexuellen Switcher bezeichnen würde. Also ein Mann, der mit Frauen wie Männer sexuell verkehrte und dabei während des Sexspiels sowohl die dominante wie die devote Rolle einnahm.

Historisch eindeutig belegt ist de Sades Bekanntschaft mit einem Polizeiinspektor namens Louis Marais, den der Marquis einmal als seinen »Lieblingspolizisten« bezeichnete. Der reale Marais navigierte als Sittenpolizist in einem Graubereich zwischen institutionellem Zuhälter und politischer Undercoverarbeit. De Sade mochte Marais, weil der ihm unter den Polizisten, mit denen er es sein Leben lang zu tun hatte, als der gebildetste und schlagfertigste erschien. Marais hat den Marquis ganze dreimal verhaftet. Einmal gelang es de Sade, vor ihm zu fliehen, indem er Marais in einem Gasthof auf dem

Weg in die Festung Vincennes übertölpelte. Woraufhin Monsieur l'Inspecteur de Sade durch halb Frankreich bis zu dessen Schloss in Lacoste verfolgte, wo der Marquis sich, müde und erschöpft, widerstandslos festnehmen ließ.

Prostitution war damals legal und mit einem weitaus geringeren Stigma behaftet als heute. Marais und seine Kollegen von der Sittenpolizei dienten als Vermittler zwischen den Bordellbetreibern, den Kurtisanen und ihrer Kundschaft, sie klärten Streitigkeiten und trieben Schulden ein, zweifellos nicht ganz und gar uneigennützig. Man ging seinerzeit in den Puff, wie man heute in eine Cocktailbar geht, um sich dort mit Freunden zu treffen, zu schwatzen, zu trinken, zu spielen und – gelegentlich – eben auch zu vögeln. Obwohl Geschlechtsakte in den besseren Bordellen nicht im Vordergrund standen. Dort ging es mehr um die Gesellschaft, die man(n) an solchen Orten genoss. Die Frauen in solchen Häusern waren sexuell wie intellektuell deutlich offener und gebildeter als die Ehefrauen, die zur Pflege des Haushalts und der Erziehung des Nachwuchses abgestellt waren und deren Tugend und Ehre es um jeden Preis nach außen hin zu verteidigen galt.

Monsieur le Marquis hat in seinen Schriften christlichen Glauben und herkömmliche Sexualmoral so heftig herausgefordert wie kein anderer. Gott eignete sich für ihn nicht einmal als Witz an einer Rekrutenlatrine. Trotzdem bestand de Sade während seiner Sexakte darauf, lauthals Gott zu verfluchen und Kruzifixe in die Ani und Vaginas seiner Gespielinnen und Gespielen einzuführen, die er anschließend angeblich genüsslich abzulecken pflegte.

Zweifellos tat er das nicht nur seines sexuellen Vergnügens wegen, sondern auch weil er die Schockwirkung des Verbotenen liebte, den Thrill, der darin lag, etwas zu tun, was so außerhalb jeder gesellschaftlich akzeptierten Norm lag, dass man eine Generation zuvor dafür auf dem Scheiterhaufen gelandet wäre. Der reale de Sade spielte also durchaus mit seinem Image als »Buhmann«, obwohl er offiziell jede Autorschaft an seinen pornographisch-philosophischen Werken bestritt. Schon damals fiel kaum einer wirklich darauf herein.

Heute wird er in der Presse zu oft entweder als Pornograph oder Frauenfeind dargestellt. Bezeichnet man den Marquis als Pornographen, ist dem angesichts seiner Werke nicht wirklich zu widersprechen. Der Vorwurf der Frauenfeindlichkeit allerdings ist, betrachtet man seine selbstbewussten und vor allem eigenständigen Frauenfiguren, unangebracht. Monsieur le Marquis hat in seinen Texten weder in Bezug auf Helden noch Schurken je einen Unterschied zwischen Männlein und Weiblein gemacht. Im Ausmaß von tatkräftiger Perversion und abscheulichen Verbrechen herrscht bei ihm Gleichberechtigung. Gerade anhand seiner naiven Heldin Justine zeigt er, wie verlogen die restriktiven Moralvorstellungen seiner Zeit wirklich waren, denn obwohl in dem Buch jede der vermögenden und adeligen Schurkenfiguren ständig von Reinheit und Tugend spricht, empfinden es ironischerweise gerade diese Schurken immer wieder als unglaublichen Affront, dass Justine starrköpfig weiter auf ihrer Tugend beharrt. Sie tut dies so lange, bis es sogar Gott zu viel wird, sodass Justine von einem Blitzschlag aus (fast heiterem) Himmel getötet wird.

Erst recht beweist de Sade mit der Gestalt von Justines verbrecherischer Schwester Juliette, dass er kein Frauenfeind war, denn die erkennt schon früh im Leben, dass eine Frau sich besser nahm, was sie kriegen konnte, wenn sie nicht als Haussklavin in irgendeiner Zweckehe enden wollte. Also tut sie genau dies und pfeift dabei auf Gesetze, Moral oder Loyalitäten.

Juliette und ihre Kumpane versuchen alles, um einer jederzeit drohenden Tristesse des Alltäglichen zu entkommen. Sie sind stolze Verbrecher, deren Hinwendung zum Bösen ganz bewusst erfolgte. Gewöhnliche Leute betrachten sie als menschliches Weidevieh, dessen man sich nach Herzenslust bedienen kann, solange man nur stark und entschlossen genug ist. Das ist keine besonders angenehme Lebensphilosophie, der sie folgen. Aber ausgerechnet eine Frau diese Philosophie in einem Roman ausleben zulassen, war neu und unerhört für de Sades Zeitalter und taugt zu einem geringeren Grad sogar heute noch als Aufreger.

De Sade steht allerdings auch für eine bestimmte Seite der Aufklärung, die oft als Teil eines Gruselkabinetts aus billigen Slasherfilmen, Gothic Horror und Freud'scher Todessehnsucht in die unteren Keller der Popkultur abgeschoben wird. Doch jene Exzesse, die de Sade in seinen Werken beschwört, sind nun einmal realer Bestandteil der menschlichen Psyche. Indem man die künstlerische Beschäftigung mit ihnen in die populärkulturellen Giftkeller verdrängt, ändert man nichts daran.

Der englische Begriff für Aufklärung lautet Enlightenment – wörtlich »Erleuchtung« – dort hat Aufklärung also eine deutlich nähere Verbindung zu Licht und Leuchten. Licht gilt seit jeher als Symbol für Hoffnung, Friede und Harmonie. Zu mehr Frieden und Harmonie unter den Menschen sollte das Projekt der Aufklärung letztlich ja auch führen. Die Aufklärer vertraten die Auffassung, dass die Menschen im Kern gut seien, hell und edel. De Sade hingegen erklärte, »der Mensch ist ein böses, schönes Tier«, und zeigte in seinen Romanen und Novellen, dass jener angeblich im Kern so helle Mensch nur von denselben Trieben dominiert wird wie alle übrigen Tiere: Sex, Lust, Hunger, Durst und Gier. Das ist eine extrem trostlose Sicht.

Aber sie ist eben auch Teil der Aufklärung. Einer Aufklärung von der dunklen, der Nachtseite her, und sie ist für viele Menschen so trostlos, dass sie bis heute Angst erzeugt. Vielleicht sogar mehr als die meisten der (im wahrsten Wortsinne) mörderischen Sexspiele in de Sades Büchern. Man muss diesen Mann bestimmt nicht sympathisch finden. Doch nach den Exzessen des zwanzigsten Jahrhunderts seine Warnungen vor den dunklen Seiten der *conditio humana* weiterhin ignorieren zu wollen, ist naiv.

Dramatis personae

Hauptpersonal

Louis Marais, 40 Jahre alt, begann seine Karriere als Armeeoffizier, wechselte dann zur Pariser Polizeibehörde, wo er sich rasch zum besten Mordermittler der Hauptstadt mauserte, bis er von Minister Joseph Fouché ausgebootet und auf einen unbedeutenden Posten nach Brest abgeschoben wurde. Berühmtberüchtigt für seine Messerwerfkünste und sein ausgedehntes Informantennetz unter Huren, Tagedieben, Bettlern und Gaunern. Seine Herkunft ist mysteriös, möglicherweise ist er der uneheliche Sohn eines Bischofs. Marais verfügt über Kenntnisse in Chemie und ist erfüllt von einem fast schon preußischen Pflichtbewusstsein, das ihn jedoch nicht daran hindert, falls es die Situation erfordert, zu eher unkonventionellen Methoden zu greifen.

Donatien-Alphonse-François Marquis de Sade, 63, Spross einer Hochadelsfamilie, mehrfach dekorierter Armeeoffizier, bisexueller Libertin, höchst umstrittener Pornoautor, erfolgloser Theaterschriftsteller, verlachter Philosoph, Religionsverächter und Atheist, aktuell Insasse der Irrenanstalt von

Charenton, in die er auf Befehl von Kaiser Napoléon wegen eines Pamphlets weggesperrt wurde, das er nicht verfasst haben konnte. Geplagt von Fettsucht, Gichtanfällen und einer Schreibblockade. Er diente Marais einst als Berater in einem Mordfall, wurde dabei aber von Marais' Vorgesetzten um sein Beraterhonorar betrogen. De Sades Theaterinszenierungen mit den Insassen von Charenton sind bei den oberen Zehntausend von Paris legendär.

Weiteres Hauptpersonal

Charles-Maurice de Talleyrand-Périgord, 51, ehemaliger Bischof von Autun, wie de Sade Hochadelsspross, auch bekannt unter dem wenig schmeichelhaften Namen »hinkender Teufel«, da er seit seiner Geburt mit einem verformten Fuß geschlagen ist und sich als Mitglied der Nationalversammlung für die Verstaatlichung aller Kirchengüter einsetzte. Talleyrand ist der talentierteste Diplomat seiner Zeit und unterhält eine straff geführte Truppe von Spionen. Er ist ein berüchtigter Frauenheld und wird gefürchtet für seine Schlagfertigkeit. Legendär sind seine prächtigen Bälle sowie sein Koch, der als bester Frankreichs gilt. Talleyrand ist ein großer Verschwender, aber auch ein cleverer Geschäftsmann. Ähnlich wie sein Intimfeind Fouché nimmt er es mit den politischen Loyalitäten nicht so genau. Er zeugte zahlreiche illegitime Sprösslinge, deren Wohlergehen ihm am Herzen liegt.

Joseph Fouché, 46, Polizeiminister Napoléons, auch »**alter Fuchs**« genannt, ist Sohn einfacher Leute. Er besuchte ein Priesterseminar und wurde zunächst Lehrer, bevor er sich der

Politik zuwandte. Er ist besonders in den Naturwissenschaften und der klassischen Literatur bewandert und hat sich nach vielen Rückschlägen durch List und flexible Moralauffassungen zum mächtigen Mitglied von Napoléons Kabinett hinaufgearbeitet. Auch als »Schlächter von Lyon« bekannt, nachdem er dort einen monarchistischen Aufstand blutig niederschlug. Fouché ist ein sehr begabter Bürokrat, guter Ermittler und außerordentlich erfolgreich darin, sich die eigenen Taschen zu füllen, obwohl sich andererseits *tout Paris* seit Jahren fragt, wofür Monsieur le Ministre all den Reichtum braucht, denn weder schwelgt er in Luxus, noch spielt er oder hält sich teure Mätressen. Er ist ein Intimfeind von Außenminister Talleyrand, den er für einen heimlichen Monarchisten hält.

Abbé Guillou, 42, ein gelehrter Priester, der bei den Kirchenoberen wegen seiner häretischen Auffassungen in Ungnade fiel und in Paris teuerstem Bordell, dem Chat Noir, den Kurtisanen und Huren als Beichtvater dient. Er ist mittelgroß, verfügt über ein seltsam weiches Gesicht und sehr grazile Hände. Guillou lebt in zwei verborgenen Dachkammern über dem Chat Noir, sie sind vollgestopft mit alten Büchern, Dokumenten und Stichen. De Sade schätzt Guillous Kenntnis der Kirchenhistorie, mit denen der Abbé hin und wieder in Journalen und Pamphleten hervortritt. Guillou hat die Angewohnheit, Kerzenstummel an seine steife Hutkrempe zu kleben, während er des Nachts in seinen Büchern liest.

Comte Solignac d'Orsey, 94, ehemaliger Geliebter und sexueller Lehrmeister de Sades, in den feineren Künsten der Libertinage bewandert wie kein zweiter. Als Meister eines geheimen Kreises von hochwohlgeborenen Libertins verfügt er zudem über ein feinmaschiges Netz an Verbündeten bei Hofe, in der Armee und im Kabinett. Er ist Träger gefährlicher Geheimnisse und selbst übers Grab hinaus noch ein tödlicher Gegner. Er hinterlässt de Sade eine mysteriöse Namensliste, von der Monsieur le Marquis von vornherein ahnt, dass sie seinen Untergang einläuten soll.

Isabelle de la Tour, 40, Bauerntochter aus Dunquerke, lesbische Kurtisane und Besitzerin des Nobelbordells Chat Noir im Pariser Vergnügungszentrum Palais Royal. Sie führt den Titel einer »Herrin der Nacht«, gilt damit, uralten Traditionen zufolge, als Fürstin der Pariser Huren, für deren Gesetzestreue und Wohlergehen sie die Verantwortung trägt. Sie ist intelligent, selbstbewusst und trotz ihrer einfachen Herkunft sehr gebildet. Sie verfügt über sehr gute Beziehungen bei Hofe und hat ein Netzwerk an Informanten in ganz Frankreich, das selbst jenes von Marais in den Schatten stellt.

Silhouette, 19, »**das stumme Mädchen**« genannt, ist die Tochter von Isabelle de la Tour, eine attraktive und temperamentvolle junge Dame, zwar stumm, aber mit ihrem »famosen Notizbuch« und einem Silberstift rasch zur Hand und damit durchaus fähig, Männern wie Marais und de Sade in einer Diskussion die Stirn zu bieten. Sie ist eine passable Pistolenschützin. Ihr wird unterstellt, sie sei das illegitime Kind von Napoléons Außenminister Talleyrand. Sie hat die exzentrische Angewohnheit, mehrmals wöchentlich ein Vollbad zu nehmen.

Die Polizei

Jean-Marie Beaume, 44, Polizeipräfekt von Paris und direkt dem Polizeiminister unterstellt. Ein großer, breitschultriger Mann, der wegen seines Witzes und seiner Großzügigkeit bei der Truppe beliebt ist. Er hat Prinzipien. Das wichtigste lautet: »Alles, was mir selbst nutzt, muss gut sein.« Er ist ein alter Bekannter von Marais, dessen Talente er schätzt, aber den er wegen seiner Frömmigkeit und Unbestechlichkeit auch insgeheim verachtet. Beaume ist tief verstrickt in allerlei geheime Umtriebe und Geschäfte. Er gilt als ein hervorragender Faustkämpfer, wobei er gern auf Hilfsmittel wie Schlagringe und einen mit schweren Stahlkugeln gefüllten Kniestrumpf zurückgreift.

Polizeiagent dritter Klasse Aristide Briand, 22, Pfarrerssohn aus der Provinz, der in Paris das Abenteuer sucht, von Liebe und Küssen träumt, unbestechlich ist, durchaus intelligent und von Marais unter seine Fittiche genommen wird. Er arbeitet zusammen mit den beiden nachlässigen **Polizeiagenten erster Klasse Bertrand Fabre**, 37, und **Nicolas Males**, 44, und deren Vorgesetztem, **Sergeant Dupont**, 54, im Büro der Sicherheitspolizei in der Rue Sainte-Anne in Paris.

Commissaire Bernard Paul, 41, Chef der auf Fouché persönlich eingeschworenen Sondereinheit, den »Pudeln«. Paul ist ein guter Pistolenschütze und alter Bekannter von Marais und Beaume. Er ist seinem Minister treu ergeben und ein Karrierist, dennoch nicht ganz und gar ohne Mitleid. Bernard Paul schätzt Marais für dessen Talente als Ermittler.

Paul Mounasse, 36, aktueller Polizeiarzt, Anatom am Hospital Hôtel-Dieu in Paris. Er ist fasziniert von der Funktionsweise des menschlichen Körpers und hat mehrere Schriften über den Blutkreislauf veröffentlicht. Der Doktor trinkt zu viel, pflegt einen etwas gewöhnungsbedürftigen Humor und ist grundsätzlich überarbeitet.

Verbündete

Nicolas Bonnechance, 37, ein ehemaliger Sklave, der von seinem früheren Herren auf Saint-Domingue zum Sklavenjäger ausgebildet wurde und mit ihm nach Paris ging, wo er sich nach seiner Freilassung als Söldner und Kopfgeldjäger verdingt. Er ist Züchter von riesigen Bluthunden, die er bei seinen Aufträgen einsetzt und schon mal mit menschlichen Händen und Füßen füttert. De Sade bezeichnet ihn als den »schönsten Mann, den ich je gesehen habe«. Er ist der einzige Mann vor dessen Kraft, Entschlossenheit und Kampfkünsten Marais sich offen fürchtet.

Pierre le Grand, 38, Chef der »Kumpania«, eines wild zusammengewürfelten Haufens fahrenden Volkes. Ihre Mitglieder nennen sich die »Raben«, sie schlagen sich als Handwerker, Wahrsager und Musiker durch und leben nach ihrem ganz eigenen Kodex.

Abel la Carotte, angeblich fast 110 Jahre alt. Mit Abstand der älteste »Rabe« in Pierre le Grands Kumpania. Er ist blind und auf die Hilfe des jungen Grenouille angewiesen. Abel behauptet, einst den »alten kahlköpfigen Betrüger«, den Teufel höchstpersönlich am uralten Friedhof Les Innocents gesehen zu haben.

Grenouille, sieben Jahre alt, hat ein verkrüppeltes Bein. Er ist der Urenkel von Abel la Carotte und freundet sich mit de Sade an.

Flobert, 28, und **Tolstoï**, 26, zwei »Raben« mit seltsamer Herkunft. In Pierre le Grands Kumpania als Wächter und Diebe tätig.

Catherine Bonnechance, 31, frühere Gillain, Ehefrau von Nicolas Bonnechance und einst auf Fouchés Befehl zu Unrecht verurteilte und gebrandmarkte Betrügerin. Betreibt mit anderen Exsträflingen eine Wäscherei. Sie trug während ihrer Haft schwere Verletzungen davon.

Denise Malton, 29, eine Kurtisane im Chat Noir und ehemalige Gespielin von de Sade. Sehr temperamentvoll und mutig.

Der Orden

Der **Ordre du Saint Sang du Christ**, ein uralter Ritterorden, gegründet wahrscheinlich während des zweiten Kreuzzugs ins Heilige Land. Einige von de Sades und Talleyrands Vorfahren scheinen Mitglieder gewesen sein. Historisch gilt der Orden als unbedeutend. Sein Hauptquartier war eine verborgene Kapelle irgendwo in Paris. Laut Talleyrand bestand der Hauptzweck des Ordens darin, den Rittern und Kreuzfahrern Unterstützung zu gewähren, gemeinsame Saufgelage zu veranstalten und eine

Bibliothek verfemter Bücher, die sich vielleicht oder vielleicht auch nicht in jener Kapelle befand, vor dem Zugriff der Kirche zu bewahren.

Der Onkel

Jacques-François-Paul-Aldonce de Sade, von Abel la Carotte auch »**Jacques le Blanc**« genannt, war ein Onkel des Marquis de Sade und berühmt-berüchtigt als Literat und Libertin. 1733 wurde er katholischer Generalvikar von Toulouse, später auch von Narbonne. Er war ein Freund von Voltaire. 1762 wurde er wegen sexueller Ausschweifungen verhaftet, aber verbrachte in Saumane auch gern Zeit mit seinem jungen Neffen, den die Gedanken, Ansichten und die Lebensart seines Onkels tief beeindruckten.

Die Zeugen

Maurice Gevrol, 48, war einst Polizeiarzt und Anatom im Hôtel-Dieu. Untersuchte die unbekannten Ursachen des Kindbettfiebers mit einer Besessenheit, die zu einem schweren Nervenzusammenbruch führte, der den Doktor stumm und katatonisch zurückließ. Als ein lebender Leichnam fristet er seither sein Dasein in der furchtbaren Irrenanstalt von Bicêtre.

François-Angelique-Thomas Delaques, 22, attraktiver Jüngling, Maler, außerdem Frauenheld und Spieler, dessen Werke, obwohl nie signiert, bereits seinen Ruf als Genie festigen. Er ist erklärter Gegner jeder staatlichen Autorität. Er verachtet Polizei und Polizisten, besonders jedoch Marais. Die Herkunft seines Vermögens liegt im Dunkeln.

Sistaine, 34, ein Spielclubbesitzer und Boudoirverwalter, ist Teil von Isabelle de la Tours Netzwerk. Erweist sich für Marais und de Sade überraschend als wichtiger Zeuge.

Eloïse Gevrol, 34, Apothekerstochter und Ehefrau von Maurice Gevrol, ist eine Frau, deren Kenntnisse in Chemie, Giften und Physik in Paris ihresgleichen suchen. Lebt nach der Einweisung ihres Gatten in leidlich bequemen Verhältnissen in dessen Haus.

Nathalie Deshayes, 22, eine Kurtisane, die in einem von Sistaines Spielclubs arbeitet. Eine Freundin von Silhouette und einige Zeit bevorzugte Geliebte von Francois-Angelique-Thomas Delaques. Sie hat einen eigenwilligen Schuhfetisch.

Madame Diane des Deux-Églises, 37, schöne Gattin des schneidigen Kavalleriegenerals **Edmonde des Deux-Églises**, 30, und Freundin von Talleyrand. Madame hat eine etwas undurchsichtige Vergangenheit, ist sowohl mit dem Außenminister wie mit Isabelle de la Tour befreundet und sehr in ihren berühmten Gatten verliebt, der als Frankreichs bester Schütze gilt und Napoléons aktueller Lieblingsgeneral ist.

Madame Auguste-Christine Jolie, 55, führt ein Haus in Auteuil, deren Bewohner sowohl de Sade als auch Marais vor ein Rätsel stellen. Madame Jolie ist kräftig gebaut und nicht leicht einzuschüchtern.

Weiteres unerlässliches Nebenpersonal

Satan, exaktes Alter unbekannt, auch **Teufel**, **Luzifer** oder **»der alte kahlköpfige Betrüger«** genannt, war angeblich Gottes Lieblingsengel, bevor er wegen einer Rebellion gegen die göttliche Ordnung aus dem Himmel verstoßen wurde. Abel la Carotte zufolge liebt er es, zu Ostern und zu Allerheiligen auf dem uralten Friedhof »Les Innocents« in Paris zu erscheinen, wo er im Kreise lasterhafter Frauenzimmer zum Tanze bittet. Der Heiligen Mutter Kirche gilt Luzifer als Inkarnation sämtlicher nur denkbarer Übel, weswegen seine Anhänger im Geheimen zu agieren haben. Er bevorzugt angeblich das zu Hostien verkochte Blut geopferter Kleinkinder, um seinen menschlichen Gefolgsleuten die Kommunion zu spenden.

Albert Couton, 55, Marinearzt der Festung von Brest, verheiratet, Genussmensch und temperamentvoller Verbündeter von Marais während dessen Versetzung nach Brest. Ein Mann, dem nichts Menschliches fremd ist.

Marinesergeant Augustin Strass, 50, Bursche von Marais während dessen Zeit in Brest. Ein einfacher, kampf- und lebenserfahrener Mann, der ein durchaus denkwürdiges Gebet formuliert und seinem Patron treu ergeben ist.

Abbé Maurice, 37, Priester der Fischerkirche von Saint-Pétrus in Brest, ist ein charismatischer christlicher Mystiker, dessen Glaubenseifer zu einer Katastrophe führt.

Pierre-Paul Royer-Collard, 32, Arzt am Irrenasyl von Charenton und ein erbitterter Gegner von dessen Direktor, dem buckligen, zwergenhaften, ehemaligen **Priester Coulmier**, von dem Royet-Collard glaubt, dass er vor allem dem berüchtigten Insassen de Sade zu viele Freiheiten gewährt. Beide überwachen unabhängig voneinander in Fouchés Auftrag de Sade in Charenton.

François Perreau, 16, Lustknabe im Chat Noir, wird von den Frauen dort, besonders von Denise Malton, recht heftig herumgestoßen. Verachtet seine Rolle im Chat Noir. Aber er rächt sich auf seine Weise.

Die Nonne, auch »**alte Krähe**« genannt, war die legendäre Vorgängerin von Isabelle de la Tour als Besitzerin des Chat Noir und »Herrin der Nacht«. Angeblich wurde sie einst von de Sades Onkel, dem Generalvikar, aus einem Konvent entführt und nach Paris gebracht, wo sie zunächst seine Geliebte war, bevor sie als Kurtisane Karriere machte. Sie hatte einen Narren an dem jungen de Sade gefressen, dem sie als Einzigem nahezu unbegrenzten Kredit gewährte. In höherem Alter berüchtigt für ihre Sittenstrenge. Sie war eine entschiedene Gegnerin des Comte de Solignac d'Orsey und dessen libertinem Zirkel und pflegte hin und wieder aufsässige Huren mit einem Ochsenziemer zu bestrafen.

Catherine Monvoisin war eine berüchtigte Giftmischerin, angebliche Hexe und praktizierende Satanistin, die einem Zirkel von Hochadeligen und Höflingen vorstand, der sich zu Zeiten des Sonnenkönigs durch Giftmischerei, Liebestränke, Wahrsagerei und Schwarze Messen Vorteile bei Hofe zu verschaffen suchte. Als die Taten ihres Zirkels ruchbar wurden, löste das einen Skandal aus, der Frankreich bis in seine Grundfesten erschütterte und noch über hundert Jahre später als »*affaire des poisons*« für Schrecken und Entsetzen unter den Franzosen sorgte.

François Lasalle, 30, ein Mörder und Kannibale, dessen Überführung und Festnahme Marais zu hohem Ansehen verhalf. Lasalle vererbte Marais sein Rezeptbuch und behauptete, dass die Herzen von Frauen tatsächlich zarter schmeckten als jene von Männern.

Estelle Belcourt, 19, Tochter eines Bankiers. Wurde von Marais und Doktor Gevrol als Giftmörderin überführt und daraufhin zum Tode verurteilt. In Künstlerkreisen und unter rebellischen Studenten gilt sie als Märtyrerin, da man sie für unschuldig hält. Ihr in der Öffentlichkeit heftig umstrittener Prozess gab Polizeiminister Fouché eine willkommene Rechtfertigung für Marais' Zwangsversetzung nach Brest.

Vivienne la Jeune, 28. Die verarmte Adelige und ehemalige Zofe der Comtesse d'Abril, sah sich nach dem Ende des Jakobinerterrors gezwungen als Gesellschafterin bei einer wohlhabenden Witwe anzuheuern. Einige Jahre darauf beginnt sie eine Karriere als Verbrecherin.

Antoinette Beauvoir, 73, überzeugte Republikanerin, Witwe und sehr wohlhabend. Sie führte einst ein Waisenhaus, das dazu dienen sollte, die Kinder hingerichteter Adeliger zu willfährigen republikanischen Handwerkern, Wäscherinnen, Dienstmägden und Manufakturarbeitern umzuerziehen.

Constance Quesnet, 37, eine von ihrem Ehemann verlassene ehemalige Schauspielerin und Geliebte de Sades, die mit ihm in Charenton lebt. De Sade nennt sie auch »Sensible«. Während der Romanhandlung weilt sie bei Freunden in der Provinz, was de Sade einerseits bedauert, andererseits begrüßt, da er sie dort in Sicherheit weiß.

Marcel Vautier, 31, Gemeindepriester der Kleinstadt Auteuil vor den Toren von Paris. Zu Allerheiligen 1805 wird der Priester Zeuge von Ereignissen, die noch Jahrzehnte später von der Heiligen Mutter Kirche in Rom als so bedeutsam und gefährlich erachtet werden, dass man Vautiers Berichte darüber in einem geheimen Archiv unter Verschluss hält.

Mark Billingham

»Mark Billingham ist Weltklasse!«
Karin Slaughter

»Das Beste, was die englischsprachige Literatur derzeit zu bieten hat.«
Lee Child

978-3-453-43832-3

978-3-453-41951-3

Leseproben unter **www.heyne.de**

Jan Guillou

Bildgewaltig und faszinierend – das große Jahrhundertabenteuer geht weiter

»Eine bezaubernde Familiensaga«
Hörzu

978-3-453-41077-0

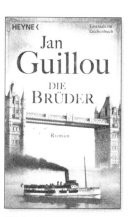

978-3-453-41813-4

978-3-453-41920-9

Leseproben unter **www.heyne.de**